中國古典文學基本叢書

嵇康集校注

上册

〔三國魏〕嵇康 著
戴明揚 校注

中華書局

圖書在版編目(CIP)數據

嵇康集校注/(三國魏)嵇康著;戴明揚校注.—北京:中華書局,2014.4(2025.5重印)
(中國古典文學基本叢書)
ISBN 978-7-101-09829-7

Ⅰ.嵇… Ⅱ.①嵇…②戴… Ⅲ.嵇康(223~263)-文集 Ⅳ.I213.612

中國版本圖書館CIP數據核字(2013)第266078號

責任編輯:俞國林 朱兆虎
責任印製:管 斌

中國古典文學基本叢書
嵇康集校注
(全二册)
〔三國魏〕嵇 康 著
戴明揚 校注
*
中 華 書 局 出 版 發 行
(北京市豐臺區太平橋西里38號 100073)
http://www.zhbc.com.cn
E-mail:zhbc@zhbc.com.cn
三河市宏盛印務有限公司印刷
*
850×1168毫米 1/32・24印張・7插頁・560千字
2014年4月第1版 2025年5月第6次印刷
印數:14501-15300册 定價:98.00元

ISBN 978-7-101-09829-7

嵇中散像

《古聖賢像傳略》，〔清〕顧沅輯，清道光十年刻本

晉中散大夫嵇公康

《於越先賢像傳贊》，〔清〕任熊繪，

清咸豐六年蕭山王氏養餘堂藏版，光緒三年沙家英序重印本

嵇中散集卷第八

宅無吉凶攝生論一首 附

難宅無吉凶攝生論一首

宅無吉凶攝生論一首 附

夫善求壽強者必先知災疾之所自來然後其至可防也禍起於此爲防於彼則禍無自瘳矣世有安宅葬埋陰陽度數刑德之忌是何所生乎不見性命不知禍福也不見故妄求不知故干幸是以善執生者見性命之所宜知禍福之所來故求之實而防之信夫多飲而走則爲澹支數行而風則爲癢毒久居於濕則要疾偏枯好內不怠則昏喪

明嘉靖四年黄省曾南星精舍刻本《嵇中散集》

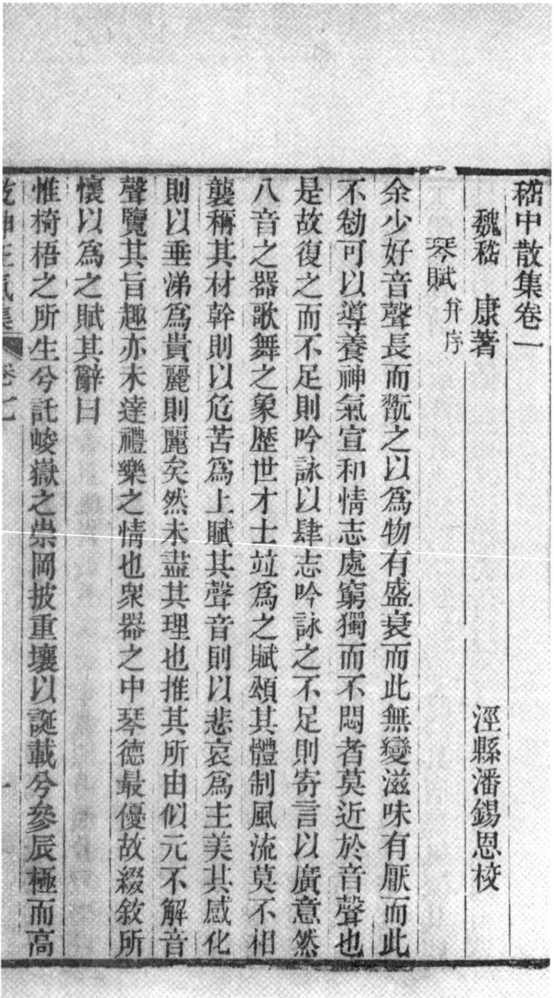
嵇中散集卷一

魏嵇　康著　　涇縣潘錫恩校

琴賦并序

余少好音聲長而翫之以爲物有盛衰而此無變滋味有猒而此不勌可以導養神氣宣和情志處窮獨而不悶者莫近於音聲也是故復之而不足則吟詠以肆志吟詠之不足則寄言以廣意然八音之器歌舞之象歷世才士竝爲之賦頌其體制風流莫不相襲稱其材幹則以危苦爲上賦其聲音則以悲哀爲主美其感化則以垂涕爲貴麗則麗矣然未盡其理也推其所由似元不解音聲覽其旨趣亦未達禮樂之情也衆器之中琴德最優故綴敘所懷以爲之賦其辭曰

惟椅梧之所生兮託峻嶽之崇岡披重壤以誕載兮參辰極而高

乾坤正氣集　卷七　一

清道光二十八年袁江節署求是齋刊
《乾坤正氣集》本《嵇中散集》

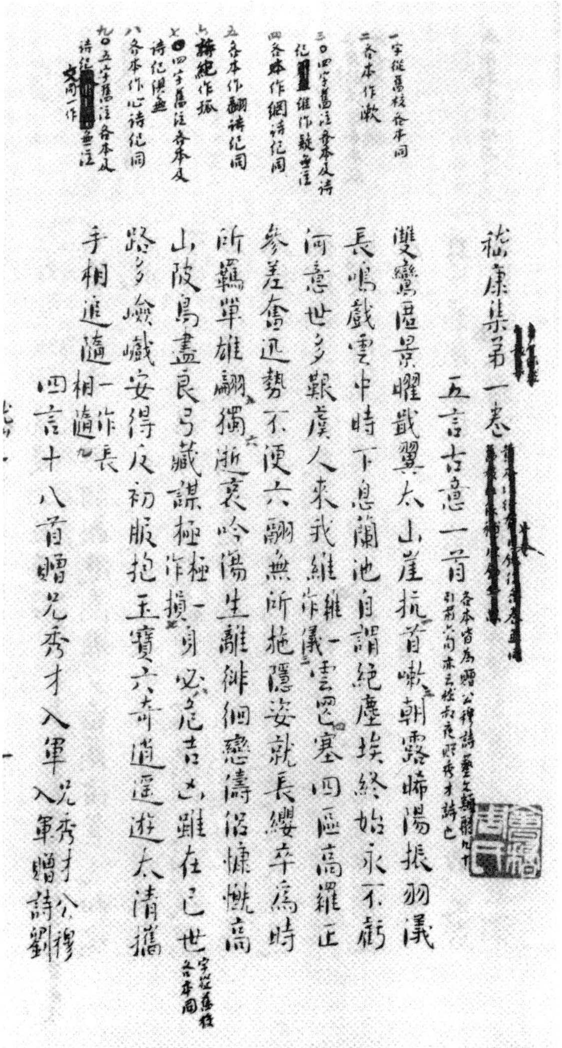
嵇康集第一卷

五言古意一首

雙鸞匿景曜，戢翼太山崖。抗首嗽朝露，晞陽振羽儀。長鳴戲雲中，時下息蘭池。自謂絕塵埃，終始永不虧。何意世多艱，虞人來我維。維一作羅雲罔塞四區，高羅正參差。奮迅勢不便，六翮無所施。隱姿就長纓，卒為時所羈。單雄翩獨逝，哀吟傷生離。徘徊戀儔侶，慷慨高山陂。鳥盡良弓藏，謀極極一作損身必危。吉凶雖在己，世路多嶮巇。安得反初服，抱玉寶六奇。逍遙遊太清，攜手相追隨。追隨一作相隨

四言十八首贈兄秀才入軍

一九五六年文學古籍刊行社景印
魯迅據叢書堂鈔本鈔校之《嵇康集》

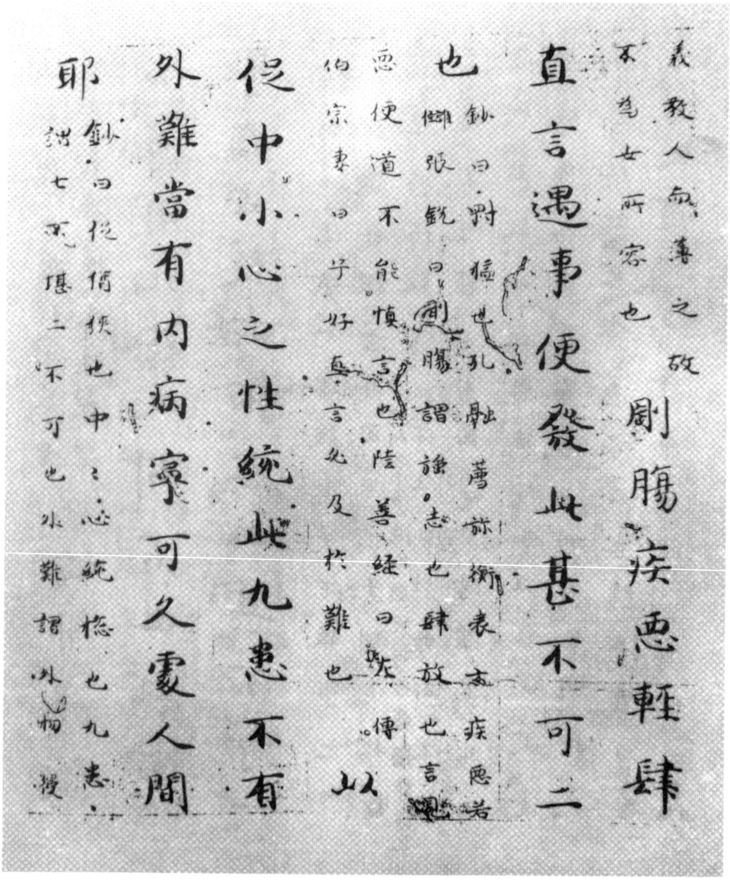

義教人命薄之故不爲女所容也

剛腸疾惡輕肆直言遇事便發此甚不可二也

鈔曰對揚世孔融薦禰衡表云疾惡若讐張銑曰剛腸謂諒志也肆放也言惡便道不能慎言也陸善經曰左傳伯宗妻曰子好直言必及於難也

以促中小心之性統此九患不有外難當有内病寧可久處人間耶

鈔曰促侷狹也中之心統惚也九患謂七不堪二不可也外難謂外物擾

《與山巨源絶交書一首》

《唐鈔文選集注彙存》，上海古籍出版社二〇〇〇年影印

出版説明

嵇康集校注，戴明揚撰。戴明揚（一九〇二—一九五三），一作名揚，字荔生，四川隆昌人。一九二九年畢業於北京大學中文系，曾先後任教於河北大學、北京大學、輔仁大學、浙江大學、四川大學等。

一九三〇年夏，戴氏任北京大學研究所國學門編輯、助教，纂輯慧琳一切經音義引用書索引。一九三二年四月，拜入黄侃門下，本書凡徵引黄侃之説，皆稱黄先生；五月，與陸宗達等結興藝社，由黄侃講授經學。一九三四年發表記周炤及祭文、詩作等，一九三六年發表校補天問閣集跋、廣陵散考；一九四〇年浙江大學内遷遵義，戴氏於文學院中國文學系任教，撰有聖賢高士傳贊校補、與嵇茂齊書作者辨。浙大遷返杭州後，戴氏任教於南充、資中中學及隆昌私立樓峰中學。一九四八年受聘爲四川大學教授，一九五三年病逝。

近世校勘嵇康集者，前有魯迅、馬叙倫、葉渭清等，至戴氏始通注全書。嵇康集校注詳校諸本，釐定文字，擇録舊注，徵引典故，廣輯嵇康事迹及其人其作之評論，用力甚勤。

我們此次整理再版嵇康集校注，以人民文學出版社一九六二年本爲基礎，覆校底本，核對徵引文獻，並施以全式標點。所做工作，概舉如下：

一、原雙行夾注移爲篇末注，並施注碼。戴氏校注體例，凡校文皆置句末，注文則置于本句文辭語意已盡處之句末，故注碼與注文有不相應者，讀者審之，亦可藉此尋繹戴氏句讀之意。

二、戴氏注文互見，凡云「見前某詩注」者，在「注」字後標示該注之注碼，以便按尋。一題數篇者，仿戴氏區别之例，在詩題後括注該篇首句。

三、戴氏正文一依底本，校正勘誤，俱見注文。爲便閲讀，凡戴氏以爲訛文、衍文，用圓括號標示，校正之字用方括號標示；所正之字，戴氏有以爲二字皆可通者，姑選其一，讀者可於校文詳之。

四、戴氏依底本，不提行，此次整理，將文章分段，以便閲讀。

五、覆核戴氏所引文獻，凡確屬錯訛者，徑改；文字雖有出入，而文意可通，或采自類書、他引者，則一仍其舊。

六、原書校注中有兩處編者案語，一爲駁正，一爲補苴，然於例不侔，今移録於此，聊備參考。其一，與山巨源絶交書注〔三二〕，戴氏以爲當作「張升友論」，編者案云：「文選注引張升反論，本不誤，作者牽於嵇文絶交主題，竟疑注文『反論』爲『友論』之誤，非是。舊注引張升文的，除此作張升反論外，文選鮑明遠代君子有所思詩注引作『張叔及論』，左昭七年傳疏又引作『張叔皮論』，實即一文，錯誤雖然不同，但還没有見作『友論』之本。據左傳疏引文『賓爵下華，田鼠上騰，牛哀虎變，鮌化爲熊，久血爲燐，積灰生蠅』來看，其内容當言物性之相反。張升反論，只有文選此注及魏都賦注、廣絶交論注引不誤，足訂他注徵引之誤。作者乃以不誤爲誤，此蓋沿襲嚴可均校輯全後漢文爲説，而不知其非也，今特爲訂正。」其二，家誡注〔九〇〕「冰矜」注後編者案：「方以智通雅卷五曰：『冰矜，猶言冷也。世説曰：「郗鑒欲規王導，意滿口重，言殊不流。王勸郗莫談，郗大瞋冰衿而出。」樂預傳：「人笑褚公，至今齒冷。」雲皐書：「冰衿齒冷。」正用此。』明鈔本太平廣記第三百二十六卷劉朗之條引述異記：『冰衿而立。』（諸刻本都誤作『斂衿』。）這些都作『冰衿』，且方説在前，亦當述及。」

限於學識與能力，書中錯訛在所難免，敬請讀者批評指正。

中華書局編輯部

二〇一四年四月

目録

嵇康集校注卷第二

例言

一、書中正文，依明黄省曾嘉靖乙酉年仿宋刻本，而以别本及諸書引載者校之。

一、黄本譌奪之處，但加校語於下，不逕改補，惟漏落較多，不成句讀者，乃依吴寬叢書堂鈔本補入。

一、是書以吴鈔本原鈔爲勝，其朱墨兩校，皆改從明刻之誤也；凡原鈔有異者，今皆校出。

一、吴鈔本有既鈔之後，又以别葉改鈔者；今稱「原鈔」「改鈔」以别之。

一、吴鈔本塗改之字，有鈔者當時所改，及校者後來所改；今既不易辨别，但稱「原鈔」如何，「墨校」如何。

一、吴鈔本改字之處，或有塗墨甚濃，致原鈔之字不可辨識；今但云某字塗改而成。

一、吴鈔本之外，所校以刻本嵇集及古總集、古類書等爲主，其明代總集類書，與此等相同者，今不盡列。

一、嚴氏全三國文中嵇康文，多從百三家集録來，其相異之字，今不盡指出。

一、總集、類書，各有數本，其相同者，但舉書名，有互異者，乃標出某本；七十二家集、百三家集相同者，但稱張本，有互異者，乃標出張燮本、張溥本；四庫有互異者，乃標出文津本、文瀾本。

一、文選各本注云「李善本作某，五臣本作某」，互有異同，今皆各引出之；茶陵陳氏所刻六臣文選，其注云「五臣作某」者，與宋刻本六臣文選多同，今舉四部本，即不再及陳本。

一、類書所引，每多删節，今但校其異處，至删節之句，不盡指出。

一、類書所引，於虚字每多省略，今不盡指出。

一、明代總集、類書，及文瀾閣四庫本，有顯係誤刻、誤鈔之字，今不盡指出。

一、通用之字，如「悟」與「寤」，易混之字，如「淩」與「凌」等，今於吴鈔本外，但云某字或作某字。

一、吴鈔本總目之題，與卷中各篇之題，其字數多寡，或有不同，又卷首總目之題，亦係校者後補，今皆省校。

一、嵇文有舊注者，先録舊注，次爲自加之注，中以墨圍間之。嵇文載於文選者，今全録李善注文，其五臣及唐人舊注，則擇録之，六臣本所載善注之文，比善本或多或少，均詳胡克家考異中，今不更著。

一、古人佚書、佚文，已多輯刻，今於注中直引書名篇名，不盡指出原引之書。

一、明、清諸人評語，今擇附各篇之後；嵇文傳者已少，故此等評語，亦過而存之。

嵇康集校注卷第一

兄秀才公穆入軍贈詩十九首

秀才答四首附

幽憤詩一首

述志詩二首

游仙詩一首

六言十首

重作四言詩七首「七」原作「一」，刻板之誤也。

思親詩一首

郭遐周贈三首附

郭遐叔贈(四)〔五〕首附

答二郭三首

與阮德如一首

阮德如答二首附
酒會詩七首
雜詩一首

兄秀才公穆入軍贈詩十九首

六朝詩集，題目及序次與此同，餘書所題「兄公穆秀才」等字有無、多寡不同；又多以五言一首居末。

此十九首，吴鈔本分作兩題，第一首於集前總目中題作「五言古風一首」，於此處題作「五言」，下有註云：「一本作古意。」墨校改題「五言古意一首」，欄外上方有朱書校語云：「此首亦在贈兄秀才入軍内，共十九首。」此十五字，又爲墨校抹去。以下題作「四言十八首贈兄秀才入軍」，並註云：「兄秀才公穆入軍贈詩，劉義慶曰：『嵇熹字公穆，舉秀才。』」朱校於每首起句右側注一二三四等字。○葉渭清曰：「按初學記十八引『雙鸞匿景曜』四句作嵇康贈秀才入軍詩，藝文類聚九十引六句亦作魏嵇叔夜贈秀才詩，二書均出唐人，又均引此首，然皆不云古意，必是嵇集舊不如此。」又曰：「文選嵇叔夜贈秀才入軍五首題下注所引兄秀才公穆入軍贈詩，上有『集云』二字，蓋是嵇集舊題之僅存者，幸賴選注知之，此不應省。嵇熹云云，選注引爲劉義慶集林，此亦節『集林』二字。」○揚案：文選贈秀才入軍五首題下註云：「集云，兄秀才公穆入軍贈詩，劉義慶集林曰：『嵇熹字公穆，舉秀才。』」廣文選載此詩八首，亦以五言爲第一首。漢魏詩乘以五言爲其十九，註云：「康集此首第一。」據此，知題目及序次皆以此本爲合。

文選併「良馬既閑」「攜我好仇」兩首爲一首，合「輕車迅邁」「浩浩洪流」「息徒蘭圃」「閑夜肅清」四首共爲五首，文章辨體、文體明辨、詩冶等因之。○選詩拾遺載五言一首，題作「雙鸞篇贈兄秀才公穆入軍」。○古詩評選併「閑夜肅清」「乘風高遊」兩首爲一，共十七首，題作「贈秀才入軍詩」，未選五言。采菽堂古詩選以「鴛鴦于飛」以下八首題作「四言詩八章」，又從文選併「良馬既閑」「攜我好仇」兩首爲一，亦題作「贈秀才入軍五章」，而附「凌高遠眄」一首於第一首後，以「乘風高遊」以下三首題作「四言詩三章」，以「雙鸞匿景曜」一首題作「五言詩」。其「四言詩八章」題下注云：「文選所載贈秀才入軍，取『良馬既閑』五章，頗有次序。今此八章，自是送別懷人之作，既匪贈兄，又匪入軍。『瞻仰弗及』二語，亦類結局，故應別爲一篇。而『乘風高遊』以下，自是感懷言志之作，與送別無與，亦應別爲一篇。其五言一篇，寄慨深遠，辭旨淋漓，或是贈秀才入軍之又一作，亦未可知，要不當比而一之，使章法紛紜，四五錯出也。即『凌高遠眄』，亦與上下不屬，無所可附，故綴秀才入軍詩內。」又「凌高遠眄」一首下注云：「今按上章曰『載我輕車』，下章即云『輕車迅邁』，文勢接連，不應中斷。『雖有好音』云云，與後章『旨酒鳴琴』語意疊出，『仰訊俯託』，又與上文『仰落俯引』相犯，古人必無此病，定非本有而文選刪之也。時代既遠，傳寫淆訛，竟不知此章是何題，應在何處。」又「四言三章」題下注云：「皆言輕舉遠遁之情，都無别緒，與上文定非一篇。」又「五言一首」題下注云：「不知爲何而作，如云不忘故魏，叔夜未嘗仕，不得爲此等語。或者秀才入軍，亦是强赴，故又以此贈之與。四言詩五首題同，因混列其後，未可定也。」又嵇喜答弟叔夜四首題下注云：「按公穆答詩篇中，顧不言入軍。」〇揚案：「五言一首」，傷爲當時所羈，非不忘故魏之旨，彼時魏亦未亡也。至叔夜於魏固爲婚姻，且嘗拜中散大夫矣。此十九首自非盡爲一時之作，後人編集歸入一題耳。陳氏分合，不必得之，姑録其言，以資參證。

文選張銑注：「秀才，叔夜弟。」〇葛立方韻語陽秋曰：「文選載嵇叔夜贈秀才入軍詩，李善注謂兄喜秀才入軍，而張銑謂叔夜弟，不知其名。考五詩或曰『攜我好仇』，或曰『思我良朋』，或曰『佳人不在』，皆非兄弟之稱，善銑所注，恐未必然耳。」劉履選詩補注曰：「秀才，李善引本集作『兄公穆』，張銑曰：『康之從弟。』未知所據。」〇吴景旭歷代詩話曰：「名氏鑿鑿，非不知名之謂。至於詩中稱謂，古人多不可拘，如五詩中『思我所欽』，則以所欽爲弟，陸機贈從兄詩：『願言思所欽』，則以所欽爲兄，又贈馮友詩：『願言懷所欽』，則以所欽爲友，此亦何常之有。楚辭樂府，往往以佳人比君王，何獨不可入兄弟用耶。」〇揚案：「攜我好仇」，代從軍者言狩獵之樂爾。至詩中云「我友良朋」，明非兄弟矣。此十九首仍非盡爲贈兄之詩，亦編集者所入也。

晉書嵇康傳：「兄喜，有當世才，歷太僕、宗正。」又嵇含傳：「祖喜，徐州刺史。」〇太平御覽四百五引王隱晉書曰：「兄喜，爲太僕厩騶，馮陵知其英俊，待以賓友之禮，以狀表上。」〇古詩紀注：

「嵇喜字公穆，舉秀才，歷揚州刺史。晉百官名：『嵇喜，晉武帝太康三年，爲徐州刺史。』」○隋書經籍志：「晉宗正嵇喜集一卷，殘缺，梁二卷，録一卷。」

雙鸞匿景曜，戢翼太山崖〔一〕。抗首〔漱〕〔嗽〕朝露〔二〕，晞陽振羽儀〔三〕。長鳴戲雲中〔四〕，時下息蘭池〔五〕。自謂絶塵埃，終始永不虧〔六〕。何意世多艱，虞人來我疑〔七〕。雲網塞四區〔八〕，高羅正參差〔九〕。奮迅勢不便，六翮無所施〔一〇〕。隱姿就長纓，卒爲時所羈〔一一〕。單雄翻孤逝〔一二〕，哀吟傷生離〔一三〕。徘徊戀儔侶，慷慨高山陂〔一四〕。鳥盡良弓藏，謀極身〔心〕〔必〕危〔一五〕。吉凶雖在己，世路多嶮巇〔一六〕。安得反初服，抱玉寶六奇〔一七〕。逍遥遊太清〔一八〕，攜手長相隨〔一九〕。

〔一〕「崖」初學記十八引作「西」。○説文：「鸞，神靈之精也，赤色五彩，雞形，鳴中五音，頌聲作則至。」班固答賓戲曰：「含景曜，吐英精。」張衡西京賦：「流景曜之韡曄。」薛綜注：「曜，光也。」李善注：「景，光景也。」詩鴛鴦：「戢其左翼。」箋云：「戢，斂也。」趙壹窮鳥賦：「有一窮鳥，戢翼原野。」

〔二〕「抗」字吴鈔本塗改而成，原鈔不明。「首」藝文類聚九十引作「音」，誤也。「漱」吴鈔本作「嗽」，皕宋樓本校改作「嗽」。馬叙倫讀書續記曰：「按嗽，吮也，説文作『欶』；漱，盪口也，則作『嗽』爲是。」

〔三〕揚雄長楊賦：「莫不蹻足抗首。」廣韻：「抗，舉也。」韓子大體篇：「至安之世，法如朝露，純樸不散。」曹植蟬賦：「栖高枝而仰首，漱朝露之清流。」詩湛露：「匪陽不晞。」毛傳：「晞，乾也；陽，日也。」楚辭遠遊篇：「夕晞余身兮九陽。」易漸卦：「上九，鴻漸于陸，其羽可用爲儀。」

〔四〕「中」藝文類聚九十引作「裏」，詩雋類函九十引作「中」，百四十六引作「裏」。

〔五〕曹植鬬雞詩：「長鳴入青雲。」楚辭九歌：「猋遠舉兮雲中。」西征賦：「蘭池周曲。」

〔六〕淮南子修務訓：「君子逍遥彷徉於塵埃之外。」楚辭注：「振翅翱翔，絶塵埃也。」莊子達生篇：「形精不虧，是謂能移。」

〔七〕「疑」，吴鈔本作「維」，注云：「『維』一作『儀』。」皕宋樓鈔本有校語云：「各本作『疑』。案維繫意，尚在下文，『儀』字不可解，作『疑』爲是。」揚案：「維」字似不誤，下乃言所以維之之狀也。○離騷：「哀民生之多艱。」注：「艱，難也。」禰衡鸚鵡賦：「命虞人於隴坻。」尚書傳：「虞，掌山澤官也。」禮記注：「疑，恐也。」毛詩傳：「維，繫也。」吕氏春秋注：「儀，望也。」

〔八〕「網」吴鈔本作「罔」。

〔九〕鸚鵡賦：「冠雲霓而張羅。」張衡東京賦：「造窮六區。」文選注：「區，域也。」爾雅：「鳥罟謂之羅。」曹植公讌詩：「列宿正參差。」

〔一〇〕揚雄連珠曰：「鸞鳳養六翮以凌雲。」鸚鵡賦：「顧六翮之殘毁，雖奮迅其焉如。」爾雅：「迅，疾也。」又曰：「羽本謂之翮。」莊子山木篇：「處勢不便，未足以逞其能也。」漢書西南夷傳：「智勇無所施。」

〔二〕漢書終軍傳：「自請願受長纓，必羈南越王而致之闕下。」文選注：「時亦世也。」説文：「羈，馬絡頭也。」曹植天地篇：「復爲時所拘，羈紲作微臣。」

〔三〕「翻孤」吴鈔本作「翮獨」，周校本「翮」誤作「翩」，注云：「各本作『翻』。」〇揚案：「翮」字乃鈔者承上而誤，此句初學記十八引作「單雌偏獨遊」。

〔三〕張衡舞賦：「驚雄逝兮孤雌翔。」曹植鶡賦：「若有翻雄駭逝，孤雌驚翔。」文選注引韓詩章句曰：「翻，飛貌。」楚辭九歌：「悲莫悲兮生别離。」鸚鵡賦：「哀伉儷之生離。」

〔四〕漢書息夫躬傳：「著絶命辭曰：『鷹隼横厲鸞徘徊兮。』」注：「徘徊，謂不得其所也。」文選思玄賦舊注：「儔，匹也。」玉篇引聲類曰：「侶，伴侶也。」古詩：「慷慨有餘哀。」説文：「慷慨，壯士不得志於心也。」戰國策楚策：「蔡聖侯南遊乎高陂。」古詩：「悠悠隔山陂。」説文：「陂，阪也。」

〔五〕「極」下吴鈔本注云：「『極』一作『損』。」「心」吴鈔本作「必」，是也。〇史記淮陰侯列傳：「信曰：『果若人言，狡兔死，走狗烹，高鳥盡，良弓藏，敵國破，謀臣亡。』」楚辭卜居篇：「寧正言不諱以危身乎。」東方朔詩曰：「才盡身危。」

〔六〕「世」字吴鈔本塗改而成。〇左氏僖公十六年傳：「周内史叔興曰：『吉凶由人。』」説苑敬慎篇：「孔子曰：『存亡禍福，皆在己而已。』」崔駰達旨曰：「子苟欲勉我以世路。」楚辭七諫：「何周道之平夷兮，然蕪穢而險戲。」注：「險戲，猶言顛危也。」古樂府滿歌行：「遭世險戲，逢此百離。」蔡邕汝南周勰碑：「世路多險，進非其時。」案「嶮巇」與「險戲」同。

〔一七〕離騷：「退將復修吾初服。」曹植七啓曰：「願反初服，從子而歸。」老子：「聖人被褐懷玉。」酈炎詩：「抱玉乘龍驥，不逢樂與和。」漢書陳平傳：「凡六出奇計，輒益邑封。」又叙傳曰：「六奇既設，我罔艱難。」

〔一八〕「太」吴鈔本作「大」，硱宋樓鈔本校改爲「太」，案二字同。

〔一九〕吴鈔本作「攜手相追隨」，注云：「一作『長相隨』。」硱宋樓鈔本校改「一」字爲「各本」二字。○詩白駒：「所謂伊人，於焉逍遥。」莊子有逍遥遊篇。淮南子俶真訓：「臺簡以遊太清。」潛夫論交際篇：「鸞徘徊太清之中。」文選注：「泰清，天也。」詩北風：「惠而好我，攜手同行。」杜篤首陽山賦：「遂相攜而隨之，冀寄命夫餘壽。」曹植公讌詩：「飛蓋相追隨。」

鍾嶸曰：「叔夜雙鸞，五言之警策者也。」詩品。

范大士曰：「氣體直逼東阿。」歷代詩發。

陳祚明曰：「詩頗矯健低徊。」采菽堂古詩選。

張琦曰：「『卒爲時所羈』以上，自傷之詞，下則送秀才，望其避患早歸，可以長相隨也。」古詩録。

鴛鴦于飛，肅肅其羽〔一〕。朝遊高原，夕宿蘭渚〔二〕。邕邕和鳴〔三〕，顧眄儔侶〔四〕。俛仰慷（慨）〔愷〕〔五〕，優遊容與〔六〕。

〔一〕詩鴛鴦：「鴛鴦于飛，畢之羅之。」又鴻雁：「鴻雁于飛，肅肅其羽。」毛傳：「鴛鴦，匹鳥；肅肅，羽聲也。」

〔二〕爾雅：「廣平曰原，小洲曰渚。」曹植應詔詩：「朝發鸞臺，夕宿蘭渚。」文選注：「蘭渚，以美言之。」

〔三〕「邕邕」藝文類聚九十二引作「嗈嗈」。

〔四〕「眄」吴鈔本及廣文選作「盻」。〇楚辭九思：「鴛鴦兮噰噰。」注：「和鳴貌也。」案「邕」與「嗈」「噰」通。左氏莊公二十二年傳：「是謂鳳凰于飛，和鳴鏘鏘。」班固答賓戲曰：「虞卿以顧眄而捐相印。」說文：「眄，目偏合也。一曰衺視也。」

〔五〕案「慨」當爲「愷」，爾雅：「愷，康樂也。」此二首言相隨之樂，與前首殊。

〔六〕詩卷阿：「優遊爾休矣。」離騷：「遵赤水而容與。」注：「容與，遊戲貌。」案蘇武詩：「昔爲鴛與鴦。」曹植釋思賦：「樂鴛鴦之同池。」皆以鴛鴦喻兄弟。鄭豐答陸雲詩：「鴛鴦于飛，在江之涘，朝遊蘭池，夕宿蘭沚」云云。其序謂「以美陸氏兄弟」，蓋用叔夜此詩之意也。

鴛鴦于飛，嘯侶命儔〔一〕。朝遊高原，夕宿中洲〔二〕。交頸振翼，容與清流〔三〕。咀嚼蘭蕙〔四〕，俛仰優遊〔五〕。

〔一〕曹植洛神賦：「衆靈雜遝，命儔嘯侶。」

〔二〕「洲」吴鈔本同，皕宋樓鈔本原鈔作「州」，校改作「洲」，案二字同。○楚辭九歌：「蹇誰留兮中洲。」注：「中洲，洲中也，水中可居曰洲。」

〔三〕司馬相如琴歌：「何緣交頸爲鴛鴦。」蔡邕翠鳥詩：「振翼修容形。」馬融樗蒲賦：「臨激水之清流。」魏文帝善哉行：「離鳥夕宿，在彼中洲，延頸鼓翼，悲鳴相求。」又滄海賦：「仰唼芝芳，俛漱清流。」

〔四〕「蘭蕙」古詩類苑作「蕙蘭」。

〔五〕司馬相如上林賦：「咀嚼菱藕。」後漢書申屠蟠傳：「同郡黄忠書勸曰：『願先生優遊俛仰，貴處可否之間。』」

王夫之曰：「二章往復養勢，雖體似風雅，而神韻自別。」古詩評選。

陳祚明曰：「二章先叙同居之歡，下乃漸入言別，章法寬轉，惟言同居極樂，乃覺離別極悲也。但兩章中語無深淺，所以不及三百篇。」

泳彼長川，言息其滸〔一〕。陟彼高岡，言刈其楚〔二〕。嗟我征邁，獨行踽踽〔三〕。仰彼凱風，涕泣如雨〔四〕。

〔一〕爾雅：「泳，游也；滸，水涯。」曹植洛神賦：「浮長川而忘反。」毛詩傳：「言，我也。」馬瑞辰毛詩傳箋通釋曰：「以言爲我，亦語詞耳。」

〔二〕「楚」吴鈔本原鈔同，墨校改作「杞」，案此涉下而誤也。○詩卷耳：「陟彼高岡，我馬玄黄。」又漢廣：「翹翹錯薪，言刈其楚。」毛傳：「陟，升也；山脊曰岡。」釋文：「韓詩云：『刈，取也。』」又説文：「楚，叢木，一名荆也。」

〔三〕詩小宛：「我日斯邁，而月斯征。」又杕杜：「獨行踽踽。」鄭箋：「邁，征，皆行也。」毛傳：「踽踽，無所親也。」

〔四〕「涕泣」吴鈔本作「泣涕」。○詩凱風：「凱風自南。」又燕燕：「瞻望弗及，涕泣如雨。」毛傳：「南風謂之凱風。」曹植橘賦：「仰凱風以傾葉。」又朔風詩：「仰彼朔風，用懷魏都。」

泳彼長川〔一〕，言息其沚〔二〕。陟（陂）〔彼〕高岡〔三〕，言刈其杞〔四〕。嗟我獨征，靡瞻靡恃〔五〕。仰彼凱風，載坐載起〔六〕。

〔一〕「泳」吴鈔本作「沐」，皕宋樓鈔本有校語云：「『沐』，『泳』之誤。」周樹人曰：「案作『沐』亦通，『泳』或反誤也。」○揚案：「沐」字自係鈔者之誤，前二首亦皆以「鴛鴦于飛」爲起句也。

〔二〕爾雅：「小渚曰沚。」

〔三〕案「陂」爲「彼」字之誤，各本並作「彼」。

〔四〕詩北山：「陟彼北山，言采其杞。」爾雅：「杞，枸檵。」注：「杞，今枸杞也。」

〔五〕班彪冀州賦：「今匹馬之獨征。」詩雲漢：「大命近止，靡瞻靡顧。」魏文帝短歌行：「靡瞻靡恃，泣涕漣漣。」

〔六〕張衡怨詩：「我聞其聲，載坐載起。」毛詩傳：「載，辭也。」箋云：「載之言則也。」

王夫之曰：「二章似可節其一，然欲事安詳，故不得不爾，非强學三百篇也。」

陳祚明曰：「二章語淒切，亦無淺深。」

穆穆惠風，扇彼輕塵〔一〕。弈弈素波，轉此遊鱗〔二〕。伊我之勞，有懷佳人〔三〕。寤言永思，實鍾所親〔四〕。

〔一〕詩蒸民：「穆如清風。」箋云：「穆，和也。」古詩：「穆穆清風至。」崔駰扇銘：「惠風時披。」東京賦薛綜注：「惠，恩也。」李康遊山序曰：「若輕塵之栖弱草。」

〔二〕廣雅：「弈弈，盛也。」漢武帝秋風辭：「橫中流兮揚素波。」吕氏春秋注：「鱗，魚屬也。」

〔三〕「佳」吴鈔本作「遐」，皕宋樓鈔本改作「佳」。葉渭清曰：「各本並作『佳人』，別首亦云『佳人不存』，作『佳』者是。」○爾雅注：「伊，發語詞。」詩小宛：「明發不寐，有懷二人。」楚辭九歌：

「聞佳人兮召予。」

〔四〕「實」或作「寔」。○詩終風：「寤言不寐。」箋云：「寤，覺也。」楚辭七諫：「獨永思而憂悲。」曹植門有萬里客行：「褰裳起從之，果得心所親。」文選注引曹植九詠章句曰：「鍾，當也。」案杜甫送李判官兄武判官弟詩曰：「憑高送所親。」以所親稱兄弟，亦本於此。

所親安在，舍我遠邁。棄此蓀芷，襲彼蕭艾〔一〕。雖曰幽深，豈無顛沛〔二〕。言念君子，不遐有害〔三〕。

〔一〕離騷：「何昔日之芳草兮，今直爲此蕭艾也。」注：「蕭艾，賤草，以喻不肖。」又注：「蓀，香草也；芳芷，香草也。」

〔二〕張衡怨詩：「雖曰幽深，厥美彌嘉。」論語：「顛沛必於是。」集解：「馬融曰：『顛沛，僵仆也。』」李尤鞍銘：「雖其捷習，亦有顛沛。」

〔三〕詩小戎：「言念君子，温其如玉。」又泉水：「遄臻於衛，不瑕有害。」毛傳：「瑕，遠也。」箋云：「瑕猶過也，害，何也。」案「遐」與「瑕」通。

王夫之曰：「忽出精警，疑且收矣，下二章又縱令舒緩。」

陳祚明曰：「此章用情懇至，味語氣則所去所從，是類非類，中多感歎，其非送入軍可知，特不知何所指耳。」

人生壽促，天地長久〔一〕。百年之期，孰云其壽〔二〕。思欲登仙〔三〕，以濟不朽〔四〕。攬轡踟蹰，仰顧我友〔五〕。

〔一〕老子：「天長地久。」高彪清誡曰：「天長而地久，人生則不然。」魏武帝秋胡行：「天地何長久，人道居之短。」

〔二〕禮記曲禮上：「百年曰期頤。」注：「人壽以百年爲期，故曰期。」列子楊朱篇：「百年，壽之大齊。」後漢書馮衍傳：「田邑報書曰：『百年之期，未有能至。』」

〔三〕「欲」文瀾本誤作「彼」。

〔四〕「濟」吴鈔本同，皕宋樓鈔本校改作「躋」，程本、汪本、四庫本亦作「躋」。○楚辭遠遊篇：「美往世之登仙。」爾雅：「濟，成也，躋，升也。」左氏襄公二十四年傳：「穆叔曰：『太上有立德，其次有立功，其次有立言，雖久不廢，此之謂不朽。』」案此詩不朽，謂不老也，其義微殊。

〔五〕楚辭九辯：「攬騑轡而下節。」詩静女：「愛而不見，搔首踟蹰。」毛傳：「言志往而行止。」曹植贈白馬王彪詩：「欲還絶無蹊，攬轡止踟蹰。」釋名：「攬，斂也，斂置手中也。」詩沔水：「我友敬矣。」

陳祚明曰：「前數章皆規模三百篇，此章忽作健語，體氣高古，遠似孟德。」

我友焉之，隔兹山岡〔一〕。誰謂河廣，一葦可航〔二〕。徒恨永離，逝彼路長〔三〕。瞻仰弗及〔四〕，徙倚彷徨〔五〕。

〔一〕「岡」吴鈔本作「梁」。○論語：「山梁雌雉。」説文：「梁，水橋也。」爾雅：「山脊，岡。」

〔二〕詩河廣：「誰謂河廣，一葦杭之。」毛傳：「杭，渡也。」案「杭」與「航」通。

〔三〕曹植贈白馬王彪詩：「汎舟越洪濤，怨彼東路長。」

〔四〕「瞻」吴鈔本誤作「贍」。

〔五〕詩燕燕：「瞻望弗及，實勞我心。」毛傳：「瞻，視也。」楚辭哀時命篇：「獨徙倚而彷徨。」注：「徙倚，猶低佪也。」莊子逍遥遊篇：「彷徨乎無爲其側。」釋文：「彷徨猶翱翔。」

陳祚明曰：「分明是末章語，此下何能忽接入軍，且我友之云，顯非贈秀才。」又曰：「以處此爲極歡，虞適彼之有害，思欲登仙，其意不可一世。」

良馬既閑〔一〕，麗服有暉〔二〕。左攬繁弱〔三〕，右接忘歸〔四〕。風馳電逝〔五〕，躡景追飛〔六〕。凌厲中原〔七〕，顧（眄）〔盼〕生姿〔八〕。

〔一〕「閑」或作「閒」，案二字古多通。

〔二〕「暉」，或作「輝」，吴鈔本作「暉」，誤也。○李善注：毛詩曰：「良馬四之。」又曰：「君子之馬，既閑且馳。」鄭玄曰：「閑，習也。」廣雅曰：「麗，好也。」揚雄反騷曰：「素初貯厥麗服兮。」説文：「暉，光也。」

〔三〕「弱」周校本誤作「若」。

〔四〕李善注：新序曰：「楚王載繁弱之弓，忘歸之矢，以射兕於雲夢。」劉履注：「『接』與『插』同，亦通作『捷』。○陳思王七啓云：『捷忘歸之矢。』應瑒馳射賦：『左攬繁弱，右接淇衛。』左傳注：『繁弱，大弓名也。』」

〔五〕「電」文選四部本同，注云：「五臣作『雷』。」袁本作「雷」，注云：「善本作『電』字。」

〔六〕「景」文選四部本同，注云：「五臣作『影』。」袁本作「影」，注云：「善本作『景』字。」○李善注：四子講德論曰：「風馳雨集，雜襲並至。」孫該琵琶賦曰：「飄風電逝，舒疾無方。」七啓曰：「忽躡景而輕騖。」○蔡邕釋誨曰：「電駭風馳。」曹植七啓曰：「飛軒電逝。」崔豹古今注曰：「秦始皇有名馬曰追風、躡景。」崔駰七依曰：「騰勾喙以追飛。」素問注：「飛，羽蟲也。」

〔七〕「淩」或作「凌」。

〔八〕「眄」吴鈔本、張本及選詩、詩紀作「盻」，古今詩删作「盼」，文選袁本、茶陵本作「眄」，四部本作「盻」，胡刻本作「盼」，宋本、安政本、太平御覽三百二十八引作「盻」，别本作「盼」，胡克家文選考異曰：「袁本、茶陵本『盼』作『眄』，注同，案『眄』字是也，『眄』爲『眄』之别體字，不知者多改爲『盻』，茶陵改刻如此，後又誤成『盼』也。」○馬叙倫曰：「宋刻本文選及鮑刻太平御覽引亦作『盻』，當從之。」〇揚案：此處用陳琳書語，則作「盼」爲是。〇李善注：劉歆遂初賦曰：「登句注以凌厲。」廣雅曰：「凌，馳也；厲，上也。」風俗通曰：「顏色厚所顧盼，若以親密也。」〇劉履注：「生姿猶孟子所謂生色，言其意氣自得見於顏面也。」〇詩吉日：「瞻彼中原。」馬瑞辰曰：「凡詩言中字在上者，皆語詞。」王粲雜詩：「方軌策良馬，並驅厲中原。」陳琳爲曹洪與魏太子書：「凌厲清浮，顧盼千里。」古詩：「顧盼生光輝。」

王夫之曰：「此章突兀拔起，墨氣噴霧，而當首只用一意磅礴，不作陡陗騰㚟之色，神于勇矣。」

邵長蘅曰：「清思峻骨，別開生面，劉舍人目爲清峻，信矣。陶公四言，便是此種。」又曰：「脱去風雅陳言，自有一種生新之致。」文選評。

陳祚明曰：「起八句即言入軍，激昂有氣，然似嘲之。」案陳氏從文選併下首爲一首。

攜我好仇，載我輕車〔一〕。南淩長阜〔二〕，北厲清渠〔三〕。仰落驚鴻，俯引淵魚〔四〕。盤于遊畋〔五〕，其樂只且〔六〕。

〔一〕李善注：毛詩曰：「君子好仇。」〇呂延濟注：好，匹，則秀才也。〇揚案：此代秀才言之，好仇指秀才軍中之侶也。詩關雎：「君子好逑。」釋文：「『逑』本亦作『仇』。」又詩兔罝：「赳赳武夫，公侯好仇。」叔夜此詩，蓋用「武夫」之義。爾雅：「仇，匹也。」邊讓章華臺賦：「爾乃攜窈窕，從好仇。」戰國策齊策：「仗輕車鋭騎衝雍門。」周禮注：「輕車，所用馳敵致師之車也。」

續漢書輿服志：「輕車，古之戰車也。洞朱輪輿，不巾不蓋，建矛戟幢麾轓輒弩服。」案此處謂以戰車爲獵也。張衡羽獵賦：「輕車飈厲。」

〔二〕「淩」或作「凌」。

〔三〕李善注：廣雅曰：「凌，乘也。」王逸楚辭注曰：「厲，度也。」○爾雅：「大陸曰阜。」班彪冀州賦：「臨孟津而北厲。」曹植節遊賦：「臨漳滏之清渠。」説文：「渠，水所居。」

〔四〕詩鶴鳴：「魚潛在淵。」曹植洛神賦：「翩若驚鴻。」又求自試表曰：「淵魚未懸於鉤餌。」應璩與從弟書曰：「弋下高雲之鳥，餌出深淵之魚。」國語注：「引，取也。」張衡歸田賦：「仰飛纖繳，俯釣清流。」

〔五〕「盤」吴鈔本作「槃」，「畋」吴鈔本及文選、詩紀作「田」。案皆通。吴鈔本原鈔「于遊」二字倒，墨校改。

〔六〕李善注：西京賦曰：「盤于游畋，其樂只且。」○西京賦薛綜注曰：「盤，樂也。」李善注曰：「尚書曰：『不敢盤于遊畋。』毛詩曰：『其樂只且。』且，辭也。」

劉履曰：「此詩蓋叔夜於秀才從戎後所寄，故首述其軍中驍勇之情，及盤游于田之樂也。」選詩補注。

王夫之曰：「補前章意，又一逗。」

淩高遠眄〔一〕，俯仰咨嗟〔二〕。怨彼幽縶〔三〕，邈爾路遐〔四〕。雖有好音，誰與清歌〔五〕。雖有姝顔〔六〕，誰與發華〔七〕。仰訊高雲〔八〕，俯託輕波〔九〕。乘流遠遁，抱恨山阿〔一〇〕。

〔一〕「淩」文選袁本作「凌」無注。「眄」張燮本及詩紀萬曆本作「盼」。

〔二〕蔡邕述行賦：「登長坂以淩高。」蘇武詩：「俯仰内傷心。」毛詩傳：「咨，嗟也。」

〔三〕「怨」吴鈔本作「宛」，皕宋樓鈔本校改作「怨」，有校語云：「各本作『怨』，據改。」

〔四〕「邈爾」吴鈔本作「室邇」。○詩小宛：「宛彼鳴鳩。」毛傳：「宛，小貌。」左傳注：「縶，拘執也。」廣雅：「邈，遠也。」詩東門之墠：「其室則邇，其人甚遠。」司馬相如琴歌：「室邇人遐毒我腸。」爾雅：「遐，遠也。」

〔五〕詩匪風：「誰將西歸，懷之好音。」案此處謂歌音也。傅毅七激曰：「太師奏操，榮期清歌。」

〔六〕「姝」吴鈔本作「朱」，皕宋樓鈔本校加「女」旁。

〔七〕楚辭招魂篇：「美人既醉，朱顔酡些。」古歌：「清樽發朱顔。」説文：「姝，好也。」禮記樂記篇：「和順積中，而英華發外。」隋書五行志引洪範五行傳曰：「華者，猶榮華容色之象也。」

〔八〕「訊」吴鈔本作「訴」，皕宋樓鈔本校改作「訊」。讀書續記曰：「以次句『俯託輕波』校之，則『訴』字爲長。」

〔九〕「託」或作「托」，「輕」周校本作「清」，注云：「黄本作『輕』。」揚案：吴鈔本亦作「輕」。○楚辭九章：「願寄言於浮雲兮。」又九辯：「仰浮雲而永歎。」毛詩傳：「訊，告也。」曹植洛神賦：

「託微波而通辭。」

〔一〇〕賈誼鵩鳥賦：「乘流則逝兮，得坻則止。」廣雅：「遁，隱也。」漢書王嘉傳：「死者不抱恨而入地。」楚辭九歌：「若有人兮山之阿。」又九歎：「徐徘徊於山阿兮。」注：「阿，曲隅也。」

王夫之曰：「以下五章，平叙雜舉，意言酣飽。」

陳祚明曰：「雖有四句，宛轉入情，發華字老。」

輕車迅邁，息彼長林〔一〕。春木載榮，布葉垂陰〔二〕。習習谷風〔三〕，吹我素琴〔四〕。咬咬黄鳥〔五〕，顧儔弄音〔六〕。感寤馳情〔七〕，思我所欽〔八〕。心之憂矣，永嘯長吟〔九〕。

〔一〕陳琳詩：「逍遥步長林。」

〔二〕曹植臨觀賦：「南園薆兮果載榮。」爾雅：「木謂之華，草謂之榮。」案散文則木亦曰榮，説文：「華，榮也。」漢中山王勝文木賦：「拂天河而布葉。」

〔三〕「谷風」文選江文通恨賦注引同，謝玄暉郡内高齋閒坐答吕法曹詩注引作「和風」。

〔四〕李善注：毛詩曰：「習習谷風。」秦嘉婦徐氏書曰：「芳香既珍，素琴又好。」○毛詩傳：「習習，和舒貌；東風謂之谷風。」秦嘉贈婦詩曰：「素琴有清聲。」

〔五〕「咬咬」張本及詩紀作「交交」，皕宋樓鈔本校删「口」旁，有校語云：「『咬』者『交』之俗。」百三家集正作「交」。

〔六〕「儔」吴鈔本及文選作「疇」，陌宋樓鈔本校改作「儔」，有校語云：「字雖通，從『儔』爲優。」○李善注：毛詩曰：「交交黄鳥。」古歌曰：「黄鳥鳴相追，咬咬弄好音。」○方以智通雅曰：「嵇叔夜詩：『咬咬黄鳥。』集韻：『咬咬通作膠膠。』然詩註『交交，好貌』，則與『佼』通。」○揚案：玉篇：「咬，鳥聲。」文選鸚鵡賦注引韻略曰：「咬咬，鳥鳴也。」

〔七〕「寤」張本及文選、詩紀等作「悟」。張溥本及詩紀注云：「集作『悟』。」詩所注云：「『悟』一作『寤』。」揚案：二字通。

〔八〕文選謝宣遠於安城答靈運詩注引嵇康秀才詩曰：「思我所欽，我勞如何。」次句不知本在何首。○李善注：古詩曰：「馳情整巾帶。」○呂延濟注：欽，敬也；所敬，謂秀才也。○史記晏嬰列傳：「夫子既以感悟而贖我。」葛立方韻語陽秋曰：「嵇康贈秀才四言詩云：『感悟馳情，思我所欽。』則以所欽爲弟。」○詩紀雜解曰：「嵇康詩以所欽爲弟，陸機贈從兄車騎詩云：『寤寐靡安豫，願言思所欽。』則以所欽爲兄，又贈馮文羆詩云：『慷慨誰爲感，願言懷所欽。』則以所欽爲友。」○揚案：下章稱良朋，則此章所欽，未必爲兄弟之稱也。

〔九〕李注：毛詩曰：「心之憂矣，我歌且謡。」杜篤連珠曰：「能離光明之顯，長吟永嘯。」○楚辭九歎：「長吟永欷，涕究究兮。」

王夫之曰：「『春木』四句，寫氣寫光，幾非人造。」

陳祚明曰：「『布葉』句，『顧儔』句，並有雋致，喜其不襲三百篇語，故能自作致也。」

又曰：「此章興意生動。」

浩浩洪流〔一〕，帶我邦畿〔二〕。萋萋緑林，奮榮揚暉〔三〕。魚龍瀺灂，山鳥羣飛〔四〕。駕言出遊〔五〕，日夕忘歸〔六〕。思我良朋，如渴如饑〔七〕。願言不獲，愴矣其悲〔八〕。

〔一〕「流」文津本作「河」。

〔二〕李善注：毛萇詩傳曰：「畿，疆也。」○楊慎丹鉛雜録曰：「蔡邕漢津賦：『夫何大川之浩浩兮，洪荒淼以元清。』嵇康詩『浩浩洪流，帶我邦畿』本於此句。」○揚案：管子小問篇曰：「詩有之：『浩浩者水。』」楚辭九章曰：「浩浩沅湘。」嵇詩不必本於蔡賦也。○楚辭注：「浩浩，廣大貌。」傅毅洛都賦：「被崑崙之洪流。」詩玄鳥：「邦畿千里。」班固西都賦：「帶以洪河涇渭之川。」

〔三〕「揚」吴鈔本誤作「楊」，「暉」或作「輝」，吴鈔本誤作「暉」。○詩葛覃：「維葉萋萋。」毛傳：「萋萋，茂盛貌。」張衡南都賦：「布緑葉之萋萋。」古詩：「含英揚光輝。」曹植大暑賦：「玄木奮榮。」又芙蓉賦：「其揚暉也，晃若九陽出暘谷。」文選注：「奮，動也。」

〔四〕李善注：樂動聲儀曰：「風雨動魚龍，仁義動君子。」上林賦曰：「瀺灂霣墜。」劉向七言曰：「山鳥善鳴我心懷。」○宋玉高唐賦：「巨石溺溺之瀺灂。」文選注：「埤蒼曰：『瀺灂，水流聲貌。』王逸機婦賦：『游魚銜餌，瀺灂其陂。』」

〔五〕「出遊」吴鈔本作「遊之」，皕宋樓鈔本有校語云：「各本『出遊』義勝之。」文選四部本作「出遊」，注云：「五臣作『遊之』。」袁本作「游之」，注云：「善本作『出游』。」

〔六〕「夕」吴鈔本原鈔誤作「久」，墨校塗改成「夕」，皕宋樓鈔本原鈔亦作「久」，校者以朱筆改註「夕」字。○李善注：毛詩曰：「駕言出遊。」楚辭曰：「日將暮兮悵忘歸。」詩：「君子于役，日之夕矣。」

〔七〕「饑」吴鈔本及選詩作「飢」，文選袁本作「饑」，四部本、胡刻本作「飢」，袁本無注，四部本注云：「五臣作『饑』。」○李善注：毛詩曰：「每有良朋。」曹植責躬詩曰：「遲奉聖顔，如渴如飢。」○張銑注：良朋，謂秀才也。

〔八〕李善注：張衡詩曰：「願言不獲，終然永思。」曹植責躬詩曰：「心之云慕，愴矣其悲。」○詩二子乘舟：「願言思子。」毛傳：「願，每也。」箋云：「願，念也。」○案世説新語雅量篇曰：「桓公伏甲設饌，廣延朝士，因此欲誅謝安、王坦之，謝望階趨席，方作洛生詠，諷『浩浩洪流』，桓憚其曠遠，乃趣解去。」安石所詠即此詩也。

劉履曰：「此叔夜自叙其與秀才别後之情，言見洪流尚縈帶而相近，緑林且榮耀而悦人，魚龍亦共聚而游，山鳥有羣飛之樂，是以覽物興懷，思得同趣之人，相與遊娱，以忘晨夕，今乃不獲所願，使我思之不已，至於悲傷也。魏志稱其『文辭壯麗』，觀此詩，亦可見矣。」

王夫之曰：「峥嶸蕭瑟者，至『魚龍瀺灂，山鳥羣飛』止矣，過此則爲思語。」

陳祚明曰：「『魚龍』八字，是晉人語，然頗生動。詳此稱良朋，則秀才未定是兄，題固不言兄耳。」

何焯曰：「洪流則魚龍聚焉，春林則羣鳥集焉，此謂生才之盛，然必待同志者而招焉，故思我友朋也。」義門讀書記。

又曰：「『瀺灂』『羣飛』，皆謂同類之相求也。」文選評。

息徒蘭圃〔一〕，秣馬華山〔二〕。流磻平皋，垂綸長川〔三〕。目送歸鴻，手揮五絃〔四〕。俯仰自得，遊心太玄〔五〕。嘉彼釣叟，得魚忘筌〔六〕。郢人逝矣，誰可盡言〔七〕。

〔一〕「徒」初學記十八引誤作「造」。

〔二〕李善注：蘭圃，蕙圃也。毛詩曰：「之子于歸，言秣其馬。」毛萇詩傳曰：「秣，養也。」華山，山有光華也。○劉履注：華山，蓋借用歸馬華山之意。○公羊昭公八年傳：「簡車徒也。」注：「徒，衆也。」藝文類聚六十五引楚辭曰：「忽死蘭圃。」子虛賦郭璞注引張揖曰：「蕙圃，蕙草之圃也。」曹植閒居賦：「過蘭蕙之長圃。」○楊慎丹鉛雜録曰：「夏侯湛獵兔賦：『息徒蘭圃，秣驥華田，目送歸波，手揮五絃，優哉游哉，聊以永年。』其詩與嵇叔夜同，嵇與夏侯同時，其偶同耶，其相取耶？嵇詩作『華山』，夏侯作『華田』，田字覺勝，蓋魏都在鄴，不應言『華山』，當是『華田』。華音花，言華茂之田也。」○葉渭清曰：「歸馬華山，借用經語，何必當地。文選善注華山，但云『山有光華』，初不實指其地，説詩不當如是耶？惟『目送』『手揮』，詩中雋語，學者習聞中散，罕道夏侯，附此以傳，足資談助，文章天成，妙手偶得，必屬之嵇，毋乃固歟？」○揚案：晉書顧愷之傳：「每重嵇康四言詩，因爲之圖，恒云：『手揮五絃易，目送歸鴻難。』」是知夏侯「歸波」二句，取之於嵇，則「華山」二句，必亦嵇之語也。至「華山」與「蘭圃」對文，皆以美言之，楊氏自誤解耳。

〔三〕李善注：説文曰：「磻，以石著弋繳也。」鄭玄毛詩箋曰：「釣者以絲爲之綸。」○梁章鉅文選旁證曰：「今説文：『磻，以石著隿繳也。』玉篇：『磻，以石維繳也。同文，碆。』」○毛詩傳：「皐，澤也。」司馬相如宜春宮賦：「注平皐之廣衍。」

〔四〕「絃」吴鈔本作「弦」，讀書續記曰：「選本作『絃』，是。」○揚案：二字古多通用。○李善注：漢書曰：「周亞夫趨出，上以目送之。」歸田賦：「彈五絃於妙指。」○左氏桓公元年傳：「目逆而送之。」淮南子要略：「五絃之琴，必有細大駕和，而後可以成曲。」説文：「琴，神農所作，洞越，練朱五絃，周加二絃。」○陳暘樂書曰：「揚雄謂陶唐氏加二絃，以會君臣之恩，桓譚以爲文王加少宫少商二絃，釋智匠以爲文王武王各加一，以爲文絃武絃。」吴穎芳吹豳録曰：「尸佼、韓非、子華子皆云：『虞帝彈五絃以歌南風』，張平子云：『彈五絃之妙音』，蔡伯喈云：『五絃琴，象五行』，高誘云：『古琴五絃，至周有七律，增爲七絃。』然則自上古以及漢晉，俱上五絃。揚子雲云：『琴本五絃，陶唐氏加二絃。』桓君山、許叔重、釋智匠均以周加二絃，大抵二絃是周時所加。」○揚案：風俗通義謂七絃者法七星，此臆説也，二絃是周時所加，説更可信。又案琴用正聲，罕取二變，故古琴或以五絃，五絃之琴，唐代尚或用之，元氏長慶集有五絃彈之詩。

〔五〕「太」吴鈔本及文選胡刻本作「泰」，文選袁本、四部本作「太」，並注云：「善本作『泰』字。」○李善注：楚辭曰：「漠虚静以恬愉兮，澹無爲而自得。」泰玄，謂道也。○淮南子曰：「自得者，全其身者也，全其身，則與道爲一矣。」○劉履注：太玄，謂老莊之道。淮南子原道訓：「與陰陽俯仰兮。」班固西都賦：「俯仰極樂。」莊子應帝王篇：「汝遊心於淡，合氣於漠。」漢書禮樂志：「惟泰玄尊。」注：「泰玄，天也。」

〔六〕李善注：莊子曰：「莊子釣於濮水之上。」又曰：「筌者所以在魚也，得魚而忘筌；蹄者所以在兔也，得兔而忘蹄；言者所以在意也，得意而忘言，吾焉得夫忘言之人而與之言哉？」

〔七〕「可」張本及文選、詩紀、初學記十八引作「與」。○李善注：莊子曰：「莊子送葬，過惠子之墓，顧謂從者曰：『郢人堊漫其鼻端若蠅翼，使匠石斲之，匠石運斤成風，聽而斲之，盡堊而鼻不傷，郢人立不失容。宋元君聞之，召匠石曰：嘗試爲寡人爲之。匠石曰：臣則嘗能爲之，雖然，臣質死久矣，自夫子之死也，吾無以爲質矣，吾無與言之矣。』」

范晞文曰：「古人句法極多，有相襲者，若嵇叔夜『目送歸鴻，手揮五絃，俯仰自得，遊心太玄』，則運思寫心，迥不同矣。」對牀夜語。

劉履曰：「此言秀才從軍多暇，既無事於戰鬥，惟以弋釣自娯，或目送飛鴻，或手彈五絃，而俯仰之間，游心道妙，如彼釣叟，得魚而忘筌，其自得如此，固可嘉矣。然在軍旅之中，誰可與論此者，正猶莊子之意，既無郢人之質，則匠石雖有運斤斲鼻之巧，而無所施也。」

王夫之曰：「前人寫景，較之檢書燒燭，看劍引盃，生死自别。」

何焯曰：「『嘉彼釣叟，得魚忘筌』二語，斷章以取忘言之義，此蓋諷其勿入軍也。」

王士禛曰：「『手揮五絃，目送歸鴻』，妙在象外。」古夫于亭雜録。

陳祚明曰：「高致超超，顧盼自得，竟不作三百篇語，然彌佳。」

于光華曰：「直會心語，非泛然爲佳句者。」文選評。

閑夜肅清〔一〕，（朗）〔明〕月照軒〔二〕。微風動袿〔三〕，組帳高褰〔四〕。旨酒盈尊〔五〕，莫與交歡〔六〕。瑟琴在御〔七〕，誰與鼓彈〔八〕。仰慕同趣，其馨若蘭〔九〕。佳人不存〔一〇〕，能不永歎〔一一〕。

〔一〕「閑夜」北堂書鈔百五十引誤作「開户」。孔廣陶曰：「本鈔『户』誤『衣』，照陳本訂正。」○葉渭清曰：「『開衣』是『閑夜』之誤，誤爲『開衣』，其誤易察，改作『開户』，則去之彌遠矣。」

〔二〕「朗」吴鈔本原鈔作「明」，墨校改。案由李注觀之，作「明」是也。○李善注：舞賦曰：「夫何皦皦之閑夜，明月列以施光。」軒，長廊之有窻也。○班固終南山賦：「天氣肅清。」曹植大暑賦：「閑房肅清。」魏文帝與吴質書：「白日既匿，繼以朗月。」

〔三〕文選袁本「袿」下有注云：「一本作『幃』字。」

〔四〕李善注：方言曰：「袿謂之裾。」音圭。「袿」或爲「幃」。周禮曰：「幕人掌帷幕幄帟綬之事。」鄭司農曰：「帟，平帳也。綬，組綬，所以繫帷也。」王逸楚辭注曰：「以幕組結束玉璜爲帷帳也。」○朱珔文選集釋曰：「廣雅云：『袿，袖也。』又曰：『長襦也。』釋名云：『婦人上服曰袿，其下垂者，上廣下狹如刀圭也。』既言下垂即是裾，説文襦訓短衣，而曰長襦，固言其裾之垂也，然則此動袿即動裾耳。若幃乃香囊之屬，見思玄賦『風不應動』之注，下説帷帳，或以『幃』通『帷』，又與下『組帳高褰』複，知作『幃』者非也。」○文選注：「褰，開也。」

〔五〕「尊」吳鈔本、張本及詩紀，及文選四部本、胡刻本作「樽」，文選袁本作「罇」，注云：「善本從木。」文選謝玄暉休沐重還道中詩注引作「罇」，陶淵明歸去來辭注引作「樽」。案各字並通。

〔六〕李善注：毛詩曰：「旨酒欣欣。」漢書曰：「郭解入關，賢豪争交歡。」○李周翰注：莫與交歡，謂秀才不在此也。○李陵與蘇武詩：「獨有盈觴酒，與子結綢繆。」王粲公讌詩：「旨酒盈金罍。」史記司馬相如傳：「臨邛諸公，皆因門下獻牛酒以交歡。」

〔七〕「瑟琴」吳鈔本作「琴瑟」，張本及文選、詩紀作「鳴琴」。

〔八〕李善注：毛詩曰：「琴瑟在御，莫不静好。」○韓子説林下：「此人遺我鳴琴。」吕氏春秋察賢篇：「宓子賤治單父，彈鳴琴。」司馬相如美人賦：「設旨酒，進鳴琴。」

〔九〕李善注：六韜曰：「同好相趣。」薛綜西京賦注曰：「趣猶意也。」易曰：「同心之言，其臭如蘭。」○曹植聖皇篇：「俯仰慕同生。」

〔一〇〕「存」文選袁本同，四部本、胡刻本作「在」，袁本注云：「善本作『在』字。」四部本注云：「五臣作『存』。」

〔一一〕李善注：楚辭曰：「聞佳人兮召予。」毛詩曰：「假寐永歎。」○張銑注：佳人謂秀才。○爾雅：「存，在也。」

陳祚明曰：「別緒纏綿，言情深至；如此結頗悠然有餘致，不須下文。」

乘風高遊〔一〕，遠登靈丘〔二〕。託好松喬〔三〕，攜手俱遊〔四〕。朝發太華〔五〕，夕宿神州〔六〕。彈琴詠詩，聊以忘憂〔七〕。

〔一〕「遊」吴鈔本作「逝」。

〔二〕曹植升天行：「乘風忽登舉。」班彪覽海賦：「因離世而高遊。」賈誼弔屈原賦：「鳳縹縹其高逝兮。」楚辭九懷：「飛翔兮靈丘。」曹大家大雀賦：「生崑崙之靈丘。」

〔三〕「託」吴鈔本作「結」。

〔四〕列仙傳：「赤松子，神農時雨師也，服水玉以教神農，能入火不燒，至崑崙山上，常止西王母石室中，隨風雨上下。」又曰：「王子喬者，周靈王太子晉也，好吹笙，作鳳鳴，遊伊洛之間，道人浮邱公接以上嵩山，後於緱山乘白鶴駐山頭，數日，舉手謝時人而去。」楚辭哀時命篇：「與赤松而結友兮，比王喬而爲耦。」東觀漢記：「光武帝詔曰：『安得松喬與之而共遊乎？』」曹植釋愁文曰：「使王喬與子攜手而遊。」王褒四子講德論曰：「相與結侶，攜手俱遊。」

〔五〕「太」吴鈔本作「泰」，二字通。

〔六〕「州」吴鈔本作「洲」。○山海經西山經：「松果之山，西六十里曰太華之山，削成而四方，其高五千仞，其廣千里。」古樂府長歌行：「導我上太華，攬芝獲赤幢。」史記孟荀列傳：「中國名曰赤縣神州。」河圖括地象曰：「崑崙東南，地方五千里，名曰神州。」楚辭九章：「朝發枉渚兮，夕宿辰陽。」

〔七〕尚書大傳：「子夏曰：『深山之中作壤室，彈琴詠先王之道，則可以發憤矣。』」東方朔非有先生論曰：「積土爲室，編蓬爲户，彈琴其中，以詠先王之風，亦可以樂而忘死矣。」毛詩箋：「聊，且略之詞。」論語：「樂以忘憂。」楚辭七諫：「聊愉娱以忘憂。」

王夫之曰：「但用『聊以忘憂』，略帶風旨，來縱衍作三章，更不似送秀才入軍詩矣。含情之妙，山遠天高。俗筆至此，如鉤著魚吻，至死不敢脱離，而爲之名曰鉤鎖，曰照應，誰畫地者，遂作千年犴狴，悲夫。」

方廷珪曰：「讀叔夜詩，能消去胸中一切宿物，由天資高妙，故出口如脱，在魏、晉間，另是一種手筆。」文選集成。

琴詩自樂〔一〕，遠遊可珍〔二〕。含道獨往〔三〕，棄智遺身〔四〕。寂乎無累，何求於人〔五〕。長寄靈岳〔六〕，怡志養神〔七〕。

〔一〕「自」吴鈔本作「可」。

〔二〕劉歆遂初賦：「玩琴書以條暢。」楚辭遠遊篇：「悲時俗之迫阨兮，願輕舉而遠遊。」

〔三〕「含」吴鈔本、張燮本作「舍」。讀書續記曰：「以全章讀之，作『含』爲是。」

〔四〕老子：「含德之厚，比於赤子。」又曰：「絶聖棄智，民利百倍。」淮南子注：「含，懷也。」莊子在宥篇：「獨往獨來，是謂獨有。」又天下篇：「慎到棄智去己。」文選注引淮南王莊子要略曰：「江海之士，山谷之人，輕天下細萬物而獨往者也。」司馬彪曰：「獨往，任自然不復顧也。」

〔五〕莊子天下篇：「忽乎若亡，寂乎若清。」又達生篇：「棄世則無累。」

〔六〕「岳」或作「嶽」。

〔七〕王粲白鶴賦：「餐靈岳之瓊蕊。」淮南子泰族訓：「治身太上養神，其次養形。」

流俗難悟〔一〕，逐物不還〔二〕。至人遠鑒，歸之自然〔三〕。萬物爲一，四海同宅〔四〕。與彼共之，予何所惜〔五〕。生若浮寄，暫見忽終〔六〕。世故紛紜，棄之八（成）〔戎〕〔七〕。澤雉雖

陳祚明曰：「無累故無求，名言也。」

譏〔八〕，不願園林〔九〕。安能服御，勞形苦心〔一〇〕。身貴名賤，榮辱何在。貴得肆志，縱心無悔〔一一〕。

〔一〕「俗」吴鈔本作「代」，「悟」吴鈔本原鈔作「寤」，墨校改。

〔二〕禮記射義篇：「化民成物，不從流俗。」説文：「悟，覺也。」莊子天下篇：「惠施逐萬物而不反。」

〔三〕莊子逍遥遊篇：「不離於真，謂之至人。」毛詩箋：「鑑，視也。」老子：「道法自然。」史記老莊列傳：「莊子散道德，放論要，亦歸之自然。」

〔四〕「同」吴鈔本作「爲」。○莊子齊物論篇：「天地與我並生，而萬物與我爲一。」張衡西京賦：「然而四海同宅西秦，豈不詭哉。」薛綜注：「宅，居也。」案此謂同居一域也，其義有殊。

〔五〕莊子大宗師篇：「孔子曰：『丘，天之戮民也，雖然，吾與汝共之。』」郭象注：「雖爲世所桎梏，但爲與汝共之耳，明己恒自在外也。」

〔六〕莊子刻意篇：「其生若浮。」曹植魏文帝誄：「生若浮寄，德貴長傳。」

〔七〕「八成」吴鈔本作「八戎」，程本、汪本、四庫本作「無成」。讀書續記曰：「此詩十韻，每四句换韻，此『戎』字與上『終』字韻，作『戎』爲長，八戎猶八方矣。」○列子楊朱篇：「不治世，故放意所好。」崔駰達旨曰：「子苟欲勉我以世故。」楚辭注：「紛紜，亂貌也。」史記商君列傳：「施德諸侯，而八戎來服。」又匈奴列傳：「西戎八國服於秦。」案此八戎，猶言八蠻，本集卜疑篇即云

「遊八蠻」，文選注：「八戎，八方也。」此別一義。又案經傳所稱戎狄之數，參差不同，此文「八」字又或爲「六」字之譌，白虎通禮樂篇引曾子問云：「九夷八蠻，六戎五狄，百姓之難至者也。」禮記王制疏引李巡注爾雅云：「六戎：一曰僥夷，二曰戎夷，三曰老白，四曰耆羌，五曰鼻息，六曰天剛。」大戴禮用兵篇：「六蠻四夷，交伐於中國。」「八戎」之或作「六戎」，猶「八蠻」之或作「六蠻」矣。

〔八〕「饑」吴鈔本及詩紀作「飢」。

〔九〕「願」吴鈔本及詩紀萬曆本作「顧」。○莊子養生主篇：「澤雉十步一啄，百步一飲，不蘄畜乎樊中。」

〔一〇〕「苦」字吴鈔本塗改而成。○楚辭九辯：「驥不驟進而求服兮。」説文：「服，用也，一曰車右騎所以舟旋。」莊子應帝王篇：「是於聖人也，胥易技係，勞形怵心者也。」又漁父篇：「苦心勞形，以危其真。」淮南子原道訓：「任耳目以聽視者，勞形而不明，以知慮爲治者，苦心而無功。」

〔一一〕史記魯仲連傳：「魯連逃隱於海上，曰：『吾與富貴而詘於人，寧貧賤而輕世肆志焉。』」張衡歸田賦：「苟縱心於物外，安知榮辱之所如。」楚辭遠遊篇注：「縱心肆志，所願高也。」

陳祚明曰：「超語不恒。」

胡應麟曰：「叔夜送人從軍至十九首，已開晉、宋四言門户，然雄辭彩語，錯互其間，未令人厭。」詩藪。

王夫之曰："有養有長，有坎有流，相會成章，不拘拘於小宛、桑柔，而神同栖，氣同遊矣。文選割裂，僅存得句耳。世有得句爲詩，得字爲詩者，如村醫合藥，記本草主治，遂欲以芎藭愈頭，杜仲愈脊，頭脊雙病，且合芎藭杜仲而飲之，不殺人者幾何哉。"

秀才答四首附

吴鈔本題下注云："三五言，一四言。"○凡集中所附他人詩文，吴鈔本皆不低格。○各書或題"答嵇康四首"，或題"答弟叔夜四首"，又多以四言一首居前。

采菽堂古詩選題作"答弟叔夜四首"，又分題"四言一章，五言三章"，注云："凡同時與叔夜訓答諸詩，四言五言，往往錯出，似是意不盡而别作，如劉琨之重贈盧諶，必非共爲一篇者，故輒分之。"

吴鈔本此詩第一首後，原鈔有十四行，前二行共三十八字，其前段爲"飾車駐駟"一首中之前二十一字，惟"飾"字作"飭"，又"茂"下"青"字作"春"，後段爲本集雜詩之末十七字，第三行中題"五言詩"三字，亦低四格，第四行以下爲五言詩三首，各本所無，今附録卷後，此十四行，校者皆以朱筆抹之，更於每行縫中以墨筆改鈔此詩，第二第三第四首以後，仍接鈔幽憤詩。○原鈔將"飾車駐駟"一首中"鳥"字以下至於"虧"字接鈔雜詩"綿"字之下，其後爲此詩"君子體通變""達人與物化"二首，次爲幽憤詩一題，次爲幽憤詩之文，由起句至篇中"近"字止。校者由"鳥"字起，以墨筆及朱筆分抹之，更於行縫中「綿」字之下朱書「駒」字，「駒」字下則以墨筆改鈔雜詩，由「流」字至「符」字。〇兩處改鈔之文，與此本同，而原鈔時有異字，今仍於句下注云原鈔作某。

華堂臨浚沼，靈芝茂清泉〔一〕。仰瞻青禽翔〔二〕，俯察緑水濱〔三〕。逍遥步蘭渚，感物懷古人〔四〕。李叟寄周朝，莊生遊漆園〔五〕。時至忽蟬蛻，變化無常端〔六〕。

〔一〕魏文帝鶯賦：「升華堂而進御。」毛詩傳：「浚，深也；沼，池也。」酈炎詩：「靈芝生河洲。」王粲大暑賦：「就清泉以自沃。」

〔二〕「青」吴鈔本作「春」。

〔三〕「緑」詩雋類函作「渌」。〇易繫辭上：「仰以觀於天文，俯以察於地理。」王褒洞簫賦：「春禽羣嬉，翱翔乎其巔。」傅毅洛都賦：「弭節容與，渌水之濱。」曹植情詩：「游魚潛渌水，翔鳥薄天飛。」〇案張彦遠法書要録引王羲之曲水詩曰：「仰眺碧天際，俯盤渌水濱。」即祖此語。

〔四〕魏文帝芙蓉池詩：「逍遥步西園。」「蘭渚」見前贈詩（鴛鴦于飛，肅肅其羽）注〔二〕。古樂府傷歌行：「感物懷所思。」詩緑衣：「我思古人。」

〔五〕史記老莊列傳：「老子名耳，字聃，姓李氏，周守藏室之史也。莊子名周，嘗爲漆園吏。」

〔六〕戰國策秦策：「聖人不能爲時，時至弗失也。」春秋繁露天道施篇：「蜩蛻濁穢之中。」史記屈賈列傳：「蟬蛻於濁穢。」莊子天下篇：「芴漠無形，變化無常。」淮南子主術訓：「運轉而無端。」

注：「端，厓也。」

陳祚明曰：「將爲用世之言，首章翻作此語，轉宕得宜。」

君子體變通〔一〕，否泰非常理〔二〕。當流則義行〔三〕，時（遊）〔逝〕則鵲起〔四〕。達者鑒通塞〔五〕，盛衰爲表裏〔六〕。列仙徇生命〔七〕，松喬安足齒〔八〕。縱軀任世度〔九〕，至人不私己〔一〇〕。

〔一〕「變通」吴鈔本原鈔作「通變」。

〔二〕崔駰達旨曰：「君子通變，各審所履。」淮南子注：「體，法也。」易繫辭下：「變通者，趣時者也。」又雜卦傳：「否泰，反其類也。」

〔三〕「義」吴鈔本、程本、汪本、四庫本作「蟻」。案「義」爲「蟻」省。

〔四〕「遊」吴鈔本原鈔作「逝」，是也。○賈誼鵩鳥賦：「乘流則逝兮。」文選謝玄暉和伏武昌登孫權故城詩注引莊子曰：「鵲上城之垝，巢於高榆之顛，城壞巢折，淩風而起。故君子之居世也，得時則義行，失時則鵲起。」案藝文類聚八十八及九十二亦引莊子此語，今本莊子無之。

〔五〕「塞」吴鈔本原鈔作「機」。

〔六〕莊子齊物論篇：「唯達者知通爲一。」易節卦象曰：「不出户庭，知通塞也。」

〔七〕「仙」或作「僊」。「徇」或作「殉」，或作「狥」。
〔八〕「松喬」見前贈詩（乘風高遊）注〔四〕。左傳注：「齒，列也。」
〔九〕「世度」胡應麟詩藪引作「度世」。
〔一〇〕鵩鳥賦：「縱軀委命，不私與己。」風俗通義：「語曰：『金不可作，世不可度。』」抱朴子黃白篇：「經曰：『金可作也，世可度也。』」莊子逍遥遊篇：「至人無己。」

陳祚明曰：「『縱軀』句，意異語蒼。」

達人與物化，（世俗安可論）〔無俗不可安〕〔一〕。都邑可優游，何必棲山原〔二〕。孔父策良駟，不云世路難〔三〕。出處因時資，潛躍無常端〔四〕。保心守道居，視變安能遷〔五〕。

〔一〕此句吴鈔本原鈔作「無俗不可安」。葉渭清曰：「原鈔義似更勝。」○左氏昭公七年傳：「其後必有達人。」莊子天地篇：「方且與物化而未始有恒。」淮南子原道訓：「外與物化，而內不失其情。」楚辭漁父篇：「安能以皓皓之白，蒙世俗之塵埃乎。」又七諫曰：「世俗更而變化兮。」
〔二〕張衡歸田賦：「游都邑以永久。」漢書段會宗傳：「谷永與書曰：『若子之材，可優游都城而取卿相，何必勒功昆山之仄。』」莊子山木篇：「豐狐文豹，棲於山林。」崔駰達旨曰：「士或盥耳而山棲。」國語注：「山處曰棲。」
〔三〕後漢書申屠剛傳：「對策曰：『損益之際，孔父攸歎。』」方言：「凡尊老，南楚謂之父。」楚辭九思：「放余轡兮策駟。」毛詩箋：「駟，四馬也。」史記孔子世家：「南宫敬叔言于魯君曰：『請與孔子適周。』魯君與之一乘車，兩馬，一豎子，俱適周問禮。」説苑貴德篇：「孔子歷七十二君，冀道之一行，而得施其德。」「世路」見前贈詩（雙鸞匿景曜）注〔一六〕。

〔四〕易繫辭上：「君子之道，或出或處。」韓子喻老篇：「隨時而舉事，因資而立功。」傅毅扇銘：「知進能退，隨時出處。」易乾卦：「初九，潛龍勿用。九四，或躍在淵，無咎。」

〔五〕「視」吴鈔本原鈔作「覩」。○禮記曲禮上：「安安而能遷。」注：「安者，仁之順，遷者，義之決。」

陳祚明曰：「各自道其懷來，不畏叔夜聞而攢眉，語亦條暢古樸。」

飾車駐駟〔一〕，駕言出遊〔二〕。南厲伊渚，北登邙丘〔三〕。（青）〔春〕林華茂〔四〕，青鳥羣嬉〔五〕。感悟長懷〔六〕，能不永思〔七〕。永思伊何，思齊大儀〔八〕。淩雲輕邁〔九〕，託身靈螭〔一〇〕。遥集芝圃〔一一〕，釋轡華池〔一二〕。華木夜光，沙棠離離〔一三〕。俯漱神泉，仰嘰瓊枝〔一四〕。結心皓素〔一五〕，終始不虧〔一六〕。

〔一〕「飾」吴鈔本原鈔作「飭」，案二字通。

〔二〕詩六月：「戎車既飭。」毛傳：「飭，正也。」説文：「駐，馬立也。」詩泉水：「駕言出游，以寫我憂。」

〔三〕水經：「伊水東北至洛陽縣。」説文：「邙，河南洛陽北山上邑。」

〔四〕周樹人曰：「案秀才詩止此，已下當是中散詩也。原本蓋每葉二十二行，行二十字，而闕第四葉，鈔者不察，寫爲一篇，後來衆家刻本，遂並承其誤。詩紀迻此爲第一首，尤謬。」

〔五〕「青」字吴鈔本原鈔作「春」，改鈔作「青」。葉渭清曰：「原鈔僅有『春』字，『鳥羣嬉』下，誤續入卷末雜詩『歎過綿』後，合觀之，知鈔者所據本作『春鳥』，不作『青鳥』也。『春』『青』形近，第一首『春禽』各本作『青禽』，即其例。」○揚案：原鈔是也，古人用「青鳥」處亦多，但此處必仍用王褒洞簫賦語。○揚雄羽獵賦：「布乎青林之下。」曹植洛神賦：「華茂春松。」又離思賦：「林修茂而鳥喜。」淮南子主術訓：「木茂而鳥集。」洞簫賦：「春禽羣嬉，翱翔乎其顛。」

〔六〕「悟」或作「寤」。

〔七〕「感悟」見前贈詩（輕車迅邁）注〔八〕。楚辭九歎：「情慨慨而長懷。」

〔八〕「齊」與「躋」通，爾雅：「躋，陞也。」「大」與「太」通，楚辭遠遊篇：「朝發軔於太儀兮。」注：「太儀，天帝之庭。」文選注：「大儀，太極也，以生天地，謂之大成，形之始謂之儀。」

〔九〕「淩」或作「凌」。

〔一〇〕管子水地篇：「龍生於水，故神欲上，則淩雲氣。」史記司馬相如列傳：「相如既奏大人之頌，天子大悦，飄飄有淩雲之氣，遊天地之間意。」楚辭九歌：「駕兩龍兮驂螭。」

〔一一〕「芝」吴鈔本原鈔作「玄」。

〔一二〕司馬相如大人賦：「登閬風而遥集。」張衡羽獵賦：「夐遥集乎南圃。」劉邵七華曰：「芝圃揚芳。」十洲記：「鍾山，在北海之子地，仙家數千萬，耕田種芝草。」易林：「釋轡繫馬，西南廡下。」崔駰七言詩：「啄食竹實飲華池。」史記大宛傳曰：「禹本紀言：『河出崑崙，其上醴泉瑶池。』」揚案：海内西經：「崑崙之墟。」郭璞注：「上有醴泉華池，蓋天地之中也，見禹本紀。」今本史記「華池」作「瑶池」，惟論衡談天篇及藝文類聚七引史記此文，仍作「華池」。

〔一三〕楚辭天問篇：「羲和之未陽，若華何光？」注：「日未出之時，若木何能有明赤之光華。」淮南子墬形訓：「扶木在陽州，日之所曊。建木在都廣。若木在建木西，末有十日，其華照下地。」曹植芙蓉賦：「其始榮也，皎若夜光尋扶木。」案此處謂若木之光華，於夜中明照，非謂月或夜光珠也。文選西都賦注曰：「夜光爲通稱，不繫之珠璧」，是已。山海經西山經：「崑崙之丘，有木焉，其狀如棠，黄華赤實，其味如李而無核，名曰沙棠，可以禦水，食之使人不溺。」吕氏春秋本味篇：「果之美者，沙棠之實。」詩湛露：「其桐其椅，其實離離。」毛傳：「離離，垂也。」

〔一四〕「嘰」程本作「采」，「瓊」詩紀、六朝詩集等作「璚」。○張衡思玄賦：「漱飛泉之瀝液兮。」淮南子墬形訓：「河水赤水弱水洋水，凡四水者，帝之神泉，以和百藥，以潤萬物。」列仙傳：「岑山上有神泉。」離騷：「折瓊枝以爲羞兮。」司馬相如大人賦：「噍咀芝英兮嘰瓊華。」漢書注張晏曰：「嘰，食也。瓊樹生崑崙西。」文選江文通雜體詩注及藝文類聚九十引莊子曰：「南方有鳥，其名曰鳳，居積石千里，河海出下，鳳凰居上，天爲生樹名瓊枝，高百二十仞，大三十圍，以琳琅爲實。」

〔一五〕吴鈔本原鈔作「棲心浩素」。

〔一六〕潛夫論讚學篇：「結心於夫子之遺訓。」班固幽通賦：「皓爾太素，曷渝色兮。」列子天瑞篇：「太素者，質之始也。」「不虧」見前贈詩（雙鸞匿景曜）注〔六〕。

陳祚明曰：「『青林』二句，『華木』二句，微有雋致。公穆用世人，强作高語，其情不深。」揚案：此首不必盡爲公穆之詩也，説見注中。

胡應麟曰：「嵇喜，叔夜之兄，吕安所爲題鳳，阮籍因之白眼者，疑其不識一丁。及讀喜詩，有答叔夜四章四言，殆相伯仲。五言『列仙狥生命，松喬安足齒，縱軀任度世，至人不私己』。其識趣非碌碌者，或韻度不侔厥弟，然以凡鳥流俗遇之，亦少寃矣。」

幽憤詩一首

李善注：魏氏春秋曰：「康及吕安事，爲詩自責。」干寶晉書曰：「康有潛遯之志，不能被褐懷寶，矜才而上人。安，巽庶弟，俊才，妻美，巽使婦人醉而幸之，醜惡發露，巽病之，告安謗己。巽於鍾會有寵，太祖遂徙安邊郡，遺書與康：『昔李叟入秦，及關而歎』云云，太祖惡之，追收下獄，康理之，俱死。」魏氏春秋曰：「康寓居河内之山陽，鍾會爲大將軍所昵，聞而造之，康方箕踞而鍛，會至不爲禮，會深恨之。康與東平吕昭子巽及弟安親善，會巽婬安妻徐氏，而誣安不孝，囚之。安引康爲證，義不負心，保明其事。安亦至烈，有濟世志。鍾會勸大將軍因此除之，殺安及康。」班固史遷述曰：「幽而發憤，乃思乃精。」

王楙野客叢書曰：「石林詩話曰：『嵇康幽憤詩：昔慙柳下，今愧孫登。蓋志鍾會之事。』僕謂鍾會之所以害康者，因吕安兄訟弟之故，觀其集有與吕長悌絶交一書甚詳。蓋康爲安致解於其兄，兄紿其和，密致其罪，康悔，因爲是書與其兄絶交，遂牽連入獄。幽憤之詩，正志其事，所以繼有『内負宿心，外恧良朋』之語。」○揚案：此詩志巽、安之事，誠如王氏所論，惟叔夜入獄，或在吕安追收下獄之後，不必因與吕巽絶交，遽致牽連也。漢書司馬遷傳：「既陷極刑，幽而發憤。」案叔夜亦被誣下獄，故以幽憤名詩。崔寔政論曰：「屈子所以攄其幽憤。」

嗟余薄祜〔一〕，少遭不造〔二〕。哀煢靡識〔三〕，越在繈緥〔四〕。母兄鞠育〔五〕，有慈無威〔六〕。恃愛肆姐〔七〕，不訓不師〔八〕。爰及冠帶，馮寵自放〔九〕。抗心希古，任其所尚〔一〇〕。託好老莊〔一一〕，賤物貴身〔一二〕。志在守樸〔一三〕，養素全真〔一四〕。曰余不敏〔一五〕，好善闇人〔一六〕。子玉之敗，屢增惟塵〔一七〕。大人含弘，藏垢懷恥〔一八〕。民之多僻〔一九〕，政不由己〔二〇〕。惟此褊心，顯明臧否〔二一〕。感悟思愆〔二二〕，怛若創痏〔二三〕。欲寡其過，謗議沸騰〔二四〕。性不傷物〔二五〕，頻致怨憎〔二六〕。昔慚柳惠〔二七〕，今愧孫登〔二八〕。内負宿心，外恧良朋〔二九〕。仰慕嚴、鄭，樂道閑居〔三〇〕。與世無營，神氣晏如〔三一〕。咨予不淑〔三二〕，嬰累多虞〔三三〕。匪降自天，寔由頑疎〔三四〕。理〔弊〕〔蔽〕患結〔三五〕，卒致囹圄〔三六〕。對答鄙訊，縶此幽阻〔三七〕。實恥訟免〔三八〕，時不我與〔三九〕。雖曰義直，神辱志沮〔四〇〕。澡身滄浪，豈云能補〔四一〕。嗈嗈鳴鴈〔四二〕，奮翼北遊〔四三〕。順時而動，得意忘憂〔四四〕。嗟我憤歎，曾莫能儔〔四五〕。事與願違，遘兹淹留〔四六〕。窮達有命，亦又何求〔四七〕。古人有言：「善莫近名〔四八〕。」奉時恭默，咎悔不生〔四九〕。萬石周慎，安親保榮〔五〇〕。世務紛紜，祇攪予情〔五一〕。安樂必誡〔五二〕，迺終利貞〔五三〕。煌煌靈芝，一年三秀〔五四〕。予獨何爲〔五五〕，有志不就〔五六〕。懲難思復，心焉内疚〔五七〕。庶勗將來，無馨無臭〔五八〕。采薇山阿，散髮巖岫〔五九〕。永嘯長吟，頤性養壽〔六〇〕。

〔一〕「祜」吴鈔本原鈔作「祐」，百衲本晉書本傳作「祐」，殿本作「祜」，文選袁本作「祐」，四部本作「祜」，袁本注云：「善本作『祜』字。」四部本注云：「五臣作『祐』。」

〔二〕李善注：蔡邕書曰：「邕薄祜，早喪二親。」毛詩曰：「閔予小子，遭家不造。」鄭玄曰：「造，成也，言家道未成也。」○張奂誡兄子書曰：「汝曹薄祜，早失賢父。」蔡琰悲憤詩：「嗟薄祜兮遭世患。」説文：「祜，福也。」

〔三〕「識」皕宋樓鈔本誤作「適」，校改。

〔四〕「繦緥」吴鈔本及本傳作「襁褓」，文選袁本作「襁褓」，四部本作「繦緥」，袁本注云：「善本作『繦緥』字。」四部本注云：「五臣作『襁褓』字。」○李善注：左氏傳：「后成叔曰：『聞君越在他境。』」淮南子曰：「成王幼，在襁褓之中。」張華博物志曰：「繦，織縷爲之，廣八寸，長丈二，以約小兒於背上。」韋昭漢書注曰：「褓，若今時小兒腹衣。」李奇曰：「褓，小兒大藉也。」吕氏春秋注：「緥，小兒被也。繦，縷絡上繩也。」○胡克家文選考異曰：「陳云：『后』當作『郈』。今案『后』即『郈』也。」○魏文帝爲武帝哀策文曰：「矧乃小子，夙遭不造，煢煢在疚。」楚辭注：「煢，孤也。」後漢書桓郁傳：「竇憲上疏曰：『昔成王幼小，越在襁褓。』」

〔五〕「鞠」張燮本及詩紀作「鞫」，案二字通。

〔六〕「無」本傳作「无」，下同。○李善注：嵇氏譜曰：「康兄喜，字公穆，歷徐、揚州刺史，太僕宗正卿。母孫氏。」毛萇詩傳曰：「鞠，養也。」毛詩曰：「父兮生我，母兮鞠我。」○揚案：叔夜思親詩曰：「嗟母兄兮永潛藏。」其詩作於兄死之後，而公穆之死，則固後於叔夜，是此處所謂兄者，必非公穆，當别有長兄也。蔡邕議郎胡公夫人哀讚：「母氏鞠育，載矜載憐。」

〔七〕「姐」本傳作「好」，吴鈔本原鈔作「坦」，改鈔作「姐」。讀書續記曰：「作『姐』是，選本亦作『姐』，『姐』爲『嫭』省，説文：『嫭，驕也。』與山巨源絶交書：『母兄見驕。』可證。」

〔八〕李善注：賈逵國語注曰：「肆，恣也。」説文曰：「姐，嬌也。」嬌與姐同耳。姐，子豫切。○李周翰注：恃母兄之慈，縱而成嬌，不垂訓教，不立師傅。○梁章鉅文選旁證曰：「『姐』當作『嫭』，本書琴賦：『或怨嫭而躊躇。』」注引同此。徐鍇曰：「嵇詩借『姐』字也。『嬌』玉篇作『驕』。」○周樹人曰：「尤袤本文選李善注作『姐』，舊寫本文選集注殘卷引李善注仍作『姐』。」○揚案：集注本誤寫也，此注明言「子豫切」，琴賦注亦言「子也切」，皆非「姐」字之音。○毛詩傳：「訓，教也。」

〔九〕「馮」或作「憑」，此二句文選胡刻本有之，四部本、袁本、茶陵本並注云：「善無此二句。」胡克家文選考異曰：「袁、茶陵二本有校語云：『善無此二句。』案二本所見非也，此與下二句爲韻，善不容無，但傳寫脱去。又其下當有善注，爲脱去一節也，尤本有者是，然恐屬據五臣校補，尚少善注耳。」○西京賦薛綜注：「冠帶猶搢紳，謂吏人也。」蔡邕袁滿來墓碑：「雖冠帶之中士，校材考行，無以加焉。」案此處承上文而言，當指加冠束帶，謂成年也。爾雅：「爰，曰也；憑，依也。」呂氏春秋注：「放，縱也。」

〔一〇〕「尚」各本及本傳、文選胡刻本同，文選四部本、袁本、茶陵本並注云：「善作『上』。」胡克家文選考異曰：「袁本、茶陵本有校語云：『善作上』，注『各崇所尚』，二本『尚』皆作『上』。案善下注又云：『説文：「尚，庶幾也。」』不作『上』字，尤本以此校改，然恐善注未全，或於末有『上』『尚』異同之語，而今失之。」○揚案：四部本善注亦作「各崇所上」。○李善注：廣雅曰：「希，庶也。」趙岐孟子章句曰：「各崇所尚，則義不虧矣。」説文曰：「尚，庶幾也。」○廣雅：

「尚，高也。」案此處謂中心之所崇尚也。

〔一一〕「託」或作「托」，「老莊」本傳作「莊老」。

〔一二〕李善注：嵇喜謂康長好老莊之業，恬静無欲。淮南子曰：「原道者，欲一言而寤，則尊天而保真，欲再言之而通，則賤物而貴身也。」

〔一三〕「樸」吴鈔本原鈔作「璞」。

〔一四〕李善注：老子曰：「見素抱璞，少私寡欲。」河上公曰：「抱，守也。」薛綜東京賦注曰：「樸，質也。」莊子：「盜跖謂孔子曰：『子之道，非可以全真者也。』又曰：『真者，精誠之至也。』」○莊子刻意篇：「能體純素，謂之真人。」曹植玄暢賦：「取全真而保素。」楚辭注：「真，本心也。」

〔一五〕「余」吴鈔本原鈔作「予」。

〔一六〕李善注：謂與吕安交也。孝經曰：「參不敏，何足以知之。」左傳：「吴公子札來聘，見叔孫穆子，曰：『子好善而不能擇人也。』」○吕向注：常好善道，而闇於人事。○李贄焚書曰：「世未有託孤寄命之臣，既許以死，乃臨死而自責者，好善闇人之云，豈别有所指，而非以指吕安乎？」○陳祚明采菽堂古詩選曰：「子文薦子玉而子玉敗，或以比己友吕安而安及於禍，爲不能擇人也。」○陳僅讀選意籤曰：「注謂與吕安交也。案康、安交誼至篤，如禍及而悔尤，何以爲叔夜。瀹注闇人謂鍾會，近是。」○揚案：此指吕巽言之，謂指吕安、鍾會者，皆非也。叔夜與巽友，後又信其許和之言，因即慰解吕安，不爲之備，皆所謂闇人也。諸葛亮與來敏教曰：

「吾闇於知人。」

〔一七〕李善注：子玉，楚大夫也。左氏傳曰：「楚子將圍宋，使子文治兵於睽，終朝而畢，不戮一人。子玉復治兵於蔿，終日而畢，鞭七人，貫三人耳。國老皆賀子文，子文飲之酒。蔿賈尚幼，後至，不賀，子文問之，對曰：『不知所賀。子之傳政於子玉，子玉之敗，子之舉也，舉以敗國，將何賀焉。』」毛詩曰：「無將大車，維塵冥冥。」鄭玄曰：「喻大夫進舉，小人適自作憂患也。」○李周翰注：康此意所以憤呂巽有穢行，大將軍用爲長史，是不知人，亦如子文之用子玉不當也。「惟塵」謂詩人刺進舉小人也，鍾會有言於大將軍，將害康，比會爲小人也。「屢增」者，言當朝此類多矣。○陳祚明曰：「屢增惟塵」者，己與安禍，皆興讒口，讒人之言，積漸日進，如塵之積，聽者不覺也。○揚案：上文「好善闇人」云云，固就己身言之也。司馬昭之不知人，叔夜何暇爲之惜哉？呂安欲告巽遺妻，而叔夜爲二人作和，故巽得先發制安。子玉之敗，由子文舉之，以比呂巽之惡，由己寬而信之耳。荀子大略篇：「取友善人，不可不慎，是德之基也。詩曰：『無將大車，維塵冥冥。』言無與小人處也。」韓詩外傳：「簡主謂子質曰：『春樹蒺藜，夏不可采其葉，秋得其刺焉。今子所樹，非其人也。詩曰：『無將大車，維塵冥冥。』』」叔夜之言，正同此意。

〔一八〕李善注：周易曰：「含弘光大，品物咸亨。」左氏傳：「伯宗謂晉侯曰：『國君含垢。』」杜預曰：「忍垢恥也。」說文曰：「懷，藏也。」○易乾卦：「九五，飛龍在天，利見大人。」魏文帝太宗論：

「賈誼之才敏，豈若孝文大人之量哉。」

〔一九〕「民」本傳作「人」。

〔二〇〕「由」或作「繇」，吴鈔本原鈔缺此二句。○李善注：毛詩曰：「民之多僻，無自立辟。」鄭玄曰：「民行多邪僻者，汝君臣之過，無自謂得法度。」論語曰：「爲仁由己。」○張銑注：大人，天子也，言天子能含其大道，包藏垢穢，懷納諸恥，謂不察臣下之過，致使左右多邪臣，政不由天子之己，而任無辜獲罪僻邪也。○何焯義門讀書記曰：「『民之多僻』，乃引司馬叔游誡祁盈之言，以况吕安事也。」○揚案：左氏昭公二十八傳：「晉祁勝與鄔臧通室，祁盈將執之，訪於司馬叔游，叔游曰：『無道立矣，子懼不免。詩曰：民之多僻，無自立辟。姑已若何。』祁盈曰：『祁氏私有討，國何有焉。』遂執之。祁勝賂荀躒，荀躒爲之言於晉侯，晉侯執祁盈。夏六月，晉殺祁盈。」何氏謂叔夜以此比况吕安之事，似矣。然巽淫安妻，而誣安不孝，叔夜義不負心，保明其事，是則安、巽之臧否，自應顯明，叔夜何必以此爲悔哉？此禍成於巽、會，此詩亦追悔平昔之言，「民之多僻」，當指鍾會等言之也。左氏宣公九年傳：「陳靈公與孔寧、儀行父通於夏姬，皆衷其衵服，以戲於朝。洩冶諫，公告二子，二子請殺之，公弗禁，遂殺洩冶。孔子曰：『詩云：「民之多僻，無自立辟。」其洩冶之謂乎！』」杜預注：「邪僻之世，不可立法，國無道危行言孫。」家語子路初見篇：「孔子曰：『洩冶之於靈公，位在大夫，無骨肉之親，懷寵不去，仕於亂朝，以區區之一身，欲正一國之婬昏，死而無益，可謂狷矣。詩云：「民之多僻，無自立辟。」其洩冶之謂乎！』」案政不由己，而顯明臧否，洩冶以此殺身；叔夜峻拒鍾會等人，不能危行言遜，正如洩冶，故曰「感悟思愆」也。若保明吕安之冤，則何愆之有哉？此亦斷章取義，不必專指姪昏。下文「孫登」「萬石」云云，仍即此旨。至張銑之謬，則不足辯矣。

〔二一〕李善注：褊心，康自謂也。郭璞爾雅注曰：「惟，發語辭也。」○毛詩曰：「惟是褊心，是以爲刺。」又曰：「於乎小子，未知臧否。」毛詩傳：「褊，急也。」張衡西京賦：「街談巷議，彈射臧否。」毛詩箋：「臧，善也；否，惡也。」

〔二二〕吴鈔本原鈔「悟」作「寤」，「愆」作「僁」，案「僁」俗字。

〔二三〕「怛」殿本晉書本傳及選詩、選詩拾遺作「恒」，「創」吴鈔本作「瘡」。案「恒」字闕筆作「恒」，故易混於「怛」也。「創」與「瘡」同。○李善注：西京賦曰：「所惡成創痏。」蒼頡篇曰：「痏，毆傷也。」方言曰：「怛，痛也。」説文曰：「痏，瘢也。」漢書音義曰：「以杖毆擊人，剥其皮膚，起青黑無創者，謂疻痏。」○朱珔文選集釋曰：「今説文：『疻，毆傷也。痏，疻痏也，又瘢痍也。』無『痏，瘢也』之訓。所引漢書音義本應劭語，段氏謂有譌脱。據急就篇顔注云：『毆人皮膚腫起曰疻，毆傷曰痏。』蓋應注當作『無創瘢者謂疻，其有創瘢者謂痏』。此注引説文『痏，瘢也』，正與應語合，皆本漢律也。」○「感悟」見前贈秀才詩（輕車迅邁）注〔八〕。爾雅：「僁，過也。」案「僁」古「愆」字，後漢書馬防傳：「肅宗詔曰：『其令許侯思僁田廬。』」

〔二四〕李善注：論語曰：「蘧伯玉使人於孔子，孔子問焉，曰：『夫子何爲？』對曰：『夫子欲寡其過而未能也。』」漢賈山曰：「古者庶人謗於道，商旅議於市。」毛詩曰：「百川沸騰。」○劉良注：謂鍾會譖之，云：「嵇康，卧龍也。」○揚案：不止謂鍾會也，觀與山巨源書可知。

〔二五〕「傷」後村詩話引作「忤」。

〔二六〕「頻」後村詩話引作「頗」。○李善注：莊子：「仲尼謂顔回曰：『聖人處物不傷者，物亦不能傷也。』」○申鑒俗嫌篇：「仁者内不傷性，外不傷物。」廣雅：「頻，比也；憎，惡也。」

〔二七〕「柳惠」吴鈔本原鈔作「柳下」，魏志王粲傳注引魏氏春秋，及野客叢書引此詩，同。晉書孫登傳引作「柳下」，本傳作「柳惠」。世説新語棲逸篇注引文士傳，及石林詩話引此詩，作「下惠」，詩所、詩紀作「柳惠」，詩所注云：「一作『下』。」

〔二八〕李善注：論語：「柳下惠爲士師，三黜，人曰：『子未可以去乎？』曰：『直道而事人，焉往而不三黜。』」魏氏春秋曰：「初康采藥於中山北，見隱者孫登，欲與之言，登默然不對，踰年將去，康曰：『先生竟無言乎？』登乃曰：『子才多識寡，難乎免於今之世矣。』」○許巽行文選筆記曰：「當作『采藥於汲郡共北山中』。」

〔二九〕「恧」魏志王粲傳注引魏氏春秋作「赧」。○李善注：鄭玄禮記注曰：「負之言背也。」趙壹報羊陟書曰：「惟君明叡，平其宿心。」爾雅曰：「恧，慙也。」毛詩曰：「每有良朋。」○許巽行曰：「當作皇甫規謝趙壹書。」○吕向注：「『宿心』謂宿昔本心也，謂慕養生之道，今則辜負本心矣。」○後漢書和熹鄧皇后紀：「詔曰：『下不違人負宿心。』」

〔三〇〕「閑」或作「閒」。○李善注：漢書曰：「谷口有鄭子真，蜀有嚴君平，皆修身保性。成帝時元舅王鳳以禮聘子真，子真遂不詘而終。君平卜筮於成都市，以爲卜筮賤業，而可以惠衆，日閲數人，得百錢，足以自養，則閉肆下簾而授老子，年九十餘，遂以其業終。」論語：「子曰：『貧而樂。』」漢書曰：「司馬相如稱疾閑居。」○梁章鉅曰：「此證『樂道』二字，當引作『貧而樂道』，今論語義疏本有『道』字，集解亦有『道』字，史記弟子傳亦載『不如貧而樂道』。」○荀子解蔽篇：「閑居静思則通。」

〔三一〕李善注：蔡邕釋誨曰：「安貧樂賤，與世無營。」淮南子曰：「古人神氣不蕩於外。」漢書曰：「揚雄室亡儋石之儲，猶晏如也。」○文選雪賦注、補亡詩注引梁鴻安丘嚴平頌曰：「無營無欲，澹爾淵清。」嚴可均全後漢文注曰：「此蓋頌安丘望之、嚴君平二人也。」吕氏春秋尊師篇：「心則無營。」注：「營，惑也。」

〔三二〕「予」吴鈔本同，皕宋樓鈔本朱筆校改作「余」，欄外上方有校語云：「『予』『余』通，各本及文選並作『予』，可隨本，不煩改字也。」

〔三三〕「嬰」吴鈔本原鈔作「纓」。○李善注：毛萇詩傳曰：「咨，嗟也。」毛詩曰：「子之不淑，云如之何。」左氏傳：「趙孟曰：『以晉國之多虞。』」○文選陸士衡赴洛道中作：「世網嬰我身。」注：「説文曰：『嬰，繞也。』」

〔三四〕「疎」吴鈔本原鈔作「疏」，二字同。○李善注：毛詩曰：「下民爲孽，匪降自天，噂沓背增，職競由人。」○曹大家女誡曰：「吾性疏頑。」

〔三五〕「弊」文選袁本及四部本作「蔽」，袁本無注，四部本注云：「善作『弊』。」尤袤文選考異曰：「五臣『弊』作『蔽』。」○揚案：作「蔽」更合，本集聲無哀樂論亦云：「理蔽則雖近不見。」

〔三六〕「圄」文選四部本同，注云：「五臣作『圉』。」袁本作「圉」，注云：「善本作『圄』字。」○李善注：杜預左氏傳注曰：「弊，壞也。」禮記曰：「仲春省囹圄。」鄭玄曰：「所以守禁繫者，秦曰囹圄，漢曰獄。」○呂延濟注：邪臣協用，私情擁蔽。○揚案：此謂公理障蔽，非謂私情擁蔽也。

〔三七〕李善注：言己對答之辭，鄙於見訊也。張晏漢書曰：「訊者三日復問，知之與前辭同不也。」杜預左氏傳注曰：「縶，拘執也；鄙，俚也；訊，問也。」○呂向注：答對獄吏，恥爲其所問。幽阻，與親友不通。○揚案：鄙訊，即指獄吏之訊。傅毅雅琴賦：「睹鴻梧於幽阻。」

〔三八〕「免」吳鈔本原鈔作「寃」，張本及晉書本傳同，文選袁本、四部本及詩紀亦作「寃」，並注云：「善作『免』。」

〔三九〕李善注：論語曰：「陽貨曰：『日月逝矣，歲不我與。』」文雖出此，而意微殊，亦不以文害意也。「免」或爲「寃」，非也。○張銑注：恥謗訟之寃濫。「時不我與」，謂不遇明君，時使我然也。揚案：訟寃，訟己之被寃也。

〔四〇〕「沮」張溥本作「阻」，字通。○李善注：毛萇詩傳曰：「沮，壞也」，才與切。○李周翰注：沮，亂也。

〔四一〕「豈」本傳作「曷」。○李善注：孟子：「孺子歌曰：『滄浪之水清，可以濯吾纓；滄浪之水濁，可以濯吾足。』孔子曰：『小子聽之，清斯濯纓，濁斯濯足，自取之也。』」劉歆答父書曰：「誠思拾遺，冀以云補。」○許巽行曰：「當作『答文學書』。」禮記儒行篇：「儒有澡身而浴德。」王粲七釋曰：「濯身乎滄浪。」漢書諸葛豐傳：「上書曰：『獨恐未有云補，而爲衆邪所排。』」

〔四二〕「噰噰」吳鈔本原鈔及本傳作「雍雍」，文選袁本作「雝雝」，注云：「善本作『噰』字。」四部本作「噰噰」，注云：「五臣作『雝』字。」○揚案：諸字並通。

〔四三〕「奮」吳鈔本原鈔及本傳作「厲」，文選袁本作「勵」，注云：「善本作『奮』字。」四部本作「奮」，注云：「五臣作『勵』。」

〔四四〕「忘」吳鈔本原鈔作「無」。○李善注：毛詩曰：「雍雍鳴鴈。」管子：「桓公曰：『夫鴻鵠有時而南，有時而北。』」又曰：「鴻鵠秋南而不失時。」○楚辭九辯：「鴈廱廱而南遊兮。」宋玉高唐賦：「振鱗奮翼。」左氏隱公十一年傳：「相時而動，無累後人。」莊子外物篇：「言者所以在意也，得意而忘言。」論語：「樂以忘憂。」

〔四五〕「儔」周校本同，吳鈔本原鈔及本傳作「疇」，文選袁本同，無注，四部本作「儔」，注云：「五臣作『疇』。」○李善注：毛詩曰：「嗟我懷人。」說文曰：「曾，辭之舒也。」儔，等也。」

〔四六〕李善注：淹留，謂因縶而留也。○爾雅曰：「淹，久留也。」爾雅：「遘，遇也。」

〔四七〕李善注：王命論曰：「窮達有命，吉凶由人。」毛詩曰：「謂我何求。」

〔四八〕李善注：莊子曰：「爲善莫近名，爲惡莫近形。」司馬彪曰：「勿修名也，被褐懷玉，穢惡其身，以無陋於形也。」郭象曰：「忘善惡而居中，任萬物之自爲也。」○李治敬齋古今黈曰：「莊子養生篇：『爲善無近名，爲惡無近刑。』猶言毋爲善以取名，毋爲惡以取刑。近，親附之謂。」○揚案：此意自合，惟「刑」字司馬彪本作「形」耳。

〔四九〕李善注：尚書曰：「恭默思道。」周易曰：「悔吝者，憂虞之象也。」曾子曰：「懽欣忠信，咎故不生，可謂孝矣。」○後漢書清河孝王慶傳：「慶到國，下令曰：『望上遵策戒，下免悔咎。』」蔡邕議郎胡公夫人哀讚：「用免咎悔，踐繼先祖。」

〔五〇〕李善注：漢書曰：「萬石君奮，長子建爲郎中令，建老白首，萬石君尚無恙，每五日休沐，歸謁親。建爲郎中令奏事，事下，建自讀之，驚恐曰：『書馬者與尾而五，今乃四，不足一，獲譴死矣。』其爲謹慎，雖他皆如此。」論語摘輔像讖曰：「曾子未嘗不問安親之道也。」孔安國尚書注曰：「周，至也。」

〔五一〕「予」本傳作「余」，文選四部本「予」下注云：「五臣作『子』。」袁本、茶陵本仍作「予」，無注。○李善注：漢書曰：「嚴安徐樂，上書言世務。」毛詩曰：「祇攪我心。」攪，亂也；祇，適也。○「紛紜」見前贈秀才詩（流俗難悟）注〔七〕。

〔五二〕「誡」吴鈔本原鈔作「戒」，墨校改。案二字通。

〔五三〕「迺」或作「乃」。○李善注：家語：「金人銘曰：『安樂必戒，無行所悔。』」王肅曰：「雖處安樂，必警戒也。」周易曰：「乾，元亨利貞。」

〔五四〕李善注：西京賦曰：「擢靈芝之朱柯。」楚辭：「采三秀於山間。」王逸曰：「三秀，謂芝草也。」○徐幹齊都賦：「靈芝生乎丹石，發翠華之煌煌。」繆襲神芝贊：「煌煌神芝，吐葩揚榮。」張衡思玄賦：「冀一年之三秀兮。」爾雅注：「芝，一歲三華，瑞草。」

〔五五〕「予」下文選四部本注云：「五臣作『子』。」袁本、茶陵本仍作「予」，無注。「爲」吴鈔本作「人」。

〔五六〕李善注：楚辭曰：「云有志而無謗。」爾雅：「就，成也。」

〔五七〕李善注：潘元茂九錫文曰：「懲難念功。」毛詩曰：「既往既來，我心永疚。」疚，病也。○揚案：今毛詩大東作「使我心疚」。易小畜卦：「初九，復自道，何其咎。」又繫辭下曰：「復，德之本也。」後漢書安帝紀：「詔曰：『其務思變復，以助不逮。』」詩：「防有鵲巢，心焉忉忉。」後漢書光武帝紀：「詔曰：『永念厥咎，内疚於心。』」

〔五八〕「馨」文選袁本作「聲」。○李善注：爾雅曰：「勗，勉也。」毛詩曰：「上天之載，無聲無臭。」

〔五九〕李善注：史記曰：「武王平殷，伯夷、叔齊恥之，義不食周粟，隱於首陽山，采薇而食之。」琴操：「許由曰：『散髮優遊，所以安己不懼也。』」范曄後漢書曰：「袁閎散髮絶世。」○「山阿」見前贈秀才詩（淩高遠眄）注〔一〇〕。麋元譏許由曰：「至乃抽簪散髮，背時逆命。」郭泰答友人書曰：「未若巖岫頤神，娱心彭老。」爾雅：「山有穴爲岫。」

〔六〇〕「性」本傳及匡謬正俗卷八引作「神」。○李善注：杜篤連珠曰：「能離光明之顯，長吟永嘯。」爾雅曰：「頤，養也。」東方朔非有先生論曰：「故養性受命之士莫肯進。」禮記曰：「百年曰期頤。」鄭玄曰：「頤，猶養也。」○史記老莊列傳：「老子百有六十歲，或言二百餘歲，以其修道而養壽也。」

蘇軾曰：「嵇中散作幽憤詩，知不免矣，而卒章乃曰：『采薇山阿，散髮巖岫，永嘯長吟，頤性養壽』者，悼此志之不遂也。司馬景王既殺中散而悔，使悔於未殺之前，中散得免於死者，吾知其掃跡滅形於人間，如脱兔之投林也。采薇散髮，豈其所難哉！」苕溪漁隱叢話後集引。

劉克莊曰：「嵇康幽憤詩云：『性不忤物，頗致怨憎。』按康傲鍾會不與語，與山濤書自言：『薄周、孔而非湯、武。』其所忤也大矣。子元、子上見書自無可全之理，况加以士季乎？雖欲采薇散髮，頤性養壽，豈可得也！」後邨詩話。

李贄曰：「康詣獄明安無罪，此義之至難者也，詩中多自責之辭，何哉？若果當自責，此時而後自責，晚矣，是畏死也，既不畏死，以明友之無罪，又復畏死而自責，吾不知之矣。夫天下固有不畏死而爲義者，是故終其身樂義而忘死，則此死固康之所快也，何以自責爲也？亦猶世人畏死而不爲義者，終其身寧無義，自不肯以義而爲朋友死也，則亦無自責時矣。朋友君臣，莫不皆然。世未有託孤寄命之臣，既許以死，乃臨死而自責者，『好善闇人』之云，豈别有所指，而非以指吕安乎？當時太學生三千人，同曰伏闕上書，以爲康請，則康益可以死而無責矣。鍾會以反虜，乘機害康，豈康尚未之知，而猶欲頤性養壽，改絃易轍於山阿巖岫之間邪？此豈嵇康頤性養壽時也？余謂叔夜何如人也，臨終奏廣陵散，必無此紛紜自責，錯謬幸生之賤態，或好事者增飾於其間耳。覽者自能辨之。」李氏焚書。○揚案：何焯曰：「天下不平之事，至嵇、吕一案，無以加矣。」誠然此案而至於殺身，亦叔夜所未及料者也，此詩安得有增飾哉！

孫鑛曰：「麗藻中不失古雅，堪諷堪頌，自是四言之儁。」文選評。

沈德潛曰：「通篇直直叙去，自怨自艾，若隱若晦，好善闇人，牽引之由，顯明臧否，得禍之由也；至云『澡身滄浪，豈云能補』，悔恨之詞切矣。末托之頤性養壽，正恐未必能然之詞，華亭鶴唳，隱然言外。」古詩源。

何焯曰：「嗣宗至慎，卒得保持。非薄湯武，徒騰口説，亦何爲哉？蓋悔之也。」又曰：「四言不爲風雅所羈，直寫胸中語，此叔夜所以高於潘、陸也。」文選評。

陳祚明曰：「直叙懷來，喜其暢達，怨尤之辭少，而悔禍之意真，如得免者，當知所戒矣。」又曰：「『澡身滄浪，豈云能補』，悔恨之辭，沈至警切。」

方廷珪曰：「詩之格律，文之結構意趣，純得之西漢；哀而不傷，怨而不亂，性情品格，高出魏、晉幾許，然卒無救於東市之戮也，哀哉！」

述志詩二首

書舜典曰：「詩言志。」陸機遂志賦序曰：「昔崔篆作詩，以明道述志，而馮衍又作顯志賦，班固作幽通賦，皆相依倣焉。」

潛龍育神軀，濯鱗戲蘭池〔一〕。延頸慕大庭，寢足俟皇羲〔二〕。慶雲未垂景〔三〕，盤桓朝陽陂〔四〕。悠悠非我(匹)〔儔〕〔五〕，(疇肯)〔圭步〕應俗宜〔六〕。殊類難徧周，鄙議紛流離〔七〕。轗軻丁悔吝，雅志不得施〔八〕。耕耨感甯越，馬席激張儀〔九〕。逝將離羣侶，杖策追洪崖〔一〇〕。焦(鵬)〔明〕振六翮〔一一〕，羅者安所羈〔一二〕。浮遊太清中〔一三〕，更求新相知〔一四〕。比翼翔雲漢，飲露湌瓊枝〔一五〕。多念世間人〔一六〕，夙駕咸驅馳〔一七〕。沖靜得自然，榮華安足爲〔一八〕！

〔一〕「濯」吴鈔本作「躍」。○阮瑀爲曹公與孫權書曰：「濯鱗清流，飛翼天衢。」「蘭池」見前贈秀才詩(雙鸞匿景曜)注〔五〕。

〔二〕莊子胠篋篇：「今遂至使民延頸舉踵。」又曰：「昔大庭氏、伏羲氏結繩而用之，此時則至治已。」漢書注：「寢，息也。」楚辭九思：「將諮詢兮皇羲。」注：「伏羲稱皇。」春秋運斗樞曰：「三皇垂拱無爲，道德玄泊，有似皇天，故稱曰皇。」

〔三〕「景」吴鈔本作「降」。

〔四〕「盤」吴鈔本作「槃」，字通。○董仲舒雨雹對曰：「雲五色而爲慶。」史記天官書：「若煙非煙，若雲非雲，郁郁紛紛，蕭索輪囷，是謂慶雲。」易屯卦象曰：「雖磐桓，志行正也。」班固幽通賦：「竚盤桓而且俟。」曹大家注：「盤桓，不進也。」詩卷阿：「梧桐生矣，于彼朝陽。」爾雅：「山東曰朝陽。」說文：「陂，阪也。」揚雄反離騷曰：「懿神龍之淵潛，竢慶雲而將舉。」曹植詩：「慶雲未時興，雲龍潛作魚。」

〔五〕「我」張本及詩紀、六朝詩集等作「吾」。

〔六〕此二句，吴鈔本原鈔作「悠悠非我儔，□步應俗宜」，「儔」字屬上句，墨校改同。此本「步」上之字，墨校塗成「肯」字，原鈔似作「圭」字。案原鈔是也，「圭」借爲「跬」，此句連上，謂世人但修俗事也。○史記孔子世家：「桀溺曰：『悠悠者，天下皆是也。』」集解：「孔安國曰：『悠悠者，周流之貌也。』」揚案：此史記用論語之文，魯論語作「滔滔」，古論語作「悠悠」。詩黍苗：「悠悠南行。」毛傳：「悠悠，行貌。」列子楊朱篇：「老子曰：『名者，實之賓，而悠悠者，趨名不已。』」皆與古論語同義。爾雅：「疇，誰也；宜，事也。」說文：「跬，半步也。」

〔七〕淮南子要略訓：「應變化，通殊類。」廣雅：「周，徧也；議，言也。」文選上林賦注引張揖曰：「流離，放散也。」

〔八〕古詩：「轗軻長苦辛。」楚辭七諫：「然埳軻而留滯。」注：「埳軻，不遇也；『埳』一作『轗』。」爾雅：「丁，當也。」易繫辭上：「悔吝者，憂虞之象也。」後漢馬援傳：「朱勃上書曰：『援與妻子生訣，無悔吝之心。』」注：「吝，猶恨也。」袁山松後漢書曰：「太學謡云：『天下雅志蔡夢喜。』」

〔九〕周禮天官：「甸師，掌帥其屬而耕耨王藉。」注：「耨，芸芓也。」吕氏春秋博志篇：「甯越苦耕稼之勞，謂其友曰：『何爲而可以免此苦也？』其友曰：『莫如學。』甯越曰：『請以十歲。人將休，吾不敢休，人將卧，吾不敢卧。』十五歲而周威公師之。」藝文類聚六十九引史記曰：「蘇秦激張儀令相秦，以馬韉席坐之。」案杜甫秋日夔府詠懷詩舊注引此，又作戰國策，今本國策無此文，今本史記張儀列傳曰：「張儀之趙，上謁求見，蘇秦坐之堂下，賜僕妾之食。」

〔一〇〕詩碩鼠：「逝將去汝。」箋云：「逝，往也。」禮記檀弓上：「子夏曰：『吾離羣而索居，亦已久矣。』」莊子讓王篇：「太王居邠，狄人攻之，太王杖策而去之。」吕氏春秋注：「策，箠也。」神仙傳：「衛叔卿與數人博，其子度曰：『向與博者爲誰？』叔卿曰：『是洪崖先生。』」列仙傳：「洪崖先生，姓張氏，堯時已三千歲。」魏志管寧傳：「太僕陶丘一等薦寧曰：『追迹洪崖，參蹤巢許。』」

〔一一〕「鵬」吴鈔本原鈔作「朋」，墨校改。周樹人曰：「案當作『明』，程本並改『焦』爲『鵾』，尤謬。」

〔一二〕司馬相如難蜀父老曰：「鷦鵬已翔乎寥廓之宇，而羅者猶視乎藪澤。」文選注：「樂緯曰：『鷦鵬，狀如鳳凰。』」法言寡見篇：「鷦明沖天，不在六翮乎！」繁欽建章鳳闕賦：「焦鵬振而不及。」

〔一三〕「遊」字，吴鈔本塗改而成，原鈔似誤作「逝」。「太」字，吴鈔本原鈔作「泰」，墨校改。

〔一四〕楚辭離騷：「聊浮遊以逍遥。」又九歌曰：「樂莫樂兮新相知。」楊修神女賦：「澹浮遊乎太清。」

〔一五〕「湌」或作「湌」，或作「餐」，吴鈔本原鈔作「食」，墨校改。○爾雅：「南方有比翼鳥焉，不比不飛，其名謂之鶼鶼。」毛詩箋：「雲漢，天河也。」孔融薦禰衡表：「振翼雲漢。」莊子逍遥遊篇：「藐姑射之山，有神人居焉，不食五穀，吸風飲露。」「瓊枝」見前秀才答詩（飾車駐駟）注〔一四〕。

〔一六〕「念」吴鈔本原鈔作「謝」，墨校改。

〔一七〕「夙」「咸」二字，吴鈔本塗改而成，原鈔似作「息」「感」，周校本「咸」誤作「惑」，「驅馳」誤作「馳驅」。○詩定之方中：「星言夙駕。」論衡程材篇：「材能之士，隨世馳驅。」

〔一八〕「安」吴鈔本原鈔作「何」，墨校改。○淮南子注：「沖，虚也。」蔡邕荆州刺史庾侯碑：「仗沖靜以臨民。」淮南子説林訓：「有榮華者必有憔悴。」魏文帝善哉行：「比翼翔雲漢，羅者安所羈？沖靜得自然，榮華何足爲？」

陳祚明曰：「超曠沈鬱，俯視六合，特憤世之辭，一往太盡，都無含蓄婉轉。」又曰：「嘗試推原此種詩，其格本於漢人趙壹、仲長之流，亦小雅之遺音也，蘊藉低徊，斯爲貴矣。晉太沖之傑氣類此，而長在跌宕；元亮之古質類此，而長在舒徐；不似叔夜之直致也。然風氣固殊，二家命語，終覺漸趨於近，又不能及叔夜之高蒼矣。」

成書曰：「『疇肯應俗宜』，是他一生性氣；『更求新相知』，是坐實非吾匹意，不必定作出世想。」多歲堂古詩存。

斥鷃（檀）〔擅〕蒿林〔一〕，仰笑神鳳飛〔二〕。坎井蝤（蛭）〔蛙〕宅〔三〕，神龜安所歸〔四〕。恨自用身拙，任意多永思〔五〕。遠實與世殊，義譽非所希〔六〕。往事既已謬〔七〕，來者猶可追〔八〕。何爲人事間〔九〕，自令心不夷〔一〇〕？慷慨思古人，夢想見容輝〔一一〕。願與知己遇〔一二〕，舒憤啓其微〔一三〕。巖穴多隱逸，輕舉求吾師〔一四〕。晨登箕山巔〔一五〕，日夕不知饑〔一六〕。玄居養營魄，千載長自綏〔一七〕。

〔一〕「檀」吴鈔本同。讀書續記曰：「『檀』字不可解，此用莊子逍遥遊篇文意，『檀』蓋『搶』字之譌。」○揚案：「檀」字各本作「擅」，皕宋樓鈔本亦校改作「擅」。

〔二〕「神」吴鈔本作「鸞」。「飛」下，張本及詩紀注云：「一作『姿』。」○莊子逍遥遊篇：「窮髪之北，有冥海者，天池也。有鳥焉，其名爲鵬，摶扶摇而上者九萬里，絶雲氣，負青天，然後圖南，且適南冥也。斥鴳笑之曰：『彼且奚適也？我騰躍而上，不過數仞而下，翱翔蓬蒿之間，此亦飛之至也。』」釋文：「司馬云：『斥，小澤；鴳，鴳雀也。』鴳字亦作鷃。鵬，崔音鳳，云：『鵬即古鳳字，非來儀之鳳也。』説文云：『朋及鵬皆古文鳳字也。』」説文：「擅，專也。」

〔三〕「蛭」字，吴鈔本塗改而成，原鈔似作「蛙」，選詩拾遺亦作「蛙」，案「蛙」字是也。

〔四〕莊子秋水篇：「埳井之鼃謂東海之鼈曰：『吾樂與，吾擅一壑之水，而跨跱埳井之樂，此亦至矣，夫子奚不時來入觀乎？』東海之鼈，左足未入，而右膝已縶矣。」釋文：「埳音坎，『鼃』本又作『蛙』，司馬云：『埳井，壞井也。』」爾雅：「一曰神龜。」注：「龜之最神明。」

〔五〕廣雅：「拙，鈍也。」仲長統述志詩：「任意無非，適物無可。」「永思」見前秀才答詩（穆穆惠風）注〔四〕。

〔六〕易蒙卦象曰：「困蒙之吝，獨遠實也。」莊子人間世篇：「彼其所保與衆異，而以義譽之，不亦遠乎？」又讓王篇：「夫希世而行。」釋文：「司馬云：『希，望也。』」

〔七〕「謬」吴鈔本原鈔作「繆」，墨校改，選詩拾遺亦作「繆」，案二字通。

〔八〕論語：「往者不可諫，來者猶可追。」史記袁盎列傳：「盎曰：『上自寬，此往事，豈可悔哉。』」

〔九〕歷代詩選作「何爲人間事」。

〔一〇〕史記留侯世家：「願棄人間事，從赤松子游耳。」仲長統述志詩：「人事可遺，何爲局促？」詩風雨：「既見君子，云胡不夷？」毛傳：「夷，説也。」

〔一一〕「輝」吴鈔本作「暉」，字同。○詩緑衣：「我思古人，實勞我心。」古詩：「獨宿累長夜，夢想見容輝。」

〔一二〕「遇」字，吴鈔本塗改而成，原鈔似作「過」。

〔一三〕「其」吴鈔本作「幽」。○晏子春秋内篇雜上：「越石父曰：『士者伸於知己。』」古樂府傷歌行：「舒憤訴穹蒼。」

〔一四〕莊子讓王篇：「其隱巖穴也，難於爲布衣之士。」楚辭遠遊篇：「悲時俗之迫阨兮，願輕舉而遠遊。」

〔一五〕「巔」吴鈔本作「嶺」，讀書續記曰：「似作『巔』是。」「箕」下張溥本及詩紀注云：「拾遺作『西』。」

〔一六〕「饑」吴鈔本作「飢」。○史記伯夷列傳：「伯夷、叔齊，義不食周粟，隱於首陽山，采薇而食之，及餓且死，作歌曰：『登彼西山兮，采其薇矣。』」「日夕」見前贈秀才詩（浩浩洪流）注〔六〕。

〔一七〕荀子注：「玄，深隱也。」老子：「載營魄抱一，能無離乎？」毛詩傳：「綏，安也。」陳祚明曰：「登山不饑，明明首陽之志矣。通首並直遂。」成書曰：「『輕舉求吾師』，亦是求新相知意。」

游仙詩一首

楚辭遠遊章句曰：「屈原履方直之行，不容於世，章皇山澤，無所告訴，遂叙妙思，託配仙人與俱遊。」

遥望山上松，隆（谷）〔冬〕鬱青葱〔一〕。自遇一何高，獨立迥無雙〔二〕。願想遊其下，蹊路絶不通〔三〕。王喬（棄）〔弃〕我去〔四〕，乘雲駕六龍〔五〕。飄飖戲玄圃，黄老路相逢〔六〕。授我自然道，曠若發童蒙〔七〕。採藥鍾山隅〔八〕，服食改姿容〔九〕。蟬蜕棄穢累，結友家板桐〔一〇〕。臨觴奏九韶，雅歌何邕邕〔一一〕。長與俗人別，誰能覩其蹤〔一二〕。

〔一〕「谷」各本同，案當爲「冬」字之誤，藝文類聚八十八引晉王凝之妻謝氏擬嵇中散詩云：「遥望山上松，隆冬不能彫。」即仍作「冬」字。○劉楨贈從弟詩：「亭亭山上松。」漢書武帝紀：「迫隆冬至。」注：「隆冬，猶言盛冬也。」揚雄長楊賦：「翠玉樹之青葱。」

〔二〕「迴」字吴鈔本塗改而成，原鈔似作「邊」，張溥本誤作「迴」。「雙」字吴鈔本原鈔作「叢」，墨校改。○魏文帝折楊柳行：「西山一何高。」易大過象曰：「君子以獨立不懼。」爾雅：「迴，遠也。」東方朔答客難文曰：「自以爲智能海内無雙。」

〔三〕釋名：「步所用道曰蹊。」

〔四〕「棄」吴鈔本作「弃」，周校本曰：「『弃』當爲『异』，説文云：『舉也。』」

〔五〕淮南子泰族訓：「王喬赤松，蹀虚輕舉，乘雲遊霧。」楚辭九歎：「若王喬之乘雲。」魏武帝氣出唱：「駕六龍，乘雲而行，行四海外。」枚乘七發曰：「六駕蛟龍。」文選注：「以蛟龍若馬而駕之，其數六也。」

〔六〕張衡思玄賦：「飄颻神舉逞所欲。」離騷：「夕余至乎縣圃。」楚辭注：「縣圃，神山，在崑崙之上。」案「玄」與「縣」通。論衡自然篇：「賢之純者，黄老是也。」黄者，黄帝也；老者，老子也。

〔七〕「曠」吴鈔本作「曠」，誤也。○老子：「道法自然。」論衡譴告篇：「黄老之家，論説天道。」説文：

「曠，明也。」易蒙卦：「初六發蒙。」又曰：「匪我求童蒙。」後漢書竇融傳：「光武帝詔報曰：『義士則曠若發矇。』」應璩與滿公琰書：「登芒濟河，曠若發蒙。」

〔八〕「隅」吴鈔本作「嵎」，二字通。

〔九〕十洲記：「北海外有鍾山，自生千芝及神草。」楚辭哀時命篇：「采鍾山之玉英。」注：「鍾山，在崑崙山西北，采玉英咀而嚼之，以延壽也。」淮南子注：「鍾山即崑崙。」古樂府平陵東篇：「靈芝採之可服食。」曹植五遊詠：「服食享遐紀。」

〔一〇〕吴鈔本「友」作「交」，「板」作「梧」，皕宋樓鈔本有校語云：「板桐乃仙家所居，今依各本改。各本『結友』，集中答二郭云：『結友集靈岳』，句法一例。」○讀書續記曰：「『板』字即『梧』字之譌，此詩亦多用莊子文義，此句蓋用秋水篇『鵷鶵非梧桐不止』文義也。」○揚案：「板」字不誤，此用崑崙山義，灼然無疑。○「蟬蜕」見前秀才答詩（華堂臨浚沼）注〔六〕，曹植遊仙詩：「蟬蜕同松喬。」楚辭哀時命篇：「除穢累而反真。」高彪清誡曰：「滌蕩棄穢累。」淮南子墬形訓：「縣圃、涼風、樊桐，在崑崙閶闔之中。」楚辭哀時篇：「望閬風之板桐。」注：「板桐，山名也，在閬風之上。」水經河水注：「崑崙之山三級，下曰樊桐，一名板桐，二曰玄圃，一名閬風，上曰層城，一名天庭。」

〔一一〕曹植求通親親表曰：「臨觴而歎息。」離騷：「奏九歌而舞韶兮。」楚辭注：「韶，九韶，舜樂也。尚書『簫韶九成』是也。」漢書藝文志：「雅歌四篇。」「邕邕」見前贈秀才詩（鴛鴦于飛，肅肅其羽)注〔四〕。

〔三〕「蹤」或作「踪」。○楚辭注:「蹤,迹也。」

王夫之曰:「叔夜七言煩淺,此篇出入深折,遂有蒼瑟之風。」

陳祚明曰:「輕世肆志,所託不羣,非真欲仙也,所願長與俗人别耳。」

六言十首惟上古堯舜

吴鈔本原鈔但題「六言詩」三字,其「惟上古堯舜」五字,在「二人功德齊均」句上,墨校點去,改鈔於「六言詩」三字上,又於「惟」字右側上方作一斜勒,加「十首」二字。朱校又於「上」字右側註一「題」字。○張燮本以「六言十首」四字爲一行,「惟上古堯舜」五字爲一行。○張溥本無「六言十首」四字。

以下九首之題,吴鈔本原鈔亦皆在本詩之首,與詩句相連,墨校皆於末字下端向右作鉤識,朱校又於第二字右側註一「題」字。○案吴鈔本原鈔是也,「惟上古堯舜」十句,爲十首之起句,並非題名。張溥本但以起句爲各首之題名,更誤。又案愛日齋叢鈔云:「予觀嵇叔夜有『六言詩十首』,視唐人體裁固先矣。」據此,是宋人所見之本亦十首也。

二人功德齊均，不以天下私親〔一〕。高尚簡樸（兹）〔慈〕順〔二〕，寧濟四海蒸民〔三〕。

〔一〕呂氏春秋去私篇：「堯有子十人，不與其子而授舜，舜有子九人，不與其子而授禹，至公也。」又曰：「子，人之所私也。」注：「私，愛也。」國語注：「親，六親也。」

〔二〕「兹」吴鈔本作「慈」，是也。○後漢書趙咨傳：「遺書敕子曰：『爰自陶唐，逮于虞夏，猶尚簡樸。』」淮南子修務訓：「堯立孝慈仁愛。」後漢書安帝紀：「皇太后策命曰：『惟侯孝章帝世嫡皇孫，謙恭慈順。』」

〔三〕「蒸」或作「烝」。○傅毅顯宗頌：「體天統物，濟寧兆民。」後漢書順帝紀：「詔曰：『朕奉承大業，未能寧濟。』」詩蕩：「天生烝民。」箋云：「烝，衆也。」

唐虞世道治〔一〕

萬國穆親無事〔二〕，賢愚各自得志〔三〕。晏然逸豫内忘〔四〕，佳哉爾時可喜〔五〕。

〔一〕論語：「唐虞之際，於斯爲盛。」集解：「孔安國曰：『唐者，堯號；虞者，舜號。』」

〔二〕易乾卦彖曰：「首出庶物，萬國咸寧。」漢書高惠高后孝文功臣表：「杜業納説曰：『昔唐以萬國致時雍之政。』」毛詩傳：「穆，和也。」老子：「我無事而民自化。」

〔三〕莊子繕性篇：「樂全之謂得志。」

〔四〕史記呂后本紀：「天下晏然。」漢書注：「晏然，自安意也。」詩白駒：「逸豫無期。」後漢書竇武傳：「上疏曰：『天下逸豫，謂當中興。』」文選注：「内，心也。」莊子大宗師篇：「其心忘，其容敬。」

〔五〕「喜」吴鈔本作「熹」，墨校於字下注云：「即『喜』字。」○説文：「佳，善也。」

知慧用有爲〔一〕

(爲法)〔法令〕滋章寇生〔二〕，紛然相召不停〔三〕。大人玄寂無聲〔四〕，鎮之以静自正〔五〕。

〔一〕「有爲」二字，各本皆脱，惟吴鈔本有之，今據補。周校本曰：「『有』當作『何』。」揚案：「有」字不誤。○韓子忠孝篇：「今民儇詷智慧，欲自用，不聽上。」老子：「智慧出，有大僞。」案「爲」與「僞」通。

〔二〕「爲法」吴鈔本作「法令」，是也，「爲」字原屬上句，各本誤連下句。吴鈔本「寇」字塗改而成。○老子：「法令滋章，盗賊多有。」

〔三〕「紛」吴鈔本作「自」。○莊子山木篇：「物固相累，二類相召也。」

〔四〕「大人」見前幽憤詩注〔一八〕。説文：「玄，幽遠也；寂，無人聲也。」蔡邕彭城姜肱碑：「守此玄静。」新語至德篇：「君子之爲治也，塊然若無事，寂然若無聲。」淮南子泰族訓：「聖王在上，廓然無形，寂然無聲。」

〔五〕老子：「我好静而民自正。」

名與身孰親〔一〕

哀哉世俗殉榮〔二〕，馳騖竭力喪精〔三〕。得失相紛憂驚〔四〕，自是勤苦不寧〔五〕。

〔一〕老子：「名與身孰親，身與貨孰多，得與亡孰病。」

〔二〕「殉」或作「徇」、「狥」。○離騷：「謇吾法夫前修兮，非世俗之所服。」魏志文帝紀：「令曰：『列士殉榮名。』」

〔三〕離騷：「忽馳騖以追逐兮。」注：「衆人所以馳騖惶遽者，争追逐權貴求財利也。」説文：「騖，亂馳也。」禮記燕義篇：「臣下竭力盡能以立功於國。」東方朔答客難曰：「竭精馳説，並進輻輳者，不可勝數。」國語注：「精，明也。」

〔四〕賈誼鵩鳥賦：「雲蒸雨降，錯繆相紛。」

〔五〕「是」吴鈔本作「貪」。○淮南子俶真訓：「所立於身者不寧，是非無所形。」

生生厚招咎〔一〕

金玉滿(堂)〔室〕莫守〔二〕，古人安此麤醜〔三〕。獨以道德爲友〔四〕，故能延期不朽〔五〕。

〔一〕老子：「人之生，動之死地亦十有三，夫何故，以其生生之厚。」莊子大宗師篇：「生生者不生。」釋文：「崔云：『常營其生爲生生。』」説文：「咎，災也。」

〔二〕「堂」吴鈔本作「屋」，酉宋樓鈔本校改爲「堂」，有校語云：「各本『堂』爲勝。」葉渭清曰：「老子：『金玉滿室，莫之能守。』畢沅曰：『諸本並作滿堂，依義作室是。』愚按此『滿屋』亦當作『滿室』，各本作『堂』，非也。」

〔三〕應璩雜詩曰：「麤醜人所惡。」

〔四〕史記老莊列傳：「老子修道德，其學以自隱無名爲務。」揚雄羽獵賦：「建道德以爲師友。」

〔五〕爾雅：「延，長也。」「不朽」見前贈秀才詩（人生壽促）注〔四〕。

名行顯患滋〔一〕

位高〔世〕〔勢〕重禍基〔二〕，美色伐性不疑〔三〕。厚味腊毒難治〔四〕，如何貪人不思〔五〕。

〔一〕桓譚新論曰：「通經術，名行高，公輔之士也。」後漢書郎顗傳：「上書曰：『願汎問百僚，覈其名行。』」國語注：「滋，益也。」

〔二〕「世」吴鈔本及詩紀作「勢」。讀書續記曰：「作『勢』是。」〇阮瑀爲曹公與孫權書曰：「孤之薄德，位高任重。」枚乘上書諫吴王曰：「福生有基，禍生有胎。」漢書注：「服虔曰：『基、胎，皆始也。』」

〔三〕吕氏春秋本生篇：「靡曼皓齒，鄭衛之音，務以自樂，命之曰伐性之斧。」漢書杜欽傳：「知好色之伐性短年。」高彪清誡曰：「美色伐我命。」

〔四〕「腊」周校本誤作「臘」。○國語周語：「單襄公曰：『厚味實腊毒。』」注：「腊，亟也。」

〔五〕詩桑柔：「大風有隧，貪人敗類。」

東方朔至清〔一〕

外（以）〔似〕貪汙内貞〔二〕，穢身滑稽隱名〔三〕。不爲世累所攖〔四〕，所（欲不）〔以知〕足無營〔五〕。

〔一〕東方朔事詳漢書本傳。淮南子精神訓：「契大渾之樸，而立至清之中。」

〔二〕「以」吴鈔本、程本作「似」。讀書續記曰：「『似』字是，或古本作『以』，即『似』之省。」○「汙」吴鈔本誤作「汗」，皕宋樓本校改爲「汙」。○莊子秋水篇：「不賤貪汙。」釋名：「貞，定也。」

〔三〕法言淵騫篇：「或問東方生，曰：『應諧似優，穢德似隱。』請問名，曰：『詼達惡比。』曰：『依隱玩世，詭時不逢，其滑稽之雄乎。』」「滑稽」詳後卜疑注〔三七〕。

〔四〕「攖」吴鈔本作「纓」，皕宋樓鈔本校改作「嬰」，有校語云：「古只作『嬰』，雖不可以例晉人，然前後數見作『嬰』，不如改從，以昭畫一。」
〔五〕吴鈔本作「所以知足無營」，是也。○老子：「知足不辱。」「無營」見前幽憤詩注〔三二〕。

楚子文善仕〔一〕

三爲令尹不喜〔二〕，柳下降身蒙恥〔三〕。不以爵禄爲己，静恭古惟二子〔四〕。

〔一〕「仕」吴鈔本作「士」，案二字通。○史記佞幸傳：「諺曰：『力田不如逢年，善仕不如遇合。』」
〔二〕論語：「令尹子文，三仕爲令尹，無喜色，三已之，無愠色。」集解：「孔安國曰：『令尹子文，楚大夫，姓鬬，名穀，字於菟。』」
〔三〕論語：「柳下惠爲士師，三黜，人曰：『子未可以去乎？』曰：『直道而事人，焉往而不三黜；枉道而事人，何必去父母之邦。』」子曰：「柳下惠、少連，降志辱身矣。」列女傳：「柳下惠死，其妻誄之曰：『蒙恥救人，德彌大兮。』」
〔四〕「静」吴鈔本原鈔同，墨校改作「靖」，詩紀亦作「靖」，案二字通，韓詩外傳引詩亦作「静」。○詩小明：「靖恭爾位，好是正直。」毛傳：「靖，謀也。」曹植潛志賦：「且摧剛而和謀，接處肅以静恭。」

老萊妻賢（名）〔明〕〔一〕

不（顧）〔願〕夫子相荆〔二〕，相將避禄隱耕〔三〕。樂道閑居採萍〔四〕，終厲高節不傾〔五〕。

〔一〕「名」吴鈔本作「明」，是也。○列女傳：「老萊子逃世，耕於蒙山之陽，楚王駕至老萊子之門，曰：『守國之孤，願變先生之志。』老萊子曰：『諾。』王去，其妻戴畚挾薪樵而來，曰：『何車迹之衆也？』老萊子曰：『楚王欲使吾守國之政。』妻曰：『許之乎？』曰：『然。』妻曰：『妾聞之：可食以酒肉者，可隨以鞭捶；可授以官禄者，可隨以鈇鉞。今先生食人酒肉，受人官禄，爲人所制也，能免於患乎？妾不能爲人所制。』投其畚而去，至江南而止。老萊子乃隨其妻而居之，君子謂老萊子妻果於從善。」

〔二〕「顧」吴鈔本、張本及詩紀作「願」。讀書續記曰：「『願』字是。」○吕氏春秋注：「荆，楚也。秦莊王諱楚，避之曰荆。」

〔三〕「相將」吴鈔本塗改而成，原鈔似作「將身」。○漢書注：「將，從也。」

〔四〕「閑」或作「閒」，「萍」吴鈔本原鈔作「蓱」，墨校塗改作「萍」。○「樂道閑居」見前幽憤詩注〔三〇〕。詩采蘋：「于以采蘋，南澗之中。」毛傳：「蘋，大萍也。」説文：「萍，苹也，水艸也。」

〔五〕吕氏春秋離俗篇：「高節厲行，獨樂其意。」徐淑與兄弟書曰：「仁兄德弟，不能厲高節于弱志。」漢書傳喜傳贊曰：「守節不傾，亦蒙後凋之賞。」

嗟古賢原憲〔一〕

棄背膏粱朱顏〔二〕，樂此屢空饑寒〔三〕。形陋體逸心寬〔四〕，得志一世無患〔五〕。

〔一〕史記仲尼弟子列傳：「原憲，字子思。孔子卒，原憲亡在草澤之中。子貢相衛，結駟連騎，排藜藿，入窮閻，過謝原憲，憲攝敝衣冠見子貢，子貢恥之，曰：『夫子豈病乎？』原憲曰：『吾聞之：無財者謂之貧，學道而不能行者謂之病，貧也，非病也。』」莊子讓王篇：「原憲笑曰：『仁義之慝，輿馬之飾，憲不忍爲也。』」

〔二〕「粱」吴鈔本作「粱」，讀書續記曰：「『粱』蓋『粱』之譌。」○揚案：「膏粱」古亦通作「高粱」。○孟子：「所以不願人之膏粱之味也。」國語注：「粱，食之精者。」「朱顏」見前贈秀才詩（淩高遠昞）注〔七〕。

〔三〕「饑」吴鈔本作「飢」。○論語：「子曰：『回也其庶乎，屢空。』」集解：「雖數空匱，而樂在其中。」

〔四〕列子天瑞篇：「孔子遊於泰山，見榮啓期，曰：『善乎，能自寬者也。』」

〔五〕吕氏春秋注：「終一人之身爲世。」

朱嘉徵曰：「中散六言，歌内貞自樂閒静也；錯序中，衡斷不苟，尚論有法，雅似折楊柳古辭。」樂府廣序。

重作四言詩七首 一作「秋胡行」

吴鈔本原鈔題「重作六言詩十首代秋胡歌詩七首」，墨校改同此本，惟行上仍留「歌」字，又仍連寫，不作夾注，前四首原鈔相連，朱校於每首起句右側注一二三四等字。○張燮本題「秋胡行七首」，餘書多同。○詩紀、漢魏詩乘、古樂苑題下注云：「本集題曰『重作四言詩』。」周校本曰：「案『六言詩十首』蓋已佚，僅存其題，今所有者，『代秋胡行』也，舊校甚誤。」○揚案：原鈔「六言詩十首」五字，乃涉上而衍。

每首起二句，吴鈔本及詩所皆不重，詩所注云：「每首疊首二句。」○揚案：魏武帝秋胡行，每首皆疊首二句，此亦規其體也。

郭茂倩樂府詩集曰：「西京雜記曰：『魯人秋胡，娶妻三月而遊宦，三年休，還家，其婦採桑於郊，胡至郊，而不識其妻也，見而悦之，乃遺黄金一鎰。妻曰：「妾有夫，遊宦不返，幽閨獨處，三年於兹，未有如今日者也。」採桑不顧，胡慚而退。至家，問妻何在，曰：行採桑於郊，未返。既歸還，乃向所挑之婦也。夫妻並慚，妻赴沂水而死。』列女傳曰：『魯秋潔婦者，魯秋胡之妻也，既納之，五日，去而官於陳，五年乃歸，未至家，見路傍有美婦人，方採桑，而悦之，下車謂曰：「力田不如逢豐年，力桑不如見國卿，今吾有金，願以與夫人。」婦曰：「採桑力作，紡績織紝，以供衣食，奉二親，養夫子已矣，不願人之金。」秋胡遂去，歸至家，奉金遺母。使人呼其婦，婦至，乃嚮採桑者也。婦汙其行，去而東走，自投於河而死。』樂府解題曰：『後人哀而賦之，爲秋胡行，若魏文帝辭云：「堯任舜、禹，當復何爲。」亦題曰秋胡行。』廣題曰：『曹植秋胡行，但歌魏德，而不及秋胡事，與文帝之辭同也。』」○吴訥文章辨體曰：「若魏文帝辭云：『堯任舜、禹』，魏武帝云：『晨上散關山』，各言其事，俱題曰秋胡行，而不及秋胡事也。嵇康之作亦然。」○朱嘉徵樂府廣序曰：「案樂府備絃誦，存鑑戒焉，義或繫于本事者，或繫于殊事者。繫于本事者，如江南、平陵東、銅雀妓、從軍行是也；繫于殊事者，如陌上桑、豫章行、猛虎行、鰕鮔篇、秋胡行之類是也。」○朱乾樂府正義曰：「鄭樵云：『秋胡行亦曰在昔。』然則在昔疑是本辭，惜不可見矣。」○揚案：秋胡行，樂府爲相和歌辭清調曲。

富貴尊榮，憂患諒獨多〔一〕。富貴尊榮，憂患諒獨多。古人所懼，豐屋蔀家〔二〕。人害其上，獸惡網羅〔三〕。惟有貧賤，可以無他。歌以言之，富貴憂患多〔四〕。

〔一〕孟子：「君子之居是國也，其君用之，則安富尊榮。」

〔二〕黄節漢魏樂府風箋：易：「豐其屋，蔀其家，闚其户，闃其無人，三歲不覿凶。」○王弼易注：「蔀，覆也，屋厚覆，暗之甚也。」張衡應間曰：「利端始萌，害漸亦芽，欲豐其屋，乃蔀其家。」

〔三〕黄箋：左傳：「盜憎主人，民怨其上。」○説苑敬慎篇：「金人銘曰：『盜怨主人，民害其貴。』」國語周語：「諺曰：『獸惡其網，民惡其上。』」

〔四〕魏武帝秋胡行：「歌以言志，晨上散關山。」

陳祚明曰：「既稱達者之言，乃未知貧賤亦能致患，語特古。」

貧賤易居，貴盛難爲工〔一〕。貧賤易居，貴盛難爲工。恥（佞）〔接〕直言〔二〕，與禍相逢〔三〕。變故萬端，俾吉作凶〔四〕。思牽黄犬，其計莫從〔五〕。歌以言之，貴盛難爲工。

〔一〕戰國策秦策：「蔡澤説范雎曰：『君之禄位貴盛。』」後漢書馮衍傳：「上疏曰：『富貴易爲善，貧賤難爲工也。』」潛夫論交際篇：「富貴易得宜，貧賤難得適。」揚案：此詩特反言之。説文：「工，巧也。」

〔二〕「佞」吴鈔本作「接」。馬叙倫曰：「此章意在貴盛難爲工，恥接直言，謂貴盛者不願受直言也，作『接』字是。」

〔三〕黄箋：左傳：「伯宗每朝，其妻戒之曰：『子好直言，必及於難。』」

〔四〕楊惲報孫會宗書曰：「遂遭變故，横被口語。」荀悦漢紀曰：「事物之類，變化萬端，不可齊一。」周禮注：「故，災也。」荀子賦篇曰：「以危爲安，以吉爲凶。」後漢書李固傳：「與胡廣趙戒書曰：『公等曲從，以吉爲凶，成事爲敗乎。』」爾雅：「俾，使也。」

〔五〕「計」吴鈔本作「志」，此句樂府詩集作「其莫之從」。○黄箋：史記：「李斯曰：『詬莫大於卑賤，而悲莫甚於窮困。』乃西説秦，爲丞相。二世在甘泉宫作觳抵優俳之觀，李斯不得見，因上書言趙高之短。於是二世以李斯屬郎中令趙高，案治李斯，榜掠千餘，不勝痛，自誣服。具斯五刑，論腰斬咸陽市。斯出獄，與其中子俱執，顧謂其中子曰：『吾欲與若復牽黄犬，俱出上蔡東門，逐狡兔，豈可得乎。』」○揚案：史記李斯傳：「爲丞相，置酒於家，喟然而歎曰：『嗟乎，吾聞之荀卿曰：物禁太盛。當今人臣之位，無居臣上者，可謂富貴極矣，物極則衰，吾未知所税駕也。』」則貴盛難爲工，斯亦自知之，惜不能決捨耳。

陳祚明曰：「此又昔人眉睫之喻也。」

勞謙寡悔〔一〕，忠信可久安〔二〕。勞謙寡悔，忠信可久安。天道害盈〔三〕，好勝者殘〔四〕。彊梁致災〔五〕，多事招患〔六〕。欲得安樂，獨有無愆〔七〕。歌以言之，忠信可久安。

〔一〕「寡」吴鈔本作「無」，樂府詩集作「有」，下同。

〔二〕黄箋：易謙之九三曰：「勞謙，君子有終吉。」又象傳：「勞謙，君子萬民服也。」○論語：「多見闕殆，慎行其餘，則寡悔。」又曰：「言忠信，行篤敬，雖蠻貊之邦行矣。」

〔三〕「害」下張本及詩紀注云：「一作『惡』。」

〔四〕黄箋：易彖傳：「天道虧盈而益謙，鬼神害盈而福謙。」

〔五〕「彊」吴鈔本作「强」。

〔六〕樂府詩集作「多招禍患」，古樂苑同，又注云：「『多』下一有『事』字。」張本及詩紀作「多事招禍患」，注云：「一無『事』字。」○黄箋：老子：「彊梁者不得其死。」莊子：「從其彊梁，隨其曲傳。」郭注：「彊梁，多力也。」○揚案：此注，乃莊子山木篇釋文，楚辭九章：「疾親君而無他兮，有招禍之道也。」論衡累害篇：「多言招患，高行招恥。」蔡邕自陳表曰：「臣愚以凡宂招致禍患。」

〔七〕「僁」或作「愆」，張溥本及詩紀注云：「集作『僁』。」皕宋樓鈔本有校語云：「案『愆』字爲正。」○黄箋：書：「鑒於先王成憲，其永無愆。」○儀禮士昏禮：「夙夜無愆。」注：「愆，過也。」

陳祚明曰：「甚有名言；『欲得安樂，獨有無僁』，語甚高古。」

役神者弊，（極欲疾枯）〔疾欲令人枯〕〔一〕。役神者弊，極欲疾枯。顔回短折，（不）〔下〕及童烏〔二〕。縱體淫恣，莫不早徂〔三〕。酒色何物，今自不辜〔四〕。歌以言之，酒色令人枯。

〔一〕吴鈔本原鈔作「疾欲令人枯」，墨校改。案此詩每首次句末句皆五字，且多相同，則原鈔是也。○黄箋：莊子：「平易恬淡，則憂患不能入，邪氣不能襲，故其德全而神不虧。」形勞而不休則弊，精用而不已則勞，純素之道，惟神是守，守而勿失，與神爲一。」禮記：「飲食男女，人之大欲存焉。」詩大雅：「昊天疾威。」毛傳：「疾，猶急也。」此言疾枯，亦急也。説文：「枯，槁也。」康答難養生論：「欲勝則身枯。」○廣雅：「役，使也。」史記秦始皇本紀：「二世曰：『凡所爲貴有天下者，得肆意極欲。』」淮南子注：「枯，猶病也。」

〔二〕「不」吴鈔本作「下」。讀書續記曰：「『下』字是，蓋郎顗傳雖有十八而亡之説，然尚勝於童烏，此蓋言顔回以及童烏，皆從役神致短折也。」○黄箋：論語：「有顔回者好學，不幸短命死矣。」吴志孫登臨終疏云：「顔回有上智之才，而尚夭折。」法言：「育而不苗者，吾家之童烏乎！九齡而與我玄文。」李軌、柳宗元注：「童烏，子雲之子也。仲尼悼顔淵苗而不秀，子雲傷童烏育而不苗。顔淵弱冠而與仲尼言易，童烏九齡而與揚子論玄。」○書洪範篇：「六極：一曰凶短折。」僞孔傳：「折，未三十。」王楙野客叢書曰：「童烏爲子雲之子小名，南史王詢亦小字童烏。」御覽三百五十引劉向別傳云：「楊信字子烏，雄第二子，幼而聰慧。」桂馥札樸曰：「讀此乃知烏是字，而別傳亦稱烏者，猶曹孟德稱子建也。」朱亦棟羣書札記曰：「別傳之説，似不可信。」揚案：「別傳」爲「別録」之譌。

〔三〕荀悦漢紀論曰：「君子以道折中，不肆心焉，不縱體焉。」「徂」通作「殂」，説文：「殂，往死也。」

〔四〕「今自」吴鈔本作「自令」。讀書續記曰：「此句疑尚有譌，或當作『自令及辜』，言自貪酒色，令及於辜也。『不』『及』形近而譌。」○黄箋：書酒誥云：「亦罔非酒惟辜。」「酒色何物，今自不辜」，言人至縱恣早徂，仍不悟酒色之爲何物，而不以爲罪也。康養生論云：「飲食不節，以生百病，好色不倦，以致乏絶。」此篇末語意。○揚案：「不」字如非「及」字之譌，則謂無罪而自速其死也，本集聲無哀樂論云：「斯非吹萬不同耶。」此用莊子「吹萬不同，咸其自取也」之義，亦歇後語。爾雅：「辜，罪也。」

陳祚明曰：「童烏之殀，乃緣賦命；今有顏子之智，假令以極欲自戕，因致短折，則不及童烏矣。意蓋如此。不辜言非命也。」

黄節曰：「案叔夜答難養生論云：『顏子短折』，蓋謂穀食而不求上藥者，雖智如顏子，亦且短折也。至於童烏之年，短於顏子，乃由天命，不關養生。是顏子昧於養生而短折，不如童烏之委於天命也。原本斯意，較陳説爲良。」

絶智棄學，遊心於玄默〔一〕。絶智棄學，遊心於玄默。（遇過而悔）〔過而弗悔〕〔二〕，當不自得〔三〕。垂釣一壑，所樂一國〔四〕。被髮行歌，和（者）〔氣〕四塞〔五〕。歌以言之，遊心於玄默。

〔一〕黄箋：老子曰：「絶聖棄智。」又曰：「絶學無憂。」揚雄長楊賦：「人君以玄默爲神。」李善注云：「玄默，謂幽玄恬默也。」○莊子德充符篇：「遊心乎德之和。」又曰：「天道玄。」

〔二〕樂府詩集無「遇」字，吴鈔本作「過而復悔」。讀書續記曰：「此用莊子大宗師篇『過而不悔，當而不自得也』，疑『不』『復』聲近致誤。」○揚案：「復」爲「弗」字之誤。

〔三〕莊子大宗師篇：「古之真人，過而不悔，當而不自得也。」俞樾莊子平議曰：「過者，謂於事有所過失也』；當者，謂行之而當也。在衆人之情，於事有所過失則悔矣，作之而當，則自以爲得矣。真人不然，故曰：『過而弗悔，當而不自得也。』」

〔四〕樂府詩集無「所」字，吴鈔本原鈔作「垂釣一壑如樂國」，墨校改，周校本「所」字誤作「好」。○漢書叙傳：「班嗣報桓生書曰：『若夫嚴子者，漁釣於一壑，則萬物不奸其志，栖遲於一邱，則天下不易其樂。』」

〔五〕「者」吴鈔本作「氣」。讀書續記曰：「『氣』字是。」○黄箋：莊子：「文王觀於臧，見一丈人釣，而其釣莫釣，非持其釣有釣者也，常釣也。文王遂迎臧丈人而授之政，典法無更，偏令無出。三年，文王觀於國，則列士壞植散羣，長官者不成德，䱅斛不敢入四境。列士壞植散羣，則尚同也；長官者不成德，則同務也；䱅斛不敢入於四境，則諸侯無二心也。文王於是焉以爲太師，北面而問政，曰：『政可以及天下乎？』臧丈人昧然而不應，泛然而辭，朝令而夜遁，終身無聞。」史記：「屈原至於江濱，被髮行吟澤畔，顔色憔悴，形容枯槁，乃作懷沙之賦，自投汨羅以死。屈原既死之後，楚有宋玉、唐勒、景差之徒，皆好辭而以賦見稱，皆祖屈原之從容辭令。後百有餘年，漢有賈生，爲長沙王太傅，過湘水，投書以弔屈原。」案詩用臧丈人、屈原，以釋遇過而悔，臧丈人之受政，屈原之直諫，是不能絶智棄學，遊心玄默，所謂過也。及其夜遁，及其自沈，所謂悔也。皆不自得也。○莊子達生篇：「孔子觀於吕梁，見一丈夫遊之，數百步而出，被髮行歌，而游於塘下。」後漢書申屠蟠傳：「同郡黄忠書勸曰：『昔人之隱，其不遇也，則裸身大笑，被髮狂歌。』」司馬相如封禪文：「旁魄四塞，雲布霧散。」揚案：遊心玄默者，雖過而弗悔，雖當而不自得，所謂真人也。「垂釣」二句用班嗣語。叔夜高士傳贊亦載之。「被髮」二句亦非指屈原，黄箋甚誤。

陳祚明曰：「『遇過而悔，當不自得』，名言也，雖使可悔，已不自得矣。『所樂一國』，謂隨遇而安；『和者四塞』，無人不可與羣也。」

思與王喬，乘雲遊八極〔一〕。思與王喬，乘雲遊八極。淩厲五岳〔二〕，忽行萬億〔三〕。授我神藥，自生羽翼〔四〕。呼吸太和，練形易色〔五〕。歌以言之，思行遊八極〔六〕。

〔一〕黄箋：劉向列仙傳曰：「王子喬者，周靈王太子晉也，好吹笙，作鳳鳴，遊伊、洛之間，道人浮丘公接以上嵩高山，三十餘年，後求之於山上，見桓良曰：『告我家，七月七日，待我於緱氏山頭。』至時，果乘白鶴駐山頭，望之不得到，舉手謝時人，數日而去。爲立祠於緱氏山下及嵩高之首焉。」吴旦生曰：「王喬有三人，一爲王子晉，二爲葉令王喬，三爲栢人令王喬，皆神仙也。史記封禪書注引裴秀冀州記云：『緱氏仙人廟，爲栢人令之王喬。』則誤矣。」胡元瑞曰：「汲冢書師曠稱晉爲王子，故樂府稱王子喬，非姓王也，喬當是晉別名。」荀子：「明參日月，天滿八極，夫是之謂大人。」○「王喬乘雲」見前游仙詩注〔五〕。古樂府王子喬篇：「王子喬，參駕白鹿雲中遨。」又曰：「嗟行聖人遊八極。」魏武帝秋胡行：「名山歷觀，遨遊八極。」淮南子墬形訓：「天地之間，九州八極。」注：「八極，八方之極也。」

〔二〕「淩」或作「凌」，吴鈔本作「陵」。「岳」或作「嶽」。

〔三〕黄箋：爾雅：「太山爲東嶽，華山爲西嶽，霍山爲南嶽，恒山爲北嶽，嵩山爲中嶽。」○「淩厲」見前贈秀才詩（良馬既閑）注〔八〕。古樂府王子喬篇：「東遊四海五嶽山。」魏文帝折楊柳行：「輕舉乘浮雲，倏忽行萬億。」

〔四〕黄箋：淮南子曰：「羿請不死之藥於西王母，姮娥得之，服藥得仙，奔入月中，爲月之精。」○古樂府董逃行：「採取神藥若木端，服此藥可得神仙。」魏武帝秋胡行：「思得神藥，萬歲爲期。」曹植飛龍篇：「授我仙藥，神皇所造。」魏文帝折楊柳行：「與我一丸藥，光耀有五色，服藥四五日，身體生羽翼。」

〔五〕「太」吴鈔本作「大」，「練」張本及詩紀作「鍊」，案字各相通。○黄箋：黄庭經：「口爲玉池太和宫。」○易乾卦彖曰：「保合太和乃利貞。」淮南子俶真訓：「聖人呼吸陰陽之氣。」仲長統樂志論：「呼吸精和，求至人之彷彿。」神仙傳：「仙家有太陰鍊形之法。」案易色謂還童也，左思吴都賦：「桂父練形而易色。」即用此語。

〔六〕樂府詩集無「思」字，古樂苑注云：「『之』下一無『思』字。」揚案：有「思」字爲合。陳祚明曰：「終不能諧俗無違，故有離世之思。」

徘徊鍾山，息駕於層城〔一〕。徘徊鍾山，息駕於層城。上蔭華蓋，下采若英〔二〕。受道王母，遂升紫庭〔三〕。逍遥天衢，千載長生〔四〕。歌以言之，徘徊於層城。

〔一〕黄箋：淮南子曰：「譬若鍾山之玉。」許慎曰：「鍾山，北陸無日之地。」又淮南子曰：「崑崙山有層城九重。」水經注：「崑崙之山三級，下曰樊桐，一名板桐，二曰玄圃，一名閬風，上曰層城，一名天庭，是謂大帝之居。」○曹植美女篇：「行徒用息駕。」

〔二〕黄箋：王逸魯靈光殿賦：「高徑華蓋，仰看天庭。」古今注：「華蓋，黄帝所作也，與蚩尤戰於涿鹿之野，常有五色雲氣，金枝玉葉，止於帝上，故因而作華蓋也。」楚辭九歌：「浴蘭湯兮沐芳華，采衣兮若英。」王逸注：「若，杜若也。」○繁欽桑賦：「上似華蓋，下象鳳闕。」案此詩指雲氣言之，史記封禪書：「望華蓋。」索隱曰：「華蓋，星名。」楚辭九懷：「登華蓋兮乘陽。」注曰：「上攀北斗躡房星也。」晉書天文志：「天皇大帝上九星曰華蓋，所以蔽覆大帝之座也。」此「華蓋」爲星名，亦取蔽覆如蓋之義。藝文類聚七引葛仙公傳：「崑崙一曰華蓋。」則以華蓋爲崑崙山。此詩上文已云鍾山，此處不當再指崑崙矣。本集琴賦云：「背長林，翳華芝。」意亦同也。揚雄甘泉賦：「飲若木之露英。」文選注：「山海經曰：『灰野之山，有赤樹青葉，名曰若木。』」又月賦注：「若英，若木之英也。」

〔三〕黄箋：穆天子傳：「周穆王好神仙，觴西王母於瑤池之上。」○山海經西山經：「玉山是王母所居也。西王母其狀如人，豹尾虎齒，而善嘯，蓬髮戴勝。」郝懿行箋疏曰：「西王母，國名，見於竹書紀年及大戴禮，爾雅釋地以西王母與觚竹、北户、日下並數，謂之四荒，此經及穆天子傳始以爲人名。」神仙傳：「王母者，神人也，在崑崙山中。」尚書運期授曰：「凡得道受書者，皆朝王母於崑崙之上。」琴操：「成王援琴而歌曰：『鳳凰翔兮於紫庭。』」案此處則指天庭言之。張華白紵舞歌：「東造扶桑遊紫庭，西至崑崙戲層城。」抱朴子辯問篇：「年齊天地，朝於紫庭。」並與此同意。

〔四〕黄箋：易：「何天之衢。」〇楚辭九思：「躡天衢以長驅。」

朱嘉徵曰：「秋胡行歌富貴思寡過也，叔夜自著琴賦曰：『清閒静謐，自然神麗。』余嘗移贈，以品其詩，樂府尚存古穆之氣。」

朱乾曰：「人未有不生於憂患，而死於安樂，多金者昏志，耽色者伐性，皆此五年宦陳心驕氣盈之所致也，故篇中以富貴貧賤發端，以極欲疾枯爲戒，而歎脱然於財色之不如神仙也。」樂府正義。揚案：此詩與秋胡本事無關。

陳祚明曰：「秋胡行別爲一體，貴取快意，此猶有魏武遺風。」

思親詩一首

吴鈔本原鈔此詩至「中夜」二字止，其後即爲郭遐叔贈詩「如何忽爾」以下四首，次爲答二郭詩第一首第二首，其第二首中「懍慄」二字之下，即接鈔此詩，由「悲兮」二字以至篇末，次爲郭遐周贈詩三首，次爲郭遐叔贈詩三首，其第二首「如何忽爾」以下，即接鈔答二郭詩第二首，由「趣」字起至篇末止，又次始爲與阮德如詩，墨校皆改易之，令同此本序次。

此詩朱嘉徵樂府廣序入琴曲類，題曰思親引，並注云：「凡琴曲，古無其辭，後人譜之，所云其聲備者，不必具其辭也。此與虞舜思親操同聲，然辭具而聲亦長。」揚案：此七言琴曲，蓋仿王逸琴思楚歌。

蔡邕琴操曰：「思親操，舜耕歷山，見鳩與母飛鳴，相哺食，感思作歌曰：『思我父母力耕，日與月兮往如馳，父母遠兮吾將安歸。』」

奈何愁兮愁無聊〔一〕，恒惻惻兮心若抽〔二〕。愁奈何兮悲思多，情鬱結兮不可化〔三〕。奄失恃兮孤煢煢〔四〕，内自悼兮啼失聲〔五〕。思報德兮邈已絶〔六〕，感鞠育兮情剥裂〔七〕。嗟母兄兮永潛藏〔八〕，想形容兮内摧傷〔九〕。感陽春兮思慈親〔一〇〕，欲一見兮路無因〔一一〕。望南山兮發哀歎〔一二〕，感机杖兮涕汍瀾〔一三〕。念疇昔兮母兄在〔一四〕，心逸豫兮（壽）〔輕〕四海〔一五〕。忽已逝兮不可追〔一六〕，心窮約兮但有悲〔一七〕。上空堂兮廓無依〔一八〕，覩遺物兮心崩摧〔一九〕。中夜悲兮當誰告〔二〇〕，獨抆淚兮抱哀戚〔二一〕。日遠邁兮思予心〔二二〕，戀所生兮淚不禁〔二三〕。慈母没兮誰予驕〔二四〕，顧自憐兮心忉忉〔二五〕。訴蒼天兮天不聞〔二六〕，淚如雨兮歎青雲〔二七〕。欲棄憂兮尋復來〔二八〕，痛殷殷兮不可裁〔二九〕。

〔一〕楚辭九歌：「愁人兮奈何。」漢書廣川惠王傳：「作歌曰：『愁莫愁，居無聊。』」急就篇：「謾訑首匿愁勿聊。」楚辭九思：「愁不聊兮遑生。」又曰：「心煩憒兮意無聊。」注：「聊，樂也。」

〔二〕太玄：「翕繳惻惻。」注：「惻，痛心也。」魏武帝善哉行：「其窮如抽裂，自以思所怙。」左氏昭公六年傳正義引服虔云：「抽，裂也。」

〔三〕詩都人士：「我心苑結。」毛傳：「苑猶屈也，積也。」箋云：「苑讀鬱。」司馬遷報任安書曰：「此人皆意有所鬱結。」楚辭注：「化，變也。」

〔四〕「失」字吴鈔塗改而成，原鈔似作「無」字。○方言：「奄，遽也。」詩蓼莪：「無母何恃。」釋文：「韓詩：『恃，負也。』」孟子：「幼而無父曰孤。」張衡思玄賦：「何孤行之煢兮。」文選舊注：「煢煢，獨也。」魏文帝短歌行：「我獨孤煢，懷此百離。」

〔五〕「啼」吴鈔本原鈔作「欷」。○詩氓：「静言思之，躬自悼矣。」史記索隱曰：「欷，歎聲。」孟子：「相嚮而哭，皆失聲。」蔡琰悲憤詩：「兒呼母兮啼失聲。」

〔六〕詩蓼莪：「欲報之德，昊天罔極。」史記武帝本紀：「詔曰：『三代邈絶，遠矣難存。』」廣雅：「邈，遠也。」

〔七〕「鞠育」見前幽憤詩注〔六〕。漢費鳳碑：「見吾若君存，剥裂而不已。」楚辭九辯注：「中情恚恨，心剥切也。」

〔八〕易乾卦文言曰:「陽氣潛藏。」説文:「潛,藏也。」案此謂母兄已死而形體潛藏也。○葉渭清曰:「下云:『念疇昔兮母兄在』,與山巨源書:『吾新失母兄之歡』,並母兄連言,豈同時又有兄喪耶? 按康兄喜死後於康,喜外不聞有兄,此兄字無以釋之。」○揚案:嵇喜而外,自當尚有一長兄也。

〔九〕琴操:「卞和歌曰:『俛仰嗟歎,心摧傷兮。』」楚辭九章:「心冤結而内傷。」蘇武詩:「中心傷已摧。」

〔一〇〕古樂府長歌行:「陽春布德澤。」禮記祭義篇:「春雨露既濡,君子履之,必有怵惕之心,如將見之。」鄭玄注曰:「爲感時念親也。」

〔一一〕古詩:「思還故里閭,欲歸道無因。」

〔一二〕馮衍自序曰:「孝子入舊室而哀歎。」

〔一三〕「杌」或作「几」,程本、汪本、張本作「機」,由俗書「杌」字而誤。○禮記曲禮上:「謀於長者,必操几杖以從之。」漢書息夫躬傳:「著絶命辭曰:『涕泣流兮萑蘭。』」注:「臣瓚曰:『萑蘭,涕泣闌干也。』」案「萑蘭」「汍瀾」通,馮衍顯志賦:「淚汍瀾而雨集兮。」

〔一四〕左氏宣公元年傳:「疇昔之羊,子爲政。」注:「疇昔,猶前日也。」禮記注:「疇,發語聲也。」

〔一五〕案「壽」字疑本作「輕」,二字行草相近,易致誤也。○張衡思玄賦:「收疇昔之逸豫兮。」曹植離繳雁賦:「情逸豫而永康。」潛夫論德北篇:「心堅金石,志輕四海。」

〔一六〕漢孔彪碑：「逝往不可追兮。」韓詩外傳：「曾子曰：『往而不可還者親也。』」

〔一七〕禮記坊記篇：「小人貧斯約。」注：「約猶窮也。」

〔一八〕禮記問喪篇：「入門而弗見也，上堂又弗見也。」司馬相如美人賦：「獨處室兮廓無依。」廣雅：「廓，空也。」

〔一九〕曹植王仲宣誄：「翩翩孤嗣，號慟崩摧。」

〔二〇〕「誰告」張本及詩紀作「告誰」。○楚辭九章：「憂心不遂，當誰告兮。」蔡琰胡笳詩：「遭惡辱兮當告誰。」

〔二一〕「抆」張本作「收」。「抱哀戚」三字吴鈔本原鈔同，改鈔作「傷懷抱」，皕宋樓鈔本有校語云：「各本作『抱哀戚』，則『告』字讀入聲，與『戚』字叶，此本則『告』讀如字，似更勝之。然太師箴亦『告』與『戚』叶，宜兩存之。」讀書續記曰：「『抱』與上句『告』韻，則作『傷懷抱』是。」周校本曰：「舊校作『傷懷抱』，未詳所本。」○揚案：此校者隨意改之，以爲叶也。○楚辭九章：「孤子唫而抆淚。」注：「抆，拭也。」

〔二二〕吴鈔本作「親日遠兮思日深」。○馮衍顯志賦：「念人生之不再兮，悲六親之日遠。」又曰：「歲忽忽而日邁兮。」

〔二三〕吴鈔本原鈔作「戀所生兮淚流襟」，改鈔作「念所生兮淚不禁」。○孝經曰：「夙興夜寐，無忝爾所生。」古樂府長歌行：「遠望使心思，遊子戀所生。」

〔二四〕「予」張本及詩紀作「與」。○古樂府猛虎行：「野雀安無巢，遊子爲誰驕。」又白頭吟：「無親爲誰驕。」

〔二五〕「忉忉」吴鈔本原鈔作「切切」，誤也。○楚辭九辯：「惆悵兮而私自憐。」詩甫田：「無思遠人，勞心忉忉。」毛傳：「忉忉，憂勞也。」

〔二六〕下「天」字吴鈔本作「遠」。○詩鴇羽：「悠悠蒼天，曷其有極。」蔡琰胡笳曲：「泣血仰頭兮訴蒼蒼。」

〔二七〕「歎青雲」吴鈔本原鈔作「歎成雲」，改鈔作「凝成冰」。周校本曰：「舊校作『凝成冰』，未詳所據。」○揚案：此亦校者以意改叶。○古樂府孤兒行：「孤兒淚下如雨。」蘇順和帝誄：「歔欷成雲，泣涕成雨。」阮瑀詠史詩：「歎氣若青雲。」

〔二八〕「尋」吴鈔本原鈔同，改鈔作「循」。○左傳注：「尋，重也。」

〔二九〕詩正月：「憂心慇慇。」毛傳：「慇慇然痛也。」又北門：「憂心殷殷。」爾雅：「裁，節也。」

郭遐周贈三首附

吴鈔本原鈔題「五言詩三首，郭延周贈附」，墨校抹去「五言」二字，改「延」爲「遐」，欄外上方原有校語云：「『延周』一作『遐周』。」亦爲墨校所抹。

吾無佐世才〔一〕，時俗不可量〔二〕。歸我北山阿，逍遥以倡佯〔三〕。同氣自相求，虎嘯谷風涼〔四〕。惟予與嵇生〔五〕，未面分好章〔六〕。古人美傾蓋，方此何不臧〔七〕。援箏執鳴琴〔八〕，攜手遊空房〔九〕。栖遲衡門下，何願於姬姜〔一〇〕。予心好永年〔一一〕，年永懷樂康〔一二〕。我友不期卒〔一三〕，改計適他方〔一四〕。（巖東感）〔嚴車感〕發日〔一五〕，翻然將高翔〔一六〕。離别在旦夕，惆悵以增傷〔一七〕。

〔一〕「吾」字吴鈔本塗改而成，原鈔似作「亮」。

〔二〕「不可」吴鈔本作「所不」。○離騷：「固時俗之工巧兮。」古詩：「自我别君後，人事不可量。」爾雅：「量，度也。」

〔三〕「倡」吴鈔本原鈔作「相」，墨校改作「倘」。○「山阿」見前贈秀才詩（淩高遠眄）注〔一〇〕。楚辭九辯：「聊逍遥以相羊。」注：「逍遥、相羊，皆遊也。」又惜誓篇：「託回飆乎尚羊。」注：「尚羊，遊戲也。」案「羊」爲「佯」省，「相」「倡」「尚」同聲通用。

〔四〕易乾卦文言曰：「同聲相應，同氣相求。」淮南子天文訓：「虎嘯而谷風至。」注：「虎，土物也，谷風，木風也，木生於土，故虎嘯而谷風至。」班固答賓戲曰：「虎嘯而谷風洌。」

〔五〕「予」吴鈔本作「余」。

〔六〕吴鈔本作「面分好文章」，誤也。馬叙倫曰：「明本作『朱面分好章』，當從之。朱面，猶朱顔；

分好，猶投分相好也。」○揚案：此本作「末」，不作「朱」。○儀禮注：「面亦見也。」淮南王安屏風賦：「分好沾渥。」文選注：「分，分義也。」周禮注：「章，明也。」

〔七〕韓詩外傳：「孔子遭齊程本子於剡之間，傾蓋而語終日。」漢書注：「文穎曰：『傾蓋，猶交蓋駐車也。』」呂氏春秋注：「方，比也。」詩雄雉：「何用不臧。」毛傳：「臧，善也。」

〔八〕「援」字吳鈔本塗改而成。

〔九〕説文：「箏，鼓弦竹聲樂器也。」「鳴琴」「攜手」見前贈秀才詩（閑夜肅清）注〔八〕、（雙鸞匿景曜）注〔一九〕。

〔一〇〕詩衡門：「衡門之下，可以棲遲。」毛傳：「衡門，横木爲門，言淺陋也。棲遲，遊息也。」案「棲」與「栖」同。左氏成公九年傳：「詩曰：『雖有姬姜，無棄蕉萃。』」注：「姬、姜，大國之女。」

〔一一〕「予」字吳鈔本塗改而成，原鈔似作「中」。周校本作「甘」，於義不合。

〔一二〕傅毅舞賦：「娱神遺老，永年之術。」楚辭九歌：「君欣欣兮樂康。」

〔一三〕「期」字吳鈔本塗改而成，原鈔似作「斯」字。案此謂不終處於斯也，如作「期」字，則卒當爲倉卒之義，謂不意卒然而去也。

〔一四〕案魏志注引魏氏春秋曰：「康從子不善，避之河東，或云避世。」此詩贈答，當即其時也。

〔一五〕「巖」詩紀作「巖」，「咸」詩所作「鬵」，此句吳鈔本作「嚴車感發日」。讀書續記曰：「明本作『巖東咸發日』，不可從。蓋『車』譌『東』，因加『山』於『嚴』以就解耳。嚴車即裝車也，後答詩

『嚴駕不得停』，可證。『咸』乃『感』字之缺濫，或其省。」

〔一六〕楚辭九思：「嚴車駕以戲遊。」素問注：「嚴謂戒，所以禁非也。」司馬相如美人賦：「翻然高舉，與彼長辭。」楚辭九辯：「閔奇思之不通兮，將去君而高翔。」

〔一七〕離騷：「余不難夫離別兮。」注：「近曰離，遠曰別。」馮衍顯志賦：「情惆悵而增傷。」

風人重離別，行〔遒〕〔道〕猶遲遲〔一〕。宋玉哀登山〔二〕，臨水送將歸〔三〕。伊此往昔事，言之以增悲。歎我與嵇生〔四〕，倏忽將永違〔五〕。俯察淵魚遊，仰觀雙鳥飛〔六〕。厲翼太清中，徘徊於丹池〔七〕。欽哉得其所，令我心獨違〔八〕。言別在斯須，惄焉如調饑〔九〕。

〔一〕「遒」各本作「道」，是也。「猶」字吴鈔本塗改而成。○後漢書陰皇后紀：「帝詔大司空曰：『風人之戒，可不慎乎。』」詩谷風：「行道遲遲，中心有違。」毛傳：「遲遲，舒行貌。」

〔二〕「玉」汪本誤作「王」。

〔三〕楚辭九辯：「憭慄兮若將遠行，登山臨水兮送將歸。」王逸序曰：「九辯者，楚大夫宋玉之所作也。」

〔四〕「歎」字吴鈔本塗改而成。

〔五〕吴鈔本作「忽然將永離」。讀書續記曰：「下文『令我心獨違』，則『離』字是，古人雖不避重韻，既有作『離』字者，不必强謂重韻也。」○楚辭注：「儵忽，急疾貌也。」案「倏」與「儵」同。

廣雅：「違，離也。」

〔六〕易繫辭上：「俯以察於地理。」「淵魚」見前贈秀才詩（攜我好仇）注〔四〕。

〔七〕莊子大宗師篇：「且汝夢爲鳥而厲于天。」曹植贈白馬王彪詩：「歸鳥赴喬林，翩翩厲羽翼。」文選注：「厲，疾貌。」「太清」見前贈秀才詩（雙鸞匿景曜）注〔一九〕。山海經西山經：「南山多丹粟，丹水出焉。」楚辭惜誓篇：「涉丹水而馳騁兮。」注：「丹水，猶赤水也，淮南言『赤水出崑崙也』。」

〔八〕「獨」程本作「之」。○爾雅：「欽，敬也。」易繫辭下：「交易而退，各得其所。」徐幹西征賦：「雖身安而心違。」

〔九〕「惄」程本誤作「督」。「調饑」吴鈔本原鈔作「朝飢」，朱校改作「調飢」，選詩拾遺作「朝饑」，注云：「毛詩：『惄如調饑』，韓詩『調』作『朝』，訓云：『朝饑，難忍也。』此詩用『朝饑』字，蓋本之韓詩。」○李陵與蘇武詩：「長當從此别，且復立斯須。」禮記注：「斯須，猶須臾。」詩小弁：「我心憂傷，惄焉如擣。」又汝墳曰：「未見君子，惄如調饑。」毛傳：「惄，饑意也。調，朝也。」箋云：「惄，思也，未見君子之時，如朝饑之思食。」方言：「齊宋之間，或謂病爲惄。」蔡邕青衣賦：「思爾念爾，惄焉且饑。」

離别自古有，人非比目魚〔一〕。君子不懷土〔二〕，豈更得安居〔三〕。四海皆兄弟，何患無彼姝〔四〕。巖穴隱傅説，寒谷納白駒〔五〕。方各以類聚，物亦以羣殊〔六〕。所在有智賢，何憂

（此不）〔不此〕如〔七〕。所貴身名存，功烈在簡書〔八〕。歲時易過歷〔九〕，日月忽其除〔一〇〕。勗哉乎嵇生，敬德在慎軀〔一一〕。

〔一〕爾雅：「東方有比目魚焉，不比不行，其名謂之鰈。」

〔二〕「土」程本、汪本作「上」，刻板之誤也。

〔三〕論語：「君子懷德，小人懷土。」集解：「孔安國曰：『懷，安也。』」老子：「安其居，樂其俗。」

〔四〕論語：「子夏曰：『四海之内，皆兄弟也。』」詩干旄：「彼姝者子，何以畀之。」毛傳：「姝，順貌。」箋云：「時賢者既悦此卿大夫有忠順之德，又欲以善道與之。」

〔五〕「寒」吴鈔本作「空」。○「巖穴」見前述志詩（斥鷃擅蒿林）注〔一四〕。書序：「高宗夢得説，使百工營求諸野，得諸傅巖。」史記信陵君列傳：「信陵君之接巖穴隱者，不恥下交。」詩白駒：「皎皎白駒，在彼空谷。」毛傳：「宣王之末，不能用賢，賢者有乘白駒而去者。」

〔六〕易繫辭上：「方以類聚，物以羣分。」虞氏注：「方，道也。」

〔七〕吴鈔本作「何憂不此如」，是也。

〔八〕曹大家東征賦：「身既没而名存。」左氏襄公十九年傳：「銘其功烈，以示子孫。」詩出車：「豈不懷歸，畏此簡書。」毛傳：「簡書，戒命也。」

〔九〕「歲」吴鈔本作「年」。「歷」或作「曆」。

〔一〇〕説文：「歷，過也。」詩蟋蟀：「今我不樂，日月其除。」

〔二〕「在」吴鈔本作「以」。○爾雅：「勗，勉也。」書召誥：「王其疾敬德。」陳祚明曰：「清氣相引，在情必宣。二首章法，亦頗條次。末句慎軀之勗，規戒更切。」又曰：「此云『功烈在簡書』，故康答以『功名何足殉』云云，詶贈詩各見懷抱若此。」

郭遐叔贈(四)〔五〕首附

案「四」字爲「五」字之誤。○吴鈔本題「詩五首郭遐叔贈附」，其下有「四言四首、五言一首」八字，行中直書，又第四首前行題「五言」二字，墨校抹去。○詩紀、漢魏詩乘注云：「拾遺作『郭遐卿』。」

每念遘會，惟日不足〔一〕。昕往宵歸〔二〕，常苦其速〔三〕。歡接無厭，如川赴谷〔四〕。如何忽爾，將適他俗〔五〕。言駕有日，巾車命僕〔六〕。思念君子〔七〕，温其如玉〔八〕。心之憂矣，視丹如緑〔九〕。

〔一〕「日」吴鈔本原鈔作「曰」，朱校改。○爾雅：「遘，遇也。」詩天保：「降爾遐福，維日不足。」

〔二〕「宵」吴鈔本誤作「霄」。

〔三〕廣雅：「昕，明也。」

〔四〕淮南子注：「接猶見也。」左氏桓公九年傳：「是無厭也。」國語注：「厭，足也。」爾雅：「水注谿曰谷。」蔡邕郭有道碑：「聆嘉聲而響和者，猶百川之歸巨海。」

〔五〕禮記注：「爾，語助也。」呂氏春秋注：「俗，土也。」

〔六〕詩泉水：「駕言出遊。」左氏定公八年傳：「行有日。」注：「有期也。」又襄公三十一年傳：「巾車脂轄。」注：「巾車，主車之官。」楚辭九思：「巾車兮命僕，將馳兮四荒。」韓滮澗泉日記曰：「陶淵明歸去來辭：『或命巾車。』呂延濟云：『巾，飾也。』周禮注云：『巾猶衣也。』然則所謂巾車者，命僕使巾其車也。或以爲小車，非也。」揚案：作衣飾解最合。三都賦：「吴王乃巾玉輅。」華嚴經音義下引珠叢曰：「以衣被車，謂之巾也。」

〔七〕「思」字吴鈔本塗改而成，原鈔似作「言」。

〔八〕詩小戎：「言念君子，温其如玉。」箋云：「念君子之性，温然如玉，玉有五德。」

〔九〕「緑」張燮本誤作「録」。○詩緑衣：「心之憂矣，如匪澣衣。」

陳祚明曰：「起處叙歡愛之情深至，結句新。『看朱成碧』，乃出於此。」

如何忽爾〔一〕，超將遠遊〔二〕。情以怵惕，惟思惟憂〔三〕。展轉反側，寤寐追求〔四〕。馳情運想，神往形留〔五〕。心之憂矣，增其勞愁。

〔一〕句上吴鈔本亦無别句，周樹人曰：「案當有脱文。」○揚案：以前後二首律之，則脱文必有也。

〔二〕「遊」吴鈔本原鈔作「逝」，改鈔作「遊」。○方言：「超，遠也。」楚辭有遠遊篇。劉歆遂初賦：「超絶轍而遠逝。」班彪北征賦：「超絶迹而遠遊。」

〔三〕「情」上吴鈔本原鈔有「心之憂矣」四字，又「怵惕」二字之下，各作重筆其下，更有「惟何」二字，皆爲墨校點去，似原鈔此處爲「心之憂矣，情以怵惕，怵惕惟何，惟思惟憂」。較各本多二句。○楚辭九辯：「心怵惕而震蕩兮，何所憂之多方。」廣雅：「怵惕，恐懼也。」

〔四〕詩關雎：「窈窕淑女，寤寐求之。」又曰：「悠哉悠哉，展轉反側。」毛傳：「寤，覺；寐，寢也。」箋云：「卧而不周曰展。」説文：「展，轉也。」楚辭九章：「介子忠而立枯兮，文君寤而追求。」

〔五〕「馳情」見前贈秀才詩（輕車迅邁）注〔八〕。曹植洛神賦：「背下陵高，足往神留，遺情想像，顧望懷愁。」

不見可欲，使心不亂〔一〕。譬彼造化，抗無崖畔〔二〕。封疆畫界〔三〕，事利任難〔四〕。惟予與子，□不同貫〔五〕。交重情親，欲面無筭〔六〕。如何忽爾，時適他館〔七〕。明發不寐，耿耿極旦〔八〕。心之憂矣，增其憤惋〔九〕。

〔一〕二句，老子之文也。案本集答難養生論所引同此，今本老子「使」下誤衍「民」字。

〔二〕淮南子注：「造化，天地；一曰道也。」莊子人間世篇：「彼且爲無崖，亦與之爲無崖。」廣雅：「亢，高也；厓，方也；畔，界也。」案「抗」「亢」，「崖」「厓」通。

〔三〕「疆」吳鈔本誤作「彊」，六朝詩集作「壃」。

〔四〕新語道基篇：「后稷乃列封疆，畫界畔，以分土地之所宜。」司馬相如上林賦：「封疆畫界者，非爲守禦，所以禁淫也。」周禮注：「封，起土界也。」左氏襄公二十七年傳：「子木曰：『晉楚無信久矣，事利而已。』」

〔五〕「不」上空格之字，吳鈔本作「本」，程本作「實」，汪本、張溥本、四庫本作「蔑」，張燮本及詩紀作「鮮」，注云：「一作『籍』。」案「籍」字不必合。○漢書文帝紀：「制曰：『帝王之道，豈不同條共貫與。』」

〔六〕「筭」吳鈔本作「算」，二字同。○儀禮特牲饋食禮：「爵皆無筭。」注：「筭，數也。」

〔七〕詩緇衣：「適子之館兮。」毛傳：「適，之；館，舍。」

〔八〕詩小宛：「明發不寐，有懷二人。」又栢舟曰：「耿耿不寐，如有隱憂。」毛傳：「明發，發夕至明。耿耿猶儆儆也。」楚辭遠遊篇：「夜耿耿而不寐兮，魂甇甇而至曙。」爾雅：「極，至也。」

〔九〕「怨」吳鈔本作「歎」。

天地悠長，人生若忽〔一〕。苟非知命，安保旦夕〔二〕。思與君子，窮年卒歲〔三〕。優哉逍遥，幸無隕越〔四〕。如何君子〔五〕，超將遠邁〔六〕。我情願闕，我言願結〔七〕。心之憂矣，良以忉怛〔八〕。

〔一〕魏文帝月重輪行：「悠悠與天地久長。」古詩：「人生忽如寄。」又曰：「人生寄一世，奄忽若飆塵。」

〔二〕易繫辭上：「樂天知命，故不憂。」

〔三〕莊子齊物論篇：「和之以天倪，因之以曼衍，所以窮年也。」詩七月：「何以卒歲。」

〔四〕詩采菽：「優哉游哉，亦是戾矣。」史記孔子世家：「歌曰：『優哉游哉，維以卒歲。』」左氏襄公二十七年傳：「恐隕越於下。」注：「隕越，顛墜也。」

〔五〕周校本曰：「案當作『忽爾』。」

〔六〕楚辭九辯：「衆踥蹀而日進兮，美超遠而愈邁。」

〔七〕「言」程本、汪本、張本、文津本及詩紀作「心」。○毛詩傳：「願，每也。」廣雅：「闞，塞也。」詩正月：「心之憂矣，如或結之。」

〔八〕吴越春秋：「伍尚曰：『父繫三年，中心忉怛。』」王粲閑邪賦：「心忉怛而惕驚。」顔師古匡謬正俗曰：「爾雅：『切切，憂也。』後之賦者，叙憂慘之情，多爲忉怛，王仲宣登樓賦：『意忉怛而潛惻。』諸如此類，皆當音切。傳寫誤亂，或變爲忉。」揚案：詩甫田：「勞心忉忉」，「勞心怛怛。」毛傳：「忉忉，憂勞也。」「怛怛，猶忉忉也。」匪風傳：「怛，傷也。」

君子交有義〔一〕，不必常相從〔二〕。天地有明理，遠近無異同。三仁不齊迹，貴在等賢蹤〔三〕。衆鳥羣相追，鷙鳥獨無雙〔四〕。何必相呴濡，江海自可容〔五〕。願各保遐（心）〔年〕〔六〕，有緣復來東〔七〕。

〔一〕「有」漢魏詩乘作「以」。

〔二〕論語：「子曰：『君子義以爲質。』」

〔三〕論語：「微子去之，箕子爲之奴，比干諫而死。子曰：『殷有三仁焉。』」楚辭注：「迹，行也；蹤，迹也。」潛夫論實貢篇：「三仁齊致，事不一節。」

〔四〕「鷙」，吴鈔本作「摯」。讀書續記曰：「明本『摯』作『鷙』，是。」○揚案：二字古通。○王粲雜詩：「百鳥向繽翻，振翼羣相追。」離騷：「鷙鳥之不羣兮。」淮南子説林訓：「猛獸不羣，鷙鳥不雙。」

〔五〕「可」吴鈔本原鈔作「蹤」，墨校改作「兼」。周校本誤作「從」。案「蹤」字乃涉上而誤。○莊子大宗師篇：「泉涸，魚相處於陸，相呴以溼，相濡以沫，不如相忘於江湖。」廣韻：「呴，吐沫。」

〔六〕「心」吴鈔本原鈔作「年」，墨校改。案原鈔更合。

〔七〕曹植王仲宣誄：「庶幾遐年，攜手同征。」詩白駒：「毋金玉爾音，而有遐心。」文選注：「緣，因緣也。」

答二郭三首

吴鈔本題：「五言詩三首，答二郭。」

天下悠悠者，下京趨上京〔一〕。二郭懷不羣，超然來北征〔二〕。樂道託萊廬〔三〕，雅志無所營〔四〕。良時遘其願，遂結歡愛情〔五〕。君子義是親，恩好篤平生〔六〕。寡（志）〔智〕自生災〔七〕，屢使衆釁成〔八〕。豫子匿梁側〔九〕，聶政變其形〔一〇〕。顧此懷怛惕，慮在苟自寧〔一一〕。今當寄他域，嚴駕不得停〔一二〕。本圖終宴婉，今更不克并〔一三〕。（三）〔二〕子贈嘉詩〔一四〕，馥如幽蘭馨〔一五〕。戀土思所親，不知氣憤盈〔一六〕。

〔一〕吴鈔本作「不能趣上京」。○「悠悠」見前述志詩（潛龍育神軀）注〔六〕。抱朴子黄白篇引玉牒記云：「天下悠悠，皆可長生。」釋名：「疾行曰趨。」班固幽通賦：「有羽儀於上京。」

〔二〕曹植薤露篇：「懷此王佐才，慷慨獨不羣。」老子：「雖有榮觀，燕處超然。」楚辭九歌：「駕飛龍兮北征。」班彪北征賦：「遂奮袂以北征，超絶迹而遠遊。」

〔三〕「萊」吴鈔本作「蓬」。

〔四〕「樂道」見前幽憤詩注〔三〇〕。劉楨遂志賦：「託蓬廬以遊翔。」釋名：「寄止曰廬。」「雅志」見前述志詩（潛龍育神軀）注〔八〕。荀子禮論：「弟子勉學，無所營也。」注：「營，惑也。」

〔五〕李陵與蘇武詩：「良時不再至。」禮記樂記篇：「欣喜歡樂，愛之官也。」

〔六〕爾雅：「篤，厚也。」論語：「久要不忘平生之言。」張升與任彦堅書曰：「纏綿恩好，庶蹈高蹤。」論衡累害篇：「同心恩篤，異心疎薄。」

〔七〕「志」吳鈔本作「智」，讀書續記曰：「『智』字是。」

〔八〕國語晉語：「款也不才，寡智不敏。」左傳注：「釁，瑕隙也。」

〔九〕「子」下張溥本及詩紀注云：「一作『讓』。」

〔一〇〕史記刺客列傳：「豫讓事智伯，趙襄子與韓魏合謀，滅智伯。襄子當出，豫讓伏於所當過之橋下，襄子至橋，馬驚，使人問之，果豫讓也。豫讓曰：『今日之事，臣固伏誅，然願請君之衣而擊之，以致報讎之意。』於是襄子大義之，使使持衣與豫讓，豫讓拔劍三躍而擊之，遂伏劍自殺。」又曰：「濮陽嚴仲子事韓哀侯，與韓相俠累有郤，亡去游，求人可以報俠累者。至齊，或言聶政勇敢士，避仇隱於屠者之間。嚴仲子至門，備賓主之禮而去。久之，聶政母死，既已葬除服，乃西至濮陽見嚴仲子，仲子具告曰：『臣之仇韓相俠累。』聶政乃辭，獨行仗劍，至韓，俠累方坐府上，持兵戟而衛，侍者衆，聶政直入上階，刺殺俠累，因自皮面決眼，自屠出腸，遂以死。」

〔一一〕史記文帝本紀：「憂苦萬民，爲之怛惕不安。」爾雅：「慮，思也；寧，安也。」莊子天下篇：「惠施不能以此自寧。」古樂府滿歌行：「遂我所願以自寧。」

〔一二〕「得」古詩類苑作「能」。○廣雅：「寄，依也。」楚辭九思：「嚴車駕兮出戲遊。」曹植雜詩：「僕夫早嚴駕，吾行將遠遊。」

〔一三〕詩新臺：「嬿婉之求。」毛傳：「嬿，安；婉，順也。」曹植送應氏詩：「願得展嬿婉。」又贈白馬王彪詩：「本圖相與偕。」

〔一四〕「三」吴鈔本、張本及詩紀作「二」。讀書續記曰：「『二』字是。」

〔一五〕爾雅：「嘉，美也。」文選注引薛君韓詩章句曰：「馥，香貌也。」易繫辭上：「同心之言，其臭如蘭。」離騷：「結幽蘭而延佇。」

〔一六〕「不知」吴鈔本作「能不」。○論語：「小人懷土。」蘇武詩：「遊子戀故鄉。」國語周語：「陽癉憤盈。」注：「憤，積也；盈，滿也。」崔駰與竇憲書曰：「思效其區區，憤盈而不能已也。」

陳祚明曰：「此詩頗類黄初，以有質直之氣故也。『今當』四句，仲宣、偉長之流。」又曰：「自比豫、聶，情旨畢露。結語亦甚開激。」

昔蒙父兄祚，少得離負荷〔一〕。因疏遂成懶，寢跡北山阿〔二〕。但願養性命，終己靡有他〔三〕。良辰不我期，當年值紛華〔四〕。坎壈趣世教〔五〕，常恐嬰網羅〔六〕。羲農邈已遠〔七〕，拊膺獨咨嗟〔八〕。朔戒貴尚容〔九〕，漁父好揚波〔一〇〕。雖逸亦以難〔一一〕，非余心所嘉〔一二〕。豈若翔區外，湌瓊漱朝霞〔一三〕。遺物棄鄙累〔一四〕，逍遥遊太和〔一五〕。結友集靈岳〔一六〕，彈琴登清歌〔一七〕。有能從此者〔一八〕，古人何足多〔一九〕。

〔一〕爾雅：「祚，福也。」左氏昭公七年傳：「其父析薪，其子弗克負荷。」

〔二〕「跡」或作「蹟」，吴鈔本作「迹」。○文選注：「寢猶息也。」莊子漁父篇：「處静以息迹。」「山阿」見前贈秀才詩（淩高遠眄）注〔一〇〕。

〔三〕崔篆慰志賦：「守性命以盡齒。」魏文帝芙蓉池作詩曰：「遨遊快心意，保己終百年。」詩栢舟：「之死矢靡他。」

〔四〕楚辭九歌：「吉日兮辰良。」毛詩傳：「辰，時也。」廣雅：「期，會也。」墨子非樂上篇：「將必使當年。」王引之經義述聞曰：「丁、當，一聲之轉，當年者，丁年也。」史記禮書：「子夏，門人之高第也，猶云出見紛華盛麗而説。」

〔五〕「坎壈」吴鈔本改鈔同，原鈔作「懔慓」，周校本作「坎懔」。「趣」吴鈔本作「趍」。「教」張本及詩紀作「務」。案吴鈔本原鈔「慓」字爲「慄」字之誤，周校本誤也。

〔六〕「嬰」吴鈔本原鈔作「纓」，改鈔作「攖」，皕宋樓鈔本校改作「嬰」，有校語云：「『攖』字説文所無，集中每用『嬰』字，今依例改。」〇楚辭九辯：「坎廩兮貧士失職而志不平。」又九歎曰：「志坎壈而不違。」注：「坎壈，不遇貌也。」漢書叙傳：「班嗣報桓生書曰：『今吾子既繫攣於世教矣。』」韓子解老篇：「好用其私智而棄道理，則網羅之爪角害之。」説苑敬慎篇：「行者比於鳥，上畏鷹鸇，下畏網羅。」

〔七〕「農」程本、汪本、四庫本作「皇」，吴鈔本原鈔「農」，改鈔作「皇」。「已」吴鈔本作「以」，案二字通。

〔八〕「獨咨嗟」程本誤爲「獲治正」。〇班固答賓戲曰：「基隆於羲農。」楚辭遠遊篇：「高陽邈已遠兮，余將焉所程。」列子楊朱篇：「乃拊膺而恨。」家語子夏問篇：「無拊膺。」注：「拊，撫也；膺，胸也。」

〔九〕此句吴鈔本改鈔同，原鈔作「□式貴尚用」，「式」上之字，似爲「明」字，墨校塗其左旁而成「明」字。案「明」爲「朔」字之誤，「用」爲「中」字之誤，「戒」字有寫作「戎」者，故誤爲「式」也。

〔一〇〕法言淵騫篇：「或問東方生，曰：『非夷齊而是柳下惠，誡其子以尚容。』」漢書注師古曰：「容身避害也。」案藝文類聚二十三引東方朔戒子曰：「明者處世，莫尚於中。」楚辭漁父篇：「聖人不凝滯於物，而能與世推移，世人皆濁，何不淈其泥而揚其波。」

〔一一〕「雖」程本誤作「難」。「以」張本及詩紀作「已」。

〔一二〕楚辭九辯：「處濁世而顯榮兮，非余心之所樂。」

〔一三〕「湌」或作「飡」，或作「餐」，周校本誤作「飧」。○蔡邕郭有道碑：「翔區外以舒翼。」離騷：「折瓊枝以爲羞兮，精瓊靡以爲粻。」王粲白鶴賦：「飡靈岳之瓊蕊。」楚辭遠遊篇：「漱陽而含朝霞。」

〔一四〕「遺」程本誤作「遷」。

〔一五〕莊子天道篇：「外天地，遺萬物，而神未嘗有所困也。」又山木篇：「吾願去君之累，除君之憂，而獨與道遊於大莫之國。」莊子有逍遥遊篇。「太和」見前秋胡行（思與王喬）注〔五〕。

〔一六〕「岳」或作「嶽」。

〔一七〕「靈岳」見上注〔一三〕。禮記注：「登，進也。」「清歌」見前贈秀才詩（淩高遠眄）注〔五〕。

〔一八〕「此」吳鈔本改鈔同，原鈔作「我」。

〔一九〕「何」吳鈔本改鈔同，原鈔似作「有」，亦爲墨校塗成「何」字。張本、文津本及詩紀作「豈」。○論語：「子曰：『道不行，乘桴浮於海，從我者，其由與。』」漢書注：「多，重也。」

陳祚明曰：「慨世甚深，故決意高蹈，不能隨世浮沈，雖逸亦已難，蓋欲矯拂本性，此事誠甚難也。羲皇已遠，與非薄湯、武同意。」

詳觀淩世務〔一〕，屯險多憂虞〔二〕。施報更相市，大道匿不舒〔三〕。夷路值枳棘〔四〕，安步將焉如〔五〕。權智相傾奪，名位不可居〔六〕。鸞鳳避罻羅，遠託崑崙墟〔七〕。莊周悼靈龜，（越稷）〔越搜〕嗟王興〔八〕。至人存諸己，隱璞樂玄虛〔九〕。功名何足殉，乃欲列簡書〔一〇〕。所好亮若茲，楊氏歎交衢〔一一〕。去去從所志，敢謝道不俱〔一二〕。

〔一〕「淩」或作「凌」。

〔二〕「虞」張溥本誤作「慮」。○聞人倓箋：漢書成帝紀：「日以陵夷。」又主父偃傳：「是時徐樂嚴安亦俱上書言世務。」周易：「悔吝者，憂虞之象也。」○廣雅：「屯，難也；虞，驚也。」

〔三〕聞箋：禮記：「其次務施報。」爾雅釋詁：「貿，賈，市也。」國策注：「市猶求也。」廣雅：「舒，展也。」

〔四〕「值」吳鈔本改鈔同，原鈔作「殖」。

〔五〕「安步」吳鈔本改鈔同，原鈔作「心安」。案作「安步」更合。○聞箋：毛詩：「有夷之行。」後漢書黄瓊傳：「立足枳棘之林。」○毛詩傳：「夷，平也。」韓子外儲説左下：「樹枳棘者，成而刺人。」戰國策齊策：「顔斶曰：『願得安步以當車。』」楚辭九章：「南渡之焉如。」又九思曰：「欲竄伏其焉如。」爾雅：「如，往也。」

〔六〕曹植輔臣論：「文武並亮，權智時發。」史記春申君列傳：「争下士，招致賓客，以相傾奪。」左氏莊公十八年傳：「名位不同，禮亦異數。」

〔七〕「託」或作「托」。○聞箋：楚辭：「罻羅張而在下。」説文：「罻，捕鳥網也。」又：「古者芒氏初作羅。」爾雅：「鳥罟謂之羅。」王逸離騷經章句序曰：「虯龍鸞鳳，以託君子。」陳琳檄吳將校部曲曰：「鳳鳴高岡，以遠罻羅。」楚辭惜誓篇：「休息乎崑崙之墟。」説文：「墟，大邱也，崑崙謂之墟。」

〔八〕「稷」張本及詩紀作「穋」，注云：「一作『稷』。」古詩箋改作「搜」，箋云：「按向作『穋』或作『稷』，皆誤。」讀書續記曰：「此用莊子讓王篇文義，莊子王子名搜不名稷，吕氏春秋貴生篇亦作『搜』，淮南原道訓作『翳』，『翳』爲『翳』譌，『翳』『搜』聲近通假。此作『稷』無考，疑『稷』與『搜』字形相近而譌也。」○揚案：吕氏春秋審己篇又有越王授，則知作「搜」爲合，「搜」「授」形近聲同，「稷」「穆」亦與「搜」「授」形近而誤。○「嗟」吴鈔本改鈔同，原鈔作「畏」。○聞箋：莊子：「楚有神龜，死已三千歲矣，王巾笥而藏之廟堂之上，寧其死爲留骨而貴乎？寧其生而曳尾於塗中乎？」莊子：「越人三世弑其君，王子搜患之，逃乎丹穴，而越國無君，求王子搜不得，從之丹穴，王子搜不肯出，越人薰之以艾，乘以王輿，王子搜援綏登車，仰天而呼曰：『君乎君乎，獨不可以舍我乎。』」○爾雅：「一曰神龜，二曰靈龜。」注：「神龜，龜之最神明。靈龜，甲可以卜。」案神靈散言亦通。

〔九〕「璞」吴鈔本改鈔同，原鈔作「樸」。○聞箋：莊子：「至人無己。」玉篇：「璞，玉未治。」廣韻：「玄，幽遠也。」○莊子人間世篇：「古之至人，先存諸己，而後求諸人。」戰國策秦策：「鄭人謂玉未理者曰璞。」淮南子原道訓：「其全也純兮若璞。」韓子解老篇：「聖人觀其玄虚，用其周行，强字之曰道。」仲長統樂志論：「思老氏之玄虚。」

〔一〇〕聞箋：毛詩：「畏此簡書。」○班固幽通賦：「豈余身之足殉兮。」文選注：「殉，營也。」曹植玄暢賦：「或有受性命以殉功名者。」

〔一一〕聞箋：列子：「楊子之鄰人亡羊，楊子曰：『何追者之衆？』曰：『多歧路。』既反，問：『獲羊乎？』曰：『亡之矣。』曰：『奚亡之？』曰：『歧路之中，又有歧焉，吾不知所之。』楊子蹙然變容。門人怪之，心都子曰：『大道以多歧亡羊，學者以多方喪身。』」周禮地官注：「舞交衢。」○論語：「從吾所好。」爾雅：「亮，信也。」又曰：「四達謂之衢。」

〔三〕「敢」張溥本作「致」，詩所「敢」下注云：「一作『致』。」○聞箋：俱，同也。○蘇武詩：「去去從此辭。」史記伯夷列傳：「子曰：『道不同，不相爲謀，亦各從其志也。』」賈誼鵩鳥賦：「至人遺物兮，動與道俱。」史記蔡澤列傳：「聖人志不溢，行不驕，常與道俱而不失。」

陳祚明曰：「傾奪可憎，功名不足殉，深譏『典午』，語取快意，不能含蓄，固已罔慮其禍。」又曰：「語氣古質，有沈傑之氣，陶元亮便是此種，而稍能舒婉不迫。」

方東樹曰：「陳義甚高，然文平事繁，以詩論之，無可取則。」昭昧詹言。

與阮德如一首

吴鈔本題：「五言詩一首，與阮德如。」○世説新語賢媛篇注：「陳留志名曰：『阮共，尉氏人，仕魏至衛尉卿。少子侃，字德如，有俊才，而飭以名理，風儀雅潤，與嵇康爲友，仕至河內太守。』」宋書符瑞志：「晉武帝太康二年六月丁卯，白雀二見河內，南陽太守阮侃獲以獻。」○案阮侃嘗爲詩音，見經典釋文叙録，又釋文注云：「侃字德恕。」揚案：阮氏之字當取論語「侃侃如也」之義，「恕」字誤也。

含哀還舊廬，感切傷心肝〔一〕。良時遘數子〔二〕，談慰臭如蘭〔三〕。疇昔恨不早，既面侔舊歡〔四〕。不悟卒永離，念隔悵（憂）〔增〕歎〔五〕。事故無不有，別易會良難〔六〕。郢人忽已逝〔七〕，匠石寢不言〔八〕。澤雉窮野草，靈龜樂泥蟠〔九〕。榮名穢人身，高位多災患〔一〇〕。未若捐外累〔一一〕，肆志養浩然〔一二〕。顏氏希有虞〔一三〕，隰子慕黄軒〔一四〕。涓彭獨何人，唯志在所安〔一五〕。漸漬殉近欲，一往不可攀〔一六〕。生生在豫積〔一七〕，勿以怵自寬〔一八〕。南土旱不涼〔一九〕，衿計宜早完〔二〇〕。君其愛德素〔二一〕，行路慎風寒〔二二〕。自力致所懷，臨交情辛酸〔二三〕。

〔一〕楚辭九歎：「内惻隱而含哀。」曹植答詔示平原公主誄表曰：「句句感切。」漢書注：「切，深也。」王粲七哀詩：「喟然傷心肝。」

〔二〕「數」吴鈔本作「吾」。

〔三〕「良時」見前答二郭詩（天下悠悠者）注〔五〕。易繫辭上：「同心之言，其臭如蘭。」

〔四〕「疇昔」見前思親詩注〔四〕。廣雅：「侔，齊也。」

〔五〕「悵」張本及古今詩删、詩紀作「增」。此句吴鈔本原鈔作「念鬲悵增歎」，墨校改，案原鈔是也。○張衡四愁詩：「路遠莫致倚增歎。」王粲贈蔡子篤詩：「瞻望東路，悽愴增歎。」

〔六〕「會良」吴鈔本作「良會」。○周禮秋官小行人：「凡此五物者，治其事故。」魏文帝燕歌行：「別日何易會日難。」

〔七〕「已」吴鈔本作「以」。

〔八〕「郢人」「匠石」見前贈秀才詩（息徒蘭圃）注〔七〕。

〔九〕「澤雉」見前贈秀才詩（流俗難悟）注〔九〕。「靈龜」見前首注〔八〕。班固答賓戲曰：「泥蟠而天飛者，應龍之神也。」廣雅：「蟠，屈也。」

〔一〇〕戰國策齊策：「魯連書遺燕將曰：『惡小恥者，不能立榮名。』」曹植七啓曰：「名穢我身，位累我躬。」孟子：「不仁而在高位，是播其惡於衆也。」

〔一一〕「若捐」吴鈔本原鈔作「看背」，墨校改。「累」古今詩删誤作「纍」。「累」下張本及詩紀注云：「拾遺作『慮』。」詩所注云：「一作『慮』。」

〔一二〕説文：「捐，棄也。」論衡累害篇：「累害自外，不由其内。」「肆志」見前贈秀才詩（流俗難悟）注〔一二〕。孟子：「我善養吾浩然之氣。」

〔一三〕「希」選詩拾遺作「睎」，案「睎」當爲「睎」之誤。

〔一四〕法言學行篇：「顏嘗睎夫子矣。」説文：「睎，望也。」史記五帝本紀：「帝舜爲有虞。」莊子徐無鬼篇：「隰朋愧不若黄帝，而哀不已若者。」張衡東京賦：「登封降禪，則齊德乎黄軒。」薛綜注：「與黄帝軒轅齊其功德。」周嬰巵林曰：「孫奭孟子正義不恥章疏曰：『趙註今有以隰朋不及黄帝，佐齊桓公以有動，顏淵慕虞舜，仲尼歎庶幾也。』案春秋傳，隰朋，齊大夫也，史記註徐廣曰：『朋或作崩。』常愧恥不若黄帝之爲人，後齊桓得之，輔佐桓公四十一年。經云，顏淵曰：『舜何人也，予何人也，有爲者亦若是。』孔子曰：『回也其庶乎。』是其歎也。趙註所以引爲解文。隰朋數語，趙註乃無之。爽自云『文繁不録』，則爽翦截之矣。隰朋醜不若黄帝，而哀不已若者，語出列子。高誘曰：『醜，恥也。』嵇叔夜與阮德如詩：『顔氏希有虞，隰子慕黄軒』，蓋采邠卿語。」

〔一五〕「志在」吴鈔本作「在志」。○列仙傳：「涓子者，齊人也，好餌术，接食其精，至三百年乃見於齊，著天人經四十八篇。後釣於荷澤，得鯉魚，腹中有書。隱於宕山，能致風雨。受伯陽九仙法。」彭祖者，殷大夫也，姓籛，名鏗，帝顓頊之孫，陸終氏之子，歷夏至殷末，八百餘歲。常食桂枝，善導引行氣。」論語：「察其所安。」

〔一六〕史記禮書：「而況中庸以下，漸漬於失教，被服於成俗乎？」廣雅：「漸，漬也。」魏文帝與吴質書：「年一過往，何可攀援。」案陳琳檄吴將校部曲曰：「漸漬荒沈，往而不反，下愚之蔽也。」曹植三良詩：「長夜何冥冥，一往不復還。」叔夜亦謂人多促生，故上舉涓彭言之。

〔一七〕下「生」字汪本、文津本誤作「一」。「在」古今詩删誤作「有」。

〔一八〕「怵」吴鈔本作「休」。讀書續記曰：「明本作『怵』，是，上句『生生在豫積』，故此言不可以怵懼而自寛佚也。」葉渭清曰：「各本並作『怵』，案『怵』與『訹』通。廣雅：『訹，誘也。』」○揚案：「休」字鈔者之誤，説文：「訹，誘也。」管子心術上篇：「不怵乎好，不迫乎惡。」韓子解老篇：「得於好惡，怵於淫欲。」皆以怵爲誘訹之義，兩漢用此者頗多，漢書武帝紀：「怵於邪説。」注：

「『怵』或體『訹』字耳，今俗猶云相謏訹。」此處承上文近欲而言，不訓懼也。○易繫辭上：「生生之謂易。」説苑談叢篇：「不窮在於早豫。」列子天瑞篇：「孔子曰：『善乎能自寬者也。』」

〔一九〕「旱」吴鈔本原鈔作「㫚」，墨校改。案「㫚」不成字，廣韻：「垾，堤也。」於此亦不合，當爲鈔者之誤。廣文選誤作「早」。

〔二〇〕「衿」吴鈔本及選詩拾遺作「衿」，汪本、四庫本作「矜」，皆誤也。「完」吴鈔本原鈔作「看」，墨校改。○詩江漢：「我圖爾居，莫如南土。」楚辭九章：「汨徂南土。」注：「南方之土。」方言：「衿謂之交。」注：「衣交領也。」案此謂當於未涼之時，早完冬計也。

〔二一〕「君其」吴鈔本原鈔作「谷土」，墨校改。

〔二二〕淮南子俶真訓：「平易者，道之素。」注：「素，性也。」墨子辭過篇：「聖王作爲宫室，高足以辟潤溼，邊足以圉風寒。」素問玉機真藏論：「風寒客於人，使人毫毛畢直，皮膚閉而爲熱。」

〔二三〕毛詩箋：「力猶勤也。」禮記曲禮下：「臨文不諱。」陳祚明曰：「下方元亮，以調生故不近；上類偉長，以詞繁故不高。」

阮德如答二首附

吴鈔本題：「五言詩二首，阮德如答附。」張燮本「阮德如」作「阮侃」。

早發温泉廬〔一〕，夕宿（宣）〔宜〕陽城〔二〕。顧眄懷惆悵〔三〕，言思我友生〔四〕。會遇一何幸，及子遘歡情。交際雖未久，恩愛發中誠〔五〕。良玉須切磋，璵璠就其形〔六〕。隨珠豈不曜〔七〕，雕瑩啓光榮〔八〕。與子猶蘭石，堅芳互相成〔九〕。庶幾行古道〔一〇〕，伐檀俟河清〔一一〕。不謂中離別，飄飄然遠征〔一二〕。臨輿執手決〔一三〕，良誨一何精〔一四〕。佳言盈我耳〔一五〕，援帶以自銘〔一六〕。唐虞曠千載，三代不可并〔一七〕。洙泗久已往〔一八〕，微言誰共聽〔一九〕？曾參易簀斃，仲由結其纓〔二〇〕。晉楚安足慕，屢空守以貞〔二一〕。潛龍尚泥蟠，神龜隱其靈〔二二〕。庶保吾子言，養貞以全生〔二三〕。東野多所患，暫往不久停〔二四〕。幸子無損思，逍遥以自寧〔二五〕。

〔一〕「早」吴鈔本作「旦」。

〔二〕「陽」程本誤作「暢」。○道光修武縣志故城考：「後魏宜陽郡。」註云：「案宜陽恐係宣陽之譌，舊志引魏河南太守阮德如答嵇康詩，有云：夕宿宣陽城。今縣東南十八里宣陽驛，尚有廢城址。」○揚案：宜陽，邑名，漢置，屬弘農郡。後漢屬司隷弘農郡，晉屬司州弘農郡，北魏兼置郡，爲陽州宜陽郡。太平御覽四十二引有阮籍宜陽記，又卷七十一引王孚安城記曰：「宜陽縣南鄉，有温泉焉，以生雞卵投其中，熟如煮也。」此詩「宣」字當爲「宜」字。修武志所云宣陽驛，「宣」字亦後世所譌也。古邑名無宣陽。

〔三〕「眄」吴鈔本作「盻」，詩所作「盼」。

〔四〕孝經鉤命決曰：「又有顧眄之義。」列子力命篇：「窮年不相顧眄。」楚辭九辯：「惆悵兮而私自憐。」詩伐木：「雖有兄弟，不如友生。」曹植求存問親戚疏曰：「下思伐木友生之義。」

〔五〕「恩」張燮本及詩紀作「思」，吴鈔本作「忠」。此句吴鈔本原鈔作「□我愛發誠」，「我」上之字，墨校塗成「思」字，朱校又改作「恩」字，原鈔不可辨。○孟子：「萬章問曰：『敢問交際何心也。』」注：「際，接也。」潛夫論有交際篇。管子形勢解：「中情信誠，則名譽美矣。」阮瑀爲曹公與孫權書曰：「以明雅素中誠之效。」

〔六〕詩淇澳：「如切如磋，如琢如磨。」毛傳：「治骨曰切，象曰磋，玉曰琢，石曰磨。」案切磋琢磨散言亦通也。左氏定公五年傳：「陽虎將以璵璠斂。」注：「璵璠，美玉也。」法言寡見篇：「玉不彫，璠璵不成器。」爾雅：「就，成也。」

〔七〕「隨」或作「隋」。

〔八〕淮南子覽冥訓：「隨侯之珠。」注：「隨侯見大蛇傷斷，以藥傅而塗之，後蛇於夜中銜大珠以報之，因名曰隨侯之珠，蓋明月珠也。」莊子讓王篇成玄英疏：「隨國近濮水，濮水出寶珠。」仲長統昌言曰：「瑩之以發其光。」蔡邕勸學篇：「明珠不瑩，焉發其光。」

〔九〕家語六本篇：「與善人居，如入芝蘭之室，久而不聞其香。」史記蘇秦列傳：「此所謂棄仇讎而得石交者也。」漢書注：「稱金石者，取其堅固。」淮南子説林訓：「石生而堅，蘭生而芳。」論衡本性篇：「稟蘭石之性，故有堅香之驗。」

〔一〇〕「行」吳鈔本作「弘」。

〔一一〕論語：「人能弘道。」詩伐檀：「坎坎伐檀兮。」毛傳：「伐檀以俟世用。」左氏襄公八年傳：「詩有之曰：『俟河之清，人壽幾何？』」注：「詩，逸詩也。」易乾鑿度：「帝王將起，河水先清。」後漢書襄楷傳：「京房易傳曰：『河水清，天下平。』」

〔一二〕史記司馬相如傳：「相如既奏大人之頌，天子大説，飄飄有淩雲之氣。」

〔一三〕「輿」字吳鈔本塗改而成。「決」吳鈔本及詩紀作「訣」，案二字通。

〔一四〕「一」吳鈔本原鈔作「壹」，朱校改。○李陵與蘇武詩：「執手野踟躕。」史記孔子世家：「相決而去。」索隱曰：「決，别也。」廣雅：「誨，教也。」

〔一五〕「佳」字吳鈔本塗改而成。「且」吳鈔本作「身」，誤也。

〔一六〕論語：「師摯之始，關雎之亂，洋洋乎盈耳哉。」又曰：「子張書諸紳。」説文：「帶，紳也。」禮記注：「銘謂書之刻之以識事者也。」

〔一七〕「可」字吳鈔本原鈔作「我」，墨校改。「并」字亦墨校塗改而成。○楚辭九懷：「唐虞兮不存。」班固答賓戲曰：「曠千載而流光。」劉歆遂初賦：「雖韞賣而求價兮，嗟千載其焉合。」論語：「斯民也，三代之所以直道而行也。」集解：「馬融曰：『三代：夏，殷，周。』」

〔一八〕「已」吳鈔本作「以」。

〔一九〕「共」吳鈔本作「爲」。○禮記檀弓上：「曾子曰：『吾與汝事夫子於洙泗之間。』」注：「洙、泗，魯水名。」漢書藝文志：「仲尼没而微言絶。」

〔二〇〕禮記檀弓上：「曾子寢疾，病，童子曰：『華而睆，大夫之簀與？』曾子曰：『然，斯季孫之賜也，我未之能易也。元起易簀。吾得正而斃焉，斯已矣。』舉扶而易之，反席未安而没。」注：「簀，謂牀第也。」左氏哀公十五年傳：「蒯聵迫孔悝於廁，强盟之，遂刧以登臺。欒寧使告季子，季子入，石乞、盂黶敵子路，以戈擊之，斷纓。子路曰：『君子死，冠不免。』結纓而死。」史記仲尼弟子列傳：「仲由，字子路。」家語弟子解：「仲由，一字季路。」説文：「纓，冠系也。」

〔二一〕「守以」吴鈔本作「以守」。○孟子：「曾子曰：『晉楚之富，不可及也。彼以其富，我以吾仁，彼以其爵，我以吾義，吾何慊乎哉。』」應璩與從弟書曰：「曾參不慕晉楚之富。」論語：「子曰：『回也其庶乎，屢空。』」周書謚法解：「清白守節曰貞。」

〔二二〕「潛龍」見前述志詩（潛龍育神軀）注〔四〕。「泥蟠」「神軀」見前首注〔九〕。

〔二三〕莊子養生主篇：「爲善無近名，爲惡無近刑，緣督以爲經，可以保身，可以全生。」

〔二四〕「暫」吴鈔本作「蹔」。○戰國策齊策：「封衛之東野。」後漢書劉陶傳：「上議曰：『臣東野狂闇，不達大義。』」案陶潁川潁陰人，此詩東野，亦當指潁川也。

〔二五〕莊子大宗師篇：「彼有駭形而無損心。」郭象注：「不以死生損累其心。」廣雅：「損，減也。」「自寧」見前答二郭詩（天下悠悠者）注〔二〕。成書曰：「後半滔滔説下，不假雕琢，自堪玩味，是文以意勝者。」

雙美不易居，嘉會故難常〔一〕。爰處憩斯土〔二〕，與子遘蘭芳〔三〕。常願永遊集，拊翼同廻翔〔四〕。不悟卒永離，一别爲異鄉〔五〕。四牡一何速，征人告路長〔六〕。顧步懷想象〔七〕，遊目屢（太）〔不〕行〔八〕。撫軨增歎息〔九〕，念子安能忘〔一〇〕。恬和爲道基，老氏惡强梁〔一一〕。患至有身災，榮子知所康〔一二〕。神龜實可樂〔一三〕，明戒在刳腸〔一四〕。新詩何篤穆，中詠增慨忼〔一五〕。舒檢話良訊〔一六〕，終然（永）〔未〕猒藏〔一七〕。還誓必不食，復與同故房〔一八〕。願子盪憂慮，無以情自傷〔一九〕。俟路忘所以〔二〇〕，聊以酬來章〔二一〕。

〔一〕離騷：「兩美其必合兮。」李陵與蘇武詩：「嘉會難再遇。」曹植送應氏詩：「清時難屢得，嘉會不可常。」荀子注：「故猶本也。」

〔二〕「處」吴鈔本作「自」。

〔三〕詩擊鼓：「爰居爰處。」爾雅：「憩，息也。」楚辭招魂篇：「結撰至思，蘭芳假兮。」注：「蘭芳，以喻賢人也。」蔡邕太尉楊秉碑：「與之同蘭芳，任鼎重。」

〔四〕「廻」或作「迴」。○蔡邕郭有道碑：「周流華夏，遊集帝學。」漢書叙傳曰：「攜手遂秦，拊翼俱起。」注：「拊翼以鷄爲喻，言知將旦，則鼓擊其翼而鳴也。」楚辭九歌：「君迴翔兮以下。」

〔五〕「一」吴鈔本原鈔作「壹」，朱校改。

〔六〕「告」吴鈔本作「去」，皕宋樓鈔本有校語云：「黄本作『告』，較勝。」○詩四牡：「四牡騑騑。」

〔七〕吴鈔本作「步顧懷想像」。

〔八〕「太」吴鈔本作「大」，案此當爲「不」字之誤。○西京雜記：「路喬如鶴賦曰：『宛修頸而顧步。』」毛詩箋：「回首曰顧。」楚辭遠遊篇：「思舊顧以想像兮。」離騷：「忽反顧以遊目兮。」又曰：「僕夫悲予馬懷兮，踡局顧而不行。」

〔九〕「軨」吴鈔本作「軫」，皕宋樓鈔本有校語云：「案楚辭九辯云：『倚結軨兮長太息。』又云：『中結軫而增傷。』是兩本皆通，『軨』義較優。」○揚案：「結軫」與「撫軫」之義不同。

〔一〇〕禮記注：「撫猶據也。」説文：「軨，車轖間横木。」後漢書東平王蒼傳：「帝詔曰：『辭别之後，獨坐不樂，誦及采菽，以增歎息。』」

〔一一〕方言：「恬，静也。」文選張景陽雜詩注引莊子曰：「無爲而治，謂之道基。」老子：「强梁者，不得其死。」莊子山木篇：「從其强梁。」釋文：「强梁，多力也。」

〔一二〕荀子大略篇：「患至而後慮者謂之困，困則禍不可禦。」新書大政篇：「愚者易言易行，以爲身災。」列子天瑞篇：「榮啓期曰：『貧者，士之常也，死者，人之終也，處常得終，當何憂哉。』」爾雅：「康，樂也。」

〔一三〕「神」字吴鈔本塗改而成，原鈔似作「蟠」。

〔一四〕莊子外物篇：「宋元君夜半夢人被髮闚阿門，曰：『予自宰路之淵，爲清江使河伯之所，漁者余且得予。』元君覺，使人占之，曰：『此神龜也。』明日，余且朝，君曰：『獻若龜。』龜至，君再欲殺之，再欲活之，心疑，卜之，曰：『殺龜以卜吉。』乃刳龜，七十二鑽而無遺筴。仲尼曰：『神龜能見夢於元君，而不能避余且之網，知能七十二鑽而無遺筴，不能避刳腸之患，如是，則知有所困，神有所不及也。』」

〔一五〕「慨」吴鈔本作「愷」，「忼」張燮本及詩紀作「慷」。○徐幹贈五官中郎將詩曰：「貽爾新詩。」詩烝民：「吉甫作誦，穆如清風。」箋云：「穆，和也。」曹植與吴季重書：「申詠反覆，曠若復面。」爾雅：「申，重也。」史記項羽本紀：「項王于是悲歌忼慨。」説文：「忼，慨也。」

〔一六〕「檢」字吴鈔本塗改成「衿」，原鈔不可辨。周校本曰：「疑亦『檢』字。」「詁」字吴鈔本亦塗改而成，原鈔似作「詔」。

〔一七〕「永」字吴鈔本塗改成「未」，汪本、四庫本亦作「未」，周校本作「永」，注云：「舊校爲『來』，原字滅盡，今從刻本。」揚案：「未」字是也，吴鈔本校改爲「未」，不作「來」。○説文：「檢，書署也。」荀子注：「訊，書問也。」

〔一八〕吴鈔本作「復得同林房」。

〔一九〕「盪」與「蕩」通，禮記注：「蕩蕩，滌去穢惡也。」

〔二〇〕「侯」吴鈔本塗改而成，原鈔似作「候」。「以」吴鈔本作「次」。

〔二一〕「酬」吴鈔本作「疇」，二字通。○論語：「視其所以。」集解：「以，用也。」爾雅：「酬，報也。」陳祚明曰：「規戒懇切，既中叔夜之病，末段慰藉殷勤，情辭篤至，雖樸近固不可廢。」

酒會詩七首

吴鈔本原鈔無「七首」二字，朱校補，題下有「五言一首四言六首」八字，行中直書。又原鈔次首前行題「四言」二字，亦低四格，墨校删。○吴鈔本序次與此本同，餘書多以五言一首居末。○此詩「猗猗蘭藹」一首之後，吴鈔本更有四言詩四首，各本所無，朱校抹去，亦無校語，今附録於後。

樂哉苑中遊〔一〕，周覽無窮已〔二〕。百卉吐芳華，崇基邈高跱〔三〕。林木紛交錯，玄池戲魴鯉〔四〕。輕丸斃翔禽〔五〕，纖綸出鱣鮪〔六〕。坐中發美讚〔七〕，異氣同音軌〔八〕。臨川獻清酤，微歌發皓齒〔九〕。素琴揮雅操，清聲隨風起〔一〇〕。斯會豈不樂，恨無東野子〔一一〕。酒中念幽人，守故彌終始〔一二〕。但當體七絃，寄心在知己〔一三〕。

〔一〕「苑」吴鈔本作「菀」，張燮本作「宛」。馬叙倫曰：「明本『菀』作『苑』，是。」

〔二〕説文：「苑，所以養禽獸也。」宋玉登徒子好色賦：「臣少曾遠遊，周覽九土。」

〔三〕「基」吴鈔本作「臺」。「跱」或作「峙」。○詩谷風：「百卉具腓。」王粲公讌詩：「百卉挺葳蕤。」宋玉登徒子好色賦：「贈以芳華辭甚妙。」班固西都賦：「承以崇臺閒館。」曹植七啓曰：「崇景山之高基。」張衡思玄賦：「松喬高跱孰能離。」文選注：「峙，立也。」案「跱」字古作

「峙」。

〔四〕「戲」古今詩删誤作「獻」。○司馬相如子虚賦：「交錯糾紛，上干青雲。」魏文帝於譙作詩曰：「獻酬紛交錯。」穆天子傳：「天子西征，至於玄池。」案此處玄池，但以美言之。説文：「魴，赤尾魚。」

〔五〕「翔」吴鈔本作「飛」。

〔六〕廣韻：「丸，彈丸。」説文：「纖，細也。」毛詩箋：「綸，釣繳也。」詩碩人：「鱣鮪發發。」毛傳：「鱣，鯉也；鮪，鮥也。」

〔七〕「坐」吴鈔本原鈔作「研」，朱校改。案「研」當爲「妍」之誤，此謂弋釣之善中也。

〔八〕劉楨射鳶詩：「庶士同聲讚，君射一何妍。」釋名：「稱人之美曰讚。」韓子八姦篇：「一辭同軌，以移主心。」廣雅：「軌，道也。」

〔九〕曹植幽思賦：「重登高以臨川。」又正會詩：「清酤盈爵。」説文：「酤，一宿酒。」楚辭九懷：「聞素女兮微歌。」曹植雜詩曰：「誰爲發皓齒。」吕氏春秋注：「皓齒，謂齒如瓠犀也。」

〔一〇〕「素琴」見前贈秀才詩（輕車迅邁）注〔四〕。劉向雅琴賦：「伏雅操之循則。」仲長統樂志論：「彈南風之雅操。」張衡舞賦：「展清聲而長歌。」

〔一一〕案，東野子當謂阮德如也，阮氏答詩，有「暫往東野」之言。

〔一二〕司馬相如上林賦：「酒中樂酣。」文選注：「郭璞曰：『中，半也。』」易履卦：「九二，履道坦坦，幽人貞吉。」○惠棟後漢書補注曰：「漢儒以幽人爲幽繫之人，故虞仲翔注易履之九二云：『履自訟來訟，時二在坎獄中，故稱幽人之正。』荀子曰：『公侯失禮則幽。』後世輒目高士爲幽人，失之。」丁泰卞廬札記曰：「魏志管寧傳：明帝詔青州刺史曰：『雖有素履幽人之貞，而考父滋恭之義。』據此，則三國時即以高士爲幽人矣。」○揚案：班固幽通賦：「覿幽人之髣髴。」漢書注：「張晏曰：『幽人，神人也。』」神人與高士近，亦非幽繫之義。○曹植陳審舉表：「遵常守故。」西京賦薛綜注：「彌，猶極也。」「終始」見前贈秀才詩（雙鸞匿景曜）注〔六〕。

〔三〕曹植洛神賦：「長寄心於君王。」「知己」見前述志詩（斥鷃擅蒿林）注〔三〕。

陳祚明曰：「酒中二句，致淡情長。」又曰：「風格介在魏、晉之間，去漢益遠。」

淡淡流水〔一〕，淪胥而逝〔二〕。　汎汎栢舟〔三〕，載浮載滯〔四〕。　微嘯清風，鼓檝容裔〔五〕。　放櫂投竿，優游卒歲〔六〕。

〔一〕太平御覽六百十七引作「淵淵緑水」。

〔二〕「胥」御覽引作「湑」。○宋玉高堂賦：「潰淡淡而並入。」文選注：「淡淡，安流平滿貌。」詩雨無正：「淪胥以鋪。」毛傳：「淪，率也。」箋云：「胥，相也。」論語：「子在川上曰：『逝者如斯夫。』」

〔三〕「栢」御覽引作「虚」。

〔四〕「浮」宋本、安政本御覽引作「停」，別本作「亭」。○詩菁菁者莪：「汎汎楊舟，載沈載浮。」又栢舟曰：「汎彼栢舟，亦汎其流。」毛傳：「汎汎，流貌。」説文：「滯，凝也。」

〔五〕毛詩箋：「嘯，蹙口而出聲也。」儀禮注：「鼓，猶擊也。」楚辭九章：「楫齊揚以容與。」注：「船櫂也。」方言：「楫或謂之櫂。」高唐賦：「决波淫淫之溶滴。」文選注：「溶滴，猶蕩動也。」案「容裔」「容與」「溶滴」並通。

〔六〕末四句御覽所引，節爲二句，云：「鼓枻投竿，優游卒歲。」○莊子外物篇：「任公子蹲乎會稽，投竿東海。」「卒歲」見前郭遐叔贈詩（天地悠長）注〔三〕。

陳祚明曰：「興急不近。」

婉彼鴛鴦，戢翼而遊〔一〕。俯唼緑藻〔二〕，託身洪流〔三〕。朝翔素瀨，夕棲靈洲〔四〕。摇蕩清波，與之沉浮〔五〕。

〔一〕詩小宛：「宛彼鳴鳩。」毛傳：「宛，小貌。」阮瑀爲曹公作書與孫權曰：「婉彼二人，不忍加罪。」文選注：「婉，猶親愛也。」案此詩「婉」借爲「宛」。「戢翼」見前贈秀才詩（雙鸞匿景曜）注〔一〕。

〔二〕「唼」字吴鈔本塗改而成，程本誤作「接」，藝文類聚九十二引作「吮」。

〔三〕楚辭九辯：「鳧雁皆唼夫粱藻。」魏文帝濟川賦：「俯唼菁藻，仰餐若芳。」説苑：「上士可以託身。」「洪流」見前贈秀才詩（浩浩洪流）注〔三〕。

〔四〕「靈」歷代詩選作「虚」。○楚辭七諫：「戲疾瀨之素水兮。」説文：「瀨，水流沙上也。」

〔五〕「沉」程本作「汎」，誤也。○司馬相如上林賦：「與波摇蕩，奄薄水渚。」楚辭哀時命篇：「不如下游乎清波。」史記游俠傳：「豈若卑論儕俗，與世沉浮，而取榮名哉。」王粲游海賦：「鳥則繽紛往來，沈浮翱翔。」

王夫之曰：「賦即事自遠，淺夫或以比求之。」

陳祚明曰：「每能於風雅體外，别造新聲，淡宕有致。」

□□蘭池〔一〕，和聲激朗〔二〕。操縵清商，遊心大象〔三〕。傾昧脩身〔四〕，惠音遺響〔五〕。鍾期不存，我志誰賞〔六〕。

〔一〕「池」吴鈔本作「沚」。「蘭」上空格之字，張本、四庫本及詩紀作「流詠」，吴鈔本原鈔作「藻汜」，朱校改作「流詠」。

〔二〕「蘭池」見前贈秀才詩（雙鸞匿景曜）注〔五〕。爾雅：「水決復入爲汜。」書舜典：「聲依永，律和聲。」馬融長笛賦：「激朗清厲，隨光之介也。」

〔三〕禮記學記篇：「不學操縵，不能安絃。」注：「操縵，雜弄。」韓子十過篇：「師涓援琴鼓之，平公問師曠曰：『此何聲也？』師曠曰：『此所謂清商也。』」楚辭惜誓篇：「二子擁琴而調均兮，余因稱夫清商。」注：「清商，歌曲也。」西京賦薛綜注：「清商，鄭音。」老子：「執大象，天下往。」河上公注：「象，道也。」

〔四〕「傾」字吴鈔本原鈔同，墨塗作「頃」，汪本、四庫本亦作「頃」。

〔五〕「嚮」六朝詩集誤作「鄉」。○老子：「明道若昧。」河上公注：「明道之人，若闇昧無見。」宋玉登徒子好色賦：「絜齋俟兮惠音聲。」

〔六〕吕氏春秋本味篇：「伯牙鼓琴，鍾子期聽之，方鼓琴而志在太山，鍾子期曰：『善哉夫鼓琴，巍巍乎若太山。』少選之間，而志在流水，鍾子期又曰：『善哉乎鼓琴，湯湯乎若流水。』鍾子期死，伯牙破琴絶絃，終身不復鼓琴，以爲世無足復爲鼓琴者。」陳祚明曰：「『傾昧脩身』，鷄鳴不已之意，其嫉世也深矣。」

歛絃散思〔一〕，遊釣九淵〔二〕。重流千仞，或餌者懸〔三〕。猗與莊老〔四〕，棲遲永年〔五〕。寔惟龍化，蕩志浩然〔六〕。

〔一〕「絃」或作「弦」。

〔二〕馮衍顯志賦：「誦古今以散思兮。」莊子應帝王篇：「淵有九名。」賈誼弔屈原賦：「襲九淵之神龍兮。」漢書注：「九旋之淵，言至深也。」

〔三〕「或」張燮本及詩紀作「惑」。○吕氏春秋功名篇：「善釣者出魚乎千仞之下，餌香也。」

〔四〕「與」或作「歟」。

〔五〕詩潛：「猗與漆沮。」箋云：「猗與，歎美之言也。」「莊老」見前幽憤詩注〔二〕。「棲遲永年」見前郭遐周贈詩（吾無佐世才）注〔一〇〕〔一二〕。

〔六〕史記老莊列傳：「孔子曰：『吾今日見老子，其猶龍乎。』」楚辭九章：「吾將蕩志而愉樂兮。」「浩然」見前與阮德如詩注〔三〕。

陳祚明曰：「『重流』二句名言，造語亦健，類孟德。」

肅肅（笭）〔泠〕風〔一〕，分生江湄〔二〕。却背華林，俯泝丹坻〔三〕。含陽吐英，履霜不衰〔四〕。嗟我殊觀，百卉具腓〔五〕。心之憂矣，孰識玄機。

〔一〕「笭」吳鈔本作「泠」，張溥本及詩紀作「苓」。案「泠」當爲「泠」之誤。説文：「笭，車笭也。」玉篇：「笭，舟中牀也。」笭爲舟車中薦物者，於此處不洽。

〔二〕王粲贈蔡子篤詩：「肅肅淒風。」莊子齊物論篇：「泠風則小和。」毛詩傳：「苓，大苦也。」漢書注：「苓，香草名。」埤雅：「苓，喜生下溼。詩曰『隰有苓』是也。」詩蒹葭：「在水之湄。」毛傳：「湄，水隒也。」

〔三〕「坻」下張溥本及詩紀注云：「一作『漪』。」○詩蒹葭：「泝游從之，宛在水中坻。」毛傳：「坻，小渚也。」案華林、丹坻，皆以美言之，非指魏之華林園也。

〔四〕爾雅：「華而不實者謂之英。」易坤卦：「初六，履霜堅冰至。」

〔五〕曹植洛神賦：「仰以殊觀。」詩四月：「秋日淒淒，百卉具腓。」毛傳：「卉，草也；腓，病也。」

猗猗蘭藹〔一〕，殖彼中原〔二〕。緑葉幽茂，麗藥濃繁〔三〕。馥馥蕙芳〔四〕，順風而宣〔五〕。將御椒房，吐薰龍軒〔六〕。瞻彼秋草〔七〕，悵矣惟騫〔八〕。

〔一〕「藹」字吴鈔本塗改而成，原鈔似作「靄」。

〔二〕詩淇澳：「緑竹猗猗。」毛傳：「猗猗，美盛貌。」張衡怨篇曰：「猗猗秋蘭，植彼中阿，有馥其芳，有黄其葩。」曹植洛神賦：「微幽蘭之芳藹兮。」廣韻：「藹，晻藹，樹繁茂。」吕氏春秋注：「殖，長也。」詩吉日：「瞻彼中原。」

〔三〕「藥」或作「蕋」，周校本誤作「藻」。「濃」張燮本，四庫本及詩紀作「穠」，吴鈔本原鈔作「農」，墨校補加禾旁，周校本誤作「豐」。○楚辭九歌：「秋蘭兮青青，緑葉兮紫莖。」王粲槐樹賦：「豐茂葉之幽藹。」

〔四〕「蕙」吴鈔本、張溥本作「惠」。

〔五〕蘇武詩：「馥馥秋蘭芳。」廣雅：「馥馥，香也。」傅毅舞賦：「順微風，揮若芳。」爾雅：「宣，徧也。」

〔六〕三輔黄圖曰：「未央宫有椒房殿，以椒和泥塗，取其温而芬芳也。」應劭漢官儀曰：「皇后稱椒房，以椒塗室，取温暖，袪惡氣也。」文選注：「薰，香也。」説文：「軒，曲輈藩車。」

〔七〕「瞻」吴鈔本誤作「贍」。

〔八〕古詩：「將隨秋草萎。」毛詩傳：「駑，虧也。」

王夫之曰：「整刷留放，無不矜愛，但此去小雅不遥。蓋詩自有教，或温或慘，總不可以赤煩熱耳争也。」

陳祚明曰：「未有酒會之意，但覺身世之感甚深。」

雜詩一首

吴鈔本原鈔無此題，朱校補加。○詩雋類函卷一百載此詩，改題「訪友」，又注云：「原作『雜詩』。」○文選王仲宣雜詩李善注曰：「雜者，不拘流例，遇物即言，故云雜也。」李周翰注曰：「興致不一，故云雜詩。」○遍照金剛文鏡祕府論曰：「雜詩者，古人所作，元有題目，撰入文選，文選失其題目，古人不詳，名曰雜詩。」

微風清扇〔一〕，雲氣四除〔二〕。皎皎亮月〔三〕，麗于高隅〔四〕。興命公子，攜手同車〔五〕。龍驥翼翼，揚（鑣）〔鑣〕踟蹰〔六〕。肅肅宵征〔七〕，造我友廬〔八〕。光燈吐輝〔九〕，華幔長舒〔一〇〕。鸞觴酌醴，神鼎烹魚〔一一〕。絃超子野〔一二〕，歎過緜駒〔一三〕。流詠太素，俯讚玄虛〔一四〕。孰克英賢〔一五〕，與爾剖符〔一六〕。

〔一〕「清」吴鈔本作「輕」。

〔二〕吕向注：扇，動也。○李善注：漢書：「張竦爲陳崇作奏曰：『日不移軌，霍然四除。』」○魏文帝柳賦：「景風扇而增暖。」延篤與段紀明書曰：「莫不魚爛雲除。」詩斯干：「風雨攸除。」釋文：「除，去也。」

〔三〕吴鈔本作「曒曒朗月」。

〔四〕「于」吴鈔本原鈔作「乎」，朱校改。○李善注：古詩曰：「明月何皎皎。」亮，明也。周禮曰：「城隅之制九隅。」○秦嘉贈婦詩：「皎皎明月，煌煌列星。」周禮注：「麗，附也。」

〔五〕李善注：毛詩曰：「惠而好我，攜手同車。」○禮記注：「興之言喜也。」廣雅：「命，呼也。」

〔六〕「揚」吴鈔本誤作「楊」。「鑣」張燮本及文選作「鑣」，是也。○李善注：毛詩曰：「四牡翼翼。」舞賦曰：「揚鑣飛沫。」○陳琳答東阿王牋：「飛兔流星，龍驤所不敢追。」周禮夏官庾人：「馬八尺以上爲龍。」毛詩箋：「翼翼，壯健貌。」文選舞賦注：「鑣，馬勒旁鐵也。」

〔七〕「宵」吴鈔本作「霄」。自此以下四句，白帖四引作嵇康燈詩，嚴輯全三國文作燈銘，未注出處，當緣白帖而誤。

〔八〕「廬」或作「盧」。○李善注：毛詩曰：「肅肅宵征。」○毛詩傳：「肅肅，疾貌。宵征，夜行。」

〔九〕「輝」吴鈔本作「耀」，白帖引作「曜」，文選袁本同，注云：「善本作『輝』字。」四部本注云：「五臣作『曜』。」

〔一〇〕「幔」白帖十七引作「縵」。○説文：「幔，幕也；舒，伸也。」

〔一一〕張銑注：鸞觴，盃也，刻爲鸞鳥之文。神鼎，鐵器，不汲自滿，不炊自沸，故曰神鼎。○李善注：毛詩曰：「且以酌醴。」又曰：「誰能亨魚。」○方廷珪文選集成曰：「鑄鼎以象神奸，故爲神鼎，舊注謬。」○揚案：稱神，但以美言之耳，史記封禪書：「聞昔泰帝興神鼎一。」亦非此處之義。

〔一二〕「絃」吴鈔本原鈔同，墨校改作「玄」，程本、汪本、四庫本亦作「玄」。讀書續記曰：「明本『玄』作『絃』，是，選本亦作『絃』。」

〔一三〕「緜」或作「綿」。○李善注：杜預左氏傳注曰：「子野，師曠字也。」孟子：「淳于髡曰：『昔緜駒處高唐，而齊右善歌。』」○李周翰注：絃，琴；歎，歌也。

〔一四〕李善注：列子曰：「太初形之始，太素質之始。」老子曰：「玄之又玄，衆妙之門。」管子曰：「虚無無形謂之道。」史記：「太史公曰：『老子所貴道，虚無應用，變化無方。』」○張銑注：太素、玄虚，皆自然也。○「玄虚」見前答二郭詩（詳觀淩世務）注〔九〕。

〔一五〕「孰克」吴鈔本改鈔同，原作「疇尅」。

〔一六〕李善注：言詠讚妙道，遊心恬漠，誰能以英賢之德，與爾剖符而仕乎？班固漢書述曰：「漢興柔遠，與爾剖符。」然文雖出彼，而義微殊。東觀漢記：「韋彪上議曰：『二千石皆以選出京師，剖符典千里。』」○何焯義門讀書記曰：「剖符乃同樂之意，不謂仕也。」○梁章鉅文選旁證曰：「此亦望文生義，別無所據。」○揚案：何説是也，史記六國表：「雖置質剖符，獨不能約束也。」鹽鐵論世務篇：「宋華元、楚司馬子反之相親也，符契内合，誠有以相信也。」崔駰達旨曰：「獨師友道德，合符曩真。」皆契合之意，叔夜謂孰爲英賢之士，當與之契合耳。李善注誤。○説文：「符，信也，漢制以竹長六寸分而相合。」

許學夷曰：「叔夜四言『微風清扇』一篇，雖調越風雅，而情興躍如，蓋三曹樂府之流也。」詩源辨體。

方廷珪曰：「另是一樣氣色，讀之心情俱曠。」

王夫之曰：「中散五言頽唐，不成音理，而四言居勝，足知五言之檠括爲尤難。或謂四言有三百篇在前，非相沿襲，則受壓抑。乃如此篇章，絶不從南雅風頌求步趨，而清光如月，又豈日之所能抑哉？」

陳祚明曰：「造語清婉。」

泆泆白雲，順風而回。淵淵緑水，盈坎而頽。乘流遥邁〔一〕，（自）〔息〕躬蘭隈〔二〕。杖策答諸，納之素懷。長嘯清原，惟以告哀。

〔一〕「遥邁」周校本誤作「遠逝」。

〔三〕周樹人曰：「『自』或『息』字之誤。」

(抄抄)〔眇眇〕翔鸞〔一〕，舒翼太清。俯眺紫辰，仰看素庭。凌躡玄虚，浮沉無形。將遊區外，嘯侣長鳴。神不存〔二〕，誰與獨征。

〔一〕周樹人曰：「『抄抄』或『眇眇』之誤。」

〔二〕案「神」上或「神」下當奪一字。

有舟浮覆〔一〕，紼纚是維。栝檝松櫂，汎若龍微〔二〕。津經險〔三〕，越濟不歸。思友長林，抱璞山湄〔四〕。守器殉業，不能奮飛。

〔一〕周樹人曰：「『覆』當是誤字。」

〔二〕「汎」周校本誤作「有」。

〔三〕案「津」上當奪一字。

〔四〕「璞」周校本誤作「樸」。

羽化華岳，超遊清霄。雲蓋習習，六龍飄飄。左佩椒桂，右綴蘭茝。凌陽讚路，王子奉軺。婉孌名山，真人是要。齊物養生，與道逍遥。

案吴鈔本原鈔，但有「酒會詩」之題，題下「七首」二字，乃朱校所加，其「五言一首四言六首」之注，亦墨校所加也。又原鈔此四首後，即接「微風清扇」一首，朱校於前行縫中補題「雜詩一首」四字，合而觀之，知原鈔所據之本，此四首及「微風清扇」一首，皆屬所題四言詩中，今本分出「微風清扇」一首，改題「雜詩」，乃據文選爲之也。

人生譬朝露，世變多百羅。苟必有終極，彭聃不足多。仁義澆淳樸，前識喪道華。留弱喪自然，天真難可和。郢人審匠石，鍾子識伯牙。真人不屢存，高唱誰當和。

倐夜〔家〕〔寂〕無爲〔一〕，獨步光庭側。仰首看天衢，流光曜八極。撫心悼季世，遥念大道逼。飄飄當路士，悠悠進自棘。得失自己求〔二〕，榮辱相蠶食。朱紫〔雖〕〔雜〕玄黄〔三〕，太素貴無色。淵淡體至道，色化同消息〔四〕。

〔一〕周樹人曰：「『家』疑當作『寂』，由『家』而誤。」

〔二〕「求」周校本誤作「來」。

〔三〕周樹人曰：「『雖』疑當作『雜』。」

〔四〕周樹人曰：「『色』當誤。」

俗人不可親，松喬是可鄰。何爲穢濁間，動摇增垢塵。慷慨之遠遊，整駕俟良辰。輕舉翔區外，濯翼扶桑津。徘徊戲靈岳，彈琴詠太真〔一〕。滄水澡五藏，變化忽若神。姮娥進妙藥〔二〕，毛羽翕光新。一縱發開陽，俯視當路人。哀哉（世間人）〔人間世〕〔三〕，何足久託身。

〔一〕「太」周校本作「泰」。

〔二〕「姮」原鈔誤作「恒」。

〔三〕周樹人曰：「疑當作『人間世』。」

案吴鈔本原鈔於秀才答詩「飾車駐駟」一首中，誤接「微風清扇」一首之末十七字，其次行題「五言詩」三字，以下各行，即爲此詩三首，已詳前注。此詩之後，爲一空行，又後一行，即題「嵇康集一」四字仍齊格，皆爲朱校删去。葉渭清曰：「其分卷相違如是，必因抄校異本而致，非盡書人之誤也。」揚案：合而觀之，原鈔所據之本，爲「酒會詩一首」「四言十首」「五言三首」，而此卷即以此詩終也。

此多出之「四言四首」「五言三首」，皕宋樓鈔本亦未迻録，觀其結體用韻，當爲魏、晉，而屬詞寄意，亦與叔夜略同，想皆今集所佚耶？今集酒會詩中「淡淡流水」句，御覽引作「淵淵緑水」，即此四言詩中之句也。

嵇康集校注卷第二

琴賦一首并序

吴鈔本題「琴賦有序」。○以下各篇，吴鈔本皆無「幾首」字。○李善注：尸子曰：「舜作五絃之琴以歌南風：『南風之薰兮，可以解吾人之愠。』是舜歌也。」白虎通曰：「琴者，禁也，禁人邪惡，歸於正道，故謂之琴。」○案琴之始制，古説各殊，馬融長笛賦曰：「昔庖羲作琴。」文選注：「琴操曰：『昔伏羲氏之作琴，所以修身理性，反天真也。』」風俗通義引世本曰：「神農作琴。」新論曰：「神農氏爲琴七絃，足以通萬物而考理亂也。」説文：「琴，禁也，神農所作，洞越，練朱五絃，周加二絃。」李冶敬齋古今黈曰：「説者曰：軒轅以前衣皮，其制短小，今衣絲麻布帛，所作衣裳，其制長大，故云垂衣裳也。然則羲、農之世，其無絲也審矣。此時無絲，又焉得以爲絃索者乎？吾謂蔡邕及世本諸家之説皆妄也，絃索之音，必自夫黄帝時有之。」

余少好音聲，長而翫之[一]，以爲物有盛衰，而此無變[二]，滋味有猒，而此不勌[三]，可以導養神氣，宣和情志[四]，處窮獨而不悶者，莫近於音聲也[五]。是故復之而不足，則吟詠以肆志，吟詠之不足，則寄言以廣意[六]。然八音之器[七]，歌舞之象[八]，歷世才士，並爲之賦頌[九]，其體制風流，莫不相襲[一〇]，稱其材幹，則以危苦爲上[一一]，賦其聲音，則以悲哀爲主，美其感化，則以垂涕爲貴[一二]，麗則麗矣，然未盡其理也[一三]。推其所由，似元不解音聲[一四]，覽其旨趣，亦未達禮樂之情也[一五]。衆器之中，琴德最優[一六]，故綴叙所懷，以爲之賦[一七]，其辭曰：

惟椅梧之所生兮[一八]，託峻嶽之崇岡[一九]，披重壤以誕載兮[二〇]，參辰極而高驤[二一]，含天地之醇和兮[二二]，吸日月之休光[二三]，鬱紛紜以獨茂兮[二四]，飛英蕤於昊蒼[二五]，夕納景於虞淵兮，旦晞幹於九陽[二六]，經千載以待價兮，寂神跱而永康[二七]。

且其山川形勢，則盤紆隱深[二八]，磪嵬岑嵓[二九]，互嶺巉巖[三〇]，岞崿嶇崯[三一]，丹崖嶮巇，青壁萬尋[三二]。若乃重巘增起，偃蹇雲覆[三三]，邈隆崇以極壯，崛巍巍而特秀[三四]，蒸靈液以播雲，據神淵而吐溜[三五]。爾乃顛波奔突，狂赴争流[三六]，觸巖觝隈，鬱怒彪休[三七]，洶涌騰薄[三八]，奮沫揚濤[三九]，瀄汩澎湃，蜿蟺相糾[四〇]，放肆大川，濟乎中州[四一]，安回徐邁[四二]，寂爾長浮〔四三〕，澹乎洋洋，縈抱山丘〔四四〕。詳觀其區土之所産毓，奥宇之所寶殖〔四五〕，珍怪琅玕〔四六〕，瑶瑾翕赩〔四七〕，叢集累積，奂衍於其側〔四八〕。若乃春蘭被其東，沙棠殖其西〔四九〕，涓子宅其陽，玉醴涌其前〔五〇〕，玄雲蔭其上，翔鸞集其巔，清露潤其膚〔五一〕，惠風流其間〔五二〕，竦肅肅以静謐，密微微其清閑〔五三〕，夫所以經營其左右者〔五四〕，固以自然神麗，而足思願愛樂矣〔五五〕。

於是遯世之士〔五六〕，榮期、綺季之疇〔五七〕，乃相與登飛梁，越幽壑〔五八〕，援瓊枝，陟峻崿，以遊乎其下〔五九〕，周旋永望，邈若凌飛〔六〇〕，邪睨崑崙，俯闞海湄〔六一〕，指蒼梧之迢遞〔六二〕，臨迴江之威夷〔六三〕，悟時俗之多累〔六四〕，仰箕山之餘輝〔六五〕，羨斯嶽之弘敞，心慷慨以忘歸〔六六〕。情舒放而遠覽，接軒轅之遺音〔六七〕，慕老童於騩隅〔六八〕，欽泰容之高吟〔六九〕，顧茲梧而興慮〔七〇〕，思假物以託心〔七一〕，乃斲孫枝〔七二〕，準量所任〔七三〕，至人攄思〔七四〕，制爲雅琴〔七五〕。

乃使離子督墨，匠石奮斤〔七六〕，夔、襄薦法，般、倕騁神〔七七〕，鎪會裛厠，朗密調均〔七八〕，華繪彫琢〔七九〕，布藻垂文〔八〇〕，錯以犀象，籍以翠緑〔八一〕，絃以園客之絲〔八二〕，徽以鍾山之玉〔八三〕。爰有龍鳳之象，古人之形〔八四〕，伯牙揮手，鍾期聽聲〔八五〕，華容灼爚〔八六〕，發采揚明〔八七〕，何其麗也〔八八〕。伶倫比律，田連操張〔八九〕，進御君子，新聲憀亮〔九〇〕，何其偉也〔九一〕。

及其初調，則角羽俱起，宫徵相證〔九二〕，參發並趣，上下累應〔九三〕，踸踔磥硌〔九四〕，美聲將興〔九五〕，固以和昶而足耽矣〔九六〕。爾乃理正聲，奏妙曲〔九七〕，揚白雪，發清角〔九八〕，紛淋浪以流離，奂淫衍而優渥〔九九〕，粲奕奕而高逝，馳岌岌以相屬〔一〇〇〕，沛騰遌而競趣，翕韡曄而繁縟〔一〇一〕。狀若崇山，又象流波，浩兮湯湯，鬱兮峨峨〔一〇二〕，怫愲煩冤〔一〇三〕，紆餘婆娑〔一〇四〕，陵縱播逸〔一〇五〕，霍濩紛葩〔一〇六〕。檢容授節，應變合度〔一〇七〕，兢名擅業〔一〇八〕，安軌徐步〔一〇九〕，洋洋習習，聲烈遐布〔一一〇〕，含顯媚以送終〔一一一〕，飄餘響乎泰素〔一一二〕。若乃高軒飛觀，廣夏閑房〔一一三〕，冬夜肅清〔一一四〕，朗月垂光〔一一五〕，新衣翠粲，纓徽流芳〔一一六〕。於是器泠絃調〔一一七〕，心閑手敏〔一一八〕，觸攙如志，唯意所擬〔一一九〕，初涉淥水〔一二〇〕，中奏清徵〔一二一〕，雅昶唐堯，終詠微子〔一二二〕，寬明弘潤，優遊躇跱〔一二三〕，拊絃安歌〔一二四〕，新聲代起〔一二五〕。歌曰：凌扶摇兮憩瀛洲〔一二六〕，要列子兮爲好仇〔一二七〕，餐沆瀣兮帶朝霞，眇翩翩兮薄天遊〔一二八〕，齊萬物兮超自得，委性命兮任去留〔一二九〕，激清響以赴會，何絃歌之綢繆〔一三〇〕。

於是曲引向闌〔一三一〕，衆音將歇〔一三二〕，改韻易調，奇弄乃發〔一三三〕，揚和顏，攘皓腕〔一三四〕，飛纖指以馳騖，紛儸譶以流漫〔一三五〕，或徘徊顧慕〔一三六〕，擁鬱抑按〔一三七〕，盤桓毓養，從容秘翫〔一三八〕，闥爾奮逸，風駭雲亂〔一三九〕，牢落凌厲〔一四〇〕，布濩半散〔一四一〕，豐融披離，斐韡奂爛〔一四二〕，英聲發越，采采粲粲〔一四三〕。或間聲錯糅，狀若詭赴〔一四四〕，雙美並進，駢馳翼驅〔一四五〕，初若將乖，後卒同趣〔一四六〕。或曲而不屈，直而不倨〔一四七〕，或相凌而不亂，或相離而不殊〔一四八〕，時劫掎以慷慨〔一四九〕，或怨𡡉而躊躇〔一五〇〕，忽飄颻以輕邁〔一五一〕，乍留聯而扶疏〔一五二〕。或參譚繁促，複疊攢仄〔一五三〕，從横駱驛，奔遯相逼〔一五四〕，拊嗟累讚，間不容息〔一五五〕，瓌豔奇偉，殫不可識〔一五六〕。

若乃閑舒都雅，洪纖有宜〔一五七〕，清和條昶，案衍陸離〔一五八〕，穆温柔以怡懌，婉順叙而委蛇〔一五九〕，或乘險投會，邀隟趨危〔一六〇〕，嚶若離鵾鳴清池〔一六一〕，翼若（浮）〔游〕鴻翔曾崖〔一六二〕，紛文斐尾，慊縿離纚〔一六三〕，微風餘音〔一六四〕，靡靡猗猗〔一六五〕。或摟𢷾櫟捋〔一六六〕，縹繚潎冽〔一六七〕，輕行浮彈，明嫿睽慧〔一六八〕，疾而不速〔一六九〕，留而不滯〔一七〇〕，翩緜飄邈，微音迅逝〔一七一〕。遠而聽之，若鸞鳳和鳴戲雲中〔一七二〕，迫而察之〔一七三〕，若衆葩敷榮曜春風〔一七四〕，既豐贍以多姿〔一七五〕，又善始而令終〔一七六〕，嗟姣妙以弘麗，何變態之無窮〔一七七〕。

若夫三春之初，麗服以時〔一七八〕，乃攜友生，以遨以嬉〔一七九〕，涉蘭圃，登重基〔一八〇〕，背長林，翳華芝〔一八一〕，臨清流，賦新詩〔一八二〕，嘉魚龍之逸豫，樂百卉之榮滋〔一八三〕，理重華之遺操〔一八四〕，慨遠慕而長思〔一八五〕。

若乃華堂曲宴，密友近賓〔一八六〕，蘭肴兼御〔一八七〕，旨酒清醇〔一八八〕，進南荊，發西秦〔一八九〕，紹陵陽，度巴人〔一九〇〕，變用雜而並起，竦衆聽而駭神〔一九一〕，料殊功而比操，豈笙籥之能倫〔一九二〕。

若次其曲引所宜〔一九三〕，則廣陵止息，東武太山〔一九四〕，飛龍鹿鳴，鵾鷄遊絃〔一九五〕，更唱迭奏〔一九六〕，聲若自然〔一九七〕，流楚窈窕，懲躁雪煩〔一九八〕。下逮謡俗，蔡氏五曲〔一九九〕，王昭楚妃〔二〇〇〕，千里别鶴〔二〇一〕，猶有一切，承間簉乏〔二〇二〕，亦有可觀者焉〔二〇三〕。然非夫曠遠者，不能與之嬉遊〔二〇四〕，非夫淵静者，不能與之閑止〔二〇五〕，非夫放達者，不能與之無衺〔二〇六〕，非夫至精者，不能與之析理也〔二〇七〕。

若論其體勢，詳其風聲〔二〇八〕，器和故響逸〔二〇九〕，張急故聲清〔二一〇〕，間遼故音（痺）〔庳〕〔二一一〕，絃長故徽鳴〔二一二〕，性絜静以端理〔二一三〕，含至德之和平〔二一四〕，誠可以感盪心志，而發洩幽情矣〔二一五〕。是故懷戚者聞之〔二一六〕，莫不憯懔慘悽〔二一七〕，愀愴傷心〔二一八〕，含哀懊咿〔二一九〕，不能自禁〔二二〇〕；其康樂者聞之，則欨愉懽釋〔二二一〕，抃舞踊溢〔二二二〕，留連瀾漫，嗢噱終日〔二二三〕；若和平者聽之，則怡養悦愉〔二二四〕，淑穆玄真〔二二五〕，恬虚樂古，棄事遺身〔二二六〕。是以伯夷以之廉，顔回以之仁〔二二七〕，比干以之忠，尾生以之信〔二二八〕，惠施以之辯給〔二二九〕，萬石以之訥慎〔二三〇〕。其餘觸類而長〔二三一〕，所致非一，同歸殊途，或文或質〔二三二〕，揔中和以統物〔二三三〕，咸日用而不失〔二三四〕，其感人動物，蓋亦弘矣〔二三五〕。

于時也〔二三六〕，金石寢聲，匏竹屏氣〔二三七〕，王豹輟謳，狄牙喪味〔二三八〕，天吴踊躍於重淵，王喬披雲而下墜〔二三九〕，舞鸑鷟於庭階，游女飄焉而來萃〔二四〇〕，感天地以致和，況蚑行之衆類〔二四一〕，嘉斯器之懿茂，詠兹文以自慰，永服御而不厭，信古今之所貴〔二四二〕。

亂曰〔二四三〕：愔愔琴德，不可測兮〔二四四〕，體清心遠，邈難極兮〔二四五〕，良質美手，遇今世兮〔二四六〕，紛綸翕響，冠衆藝兮〔二四七〕，識音者希，孰能珍兮〔二四八〕，能盡雅琴，唯至人兮〔二四九〕。

〔一〕李善注：杜預左氏傳注曰：「翫，習也。」○漢書張禹傳：「禹性習知音聲。」

〔二〕李善注：文子曰：「夫物盛則衰。」

〔三〕李善注：莊子曰：「聲色滋味之於人心，不待學而樂之。」左氏傳：「閻沒、女寬曰：『及饋之畢，願以小人之腹，爲君子之心，屬猒而已。』」説文曰：猒，从甘由犬，會意字也。○梁章鉅文選旁證曰：「今説文：『猒，飽也，从甘从肰。』」○玉篇：「勌，勞也。」漢書注：「『勌』亦『倦』字。」

〔四〕李善注：管子曰：「導血氣而求長年。」淮南子曰：「古之人，神氣不蕩乎外。」○論衡道虚篇：「道家或以導氣養性，度世而不死。」古詩曰：「蕩滌放情志。」

〔五〕李善注：孟子曰：「柳下惠遺佚而不怨，阨窮而不憫。」○文選四部本李善注「憫」作「悶」，與山巨源書善注引仍作「憫」。案孟子注：「憫，懣也。」淮南子注：「憫，憂也。」説文：「悶，懣也。」廣雅：「憫，懣也。」三字同爲憂懣之義。○孟子：「窮則獨善其身。」易乾卦文言曰：「遯世無悶。」家語弟子行篇：「處賤不悶。」注：「悶，憂。」

〔六〕李善注：毛詩序曰：「言之不足，故詠歌之，詠歌之不足，不知手之舞之。」杜預左氏傳注曰：「肆，申也。」尚書曰：「詩言志。」○毛詩箋：「復，反復也。」毛詩序：「吟詠性情，以風其上。」

「肆志」見前贈秀才詩（流俗難悟）注〔二〕。説文：「寄，託也。」莊子天下篇曰：「以寓言爲廣。」荀子樂論篇：「聽其雅頌之聲，志意得廣焉。」揚雄答劉歆書曰：「得肆心廣意以自見。」○蘄春黄先生曰：「復之，謂取其音聲而反復之；吟詠，謂以詩歌譜之音聲。」

〔七〕「器」文選四部本同，注云：「五臣作『氣』。」袁本作「氣」，注云：「善本作『器』。」

〔八〕書堯典：「四海遏密八音。」僞孔傳：「八音：金、石、絲、竹、匏、土、革、木。」漢書禮樂志：「樂有歌舞之容。」

〔九〕「世」文選四部本同，注云：「五臣作『代』。」袁本作「代」，注云：「善本作『世』字。」○張衡東京賦：「歷世彌光。」薛綜注：「歷，經也。」

〔一〇〕李善注：淮南子曰：「晚世風流俗敗，禮義廢。」仲長子昌言：「乘此風順此流而下走，誰復能爲此限者哉？」孔安國尚書傳曰：「襲，因也。」○漢書趙充國辛慶忌傳贊曰：「今之歌謡慷慨，風流猶存。」

〔一一〕吕延濟注：危苦，謂生於高峻也。○漢書貨殖傳：「萑蒲，材幹器械之資。」又淮南厲王傳：「薄昭與王書曰：『高帝爲子孫成萬世之業，艱難危苦甚矣。』」

〔一二〕長笛賦：「危殆險巇之所迫也，衆哀集悲之所積也。」又曰：「放臣逐子，棄妻離友，攢乎下風，收精注耳，泣血泫流，交横而下。」案此等即叔夜所譏矣。

〔一三〕李善注：高誘戰國策注曰：「麗，美麗也。」

〔一四〕「音聲」張本作「聲音」，文選四部本、袁本、茶陵本同，並於「覽」字下注云：「善本作『音聲者覽』。」胡刻本仍無「者」字，胡克家文選考異曰：「袁本、茶陵本云：『善作音聲者覽。』案此少『者』字，或尤本脱耳。」

〔一五〕李善注：趣，意也。禮記曰：「故知禮樂之情者能作。」○後漢書郎顗傳：「顗對狀曰：『謹條序前章，暢其旨趣。』」

〔一六〕李善注：桓譚新論曰：「八音廣博，琴德最優。」馬融琴賦曰：「曠三奏而神物下降，何琴德之深哉。」

〔一七〕「以」北堂書鈔一百九引作「次」。○説文：「綴，合箸也。」

〔一八〕「梧」藝文類聚四十四及琴史引作「桐」，北堂書鈔一百九兩引此句，一作「梧」，一作「桐」。

〔一九〕「託」或作「托」，「嶽」或作「岳」。○李善注：毛詩曰：「椅桐梓漆，爰伐琴瑟。」毛萇曰：「椅，梓屬。」史記曰：「龍門有桐樹，高百尺，無枝，堪爲琴。」○方以智通雅曰：「椅桐，榮桐，白桐，即泡桐也。陶貞白云：『白桐即椅桐。』陸璣曰：『白桐宜琴。』又曰：『梓實桐皮曰椅。』智按：古人以椅爲高大疏理之稱，故曰椅梓、曰椅桐，以別於本梓本桐耳。」○張雲璈選學膠言曰：「詩傳：『椅，梓屬。』言梓屬，則椅、梓別，而釋木椅、梓爲一者，陸璣云：『梓者，楸之疏理白色而生子者爲梓，梓實桐皮曰椅。』則大同而小別。方氏『椅爲高大疏理』之説，未必然矣。」○崔駰七依曰：「爰有洞庭之椅桐，依峻岸而旁生。」馬融琴賦曰：「惟梧桐之所生兮，在衡山之峻陂。」文選注引字林曰：「惟，有也。」詩崧高：「崧高維嶽，駿極於天。」毛傳：「嶽，四嶽也。」魏文帝瑪瑙賦：「寄中山之崇岡。」

〔二〇〕「誕」文選袁本作「誔」，注云：「善本作『誕』字。」北堂書鈔一百九引作「延」。

〔二一〕李善注：披，開也。重壤，謂地也，泉壤稱九，故曰重也。毛萇詩傳曰：「誕，大也。載，生也。」爾雅曰：「北極，北辰也。」孔安國尚書傳曰：「襄，上也。」「驤」與「襄」同。○呂向注：誕，生；參，近也。○蔡邕漢律賦：「披厚土而載形。」曹植芙蓉賦：「結修根於重壤。」古樂府滿歌行：「遥望辰極，天曉月移。」爾雅：「北極謂之北辰。」注：「北極，天之中，以正四方。」班固西都賦：「荷棟桴而高驤。」

〔二二〕「含」文選四部本、茶陵本同，四部本注云：「五臣作『合』。」茶陵本注云：「五臣作『苔』。」袁本作「合」，注云：「善本作『含』字。」○揚案：「苔」字當爲「合」字之誤，北堂書鈔一百九引亦作「合」。

〔二三〕李善注：謂包含天地醇和之氣，引日月光明也。周易曰：「天地絪緼，萬物化醇。」○王延壽夢賦曰：「吾含天地之純和。」案「醇」與「純」同。漢書注：「醇者，不雜也。」曹植橘賦：「稟太陽之烈氣，嘉杲日之休光。」

〔二四〕「以」琴史引作「而」。

〔二五〕「昊」藝文類聚四十四、事文類聚續集三十二引作「旻」。○李善注：説文曰：「蕤，草木花貌，汝誰切。」○梁章鉅曰：「今説文：『蕤，草木華垂貌。』」○繁欽柳賦：「鬱青青以暢茂。」文選注：「鬱，盛貌。」爾雅：「春爲蒼天，夏爲昊天。」班固答賓戲曰：「超忽荒而躆昊蒼。」文選注：「項岱曰：『昊、蒼，皆天名也。』」

〔二六〕「幹」文選四部本同，注云：「五臣本作『榦』。」袁本作「榦」，注云：「善本作『幹』。」○李善注：納，藏也。淮南子曰：「日入于虞淵之汜。」又曰：「入于虞淵，是謂黄昏。」高誘曰：「視物黄也。」晞，乾也；幹，本也。楚辭曰：「夕晞余身乎九陽。」王逸曰：「九陽，謂九天之崖也。」○説文：「景，日光也。」

〔二七〕李善注：論語：「子曰：『我待價者也。』」價者，物之數也。康，安也。○梁章鉅曰：「今論語作『賈』，古字通。」○廣雅：「跱，立也。」

〔二八〕「深」藝文類聚四十四引作「嶙」，事文類聚續集三十二引作「璘」。

〔二九〕「嵬」或作「磈」或作「魂」，「嵒」或作「喦」。○李善注：盤，曲；紆，屈；隱，幽；深，邃也。崔嵬，高峻之貌。岑嵒，危嶮之形。字林曰：「喦，山巖也。」○案文選六臣注本：「善注曰：『盤紆，詘屈也。崔嵬、岑嵒，高峻之貌也。』」○司馬相如子虚賦：「其山川則盤紆岪鬱。」傅毅七激曰：「窮林薄，歷隱深。」詩卷耳：「陟彼崔嵬。」毛傳：「崔嵬，土山之戴石者。」管子宙合篇：「山陵岑巖。」穀梁僖公三十三年傳：「必於殽之巖崟之下。」

〔三〇〕「互」張本及琴史引作「玄」，文選胡刻本作「互」，四部本、袁本、茶陵本作「玄」，胡克家文選考異曰：「袁本、茶陵本『互』作『玄』。」案此無可考也，或尤本字譌。

〔三一〕「崿」文選四部本、袁本、茶陵本作「峈」，並注云：「善本作『崿』。」琴史亦引作「峈」。○李善注：皆山石崖巘嶮峻之勢。○宋玉高唐賦：「登巉巖而下望兮。」張衡南都賦：「岝㟧崔嵬。」文選注：「埤蒼曰：『岝㟧，山不齊也。』」黄香九宮賦：「枉矢持芒以岝崿。」王褒洞簫賦：「徒觀其旁山側兮，則嶇嶔巋崎。」楚辭九思：「叢林兮崯崯。」注：「崯崯，衆饒貌。」案「崿」與「峈」「㟧」，「崯」與「嶔」，皆聲近相通。

〔三二〕說文：「崖，高邊也。」「嶮巇」見前贈秀才詩（雙鸞匿景曜）注〔一六〕。毛詩傳：「八尺曰尋。」

〔三三〕李善注：偃蹇，高貌，言高在上，偃蹇然如雲覆下也。○張衡西京賦：「陵重巘。」薛綜注：「山之上大下小者曰巘。」馬融長笛賦：「夫其面旁，則重巘增石。」廣雅：「增，重也。」離騷：「望瑤臺之偃蹇兮。」注：「偃蹇，高貌。」

〔三四〕「崛」張本作「堀」，誤也。「巍巍」文選四部本同，注云：「五臣作『嵬嵬』。」袁本作「嵬嵬」，注云：「善本作『巍巍』。」○李善注：巍巍，高大貌。○廣雅：「秀，出也。」廣雅：「邈，遠也。」子虛賦：「隆崇嵂崒。」郭璞注：「隆崇，站起也。」西京賦：「神明崛其特起。」薛綜注：「崛，高貌。」

〔三五〕「淵」文選四部本同，注云：「五臣作『泉』。」袁本作「泉」，注云：「善本作『淵』字。」○李善注：蒸，氣上貌。言山能蒸出雲以沾潤萬物。播，布也。孔子曰：「夫山者，興吐風雲，以通乎天地之間。」説文曰：「津，液也。溜，水流也。」○朱琦文選集釋曰：「案今説文水部津字云：『水渡也』；又液，『盡也』。血部𧖴字云：『气液也。』是津液字當作『𧖴』，經傳多借『津』爲『𧖴』，此處正文是液字，則當云『液，津也』。」○曹植七啓曰：「觀游龍於神淵。」

〔三六〕王延壽魯靈光殿賦：「盗賊奔突。」張載注：「突，唐突也。」史記魯仲連列傳：「遺燕將書曰：『業與三王争流。』」

〔三七〕李善注：觝，至也。隈，水曲也。彪休，怒貌。○傅毅舞賦：「或有宛足鬱怒。」

〔三八〕「騰」吴鈔本作「滕」，鈔者偶誤也。

〔三九〕司馬相如上林賦：「沸乎暴怒，洶涌彭湃。」文選注：「司馬彪曰：『洶涌，跳起也。彭湃，波相戾也。』」魏文帝濟川賦：「濞騰揚以相薄。」廣雅：「薄，迫也。」班固西都賦：「揚波濤於碣石。」

〔四〇〕李善注：澥汨，去疾貌。澎湃，相戾之形也。蛩蟺，展轉也。糾，繚也。蛩，於阮切。蟺音善。糾，己求切。○上林賦：「蜿灗膠戾。」王粲游海賦：「洪濤奮蕩，大浪踊躍，山隆谷窳，宛亶相搏。」説文：「蟺，蛩蟺也。」玉篇：「蟺，蚯蚓也。」案「蛩」與「宛」「蜿」通，「亶」與「蟺」「灗」通，此處謂波如蛩蟺之糾繚也。

〔四一〕李善注：肆，猶縱也。中州，猶中國也。○史記天官書：「衡，殷中州河、濟之間。」

〔四二〕「回」或作「迴」。

〔四三〕李善注：安回，波静遠去象。上林賦曰：「安翔徐回。」又曰：「寂漻無聲。」

〔四四〕李善注：説文曰：「澹，水摇也。」○賈誼鵩鳥賦曰：「澹乎若深淵之静。」詩碩人：「河水洋洋。」毛傳：「洋洋，盛大也。」曹植文章序曰：「氾乎洋洋。」毛詩傳：「縈，旋也。」

〔四五〕李善注：廣雅曰：「奥，藏也。」毛萇詩傳曰：「宇，居也。」○廣雅：「毓，長也；殖，積也。」西京賦：「實惟地之奥區神皋。」

〔四六〕「琅」文選袁本作「瑯」。

〔四七〕李善注：高唐賦曰：「珍怪奇偉。」尚書曰：「球琳琅玕。」皆美玉名。説文：「瑾，玉名。」翕赩，盛貌。詩傳曰：「赩，赤色貌。」○梁章鉅曰：「今説文『瑾』『瑜』二字，並訓『美玉也』。」○吕向注：山有玉則草木滋潤，此可以益於桐，故述之。○班固終南山賦：「爾其珍怪，碧玉挺其阿，蜜房溜其巔。」何晏景福殿賦：「菡萏赩翕。」

〔四八〕「奂」文選四部本同，注云：「五臣本作『涣』。」袁本作「涣」，注云：「善本作『奂』。」琴史引亦作「涣」。○李善注：蒼頡篇曰：「奂，散貌。」衍，溢也。

〔四九〕「殖」文選四部本同，注云：「五臣作『植』。」袁本作「植」，注云：「善本作『殖』。」○李善注：楚辭曰：「春蘭兮秋菊。」山海經曰：「崑崙之丘，有木焉，其狀如棠，而黄華赤實，其味如李而無核，御水人食之，使不溺。」

〔五〇〕李善注：列仙傳曰：「涓子者，齊人，好餌朮，著天地人經三十八篇。釣於澤，得符鯉魚中，隱於宕山，能致風雨，造伯陽九山法。淮南王少得其文，不能解其音旨。其琴心三篇，有條理也。」揚雄泰玄賦曰：「茹芝英以禦飢，飲玉醴以解渴。」宋玉笛賦曰：「丹水涌其左，醴泉流其右。」○梁章鉅曰：「董氏斯張廣博物志云：『魯謝涓子，常遊江淮，鼓琴於水側，遇一女，抱小緑綺撫弄，涓子訝之。曰：妾北陵之女也。因授清江引。』」○毛詩傳：「山南曰陽。」班固覽海賦：「涌醴漸於中唐。」

〔五一〕「露」下文選四部本、袁本、茶陵本並注云：「善本作『霧』，胡刻本仍作『露』。」胡克家文選考異曰：「案此尤改之，蓋以五臣亂善。」

〔五二〕李善注：邊讓章華臺賦曰：「惠風春施。」○楚辭九歌：「紛吾乘兮玄雲。」事類賦引淮南子曰：「桐木成雲。」注曰：「取十石甕，滿以水，置桐其中，三四日間，氣似雲作。」魏明帝猛虎行：「雙桐生空井，枝葉自相加。通泉浸其根，玄雲潤其柯。」李尤靈壽杖銘：「甘泉潤根，清露流莖。」蔡邕琴賦：「甘露潤其末，涼風扇其枝，鸞鳳翔其巔，玄鶴巢其岐。」

〔五三〕「閑」或作「閒」。○李善注：爾雅曰：「謐，静也。」微微，幽静也。○古詩：「長松千餘丈，肅肅臨澗水。」淮南子時則訓：「草木皆肅。」注：「草木上竦曰肅。」南都賦：「清廟肅以微微。」

〔五四〕呂向注：經營，猶優游也。○書召誥：「厥既得卜則經營。」楚辭九歎：「經營原野。」注：「南北爲經，東西爲營。」

〔五五〕李善注：東都主人曰：「闕庭神麗。」○漢書李廣傳：「士以此愛樂爲用。」

〔五六〕「世」文選四部本同，注云：「五臣作『俗』。」袁本作「俗」，注云：「善本作『世』字。」琴史亦引作「俗」。

〔五七〕「疇」吴鈔本、四庫本及琴史引作「儔」。○李善注：周易曰：「遯世無悶。」列子曰：「孔子遊於泰山，見榮啟期，行乎郕之野，鹿裘帶索，鼓琴而歌。孔子曰：『先生何以爲樂？』曰：『天地萬物，惟人爲貴，吾得爲人，一樂也；男貴女賤，吾得爲男，二樂也；生有不見日月，不充襁褓者，吾年九十，是三樂也；貧者士之常，死者人之終，處常得終，復何憂乎？』孔子曰：『能自寬也。』」班固漢書贊曰：「漢興，有東園公、綺季、夏黄公、角里先生，當秦之時，避世而入商洛深山，以待天下之定，即四皓也。」皇甫謐高士傳曰：「四皓皆河内軹人，一曰在汲。」○胡克家文選考異曰：「注『列子曰』袁本、茶陵本『列子』作『新序』，案二本最是。」○梁章鉅曰：「此即榮啓期也。列子天瑞篇、淮南主術訓、齊俗訓、弘明集正誣論，亦皆作『榮期』。」○班固終南山賦：「榮期、綺季，此焉恬心。」

〔五八〕李善注：飛梁，橋也。甘泉賦曰：「歷側景而絶飛梁。」○西京賦：「陵巒超壑。」薛綜注：「壑，坑谷也。」

〔五九〕李善注：莊子曰：「南方生樹名瓊枝。」○爾雅：「陟，陞也。」文選注引文字集略：「崿，崖也。」

〔六〇〕「淩」文選四部本同，注云：「五臣作『凌』。」袁本作「凌」，無注。○李善注：言若鳥之淩飛。左氏傳：「史克曰：『奉以周旋。』」○張衡冢賦：「周旋顧盼，亦各有行。」

〔六一〕「闞」或作「瞰」。○李善注：説文曰：「睆，邪視也。」崑崙，山名也。闞，視也。毛萇詩傳曰：「水草交曰湄。」○西京賦：「遷延邪睆。」東京賦：「左瞰暘谷，右睆玄圃。」薛綜注：「瞰，望也；睆，視也。」劉劭趙都賦：「靈丘平圃，邪接崑崙。」

〔六二〕「遞」琴史引作「遰」。

〔六三〕「迴」張本及文選四部本、袁本、茶陵本作「迥」。○李善注：漢書有蒼梧郡。山海經曰：「南方蒼梧之丘，其中有九嶷山，舜之所葬，在長沙零陵界。」洞簫賦曰：「迴江流而溉其山。」韓詩曰：「周道威夷。」○梁章鉅曰：「毛本『威』作『倭』，按本書注引韓詩並作『威夷』。」○魯靈光殿賦：「浮柱岧嵽以星懸。」文選吴都賦注：「迢遞，遠貌。」案「迢遞」與「岧嵽」通。

〔六四〕「悟」或作「寤」。

〔六五〕李善注：高士傳曰：「堯讓位於許由，由辭曰：『鷦鷯巢在深林，不過一枝，偃鼠飲河，不過滿腹。』隱乎沛澤。堯讓不已，於是遁於中岳，潁水之陽，箕山之下。死因葬於箕山之巔十五里，堯因就封其墓，號曰箕公。字仲武，陽城槐里人也。」吕氏春秋曰：「昔堯朝許由於沛澤之中，曰：『請屬天下於夫子。』許由遂之箕山之下。」○楚辭遠遊篇：「悲時俗之迫阨兮。」

〔六六〕李善注：西京賦曰：「赫昈昈以宏敞。」爾雅曰：「愷，慷，樂也。」史記曰：「穆天子見西王母，樂之忘歸。」○胡克家文選考異曰：「案『慷慨』當作『愷慷』，善引爾雅：『愷，慷，樂也。』『慷』即『康』字，是其本作『愷慷』，甚明。袁、茶陵二本所載五臣翰注，乃云：『慷慨，歎聲也。』乃誤作『慷慨』，大違嵇賦之意。各本以五臣亂善，失著校語，更誤，今特訂正之。」○王念孫讀書雜志餘編曰：「案如李注，則正文本作『心康愷以忘歸』，今作『慷慨』者，後人據五臣注改之也。爾雅曰：『愷，康，樂也。』説文曰：『愷，康也。』則李注引爾雅本作『康』，今作『慷』者，又後人據已誤之正文改之也。神女賦曰：『心凱康以樂歡。』『凱』與『愷』同。此言山形宏敞，令人樂而忘歸，故李注又引史記『樂之忘歸』爲證，若改『康愷』爲『慷慨』，則與上下文都不相屬矣。五臣本作『慷慨』，訓爲歎聲，皆非是。」○許巽行文選筆記曰：「説文：『忼慨，壯士不得志也。』義與『愷慷』不同。」○揚案：作「愷慷」或「康愷」皆合。

〔六七〕李善注：軒轅，黄帝也。遺音，謂琴也。○吕延濟注：昔黄帝使伶倫入嶰谷，取竹調律。令遠覽，思接其遺音，欲取椅桐爲琴也。○梁章鉅曰：「黄帝使伶倫截竹，樂律起於黄帝，故云『接軒轅之遺音』。若琴原始，本神農所造，非黄帝也。」○漢書陳湯傳：「耿育上書曰：『遠覽之士，莫不計度。』」馮衍顯志賦：「獨慷慨而遠覽兮。」

〔六八〕「騩」文選四部本同，注云：「五臣作『隗』。」袁本作「隗」，注云：「善本作『騩』字。」琴史亦引作「隗」。

〔六九〕李善注：山海經曰：「騩山，神耆童居之，其音常如鐘聲音。」郭璞曰：「耆童，老童也，顓頊之子。」山海經曰：「顓頊生老童。」思玄賦曰：「太容吟曰念哉。」騩山，在三危西九十里。○梁章鉅曰：「今山海經西山經：『三危之山，西一百九十里曰騩山。』此注『九十』上，疑脱『百』字。」

○劉良注：泰容，黃帝樂師，故慕而欽之，以爲高吟，而引清志也。

〔七〇〕「梧」張本及北堂書鈔一百九、初學記十六、琴史引作「桐」，文選四部本、袁本作「桐」，並注云：「善本作『梧』。」尤袤文選考異曰：「五臣『梧』作『桐』。」「而」初學記十六引作「以」。

〔七一〕李善注：莊子曰：「不以身假物。」○傅毅琴賦：「蹈通涯而將圖，遊茲梧之所宜。」說文：「興，起也。」荀子勸學篇：「君子生非異也，善假於物也。」劉劭瑞龍賦：「聊假物以擬身。」

〔七二〕「斲」北堂書鈔一百九及琴史引作「斷」。

〔七三〕李善注：說文曰：「斲，斫也。」張衡應間曰：「可剖其孫枝。」鄭玄周禮注曰：「孫竹，枝根之末生者也。」蓋桐孫亦然。○胡克家文選考異曰：「注『枝』當作『竹』，各本皆誤。」○傅毅琴賦：「蓋雅琴之麗樸，乃升伐其孫枝。」○余蕭客文選音義曰：「風俗通：『梧桐生於嶧山之陽，嵒石之上，採東南孫枝爲琴，極清麗。』蘇軾志林曰：『凡木本實而末虛，惟梧反之，試取小枝削，皆堅實如蠟，而其本皆中虛空，故世所以貴孫枝者，貴其實也，實故絲中有木聲。』」○曾敏行獨醒雜志曰：「或謂桐本已伐，旁有蘖者爲孫枝；或謂自本而岐者爲子幹，自子幹而岐者爲孫枝。凡桐遇伐去，隨其萌蘖，不三年可材矣，而自子幹岐生者，雖大不能拱把。唐人有百衲琴，雖未詳其取材，然以百衲之意推之，似謂衆材皆小，綴葺乃成，故意其取自幹而岐出者爲孫枝也。」○說文：「準，平也。」廣雅：「任，使也。」

〔七四〕「至」琴史引作「聖」。

〔七五〕李善注：莊子曰：「不離於真，謂之至人。」又曰：「至人無己，神人無功。」郭象曰：「無己故順物，順物而至。」劉向有雅琴賦。○梁章鉅曰：「漢書藝文志：『雅琴趙氏七篇，雅琴師氏八篇，雅琴龍氏九十九篇。』」○廣雅：「攄，舒也。」司馬相如長門賦：「援雅琴以變調兮。」文選注引七略曰：「雅琴，琴之言禁也，雅之言正也，君子守正以自禁也。」蔡邕琴賦：「爰制雅琴，協之鍾律。」曹植神農贊：「正爲雅琴，以暢風俗。」

〔七六〕李善注：孟子注曰：「離婁，黄帝時人，黄帝亡其玄珠，使離婁索之，能視百里之外，見秋毫之末。」離子，離朱也。淮南子曰：「離朱之明，察鍼末於百步之外。」按慎子爲「離珠」。周禮：「禁督逆祀者。」鄭玄曰：「督，正也。」字書曰：「督，察也。」莊子曰：「匠石之齊，見櫟社樹，觀者如市，匠石不顧。」司馬彪曰：「匠石字伯。」○馬叙倫曰：「案此用莊子徐無鬼篇：『郢人堊漫其鼻端，若蠅翼，使匠石斲之，匠石運斤成風聲，聽而斲之。』非人間世篇『匠石過櫟社』事也。」○廣雅：「奮，動也。」説文：「斤，斫木也。」

〔七七〕「般」張燮本作「班」，文選胡刻本作「般」，四部本、袁本、茶陵本作「班」，四部本、茶陵本注云：「五臣作『般』。」袁本注云：「善本作『般』字。」胡克家文選考異曰：「案尤所見，蓋與袁同也。」○李善注：尚書：「帝曰：『夔，命汝典樂，教胄子。』」家語：「孔子學琴於師襄。」淮南子：「魯般，古之巧人。」注：「公輸班也，爲木鳶而飛。」論衡曰：「魯班刻木爲鳶，飛三日不下。爲母作木車，木人爲御，機關一發，遂去不還，人謂班母亡。」尚書曰：「倕，汝作共工。」般，魯般也。「般」與

「班」同。倕音垂。○案文選李善注本洞簫賦：「於是般匠施巧，夔妃准法。」六臣注本「妃」作「襄」。長笛賦：「夔襄比律。」廣雅：「薦，進也。」揚雄甘泉賦：「般、倕棄其剞劂兮。」尸子：「古者倕爲規矩準繩，使天下倣焉。」

〔七八〕二句琴史引作「鎪裛厠朗，密調齊均」。案「厠朗」不成詞。○李善注：鎪會，謂鎪鏤其縫會也。裛厠，謂裛纏其填厠之處也。説文曰：「裛，纏也。」廣雅曰：「厠，間也。」○張銑注：鎪，謂斤去木之中也。會，合縫也。裛厠，謂相比密緻也。○爾雅注：「刻鏤物爲鎪。」周禮注：「會，縫中也。」

〔七九〕「彫」或作「雕」，或作「琱」。「琢」文選四部本、袁本、茶陵本作「瑑」，並注云：「善本作『琢』。」尤袤文選考異曰：「五臣『琢』作『瑑』。」

〔八〇〕李善注：孔安國尚書傳曰：「繪，會五采也。」胡憒切。○傅毅琴賦：「遂彫琢而成器，揆神農之初制。」初學記二十七引逸論語曰：「玉謂之琢，亦謂之雕。」孟子注：「彫琢，治飾玉也。」尚書傳：「藻，水草有文者。」楚辭九歎：「垂文揚采，遺將來兮。」

〔八一〕「籍」或作「藉」，二字通。○李善注：犀象，二獸名。翠緑，二色也。○毛詩傳：「錯，雜也。」易大過：「初六，藉用白茅，无咎。」釋文：「馬云：『在下曰藉。』」楊掄太古遺音曰：「犀象，琴軫雁足之類；翠緑，琴薦琴囊之屬。」

〔八二〕「絃」或作「弦」，下同。

〔八三〕「鍾」能改齋漫録卷六引作「荆」。○李善注：列仙傳曰：「園客者，濟陰人也，常種五色香草，積數十年，食其實。一旦，有五色神蛾，止香樹末，客收而薦之以布，生桑蠶焉。時有好女夜至，自稱我與君作妻，道蠶狀，客與俱，蠶得百頭，繭皆如甕，繅繭六十日乃盡，訖則俱去，莫知所如。」淮南子曰：「譬若鍾山之玉。」許慎曰：「鍾山，北陸無日之地，出美玉。」○朱珔曰：「案注所引淮南子見俶真訓，高誘注：『鍾山，崑崙也。』海内西經：『流沙出鍾山，西行，又南行昆侖之虚。』可知其相屬，故莊忌哀時命篇云：『願至崑崙之懸圃兮，采鍾山之玉英』也。」○崔駰七依曰：「絃以山柘之絲，飾以和氏之璧。」漢書注：「徽，琴徽也，所以表發撫抑之處。」

〔八四〕李善注：西京雜記曰：「趙后有寶琴曰鳳凰，皆以金玉隱起，爲龍螭鸞鳳古賢列女之象。」○呂向注：琴有龍脣鳳足。○何薳春渚紀聞曰：「秦漢之間，所製琴品，多飾以犀玉金彩，故有瑶琴緑綺之號。西京雜記：『趙后有琴名鳳凰，皆用金石隱起，爲龍鳳古賢列女之像。』嵇叔夜琴賦所謂『錯以犀象，藉以翠緑，爰有龍鳳之象，古人之形』是也。」

〔八五〕李善注：廣雅曰：「揮，動也。」呂氏春秋曰：「伯牙鼓琴，鍾子期聽之，志在泰山，鍾子期曰：『善哉，巍巍乎若太山。』須臾，志在流水，子期曰：『湯湯乎若流水。』子期死，伯牙破琴絶絃，終身不復鼓琴，以爲世無賞音。」列子曰：「伯牙善鼓琴，鍾子期善聽，伯牙鼓琴，每奏，鍾期輒窮其趣，伯牙捨琴而嘆曰：『善哉，子之聽，夫志相象，猶吾心也，吾於何逃聲哉。』」○崔琦七蠲曰：「子野調操，鍾期聽聲。」

〔八六〕「爚」張本及初學記十六、藝文類聚四十四、事文類聚後集二十二及琴史引作「爍」，文選四部本、袁本、茶陵本同，並注云：「善本作『爚』。」尤袤文選考異曰：「五臣『爚』作『爍』。」

〔八七〕「采」或作「彩」，下同。

〔八八〕李善注：説文曰：「灼，明也。」又曰：「爚，火光也。」○朱珔曰：「今説文：『灼，灸也。』又焯字云：『明也』，下引周書：『焯見，三有俊心。』今書立政作『灼見』，是『灼』與『焯』通，故此以灼爲明。爚，今説文云：『火飛也。』而此注及景福殿賦注俱作『火光』。一切經音義九亦作『火光』，疑説文本作『光』也。」○揚案：揚雄羽獵賦：「隨珠和氏，焯爍其陂。」文選注：「『焯』古『灼』字。」漢書注：「焯爍，光貌。」蔡邕觀舞賦：「光灼爍以發揚。」「爚」與「爍」通，則火光之訓，比火飛爲合。○崔駰七依曰：「昭灼爍而復明。」蔡邕彈棊賦：「榮華灼爍。」文選注：「灼爍，豔色也。」魏文帝車渠椀賦：「發符采而揚榮。」

〔八九〕「連」初學記十六引誤作「建」。○李善注：漢書曰：「黄帝使伶倫自大夏之西，崑崙之陰，取竹之嶰谷，斷兩節間而吹之，以爲黄鍾之宮，制十二筩，以聽鳳凰之音，以比黄鍾之宮，皆可以生之，是爲律本。」韓子曰：「田連成竅，天下善鼓琴者也。然而田連鼓上，成竅擪下，而不成曲。」或曰：成連古之善音者。琴操：「伯牙學琴於成連先生，先生曰：『吾能傳曲而不能移情，吾師有方子春，善於琴，能作人之情，今在東海上，子能與我同事之乎？』伯牙曰：『夫子有命，敢不敬從。』乃相與至海上，見子春，受業焉。」○史記樂書：「協比音律。」長笛賦：「夔、襄比律。」周禮注：「比，次也。」吕氏春秋先己篇：「琴瑟不張。」注：「張，施也。」

〔九〇〕「燎」張本及文選、琴史引作「憀」，初學記十六引作「寥」，程本及藝文類聚四十四、事文類聚後集二十二引作「嘹」。

〔九一〕李善注：憀亮，聲清澈貌。亦與「聊」字義同。○古詩：「新聲妙入神。」桂馥札樸曰：「笙賦：『勃慷慨以憀亮。』李善云：『憀亮，聲清也。』案『憀』當爲『漻』，説文：『漻，清深也。』」

〔九二〕李善注：王逸楚辭注曰：「證，驗也。」

〔九三〕廣雅：「參，分也。」毛詩傳：「趣，趨也。」淮南子覽冥訓：「夫調絃者，叩宫宫應，彈角角應，此同聲相和者也。」揚案：上下謂徽位上下，初調絃時，取五聲相應也。

〔九四〕「磥」吴鈔本、張本及文選作「磥」。

〔九五〕李善注：踸踔，無常也。磥硌，壯大貌。磥與磊同，力罪切。○馬融樗蒲賦：「磊落踸踔，并來猥至。」阮瑀箏賦：「慷慨磊落，卓礫盤紆。」楚辭注：「踸踔，暴長貌也。」説文：「踸踔，行無常貌。」王念孫廣雅疏證曰：「暴長即無常之意，無常謂之踸踔，非常亦謂之踸踔，趙岐注孟子盡心篇云：『子張之爲人，踸踔譎詭』是也。」

〔九六〕李善注：廣雅曰：「昶，通也，勑兩切。」○李周翰注：角羽俱起，宫徵相證，謂調鋌取聲韻中適也。參發並趣，以指俱歷，七絃參而審之也。上下累應，謂聲調合韻也。踸踔，初聲布散貌。磥硌，大聲貌。調絃既畢，將奏雅曲，故美聲是興，故乃和通情性，此足耽樂也。○洞簫賦：

「優游流離，躊躇稽詣，亦足耽兮。」毛詩傳：「耽，樂也。」案「躭」爲「耽」之俗字。

〔九七〕荀子樂論篇：「正聲感人，而順氣應之。」桓譚新論曰：「黄門工鼓琴者，有任真卿，虞長倩能傳其度數，妙曲遺聲。」仲長統樂志論：「彈南風之雅操，發清商之妙曲。」

〔九八〕「雪」孔本北堂書鈔一百九引誤作「日」。○李善注：淮南子曰：「師曠奏白雪而神禽下。」白雪五十弦琴樂曲，未詳。韓子曰：「昔衛公之晉，於濮水上宿，夜有鼓新聲者，召師涓撫琴寫之。公遂之晉，晉平公曰：『試聽之。』師曠援琴，一奏有玄鶴二八來舞，再奏而列，三奏延頸鳴舒而舞，音中宫商。師曠曰：『不如清角。』師曠奏之，有雲從西北方起之，大風起，天雨隨之。」此言感天地，清角爲勝。宋玉對問曰：「其爲陽春白雪。」韓子：「師曠曰：『清徵之聲，不如清角。』」○韓子十過篇：「師曠曰：『黄帝合鬼神于西泰山之上，作爲清角。』」淮南子俶真訓：「耳聽白雪清角之聲。」注：「白雪，師曠所奏，太一五弦之琴樂曲，神物爲下降者。清角，商聲也。」文選南都賦注引許慎淮南子注曰：「清角，絃急，其聲清也。」司馬相如美人賦：「臣遂撫絃爲幽蘭白雪之曲。」魏文帝答繁欽書：「激清角，揚白雪。」

〔九九〕「奂」文選四部本同，注云：「五臣本作『涣』。」袁本作「涣」，注云：「善本作『奂』字。」初學記十六及琴史引亦作「涣」。「而」初學記引作「以」。○揚雄羽獵賦：「聊浪乎宇内。」文選注：「聊浪，放蕩也。」吴都賦劉淵林注：「聊浪，放曠貌。」揚案：淋浪，猶聊浪也，淋與聊一聲之轉。洞簫賦：「優游流離。」文選上林賦注引張揖曰：「流離，放散也。」禮記檀弓下：「美哉奂焉。」

注：「奐言衆多。」張衡舞賦：「叛淫衍兮漫陸離。」詩信南山：「既優既渥。」廣雅：「渥，厚也。」

〔一〇〇〕李善注：廣雅曰：「奕奕，盛貌。」王逸楚辭注曰：「岌岌，高貌。」廣雅：「粲，明也；屬，續也。」賈誼弔屈原賦：「鳳縹縹其高逝兮。」○廣雅：「岌岌，盛也。」

〔一〇一〕「韡曄」張本作「暐爗」，文選四部本、袁本、茶陵本同，四部本、袁本注云：「善作『韡曄』。」茶陵本注云：「善作『韡曄』二字。」琴史引作「暐燁」。○李善注：韡曄，盛貌。繁縟，聲之細也。郭璞爾雅注曰：「遻，相觸遻也。」○洞簫賦：「或漫衍而駱驛兮，沛焉競溢。」文選注：「沛，多貌。」爾雅：「翕，合也。」西京賦：「流景曜之韡曄。」薛綜注：「韡曄，言明盛也。」長笛賦：「繁縟駱驛，范蔡之説也。」説文：「縟，繁采色也。」

〔一〇二〕兩「兮」字北堂書鈔一百九引作「乎」。○李善注：列子曰：「伯牙鼓琴，志在高山，鍾子期曰：『善哉，峩峩兮若泰山。』志在流水，鍾子期曰：『洋洋兮若江河。』」已見上文。○案文選胡刻本注文，無「鍾子期曰：『洋洋兮若江河』」句，今據六臣注本補。又案吕氏春秋本味篇載此云「湯湯乎若流水」。○上林賦：「崇山矗矗。」洞簫賦：「狀若捷武，又象流波。」尚書傳：「湯湯，流貌。」廣雅：「峩峩，高貌。」

〔一〇三〕「愲」琴史引作「悁」。

〔一〇四〕李善注：佛愲煩寃，聲蘊積不安貌。佛，扶味切。愲，音渭。風賦曰：「勃鬱煩寃。」上林賦曰：「紆餘委蛇。」○呂向注：佛慣煩寃，聲多而不散貌。紆餘婆娑，曲旋而亂繁或散之聲。○洞簫賦：「故其武聲，則若雷霆輘輷，佚豫以佛慣。」文選注：「埤蒼曰：『沸慣，不安貌。』」案「佛」與「沸」通。班固竇車騎北征頌：「士佛慣以争先。」楚辭九章：「煩寃瞀容，實沛徂兮。」說文：「紆，詘也，一曰縈也。」洞簫賦：「優嬈嬈以婆娑。」文選注：「婆娑，分散貌。」

〔一〇五〕「陵」文選四部本同，注云：「五臣作『淩』。」袁本作「淩」，注云：「善本作『陵』。」琴史引作「淩」。

〔一〇六〕李善注：言聲陵縱播布而起，霍濩然似水聲。紛葩，開張貌。霍濩，盛貌。魯靈光殿賦曰：「霍濩燐亂。」○張銑注：陵縱播逸，聲高而分布也。霍濩，波浪聲。紛葩，繁亂之音。○西京賦：「起彼集此，霍繹紛泊。」薛綜注：「霍繹紛泊，飛走之貌。」案「濩」「繹」音近，「葩」與「泊」一聲之轉也。長笛賦：「紛葩爛漫，誠可喜也。」文選注：「紛葩，盛多貌。」

〔一〇七〕李周翰注：授，付也。謂曲節將至，則當緩而分布，故須端檢其容，以定其聲，乃付手指以成其節，則應合於度。○書伊訓：「檢身若不及。」孔疏曰：「檢，謂自攝斂也。」爾雅：「和樂謂之節。」

〔一〇八〕「兢」張本及琴史引作「競」，孫志祖文選考異曰：「『兢』當作『競』，李周翰注：『兢，懼也。』亦强解。」

〔一〇九〕說文：「兢，競也。」廣雅：「徐，遲也。」

〔一〇〕傅毅舞賦：「或有矜容愛儀，洋洋習習。」毛詩傳：「洋洋，衆多也；習習，和舒貌。」班固典引曰：「扇遺風，布芳烈。」廣雅：「布，散也。」

〔一一〕「含」文選四部本同，注云：「五臣作『合』。」袁本作「合」，注云：「善本作『含』字。」琴史引亦作「合」。

〔一二〕「飄」吴鈔本作「流」。「乎」吴鈔本作「于」，張本及琴史引作「於」，文選四部本、袁本同，並注云：「善作『乎』。」○李善注：含顯媚之聲，以送曲終也。列子：「太素者，質之始也。」○張大命琴經曰：「含其明美之音，以送初終之曲。」○長笛賦：「衆音猥積，以送厥終。」

〔一三〕「夏」張本及文選四部本、初學記十六、藝文類聚四十四及琴史引作「廈」，案二字通。「閑」或作「閒」。○李善注：軒，長廊之有牕。○崔駰達旨曰：「據高軒，望朱闕。」魯靈光殿賦：「陽榭外望，高樓飛觀。」爾雅：「觀謂之闕。」列子楊朱篇：「宋有田夫，不識廣廈綿縞之屬。」楚辭九懷：「息陽城兮廣夏。」注：「大屋廬也。」説苑善説篇：「雍門周以琴見孟嘗君曰：『今足下千乘之君也，居則廣廈邃房。』」曹植七啓曰：「踐飛除，即閑房。」

〔一四〕「冬夜」北堂書鈔一百九引作「夜色」。

〔一五〕「朗」北堂書鈔一百九引作「明」，青蓮舫琴雅同，太音大全引作「朝」，誤也。此句，初學記十六引作「月明垂光」。○曹植大暑賦：「雲屋重構，閑房肅清。」

〔一六〕李善注：子虚賦曰：「翕呷萃蔡。」張揖曰：「萃蔡，衣聲也。」班婕妤自傷賦曰：「紛綷縩兮紈素聲。」洛神賦曰：「披羅衣之璀粲兮。」字雖不同，其義一也。爾雅曰：「婦人之徽謂之縭。」郭璞曰：「今之香纓也。」○李周翰注：翠粲，鮮色也。○楊慎丹鉛雜録曰：「綷縩是衣聲，翠粲是鮮明之貌。」○孫志祖文選理學權輿補曰：「翠粲，鮮明之貌，注引班姬自悼賦：『紛綷縩兮紈素聲』，以爲衣聲，非也。綷縩自是衣聲，翠粲自是鮮明之貌，不必同也。駱賓王文：『縟翠萼於詞林，綷鮮花於筆苑。』又東坡詩：『兩朵妖紅翠欲流。』高似孫緯略云：『翠謂鮮明之貌，非色也，今俗猶然。』」○許巽行文選筆記曰：「『萃蔡』『綷縩』『璀粲』『翠粲』，四者皆同。」○揚案：「翠」「璀」同音，故翠粲亦謂鮮明，不必方俗字義，乃證知也。應瑒迷迭賦：「振纖枝之翠粲。」儀禮注：「婦人年十五許嫁，笄而禮之，因著纓，明有繫也，蓋以五采爲之。」說文：「徽，衺幅也；一曰三糾繩。」

〔二七〕「泠」文選袁本同，並注云：「善本作『泠』。」四部本作「泠」，注云：「五臣本作『泠』。」胡刻本仍作「泠」，胡克家文選考異曰：「此以五臣亂善。」北堂書鈔一百九引「泠」作「泠」，事文類聚後集二十二及青蓮舫琴雅引作「治」，太音大全引作「洽」，案「治」「洽」皆刻木之誤。

〔二八〕李善注：毛萇詩傳曰：「閑，習也。」○張大命琴經曰：「器，琴也。」○楚辭注：「泠泠，清涼貌。」

〔二九〕李善注：說文曰：「批，反手擊也，與捲同，蒲結切。」如志，謂如其志意。○朱珔曰：「今說文正作『捲』，玉篇引左傳：『宋萬遇仇牧于門，捲而殺之。』今左傳作『批』，俗字也。此注『批』

『扼』二字當互易。下文『或樓扼櫟捋』，注引不誤。」○説文：「擬，度也。」

〔三〇〕「淥」文選四部本同，注云：「五臣作『緑』。」袁本作「緑」，注云：「善本作『淥』字。」

〔三一〕李善注：淮南子曰：「手會淥水之趣。」高誘曰：「淥水，古詩。」韓子曰：「師曠奏清徵，有玄鶴二八集廊門。」○案今本淮南子俶真訓注曰：「緑水，舞曲也；一曰，緑水，古詩也。」

〔三二〕李善注：七略：「雅暢第十七曰琴道曰：『堯暢逸。』又曰：『達則兼善天下，無不通暢，故謂之暢。』」「衵」與「暢」同。又曰：「微子操，微子傷殷之將亡，終不可奈何，見鴻鵠高飛，援琴作操。」○胡克家文選考異曰：「袁本、茶陵本『達』作『堯』，案尤未必是也。」○揚案：注文「達」字不誤，文選四部本亦作「堯」，蓋此處引書有省耳。○薛傳均文選古字通疏證曰：「案枚叔七發：『師堂操暢。』注：『琴道曰：堯暢，達則兼善天下，無不通暢，故謂之暢。』本賦上文：『固以和衵而足耽矣』，廣雅：『衵，通也。』此『衵』『暢』通用之證。」○桓譚新論曰：「古者聖賢玩琴以養心，窮則獨善其身，而不失其操，故謂之操，達則兼善天下，無不通暢，故謂之暢。」

〔三三〕「跱」文選四部本同，注云：「五臣作『峙』。」袁本作「峙」，注云：「善本『跱』字。」此句，琴史引作「優遊踟躕」，誤也。○李善注：躇跱，躊躇竦跱。○案「躇跱」猶「跱躇」也，古樂府日出東南隅行：「五馬立跱躇。」宋書樂志作「峙躇」，説文：「躍，峙躇不前也。」「躇」「躍」音近，此與「踟躇」、「踟躕」、「躊躇」等語，皆相通。洞簫賦：「優遊流離，躊躇稽詣。」叔夜正用此語，善注以爲「竦跱」，誤也。

〔二四〕「拊」下，文選四部本、袁本、茶陵本並注云：「善作『持』。」胡刻本仍作「拊」。胡克家文選考異曰：「案此，尤改之。」○初學記十六引「拊」作「撫」，「安」作「按」。○揚案：「拊」與「撫」同。

〔二五〕李善注：楚辭曰：「翔江舟而安歌。」王逸曰：「安意歌吟也。」漢書曰：「李延年善歌，爲新變之聲。」○劉良注：代，更代也。○説文：「拊，循也。」淮南子修務訓：「搏琴撫絃。」曹植僊人篇：「湘娥拊琴瑟。」楚辭九歌：「舒緩節兮安歌。」

〔二六〕「凌」，文選四部本作「淩」，注云：「五臣作『陵』。」袁本作「陵」，注云：「善本作『淩』字。」

〔二七〕「仇」，琴史引作「逑」。○李善注：爾雅曰：「扶摇，風也。」莊子曰：「摶扶摇而上者九萬里。」史記曰：「瀛洲，海中神山也。」莊子：「列子御風，泠然者風仙也。」劉向上列子表曰：「列子者，鄭人，與鄭穆公同時。」漢書曰：「列子名禦寇，先莊子，莊子稱之。」毛詩曰：「窈窕淑女，君子好仇。」○梁章鉅曰：「『逑』與『仇』二字，古以同音通用，故爾雅釋詁訓合訓匹，皆作仇字。」許巽行曰：「注『史記曰瀛洲海中仙山也』十字，五臣注，當削。又李注『莊子曰：列子御風而行，泠然善也』。今此注『列子御風泠然者風仙也』，亦五臣注。」

〔二八〕李善注：鄭玄曰：「餐，夕食也。」説文曰：「餐，吞也。」楚辭曰：「餐六氣而飲沆瀣兮，漱正陽而食朝霞。」凌陽子明經曰：「夏食沆瀣。」沆瀣，北方夜半氣也。廣雅曰：「薄，至也。」○張衡思玄賦：「餐沆瀣以爲糧。」蔡邕釋誨曰：「踔宇宙而遺俗兮，眇翩翩而獨征。」廣雅：「眇，遠也。」毛詩傳：「翩翩，往來貌。」莊子外物篇：「心有天遊。」

〔二九〕李善注：莊子有齊物篇。楚辭曰：「漠靈静以恬愉，憺無爲而自得。」服鳥賦曰：「縱區委命，不私與己。」○上林賦：「超若自失。」曹大家東征賦：「靖恭委命，唯吉凶兮。」儀禮注：「委，安也。」曹植桂之樹行曰：「乘蹻萬里之外，去留隨意所欲存。」

〔三〇〕李善注：會，節會也。論語曰：「子之武城，聞絃歌之聲。」毛詩傳曰：「綢繆，猶纏緜也。」○呂延濟注：以此歌奏於琴曲，而相赴會，絃與歌音，混合而綢繆。○邊讓章華臺賦：「清聲發而響激。」王粲七哀詩：「流波激清響。」曹植詩：「張琴撫節，爲我絃歌。」

〔三一〕「曲引」事文類聚後集二十二及青蓮舫琴雅、太音大全引作「雅曲」。

〔三二〕「音」太音大全引作「手」。○李善注：引亦曲也。半在半罷謂之闌。○長笛賦：「聆曲引者，觀法於節奏。」蔡邕琴賦：「曲引興兮繁絃撫。」樂府詩集引琴論曰：「引者，進德修業，申達之名。」

〔三三〕「奇弄」初學記十六引作「奇音」，藝文類聚四十四引作「奇巧」，太音大全引作「音弄」。○淮南子氾論訓：「事猶琴瑟，每絃改調。」邊讓章華臺賦：「琴瑟易調，繁手改彈。」蔡邕琴賦：「哀聲既發，祕弄乃開。」梁元帝纂要曰：「琴曲有暢，有操，有引，有弄。」琴論曰：「弄者，情性和暢，寬泰之名。」文選洞簫賦注：「弄，小曲也。」

〔三四〕「攘」琴史引作「擐」。○李善注：舞賦曰：「嚴顔和而怡懌。」洛神賦曰：「攘皓腕於神滸。」○班婕妤自悼賦：「顧左右兮和顔。」劉楨魯都賦：「和顔揚眸，眄風長歌。」

〔三五〕「⿰亻歰」張燮本及文選四部本、袁本作「⿰彳歰」，北堂書鈔一百九引作「掍」。○李善注：⿰亻歰譶，聲多也。⿰亻歰，不定也，師立切。説文曰：「譶，疾言也，徒合切。」○李周翰注：⿰彳歰譶流漫，亂急長遠聲也。○案文選六臣本善注曰：「⿰彳歰譶，疾貌。」○説文：「⿰彳歰，行貌。」淮南子本經訓：「五采爭勝，流漫陸離。」注：「流漫，采色相參和也。」風俗通義曰：「琴者，樂之統也，大聲不諠譁而流漫。」

〔三六〕「徘」或作「裵」。「顧」初學記十六引作「願」。

〔三七〕蔡邕琴賦曰：「左手抑揚，右手徘徊，指掌反覆，抑案藏摧。」

〔三八〕「翫」或作「玩」。○李善注：廣雅曰：「盤桓，不進貌。」從容，舉動也。「毓」與「育」同。○吕向注：徘徊，聲旋繞也。顧慕、擁鬱、抑按，聲駐而下不散貌。盤桓，謂以指轉歷於絃上也。毓養，從容，謂安息其聲也。秘翫，謂閑緩而弄也。○國語注：「毓即育字，生也。」洞簫賦：「趣從容其勿迷兮。」

〔三九〕李善注：闥，疾貌。七發曰：「波涌而雲亂。」○上林賦：「陵驚風，歷駭飈。」劉廣世七興曰：「飈駭風逝。」吕氏春秋注：「駭，擾也。」

〔四〇〕「牢」青蓮舫琴雅引作「半」，誤也。「淩」或作「凌」。

〔四一〕「半」青蓮舫琴雅引作「涣」。○李善注：牢落，猶遼落也。洞簫賦曰：「翩緜連以牢落。」劉歆遂初賦曰：「過句注而淩厲。」上林賦曰：「布濩宏澤。」甘泉賦曰：「半散照爛，粲以成章。」○

上林賦郭璞注：「布濩，猶布露也。」漢書揚雄傳注：「半散照爛，言其分布而光明也。」揚案：「半」與「泮」通，毛詩傳：「泮，散也。」

〔四二〕「韡奐」文選四部本同，注云：「五臣作『暐渙』。」袁本作「暐渙」，注云：「善本作『韡奐』二字。」琴史亦引作「暐渙」。○李善注：豐融，盛貌。風賦曰：「被麗披離。」斐韡，明貌。斐，敷尾切；韡，于鬼切。風賦曰：「眴奐粲爛。」○張銑注：闟爾，猶豁然也。奮逸，騰起也。牢落凌厲，希疎貌。布濩，長多貌。半散，欲散而還聚也。豐融披離，聲通暢而清也。斐韡渙爛，聲繁盛貌。○甘泉賦：「肸蠁豐融。」楚辭九辯：「奄離披此梧楸。」又曰：「妬被離而障之。」注：「離披，分散貌。『被』一作『披』。」文選風賦注：「被麗披離，四散之貌。」爾雅：「斐，文貌。」説文：「韡，盛貌。」文選風賦注：「眴奐粲爛，鮮盛貌。」

〔四三〕「采采」或作「彩彩」。○李善注：廣雅曰：「英，美也。」○司馬相如封禪書曰：「蜚英聲。」又上林賦曰：「郁郁菲菲，衆香發越。」郭璞注：「香氣射散也。」詩蜉蝣：「采采衣服。」又大東：「粲粲衣服。」毛傳：「采采，衆多也。粲粲，鮮盛貌。」

〔四四〕李善注：言其狀若詭詐而相赴也。鄭玄禮記注曰：「糅，雜也。」○吕延濟注：詭，疾。駢，並也。言間聲錯雜，如疾而相赴並走，如鳥翼之相驅逐也。○王念孫讀書雜志曰：「詭詐相赴，於義未安；訓詭爲疾，尤未之前聞。今案：詭者，異也。赴，趨也。言間聲錯出，若與正聲異趨也。下文曰：『初若相乖，後卒同趣』，是其明證矣。」○揚案：間聲即姦聲，與上文正聲對言也，禮記樂記篇：「姦聲以亂。」蓋正聲之外，繁手而淫者爲姦聲，猶正色之外，雜互而成者爲姦色矣。又案：長笛賦：「窊隆詭戾。」李善注：「詭戾，乖違貌。」此處狀若詭赴，亦謂初之赴節，若相乖違也。善注得於彼而失於此，何耶？六臣注本，善注無此句，爲是。

〔一四五〕李善注：駢，併也。翼，疾貌。蒼頡篇曰：「隨後曰驅。」

〔一四六〕廣雅：「乖，背也。」毛詩傳：「趣，趨也。」

〔一四七〕「直」上，張本有「或」字，文選四部本、袁本同，並注云：「善本無『或』字。」○李善注：左傳：「吴公子季札聞歌頌，曰：『直而不倨，曲而不屈。』」杜預曰：「倨，傲也，居預切。」○李周翰注：凡彈琴初緩其聲，乍似相乖，曲度相調，後終同爲趣會也。其聲雖曲，而志不屈，其聲直，而志不倨傲也。

〔一四八〕李善注：左氏傳曰：「武城人斷其後之木而不殊。」漢書音義曰：「殊，猶絶也。」

〔一四九〕「時」張本作「或」。

〔一五〇〕「嫭」文選四部本同，注云：「五臣作『沮』。」袁本作「姐」，注云：「善本作『嫭』。」琴史引亦作「沮」。○李善注：説文曰：「掎，偏引也。」嫭，嬌也，子庶切，或作「姐」，古字通，假借也。姐，子也切。韓詩曰：「愛而不見，搔首躊躇。」躊躇，猶躑躅也。○張銑注：怨沮躊躇，怨而不散聲也。○朱珔曰：「説文女部別有姐字，云：『蜀人謂母曰姐，淮南謂之社。』故此注以爲假借。」○戰國策燕策：「荆軻復爲慷慨羽聲。」洞簫賦：「躊躇稽詣。」

〔一五一〕「飄」吴鈔本同，周校本作「摇」，琴史引作「飄」。

〔一五二〕「疏」或作「疎」。○李善注：言扶疏四布也。○吕延濟注：邁，風輕行之聲也。留聯，相連聲也。扶疏，四散聲也。○邊讓章華臺賦：「忽飄飄以輕逝兮。」宋玉笛賦：「敷紛茂盛，扶疏四布。」案「聯」與「連」同，説文：「聯，連也，从耳，耳連於頰也，从絲，絲連不絶也。」易蹇卦：「六四，往蹇來連。」釋文引鄭注曰：「連，遲久之意。」此處上句言聲之速，下句言其遲也。

〔一五三〕李善注：參譚，相隨貌。參，七感切；譚，徒感切。一音並依字。攢仄，聚聲。長笛賦曰：「蹈踧攢仄。」○薛傳均曰：「案吴都賦注：『趻趯㺐獿，相隨驅逐衆多貌。』嘯賦注：『參譚不絶。』趻字參聲，譚字趯字，俱覃聲，故可通用。」○玉篇：「趻趯，驅步。」

〔一五四〕「遯」或作「遁」。○李善注：魯靈光殿賦曰：「從横駱驛。」○劉良注：皆聲繁急重疊，從横相連貌。○洞簫賦：「或漫衍而駱驛兮。」文選注：「駱驛，相連延貌。」

〔一五五〕李善注：淮南子曰：「時之反側，間不容息。」高誘曰：「不容氣息，促之甚也。」○長笛賦：「留眎瞸眙，累稱屢讚。」

〔一五六〕李善注：高唐賦曰：「譎詭奇偉，不可究陳。」○西京賦：「紛瑰麗以侈靡。」薛綜注：「瑰，奇也。」案「瓌」與「瑰」同。説文：「殫，盡也。」

〔一五七〕李善注：説文曰：「閑，雅也。」毛萇詩傳曰：「都，閑也。」○班固典引曰：「綜觀三代洪纖之度。」説文：「纖，細也。」

〔一五八〕李善注：案衍，不平貌。上林賦曰：「陰淫案衍之音。」衍，弋戰切。廣雅曰：「陸離，參差也。」楚辭九思：「聲噭誂兮清和。」阮瑀箏賦：「稟清和於律呂。」李尤琴銘：「條暢和樂，樂而不淫。」離騷：「班陸離其上下。」注：「陸離，猶嵾嵯衆貌也。」揚雄甘泉賦：「聲駍隱以陸離。」

〔一五九〕「叙」或作「序」，「委蛇」或作「逶迤」。○李善注：毛萇詩傳曰：「婉然，美貌。委蛇，聲長貌。」鄭玄毛詩箋曰：「委蛇，委曲自得之貌。」○吕向注：此皆和樂順序之聲也。○禮記經解篇：「温柔敦厚，詩教也。」王褒四子講德論曰：「怡懌而悦服。」爾雅：「懌，樂也。」洞簫賦：「其妙聲則清静厭瘱，順叙卑达。」

〔一六〇〕「隟」文選袁本同，注云：「善本作『隙』。」四部本作「隙」，注云：「五臣作『隟』。」「趨」或作「趣」。○李善注：會，節會也。邀，要也。○劉向杖銘：「歷危乘險，匪杖不行。」

〔一六一〕「譻」或作「嚶」，「鵾」或作「昆」。

〔一六二〕「浮」張本及初學記十六、藝文類聚四十四、事文類聚後集二十二引作「游」，文選同。讀書續記曰：「選本『浮』作『游』，『浮』『游』字義最近，沿用多作『游』，宜作『游』。」○「曾」吴鈔本及琴史引作「層」，文選四部本仍作「曾」，注云：「五臣作『增』。」袁本作「增」，注云：「善本作『曾』字。」初學記十六、藝文類聚四十四引作「增」。案三字並通。○李善注：蒼頡篇曰：「譻譻，鳥聲也。」張衡舞賦曰：「含清哇而吟詠，若離鵾鳴姑耶。」琴道曰：「伯夷操似鴻雁之音。」○李周翰注：琴有鵾鷄鴻雁之曲。○案文選胡刻本注文無「伯夷」二字，今據六臣本善注補。長笛賦注引此文亦云伯夷操也。○文選思玄賦李善注曰：「嘼，古嘤字。」子虚賦：「怠而後發，游於清池。」西都賦：「仍層崖而衡閾。」楚辭注：「曾，重也。」

〔一六三〕「慊縿」張本作「緌縿」，文選六臣注本劉良注作「緌繆」。○李善注：紛文斐尾，文彩貌。慊縿離纚，羽毛貌。○梁章鉅曰：「倪氏思寬曰：尾當作娓，説文訓美，若尾字，古但通微，無文彩義也。」○揚案：「尾」爲「娓」省，自可相通。○方以智通雅曰：「『篵襹』反之爲『襹褷』，陸羽茶經作『籭篵』，嵇康琴賦作『離纚』，古樂府作『離篵』。」○説文：「縿，旌旗之斿也。」禮記注：「縿，縑也。」案「慊」與「縑」通，慊縿喻下垂之狀。洞簫賦：「鏤鏤離灑。」又曰：「被淋灑其靡靡兮。」文選注：「離灑，鏤鏤之貌；淋灑，不絶貌。」楚辭九懷：「舒佩兮緌灑。」注：「緌灑，衣裳毛羽垂貌。」木華海賦：「被羽翮之縿纚。」文選注：「襂灑，羽垂之狀。」案「離灑」「淋灑」「離纚」「緌纚」「襂纚」，皆喻連續不絶。此處「紛文斐尾」，喻文彩，「慊縿離纚」，喻下垂而連屬也。下文「靡靡」二字，亦用洞簫賦語。

〔一六四〕「餘」文津本作「清」。

〔一六五〕李善注：靡靡，順風貌。猗猗，衆盛貌。○洞簫賦：「終詩卒曲，尚餘音兮。」又曰：「吟氣遺響，聯緜漂撇，生微風兮。」阮瑀筝賦：「浮沉抑揚，升降猗靡。」文選洞簫賦注：「靡靡，聲之細好也。」

〔一六六〕吴鈔本同，張本及文選、藝文類聚四十四引「樓」作「摟」。又張本「櫟」作「擽」，皕宋樓鈔本有校語云：「摟捻櫟捋」，張本及文選皆從手，是也。○揚案：文選「櫟」不從手，周校本四字皆從手，亦與吴鈔本未合。

〔一六七〕「潎洌」事文類聚後集二十二及太音大全引作「撇洌」，文選袁本作「洌」。○許巽行曰：「『洌』當作『洌』，从水不从仌。」○李善注：「摟捻櫟捋，皆手撫絃之貌。爾雅曰：『摟，牽也。』劉熙孟子注曰：『摟，牽也，力頭切。』説文曰：『捻，反手擊也。』廣雅曰：『櫟，擊也。』毛詩曰：『薄言捋之。』傳曰：『捋，取也。』縹繚潎洌，聲相糾激之貌。説文：『繚，纏也。』上林賦曰：『轉騰潎洌。』潎洌，水波貌。言聲似也。○太音大全彈琴法曰：「齊嵩云：『琴賦：摟捻櫟捋，縹繚撇洌，調絃手勢也。』」○張大命琴經曰：「摟捻，即今圓摟。餘皆指訣名，但古今字譜不同矣。」○祝鳳喈與古齋琴譜曰：「右手彈出之名曰托挑剔摘，彈入之名曰擘抹句打，四指彈絃出入，不外此八法，即嵇康琴賦所謂：『摟（擘）捻（托）櫟（挑）捋（抹），摽（句）撩（剔）撇（摘）捌（打）』是也。」○楊宗稷琴話曰：「琴賦原文下四字不從手，上四字爲當日指法，毫無疑義，然必謂某字即今某法，縹繚潎洌皆從手，則不知其所本也。琴賦中彷彿指法字者，恐尚不止此，惜當日箋註家，不能以彈琴指法註出，今亦不敢遽以爲是也。」○揚案：本篇行文至此，不當更言調絃手勢矣。陳暘樂書琴論曰：「吟木、沈散、抑抹、剔操、櫟擘、偏綽、齪瓅之類，聲音之法也。」此處，摟捻櫟捋，當即指法；縹繚潎洌，自是狀聲之詞。楊氏之説是也。

〔一六八〕「慧」張本及文選四部本、袁本、茶陵本及琴史引作「惠」，文選胡刻本仍作「慧」。胡克家文選考異曰：「案此似尤改之也。」○李善注：説文曰：「嫿，静好也。睩，察也，七祭切。」○李周翰注：輕行，謂輕歷之；浮彈，謂浮絃上而彈之。○孫志祖文選考異曰：「筳賦：『壹何察慧。』『睩慧』，猶『察慧』也，『慧』『惠』古字通。」

〔一六九〕「疾」張本作「集」。

〔一七〇〕李善注：左氏傳：「吴公子札觀頌曰：『處而不底，行而不流。』」淮南子曰：「流而不滯。」

〔一七一〕吕向注：翩緜飄邈，聲飛而遠也。○張衡南都賦：「翩緜緜其若絶。」廣雅：「緜，連也；邈，遠也。」邊讓章華臺賦：「微音逝而流散。」爾雅：「迅，疾也。」

〔一七二〕左氏莊公二十二年傳：「是謂鳳皇于飛，和鳴鏘鏘。」

〔一七三〕「之」初學記十六及青蓮舫琴雅引作「也」。

〔一七四〕李善注：古本「葩」字爲「蘤」。郭璞曰：「『蘤』古『花』字，今讀韋彼切。」字林：「于彼切。」張衡思玄賦曰：「天地烟熅，百卉含蘤，鳴鶴交頸，雎鳩相和。」以韻推之，所以不惑。○揚案：文選六臣注本無此注，胡刻本此注，文義多不通，今依梁章鉅説改。○傅毅洛都賦：「垂菡萏之敷榮。」邊讓章華臺賦：「榮曜春華。」

〔一七五〕「豐」吴鈔本誤作「豊」。琴史引「贍」作「詹」，「姿」作「爽」，皆誤也。

〔一七六〕李善注：字書曰：「贍，足也。」封禪書曰：「豈不善始善終哉。」毛詩曰：「高朗令終。」令，善也。

〔一七七〕李善注：西京賦曰：「盡變態乎其中。」○漢書司馬相如傳：「作賦甚弘麗。」西京賦薛綜注：「變，奇也；態，巧也。」傅毅琴賦曰：「盡聲變之奧妙。」

〔一七八〕李善注：班固終南山賦曰：「三春之季，孟夏之初。」纂要曰：「一時三月謂之三春，九十日謂之九春。」西京賦曰：「麗服揚菁。」

〔一七九〕李善注：毛詩曰：「雖有兄弟，不如友生。」又曰：「以遨以遊。」説文曰：「嬉，樂也。」○曹植節遊賦：「攜友生而游觀。」

〔一八〇〕李善注：春秋運斗樞曰：「山者，地之基。」○「蘭圃」見前贈秀才詩（息徒蘭圃）注〔二〕。曹植離友詩：「臨淥水兮登重基。」

〔一八一〕李善注：甘泉賦曰：「登夫鳳皇而翳華芝。」○李周翰注：翳，蔭也。華芝，蓋也。言長林之翳如蓋也。○「長林」見前贈秀才詩（輕車迅邁）注〔一〕。文選甘泉賦注：「翳，隱也。」服虔曰：「華芝，華蓋也。」善曰：「言以華蓋自翳也。」西京賦：「芝蓋九葩。」揚案：此謂華蓋如芝形也。

〔一八二〕馬融樗蒲賦：「臨激水之清流。」

〔一八三〕李善注：樂動聲儀：「孔子曰：『風雨動魚龍，仁義動君子。』」歸田賦曰：「百卉滋榮。」○詩白駒：「逸豫無期。」曹植遊觀賦：「樂時物之逸豫。」

〔一八四〕「操」琴史引作「藻」，誤也。

〔一八五〕「長」吳鈔本作「常」。馬敘倫曰：「明本『常』作『長』，是。」○李善注：重華，謂舜也。琴道曰：「舜操者，昔虞舜聖德玄遠，遂升天子，喟然念親，巍巍上帝之位不足保，援琴作操。」○東京賦：「慨長思而懷古。」禰衡鸚鵡賦：「長吟遠慕。」

〔一八六〕「華堂」見前秀才答詩（華堂臨浚沼）注〔一〕。曹植贈丁翼詩：「曲宴此城隅。」

〔一八七〕「肴」或作「殽」。

〔一八八〕李善注：邊讓章華臺賦曰：「蘭肴山竦，椒酒淵流。」毛詩曰：「旨酒思柔。」醇，厚也。○楚辭九歌：「蕙肴烝兮蘭藉。」曹植九詠：「蘭肴御兮玉俎陳。」楚辭注：「御，用也。」司馬相如美人賦：「設旨酒，進鳴琴。」

〔一八九〕李善注：南荆即荆豔，楚舞也。古妾薄命行歌曰：「齊謳楚舞紛紛。」漢書有秦倡員。

〔一九〇〕李善注：宋玉對問曰：「既而曰陵陽、白雪，國中唱而和者彌寡。」然集所載，與文選不同，各隨所用而引之。又對曰：「客有歌於郢中者，始曰巴人。」○案文選對楚王問作「陽春白雪」。

〔一九一〕漢書禮樂志：「聽者無不虛己竦神。」注：「竦，敬也。」楊修答臨淄侯牋：「聽者傾首而竦耳。」後漢書陳元傳：「上疏曰：『至音不合衆聽。』」曹植洛神賦：「於是精移神駭。」

〔一九二〕「之」北堂書鈔一百九引作「而」。○儀禮注：「倫，比也。」

〔一九三〕劉良注：引亦曲也。○梁章鉅曰：「郭茂倩樂府五十七琴論云：『引者，進德修業，申達之名。』」

〔一五四〕「太」琴史引作「泰」，二字通。○李善注：廣陵等曲，今並猶存，未詳所起。應璩與劉孔才書曰：「聽廣陵之清散。」傅玄琴賦曰：「馬融覃思於止息。」魏武帝樂府有東武吟，曹植有泰山梁甫吟。左思齊都賦注曰：「東武、太山，皆齊之土風謡歌謳吟之曲名也。」然引應及傅者，明古有此曲，轉以相證耳，非嵇康之言，出於此也。佗皆類此。○梁章鉅曰：「僧居月琴曲譜録云：『東武太山操，仲尼製。』按郭茂倩樂府云：『王僧虔技録，楚調曲有泰山吟行、東武琵琶吟行，其器有笙、笛、弄節、琴、箏、琵琶、瑟七種。』是東武太山，不僅琴曲有之也。」○揚案：孫該琵琶賦曰：「淮南廣陵，郢中激楚。」潘岳笙賦曰：「彈廣陵之名散。」是廣陵之曲，他種樂器亦有之，不僅東武太山也。又案琴苑要録引琴書所列曲名，有東武引，僧居月以東武太山爲仲尼製，此出後世傅會，且誤以二曲爲一曲也。廣陵止息，詳後附考。

〔一五五〕李善注：漢書曰：「房中祠樂有飛龍章。」毛詩序曰：「鹿鳴，宴羣臣也。」蔡邕琴操曰：「鹿鳴者，周大臣之所作也，王道衰，大臣知賢者幽隱，故彈絃風諫。」古相和歌者有鵾鷄曲。遊絃，未詳。○吕延濟注：八者並曲名。○梁章鉅曰：「今本琴操，有詩歌五曲，一鹿鳴，二伐檀，三騶虞，四鵲巢，五白駒。熊朋來琴譜載開元十二譜即鹿鳴十二篇。考漢宗廟樂用登歌，而猶仿清廟遺音，晉正會樂奏於赫，而不改鹿鳴音節，則知古樂雖屢變，而音節不能盡變也。姜氏皋曰：『郭氏樂府引古今樂録云：但曲七曲，廣陵散，黄老彈，飛龍引，大胡笳鳴，小胡笳鳴，鵾鷄遊絃，流楚窈窕，并琴箏笙筑之曲，王録所無也。』是遊絃者，但曲中之一曲。」○孫志祖文選李注補正曰：「葉引朱超之云：『考古人琴式，有所謂一絃者，孫登當魏末時，居白鹿蘇門二山，彈一絃琴，每感風雷。又王志真者，西王母小女也，彈一絃琴，時乘白龍，周遊四海。遊絃當即指此。』」○朱珔曰：「以上文例之，遊絃蓋古曲名，此説因一絃傅會周遊字，未爲的義。」○揚案：朱氏之説是也。合鵾鷄遊絃二曲爲一曲，且以流楚窈窕爲曲名，皆後人之傅會耳。琴曲譜録有鵾鷄吟，宋書戴顒傳曰：「其三調遊絃廣陵止息之流，皆與世異。」琴史曰：「薛易簡傳遊絃三弄。」是遊絃本古琴曲名，唐代尚有習之者也。樂府詩集六十四曰：「楚辭離騷曰：『爲余駕飛龍兮，離瑤象以爲車。』曹植飛龍篇亦言求仙者乘飛龍而昇天，與楚辭同意，琴曲亦有飛龍引。」

〔一九六〕「奏」北堂書鈔一百九引作「和」。

〔一九七〕李善注：高唐賦曰：「更唱迭和。」○方言：「迭，代也。」上林賦：「文成顛歌，族舉遞奏。」

〔一九八〕李善注：言流行清楚窈窕之聲，足以懲止躁競，雪蕩煩懣也。懲，直陵切。○李周翰注：流楚，怨聲也。窈窕，意深貌。○毛詩傳：「楚，列貌；窈窕，幽閒也。」楚辭注：「懲，止也。」淮南子注：「雪，除也。」

〔一九九〕李善注：歌録曰：「空侯謠俗行，蓋亦古曲，未詳本末，俗傳蔡氏五曲，遊春、淥水、坐愁、秋思、幽居也。」○梁章鉅曰：「案藝文類聚引琴操曰：『朝鮮津卒霍里子高，晨刺船而濯。有一狂夫被髮提壺而渡，其妻追止之，不及，墮河而死，乃號天嘘唏，鼓箜篌而歌，曲終投河而死。子高援琴，作其歌聲，故曰箜篌引。』又古今樂録引張永技録：『相和有四引，一曰箜篌。』」○揚案：此箜篌引，不必即謡俗行也。○史記貨殖列傳：「人民謡俗。」樂府詩集五十九曰：「琴歷曰：『琴曲有蔡氏五弄。』琴集曰：『五弄，遊春、淥水、幽居、坐愁、秋思，並宮調，蔡邕所作也。』琴書曰：『邕，嘉平初，入青溪訪鬼谷先生，所居山有五曲，一曲製一弄。山之東曲，常有仙人遊，故作遊春；南曲有澗，冬夏常淥，故作淥水；中曲即鬼谷先生舊所居也，深邃岑寂，故作幽居；北曲高巖，猿鳥所集，感物愁坐，故作坐愁；西曲灌木吟秋，故作秋思。三年曲成，出示馬融，甚異之。』」

〔二〇〇〕「楚」北堂書鈔一百九引作「樊」。

〔二〇一〕「鶴」太平御覽九百十六引作「鵠」。

〔二〇二〕「猶」北堂書鈔一百九，兩引均作「乃」。

〔二〇三〕李善注：琴操曰：「王襄女，漢元帝時獻入後宮，以妻單于，昭君心念鄉土，乃作怨曠之歌。」歌録曰：「石崇楚妃歎歌辭曰：『楚妃歎，莫知其所由。楚之賢妃，能立德著勳，垂名於後，唯樊姬焉，故令歎詠聲永世不絶，疑必爾也。』」相鶴經曰：「鶴一舉千里。」蔡邕琴操曰：「商陵牧子，娶妻五年，無子，父兄欲爲改娶。牧子援琴鼓之，歎別鶴以舒其憤懣，故曰別鶴操。鶴一舉千里，故名千里別鶴也。」崔豹古今注曰：「別鶴操商陵牧子所作也。牧子娶妻，五年無子，父母將爲之改娶，妻聞之，中夜起，聞鶴聲，倚户而悲。牧子聞之，愴然歌曰：『將飛比翼隔天端，山川悠遠路漫漫。』攬衣不寢食。後人因以爲樂章也。」漢書音義曰：「一切，權時也。」○李周翰注：王昭、楚妃、千里别鶴，三者曲名也。箮，雜也。言此諸曲，權時以承古雅之間，以雜於頓乏之際，亦有可觀也。○蔡邕琴賦：「楚妃遺歎，雞鳴高桑。」又曰：「青鳥西飛，别鶴東翔。」琴曲譜録有昭君怨，明妃製；楚妃歎，息嬀製；别鶴操，商陵穆子製；千里吟，不注製者。琴苑要録亦同。案此等自爲後人撰製，然知千里當本爲古琴曲名，善注誤也。史記李斯列傳：「秦宗室大臣，請一切逐客。」索隱曰：「一切猶一例，言切者，譬若利刀之割，一運斤無不斷者。解漢書者，以一切爲權時義，亦未爲得也。」揚案：「權時」爲古義，秦策：「吕不韋曰：『説有可以一切，而使君富貴千萬歲。』」即權時之義。兩漢所用，亦莫不如此也。楚辭九章：「願承閒而自察。」左傳注：「箮，副倅也。」長笛賦：「聽箮弄者，遥思於古者。」文選注：「箮弄，小曲也。説文曰：『箮，倅字如此。』」錢大昕養新録曰：「造次爲雙聲，造有次義。長笛賦注引説文『箮倅字如此』，今説文無『倅』字。」○琴史曰：「蔡氏五曲，今人以爲奇聲異弄，難工之操，而叔夜時特謂之淫俗之曲，且曰『承間箮乏，亦有可觀』，蓋言其非古也。」

〔二〇四〕「遠」琴史引作「達」。

〔二〇五〕「淵」上，琴史引無「夫」字。「閑」或作「閒」。○李善注：莊子：「老聃曰：『其居也淵而静。』」○吕向注：非深静之志，不能與琴閑居也。止，居也。○莊子天地篇：「淵静而百姓定。」

〔二〇六〕「放」上，張本及琴史引無「夫」字，文選惟胡刻本有之。下句「夫」字亦同。胡克家文選考異曰：「袁本、茶陵本無『夫』字，下『非夫至精者』同。案此，似尤添之也。」梁章鉅曰：「六臣本無『夫』字，下『非夫至精者』句同，然以上『曠遠』『淵静』二句例之，是六臣本偶脱耳。」〇「達」琴史引作「逸」。〇李善注：説文曰：「𠫤，亦貪惜也。」〇梁章鉅曰：「今説文：『吝，恨惜也。』」〇劉良注：吝，捨也。非放達之士，不能與琴無捨矣。謂翫之無已也。〇揚案：劉氏亦臆解。

〔二〇七〕「至」上，張本及琴史引無「夫」字；文津本無「也」字。〇李善注：周易曰：「非天下之至精，其孰能與於此。」莊子曰：「判天下之美，析萬物之理。」〇張大命琴經曰：「四『與之』，皆指琴而言。」

〔二〇八〕「詳」北堂書鈔一百九引作「觀」。〇洞簫賦：「生不覩天地之體勢。」封禪書：「逖聽者風聲。」

〔二〇九〕「故」初學記十六引作「則」。

〔二一〇〕李善注：説苑曰：「應侯與賈子坐，聞有鼓瑟之聲，應侯曰：『今瑟一何怨也？』賈子曰：『張急調下，使之怨也。夫張急者，良材也，調下者，官卑也，取良材而卑官之，能無怨乎！』」蔡邕月令章句曰：「凡絃之緩急爲清濁，琴緊其絃則清，緩則濁。」〇古詩：「彈箏奮逸響。」

〔二一一〕「間」初學記十六、藝文類聚四十四引作「閑」，誤也。「痺」文選胡刻本作「庳」，藝文類聚四十四、事文類聚後集二十二引作「埤」，案「庳」字是也。

〔三〕「故」初學記十六引作「則」。○李善注：間遼，謂絃間遼遠也；絃長，謂徽闊而絃長也。阮籍樂論曰：「琵琶箏笛，間促而聲高，琴瑟之體，間遼而音埤。」義與此同。鄭玄周禮注曰：「庳，短也，音婢。」傅毅雅琴賦曰：「時促均而增徽，接角徵而控商。」○劉良注：遼，遠；庳，下也。言聲閑緩而相去遠，故音下，絃長其應響清高，故沈放，徽聲，乃鳴於常也。○蘇軾志林曰：「所謂庳者，猶今俗云敊聲也，敊音鮮，出羯鼓録。兩絃之間遠則有敊，故曰間遼則音庳。徽鳴者，今之所謂泛聲也，絃虚而不按乃可泛，故曰絃長則徽鳴也。五臣皆不曉，妄注。」○王觀國學林曰：「琴之有敊聲者，以琴面不平，或焦尾與嶽高低不相應，則阻絃，而其聲敊，此琴之病聲也。叔夜賦四句，曰逸，曰清，曰庳，曰鳴，皆美聲也。蓋琴操弄中自有庳下聲，非病聲也，非病聲，則非敊聲矣。間音去聲，謂徽間也。間遼，徽之遠處，若十三徽外近焦尾處聲，以手取之，自然庳下。」○李治敬齋古今黈曰：「嵇賦琴，自説琴德，必不得説琴病，若謂音庳爲敊撒，則正是説琴病耳，嵇意必不其然。竊意間遼爲徽外，音庳爲聲緩，其或近之。」○朱珔曰：「玉篇：『敊，散也。』沈存中云：『絃之有十二泛韻，此十二律自然之節。』是泛聲非病聲，則敊當亦非病聲矣。」○梁章鉅曰：「五臣訓『間』爲『閑』固誤，東坡説亦非也。」○揚案：朱氏以敊作散解，散聲自非病聲。然蘇王兩氏所云敊聲者，皆非指散聲而言；如其所言，則自是病聲矣。王氏以間遼爲徽之遠處，而非蘇氏所謂兩絃之間，其説本不誤；但云間謂徽間，則强詞也。間者，謂嶽山與左手取音處之間隔，去嶽愈遠，則音愈低，固不必十三徽外矣。琴之間隔最遠，故能取庳下之音也。次句，蘇氏以泛音爲説，泛音固於徽位取之，説亦不誤；但以絃虛解絃長，則亦强詞也。淮南子主術訓注：「徽，鷙彈也。」文選文賦注引許慎淮南子注曰：「鼓琴循絃謂之徽。」朱駿聲説文通訓定聲曰：「琴軫係絃之繩謂之徽，琴賦：『絃長故徽鳴。』傅毅雅琴賦：『時促均而增徽。』文賦：『猶絃么而徽急。』皆言糾弦也。後人乃以琴面識點爲徽。」朱氏此説甚是，琴絃最長，音高則須緊之，徽鳴者，糾徽索而取音也，此自總泛聲按聲而言之。此處上二句，曰逸曰清，言其風聲之美，下二句，則言其體勢殊於衆器耳。曰音庳，曰徽鳴，但指取聲之方，不指發聲之美也。王氏説誤。李善注云：「絃間云徽闊。」亦不了了。又案所引樂論，當爲叔夜聲無哀樂論之誤。

〔三三〕「絜」吳鈔本作「潔」，二字通。

〔三四〕李善注：禮記曰：「絜静精微，易教也。」孝經曰：「昔者，先王有至德要道。」禮記曰：「樂行血氣和平。」○老子：「含德之厚，比於赤子。」淮南子原道訓：「含德之所致也。」注：「含，懷也。」

〔三五〕「洩」或作「泄」，文選四部本作「洩」，注云：「五臣作『渫』。」袁本作「渫」，注云：「善本作『洩』字。」琴史亦引作「渫」。案三字並同。「幽」北堂書鈔一百九引作「機」。「矣」初學記十六引作「云」。「矣」上，藝文類聚四十四引有「者」字。○李善注：説文曰：「泄，除去也。」舞賦曰：「幽情形而外揚。」○班固西都賦：「發思古之幽情。」王粲神女賦：「探懷授心，發露幽情。」

〔三六〕「戚」文選四部本同，注云：「五臣作『慼』。」袁本作「慼」，注云：「善本作『戚』字。」北堂書鈔一百九及琴史引作「感」。

〔二七〕「莫」上，周校本有「則」字。案吴鈔本無之，北堂書鈔亦有「則」字。又「懍」作「慄」。

〔二八〕李善注：字林曰：「慘，毒也。」漢書音義：「郭璞曰：『愀，變色貌。』」説文曰：「愴，傷也。」憯，七哀切；慘，七敢切；愀，七小切。○説文：「憯，痛也。」廣韻：「懍，畏也。」漢書張釋之傳：「上自倚瑟而歌，意悽愴悲懷。」

〔二九〕「咿」吴鈔本作「吚」。

〔三〇〕李善注：字林曰：「噢咿，内悲也。」列子曰：「喜躍抃舞，不能自禁。」噢，於六切，咿音伊。○「含哀」見前與阮德如詩注〔一〕。

〔三一〕「懽」或作「歡」。

〔三二〕「抃」吴鈔本及六朝詩集作「忭」。○李善注：説文曰：「欨，笑貌也。況于切。」○梁章鉅曰：「今説文：『呴，吹也，一曰笑意。』」○禮記樂記篇：「嘽諧漫易，繁文簡節之音作，而民康樂。」莊子駢拇篇：「呴俞仁義。」方言：「欨愉，悦也。」注：「欨愉，猶呴愉也。」案「欨愉」「呴俞」字通。列子湯問篇：「韓娥曼聲長歌，一里長幼，喜躍抃舞，弗能自禁。」楚辭注：「釋，解也。」又曰：「擊手曰抃。」孔融難曹操禁酒書：「邦人咸忭舞踊躍，以望我后。」廣韻：「忭，喜貌。」廣雅：「踊，跳也。」

〔三三〕「噓」各本作「噱」，是也，「噓」俗字。○李善注：服虔通俗篇曰：「樂不勝謂之嘔噱。」嘔，烏没切；噱，巨略切。○梁章鉅曰：「六臣本無『服虔』二字，『通俗篇』即『通俗文』。」○淮南子本經訓：「愚夫蠢婦，皆有流連之心。」注：「流連，猶爛漫，失其職業也。」案「留連」與「流連」同。上林賦：「爛漫遠遷。」洞簫賦：「悼恍瀾漫。」文選注：「瀾漫，分散也。」

〔三四〕「愉」程本誤作「掄」，文選作「悆」，琴史引作「豫」。

〔三五〕李善注：廣雅曰：「養，樂也。」○梁章鉅曰：「韓詩外傳云：『聞其角聲，使人惻隱而愛仁，聞其徵聲，使人樂養而好施。』白虎通義『樂養』作『喜養』，皆可與廣雅訓『樂』相證。」○魏武帝步出東西門行：「養怡之福，可得永年。」説文：「悆，喜也。」班固兩都賦序曰：「衆庶悦豫。」爾雅：「豫，樂也。」蔡邕槃銘曰：「外若玄真。」

〔三六〕李善注：莊子曰：「虚靜恬淡者，道德之至也。」又曰：「棄事則形不勞。」○後漢書安帝紀：「皇太后詔曰：『長安侯祜，篤學樂古。』」「遺身」見前贈秀才詩（琴詩自樂）注〔四〕。

〔三七〕李善注：論語：「子曰：『伯夷叔齊，餓於首陽之下。』」又曰：「顏回問仁，子曰：『克己復禮爲仁。』」列子：「子夏問孔子曰：『顏回之爲仁奚若？』子曰：『回之仁賢於丘。』」○孟子：「聞伯夷之風者，頑夫廉。」

〔三八〕李善注：論語曰：「比干諫而死。」莊子盜跖曰：「尾生與女子期於梁下，女子不來，水至不去，抱柱而死。」高誘注淮南子曰：「尾生，魯人，與婦人期於梁下，不至，而水溺死。」○梁章鉅曰：「尾生高亦見戰國燕策蘇代謂燕昭王章，論語微生高也。吳氏玉搢别雅云：『尚書：鳥獸孳尾。史記五帝紀作字微，二字一音相轉，故多通用。』」

〔二九〕「辯」琴史引作「辨」，二字通。

〔三〇〕李善注：莊子曰：「惠施多方，其書五車。」高誘曰：「惠施，宋人，仕魏，爲惠王相。」漢書曰：「萬石君奮，恭謹，舉朝無比。奮長子建，次甲，次乙，慶，皆以馴行孝謹，官至二千石。景帝曰：『石君及四子皆二千石，人臣尊寵，迺舉集其門，凡號奮爲萬石君，建郎中令。』奏下，建讀之，驚恐，曰：『書馬者，與尾而五，今迺四，不足一，譴死矣。』其爲謹雖佗皆如是。」服虔曰：「作『馬』字下四而爲五，建上書奏，誤作四。慶爲太僕，御出，上問車中幾馬，慶策數馬，舉手曰四馬。」孔安國曰：「訥，遲鈍也。」○韓子説難篇：「捷敏辨給，繁於文采。」漢書萬石君傳贊曰：「仲尼有言：『君子欲訥於言。』其萬石君之謂與！」

〔三一〕文選四部本同，「長」下注云：「五臣有『之』字。」袁本有「之」字，注云：「善本無『之』字。」琴史引亦有「之」字。

〔三二〕李善注：周易曰：「引而伸之，觸類而長之。」又曰：「天下同歸而殊途，一致而百慮。」禮記曰：「虞夏之質，殷周之文，至矣。」○李周翰注：文聲婉轉而豔媚，質聲淡薄而疏散也。

〔三三〕「摠」吳鈔本作「總」，文選胡刻本作「摠」，四部本、袁本作「總」，並注云：「善本作『揔』字。」案「總」「揔」「摠」均俗字。「以」琴史引作「而」。

〔三四〕李善注：禮記曰：「樂者，天地之命，中和之紀。」周易曰：「百姓日用而不知。」○蔡邕太傅胡公碑：「總天地之中和。」長笛賦：「皆反中和，以美風俗。」

〔二三五〕李善注：禮記曰：「樂其感人深。」○長笛賦曰：「可以通靈感物，寫神喻意。」

〔二三六〕北堂書鈔一百九引作「於是」二字，無「也」字。

〔二三七〕「竹」北堂書鈔引作「土」。○李善注：孔安國曰：「屏，除也。」○論語：「屏氣似不息者。」

〔二三八〕李善注：孟子：「淳于髡曰：『昔王豹處淇而河西善謳。』」說文曰：「謳，歌也。」淮南子曰：「淄澠之水合，狄牙嘗而知之。」○朱珔曰：「案狄牙即易牙，白虎通禮樂篇：『狄者，易也，辟易無別也。』管子戒篇易牙，大戴禮保傅篇、論衡譴告篇皆作『狄牙』。」

〔二三九〕李善注：山海經曰：「朝陽之谷，有神名曰天吳，是爲水伯。其形首足尾並，人面而色青。」楚辭曰：「譬若王喬之乘雲兮，載赤霄而凌太清。」○尚書大傳：「蛟龍踊躍於其淵。」長笛賦：「魚鼈禽獸，聞之者，莫不踊躍抃譟。」莊子列禦寇篇：「千金之珠，必在九重之淵。」班固答賓戲曰：「懷汎濫而測深乎重淵。」曹植九愁賦：「披輕雲而下觀。」

〔二四〇〕「焉」張本、四庫本作「然」。○李善注：說文曰：「鸑鷟，鳳屬，神鳥也。」國語曰：「周文王時，鸑鷟鳴於岐山。」韓詩曰：「漢有游女，不可求思。」薛君曰：「游女，漢神也，言漢神時見，不可求而得之。」列女傳曰：「游女，漢水神，鄭大夫交甫，於漢皐見之，聘之橘柚。」張衡南都賦曰：「游女弄珠於漢皐之曲。」○梁章鉅曰：「今列女傳無此語，當是列仙傳之誤。」○蔡邕琴操曰：「成王即位，麒麟遊苑囿，鳳凰舞於庭，頌聲並作。」劉劭嘉瑞賦：「舞鸞鳥於中唐，聆鸑鷟之和鳴。」廣雅：「萃，聚也。」

〔二四一〕李善注：禮記曰：「聖人作樂以應天，制禮以應地，此則樂者天之和也。」洞簫賦曰：「蟋蟀蚸蠖，蚑行喘息，垂喙蛩轉，瞪瞢忘食。」説文曰：「蚑，行也，凡生之類，行皆曰蚑。」○漢書禮樂志：「樂者，聖人所以感天地，通神明。」禮記樂記篇：「大樂與天地同和。」東觀漢記：「馬防奏曰：『聖人作樂，所以宣氣致和。』」

〔二四二〕李善注：懿，美也。傅毅雅琴賦曰：「明仁義以厲己，故永御而密親。」○洞簫賦：「吹參差而入道德兮，故永御而可貴。」戰國策趙策：「涇陽君之車馬衣服，無非大王之服御。」

〔二四三〕楚辭注：「亂，理也，所以發理詞旨，總撮其要也。」

〔二四四〕李善注：劉向雅琴賦曰：「遊予心以廣觀，且德樂之愔愔。」韓詩曰：「愔愔，和悦貌。」聲類曰：「和静貌。」○李周翰注：愔愔，静深也。○李治敬齋古今黈曰：「左傳：『子革誦祈招之詩曰：祈招之愔愔，式昭德音。』杜預曰：『愔愔，安和貌。』又韻書愔字訓靖，故嵇康琴賦曰：『愔愔琴德。』李周翰注：『愔愔，静深也。』李善又引劉向雅琴賦曰：『且德樂之愔愔。』然則愔愔者，所以形容德音之美也。」

〔二四五〕廣雅：「邈，遠也。」

〔二四六〕呂延濟注：良質，琴之善質；美手，人之妙手也。

〔二四七〕後漢書注：「紛綸，猶浩博也。」爾雅：「翕，合也。」

〔二四八〕「孰」張本及琴史引作「誰」，文選四部本、袁本同，並注云：「善作『孰』。」○李善注：古詩曰：「不惜歌者苦，但傷知音希。」○左傳注：「珍，貴也。」

〔二四九〕李善注：賈逵曰：「唯，獨也。」

黄道周曰：「日張生數來，與論理樂之故，欲於器數間求之，以爲贊理性情，藏發中和。因見嵇叔夜琴賦，以爲陶寫要事，亦欲數時游心於此。再取叔夜所論琴德，但欲去其危苦，去其悲哀，以求情於麗偉之外；至於按節徵音，開此道之玄微，疑未之傳也。今世之士，不復尋其德意，而重其材本，以爲器不千年，其韻不神，兼以胸無逸致，而屈指前徽，乃欲想周文之黯然，追箕山之飄爾，不亦難乎！叔夜此道，已極玄微，而於論材徵聲，意實闕焉。其擇於霜陽，高於嗷嘯，但一時而用之，發以朗閣，撫以清夕，改調殊音，唯其所適，亦無之不可也。故曰：『器冷絃調，心閒手敏，觸摠如志，唯意所擬。』要之，曲而不屈，直而不倨，相凌而不亂，相雜而不殊，雖復不祖唐堯，異音箕子，未爲過也。故論聲勢，四言而已：『器和故響逸，張急故聲清，間遼故音痺，絃長故徽鳴。』至其精要所在，神明在人，與德相宜，性情斯洽，故曰：『非夫曠遠者，不能與之娱游，非夫淵静者，不能與之閑止，非夫放達者，不能與之無悶，非夫至精者，不能與之全理也。』每想斯道，禮樂之原，寄興陶情，其途廣□；文章之微，蓋亦如斯。僕於此，皆未能涉也。」書嵇康琴賦後。

陸彦龍曰：「流連酒德，嘯歌琴緒，非達士風流，安能耽玆佳況耶！」漢魏别解引（漢魏名文乘作鍾伯敬）。

陳繼儒曰：「嵇生病嬾，妙體琴德，稱情寫狀，筆無留響。」漢魏名文乘引。

余元熹曰：「『器冷絃調，心閒手敏』八字，便可悟琴道之妙，所謂以無累之神，合有道之器也。」又曰：「極狀琴德，便覺他器自不能擬。自叔夜賦琴後，惟韓退之、蘇子瞻詩，曲盡琴中之妙。」同右。

朱嘉徵曰：「琴歌超然自得，莊、列度世之言，當不爲世所度。」

何焯曰：「音樂諸賦，雖微妙古奥不一，而精當完密，神解入微，當以叔夜此作爲冠。」又曰：「極寫『琴德最優』四字，亦自『心閒手敏』。」文選評。

劉熙載曰：「賦必有關著自己痛癢處，如嵇康叙琴，向秀感笛，豈可與無病呻吟者同語。」藝槩。

方廷珪曰：「從來賦物，多彼此可移用，合此賦前中後觀之，定是切琴，非中散思敏心精，亦不能刻畫至此，自是千秋絶調。」文選集成。

與山巨源絶交書一首

李善注：魏氏春秋曰：「山濤爲選曹郎，舉康自代，康答書拒絶，因自説『不堪流俗，而非薄湯、武』，大將軍聞而惡焉。」○白氏六帖事類集卷十六曰：「山濤爲三公，舉嵇康自代，康聞，與書絶之。」○孫志祖讀書脞録曰：「案魏志王粲傳云：『時又有譙郡嵇康，至景元中，坐事誅。』裴注引山濤行狀：『濤始以景元二年除吏部郎。』舉康自代，蓋在此時。」○揚案：各書皆稱濤爲吏部郎舉康自代，白帖誤也。

張雲璈選學膠言曰：「王志堅古文瀾編作『與山巨源書』，後題曰：『此書舊題作與山巨源絶交書，叔夜簡傲，其言傷於峻則有之，非有惡於山公也。臨終謂子紹曰：巨源在，汝不孤矣。此豈絶交者乎？書題本出自後人，今去之。』雲璈案：篇中並無絶交之語，去之良是。野客叢書云：『叔夜有與吕長悌絶交書，今選不載，見嵇集中，或因此絶交二字而誤與。』」○梁章鉅文選旁證曰：「今按王楙野客叢書云：『僕得毘陵賀方回家所藏繕寫嵇康集十卷，文選惟載康與山巨源絶交書一首，不知又有與吕長悌絶交書。』崇文總目謂嵇康集十卷，今其本具存，王楙所言，皆載第二卷，可證文選此題，出於本集，自來如此，無誤明矣。王氏之説，恐不足據。張氏附會之，亦誤也。」○葉渭清曰：「按中散與山公交契至深，此書特以寄意，非真告絶也。白孔六帖二十四恤孤有云：『嵇康臨刑，謂子紹曰：山公尚在，汝不孤矣。』其中情相信如此，而云絶耶？康别傳説之云：『豈不識山之不以一官遇己情耶，亦欲標不屈之節，以杜舉者之口耳。』斯言最爲近之。」○揚案：書尾有「并以爲别」之語，即所謂絶交也，惟出於一時之情，非真絶耳。至書題本出於後人，則「絶交」二字之有無，又不足辯矣。○後漢書朱穆傳曰：「著絶交論，蓋矯時之作。」案朱穆集又有與劉伯宗絶交書及詩。

康白〔一〕：足下昔稱吾於潁川〔二〕，吾常謂之知言〔三〕。然經怪此意，尚未熟悉於足下，何從便得之也〔四〕。前年從河東還，顯宗阿都，説足下議以吾自代〔五〕，事雖不行〔六〕，知足下故不知之〔七〕。足下傍通〔八〕，多可而少恠〔九〕。吾直性狹中〔一〇〕，多所不堪〔一一〕，偶與足下相知耳〔一二〕，間聞足下遷〔一三〕，惕然不喜〔一四〕，恐足下羞庖人之獨割，引尸祝以自助〔一五〕，手薦鸞刀〔一六〕，漫之羶腥〔一七〕，故具爲足下陳其可否〔一八〕。

吾昔讀書，得并介之人〔一九〕，或謂無之，今乃信其真有耳〔二〇〕。性有所不堪，真不可强；今空語同知有達人，無所不堪〔二一〕，外不殊俗〔二二〕，而内不失正，與一世同其波流，而悔吝不生耳〔二三〕。老子莊周，吾之師也，親居賤職，柳下惠東方朔達人也，安乎卑位，吾豈敢短之哉〔二四〕。又仲尼兼愛〔二五〕，不羞執鞭，子文無欲卿相，而三登令尹〔二六〕，是乃君子思濟物之意也〔二七〕。所謂達能兼善而不渝〔二八〕，窮則自得而無悶〔二九〕，以此觀之，故堯舜之君世〔三〇〕，許由之巖栖〔三一〕，子房之佐漢，接輿之行歌，其揆一也〔三二〕。仰瞻數君，可謂能遂其志者也〔三三〕。故君子百行，殊塗而同致〔三四〕，循性而動〔三五〕，各附所安〔三六〕，故有處朝廷而不出，入山林而不反之論〔三七〕。且延陵高子臧之風，長卿慕相如之節，志氣所託〔三八〕，不可奪也〔三九〕。

吾每讀尚子平臺孝威傳〔四〇〕，慨然慕之，想其爲人〔四一〕。少加孤露〔四二〕，母兄見驕〔四三〕，不涉經學〔四四〕，性復疏嬾〔四五〕，（筋）〔筋〕駑肉緩〔四六〕，頭面常一月十五日不洗〔四七〕，不大悶癢〔四八〕，不能沐也〔四九〕。每常小便而忍不起〔五〇〕，令胞中略轉乃起耳〔五一〕。又縱逸來久，情意傲散〔五二〕，簡與禮相背，嬾與慢相成〔五三〕，而爲儕類見寬，不攻其過〔五四〕。又讀莊、老〔五五〕，重增其放〔五六〕，故使榮進之心日頽〔五七〕，任實之情轉篤〔五八〕。此由禽鹿少見馴育〔五九〕，則服從教制〔六〇〕，長而見羈，則狂顧頓纓，赴蹈湯火〔六一〕，雖飾以金（鏕）〔鑣〕〔六二〕，饗以嘉肴〔六三〕，逾思長林而志在豐草也〔六四〕。

阮嗣宗口不論人過，吾每師之，而未能及〔六五〕。至性過人，與物無傷，唯飲酒過差耳〔六六〕；至爲禮法之士所繩，疾之如讎〔六七〕，幸賴大將軍保持之耳〔六八〕。吾不如嗣宗之（賢）〔資〕〔六九〕，而有慢弛之闕〔七〇〕，又不識人情〔七一〕，闇於機宜〔七二〕；無萬石之慎，而有好盡之累〔七三〕，久與事接，疵釁日興〔七四〕，雖欲無患，其可得乎？

又人倫有禮〔七五〕，朝廷有法〔七六〕，自惟至熟〔七七〕，有必不堪者七〔七八〕，甚不可者二：卧喜晚起〔七九〕，而當關呼之不置，一不堪也〔八〇〕；抱琴行吟〔八一〕，弋釣草野〔八二〕，而吏卒守之，不得妄動〔八三〕，二不堪也〔八四〕；危坐一時，痺不得摇〔八五〕，性復多蝨〔八六〕，（把）〔杷〕搔無已〔八七〕，而當裹以章服〔八八〕，揖拜上官〔八九〕，三不堪也〔九〇〕；素不便書，又不喜作書〔九一〕，而人間多事〔九二〕，堆案盈机〔九三〕，不相酬答，則犯教傷義〔九四〕，欲自勉强，則不能久〔九五〕，四不堪也；不喜弔喪，而人道以此爲重〔九六〕，己爲未見恕者所怨〔九七〕，至欲見中傷者〔九八〕，雖（瞿）〔懼〕自責〔九九〕，然性不可化〔一〇〇〕，欲降心順俗〔一〇一〕，則詭故不情〔一〇二〕，亦終不能獲無咎無譽〔一〇三〕，如此〔一〇四〕，五不堪也〔一〇五〕；不喜俗人，而當與之共事〔一〇六〕，或賓客盈坐，鳴聲聒耳〔一〇七〕，囂塵臭處〔一〇八〕，千變百伎〔一〇九〕，在人目前，六不堪也〔一一〇〕；心不耐煩〔一一一〕，而官事鞅掌，機務纏其心〔一一二〕，世故繁其慮〔一一三〕，七不堪也〔一一四〕。又每非湯、武而薄周、孔，在人間不止〔一一五〕，此事會顯〔一一六〕，世教所不容〔一一七〕，此甚不可一也〔一一八〕；剛腸疾惡〔一一九〕，輕肆直言〔一二〇〕，遇事便發，此甚不可二也。以促中小心之性〔一二一〕，統此九患，不有外難，當有内病〔一二二〕，寧可久處人間邪〔一二三〕？又聞道士遺言：餌朮黄精〔一二四〕，令人久壽〔一二五〕，意甚信之〔一二六〕；遊山澤，觀魚鳥，心甚樂之〔一二七〕；一行作吏，此事便廢〔一二八〕，安能舍其所樂〔一二九〕，而從其所懼哉？

夫人之相知，貴識其天性〔一三〇〕，因而濟之〔一三一〕。禹不偪伯成子高〔一三二〕，全其節也〔一三三〕。仲尼不假蓋於子夏〔一三四〕，護其短也〔一三五〕。近諸葛孔明不偪元直以入蜀〔一三六〕，華子魚不强幼安以卿相〔一三七〕，此可謂能相終始，真相知者也〔一三八〕。足下見直木，必不可以爲輪〔一三九〕，曲者，不可以爲桷〔一四〇〕，蓋不欲以枉其天才〔一四一〕，令得其所也〔一四二〕。故四民有業，各以得志爲樂〔一四三〕，唯達者爲能通之〔一四四〕，此足下度内耳〔一四五〕。不可自見好章甫〔一四六〕，强越人以文冕也〔一四七〕；己嗜臭腐〔一四八〕，養鴛雛以死鼠也〔一四九〕。吾頃學養生之術〔一五〇〕，方外榮華，去滋味，游心於寂寞〔一五一〕，以無爲爲貴〔一五二〕。縱無九患，尚不顧足下所好者〔一五三〕；又有心悶疾，頃轉增篤〔一五四〕，私意自試，不能堪其所不樂〔一五五〕，自卜已審〔一五六〕，若道盡塗窮則已耳〔一五七〕，足下無事冤之，令轉於溝壑也〔一五八〕。

吾新失母兄之歡〔一五九〕，意常悽切〔一六〇〕，女年十三，男年八歲〔一六一〕，未及成人〔一六二〕，況復多病〔一六三〕，顧此悢悢〔一六四〕，如何可言〔一六五〕！今但願守陋巷〔一六六〕，教養子孫〔一六七〕，時與親舊叙闊〔一六八〕，陳説平生〔一六九〕，濁酒一杯〔一七〇〕，彈琴一曲，志願畢矣〔一七一〕。足下若嬲之不置〔一七二〕，不過欲爲官得人，以益時用耳〔一七三〕；足下舊知吾潦倒麤疎〔一七四〕，不切事情〔一七五〕，自惟亦皆不如今日之賢能也〔一七六〕。若以俗人皆喜榮華，獨能離之〔一七七〕，以此爲快〔一七八〕，此最近之可得言耳〔一七九〕。然使長才廣度〔一八〇〕，無所不淹，而能不營，乃可貴耳〔一八一〕。若吾多病困〔一八二〕，欲離事自全，以保餘年，此真所乏耳〔一八三〕，豈可見黄門而稱貞哉〔一八四〕？若趣欲共登王塗，期於相致，時爲歡益〔一八五〕，一旦迫之，必發其狂疾〔一八六〕，自非重怨〔一八七〕，不至於此也〔一八八〕。

野人有快炙背而美芹子者〔一八九〕，欲獻之至尊〔一九〇〕，雖有區區之意，亦已疏矣〔一九一〕。願足下勿似之，其意如此，既以解足下，并以爲别。嵇康白〔一九二〕。

〔一〕張本節此二字。

〔二〕「潁」吴鈔本、文津本及文選袁本、胡刻本作「潁」，書記洞詮引七賢帖同。

〔三〕「常」文選四部本同，注云：「五臣作『嘗』」。袁本作「嘗」，注云：「善本作『常』字。」○李善注：稱謂，説其情不願仕也，愜其素志，故謂知言也。虞預晉書曰：「山嶔守潁川。」嵇康文集録注曰：「河内山嶔，守潁川，山公族父。」莊子曰：「狂屈聞之，以黄帝爲知言。」○梁章鉅曰：「銑注『山嶔爲潁川太守』，案六臣本『守』作『字』，蓋嶔字潁川，非太守，各本并因銑注改『字』

爲『守』，尤本并於後注添『守』字，可笑也。」○揚案：六臣本善注「河内山嶔潁川」句，無「字」字或「守」字。

〔四〕李善注：言常怪足下，何從而便得吾之意也。○野客叢書曰：「後漢蔡邕傳、晉嵇康書，皆用『經怪』二字。又觀唐人文集，如劉禹錫皇甫湜書中，亦多用之。經，常也，漢書『常』字多作『經』，如曰難以爲經。」○揚案：廣雅：「經，常也。」常字古多用經，非直漢書矣。管子重令篇：「朝有經臣，國有經俗，民有經産。」皆常義也。此處經字，文壇列俎作「後」，即由不識字義而妄改。

〔五〕「顯宗阿都」四字，七賢帖改作「諸人」二字，此句，晉書本傳作「聞足下欲以吾自代」。○李善注：晉氏八王故事注曰：「公孫崇字顯宗，譙國人，爲尚書郎。」嵇康文集録注曰：「阿都，吕仲悌，東平人也。康與吕長悌絶交書曰：『少知阿都，志力閑華，每喜足下家復有此弟。』」○魏志王粲傳注：「康既有絶世之意，又從子不善，避之河東。或云避世。」

〔六〕本傳作「雖事不行」。

〔七〕文選四部本同，注云：「五臣本無『故』字。」袁本無「故」字，注云：「善本有『故』字。」句末，本傳有「也」字。○李善注：言不知己之情。○荀子注：「故，猶本也。」

〔八〕「傍」或作「旁」。

〔九〕李善注：言足下傍通衆藝，多有許可，少有疑怪，言寛容也。周易曰：「六爻發揮，旁通情也。」法言：「或問行，曰：『旁通厥德。』」李軌曰：「應萬變而不失其正者，唯旁通乎。」○管子宙合篇：「方明者察于事，故不官于物，而旁通于道。」

〔一〇〕案「狹」字帖文作「夾」，書記洞詮漏改。

〔一一〕荀子性惡篇：「直木不待檃栝而直者，其性直也。」淮南子注：「中，心也。」爾雅：「堪，勝也。」

〔一二〕李善注：偶謂偶然，非本志也。爾雅：「偶，遇也。」郭璞曰：「偶，值也。」

〔一三〕吴鈔本原鈔作「聞足下間遷」，朱校乙同此本。「遷」字帖文作「還」，誤也。

〔一四〕吕氏春秋注：「間，頃也。」説苑尊賢篇：「諸侯伐齊，齊王聞之，惕然而恐。」廣雅：「惕，懼也。」

〔一五〕李善注：莊子曰：「庖人雖不治庖，尸祝不越樽俎而代之。」○周禮注：「割，肆解肉也。」

〔一六〕「薦」帖文誤作「蒙」。「鸞」吴鈔本作「鑾」，文選袁本同，注云：「善本作『鸞』。」四部本作「鸞」，注云：「五臣作『鑾』。」

〔一七〕「漫」吴鈔本作「謾」，馬叙倫曰：「明本『謾』，此本『漫』，選本亦作『漫』，李善注引高誘吕氏春秋注曰：『漫，汙也。』則作『漫』是。」○李善注：毛詩曰：「執其鸞刀，以啓其毛。」莊子：「北人無擇曰：『帝欲以汙行漫我。』」高誘吕氏春秋注曰：「漫，汙也。」○儀禮注：「薦，進也。」吕氏春秋本味篇：「水居者腥，草食者羶。」説文：「羶，羊臭也。」一切經音義引通俗文曰：「魚臭曰腥。」

〔一八〕「具」帖文作「且」，本傳無「具」字，又「否」字作「不」，書記洞詮引晉書亦作「不」。

〔一九〕「之人」七賢帖作「人輩」。

〔二〇〕李善注：并，謂兼善天下也；介，謂自得無悶也。趙岐孟子章句曰：「伯夷柳下惠，介然必偏，中和爲貴。」○劉良注：謂濤兼利，而己自守也。○方弘静千一録曰：「絶交書『并介之人』，并介，言一於介耳，註解并爲兼利天下，非；士有百行，時而出之，匪徒執一也。一於介者，惟見於介，務光巢父之倫也。」○揚案：説文：「介，畫也，从八从人，人各有界。」孟子音義引丁音曰：「介，謂狷介也。」説文：「并，相從也。」考工記：「大與小無并。」注曰：「并，偏邪相就也。」禮記檀弓下：「行并植於晉國。」注曰：「并猶專也。」荀子儒效篇：「并而不二。」此處并介，即指偏於介，專於介耳。本集聲無哀樂論，亦以偏并連言也。方氏解爲一於介，説蓋近之。李善以下文有達窮之言，故謂并爲達，謂介爲窮；然下文「有所不堪」及「空語」云云，皆就狷介而言，非窮則自得之義。

〔二一〕「無」上，吴鈔本原鈔有「而」字，墨校删，案此鈔者誤衍也。「堪」書記洞詮作「居」，案洞詮引帖文作「屈」。

〔二二〕「俗」七賢帖作「異」。

〔二三〕李善注：「空語」猶虚説也，共知有通達之人，至於世事，無所不堪，言己不能則而行之也。太玄經曰：「君子内正而外馴。」莊子曰：「與物委蛇，而同其波。」周易曰：「悔吝者，憂虞之象也。」○毛詩序：「國異政，家殊俗。」「達人」見前秀才答詩（達人與物化）注〔一〕。莊子應帝王篇：「因以爲波流。」

〔二四〕李善注：史記曰：「莊子名周，嘗爲蒙漆園吏。」列仙傳曰：「李耳爲周柱下史，轉爲守藏史。」論語曰：「柳下惠爲士師。」漢書曰：「東方朔著論，設客難，已用位卑以自慰喻。」孟子曰：「爲貧仕者，辭尊居卑。」又曰：「位卑言高，罪也。」○史記老莊列傳：「老子姓李氏名耳，周守藏室之史也。」孟子：「柳下惠不羞汙君，不卑小官。」吕氏春秋注：「短，少也。」

〔二五〕藝文類聚二十一引無「又」字。「愛」宋本晉書本傳誤作「受」。

〔二六〕「無」或作「无」，下同。「登」本傳作「爲」。

〔二七〕李善注：莊子：「仲尼謂老聃曰：『兼愛無私，仁之情也。』」論語：「子曰：『富而可求，雖執鞭之士，吾亦爲之。』子張問：『令尹子文，三仕爲令尹，無喜色，三已之，無愠色，舊令尹之政，必以告新令尹，何如？』子曰：『忠矣。』」○何焯義門讀書記曰：「鄭康成解禮記云：『雖執鞭之賤職，吾亦爲之。』邢叔明引周禮秋官：『條狼氏，掌執鞭以趨辟。』條狼氏下士，故云賤職。」○韓子五蠹篇：「儒墨皆稱先生，兼愛天下。」爾雅：「登，陞也。」

〔二八〕文選四部本同，「達」下注云：「五臣本有『人』字。」袁本有「人」字，注云：「善本無『人』。」「能」吴鈔本作「則」。「渝」字帖文誤作「偷」。

〔二九〕李善注：孟子曰：「古之人，窮則獨善其身，達則兼善天下。」又曰：「柳下惠遺佚而不怨，厄窮而不憫。」○詩羔裘：「舍命不渝。」毛傳：「渝，變也。」易乾卦文言曰：「遯世无悶，不見是而无悶。」説文：「悶，懣也。」孟子注：「憫，懣也。」

君世。」

〔三〇〕本傳作「故知堯舜之居世」，七賢帖作「故知唐堯君世」。○崔駰達旨曰：「於時，太上運天德以

〔三一〕「許由」文選謝靈運初去郡詩注引作「子房」，胡克家文選考異曰：「案『子房』當作『許由』，各本皆誤。」○揚案：文選謝靈運還舊園作見顔范二中書詩注引仍作「子房」，亦誤也。○「栖」文選袁本同，注云：「善本作『棲』。」四部本作「棲」，注云：「五臣作『栖』。」此下三句，七賢帖皆無「之」字。○李善注：吕氏春秋曰：「昔堯朝許由於霈澤之中，曰：『請屬天下於夫子。』許由遂之箕山之下。」張升反論曰：「黄綺引身，巖棲南岳。」○許巽行文選筆記曰：「注張升反論，何於『論』下加『語』字。案惠棟云：張姓，叔名，叔曾作反論，引見御覽，今左傳疏引作『張叔皮論』，誤也。然則後人又以張叔皮爲人名，故於論下加語字，而何氏未考也。廣絶交論注引張升反論，疑是後漢文苑傳之張升，『升』『叔』二字相似而誤耳。」許嘉德曰：「案魏都賦注引廣絶交論注，及此注所引，皆作『張升反論』，則李氏自作『張升』，不作『張叔』也。」○揚案：「反」字明爲「友」字之譌，加「語」字更誤也。

〔三二〕李善注：漢書曰：「上封良爲留侯，行太子少傅事。」論語曰：「楚狂接輿，歌而過孔子。」○孟子曰：「先聖後聖，其揆一也。」○孟子注：「揆，度也。」

〔三三〕李善注：賈逵國語注曰：「遂，從也。」○易困卦象曰：「君子以致命遂志。」

〔三四〕本傳無「而」字。

〔三五〕「循」七賢帖作「隨」。

〔三六〕李善注：周易曰：「天下同歸而殊途，一致而百慮。」淮南子曰：「循性而行，或害或利。」論語讖曰：「貧而無怨，循性動也。」○白虎通義考黜篇：「孝道之美，百行之本也。」毛詩箋：「士有百行。」韓詩外傳曰：「直行情性之所安，而制度可以爲天下法矣。」

〔三七〕「入」本傳作「出」，「反」吴鈔本作「返」。○李善注：班固漢書贊曰：「山林之士，往而不能反，朝廷之士，入而不能出，二者各有所短。」○孫志祖文選李注補正曰：「韓詩外傳：『朝廷之士爲禄，故入而不出；山林之士爲名，故往而不反。』在漢書前。」

〔三八〕宋本晉書本傳作「意氣所託」，殿本作「意氣所先」，書記洞詮引晉書同。

〔三九〕「不」上，吴鈔本及本傳、藝文類聚二十一及七賢帖有「亦」字。○李善注：左氏傳：「吴子諸樊既除喪，將立季札，季札辭曰：『曹宣公之卒也，諸侯與曹人不義曹公，將立子臧，子臧去之，遂弗爲也，以成曹君。君子曰：能守節。君，義嗣也，誰能奸君；有國，非吾節也；札雖不才，願附於子臧以無失節。』」史記：「司馬相如，字長卿，其親名之犬子。相如既學，慕藺相如之爲人，更名相如。」○禮記孔子閒居篇：「志氣塞乎天地。」

〔四〇〕文選四部本同，注云：「五臣本無『吾』字。」袁本無「吾」字，注云：「善本『每』上有『吾』字。」「傳」下，事文類聚前集三十二有「皆古隱者」四字，此誤以旁註作正文也。

〔四一〕李善注：英雄記曰：「尚子平有道術，爲縣功曹，休歸，自入山擔薪，賣以供食飲。」范曄後漢書曰：「向子平隱居不仕，性尚中和，好通老易。」「尚」「向」不同，未詳。又曰：「臺佟者，字孝威，魏郡人。隱於武安山，鑿穴爲居，采藥爲業。」佟，徒冬切。史記太史公曰：「余讀孔氏書，想見其爲人。」○胡克家文選考異曰：「陳云：『王粲英雄記，皆記漢末英雄事，尚子平乃建武中隱士，不應載入，當是誤也。』今案此疑英賢譜之文，各本皆譌。」○張雲璈曰：「按注所引兩子平事，雖彷彿相類，終以范史爲正。觀書中『尚』字及注『尚向不同』一語，則注中上向子平當作『尚』，下尚子平當作『向』，今後漢書逸民傳正作『向』。又後漢書注引高士傳，『向』字作『尚』，今檢高士傳亦作『向』。」○揚案：六臣本善注，兩皆作「尚」，胡刻本則上「尚」下「向」，不誤也，類聚三十六引有陶潛尚長禽慶贊，字仍作「尚」。

〔四二〕「少加」吴鈔本原鈔作「加少」，朱校改。本傳及太平御覽四百九十引作「加少」，宋本御覽「加」誤作「如」，文選作「少加」。胡克家文選考異曰：「何云晉書作加少，案加少是也，各本皆誤倒。」○王棠知新録曰：「魏、晉間人，以父亡爲孤露，絶交書：『少加孤露』，趙彦深見母自陳，幼小孤露。棠按幼無父曰孤，不知連露字何意，其亦霜露之感耶？」○揚案：楚辭注：「露，暴也。」此當爲暴露之義，父亡而無覆庇也。

〔四三〕「見驕」本傳作「驕恣」，海録碎事卷九上引作「見憍」。○國策注：「驕，寵也。」

〔四四〕漢書賈山傳：「涉獵書記。」注：「言若涉水獵獸，不專精也。」廣韻：「涉，歷也。」漢書倪寬傳：

「舉侍御史，見上，語經學。」

〔四五〕「疏」文選四部本同，注云：「五臣作『踈』。」袁本作「踈」，注云：「善本作『疏』字。」

〔四六〕「筯」，「筋」之譌，吴鈔本作「筋」。○張銑注：筋駑，謂寬緩若駑馬也。

〔四七〕「洗」鮑本太平御覽四百九十引作「浣」。

〔四八〕「不」太平御覽引作「非」，「癢」或作「痒」。

〔四九〕「沐」太平御覽引作「梳」。

〔五〇〕「常」太平御覽引作「當」，宋本御覽無「不」字。

〔五一〕焦循孟子正義曰：「嵇康書云：『令胞中略轉。』『略轉』，猶『了戾』，方言云：『軫，戾也。』郭璞注云：『相了戾也。』廣雅以『轉戾』釋『軫軳』，是『轉』即『軫』，義皆爲『戾』，『了』與『戾』一聲，『軫』與『轉』一聲，『戾』與『轉』同義，非變通轉運之謂。」○揚案：「胞」與「脬」通，説文：「脬，膀胱也。」金匱要略婦人雜病篇曰：「轉胞不得溺，以胞系了戾，故致此病。」史記倉公列傳曰：「風癉客脬，難於大小溲。」正義曰：「『脬』一作『胞』，膀胱也。」此謂膀胱系繚戾，不得小便。

〔五二〕「情意」宋本及鮑本太平御覽引作「情志」，安政本作「性志」。「傲」或作「慠」，下同。七賢帖「意」作「志」，「傲」作「雄」。○曹植酒賦：「酖於觴酌，流情縱逸。」

〔五三〕李善注：孔安國論語注曰：「簡，略也。」言性簡略，與禮相背也。○毛詩傳：「成，就也。」

〔五四〕禮記注：「儕，猶輩類。」

〔五五〕「莊老」本傳及太平御覽引作「老莊」。

〔五六〕李善注：放謂放蕩。○吕延濟注：莊老忘榮辱，齊是非，故增放逸也。

〔五七〕「頽」或作「積」，或作「隤」。

〔五八〕「實」本傳及七賢帖作「逸」。○説文：「隤，下墜也。」廣雅：「實，誠也。」

〔五九〕「此由」太平御覽三百五十八引文士傳引作「譬猶」，吴鈔本「由」亦作「猶」，案「由」與「猶」同。

〔六〇〕七賢帖及太平御覽引文士傳引作「則服教從制」。○史記李斯列傳：「此禽鹿視肉。」索隱曰：「禽鹿，猶禽獸也。」國策注：「制，御也。」

〔六一〕「赴」七賢帖作「引」。○李善注：楚辭曰：「狂顧南行。」王逸曰：「狂，應遽也。」○左傳注：「頓，壞也。」周禮注：「纓，今馬鞅。」史記律書曰：「文帝時，會天下新去湯火。」

〔六二〕「鏕」吴鈔本、張燮本及文選作「鑣」，是也。

〔六三〕説文：「鑣，馬銜也。」詩雨無正：「又有嘉肴。」

〔六四〕「逾」吴鈔本及唐寫文選集注及藝文類聚二十一引作「愈」，文選四部本作「逾」，注云：「五臣本作『愈』。」袁本作「愈」，注云：「善本作『逾』字。」「豐」吴鈔本誤作「豊」。○李善注：毛詩曰：「茀厥豐草。」○「長林」見前贈秀才詩（輕車迅邁）注〔一〕。

〔六五〕唐寫文選集注無「過」字，注云：「今案五家本『吾』上有『過』字。」「及」下，吴鈔本原鈔有「之」字，墨校删。

〔六六〕海録碎事卷七下引無「飲」字「過」字。○陸善經注：至性，孝性也。○李善注：莊子：「仲尼謂顔回曰：『聖人處物不傷物者，物不能傷也。』」李尤盂銘曰：「飲無求醉，則以相娱，荒沈過差，可不慎與。」○張銑注：嗣宗曠達之性過人，而不傷於物，唯飲酒之後有過失。○案文選六臣本及胡刻本注文，「醉」字作「辭」，又「則」字作「纔」，「辭」字當是「亂」字之譌，今皆改依唐寫集注本。○孔融報曹操書曰：「性既遲緩，與人無傷。」馮衍與任武達書曰：「醉飽過差，輒爲桀、紂。」○黄先生曰：「據此，是叔夜不醉於酒也。集載家誡曰：『見醉薰薰便止，慎不當至困醉，不能自裁也。』此嵇、阮之異。」

〔六七〕「讎」上，本傳有「仇」字。

〔六八〕文選集注曰：「今案鈔、陸善經本無『賴』字，又陸善經本無『耳』字。」○李善注：孫盛晉陽秋曰：「何曾於太祖坐謂阮籍曰：『卿任性放蕩，敗禮傷教，若不革變，王憲豈得相容？』謂太祖：『宜投之四裔，以絜王道。』太祖曰：『此賢素羸病，君當恕之。』」○吕向注：言爲何曾以禮法糾繩，如仇讎也。○文選鈔曰：「干寶晉紀云：『籍母喪服未除，於大將軍司馬文王坐噉完，時何曾在坐，厲聲謂籍曰：卿任情恣性，傷化敗俗，如卿之徒，不可長也。又言於太祖曰：明公方以孝治天下，縱阮籍如此，何以刑於海内？宜投之四裔，無令汙辱華夏。籍都無所言，而噉完也。太祖曰：『此賢素羸，卿其忍之。』太祖即文王也，時爲大將軍，故言幸大將軍保持之耳。」○漢書注：「如淳曰：『繩謂秤彈之也。』」

〔六九〕「吾」文選袁本、胡刻本同，四部本作「以」，袁本注云：「善本作『以』字。」四部本注云：「五臣作『吾』字。」吴鈔本原鈔「吾」下有「以」字，墨校删此句，本傳、七賢帖、文選集注作「吾以不如嗣宗之資」，胡克家文選考異曰：「何校『賢』改『資』，陳云：『賢，資誤。』案所校是也，注曰：『資，材量也。』不得作『賢』甚明，晉書正作『資』。」○揚案：文選鈔曰：「資，質也。」是所見亦作「資」字。

〔七〇〕「弛」或作「施」。○李善注：資，材量也。○爾雅：「弛，易也。」呂氏春秋注：「闕，短也。」

〔七一〕「人」本傳作「物」。

〔七二〕「闇」文選四部本同，注云：「五臣本作『暗』字。」袁本作「暗」，注云：「善本作『闇』字。」吴鈔本原鈔亦作「闇」，墨校改作「暗」。○爾雅：「宜，事也。」

〔七三〕李善注：漢書曰：「萬石君，石奮也，長子建，爲郎中令，奏事，事下，建讀之，驚恐曰：『書馬者與尾而五，今迺四，不足一，獲譴死矣。』其爲謹慎，雖他皆如是。」又曰：「建奏事於上前，即有可言，屏人乃言，極切至；延見，如不能言者。」好盡，謂言則盡情，不知避忌。○陸善經注：丘遲曰：「好盡，謂好盡直言。」○陳僅讀選意箋曰：「案此當引左氏傳『國武子好盡言』之語。司馬氏之忌叔夜，固在非湯武，薄周孔，實以『在人間不止此事，會顯世教所不容』二語，直刺時事故耳，豈非好盡之累哉！」

〔七四〕「釁」或作「疊」。○爾雅：「疵，病也。」左傳注：「釁，瑕隙也。」

〔七五〕文選集注曰：「今案鈔、陸善經本『禮』爲『體』。」

〔七六〕文選鈔曰：「詩序云：『厚人倫。』朝廷，謂國家條教也。」

〔七七〕文選集注曰：「案鈔『惟』爲『省』。」七賢帖「惟」亦作「省」。太平御覽四百九十引無「至熟」二字。○爾雅：「惟，思也。」

〔七八〕「有」上，七賢帖有「而」字，太平御覽引無「必」字。

〔七九〕「喜」或作「憙」，文選集注作「憙」，下同。

〔八〇〕李善注：東觀漢記曰：「汝郁再徵，載病詣公車，尚書勑郁自力受拜，郁乘輦白衣詣止車門，臺遣兩當關扶郁入拜郎中。」○張銑注：不堪，不可，皆不中任用也。漢置當關之職，欲曉，即至門呼人使起。○陸善經注：當關，主關門者，諸門卒。○文選鈔曰：「東觀漢記云：『當關，卒名也，古者，臣欲朝時，當關卒呼之。』」○説文：「關，以木横持門户也。」

〔八一〕「抱琴」七賢帖作「挾彈」。「吟」或作「唫」。

〔八二〕楚辭漁父篇：「屈原既放，游於江潭，行吟澤畔。」又九歎曰：「行唫累欷，聲喟喟兮。」毛詩箋：「弋，繳射也。」

〔八三〕陸善經注：言在官不得簡率。守，謂隨從也。

〔八四〕「堪」太平御覽八百三十二引作「可」。

〔八五〕李善注：管子曰：「少者之事先生，出入恭敬，如有賓客，危坐向師，顏色無作。」説文曰：「痺，濕病也，俾利反。」○揚案：注文「如有賓客」，各本並同，今管子「有」作「見」，當以「見」爲合。又案「濕病」字當作「痹」，素問痹論篇：「岐伯曰：『風寒濕，三者雜至，合而爲痹也。』」一切經音義引倉頡篇曰：「痹，手足不仁也。」廣韻：「痺，府移切，鳥名痿。」「痹」字古多通用「痺」，大戴禮曾子本孝篇曰：「孝子痺亦弗憑。」韓子外儲説左上曰：「叔向御坐，平公請事，公腓痛足痺轉筋，而不敢懷坐。」謂危坐既久，足氣不生，仍不敢倚不敢動也。此處用意正同，不必爲溼病。危坐即跪，釋名：「跪，危也，兩膝隱地，體危陧也。」説文：「搖，動也。」

〔八六〕「蝨」或作「虱」。

〔八七〕「把」張本作「爬」，文選四部本作「杷」，案「杷」字是也。此句，藝文類聚二十一引作「搔蝨無已」。○説文：「杷，收麥器。」急就篇注曰：「無齒曰捌，有齒曰杷，皆所以推引聚禾穀也。」禮記内則篇：「疾痛苛癢，而敬抑搔之。」注：「搔，摩也。」

〔八八〕「當」吴鈔本作「嘗」。「裹」太平御覽九百五十一引作「襲」。文選集注無「而」字，又注云：「今案鈔『章服』爲『服章』也。」

〔八九〕「揖拜」吴鈔本作「拜揖」。馬叙倫曰：「明本『嘗』作『當』，『拜揖』乙轉，選本及御覽引同，當從之。」○陸善經注：周官：「六服各有章數。」○吕向注：章服，冠衣也。上官，尊臣也。○韓子亡徵篇：「章服侵等。」

〔九〇〕「不」下，太平御覽九百五十一引有「可」字。

〔九一〕藝文類聚二十一及五十八引無「又」字及「作」字。太平御覽五百九十五引無「又」字。文選惟胡刻本有「又」字，集注本亦無。胡克家文選考異曰：「袁本、茶陵本無『又』字。」案二本不著校語，晉書此在所節去中，無以考之。○「喜」或作「熹」。此處吴鈔本原鈔無「又不喜作書」五字，朱校補。周樹人曰：「案舊校殆即據尤袤本加也。」○揚案：吴鈔本校者蓋據黄省曾本，他處亦然。

〔九二〕太平御覽引無「多」字。

〔九三〕「堆」文選集注作「推」，注云：「今案鈔『推』爲『堆』也。」「机」吴鈔本原鈔同，墨校改作「几」，程、汪、張本及四庫本亦作「机」。

〔九四〕吕延濟注：机，亦案也。教，禮教，義，名義也。○文選鈔曰：「曲禮云：『禮尚往來，往而不來，非禮也，來而不往，亦非禮也。』若不相報答，是犯於教義也。」○管子問篇：「小怒傷義。」

〔九五〕「久」吴鈔本作「之」。讀書續記曰：「明本『之』作『久』，選本及御覽引同，宜從之。」○揚案：「久」字藝文類聚二十一引作「及」字，蓋刻本之譌。此句，藝文類聚五十八、太平御覽五百九十五引作「則不能久堪」，無下句，亦誤也。

〔九六〕文選鈔曰：「禮記曰：『知生者弔，知死者傷。』是人道以此爲重也。」

〔九七〕「者」吴鈔本原鈔同，朱校改作「皆」，四庫本亦作「皆」，明本作「者」，是，選本亦作「者」。

〔九八〕李善注：言人於己，爲未見有矜恕之者，而纔有所怨，乃至欲見中傷，言被疾甚也。○陸善經

注：言爲不體恕者所怨，乃欲相傷也。○孫志祖文選李注補正曰：「金云：『此謂不修弔禮，己曾爲不見諒之人所怨，至欲中傷，雖亦以此自責，而性終不可化也。注於己爲句，解得牽强。』」○揚案：此處當於怨字絶句，善注誤也。漢書嚴延年傳：「疾惡泰甚，中傷者多。」又曰：「丞義年老頗悖，素畏延年，恐見中傷。」淮南子注：「中，傷也。」

〔九九〕「瞿」吴鈔本原鈔作「懼」，墨校改，文選集注及藝文類聚二十一引作「懼」，文選袁本同，注云：「善本作『瞿』字。」四部本、茶陵本作「瞿」，注云：「五臣作『懼』字。」○胡克家文選考異曰：「案『瞿』當作『懼』，袁本云：善作『瞿』。茶陵本云：五臣作『懼』。各本所見，皆傳寫誤也。善自作『懼』，與五臣同，故引惠帝贊『懼然』作注，今各本注中亦誤爲『瞿』，非『懼』『瞿』同字耳。晉書在所節去中。」○揚案：文選集注引文選音決曰：「懼音句。」是所見亦作「懼」字。

〔一〇〇〕李善注：班固漢書惠帝贊曰：「聞叔孫通之諫則瞿然。」○胡克家文選考異曰：「袁本、茶陵本，『然』下有『晉灼曰瞿音句』六字，是也。尤誤删，改作『音句』，入正文下。又『瞿』皆當作『懼』，漢書正作『懼』，師古曰：『懼讀曰瞿。』」○揚案：文選集注引善注不誤。○文選李注補正曰：「金云：『瞿然屢見檀弓，豈待漢書？』」○揚案：善注原作「懼然」也。○逸周書官人解曰：「憂悲之色，瞿然以静。」新語辨惑篇曰：「齊人懼然而恐。」東方朔非有先生論曰：「於是吴王懼然易容。」漢書注：「懼然，失守之貌也。」

〔一〇一〕「降」四庫本作「一」。

〔一〇二〕李善注：新序：「卜偃謂晉侯曰：『天子降心以迎公。』」周書曰：「飾貌者不情。」○張銑注：詭，誑也，言欲下意順人，則爲誑之道，情不願爲。○文選鈔曰：「詭，違也，言降下心意，隨順世俗，則違我故志，不得本情也。」○淮南子主術訓：「詭自然之性。」注：「詭，違也。」

〔一〇三〕「譽」下，七賢帖有「也」字。

〔一〇四〕七賢帖無「如此」。

〔一〇五〕李善注：周易曰：「括囊無咎無譽。」

〔一〇六〕文選集注曰：「案陸善經本『而』爲『所』。」○「當」緯略引作「嘗」。○陸善經注：從官則與共事。

〔一〇七〕「聲」吴鈔本原鈔作「琴」，墨校改。○李善注：杜預左氏傳注曰：「聒，諠也。」韓子顯學篇：「今巫祝之祝人曰：『使若千秋萬歲。』千歲萬歲之聲聒耳。」

〔一〇八〕左氏昭公三年傳：「公欲更晏子之宅，曰：『子之宅近市，湫隘囂塵，不可以居。』」

〔一〇九〕「伎」文選四部本同，注云：「五臣作『技』。」袁本作「技」，注云：「善本作『伎』。」文選集注作「妓」，文選鈔曰：「『技』或爲『妓』，通。」此句，吴鈔本作「千變萬數」。讀書續記曰：「『百伎』是。」○揚案：本集聲無哀樂論亦云：「千變百態。」○荀子富國篇：「百技所成，所以養一人也。」注：「技，工也。」

〔一一〇〕文選鈔曰：「此語蓋譏山濤。」

〔一一〕藝文類聚二十一引作「心不⿷匚寸煩」，葉渭清曰：「按此疑本作『⿷匚寸耐』，旁記『不』字，傳寫併入正文，又誤删『耐』字耳。」○揚案：「⿷匚寸」字當即「叵」字之譌，此處各本皆作「不耐」。漢書注：「如淳曰：『耐，猶任也。』」

〔一二〕「機務」吴鈔本及七賢帖作「萬機」，文選集注同，並注云：「今案五家本『萬機』爲『機務』。」讀書續記曰：「明本『萬機』作『機務』，選本同，李善注引尚書：『一日二日萬機。』劉良注曰：『機事纏繞。故，事也。』以善注考之，若善本作『萬機』，然此本於五臣本與善本異者，多載明之，此言善本作『萬機』，復以劉注參之，則作『機務』長也。」○揚案：據文選集注正文及所引善注，則唐人所見李善本自作「萬機」。

〔一三〕「繁」吴鈔本及文選集注作「煩」，七賢帖作「繫」。

〔一四〕李善注：毛詩曰：「或棲遲偃仰，或王事鞅掌。」尚書曰：「一日二日萬機。」○劉良注：鞅掌，衆多貌。機事纏繞。故，事也，言事繁於思慮也。○文選鈔曰：「毛萇詩傳云：『鞅掌，失容也。』鄭玄云：『鞅猶荷，掌謂捧持之也。負荷捧持以趨走，言足遽也。』世故，謂事言也。」○列子楊朱篇：「不治世故，放意所好。」

〔一五〕藝文類聚二十一引無「在」字。

〔一六〕七賢帖作「此事欲當顯」。

〔一七〕「容」下，七賢帖有「也」字。

〔一八〕李周翰注：湯與武王，以臣伐君，故非之；周公孔子立禮，使人澆競，故薄之。言非薄不止，則必會明於世，則爲禮教之人不容我也。○陸善經注：晉氏方欲遵湯、武革命，而非之，周、孔以禮義教人，而薄之，故不爲世所容也。○孫志祖文選考異曰：「潘校删『會顯』二字，下增『爲』字，案『在人間不止』，當絶句，『此事會顯』又句，則文義坦然。」○揚案：「在人間不止」，謂出仕而不休止，不謂非薄不止也，此處文選鈔亦誤解。

〔一九〕「疾」吴鈔本作「嫉」。○張銑注：剛腸，謂彊志也。○文選鈔曰：「孔融薦禰衡表云：『疾惡若讎。』」○荀子性惡篇：「今人之性，生而有疾惡焉。」注：「『疾』與『嫉』同。」

〔二〇〕陸善經注：左傳：「伯宗妻曰：『子好直言，必及於難也。』」

〔二一〕藝文類聚二十一引無「小」字，誤也。

〔二二〕文選鈔曰：「促，猶狹也；中，中心；統，總也。莊子云：『張毅疾攻其内，單豹虎食其外。』言此人於養生之道，皆不能便其後也。」

〔二三〕「寧」上，七賢帖有「此」字。

〔二四〕「朮」原作「木」，刻板之誤。

〔二五〕「久」藝文類聚二十一引作「益」。

〔二六〕「意」七賢帖作「心」。○李善注：蒼頡篇曰：「餌，食也。」本草經曰：「朮，黄精，久服，輕身延年。」○呂延濟注：道士，謂得道之士也。○案春秋繁露循天之道篇：「古之道士有言：『將欲無陵，固守一德。』」新序節士篇：「竭而得位，道士不居也。」此謂有道之士也。論衡率性篇：「隨侯以藥作珠，精耀如真，道士之教至，知巧之意加也。」此謂有術之士也。釋法琳辨正論引古詩曰：「服食求神仙，多爲藥所誤。不如飲美酒，被服紈與素。寄語世上人，道士慎莫作。」俞正燮癸巳存稿曰：「二句固應有之，文選删之也。」〇揚案：此則謂養生之士，即叔夜所指矣。抱朴子仙藥篇：「术一名山薊，一名山精。」神藥經曰：「必欲長生，常服山精。」博物志：「天老曰：『太陽之精，名曰黄精，餌而食之，可以長生。』」

〔二七〕「心」七賢帖作「意」。

〔二八〕「廢」七賢帖作「決」。〇文選鈔曰：「後漢書：『尚子平與北海禽慶遊五岳名山。』行，往也，言一過往，就作吏也。」〇漢書司馬相如傳：「相如以爲列仙之儒，居山澤間。」廣雅：「行，去也。」揚案：一去，猶一出也。

〔二九〕「舍」文選四部本同，注云：「五臣本作『捨』字。」袁本作「捨」，注云：「善本作『舍』字。」

〔三〇〕孟子：「形色，天性也。」班固幽通賦：「所貴聖人至論兮，順天性而斷誼。」

〔三一〕文選集注無「而」字。〇爾雅：「濟，成也。」

〔三二〕「偪」或作「逼」，下同，吴鈔本作「迫」。「伯」吴鈔本原鈔作「栢」，墨校改，文選袁本及集注本亦作「栢」，藝文類聚三十六、太平御覽五百九引叔夜高士傳亦作「栢」。

〔三三〕「節」本傳及七賢帖作「長」。〇李善注：莊子曰：「堯治天下，伯成子高立爲諸侯，堯授舜，舜授禹，伯成子高辭爲諸侯而耕，禹往見之，則耕在野，禹趨就下風，立而問焉。伯成子高曰：『昔堯治天下，不賞而民勸，不罰而民畏；今則賞罰而民且不仁，德自此衰，刑自此立，後世之亂，自此始矣。』耕而不顧。」○李周翰注：禹曰：「難化矣。」乃不偪之。是全節也。○朱珔文選集釋曰：「漢書人表有巢、繇，而無伯高，若馮衍顯志賦云：『款子高於中野兮，遇伯成而定慮。』又似爲二人，蓋皆相傳之異。」○揚案：以一人分隷兩句，古蓋有此法也。

〔二四〕文選集注無「於」字。

〔二五〕李善注：家語曰：「孔子將行，雨，無蓋，門人曰：『商也有焉。』孔子曰：『商之爲人也嗇，短於財。吾聞與人交者，推其長者，違其短者，故能久也。』」王肅曰：「短，吝，嗇甚也。」

〔二六〕「偪」吴鈔本及文選集注作「逼」，張本及本傳作「迫」。○李善注：蜀志曰：「潁川徐庶字元直，曹公來征，先主在樊，聞之，率其衆南行，亮與徐庶並從，爲曹公所追破，庶母見獲，庶辭先主而指其心曰：『本與將軍共圖王霸之業者，以此方寸之地也。今已失老母，方寸亂矣，無益於事，請從此別。』遂詣曹公。」魏略曰：「庶名福。」○呂向注：先主許之，言孔明不偪者，謂孔明奉先主之命，亦不逼留之。○案善注中「樊」字，文選胡刻本及六臣本皆誤作「楚」，惟集注本不誤。

〔二七〕「强」本傳作「彊」。○李善注：魏志曰：「華歆，字子魚，平原人也。文帝即位，拜相國。黄初中，詔公卿舉獨行君子，歆舉管寧，帝以安車徵之。」又曰：「管寧，字幼安，北海人也。華歆舉寧，寧遂將家屬浮海，還，郡詔寧爲太中大夫，固辭不受。」○呂延濟注：强，勸勉也。

〔三八〕吴鈔本原鈔無「者」字，墨校補。文選四部本有「者」字，袁本無，四部本注云：「五臣無『者』字。」袁本注云：「善本有『者』字。」

〔三九〕吴鈔本、張本無「必」字，文選四部本、茶陵本同，袁本、胡刻本有「必」字，四部本、茶陵本注云：「五臣本有『必』字。」袁本無注。集注本無「必可」二字。太平御覽四百十引無「可以」二字。○胡克家文選考異曰：「袁本云：『善無必字。』茶陵本云：『五臣有必字。』案此或所見不同，否則尤添之耳。晉書在所節去中。」○揚案：袁本此注，乃在下句之下，亦非承兩句而言，胡氏誤也。

〔四〇〕「者」吴鈔本作「木」。讀書續記曰：「選本及御覽引『木』並作『者』，當從之。」○「者」下，文選袁本有「必」字，四部本、茶陵本無，袁本注云：「善本無『必』字。」四部本、茶陵本注云：「五臣本有『必』字。」藝文類聚二十一引亦有「必」字。此句，張刻本太平御覽四百十引作「曲者必不爲桷」，别本及文選集注作「曲者不以爲桷」，吴鈔本原鈔亦無「可」字，墨校補。○説文：「桷，榱也，椽方曰桷。」

〔四一〕吴鈔本及七賢帖、文選集注、太平御覽四百十引無「以」字。「枉」七賢帖作「夭」。「才」或作「材」。○説文：「枉，衺曲也。」管子度地篇：「以其天材，地之所生，利養其人。」注：「天材，謂五穀之屬，因天時而植者也。」荀子彊國篇：「山林川谷，美天材之利多。」

〔一四二〕太平御覽四百十引節去「也」字。

〔一四三〕「得」文選四部本同，注云：「五臣本作『其』字。」袁本作「其」字，注云：「善本作『得』字。」周校本曰：「五臣本文選『得』下有『其』字。」揚案：周氏誤也。○李善注：管子曰：「士農工商四民者，國之石民也。」

〔一四四〕莊子齊物論篇：「唯達者知通爲一。」

〔一四五〕「此」字下，吴鈔本有「似」字，經濟類編八十三引同，文選四部本無「似」字，袁本有，四部本注云：「五臣本有『似』字。」袁本注云：「善本無『似』。」集注本「似」字誤寫作「以」，下有注云：「今案陸善經本『似』下有『在』字。」○李周翰注：言人各有所樂，唯達者可知，故云度内耳。○揚案：此謂得志爲樂之理，亦在濤之度内，爲所素知者也。

〔一四六〕太平御覽四百十引無「見」字。

〔一四七〕「强」上，七賢帖有「而」字。○李善注：莊子曰：「宋人資章甫而適越，越人斷髮文身，無所用之。」司馬彪曰：「敦，斷也；章甫，冠名也。」○説文：「冕，大夫以上冠也。」釋名：「冠，猶俛也，亦言文也。」

〔一四八〕吴鈔本原鈔作「自以嗜臭腐」，朱校删「以」字，經濟類編引亦作「自以」，文選四部本作「已」，袁本及集注本作「自以」，四部本注云：「五臣作『自以』。」袁本注云：「善本無『自以』，有『已』字。」

〔一四九〕「鴛」文選集注作「鵷」。「養」上，七賢帖有「而」字。○李善注：莊子曰：「惠子相梁，莊子往見之。或謂惠子曰：『莊子來，欲代子相。』於是惠子恐，搜於國中，三日三夜。莊子往見曰：『南方有鳥，名鴛雛，子知之乎？夫鴛雛發南海而飛於北海，非梧桐而不止，非竹實不食，非醴泉不飲。於是鴟得腐鼠，鴛雛過之，仰天而視之，曰：嚇。今子欲以子之國嚇我耶？』」○莊子知北遊篇：「其所惡者爲臭腐。」朱穆與劉伯宗絶交詩曰：「北山有鴟，不潔其翼。饕餮貪汙，臭腐是食。長鳴呼鳳，謂爲無德。鳳之所趣，與子異域。」

〔一五〇〕文選集注曰：「今案鈔『頃』爲『比』。」「術」古文奇賞作「道」。

〔一五一〕「游」文選集注作「逝」，當即「遊」字誤寫也。「寞」張本及文選作「漠」，二字通。

〔一五二〕下「爲」字，七賢帖作「自」。○李善注：高誘吕氏春秋傳曰：「外，猶賤也。」莊子曰：「夫恬淡寂寞，虚無無爲，此天地之平，而道德之篤也。」○文選鈔曰：「莊子有養生之篇。滋，厚也。老子云：『爲無爲，無爲者，無所爲也。』」○禮記月令篇：「薄滋味。」説文：「味，滋味也。」段玉裁曰：「滋，言多也。」○「游心」見前重作四言詩（絶智棄學）注〔一〕。

〔一五三〕七賢帖「所」上有「之」字，又「者」字作「也」。

〔一五四〕楚辭惜誦篇：「中悶瞀之忳忳。」注：「悶，煩也。」素問風論篇：「閉則熱而悶。」注：「悶，不爽貌。」史記蔡澤列傳：「應侯遂稱病篤。」後漢書注：「篤，困也。」

〔一五五〕「不」上，吴鈔本有「必」字，文選袁本同，四部本無，袁本注云：「善本無『必』字。」四部本注云：「五臣本有『必』字。」文選集注有「必」字，無「其」字，又注云：「今案五家本『堪』下有『甚』字。」○李善注：言己所不樂之事，必不能堪而行之。○易乾卦文言曰：「或躍在淵，自試也。」案此處自試，猶自問矣。

〔一五六〕「已」文壇列俎作「也」。○説文：「審，悉也。」

〔一五七〕「窮」本傳作「殫」。「則」吴鈔本原鈔作「斯」，墨校改。○司馬相如上林賦：「道盡塗殫，迴車而還。」

〔一五八〕「轉」下，七賢帖有「之」字。文選集注無「也」字，又注云：「今案鈔『轉』下有『死』字。」○李善注：左氏傳曰：「侍者謂楚王曰：『老而無子，知擠於溝壑矣。』」○禮記注：「事，猶爲也。」國語吴語：「將轉於溝壑。」注：「轉，入也。」

〔一五九〕倭名類聚鈔一引文選注曰：「母兄，同母兄也。」狩谷望之箋曰：「母兄，嵇康與山濤絶交書兩見，李善五臣皆無注，按隱七年公羊傳注云：『母兄，同母兄。』源君或誤引之。」○揚案：此處謂母及兄也，本集思親詩曰：「嗟母兄兮永潛藏。」又曰：「慈母没兮誰予驕。」

〔一六〇〕「悽」吴鈔本原鈔作「寃」，墨校改。案「寃」字涉上而誤也。○文選鈔曰：「母兄俱死，悽切思之。」○後漢書注：「切，急也。」

〔一六一〕「男年」吴鈔本原鈔作「男兒」，朱校改。七賢帖及文選集注亦作「男兒」。

〔一六二〕「未」七賢帖作「不」。

〔一六三〕「況」七賢帖作「先」。「病」本傳作「疾」。

〔一六四〕「悢悢」吴鈔本、張溥本及本傳作「恨恨」。

〔一六五〕李善注：王隱晉書曰：「紹字延祖，十歲而孤，事母孝謹。」國語曰：「晉趙武冠，見韓獻子，獻子曰：『戒之，此謂成人。』」鄭玄禮記注曰：「女子以許嫁爲成人。」廣雅曰：「悢悢，悲也。」○胡克家文選考異曰：「袁本、茶陵本首有『晉諸公譜曰：康子劭』八字，『紹』作『劭』，無『十歲而孤，事母孝謹』八字。案二本是也，此尤延之校改而誤。」○揚案：文選四部本、集注本亦不誤，惟集注本「譜」字誤作「讚」。○李陵與蘇武詩：「悢悢不得辭。」

〔一六六〕文壇列俎、古文奇賞、八代文鈔無「但」字。「願」本傳作「欲」，七賢帖「守」下有「其」字，又「巷」字作「廬」。文選集注云：「今案鈔『守』下有『其』字，又『巷』爲『廬』。」○論語：「一簞食，一瓢飲，在陋巷。」

〔一六七〕藝文類聚二十一、太平御覽四百十、事文類聚前集三十二及三十三引無「養」字。

〔一六八〕本傳、七賢帖、藝文類聚二十一、太平御覽四百十、事文類聚前集三十二及三十三引重「時」字，文選袁本及集注本同，四部本不重。袁本注云：「善本有一『時』字。」四部本注云：「五臣作『時時』。」「闊」上，吴鈔本、張本及本傳有「離」字，文選袁本同，四部本無，袁本注云：「善本無『離』字。」四部本注云：「五臣本有『離』字。」事文類聚前集三十二引作「叙契闊」，三十三引作「叙離闊」。○説文：「闊，疏也。」

〔一六九〕論語：「久要不忘平生之言。」集解：「孔安國曰：『平生，猶少時。』」蘇武詩：「願子留斟酌，叙此平生親。」

〔一七〇〕「杯」文選作「盃」，二字通。此句，文選恨賦李善注引作「濁醪一盃」，葉渭清曰：「蓋因賦稱『濁醪夕引』而改，非本異也。」○楊惲報孫會宗書曰：「田家濁酒。」

〔一七一〕「願」本傳作「意」。

〔一七二〕李善注：嬲，擿嬈也，音義與「嬈」同。奴了切。○陸善經注：不置，不相捨置也。○文選鈔曰：「案嬲字書無之，唯起此書。玉篇還引此證，言嬈擿也。」○黄生義府曰：「世説：『和嶠踼嬲不得休。』方言：『妯，擾也。』嵇康絶交書：『嬲之不置。』注：『擿嬈也。』『踼嬲』即『妯擾』，即『擿嬈』。」○朱珔曰：「案説文：『嬈，苛也，一曰擾也，戲弄也。』段氏云：『嬲乃嬈之俗字，故許不録。』孫氏星衍以爲嬲即嫋字草書之譌，然嵇康草蹟作『嫐』，一切經音義引三倉：『嬲，乃了切，弄也，惱也。』余謂廣韻二字並列，而訓相似，則有嬈不必有嬲，既説文所無，安知三倉之『嬲』，非『嬈』之轉寫别體乎？若嫋爲弱長貌，又不類矣。」○揚案：「嬲」爲「嫋」字草書之譌，此説非也，「嬲」爲俗書會意字，漢魏間此類固多。

〔一七三〕書記洞詮無「時」字，誤也。○易睽卦彖曰：「睽之時用大矣哉。」案此處謂當時之用也。

〔一七四〕「麤疎」七賢帖作「麁疏」。

〔一七五〕文選鈔曰：「潦倒，長緩貌。」○史記韓非列傳：「韓子引繩墨，切事情。」廣雅：「切，近也。」

〔一七六〕爾雅：「惟，思也。」荀子：「賢能不待次而舉。」
〔一七七〕「離」七賢帖作「舍」。
〔一七八〕吴鈔本無「此」字，又「快」字誤作「快」。○説文：「快，喜也。」
〔一七九〕「可」上，七賢帖有「量」字，「得」下，文選袁本有「而」字，四部本、集注本無，袁本注云：「善本無『而』字。」四部本注云：「五臣有『而』字。」文選集注云：「今案鈔『耳』爲『爾』。」○李善注：言俗人皆喜榮華，而已獨能離之，以此爲快，此最近己之情，可得言之耳。○文選鈔曰：「爾，猶如此也。若我離榮華之事，此最近於情，汝乃可得作如此説耳。」
〔一八〇〕「然」下，吴鈔本有「後」字，文選集注云：「五家本有『後』字。」又引文選鈔，所解亦有「後」字。揚案：有「後」字者，誤也。文選袁本、四部本亦無之。
〔一八一〕李善注：鄭玄禮記注曰：「淹，復漬也。」○曹植四皓贊：「劉項之争，養志弗營。」
〔一八二〕文選集注無「病」字，注云：「今案五家本『困』上有『病』字。」又引文選鈔曰：「困，猶病也，變文耳。」揚案：據所解，則知文選鈔亦無「病」字。○「困」吴鈔本作「因」，讀書續記曰：「作『困』爲長。」揚案：作「因」則連下爲句。
〔一八三〕「真」七賢帖作「直」。「乏」此本原作「之」，吴鈔本、程本同，誤也；别本及文選各本並作「乏」。○李善注：言己離於俗事，以自安全，以保其餘年，此乃真是性之所乏耳，非如長才廣度之士，而不營之。○劉良注：言我以病困離俗，自全真性之所乏短，不同長才廣度之士，而不營求。○文選鈔曰：「離，附也；乏，謂不足也。此實力不足也。」○揚案：廣雅：「離，去也。」此謂離去人間事，非欲離榮華，乃由用世之才，在己真所匱乏耳。李劉解「乏」字不明。

〔一六四〕「稱」或作「偁」。○李周翰注：黄門，閹人也；本絶陽道，豈是貞哉？○文選鈔曰：「黄門，諸閹人也。言黄門天性無陽，非其有貞潔之行也。」○何焯曰：「黄門，不男者也。癸辛雜識引佛書甚詳。」○梁章鉅曰：「何與翰異解，恐不甚確，似翰得之。」○朱銘文選拾遺曰：「案續漢書百官志有小黄門令、黄門令，皆宦者，注引董巴曰：『禁門曰黄闥，以中人主之，故號曰黄門令。』」○揚案：癸辛雜識曰：「世有男子，雖娶婦而終身無嗣育者，謂之天閹，世俗則命之曰黄門。」又大般若經載五種黄門云云，又案弘決外典鈔曰：「黄者主中，中謂聖人居天下中，而通理萬民，主黄家之門，故曰黄門；亦云黄昏閉門，故曰黄門」云云。黄者主中，即董巴禁門曰黄闥之義也。世俗命之曰黄門，亦謂與宦者同也。此處自當指中人言之。天中記引抱朴子曰：「閹官無情，不可謂貞。」亦用叔夜語也。

〔一六五〕「時」吴鈔本作「共」。「歡」七賢帖作「增」，文選袁本作「歡」，四部本作「懽」，集注本作「權」，袁本注云：「善本作『懼』字。」四部本注云：「五臣本作『歡』字。」○揚案：「權」「懼」皆「懽」字之誤也。「懽」與「歡」同。文選集注引文選鈔曰：「所期相致，以爲歡笑」云云，是文選鈔所見本亦作「歡」字。○李周翰注：趣，急也。王塗，天子殿陛也。相致，謂其職任也。是時必以爲歡悦相益也。許巽行曰：「此『趣』字當與『促』同，説文：『促，迫也。』」○漢書注：「『趣』

讀曰『促』。」致謂引而至也。案時爲歡益，謂時相見而得歡益也。

〔一八六〕吳鈔本及本傳無「其」字。○李周翰注：言煩事逼，則發狂病也。○揚案：迫之，謂迫其出仕也。

〔一八七〕「怨」本傳作「讎」。

〔一八八〕吳鈔本及本傳無「於」字。○漢書王莽傳：「衆重怨，無鬬志。」

〔一八九〕吳鈔本及文選集注無「而」字。

〔一九〇〕李善注：列子曰：「宋國有田父，常衣濕黂，至春，自暴於日，當爾時不知有廣夏隩室，緜纊狐貉，顧謂其妻曰：『負日之暄，人莫知之，以獻吾君，將有賞也。』其室告之曰：『昔人有美戎菽、甘枲莖與芹子，對鄉豪稱之，鄉豪取嘗之，蜇於口，慘於腹，衆哂之。』」○胡克家文選考異曰：「案『濕』當作『緼』，各本皆誤。」○揚案：文選集注引李善注作「緼」，不誤。○新書過秦篇：「履至尊而制六合。」

〔一九一〕「疏」或作「疎」。○李善注：李陵書曰：「孤負陵心，區區之意。」○古詩：「一心抱區區。」文選集注：「廣雅曰：『區區，愛也。』漢書注：『區區，小意也。』」

〔一九二〕呂向注：解，謂解足下舉我之意也。○禮記學記篇：「相説以解。」廣韻：「解，曉也。」

劉勰曰：「嵇康絶交，實志高而文偉。」文心雕龍書記。

王維曰：「嵇康云：『頓纓狂顧，逾思長林而憶豐草。』『頓纓狂顧』，豈與俛受維縶有異乎？

『長林豐草』，豈與官署門闌有異乎？ 異見起而正性隱，色事礙而慧用微，豈等同虚空，無所不偏，光明遍照，知見獨存之旨乎？」與魏居士書。○李贄曰：「此亦公一偏之談也，苟知官署門闌，不異『長林豐草』，則終身『長林豐草』，固即終身官署門闌矣。」初潭集。○揚案：摩詰固能俛受維縶者也，故妄用機鋒如此。

李贄曰：「此書實峻絕可畏，千載之下，猶可想見其人。」李氏焚書。○揚案：李氏上文疑此書出相知者代康爲之辭，其説誤。

江進之曰：「近時李卓吾善看古文字，而乃厭薄嵇中散絕交、養生二篇，不知何説。此等文字，終晉之世不多見，即終古亦不多見。彼其情真語真，句句都從肺腸流出，自然高古，自然絕特，所以難及。」又曰：「六朝之文，余所深服者，嵇中散絕交書、養生論二篇。」亘史外紀。

孫鑛曰：「别傳稱：『叔夜偉容色，不加飾厲，而龍章鳳姿，天質自然。』今此文正復似之。」文選評。

余元熹曰：「雖是峻拒之意，不失和平之旨，名士風流，往往如此。」漢魏名文乘。

何焯曰：「意謂不肯仕耳，然全是憤激，並非恬淡，宜爲司馬昭所忌也。 龍性難馴，與阮公作用自别。」文選評。○又曰：「『非湯、武，薄周、孔』，不過莊氏之舊論耳，而鍾會輩遂以此爲指斥當世，赤口青蠅，何所不至！ 然適成叔夜之名矣。」義門讀書記。

方廷珪曰：「行文無所承襲，杼柚予懷，自成片段。 予友畹村云：『有真性情，則有真格律，遂爲千古絕調。』信然！」

黄先生曰：「與呂長悌絕交書云：『古之君子，絕交不出醜言。』然此書乃激切已甚，想彼乃朋友間細故，此則關於出處大節；彼所對者爲惡人，故當遜辭，此則本爲同志，一旦乖異，益不能不介懷耶？」○又曰：「叔夜慮禍之明，蓋不自賦幽憤時始，而龍性難馴，終於被害，哀哉！」文選評。

與呂長悌絶交書一首

文選恨賦注引臧榮緒晉書：「東平呂安，家事繫獄，亹閔之始，安嘗以語康。」又思舊賦注引干寶晉書曰：「安，巽庶弟，俊才，妻美，巽使婦人醉而幸之，醜惡發露，巽病之，反告安謗己。巽於鍾會有寵，太祖遂徙安邊郡。」○魏志王粲傳注引魏氏春秋曰：「康與東平呂昭子巽及巽弟安親善，巽淫安妻徐氏，而誣安不孝，囚之。」○世説新語雅量篇注引晉陽秋曰：「安嫡兄遜淫安妻徐氏，安欲告遜遣妻，以咨於康，康喻而抑之。遜内不自安，陰告安撾母，表求徙邊。」○魏志杜恕傳注引世語曰：「呂昭字子展，東平人。長子巽，字長悌，爲相國掾，有寵於司馬文王。次子安字仲悌，與嵇康善，與康俱被誅。」○揚案：此書當是於呂安徙邊後作。

康白：昔與足下年時相比〔一〕，以故數面相親〔二〕，足下篤意〔三〕，遂成大好，由是許足下以至交〔四〕，雖出處殊塗〔五〕，而歡愛不衰也〔六〕。及中間少知阿都，志力開悟〔七〕，每喜足下家復有此弟。而阿都去年，向吾有言〔八〕，誠忿足下，意欲發舉〔九〕，吾深抑之〔一〇〕，亦自恃每謂足下不(足)〔得〕迫之，故從吾言〔一一〕。間令足下，因其〔順吾，與之〕順親〔一二〕。蓋惜足下門户，欲令彼此無恙也〔一三〕。又足下許吾，終不繫都〔一四〕，以子父(六人)〔交〕爲誓〔一五〕，吾乃慨然感足下重言，慰解都，都遂釋然，不復興意〔一六〕。足下陰自阻疑〔一七〕，密表繫都，先首服誣都〔一八〕，此爲都故信吾，〔吾〕又〔非〕無言〔一九〕，何意足下苞藏禍心耶〔二〇〕？都之含忍足下，實由吾言。今都獲罪〔二一〕，吾爲負之。吾之負都，由足下之負吾也。悵然失圖〔二二〕，復何言哉！若此，無心復與足下交矣！古之君子，絶交不出醜言〔二三〕，從此别矣！臨别恨恨〔二四〕。嵇康白。

〔一〕廣雅：「比，近也。」

〔二〕吴鈔本原鈔無「故」字，朱校補。周校本曰：「案此即因下文『數』字謁衍也，無者是。」○揚案：「故」字有無均順。○儀禮注：「面，亦見也。」

〔三〕東觀漢記：「光武帝詔曰：『篤意分明，斷之不疑。』」

〔四〕「由」吴鈔本原鈔作「猶」，朱校改。○國語注：「至，深也。」

〔五〕「塗」或作「途」。

〔六〕易繫辭上曰：「君子之道，或出或處。」又繫辭下曰：「天下同歸而殊塗。」魏志管寧傳：「太僕陶丘一等薦寧曰：『雖出處殊途，俯仰異體，至於興治美俗，其揆一也。』」禮記樂記篇：「欣喜歡愛，樂之官也。」

〔七〕「開悟」王楙野客叢書卷二十七引同，文選與山巨源絶交書注引作「閑華」。○阮瑀爲曹公與孫權書曰：「違異之恨，中間尚淺。」阿都，吕安也，見前篇注〔五〕。史記商君傳：「吾説公以帝道，其志不開悟矣。」

〔八〕吴鈔本原鈔無「阿」字，朱校補。「吾」張本及七賢帖作「我」。

〔九〕「發」吴鈔本原鈔誤作「廣」，朱校改。○廣雅：「發，舉也。」

〔一〇〕楚辭注：「抑，止也。」

〔一一〕「每」吴鈔本原鈔作「無」，朱校改。案「無」字疑「吾」字之誤。「不足」吴鈔本作「不得」，是也。○一切經音義引三倉曰：「每，亦數也。」禮記注：「謂，猶告也。」案此叔夜自恃交情，已數告巽，不得迫安，安亦從叔夜之言，遂不發舉也。

〔一二〕吴鈔本原鈔作「間令足下，因其順吾，與之順親」，朱校删「順吾與之」四字。案原鈔是也。吕安既順叔夜之言而不發舉，故叔夜乃令巽與安相順相親也。

〔一三〕廣雅：「惜，愛也。」古詩：「健婦持門户。」唐書宰相世系表曰：「有爵爲卿大夫，世世不絶，謂之門户。」戰國策齊策：「趙威后謂齊使者曰：『歲亦無恙耶？』」爾雅：「恙，憂也。」注：「今人云無恙，謂無憂也。」

〔一四〕此及下文「繫」字，吴鈔本原鈔作「擊」，墨校改。張溥本及漢魏詩乘幽憤詩注引此書，又野客叢書引此書，兩「繫」字皆作「擊」。

〔一五〕野客叢書引同，吴鈔本作「以子父交爲誓」，欄外上方有朱書校語云：「『交』一作『六人』。」皕宋樓鈔本吴志忠校語云：「忠案『六人』非也。」○揚案：此謂以父子之交情爲誓也。

〔一六〕吴鈔本原鈔誤作「不復與」三字，朱校改補。○莊子齊物論篇：「南面而不釋然。」成玄英疏：「釋然，怡悦貌也。」揚案：「釋」借爲「懌」，爾雅：「懌，樂也。」舊注：「懌，意解之樂也。」説文：「興，起也。」

〔一七〕廣雅：「阻，疑也。」

〔一八〕後漢書注：「首，猶服也。」揚案：首服，謂首服其罪也。其事未詳。誣都，誣吕安謗己及撾母也。

〔一九〕「又」下「無」上，吴鈔本原鈔有「手」字。周校本曰：「『手』疑當作『非』。」○揚案：謂吕安本信叔夜，又事前並非無言也。但如此則文意略不順，今疑「又」上原有兩「吾」字，謂吕安本信叔夜，叔夜於巽安兩方又皆已有成説也。

〔二〇〕「苞」吴鈔本作「包」，二字通。○左氏昭公元年傳：「將恃大國之安靖己，而無乃包藏禍心以圖之。」

〔二一〕案獲罪，謂被決徙邊也。

〔二二〕左氏昭公七年傳：「孤與其二三臣，悼心失圖。」曹植諫取諸國士息表曰：「晻若晝晦，悵然失圖。」爾雅：「圖，謀也。」

〔三三〕吴鈔本原鈔作「古人絶交，不出醜言」，墨校改「人」字作「子」，朱校補「之君」二字。○戰國策燕策：「望諸君獻書報燕王曰：『臣聞古之君子，交絶不出惡聲。』」詩牆有茨曰：「言之醜也。」

〔三四〕「别」吴鈔本作「書」。○古詩：「生人作死别，恨恨那可論。」李陵與蘇武詩曰：「恨恨不能辭。」文選六臣本吕向注曰：「恨恨，相戀之情。」桂馥札樸曰：「恨恨，即懇懇，言誠款也。」○揚案：魏武帝與楊彪書曰：「即欲直繩，顧頗恨恨。」亦此意也。

茅坤曰：「隨筆寫去，不立格局，而風度自佳，所謂不假雕琢，大雅絶倫者也。」漢魏别解引。

嵇康集校注卷第三

卜疑（集）一首

吴鈔本原鈔無此行，朱校補題「卜疑」二字於此，亦無「集」字。○左氏桓公十一年傳：「鬬廉曰：『卜以決疑。』」王逸楚辭卜居序曰：「卜己居世，何所宜行，冀聞異策，以定嫌疑。」○嚴可均曰：「案此擬卜居。」

有宏達先生者〔一〕，恢廓其度，寂寥疏闊〔二〕，方而不制，廉而不割〔三〕，超世獨步，懷玉被褐〔四〕，交不苟合，仕不期達〔五〕。常以爲忠信篤敬，直道而行之，可以居九夷，遊八蠻〔六〕，浮滄海，踐河源〔七〕，甲兵不足忌，猛獸不爲患〔八〕；是以機心不存，泊然純素〔九〕，從容縱肆，遺忘好惡〔一〇〕，以天道爲一指，不識品物之細故也〔一一〕。然而大道既隱，智巧滋繁〔一二〕，世俗膠加，人情萬端〔一三〕，利之所在，若鳥之追鸞〔一四〕，富爲積蠹，貴爲聚怨〔一五〕，動者多累，静者鮮患〔一六〕，爾乃思丘中之隱士〔一七〕，樂川上之執竿也〔一八〕。於是遠念長想，超然自失〔一九〕，郢人既没，誰爲吾質〔二〇〕？聖人吾不得見，冀聞之於數術〔二一〕。乃適太史貞父之廬而訪之，曰：吾有所疑，願子卜之〔二二〕。貞父乃危坐操蓍〔二三〕，拂几陳龜〔二四〕，曰：君何以命之〔二五〕？

先生曰：吾寧發憤陳誠，讜言帝庭〔二六〕，不屈王公乎〔二七〕？將卑懦委隨，承旨倚靡，爲面從乎〔二八〕？寧愷悌弘覆，施而不德乎〔二九〕？將進趣世利〔三〇〕，苟容偷合乎〔三一〕？寧隱居行義，推至誠乎〔三二〕？將崇飾矯誣，養虚名乎〔三三〕？寧斥逐凶佞，守正不傾，明否臧乎〔三四〕？將傲倪滑稽〔三五〕，挾智任術〔三六〕，爲智囊乎〔三七〕？寧與王喬、赤松爲侣乎〔三八〕？將（進）〔追〕伊摯而友尚父乎〔三九〕？寧隱鱗藏彩，若淵中之龍乎〔四〇〕？（寧）〔將〕舒翼揚聲〔四一〕，若雲間之鴻乎〔四二〕？寧外化其形，内隱其情〔四三〕，屈身隱時，陸沉無名〔四四〕，雖在人間〔四五〕，實處冥冥乎〔四六〕？將激昂爲清，鋭思爲精〔四七〕，行與世異，心與俗并〔四八〕，所在必聞，恒（營營）〔熒熒〕乎〔四九〕？寧寥落閒放〔五〇〕，無所矜尚〔五一〕，彼我爲一，不争不讓〔五二〕，遊心皓素，忽然坐忘〔五三〕，追羲農而不及，行中路而惆悵乎〔五四〕？將慷慨以爲壯，感槩以爲亮〔五五〕，上干萬乘，下凌將相〔五六〕，尊嚴其容，高自矯抗〔五七〕，常如失職，懷恨怏怏乎〔五八〕？寧聚貨千億，擊鍾鼎食〔五九〕，枕藉芬芳，婉孌美色乎〔六〇〕？將苦身竭力，剪除荆棘〔六一〕，山居谷飲，倚巖而息乎〔六二〕？寧如伯奮、仲堪，二八爲偶，排擯共、鯀〔六三〕，令失所乎〔六四〕？將如箕山之夫，（潁水之父）〔白水之女〕〔六五〕，輕賤唐、虞，而笑大禹乎〔六六〕？寧如（泰山）〔泰伯〕之隱德潛讓，而不揚乎〔六七〕？將如季札之顯節義慕，爲子臧乎〔六八〕？寧如老聃之清淨微妙，守玄抱一乎〔六九〕？將如莊周之齊物，變化洞達，而放逸乎〔七〇〕？寧如夷吾之不忝束縛，而終（在）〔立〕霸功乎〔七一〕？將如魯連之輕世肆志，高談從俗乎〔七二〕？寧如市南子之神勇內固〔七三〕，山淵其志乎〔七四〕？將如毛公、藺生之龍驤虎步，慕爲壯士乎〔七五〕？此誰得誰失，何凶何吉〔七六〕？時移俗易，好貴慕名〔七七〕，臧文不讓位於柳季〔七八〕，公孫不歸美於董生〔七九〕，賈誼一當於明主，絳灌作色而揚聲〔八〇〕；況今千龍並馳，萬驥（徂）〔俱〕征〔八一〕，紛紜交競，逝若流星〔八二〕，敢不惟思，謀於老成哉〔八三〕？

太史貞父曰：吾聞至人不相〔八四〕，達人不卜〔八五〕。若先生者，文明在中，見素（表）〔抱〕樸〔八六〕，內不愧心，外不負俗，交不爲利，仕不謀祿，鑒乎古今，滌情蕩欲〔八七〕。夫如是呂梁可以遊〔八八〕，湯谷可以浴〔八九〕，方將觀大鵬於南溟〔九〇〕，又何憂於人間之委曲〔九一〕！

〔一〕「宏」或作「弘」。○班固西都賦：「大雅宏達，於茲爲羣。」

〔二〕「疏」或作「踈」。○漢書吾丘壽王傳：「至於陛下，恢廓祖業。」説文：「恢，大也。」爾雅：「廓，大也。」老子：「寂兮寥兮。」漢書賈誼傳：「制度疏闊。」説文：「闊，疏也。」

〔三〕老子：「聖人方而不割，廉而不劌。」説文：「制，裁也。」荀子不苟篇：「廉而不劌。」注：「廉，稜也。」

〔四〕漢書武帝紀贊曰：「可謂非常之人，超世之傑。」邊讓章華臺賦：「將超世而作理。」仲長統昌言曰：「輕賤世俗，高立獨步。」老子：「聖人被褐懷玉。」

〔五〕戰國策秦策：「蔡澤曰：『言不取苟合，行不取苟容。』」文選注：「達，宦達也。」

〔六〕論語：「子曰：『言忠信，行篤敬，雖蠻貊之邦行矣。』」新語辨惑篇：「君子直道而行。」禮記王制篇：「東方曰夷，南方曰蠻。」疏云：「風俗通云：『夷者，觝也，其類有九。』依東夷傳：『一曰玄菟，二曰樂浪，三曰高驪，四曰滿飾，五曰鳧臾，六曰索家，七曰東屠，八曰倭人，九曰天鄙。』風俗通云：『蠻者，慢也，其類有八。』李巡注爾雅云：『一曰天竺，二曰咳首，三曰僬僥，四曰跂踵，五曰穿胸，六曰儋耳，七曰狗軹，八曰旁脊。』」揚案：爾雅曰：「九夷，八狄，七戎，六蠻。」大戴禮用兵篇：「六蠻四夷，交伐於中國。」或云八，或云六，古説不同。

〔七〕論語：「子曰：『道不行，乘桴浮於海。』」法言吾子篇：「浮滄海，而知江河之惡沱也。」山海經北山經：「敦薨之山，敦薨之水出焉，西流注于泑澤，出于昆侖之東北隅，實惟河源。」

〔八〕老子：「善攝生者，陸行不遇兕虎，入軍不被甲兵，夫何故以其無死地。」莊子秋水篇：「至德者，火弗能熱，水弗能溺，寒暑弗能害，禽獸弗能賊。」

〔九〕莊子天地篇：「機心存於胸中，則純白不備。」老子：「我獨泊然而未兆。」説文：「泊，無爲也。」莊子刻意篇：「純素之道，惟神是守。」

〔一〇〕楚辭九章：「尚不知余之從容。」馬融長笛賦：「徬徨縱肆，曠漾敞罔，老莊之槩也。」

〔一一〕莊子齊物論篇：「天地一指也，萬物一馬也。」郭象注曰：「至人知天地一指也，萬物一馬也，故浩然大寧，而天地萬物，各當其分，同於自得，而無是無非也。」易乾卦彖曰：「雲行雨施，品物流行。」賈誼鵩鳥賦：「細故蔕芥，奚足以疑。」

〔一二〕禮記禮運篇：「今大道既隱，天下爲家。」韓子揚搉篇：「聖人之道，去智與巧。」漢書貢禹傳：「東西南北，各用智巧。」

〔一三〕楚辭九辯：「何況一國之事兮，亦多端而膠加。」集注曰：「膠加，戾也。」史記禮書：「人道經緯萬端。」吴志諸葛恪傳：「聶友與滕胤書曰：『一朝盈縮，人情萬端。』」

〔一四〕「追」吴鈔本作「逐」。○管子禁藏篇：「利之所在，雖千仞之山，無所不上，深淵之下，無所不入焉。」韓子外儲説左上曰：「利之所在民歸之。」楊修司空荀爽述贊曰：「羣英式慕，猶毛羽之宗鵬鸞。」卞蘭贊述太子表曰：「鸞鳳舉翼，衆鳥隨風。」

〔一五〕漢書疏廣傳：「富者，衆之怨也。」左氏文公五年傳：「犯而聚怨，不可以定身。」國策注：「蠹，害也。」

〔一六〕管子心術上篇曰：「動則失位，静乃自得。」

〔一七〕「爾」三國文作「而」，誤也。

〔一八〕毛詩序：「丘中有麻，思賢也。」論語：「子在川上。」莊子秋水篇：「莊子釣於濮水之上，楚王使大夫二人往先焉，曰：『願以境内累矣。』莊子持竿不顧。」蜀志秦宓傳：「答王商書曰：『楚聘莊周，非不廣也，執竿不顧。』」

〔一九〕傅毅舞賦：「遊心無垠，遠思長想。」老子：「燕處超然。」賈誼鵩鳥賦：「釋智遺形兮，超然自喪。」司馬相如上林賦：「二子愀然改容，超若自失。」

〔二〇〕「郢人」，見前贈秀才詩（息徒蘭圃）注〔七〕。廣雅：「質，正也。」

〔二一〕「數術」吴鈔本原鈔作「術數」，朱校改。○論語：「子曰：『聖人吾不得而見之矣。』」漢書藝文志：「太史令尹咸校數術。」吕氏春秋注：「數，術也。」

〔二二〕楚辭卜居篇：「吾有所疑，願因先生決之。」

〔二三〕「操」吴鈔本作「揲」。

〔二四〕「几」吴鈔本原鈔作「占」，朱校改。

〔二五〕「危坐」，見前與山巨源絶交書注〔八五〕。説文：「揲，閲持也。」「蓍，蒿屬，易以爲數。」易繫辭上：「揲之以四，以象四時。」論衡卜筮篇：「鑽龜揲蓍，兆見數蓍。」楚辭卜居篇：「詹尹乃端坐拂龜，曰：『君將何以教之？』」

〔二六〕「庭」吴鈔本作「廷」。

〔二七〕東方朔非有先生論曰：「發憤畢誠，圖畫安危，揆度得失。」王褒四子講德論曰：「陳懇誠於本朝之上。」漢書叙傳：「上喟然歎曰：『吾久不見班生，今日復聞讜言。』」注：「讜言，善言也。」典引蔡邕注：「讜，直言也。」書金縢篇：「乃命于帝庭，敷佑四方。」

〔二八〕枚乘七發曰：「今太子膚色靡曼，四肢委隨。」又曰：「從容猗靡，消息陰陽。」案「倚」與「猗」通。書益稷篇：「爾無面從，退有後言。」史記叔孫通傳：「魯兩生曰：『公所事十主，皆面諛以得親貴。』」

〔二九〕「德」經濟類編五十三引作「得」，誤也。○詩青蠅：「豈弟君子。」箋云：「豈弟，樂易也。」案「愷悌」「豈弟」通。左氏襄公二十九年傳：「施而不德，樂氏加焉。」

〔三〇〕「趣」吴鈔本作「趨」。

〔三一〕毛詩傳：「趣，趨也。」班固答賓戲曰：「所謂見世利之華，闇道德之實。」荀子臣道篇：「偷合苟容，以持禄養交而已耳。」

〔三二〕論語：「隱居以求其志，行義以達其道。」禮記中庸篇：「惟天下至誠，爲能盡其性。」

〔三三〕左氏哀公十八年傳：「毁信廢忠，崇飾惡言。」又昭公二十年傳：「其蓋失數美，是矯誣也。」韓子外儲説右下：「仲尼曰：『虚名不以假人。』」古詩：「虚名復何益。」

〔三四〕漢書劉向傳：「上封事曰：『君子獨處守正，不撓衆枉。』」又傳喜傳贊曰：「傅喜守節不傾。」

「否臧」，見前幽憤詩注〔二一〕。

〔三五〕「倪」張本作「睨」，吴鈔本原鈔作「諧」，朱校改。

〔三六〕吴鈔本原鈔作「挾智計佯迷」，墨校改。揚案：「計」字當係誤衍。

〔三七〕莊子天下篇：「獨與天地精神往來，而不敖倪於萬物。」案「敖」與「傲」通。管子注：「倪，傲也。」文選注：「傲睨，自寬縱之貌。」楚辭卜居篇：「將突梯滑稽，如脂如韋，以潔楹乎？」史記滑稽列傳索隱曰：「滑，謂亂也；稽，同也。以言辯捷之人，能亂同異也。崔浩云：『滑音骨，稽留，酒器也，轉注吐酒，終日不已。』言出口成章，詞不窮竭，若滑稽之吐酒。故揚雄酒賦云：『鴟夷滑稽，腹大如壺，盡日盛酒，人復藉沽，是也。』又姚察云：『滑稽，猶俳偕也，以言諧語滑利，其知計疾出，故云滑稽也。』」洪興祖楚辭補注曰：「滑稽，五臣云：『委曲順俗也。』揚雄以東方朔爲滑稽之雄，又曰：『鴟夷滑稽。』顔師古曰：『滑稽，圜轉縱捨無窮之狀，一云酒器也。』」韓子内儲説上：「挾智而問，則不智者至。」史記樗里子列傳：「滑稽多智，秦人號曰智囊。」漢書鼂錯傳：「錯上書，言人主所以尊顯功名，揚於萬世之後者，以知術數也。」又曰：「以其辯得幸太子，太子家號曰智囊。」又酷吏傳：「孝景時，鼂錯以刻深，頗用術輔其資。」吕氏春秋注：「任，用也。」

〔三八〕「王喬赤松」，見前贈秀才詩（乘風高遊）注〔四〕。

〔三九〕「進」吴鈔本作「追」，是也。○孫子：「昔殷之興也，伊摯在夏。」曹操注曰：「伊尹也。」詩大明：

「維師尚父，時維鷹揚。」箋云：「尚父，吕望也。」

〔四〇〕賈誼弔屈原賦曰：「襲九淵之神龍兮，沕深潛以自珍。」埤雅曰：「龍八十一鱗，具九九之數。」

後漢書孟嘗傳：「楊喬上書薦嘗曰：『匿景藏彩，不揚華藻。』」

〔四一〕「寧」字吴鈔本原鈔奪，墨校補。張本作「將」，案「將」字是也，篇中皆「寧」、「將」二字間用。

〔四二〕韓子十過篇：「有玄鶴二八，延頸而鳴，舒翼而舞。」孔融薦禰衡表曰：「揚聲紫微。」

〔四三〕莊子齊物論篇：「其形化，其心與之然。」

〔四四〕易隨卦象曰：「隨，大亨貞，无咎，而天下隨時。」莊子則陽篇：「方且與世違，而心不屑與之俱，是陸沉者也。」郭象注：「人中隱者，譬無水而沉也。」史記滑稽列傳：「東方朔歌曰：『陸沉於俗，避世金馬門。』」

〔四五〕「在」周校本誤作「若」。

〔四六〕莊子有人間世篇。荀子修身篇：「行乎冥冥，施乎無報。」劉歆遂初賦：「反情素於寂寞兮，居華體之冥冥。」

〔四七〕漢書王章傳：「今疾病困厄，不自激卬。」注：「如淳曰：『激厲抗揚之意也。』」傅毅舞賦：「明詩表指，喟息激昂。」案「昂」與「卬」通。班固答賓戲曰：「鋭思於毫芒之内。」

〔四八〕説文：「并，相從也。」

〔四九〕「營營」吴鈔本原鈔作「熒熒」，墨校改。案原鈔更合。廣雅：「熒熒，光也。」此謂必聞而有聲光也。○論語：「子張曰：『在家必聞，在邦必聞。』」莊子庚桑楚篇：「全汝形，抱汝生，無使汝思慮營營。」毛詩傳：「營營，往來貌。」

〔五〇〕「閒」吳鈔本作「閑」。

〔五一〕説文：「寥，空虚也。」文選注：「寥落，星稀之貌也。」案此謂落落疎寂之貌也。吕氏春秋節喪篇：「愈侈其葬，以相矜尚。」禮記注：「矜，自尊大也。」

〔五二〕莊子齊物論篇：「萬物與我爲一。」

〔五三〕「皓素」，見前秀才答詩（飾車駐駟）注〔一六〕。莊子大宗師篇：「墮肢體，絀聰明，離形去知，同於大通，此謂坐忘。」

〔五四〕「愴」吳鈔本、張本、四庫本作「悵」。○「羲農」見前答二郭詩（昔蒙父兄祚）注〔八〕。楚辭九辯：「然中路而迷惑兮。」又曰：「惆悵兮而私自憐。」廣雅：「惆，悵也。愴，悲也。」

〔五五〕兩句「以」字，吳鈔本原鈔無，墨校補。「槩」字吳鈔本作「慨」。○馬叙倫曰：「明本『慨』作『槩』，似當作『嘅』，説文『慨』『嘅』異字。慷慨作『慨』，感嘅作『嘅』。此上文『將慷慨以爲壯』，則此當作『嘅』，明矣。」○揚案：説文：「嘅，嘆也。」作「嘅」自通，但與下文語意不符，此處蓋用漢書也，漢書正作「槩」字。○「慷慨」見前贈秀才詩（雙鸞匿景曜）注〔一四〕。爾雅：「亮，信也。」漢書游俠傳：「郭解少時，陰賊感槩。」注：「感槩者，感意氣而立節槩也。」胡鳴玉訂譌雜録曰：「注不作慨字解，惟莊子至樂篇：『是其死也，余獨何能無槩然。』注：『槩，感觸經心也。』」

〔五六〕爾雅：「干，求也。」孟子：「萬乘之國。」注：「兵車萬乘，謂天子也。」楚辭注：「凌，犯也。」

〔五七〕「矯」吳鈔本原鈔作「度」，墨校改。○楚辭注：「矯，舉也。」莊子刻意篇：「高論怨誹，爲亢而已矣。」釋文：「李曰：『亢，高也。』」案「抗」與「亢」通。

〔五八〕楚辭九辯：「坎廩兮，貧士失職而志不平。」史記絳侯世家：「此怏怏者，非少主臣也。」吳越春秋：「光心氣怏怏，常有愧恨之色。」說文：「怏，不服懟也。」

〔五九〕史記貨殖列傳：「洒削，薄伎也，而郅氏鼎食。馬醫淺方，張里擊鍾。」張衡西京賦：「擊鍾鼎食，連騎相過。」

〔六〇〕班固西都賦：「獸相枕藉。」易大過：「初六，藉用白茅，無咎。」釋文：「馬融云：『在下曰藉。』」楚詞九章：「妬佳冶之芬芳兮。」說文：「婉，順也。」「孌，慕也。」後漢書注：「婉孌，猶親愛也。」

〔六一〕左氏襄公十四年傳：「我諸戎除剪其荆棘。」

〔六二〕「巖」吳鈔本作「喦」。○韓子五蠹篇：「山居谷汲者，膢臘而相遺以水。」淮南子人間訓：「單豹倍世離俗，巖居谷飲。」蔡邕琴操曰：「許由飢則仍山而食，渴則仍河而飲。」

〔六三〕「鯀」吳鈔本原鈔作「骸」，朱校改。

〔六四〕左氏文公十八年傳：「昔高陽氏有才子八人：蒼舒，隤敳，檮戭，大臨，尨降，庭堅，仲容，叔達，天下之民，謂之八愷。高辛氏有才子八人：伯奮，仲堪，叔獻，季仲，伯虎，仲熊，叔豹，季貍，天下之民，謂之八元。舜臣堯，舉八愷，使主后土，舉八元，使布五教於四方。帝鴻氏有不才子，謂之渾敦；少皞氏有不才子，謂之窮奇；顓頊氏有不才子，謂之檮杌；縉雲氏有不才子，謂之饕餮。舜臣堯，流四凶族：渾敦，窮奇，檮杌，饕餮，投諸四裔，以禦螭魅。」杜預注：「窮奇謂共工，檮杌謂鯀。」列子楊朱篇：「鯀治水土。」釋文：「鯀，禹父名，本又作『骸』。」毛詩箋：「所，猶處也。」

〔六五〕「父」字吴鈔本原鈔作「女」，朱校改。「潁」字吴鈔本塗改而成，原鈔不可辨。周校本曰：「案蓋『白』字也，兩神女浣白水之上，禹過之而趨云云，見文選司馬長卿難蜀父老李善注及御覽六十三引莊子，舊校甚非。」

〔六六〕呂氏春秋求人篇：「堯朝許由於沛澤之中，曰：『請屬天下於夫子。』許由辭，遂之箕山之下，潁水之陽。」文選難蜀父老注引莊子曰：「兩神女浣於白水之上者，禹過之而趨曰：『治天下奈何？』女曰：『股無胈，脛不生毛，顏色烈凍，手足胼胝，何以至是也！』」

〔六七〕「泰」嚴輯全三國文誤作「秦」。「山」吴鈔本、嚴本、四庫本作「伯」。讀書續記曰：「以上下文義考之，此作『伯』是。」○史記吴太伯世家曰：「吴太伯，太伯弟仲雍，皆周太王之子，而王季歷之兄也。季歷賢而有聖子昌，太王欲立季歷以及昌，於是太伯、仲雍乃奔荆蠻，文身斷髮，示不可用。」

〔六八〕左氏襄公十四年傳：「吴子諸樊既除喪，將立季札，季札辭曰：『曹宣公之卒也，諸侯與曹人不義曹君，將立子臧，子臧去之，遂弗爲也，以成曹君。君子曰：能守節。君，義嗣也，誰敢奸君；有國，非吾節也，札雖不才，願附於子臧，以無失節。』」

〔六九〕老子：「清静爲天下正。」又曰：「古之善爲士者，微妙玄通，深不可識。」又曰：「知其白，守其黑。」又曰：「載營魄抱一，能無離乎？」韓子揚搉篇：「道無雙，故曰一。」高彪清誡曰：「退修清以浄，吾存玄中玄。」卞蘭座右銘：「守玄執素。」

〔七〇〕莊子有齊物論篇。史記老莊列傳：「老子所貴，道虚無因，應變化於無爲。」司馬遷悲士不遇賦：「炤炤洞達，胸中豁也。」淮南子注：「洞，達也。」

〔七一〕「縛」吴鈔本誤作「縛」。「在」吴鈔本作「立」，張本作「成」，八代文鈔作「作」。案「在」字，「立」字之譌，「作」字又「在」字之譌也。○説文：「吝，恨惜也。」史記管晏列傳：「管仲曰：『公子糾敗，召忽死之，吾幽囚受辱，鮑叔不以我爲無恥，知我不羞小節，而恥功名不顯於天下也。』」戰國策齊策：「魯連書遺燕將曰：『昔管仲射桓公中鈎，篡也，遺公子糾而不能死，怯也，束縛桎梏，辱身也，并三行之過，爲五伯首。』」淮南子氾論訓：「使管仲出死捐軀，不顧後圖，豈有此霸功哉。」

〔七二〕史記魯仲連列傳：「田單屠聊城歸，而言魯連，欲爵之，魯連逃隱於海上，曰：『吾與富貴而詘於人，寧貧賤而輕世肆志焉。』」魏文帝與吴質書曰：「高談娱心。」史記屈原列傳：「楚有宋玉、唐勒、景差之徒，皆祖屈原之從容辭令。」又留侯世家曰：「所與從容言天下之事甚衆。」

〔七三〕「市」吴鈔本作「韋」。讀書續記曰：「明本『韋』作『市』，是，此用莊子山木及則陽篇文義，謂市南宜僚也。」○揚案：此用左傳或莊子徐無鬼篇之文義也。「内」廣文選及經濟類編五十三引誤作「四」。

〔七四〕「淵」吴鈔本作「泉」。○左氏哀公十六年傳：「白公欲作亂，謂石乞曰：『王與卿士皆五百人，當之則可矣。』石乞曰：『市南有熊宜僚者，若得之，可以當五百人矣。』乃從白公而見之，與之言説，告之故辭，承之以劍，不動。」莊子山木篇：「市南宜僚見魯侯，魯侯有憂色，市南子曰：『君之除患之術淺矣。』」釋文：「司馬云：『熊宜僚也，居市南，因爲號也。』李云：『姓熊，名宜僚。』」莊子徐無鬼篇：「市南宜僚弄丸，而兩家之難解。」釋文：「司馬云：宜僚善弄丸，白公將作亂，往告之，不許也，承之以劍，不動，弄丸如故，曰：『吾亦不泄子。』白公遂殺子西、子期。歎息兩家而已，宜僚不預其患。」燕丹子：「田光曰：『光知荆軻者，神勇也。』」列子黄帝篇：「心如淵泉，形如處女。」淮南子俶真訓：「此其爲山淵之勢亦遠矣。」仲長統昌言曰：「人之性，有山峙淵渟者。」

〔七五〕史記平原君列傳：「趙使平原君求救，合從於秦，毛遂自贊於平原君，平原君與毛遂偕，定從而歸，以爲上客。」又藺相如傳：「趙惠文王得楚和氏璧，秦昭王使人遺書，願以十五城易璧。相如奉璧西入秦。相如視秦王無意償趙城，使其從者，衣褐懷璧，從徑道亡，歸璧於趙。秦王卒廷見相如，禮畢而歸之。秦王使使者告趙王會於西河外澠池，相如從，秦王竟酒，終不能加勝於趙。既罷歸國，以相如功大，拜爲上卿。」傅毅舞賦：「龍驤横舉。」孔融雜詩：「幸託不肖軀，且當猛虎步。」

〔七六〕楚辭卜居篇：「此孰吉孰凶？何去何從？」

〔七七〕淮南子齊俗訓：「時移則俗易。」

〔七八〕論語：「子曰：『臧文仲其竊位者與？知柳下惠之賢，而不與立也。』」集解曰：「柳下惠，展禽也。」正義曰：「其人氏展，名獲，字禽，柳下是其所食之邑名，謚曰惠。莊子云柳下季者，季是五十字，禽是二十字。」後漢書吴良傳：「東平王蒼上疏薦良曰：『懼於臧文竊位之罪。』」

〔七九〕史記儒林列傳：「公孫弘治春秋不如董仲舒，而弘希世用事，位至公卿，董仲舒以弘爲從諛，弘疾之，乃言上曰：『獨董仲舒可使相膠西王。』」又平津侯傳曰：「弘爲人意忌，外寬内深，諸嘗與弘有郤者，雖詳與善，陰報其禍，殺主父偃，徙董仲舒於膠西，皆弘之力也。」

〔八〇〕史記賈誼列傳：「賈生名誼，雒陽人也。文帝以爲博士，超遷，一歲中至大中大夫。天子以爲賈生任公卿之位，絳、灌、東陽侯馮敬之屬盡害之，乃短賈生曰：『年少初學，專意擅權，紛亂諸事。』於是天子後亦疏之，不用其議，乃以賈生爲長沙王太傅。」正義曰：「絳、灌，周勃、灌嬰也。」吕氏春秋注：「當，合也。」禮記哀公問篇：「孔子愀然作色而對。」注：「作，猶變也。」淮南子覽冥訓：「不揚其聲。」注：「揚，明也。」案此謂明言誼短也。又案絳灌爲一人，説詳洪邁容齋三筆。

〔八一〕「徂」吴鈔本作「俱」，汪本、四庫本誤作「祖」。案「俱」字似於義更合。○周禮注：「馬八尺以上爲龍。」離騷：「齊玉軑而並馳。」張衡西京賦：「百馬同轡，騁足並馳。」説文：「驥，千里馬也。」詩駉：「思馬斯徂。」箋云：「徂，猶行也。」王粲柳賦：「改天届而徂征。」

〔八二〕漢書禮樂志：「紛云六幕浮大海。」注：「紛云，興作之貌。」案「云」與「紜」通。曹植辯問曰：「游説之士，星流電耀。」

〔八三〕爾雅：「惟，思也。」戰國策韓策：「申子曰：『臣請深惟而苦思之。』」詩：「雖無老成人，尚有典型。」蔡邕釋誨曰：「童子不問，疑於老成。」

〔八四〕「至」吴鈔本原鈔作「志」，墨校改。案「志」字誤也。

〔八五〕「至人」，見前贈秀才詩（流俗難悟）注〔三〕。「達人」，見前秀才答詩（達人與物化）注〔一〕。史記蔡澤列傳：「唐舉曰：『吾聞聖人不相。』」左氏哀公十八年傳：「志曰：『聖人不煩卜筮。』」

〔八六〕「表」吴鈔本原鈔作「抱」，朱校改。案原鈔是也。「璞」吴鈔本作「朴」。○易賁卦彖曰：「文明以止，人文也。」老子：「見素抱朴。」蔡邕釋誨曰：「顔躅抱璞。」

〔八七〕古詩：「蕩滌放情志。」卞蘭座右銘：「閑情塞欲，老氏所珍。」

〔八八〕莊子達生篇：「孔子觀於吕梁，縣水三千里，流沫四十里，見一丈夫游之，數百步而出，被髮行歌，而游於塘下。孔子從而問焉，曰：『請問蹈水有道乎？』曰：『吾始乎故，長乎性，成乎命，與齊俱入，與汨偕出，從水之道而不爲私焉：此吾所以蹈之也。』」釋文：「司馬云：『河水有石絶處也，今西河離石西有此縣。』淮南子曰：『古者龍門未鑿，河出孟門之上也。』」揚案：俞正燮謂莊、列之吕梁，合在彭城，淮南子吕梁確在離石，説見癸巳存稿。

〔八九〕「湯」吴鈔本作「陽」。皕宋樓鈔本有校語云：「各本『湯』，此本『陽』，乃『暘』之譌，舊本淮南子皆作『湯谷』。」○山海經海外東經：「黑齒國下有湯谷，湯谷上有扶桑，十日所浴。」淮南子天文訓：「日出於湯谷，浴於咸池，拂於榑桑。」又曰：「暘谷榑桑在東方。」

〔九〇〕莊子逍遥遊篇：「北溟有魚，其名爲鯤，化而爲鳥，其名爲鵬，怒而飛，其翼若垂天之雲。是鳥也，海運則將徙於南溟，南溟者，天池也。」

〔九一〕司馬相如子虚賦：「紆徐委曲。」史記天官書：「若至委曲小變，不可勝道。」楚辭注：「委，曲也。」

張運泰曰：「機軸胎于屈平卜居，而玄致素衷，沖静閒放，則如廣陵一曲，聲調絶倫。」漢魏名文乘。

稽荀録一首亡

吴鈔本原鈔無此行，墨校補。張本亦無此題。文津本題下注「闕」字。

養生論一首

李善注：嵇喜爲康傳曰：「康性好服食，常采御上藥，以爲『神仙稟之自然，非積學所致。至於導養得理，以盡性命，若安期、彭祖之倫，可以善求而得也。』著養生篇。」○何焯義門讀書記曰：「晉書阮种傳云：『弱冠，爲嵇康所重。康著養生論，所稱阮生，即种也。』今此文無之，殆不止一篇。」○張雲璈選學膠言曰：「按隋經籍志注：『梁有養生論三卷，嵇康譔，亡。』言三卷，是不止一篇矣。惟直言亡，竟不及文選所載，豈李注未上之時，當日竟未見此文耶？」○梁章鉅文選旁證曰：「野客叢書稱賀方回家所藏嵇康集十卷，有養生論，又有與向子期論養生難答一篇。而此題注作養生篇，則義門所謂不止一篇者，非無據矣。」○揚案：阮生見後答難文中。三卷云者，「三」字當爲「二」字之誤，或即合向難及答難而言也。又善注中「養生篇」，文選六臣本善注作「養生論」，又太平御覽九百五十四引「麝食柏而香」句，作「嵇康養生録」。○莊子有養生主篇。

世或有謂：神仙可以學得〔一〕，不死可以力致者〔二〕；或云：上壽百二十〔三〕，古今所同，過此以往，莫非妖妄者〔四〕：此皆兩失其情〔五〕。請試粗論之〔六〕：

夫神仙雖不目見〔七〕，然記籍所載〔八〕，前史所傳，較而論之，其有必矣〔九〕；似特受異氣〔一〇〕，禀之自然，非積學所能致也〔一一〕。至於導養得理，以盡性命〔一二〕，上獲千餘歲，下可數百年，可有之耳〔一三〕。而世皆不精〔一四〕，故莫能得之。何以言之？夫服藥求汗，或有弗獲，而愧情一集，涣然流離〔一五〕；終朝未餐〔一六〕，則囂然思食，而曾子銜哀，七日不飢〔一七〕；夜分而坐，則低迷思寢，内懷殷憂，則達旦不瞑〔一八〕；勁刷理鬢〔一九〕，醇醴發顔，僅乃得之〔二〇〕，壯士之怒〔二一〕，赫然殊觀，植髮衝冠〔二二〕。由此言之：精神之於形骸〔二三〕，猶國之有君也；神躁於中，而形喪於外〔二四〕，猶君昏於上，國亂於下也〔二五〕。

夫爲稼於湯之世〔二六〕，偏有一溉之功者〔二七〕，雖終歸燋爛〔二八〕，必一溉者後枯，然則一溉之益，固不可誣也〔二九〕。而世常謂一怒不足以侵性〔三〇〕，一哀不足以傷身，輕而肆之〔三一〕；是猶不識一溉之益，而望嘉穀於旱苗者也〔三二〕。是以君子知形恃神以立，神須形以存，悟生理之易失，知一過之害生〔三三〕。故修性以保神，安心以全身〔三四〕，愛憎不棲於情，憂喜不留於意〔三五〕，泊然無感，而體氣和平〔三六〕。又呼吸吐納，服食養身，使形神相親，表裏俱濟也〔三七〕。

夫田種者，一畝十斛〔三八〕，謂之良田，此天下之通稱也〔三九〕。不知區種，可百餘斛〔四〇〕。田種一也，至於樹養不同，則功收相懸〔四一〕。謂商無十倍之價〔四二〕，農無百斛之望，此守常而不變者也〔四三〕。且豆令人重〔四四〕，榆令人瞑〔四五〕，合歡蠲忿，萱草忘憂〔四六〕，愚智所共知也〔四七〕。薰辛害目〔四八〕，豚魚不養，常世所識也〔四九〕。蝨處頭而黑〔五〇〕，麝食柏而香〔五一〕，頸處險而瘻〔五二〕，齒居晉而黄〔五三〕。推此而言：凡所食之氣，蒸性染身，莫不相應〔五四〕。豈惟蒸之使重而無使輕〔五五〕，害之使暗而無使明〔五六〕，薰之使黄而無使堅〔五七〕，芬之使香而無使延哉〔五八〕？故神農曰上藥養命，中藥養性者〔五九〕，誠知性命之理，因輔養以通也〔六〇〕。

而世人不察，惟五穀是見〔六一〕，聲色是躭，目惑玄黄〔六二〕，耳務淫哇〔六三〕。滋味煎其府藏〔六四〕，醴醪（鬻）〔鬻〕其腸胃〔六五〕，香芳腐其骨髓〔六六〕，喜怒悖其正氣〔六七〕，思慮銷其精神〔六八〕，哀樂殃其平粹〔六九〕。夫以蕞爾之軀，攻之者非一塗〔七〇〕，易竭之身，而外内受敵〔七一〕，身非木石，其能久乎〔七二〕？其自用甚者〔七三〕，飲食不節，以生百病，好色不倦〔七四〕，以致乏絶〔七五〕，風寒所災，百毒所傷〔七六〕。中道夭於衆難〔七七〕，世皆知笑悼，謂之不善持生也〔七八〕。至于措身失理，亡之於微，積微成損，積損成衰，從衰得白，從白得老，從老得終，悶若無端〔七九〕，中智以下，謂之自然〔八〇〕。縱少覺悟〔八一〕，咸歎恨於所遇之初，而不知慎衆險於未兆〔八二〕。是由桓侯抱將死之疾〔八三〕，而怒扁鵲之先見，以覺（痛）〔病〕之日，爲（受）病之始也〔八四〕。害成於微〔八五〕，而救之於著，故有無功之治〔八六〕。馳騁常人之域，故有一切之壽〔八七〕。仰觀俯察，莫不皆然〔八八〕。以多自證〔八九〕，以同自慰，謂天地之理，盡此而已矣。縱聞養生之事〔九〇〕，則斷以己見，謂之不然。其次狐疑，雖少庶幾，莫知所由〔九一〕。其次自力服藥，半年一年，勞而未驗，志以厭衰，中路復廢〔九二〕。或益之以畎澮〔九三〕，而泄之以尾閭〔九四〕，欲坐望顯報者〔九五〕。或抑情忍欲，割棄榮願〔九六〕，而嗜好常在耳目之前，所希在數十年之後〔九七〕，又恐兩失，内懷猶豫〔九八〕，心戰於内，物誘於外〔九九〕，交賒相傾〔一〇〇〕，如此復敗者〔一〇一〕。夫至物微妙，可以理知，難以目識〔一〇二〕；譬猶豫章生七年，然後可覺耳〔一〇三〕。今以躁競之心，涉希静之塗〔一〇四〕，意速而事遲，望近而應遠，故莫能相終。夫悠悠者既以未效不求〔一〇五〕，而求者以不專喪業，偏恃者以不兼無功〔一〇六〕，追術者以小道自溺〔一〇七〕，凡若此類，故欲之者，萬無一能成也。

善養生者則不然矣。清虚静泰，少私寡欲〔一〇八〕。知名位之傷德，故忽而不營，非欲而强禁也〔一〇九〕；識厚味之害性，故棄而弗顧〔一一〇〕，非貪而後抑也〔一一一〕。外物以累心不存，神氣以醇白獨著〔一一二〕，曠然無憂患，寂然無思慮〔一一三〕。又守之以一，養之以和，和理日濟〔一一四〕，同乎大順〔一一五〕。然後蒸以靈芝〔一一六〕，潤以醴泉〔一一七〕，晞以朝陽〔一一八〕，綏以五絃〔一一九〕，無爲自得，體妙心玄〔一二〇〕，忘歡而後樂足，遺生而後身存〔一二一〕。若此以往，庶可與羨門比壽〔一二二〕，王喬争年，何爲其無有哉〔一二三〕！

〔一〕白孔六帖八十九引無「世」字，又「有」字作「以」。

〔二〕李善注：王逸楚辭注曰：「謂，説也。」鄭玄禮記注曰：「致之言猶至也。」○案禮記祭義注：「致之言至也。」無「猶」字。○桓譚新論曰：「劉子駿信方士虚言，謂神仙可學。」抱朴子塞難篇：「老氏言神仙之可學。」韓子難三篇：「賞者不德，君力之所致也。」

〔三〕「百」上，藝文類聚七十五引有「一」字。

〔四〕「妖」張本作「夭」，文選袁本同，四部本作「妖」。袁本注云：「善本作『妖』。」四部本注云：「五臣本作『夭』。」藝文類聚七十五引無「者」字。○李善注：養生經：「黄帝問天老曰：『人生上壽一百二十年，中壽百年，下壽八十，而竟不然者，皆夭耳。』」易繫辭上：「過此以往，莫之或知也。」

〔五〕禮記注：「情猶實也。」

〔六〕張本無「請」字，文選袁本同，四部本有。袁本注云：「善本有『請』字。」四部本注云：「五臣本無『請』字。」此句，藝文類聚七十五引作「粗試論之」。○李善注：鄭玄禮記注曰：「粗，麤也。」説文曰：「粗，疏也，徂古切。」

〔七〕「不目」張本作「目不」，文選袁本同，四部本作「不目」。袁本注云：「善本作『不目』字。」四部本注云：「五臣作『目不』。」

〔八〕「然」文選四部本同，袁本作「則」，四部本注云：「五臣本作『則』字。」袁本注云：「善本作『然』字。」○漢書尹翁歸傳：「縣縣各有記籍。」廣雅：「記，書也。」

〔九〕廣雅：「揚搉，都凡也。」王念孫疏證曰：「揚搉者，大數之名，故或言大搉，單言之則曰搉，字亦作『較』。嵇康養生論：『較而論之。』猶言約而論之耳。」

〔一〇〕白孔六帖八十九引無「似」字。「特」藝文類聚七十五引作「持」。○廣雅：「特，獨也。」

〔一一〕「致」白孔六帖八十九引作「及」。此句，魏志王粲傳注及本篇李善注引嵇喜爲康傳，作「非積學所致」，晉書作「非積學所得」。案此皆隨意引之也。○李善注：孔安國尚書傳曰：「稟，受也。」夫自然者，不知其然而然。老子曰：「道法自然。」抱朴子辯問篇曰：「按仙經以爲得諸仙者，皆其受命偶值，神仙之氣，自然所稟。」○急就篇曰：「積學所致非鬼神。」

〔一二〕藝文類聚七十五引「以」作「而」，又無「性」字。○「導養」見前琴賦注〔四〕。易説卦：「窮理盡性，以至於命。」申鑒俗嫌篇：「學必至聖，可以盡性；壽必用道，所以盡命。」

〔一三〕「下」文選袁本誤作「不」。「可有」吳鈔本、汪本、四庫本誤作「不有」。○李善注：天老養生經曰：「子曰：『人生大期，以百二十年爲限，節度護之，可至千歲。』」

〔一四〕胡刻本藝文類聚七十五引無「皆」字，王刻本有。

〔一五〕李善注：漢書曰：「上問右丞相周勃曰：『天下一歲決獄幾何？』勃謝不知。問：『天下錢穀，一歲出幾何？』勃又謝不知，汗出洽背，媿不能對。」顏師古曰：「洽，霑也。」周易曰：「涣汗其大號。」○「流離」見前琴賦注〔九九〕。

〔一六〕「餐」或作「飡」。

〔一七〕「飢」或作「饑」，下同。○李善注：毛詩曰：「終朝采緑。」終朝謂從旦至食時。囂然，飢意也。禮記：「曾子謂子思曰：『伋，吾執親之喪也，水漿不入於口者七日。』」○孟子：「囂囂然曰。」又曰：「人不知，亦囂囂。」焦循正義曰：「文選養生論云：『終朝未餐，則囂然思食。』此『囂』

乃『枵』之假借。爾雅釋天云：『枵，虚也。』孫炎注云：『枵之言耗，耗虚之意也。』是也。」漢書注：「銜，含也。」

〔一八〕「瞑」各本並作「瞑」，從目。吴鈔本作「不寐」。○李善注：「瞑」古「眠」字。韓子：「衛靈公至濮水之上，夜分而聞有鼓新聲者。」韓詩曰：「耿耿不寐，如有殷憂。」漢書：「劉向夜觀星宿，或不寐達旦。」○曹植上責躬應詔詩表曰：「晝分而食，夜分而寢。」禮記注：「分猶半也。」應劭漢官儀曰：「諺曰：『生世不諧，爲太常妻，一年三百六十齋，一日不齋醉如泥，既作事，復低迷。』」爾雅：「殷殷，憂也。」楚辭哀時命篇：「懷殷憂而歷茲。」

〔一九〕「鬓」或作「鬢」，太平御覽七百十四引作「髮」。

〔二〇〕李善注：通俗文曰：「所以理髮，謂之刷也。」何休公羊傳注曰：「僅，劣也。」○説文：「勁，彊也。」張衡東京賦：「春醴惟醇。」薛綜注：「醇，厚也。」曹植妾薄命行：「朱顔發外形蘭。」説文：「僅，才能也。」

〔二一〕「之」彭氏類編雜説作「一」。

〔二二〕李善注：淮南子曰：「荆軻爲太子丹刺秦王，高漸離、宋如意爲擊筑，而歌於易水之上，荆軻瞋目裂眥，髮衝冠。」○詩皇矣：「王赫斯怒。」箋云：「赫，怒意。」曹植洛神賦：「仰以殊觀。」

〔二三〕「骸」經濟類編九十四引作「體」。

〔二四〕此下，彭氏類編雜説引有「不可遏也」四字，當誤。○韓子解老篇：「衆人之用神也躁。」廣雅：

「躁，擾也。」

〔二五〕「國」下，原注云：「一作『臣』。」程本、汪本同。

〔二六〕「之」下，原注云：「一無『之』字。」張本及文選袁本、四部本，及太平御覽七百二十引，並無「之」字。宋本及安政本御覽引「湯」字誤作「陽」。彭氏類編雜説引「世」下有「者」字。

〔二七〕白孔六帖八十九引無「者」字。

〔二八〕「歸」下，原注云：「『歸』下一有『於』字。」程本、汪本同，張本及三國文、八代文鈔、太平御覽七百二十引有「於」字，文選袁本、四部本同。袁本注云：「善本無『於』字。」「燋」吴鈔本、文津本作「焦」，宋本御覽誤作「樵」。

〔二九〕李善注：「種曰稼。言種穀於湯之世，值七年之旱，終歸是死，而彼一溉之苗，則在後枯，亦猶人處於俗，同皆有死，能攝生者，則後終也。」○白氏六帖注曰：「以稼穡喻養生，言一溉之功，亦有益也。」孫卿子曰：「禹十年水，湯七年旱。」説文曰：「溉，灌也。」漢書霍光傳：「人爲徐生上書曰：『曲突徙薪無恩澤，燋頭爛額爲上客耶。』」論衡譏日篇：「生物入火中，燋爛而死焉。」廣韻：「燋，傷火。」

〔三〇〕「常」彭氏類編雜説誤作「嘗」。

〔三一〕「肆」吴鈔本作「試」，彭氏類編雜説作「釋」，均誤。○李善注：「淮南子曰：『大怒破陰，大喜墜陽。』養生要：『彭祖曰：『憂恚悲哀傷人，喜怒過差傷人。』』國語注曰：『肆，恣也。』」

〔三一〕李善注：國語：「子餘謂秦伯曰：『使能成嘉穀，君之力也。』」

〔三二〕「過」文選袁本同，四部本作「理」。案呂延濟注云：「喜怒過甚，則害生，理之易也。」據此，知其本文仍爲「過」字。○李善注：淮南子曰：「形者，生之舍也；氣者，生之元也；神者，生之制也。一失位，則二者傷矣。」

〔三四〕法言學行篇：「學者，所以修性也。」莊子天地篇：「形體保神，各有儀則，謂之性。」孔融與邴原書曰：「修性保真，清虛守高。」

〔三五〕「留」遵生八牋引作「修」。「意」太平御覽七百二十引作「心」。○列子黄帝篇：「不知親己，不知疎物，故無愛憎。」淮南子原道訓：「無所愛憎，平之至也。」説文：「憎，惡也。」莊子田子方篇：「喜怒哀樂，不入於胸次。」

〔三六〕李善注：老子曰：「我獨泊然而未兆。」説文：「泊，無爲也。」禮記曰：「樂行血氣和平。」○張銑注：泊然，無營欲貌。無感，謂哀樂不能在懷也。○許巽行文選筆記曰：「『泊』當作『怕』，其字從心，説文：『怕，無爲也，匹白切，又葩亞切。』」○呂氏春秋有度篇：「使人不能執一者，物感之也。」注：「感，惑也。」春秋繁露循天之道篇：「仁人之所以多壽者，外無貪而內清淨，心和平而不失中正。」

〔三七〕「俱」文瀾本誤作「共」。○李善注：莊子曰：「吹呴呼吸，吐故納新，爲壽而已矣。」古詩曰：「服食求神仙。」○淮南子泰族訓：「呼而出故，吸而入新。」崔寔政論曰：「呼吸吐納，雖度紀之道，非續骨之膏。」論衡道虛篇：「道家或以服食藥物，輕身益氣，延年度世。」戰國策齊策：「顏斶曰：『士非不得尊遂也，然而形神不全。』」

〔三八〕「十」下，原注云：「『十』下一有『二』字。」程本、汪本同。文選四部本注云：「五臣本有『一』字。」「田種」太平御覽七百二十引作「種田」。

〔三九〕張本及太平御覽七百二十引無「之」字，文選袁本同，四部本有。袁本注云：「善本有『之』字。」四部本注云：「五臣無『之』字。」

〔四〇〕文選袁本同，四部本、茶陵本「斛」下有「也」字，並注云：「五臣本無『也』字。」袁本注云：「善本有『也』。」胡刻本無「也」字，胡克家文選考異曰：「案此所見不同，或尤删之也。」○李善注：氾勝之田農書曰：「上農區田，大區方深各六寸，相去七寸，一畝三千七百區，丁男女治十畝，至秋收，區三升粟，畝得百斛也。」區，音鄔侯切。一曰謂區隴而種，非漫田也。○王楙野客叢書曰：「安有一畝收百斛之理？漢書食貨志曰：『治田勤則畝益三升，不勤損亦如之。』一畝而損益三升，又何寡也？僕嘗以二説而折之理，俱有一字之失。嵇之所謂斛，漢書之所謂升，皆『斗』字耳。蓋漢之隸文書『斗』絶似『升』字，漢史書『斗』爲『㪷』，又近於『斛』字，恐皆傳寫之誤。」○朱珔文選集釋曰：「如此説，或以『斛』爲『觳』，説文：『斗二升曰觳。』百觳爲百二十斗，較百斗不遠。但此粟也，非米也，氾勝明云粟，粟者連秠之稱。通典言六朝量三升當今一升，齊民要術注云：『其言一石，當今二斗七升』，是古量比之於今，大抵三而當一也。今即此論所言，以氾勝書區數升數計之，正百斛有奇，則似非誤。」○梁章鉅文選旁證曰：「姜氏臯曰：『北齊童謠：百升飛上天。爲斛律光而作，因知齊時尚以百升爲斛。所謂百餘斛者，今之三十石耳。故徐光啓農政全書亦云用伊尹區田之法，一畝歲獲三十六石也。』」○方以智通雅曰：「後漢書劉般傳：『區種法，增耕法』，言上農區田區土，壅禾根也。」○桂馥札樸曰：「案廣雅：『剾，⿰俞刂剜也。』廣韻：『剾，鄔侯反，剾⿰俞刂，又恪侯切，剜裏也。』馥謂『區』當作『剾』，謂剜地作方坎以下種，使容糞，且耐旱，與壠田漫種迥異。」○汪師韓文選理學權輿曰：「氾勝之書，後人稱種植書，而選注稱曰田農書。月令：『草木萌動。』鄭注引農書，疏云：『先師以爲氾勝之也。』漢書藝文志農家：『氾勝之十八篇。』注云：『成帝時爲議郎。』師古曰：劉向別録云：使教田三輔，有田者師之，徙爲御史。』太平御覽：『氾勝之奏曰：湯有旱災，伊尹爲區田。』凡此皆其言行可見者。其書本未有名，故注稱田農，後人直稱種植書，不知何所據也。」○祁駿佳遯翁隨筆曰：「養生論明言區種可一畝獲百斛，然則晉時猶傳此法，不知何故，遂不聞於宋元之世也。」○揚案：太平御覽五十六引魏龐延奏事曰：「其山居林澤，有火耕畬種，而平地平陸，雖有往古耒耜區種之法，就其收者，適可蔬食，不足實也。」是區種之法，魏固尚有行之，但所收似不能甚多矣。

〔四一〕「懸」或作「縣」。○淮南子注：「縣，遠也。」

〔四二〕「價」吴鈔本原鈔作「利」，墨校改。

〔四三〕易林：「賈市十倍，復歸惠鄉。」

〔四四〕「豆」上，事文類聚前集三十八引有「食」字。「重」太平御覽七百二十及八百四十一引同，鮑本及張本御覽九百五十六引作「腫」，汪本作「種」，均誤也。

〔四五〕「瞑」藝文類聚七十五引同，八十八引作「眠」，吴鈔本作「瞑」從日，鈔者之誤也。○李善注：經方小品：「倉公對黄帝曰：『大豆多食，令人身重。』」博物志云：「食豆三年，則身重行止難。」又曰：「啖榆則瞑，不欲覺也。」○張雲璈選學膠言曰：「按經方小品，陳延之撰，舊唐志作『小品方』。」○朱珔曰：「案本草：『榆一名零榆，白者名枌。』陶注云：『即今之榆樹，性至滑利，初生莢仁，以作糜羹，令人多睡。』『瞑』即『眠』字。蘇氏圖經云：『荒歲，農人取榆皮爲粉食之，當糧，不損人。』是皮與莢本皆可食之物也。」○揚案：圖經云：「多食豆，令人體重，久則如故矣。」

〔四六〕「草」吴鈔本作「山」。此二句，太平御覽九百六十引倒。

〔四七〕「智」或作「知」。張本及藝文類聚七十五又八十八，太平御覽九百五十六及安政本御覽七百二十引無「共」字，文選袁本同，四部本有。袁本注云：「善本有『共』字。」四部本注云：「五臣本無『共』字。」○李善注：神農本草曰：「合歡蠲忿，萱草忘憂。」崔豹古今注曰：「合歡樹似梧桐，枝葉繁，互相交結，每一風來，輒自相離，了不相牽綴，樹之堦庭，使人不忿也。」毛詩曰：「焉得萱草，言樹之背。」毛萇詩傳曰：「萱草令人忘憂。」名醫别録曰：「萱草，是今之鹿葱也。」○任昉述異記曰：「萱草，一名紫萱，又呼爲忘憂草，吴中書生呼爲療愁花。嵇中散養生論云：『萱草忘憂。』」○本草注：「陶隱居云：『按嵇康養生論云：合歡蠲忿，萱草忘憂。詩人又有萱草，皆即今鹿葱，而不入藥用。至於合歡，俗間少識之者，當以其非療病之功，稍見輕略，遂至永謝。』」○趙彦衛雲麓漫鈔曰：「本草云：『萱一名忘憂，一名鹿葱。』今驗此花中有鹿斑文，與萱小同而大異，其開花亦不並時，則知當以有鹿斑者爲鹿葱，無斑文者爲萱。」李石續博物志曰：「孫思邈以合歡爲萱草，嵇叔夜『合歡蠲忿，萱草忘憂』，兩物也。」○梁章鉅曰：「合歡，古今注以爲嵇康植之舍前，或因此文而附會。又藝文類聚八十一：鹿葱，風土記曰：『宜男草也，懷妊婦人佩之，必生男。』初學記二十七梁徐勉萱花賦云：『亦曰宜男，嘉名斯吉。』李石續博物志亦云：『萱草一名鹿葱，花名宜男，或是一物也。』」○朱珔曰：「案圖經又引古今注云：『欲蠲人之忿，則贈以青裳，青裳，合歡也。』陳藏器曰：『其葉至暮即合，故云合昏，亦名夜合。』本草綱目云：『俗名萌葛，越人謂之烏賴樹。主安五臟，和心志，令人歡樂無憂。』此合歡所由名，遂有蠲忿之説，然亦性可治療，非徒取其形狀，樹之堦庭也。『萱』字説文作『藼』，云：『令人忘憂之草也。』引詩亦作『藼』，重文爲『蕿』，爲『萱』。今詩作『諼』，其作『萱』者，韓詩也。爾雅釋文引作『萲』，『萲』者『蕿』之省，『諼』者『萲』之假音也。以『諼』爲草名，先儒之説皆然。本草綱目云：『吴人謂之療愁。董子言欲忘人之憂，則贈之丹棘，一名忘憂故也。其苗烹食，氣味如葱，而鹿食九種解毒之草，萱乃其一，故又名鹿葱。周處風土記：「懷妊婦人佩其花則生男，故名宜男。」李九華延壽書云：「嫩苗爲蔬，食之動風，令人昏然如醉，因名忘憂。」此亦一說也。鄭樵通志乃謂萱草一名合歡，誤矣。』」○凌揚藻蠡酌編曰：「人多以萱爲宜男，其說見於風土記。又梁徐勉萱草花賦：『亦曰宜男，嘉名斯吉。』然南方草木狀曰：『水葱花葉皆如鹿葱，婦人懷妊，佩其花生男者即此，非鹿葱也。』羣芳譜曰：『鹿葱色頗類萱，然各自一種。』本草注：『萱即今之鹿葱』，亦誤。」○朱銘文選拾遺曰：「羣芳譜云：『萱有黄白紅紫麝香數種，唯黄如蜜色者，清香可食。鹿葱色頗類，但無香耳。萱葉緑而尖長，鹿葱葉團而翠緑；萱一莖實心而花，五六朵節開，鹿葱一莖虚心而花，五六朵並開於頂上；萱六瓣而光，鹿葱七八瓣。』本草注誤。」○袁文甕牖閒評曰：「諼訓忘，如終不可諼兮之諼，其『諼』字適與『萱』字同音，故當時戲謂萱草爲忘憂，而註詩者適又解云諼草令人忘憂，後人遂以爲誠然也。嵇康謂『合歡蠲忿，萱草忘憂』，此二者，止與千載之下作對，若謂其實，則無是理矣。」○桂馥札樸曰：「說文：『藼，令人忘憂草也。』引詩：『安得藼草』，或從煖，或從宣。王伯厚詩考據爾雅音義引詩作『萲』。案爾雅：『諼，忘也。』施乾說爾雅：『萲，忘也。』此即忘憂之說也。」

〔四八〕「辛」藝文類聚七十五引作「心」，誤也，傳校宋本不誤。

〔四九〕張本太平御覽七百二十引有「常」字，別本無。○李善注：養生要曰：「大蒜多食，葷辛害目。」又神農曰：「豬肉，虚人不可久食。」又曰：「狆肉損人與豬同。」說文曰：「蒜，葷菜也。」「薰」與「葷」同。豚魚無血，食之皆不利人也。○徐鼒讀書雜識曰：「養生論『豚魚不養』句，注皆誤，此豚魚，謂河豚魚也，有毒殺人，故曰不養。」○揚案：易中孚：「豚魚吉。」祁駿佳遯翁隨筆曰：「是魚，即所謂河豚也，率以冬至時應時而來。中孚，冬至十一月之卦，故取象豚魚。」

〔五〇〕「蝨」上，世説新語文學篇注及太平御覽九百五十一引有「夫」字。「處」世説文學篇注引作「箸」。

〔五一〕「食」宋本世説新語文學篇注引作「得」。○李善注：抱朴子曰：「今頭蝨著身，皆稍變白，身蝨處頭，皆漸化而黑，則是玄素果無定質，移易存乎所漸。」本草名醫云：「麝香形似麞，常食柏葉，五月得香。又夏月食蛇多，至寒香滿，入春患急痛，以脚剔去，著矢溺中，覆之，皆有常處。人有遇得，乃勝殺取。」

〔五二〕「頸」彭氏類編雜説引誤作「頭」。

〔五三〕「晉」吴鈔本、程本、汪本、四庫本誤作「脣」。世説文學篇注引作「晉」，不誤。○李善注：淮南子曰：「險阻之氣多癭。」謂人居於山險，樹木瘤臨其水上，飲此水，則患癭。「齒黄」未詳。○孫志祖文選李注補正曰：按陸佃埤雅云：「世云噉棗令人齒黄。養生論曰『齒居晉而黄』，晉齒食此故也。爾雅翼云：『晉人尤好食棗，蓋安邑千株棗比千户侯，其人寘之懷袖，食無時，久之齒皆黄。』」○朱珔曰：「爾雅：『洗，大棗。』郭注：『今河東猗氏縣出大棗，子如雞卵。』猗氏今屬蒲州。魏志杜畿傳：『畿爲河東太守，劉勳嘗從畿求大棗。』即郭所稱是已。晉地多棗，自古已然。本草綱目亦云：『啖棗多令人齒黄生䘌。』故云『齒居晉而黄』也。」○朱芹羣書札記曰：「案史記貨殖傳：『安邑千樹棗，燕秦千樹栗，此其人皆與千户侯等。』安邑，晉地也。」又曰：「按墨客揮犀云：『太原人喜食棗，無貴賤老少，常置棗於懷袖間，探取食之，則人之齒皆黄，緣食棗故，乃驗嵇叔夜齒居晉而黄之説。』」○毛詩傳：「處，居也。」説文：「癭，頸瘤也。」吕氏春秋盡數篇：「輕水多禿與癭人。」博物志曰：「山居之民多癭腫疾，由於飲泉之不流者，今荆南諸山郡東多此疾。」孫真人千金要方曰：「凡遇山水隖中出泉者，不可久居，常食作癭病。」

〔五四〕「蒸」與「烝」同，説文：「烝，火氣上行也。」

〔五五〕「惟」文選四部本同，注云：「五臣本從『口』。」袁本作「唯」，注云：「善本從『心』。」世説文學篇注引無「而」字。下「使」字，藝文類聚七十五引作「所」。

〔五六〕「暗」或作「闇」。下「使」字藝文類聚引作「所」。

〔五七〕王刻本藝文類聚引作「染之使黄而無使堅哉」，未引下句，胡刻本同，惟「無」字作「血」，蓋「勿」字之譌也。世説文學篇注節此二句。

〔五八〕世説文學篇注引無「而」字，又「無」字作「勿」。○李善注：方言曰：「延，年長也。」○黄先生曰：「『延』當爲『腅』，生肉醬也。嵇蓋用爲羶耳，注非。」○揚案：此謂麝食柏而香，亦有禽獸因烝染而得羶者也。

〔五九〕藝文類聚七十五作「上藥性者」，奪五字，刻板之誤。○李善注：本草曰：「上藥一百二十種爲君，主養命以應天，無毒，久服不傷人，輕身益氣，不老延年。中藥一百二十種爲臣，主養性以應人。」養生經曰：「上藥養命，五石練形，六芝延年。中藥養性，合歡蠲忿，萱草忘憂也。」○案注文養生經語，博物志引作神農經，又抱朴子仙藥篇及太平御覽六十一引神農經曰：「上藥令人身安命延，中藥養性，下藥除病。」後漢書王充傳：「造養性書十六篇。」

〔六〇〕吴志忠曰：「道家有性命雙修之説，此『性命』二字，即承上『神農曰』兩句，故曰『性命之理』。」

〔六一〕張本無「惟」字，文選四部本作「惟」，袁本作「唯」，四部本注云：「五臣本從『口』。」袁本注云：「善本從『心』。」「見」太平御覽七百二十引作「睹」。

〔六二〕「惑」鮑本御覽七百二十誤作「感」。

〔六三〕李善注：法言曰：「哇則鄭。」李軌曰：「哇，邪也。」周禮鄭玄注曰：「五穀：麻、黍、稷、麥、豆也。」○毛詩傳：「耽，樂也。」華嚴經音義引字林曰：「嗜色爲妉。」「耽」「妉」通。禮記祭義篇：「遂朱緑之，玄黄之，以爲黼黻文章。」曹植辨道論：「玄黄所以娱目。」中論治學篇：「玄黄之色即著，而純皓之體斯亡。」班固答賓戲曰：「合之律度，淫䵷而不可聽。」漢書注：「李奇曰：『䵷，不正之音也。』」案「哇」與「䵷」通。

〔六四〕「府藏」或作「腑臟」。遵生八牋及安政本太平御覽七百二十引作「臟腑」。

〔六五〕「鬻」下，原注云：「一作『煑』。」程本、汪本同，吴鈔本、張本作「煑」，文津本作「鬻」，文選胡刻本、四部本作「鬻」，袁本作「煑」。四部本注云：「五臣本作『煑』字。」袁本注云：「善本作

『鬻』字。」宋本及張本、汪本、安政本太平御覽七百二十引作「煑」，鮑本作「鬻」。案「鬻」爲「鬻」字之誤。三國文及漢魏別解亦誤作「鬻」。此句白帖五、白孔六帖十五均引作「醪醴腐人之腸胃」，亦誤。○李善注：莊子曰：「聲色滋味之於人心，不待學而樂之。」漢書曰：「五藏六腑。」周禮曰：「凡齊事鬻盬，以待戒令。」鄭玄曰：「鬻盬，謂練化之。『鬻』今之『煑』字也。」○說文：「醴，酒一宿熟也。醪，汁滓酒也。」素問湯液醪醴論：「岐伯曰：『自古聖人之作湯液醪醴者，以爲備耳，故爲而弗服也。』」

〔六六〕「香芳」遵生八牋引作「馨香」。○秦嘉報妻書：「芳香可以馥身去穢。」崔寔太醫令箴曰：「腠理不蠲，骨髓奈何。」說文：「髓，骨中脂也。」

〔六七〕李善注：廣雅曰：「悖，亂也。」文子曰：「循理而動者正氣。」○淮南子原道訓：「喜怒者，道之邪也。」又詮言訓曰：「君子行正氣。」

〔六八〕「銷」張本及御覽引作「消」，文選袁本同，注云：「善本作『銷』字。」四部本作「銷」，注云：「五臣作『消』字。」○桓譚新論曰：「子雲言成帝時，每上甘泉，詔令作賦，賦成，困倦小卧，夢其五藏出在地，及覺，氣病一歲。由此言之，盡思慮，傷精神也。」崔寔答譏曰：「思慮勞乎形神。」

〔六九〕李善注：文子曰：「人之性欲平。」又曰：「眞人純粹。」應劭漢書注曰：「粹，淳也。」○莊子大宗師篇：「安時而處順，哀樂不能入也。」左氏昭公元年傳：「子産曰：『若君身，則亦出入飲食哀樂之事也。』」淮南子原道訓：「無所好憎，平之至也；不與物殽，粹之至也。」管子内業篇：

「凡人之生也，必以平正，所以失之，必以喜怒憂患。」

〔七〇〕「塗」或作「途」。此句，事文類聚前集三十八引作「而攻者非一塗」。○李善注：左氏傳：「子産曰：『蕞爾小國。』」杜預注曰：「蕞爾，小貌也。」

〔七一〕「外内」文選袁本同，注云：「善本作『内外』。」四部本、茶陵本作「内外」，注云：「五臣本作『外内』。」胡刻本仍作「外内」，胡克家文選考異曰：「案此疑尤以五臣改之也。」○太平御覽七百二十，事文類聚前集三十八及遵生八牋引亦作「内外」。此句，吴鈔本誤作「而外受内敵」。

〔七二〕司馬遷報任安書曰：「身非木石，獨與法吏爲伍。」

〔七三〕管子心術篇：「過在自用。」禮記中庸篇：「愚而好自用。」

〔七四〕「倦」或作「勌」。

〔七五〕李善注：素問：「黄帝曰：『有病心腹滿，此何病？』岐伯曰：『此飲食不節故時病。』」七發曰：「百病咸生。」漢書：「杜欽上疏曰：『佩玉晏鳴，關雎歎之，知好色之伐性短年也。』」○李周翰注：謂形色之氣乏絶。○韓詩外傳：「孔子曰：『居處不理，飲食不節，勞過者病共殺之。』」大戴禮哀公問於孔子篇：「孔子曰：『今之君子，好色無厭，淫德不倦。』」

〔七六〕「風寒」見前與阮德如詩注〔三〕。論衡道虚篇：「凡人稟性，身本自輕，氣本自長，中於風溼，百病傷之，故身重氣劣也。」潛夫論浮侈篇：「風寒所傷，姦人所利。」

〔七七〕李善注：莊子曰：「終天年不中道夭者，是智之盛。」○張銑注：衆難，謂上哀樂之事。○莊子人間世篇：「不終其天年而中道夭於斧斤，此材之患也。」淮南子精神訓：「人不能終其壽命，而中道夭於刑戮者，以其生生之厚。」

〔七八〕李善注：方言曰：「悼，哀也。」笑悼，謂笑其不善養生，而又哀其促齡也。○呂氏春秋異用篇：「仁人之得飴以養疾持老。」注：「持，亦養也。」

〔七九〕李善注：莊子曰：「藏乎無端之紀。」○李周翰注：終，謂死也。言死者悶然不知其端緒之所由也。○莊子德充符篇：「悶然而後憂。」釋文引李注曰：「悶然，不覺貌。」荀子王制篇：「始則終，終則始，若環之無端。」

〔八〇〕李善注：穀梁傳：「荀息曰：『中智以上，乃能慮之，臣料虞君，中智以下也。』」○史記文帝本紀：「遺詔曰：『死者，天地之理，物之自然者。』」

〔八一〕「覺」三國文誤作「寬」。○楚辭九思：「吾志兮覺悟。」

〔八二〕李善注：老子曰：「未兆易謀。」國語注：「兆，形也。」

〔八三〕「由」吴鈔本、張本作「猶」，文選袁本同，注云：「善本作『由』。」四部本作「由」，注云：「五臣本作『猶』。」案二字通。周校本誤作「田」。

〔八四〕「爲」上，張本有「而」字，文選袁本同，注云：「善本無『而』字。」四部本、茶陵本無「而」字，注云：「五臣本有『而』字。」三國文、八代文鈔無「受」字。文選四部本、茶陵本同，注云：「五臣本有『受』字。」袁本有「受」字，注云：「善本無『受』字。」胡刻本仍有「受」字，胡克家文選考異曰：「案此疑尤以五臣添之也。」揚案：無「受」字更合。又「痛」字疑「病」字之誤。抱朴子極言篇：「世人以覺病之日始爲已病。」又廣譬篇：「越人見齊桓不振之徵，於未覺之疾。」均用此文。○李善注：韓子曰：「扁鵲謂桓侯曰：『君有疾，在腠理，猶可湯熨。』桓侯不信。後病迎扁鵲，鵲逃之，桓侯遂死。」史記曰：「扁鵲療簡子，東過齊，見桓侯。」束皙曰：「齊桓在簡子前且二百歲，小白後無齊桓侯，田和子有桓公午，去簡子首末相距二百八年，史記自爲舛錯。」韋昭曰：「魏無桓侯。」臣瓚曰：「魏桓侯。」新序曰：「扁鵲見晉桓侯。」然此桓侯，竟不知何國也。○朱銘曰：「韓非子喻老篇載此事作蔡桓侯，新序雜事篇作齊桓侯，史記扁鵲傳云：『晉昭公時，簡子疾。』趙世家云：『晉頃公之十二年，六卿以法誅公族，後十三年，簡子疾，五日，不知人。』與扁鵲不合，然晉昭公定公時，齊魏晉蔡皆無桓侯，則一也。索隱謂田和之子桓公午，與趙簡子頗亦相當。今按世家晉出公十七年，簡子卒，年表爲周定王十一年，至周安王十八年，田和子桓公午立，相去共七十四年，索隱亦非也。以上諸説，考之遷史，無一可合，此注『晉』當作『齊』。」

〔八五〕「微」文津本作「終」，誤也。

〔八六〕「治」張本作「理」，文選袁本同，注云：「善本作『治』。」四部本作「治」，注云：「五臣本作『理』字。」

〔八七〕吕延濟注：馳騁，猶歷觀也。域，間也。一切，猶一時也。言歷觀常人之間，故有一時苟且之壽。○慎子：「心者，五臟之主也，馳騁是非之境。」「一切」見前琴賦注〔三〕。黃先生曰：「一切，權時也，此猶言不定耳。」

〔八八〕易繫辭上：「仰以觀於天文，俯以察於地理。」京房易傳曰：「易者，象也，爻者，效也，聖人所以仰觀俯察。」

〔八九〕「證」吳鈔本作「証」。讀書續記曰：「選本『証』作『證』，當從之。說文『証』『證』各字。」

〔九〇〕「生」文選四部本、茶陵本作「性」，注云：「五臣本作『生』字。」袁本作「生」，注云：「善本作『性』字。」胡刻本仍作「生」，胡克家文選考異曰：「案此尤以五臣改之也。」

〔九一〕張銑注：言狐疑之心雖少近，不知養生之所由何如，亦未定也。○離騷：「心猶豫而狐疑。」洪興祖補註曰：「水經引郭緣生述征記云：『河津冰始合，車馬不敢過，要須狐行，云此物善聽，冰下無水乃過，人見狐行方渡。』按風俗通云：『里語稱狐欲渡河，無如尾何。且狐性多疑，故俗有狐疑之說。』未必一如緣生之言也。」易繫辭下：「幾者，動之微，吉之先見者也。子曰：『顏氏之子，其殆庶幾乎。』」李治敬齋古今黈曰：「吳志：『張昭子承，能甄識人物，凡在庶幾之流，莫不造門。顧雍子邵，好樂人倫，自州郡庶幾，及四方人士，往來相見，風聲流聞，遠近稱之。』二傳中皆言庶幾字，庶幾者，所謂凡有可以成材者皆是也。」揚案：論衡譴告篇曰：「賢人庶幾之才，亦聖人之次也。」此處謂少有志於養生者也。

〔九二〕「復」漢魏別解誤作「後」。○「中路」見前卜疑注〔五四〕。論語：「子曰：『力不足者，中道而廢。』」

〔九三〕「甽」吴鈔本原鈔作「溝」，墨校改。太平御覽七十五引作「甽」，二字通。

〔九四〕李善注：尚書曰：「濬甽澮距川。」孔安國曰：「一畝之間，廣尺深尺曰甽，廣二尋深二仞曰澮，甽澮深之，亦入海也。」莊子：「海若曰：『天下之水，莫大於海，萬川歸之，不知何時止而不盈，尾閭泄之，不知何時已而不虚。』」司馬彪曰：「尾閭，水之從海水出者也，一名沃燋，在東海之中。尾者在百川之下，故稱尾，閭者，聚也，水聚族之處，故稱閭也。在扶桑之東，有一石方圓四萬里，厚四萬里，海水注者，無不燋盡，故名燋。」

〔九五〕「欲」上，張本有「而」字，文選袁本同，注云：「善本無『而』字。」四部本無「而」字，注云：「五臣本有『而』字。」〇李周翰注：「顯報，謂長年也。」

〔九六〕曹大家東征賦：「喟抑情而自非。」説文：「抑，按也。」

〔九七〕李善注：説文曰：「希，望也。」穀梁傳：「荀息曰：『夫人，玩好在耳目之前，而患在一國之後。』」〇案今本説文：「晞，望也。」無「希」字。段玉裁曰：「『希』，篆脱也。」

〔九八〕李善注：楚辭曰：「心猶豫而狐疑。」尸子曰：「五尺大犬爲豫。」説文云：「隴西謂犬子爲猶。」顔師古以爲人將犬行，豫在人前，待人不得，又來迎候，如此往還，至於終日，斯乃豫之所以爲未定也，故稱猶豫。或以爾雅云，猶如麂，善登木。猶，獸名，聞人聲乃豫緣木，如此上下，故稱猶豫。〇梁章鉅曰：「曲禮：『定猶豫。』正義云：『説文猶，玃屬；豫，象屬；此二獸皆進退多疑惑者。』此以兩獸對説。此注引尸子以釋豫，又引説文釋猶，亦是對説。爾雅釋獸有猶無豫。顔氏家訓：『猶，獸名也，既聞人聲，乃豫緣木，如此上下，故稱猶豫。』師古注漢書高后紀同。即本書洛神賦注亦云：『猶獸多豫，狐獸多疑。』此皆從一獸合説。離騷：『心猶豫而狐疑。』王逸注但曰：『心中狐疑猶豫。』九歌：『君不行兮夷猶。』王注曰：『夷猶，猶豫也。』老子：『豫兮若冬涉川，猶兮若畏四鄰。』釋文：『豫如字，本或作懙。』猶無注，是則不從獸解。王觀國學林云：『後漢書馬援傳：計冘豫未決。廣韻：冘豫，不定也。以此觀之，猶似非獸，蓋猶猷冘三字通用，豫預與三字通用也。』」○揚案：善注「顔師古」當作「顔之推」，更合，此顔氏家訓書證篇之文也。又注文原句「聞人聲乃猶豫緣木」，「猶」字亦誤多，今删之。

〔九九〕韓子喻老篇：「子夏見曾子，曾子曰：『何肥也？』對曰：『戰勝故肥也。』曾子曰：『何謂也？』子夏曰：『吾入見先生之義則榮之，出見富貴之樂又榮之，兩者戰於胸中，未知勝負，故臞；今先生之義勝，故肥。』」淮南子原道訓：「子夏心戰而臞。」

〔一〇〇〕「賒」文選六臣本作「賖」，俗字也。

〔一〇一〕吕向注：以情欲爲交樂，以服食爲賒應，二者相傾，復有敗攝生之事者。○案「交賒」或「交貰」對稱，乃六朝之常語，交猶切近，賒猶寬遠也。抱朴子至理篇：「棄交修賒。」陶潛贈羊長史詩曰：「駟馬無貰患，貧賤有交娱。」沈約詠懷詩注曰：「常以交利貰賒禍。」周禮注：「鄭司農曰：『賒，貰也。』」文選注：「賒，緩也。」廣韻：「交，共也，合也。賒，不交也。」老子：「高下相傾。」

〔一〇二〕「目」文選四部本同，注云：「五臣本作『自』字。」袁本作「自」，注云：「善本作『目』字。」經濟類編九十四引亦作「自」。○「微妙」見前卜疑注〔六九〕。

〔一〇三〕「猶」吴鈔本作「之」。○李善注：淮南子曰：「豫章之生，七年可知。」延叔堅曰：「豫章與枕木相似，須七年乃可别耳。枕音尤。」○吕向注：養生之理，初與衆人同，道成然後可覺殊矣。

〔一〇四〕李善注：老子道德經曰：「聽之不聞名曰希。」王逸楚辭注曰：「無聲曰静。」○韓子解老篇：「衆人之用神也躁，聖人之用神也静。」

〔一〇五〕張本及文選四部本、袁本、茶陵本無「以」字。○李善注：論語：「桀溺曰：『滔滔者，天下皆是也。』」○胡克家文選考異曰：「注『桀溺曰滔滔者』，袁本『滔滔』作『悠悠』，案『悠悠』是也。茶陵本亦誤與此同。陳云：『陸氏釋文滔滔，鄭本作悠悠，注自據鄭康成本，與他本不同也。』」○許巽行文選筆記曰：「『滔滔』二字，乃後人妄改之也。釋文云：『滔滔鄭本作悠悠。』史記孔子世家同。孔安國曰：『悠悠，周流之貌也。』晉紀總論：『悠悠風塵。』注亦引孔論語注爲證。」○梁章鉅曰：「此引以釋正文『悠悠』，若作『滔滔』，不相應矣。」○洪頤煊讀書叢録曰：「孔、鄭皆從古文，養生論注引論語爲證，字當作『悠悠』。」○揚案：四部本文選李善注亦誤作「滔滔」，劉良注曰：「悠悠者，謂心遠於此道者。」「悠悠」不誤，但以「遠」字釋之仍誤也。廣雅：「效，驗也。」

〔一〇六〕劉良注：人有偏恃一事者，必不兼於他事，故養生無功。

〔一〇七〕論語：「子夏曰：『雖小道，必有可觀者焉。』」集解：「小道，謂異端。」

〔一〇八〕「欲」或作「慾」。○李善注：莊子曰：「廣成子謂黃帝曰：『必静必清，無勞汝形，無摇汝精，乃可以長生。』」老子曰：「少私寡欲。」○漢書叙傳：「班嗣報桓生書曰：『嚴子者，清虚淡泊。』」廣雅：「泰，通也。」

〔一〇九〕「强」或作「彊」。○李善注：左氏傳曰：「名位不同，禮亦異數。」

〔一一〇〕「弗」遵生八牋引作「不」。

〔一一一〕李善注：國語：「單襄公曰：『厚味實腊毒也。』」

〔一一二〕「醇」遵生八牋引作「守」。「白」張本作「泊」，文選袁本同，注云：「善本作『白』字。」四部本作「白」，注云：「五臣作『泊』字。」○李善注：慎子曰：「夫德精微而不見，聰明而不發，是故外物不累其内。」莊子曰：「外物不可必。」司馬彪曰：「物，事也。忠孝，内也。而外事咸不信受也。」淮南子曰：「古之人，神氣不蕩乎外。」莊子曰：「虚室生白。」向秀曰：「虚其心，則純白獨著。」○「神氣」見前幽憤詩注〔三二〕。莊子天地篇：「機心存於胸中，則純白不著。」案「醇」與「純」同。

〔一一三〕「寂」遵生八牋引作「寧」。○李善注：莊子曰：「聖人平易恬淡，則憂患不能入也，邪氣不能襲也，故其德全而神不虧矣。故曰，聖人不思慮，不預謀也。」○老子：「曠兮其若谷。」王弼注曰：「曠者寬大。」易繫辭上：「寂然不動，感而遂通天下之故。」莊子天地篇：「至人者，居無思，行無慮。」文子：「大丈者，恬然無思，寂然無慮。」

〔二四〕「日」遵生八牋引作「自」。

〔二五〕李善注：老子曰：「聖人抱一，爲天下式。」河上公曰：「抱，守也，守一，乃知萬事，故能爲天下法式。」王弼曰：「一，少之極也。式，猶則也。」文子曰：「古之爲道者，養以和，持以適。」莊子曰：「古之治道者，以恬養知，知生而無以知爲也，謂之以知養恬；知與恬交相養，而和理出其性。」老子曰：「玄德深矣遠矣，與物反矣，乃至大順。」河上公曰：「大順者，天理也。」鍾會曰：「反俗以入道，然乃至於大順也。」○莊子在宥篇：「我守其一，以處其和。」又天地篇：「是謂玄德，同乎大順。」

〔二六〕「然後」世說文學篇注引作「誠能」。

〔二七〕李善注：白虎通曰：「醴泉者，美泉也，狀如醴酒也。」

〔二八〕「晞」吳鈔本誤作「睎」。

〔二九〕「綏」遵生八牋引作「和」。○李善注：毛萇詩傳曰：「晞，乾也。」○詩湛露：「匪陽不晞。」毛詩傳：「綏，安也。」「五絃」見前贈秀才詩（息徒蘭圃）注〔四〕。

〔三〇〕李善注：莊子曰：「天無爲以之清，地無爲以之寧，故兩無爲相合，萬物皆化之也，孰能得無爲哉。」老子曰：「玄之又玄，衆妙之門。」○楚辭遠遊篇：「漠虛靜以恬愉兮，澹無爲而自得。」傳毅七激曰：「游心於玄妙。」

〔二一〕「生」吴鈔本原鈔作「身」，墨校改。○李善注：莊子曰：「天下有至樂無有哉？曰，至樂無樂。」郭象曰：「忘歡而後樂足，樂足而後身存。」莊子曰：「棄事則形不勞，遺生則精不虧，夫形全精復，與天爲一。」

〔二二〕「庶」張本及文選作「恕」，世説文學篇注引仍作「庶」，又無「可」字。○汪師韓文選理學權輿曰：「此『恕』字當是『庶』字之譌。」○孫志祖文選考異曰：「『恕』六臣本作『庶』，據文義爲『庶』字無疑。然注引聲類語，恐善本是『恕』字，未敢妄定。」○揚案：文選四部本、袁本、茶陵本均仍作「恕」，不作「庶」，「恕」即「庶」也，庶幾之庶，正當作恕。

〔二三〕世説文學篇注引作「何爲不可養生哉」。○李善注：聲類曰：「恕，人心度物也。」史記曰：「始皇之碣石，使燕人盧生求羨門。」韋昭曰：「羨門，古仙人也。」列仙傳曰：「王子喬者，周靈王太子晉也，道人浮丘公接以上嵩高山。」○梁章鉅曰：「注『人心度物也』，『人』當作『以』。」○陳僅讀選意籤曰：「案『恕』字當作『計』字『度』字解。」○許巽行曰：「康成禮記注曰：『坎不至泉，以生恕死也。』鄭以『恕』字作『度』字解，與注中聲類所訓正同。」○楚辭九章：「與天地兮比壽。」

牛僧孺曰：「嘗讀嵇康養生論曰：『導養得理，以盡性命，下可數百年。』至於調節嗜慾，全息正氣，誠盡養生之能者。僧孺以養身之於養生，難與易相遠也，所以康能著其論，而陷大辟，蓋能其易不能其難者也。且夫天地稟生之道衆，而貴之者寡，然而貴乎生，以有用於道也，生而無用，焉貴其生矣？而又況康不能養乎哉？且康居於是世，能忘名利之名，而不能使人忘其名，能忘其情慾之情，而不能自忘其情，能防己喜怒於内，而不能防人之喜怒於外，雖其名利、情慾、喜怒之心不改乎内，而能致其康寧焉，碩大焉，猶善豢者之犬彘肥腯，適足使屠儈之刃促乎己矣。出而語，處而默，是養其生者也；處而語，出而默，生其喪矣。沮焉溺焉，道無邪，行無詭，言中規，行中矩，而得其時，是養生於出處者也。孔焉孟焉，可而仕，否而退，是養生於出處語默之間者也。若中散者，栖乎下不可謂出，揚其名不可謂默，非出處則在用中於禮義人倫之道也。禮者，道之器也，而肆情傲物，蔑棄冠服，是禮之大喪也。禮喪而道喪，則鍾會欲無怒，晉王欲不刑之，不可得也。然康之爲人區區，不列於中人，豈欲引而論之哉？以析文垂論，則人之中者引而惑必衆，故不得不明也。先人有求生以害仁，有殺生以成仁，又有患難以相死，此則得道得死而爲壽，不以非道得生而爲壽也。仁如比干而剖死，直如屈原而溺死，廉如介推而焚死，忠如蕭望之而藥死。死而道存，洋洋乎不已，予謂所存之生至大，是能養生者；若碌碌愚生，不以五常之道爲人，予焉知其壽歟？焉知其昆蟲歟？木石歟？靈蛇千年，予不知其壽也。石有時而泐，予不知其久也。葵能衛其足，予不知其全也。若康之養生，有類是也，適爲下矣，又況不能類之者哉？嗚呼，能養於道者，生死長短可也。養生論。文苑英華七百三十九。○揚案：叔夜所論者養生也，牛氏乃引而高論乎養道，亦可謂悠謬矣。至叔夜之死，爲保明吕安也，爲心乎魏室也，正牛氏所謂殺生以成仁，患難以相死，以五常之道爲人者也。譏叔夜不能養身，由不知論其世耳。

楊慎曰：「微論旨言，展析雋永，其局致尤爲獨操。」漢魏别解引。

李贄曰：「嵇、阮稱同心，而阮則體妙心玄，一似有聞者，觀其放言，與孫登之嘯可覩也。若向秀注莊子，尤爲已見大意之人，真可謂莊周之惠施矣。康與二子游，何不就彼問道。今讀養生論，全然不省神仙中事，非但不識真仙，亦且不識養生矣。何以當面蹉過如此耶？似此聰明，出塵好漢，雖向、阮亦無如之何，真令人恨恨。雖然，若其人品之高，文辭之美，又豈諸賢之可及哉？」李氏焚書。○揚案：向、阮之道，可以全生耳，叔夜自不與同。

陳明卿曰：「不勦丹方氣訣餘沫，特以解悟爲文，清通暢適。」漢魏名文乘引。

邵長蘅曰：「神仙縱出自然，而養生可學，此一篇之大旨。」

李兆洛曰：「此等文自論衡出，時有牙慧可取。」駢體文鈔。

譚獻曰：「積然自放。」駢體文鈔評。

黄先生曰：「壽有仙無，生原有養，文謂：『仙非學致。』又云：『可過常期。』皆由照理未精，獨言養生之理是耳。」

嵇康集校注卷第四

黄門郎向子期難養生論一首附

答難養生論一首

黄門郎向子期難養生論一首附

張燮本題作「向秀難養生論」。○吴鈔本題作「黄門郎養生論」，首空一格，墨校於「郎」「養」間作一斜勒，旁加「向子期難」四字。「論」下原鈔尚有二字，墨校塗抹不可辨。題下有「在文選第二十七卷」八字小字夾註，又間一格有「向秀難在後」五字。行中直書，皆爲墨校抹去。○周樹人曰：「案本或爲『答向子期養生論』，『黄門郎』即『答向期』之譌，而奪『子』字『難』字，康之所答，亦不别爲一篇也。」○葉渭清曰：「予疑原鈔本爲『養生論』，『黄門郎』三字，亦是後補。首空四格，無異餘篇。又文選不載向難，此云在二十七卷者，蓋指養生論言之，然論在今本文選第五十三卷，非二十七卷，豈所據爲三十卷之無注本耶？」○揚案：吴鈔本凡篇題上皆空四格，此處「黄門郎」三字，顯爲後加，以從今本也。原鈔所據之本，但題「養生論」，難文、答文，共爲一篇。○晉書向秀傳曰：「又與康論養生，辭難往復，蓋欲發康高致也。」

難曰[一]：若夫節哀樂，和喜怒，適飲食，調寒暑，亦古人之所修也[二]。至於絶五穀，去滋味，(寡)〔窒〕情欲[三]，抑富貴，則未之敢許也。何以言之？

夫人受形於造化，與萬物並存，有生之最靈者也[四]。異於草木，草木不能避風雨，辭斤斧[五]；殊於鳥獸，鳥獸不能遠網羅，而逃寒暑[六]。有動以接物，有智以自輔[七]。此有(心)〔生〕之益[八]，有智之功也。若閉而默之[九]，則與無智同。何貴於有智哉？有生則有情，稱情則自然〔得〕[一〇]，若絶而外之，則與無生同。何貴於有生哉？

且夫嗜欲[一一]，好榮惡辱，好逸惡勞，皆生於自然。夫天地之大德曰生，聖人之大寶曰位，崇高莫大於富貴[一二]。然〔則〕富貴，天地之情也[一三]。貴則人順己以行義於下[一四]，富則所欲得以有財聚人[一五]，此皆先王所重，(關)〔開〕之自然[一六]，不得相外也。又曰：富與貴，是人之所欲也。但當求之以道〔，不苟非〕義[一七]。在上以不驕無患，持滿以損儉不溢[一八]，若此何爲其傷德耶？或覩富貴之過，因懼而背之，是猶見食之有噎，因終身不飡耳[一九]。

神農唱粒食之始[二〇]，后稷纂播植之業[二一]。鳥獸以之飛走，生民以之視息[二二]。周孔以之窮神，顔冉以之樹德[二三]。賢聖珍其業，歷百代而不廢。今一旦云：五穀非養(生)

〔命〕之宜〔二四〕，肴醴非便性之物，則亦有和羹，黄耇無疆〔二五〕，爲此春酒，以介眉壽〔二六〕，皆虚言也。博碩肥腯，上帝是饗〔二七〕，黍稷惟馨，實降神祇〔二八〕。神祇且猶重之，而況於人乎？肴粮入體，不踰旬而充〔二九〕，此自然之符，宜生之驗也〔三〇〕。

夫人含五行而生〔三一〕，口思五味，目思五色〔三二〕，感而思室〔三三〕，飢而求食〔三四〕，自然之理也。但當節之以禮耳。今五色雖陳〔三五〕，目不敢視；五味雖存，口不得嘗，以言争而獲勝則可。焉有勺藥爲荼蓼〔三六〕，西施爲嫫母〔三七〕，忽而不欲哉？苟心識可欲而不得從〔三八〕，性氣困於防閑〔三九〕，情志鬱而不通〔四〇〕，而言養之以和，未之聞也〔四一〕。

又云：導養得理，以盡性命，上獲千餘歲，下可數百年。未盡善也〔四二〕。若信可然〔四三〕，當有得者。此人何在，目未之見〔四四〕。此殆影響之論〔四五〕，可言而不可得〔四六〕。縱時有耆壽耇老〔四七〕，此自特受（一）〔異〕氣〔四八〕，猶木之有松柏，非導養之所致〔四九〕。若性命以巧拙爲長短，則聖人窮理盡性，宜享遐期〔五〇〕；而堯舜禹湯文武周孔，上獲百年，下者七十〔五一〕，豈復疏於導養耶？顧天命有限，非物所加耳。

且生之爲樂，以恩愛相接〔五二〕。天理人倫〔五三〕，燕婉娱心，榮華悦志〔五四〕。服饗滋味，以宣五情〔五五〕。納御聲色，以達性氣。此天理自然〔五六〕，人之所宜，三王所不易也〔五七〕。今若舍聖軌而恃區種〔五八〕，離親棄歡，約己苦心〔五九〕，欲積塵露以望山海〔六〇〕，恐此功在身後，實不可冀也。縱令勤求，少有所獲。則顧影尸居，與木石爲鄰〔六一〕，所謂不病而自灸〔六二〕，無憂而自默，無喪而疏食〔六三〕，無罪而自幽。追虛徼幸，功不答勞〔六四〕。以此養生〔六五〕，未聞其宜。故相如曰：「必若〔此〕長生而不死，雖濟萬世猶不足以喜〔六六〕。」言悖情失性，而不本天理也〔六七〕。長生且猶無歡，況以短生守之耶？若有顯驗，且更論之。

〔一〕「難」上，吳鈔本有「黄門郎向子期」六字。○集中附文，吳鈔本皆不低格。

〔二〕管子形勢解曰：「起居時，飲食節，寒暑適，則身利而壽命益。」淮南子詮言訓：「凡治身養性，節寢處，適飲食，和喜怒，便動静。」揚雄逐貧賦：「寒暑不忒，等壽神仙。」

〔三〕「寡」吳鈔本作「窒」，是也，「寡」字於文義不合。

〔四〕莊子齊物論篇：「一受其成形，不亡以待盡。」又人間世篇：「以天地爲大爐，以造化爲大冶。」列子楊朱篇：「人肖天地之類，懷五常之性，有生之最靈者也。」風俗通義曰：「人用物精多，有生之最靈者也。」

〔五〕吳鈔本原鈔不重「草木」字，墨校補。「斤斧」吳鈔本作「斧斤」，誤也，此處用韻。

〔六〕吳鈔本原鈔不重「鳥獸」字，墨校補。

〔七〕「輔」汪本、四庫本誤作「轉」。○淮南子原道訓：「智與物接，而好憎生焉。」注：「接，交也。」又氾論訓：「目無以接物也。」注：「接，見也。」禮記注：「物，萬物也，亦事也。」廣雅：「輔，助也。」

〔八〕案就下文觀之，「心」字當爲「生」字之誤。

〔九〕列子力命篇：「默之成之。」注：「默，無也。」

〔一〇〕「然」下，吴鈔本有「得」字。案有「得」字，更合。○國語注：「稱，副也。」

〔一一〕「欲」或作「慾」。

〔一二〕易繫辭下：「天地之大德曰生，聖人之大寶曰位。」繫辭上：「崇高莫大乎富貴。」

〔一三〕「然」下，吴鈔本有「則」字，是也。

〔一四〕吴鈔本原鈔無「以」字，朱校補。

〔一五〕吴鈔本原鈔無「有」字，朱校補。○易繫辭下：「何以守位曰人，何以聚人曰財。」

〔一六〕「闕」吴鈔本原鈔作「開」，墨校改。案作「開」字更合，此承上文嗜欲而言也。

〔一七〕吴鈔本原鈔作「但當求之以道，不苟非義」，朱校删「不苟非」三字。案原鈔是也，答文有「求之何得不苟」句，正與此應。○論語：「子曰：『富與貴，是人之所欲也，不以其道得之，不處也。』」又曰：「不義而富且貴，於我如浮雲。」

〔一八〕「儉」吴鈔本作「斂」。葉渭清曰：「案答難養生論：『豈待積斂然後乃富哉？』正應此句，字又作『積斂』。」○揚案：此處正當作「損儉」，鈔者誤「儉」爲「斂」耳，答文不應此句也。○孝經曰：「在上不驕，高而不危，制節謹度，滿而不溢。」淮南子氾論訓：「周公可謂能持滿矣。」韓詩外傳：「孔子曰：『持滿之道，抑而損之。』」

〔一九〕「飡」三國文作「食」，嚴輯全三國文作「飡」。○呂氏春秋蕩兵篇：「有以饐死者，而禁天下之食，悖。」案「饐」與「噎」通，説文：「噎，飯窒也。」

〔二〇〕「唱」程本作「倡」，二字通。○淮南子修務訓：「神農乃始教民播種五穀。」大戴禮少閒篇：「粒食之民，昭然明視。」書益稷篇：「蒸民乃粒。」僞孔傳：「米食曰粒。」國語注：「發始爲倡。」

〔二一〕「纂」下，吳鈔本原鈔有「其」字，朱校删。「植」吳鈔本作「殖」，二字通。○書舜典：「帝曰：『棄，黎民阻飢，汝后稷播時百穀。』」國語周語：「周棄能播殖百穀。」注：「播，布也；殖，長也。」漢書律曆志：「堯復育重黎之後，使纂其業。」爾雅：「纂，繼也。」

〔二二〕淮南子墬形訓：「凡人民禽獸，萬物貞蟲，各有以生，或奇或偶，或飛或走。」莊子應帝王篇：「人皆有七竅，以視聽食息。」蔡琰悲憤詩：「爲復彊視息。」

〔二三〕漢書叙傳：「班嗣報桓生書曰：『伏周孔之軌躅。』」文選注：「周，周公；孔，孔子也。」易繫辭下：「窮神知化，德之盛也。」漢書宣元六王傳：「淮陽憲王報張博書曰：『子高素有顔冉之資。』」注：「顔，顔回；冉，冉耕也。」書益稷篇：「樹德務滋。」

〔二四〕「生」吳鈔本原鈔作「命」，朱校改。案原鈔是也，「養命」與下「便性」互文耳。

〔二五〕詩烈祖：「亦有和羹，既戒既平，綏我眉壽，黄耇無疆。」箋云：「和羹者，五味調，腥熟得節，食之，於人性安和。」釋名：「九十曰鮐，或曰黄耇，鬢髮變黄也，耇，垢也，皮色驪悴，恒如有垢者也。」

〔二六〕二句，詩七月之文。毛傳：「春酒，涷醪也；眉壽，豪眉也。」箋云：「介，助也。」

〔二七〕左氏桓公六年傳：「吾牲牷肥腯。」又曰：「博碩肥腯，謂其畜之碩大蕃滋也。」注：「腯，亦肥也。博，廣也；碩，大也。」禮記曲禮下：「凡祭宗廟之禮，豕曰肥腯。」又月令篇：「五者備當，上帝其饗。」

〔二八〕書君陳篇：「至治馨香，感於神明。黍稷非馨，明德惟馨。」左氏僖公六年傳：「國之將興，明神降之。」國語注：「天曰神，地曰祇。」

〔二九〕説文：「十日爲旬。」墨子節用中：「聖王制爲飲食之法，曰：足以充虚繼氣。」吕氏春秋重己篇：「味重珍，則胃充。」注：「充，滿也。」

〔三〇〕史記日者列傳：「不召而自來，不求而民出之，豈非道之所符，而自然之驗耶。」漢書天文志：「飭身正事，思其咎謝，則禍除而福至，自然之符也。」淮南子注：「符，驗也。」禮記注：「宜，猶善也。」

〔三一〕史記日者列傳：「武帝制曰：『以五行爲主，人取於五行者也。』」白虎通義性情篇：「人本含六律五行之氣而生。」論衡論死篇：「人之所以聰明智慧者，以含五常之氣也。」

〔三二〕吕氏春秋情欲篇：「耳之欲五聲，目之欲五色，口之欲五味，情也。」左傳注：「五味：酸，鹹，辛，苦，甘。五色：青，黄，赤，白，黑。」

〔三三〕説文：「感，動人心也。」白虎通義爵篇：「一夫一婦成一室。」儀禮注：「室，猶妻也。」徐幹有室思賦。

〔三四〕「飢」或作「饑」。

〔三五〕「今」吴鈔本作「令」，誤也。

〔三六〕「勺」張燮本作「芍」。○司馬相如子虚賦：「勺藥之和具，而後御之。」漢書注：伏儼曰：「勺藥以蘭桂調食。」文穎曰：「五味之和也。」晉灼曰：「南都賦曰歸雁鳴鵽，香稻鮮魚，以爲勺藥酸甜滋味，百種千名之説是也。」師古曰：「諸家之説皆未當也。勺藥，藥草名，其根主和五藏，又辟毒氣，故合之於蘭桂五味以助諸食，因呼五味之和爲勺藥耳。今人食馬肝馬腸者，猶合勺藥而煑之，豈非古之遺法乎。」○王念孫讀書雜志曰：「韋昭曰：『勺藥和齊酸鹹美味也。勺，丁削反；藥，旅酌反。』文選李善注枚乘七發曰：『勺藥之醬。』然則調和之言，於義爲得。」引之曰：「師古説非。諸家及韋李之説皆是也。勺藥之言，適歷也。均調謂之適歷，聲轉則爲勺藥。揚雄蜀都賦：『乃使有伊之徒，調夫五味甘甜之和，勺藥之羹。』論衡譴告篇：『釀酒於罌，烹肉於鼎，皆欲其氣味調得也。時或鹹苦酸淡不應口者，由人勺藥失其和也。』嵇康聲無哀樂論：『太羹不和，不極勺藥之味。』張協七命：『味重九沸，和兼勺藥。』皆其證矣。五味之和，總謂之勺藥，故云勺藥之和具。若專指一物，何以得言具乎？」○宋翔鳳過庭録曰：「作湯者，必俟其熱，而後入五味以和之，故曰勺藥之和。醬亦調和之物，故曰調和之醬。至南都賦明云『酸甜鹹苦，百種千名。』此勺藥爲五味調和之切證。乃兩漢之達語也。」○沈欽韓漢書疏證曰：「蕭鄴嶺南節度使韋正貫神道碑云：『拜京兆尹。京師稱難治，公能勺藥其間，安然無一事。』則見唐人文辭，猶能依據古訓，不惑俗説也。」○揚案：唐語林引劉禹錫曰：「芍藥和物之名也。此藥之性，能調物。或音著略，語訛也。」劉氏以不訛爲訛，則仍惑俗説者矣。○詩良耜：「以薅荼蓼。」毛傳：「蓼，水草也。」爾雅：「荼，苦菜。」

〔三七〕吴越春秋：「越王得苧蘿山鬻薪之女曰西施鄭旦，獻於吴。」尚書大傳：「黄帝妃嫫母，於四妃之班最下，貌甚醜而最賢。」淮南子修務訓：「美不及西施，惡不若嫫母。」

〔三八〕老子：「不見可欲，使心不亂。」廣雅：「從，就也。」

〔三九〕新書道德説曰：「性生氣。」毛詩序：「齊人惡魯桓公不能防閑文姜。」左傳注：「閑，防也。」

〔四〇〕鄭玄六藝論曰：「箴諫者希，情志不通。」呂氏春秋注：「鬱，滯不通也。」

〔四一〕「聞」下，嚴輯全三國文衍「之」字。

〔四二〕由「導」以下二十字，吴鈔本原鈔誤奪，墨校補。○論語：「子謂韶盡美矣，又盡善也；謂武盡美矣，未盡善也。」

〔四三〕説文：「信，誠也。」

〔四四〕吴鈔本作「目之未見」，誤也。答文引此語亦作「目未之見」。

〔四五〕「影」吴鈔本作「景」，二字通。

〔四六〕吴鈔本原鈔作「何言而不得」，朱校於「不」下補「可」字。○讀書續記曰：「明本『何』作『可』，是。」葉渭清曰：「按如原鈔無下『可』字，則『何言』亦通。」○揚案：上言影響，故下言不可得也。如作「何言」，則不合此處之義。○楚辭九章：「入景響之無應兮。」洪興祖補注曰：「景，於境切，物之陰影也。葛洪始作影。」漢書郊祀志：「谷永説上曰：『世有僊人服食不終之藥，聽其言洋洋滿耳，若將可遇求之，盪盪如係風捕景，終不可得。』」

〔四七〕吴鈔本原鈔無「耇壽」二字，墨校補。○書文侯之命篇：「即我御事，罔或耇壽，俊在厥服。」國語周語：「樊穆仲曰：『魯侯肅恭明神，而敬事耇老。』」

〔四八〕案「一」字疑「異」字之譌。前論亦云：「似特受異氣，稟之自然。」○莊子人間世篇：「彼方且與造物者爲人，而遊乎天地之一氣。」

〔四九〕「所致」吴鈔本原鈔作「上願」，朱校改。

〔五〇〕易説卦傳：「窮理盡性，以至於命。」古樂府滿歌行：「安神養性，得保遐期。」曹植贈白馬王彪詩：「俱享黄髮期。」左傳注：「享，受也。」玉篇：「期，時也。」

〔五一〕史記五帝本紀：「堯立七十年得舜，二十年而老，令舜攝行天子之政，堯辟位凡二十八年而崩。舜年六十一，代堯踐帝位。踐帝位三十九年，南巡狩，崩於蒼梧之野。」帝王世紀曰：「禹年二十始用，三十二而洪水平，年百歲，崩於會稽。湯即位十七年而踐天子位，爲天子十三年，年百歲而崩。」禮記文王世子篇：「文王九十七乃終。武王九十三而終。」史記孔子世家：「孔子年七十三，以魯哀公十六年六月己丑卒。」左氏哀公十六年傳注：「仲尼魯襄二十二年生，至今七十三也。」論衡命禄篇：「堯典曰『朕在位七十載』，求禪得舜。堯退而老，八歲而終，至殂落九十八歲。堯未在位之時，必已成人，今計數百有餘矣。周公，武王之弟也。兄弟相差不過十年，武王崩，周公居攝，七年復政退老，出入百歲矣。」案資治通鑑外紀引應劭曰：「周公年九十九。」

〔五二〕淮南子修務訓：「有以爲則，恩難接矣。」漢書董仲舒傳：「對策曰：『粲然有文以相接，驩然有恩以相愛，此人之所以貴也。』」

〔五三〕莊子至樂篇：「夫至樂者，先應之以人事，順之以天理。」孟子注：「人倫，人事也。」

〔五四〕詩新臺：「燕婉之求。」毛傳：「燕，安；婉，順也。」古詩：「極晏娱心意。」毛詩序：「在心爲志。」

〔五五〕列子楊朱篇：「五情好惡，古猶今也。」曹植上責躬應詔詩表曰：「五情愧赧。」文選劉良注：「五情，喜怒哀樂怨也。」揚案：五情，猶云五性，五氣也。大戴禮文王觀人篇：「民有五性，喜怒欲懼憂也。」逸周書官人解：「民有五氣，喜怒欲懼憂。」又案：古人論情，或以六七目之。

〔五六〕「理」下，嚴輯全三國文有「之」字。

〔五七〕孟子注：「三王，三代之王也。」

〔五八〕「區種」見前篇注〔四〇〕。

〔五九〕韓詩外傳：「屠羊子之爲政也，約己持窮，而處人之國矣。」廣雅：「約，束也。」

〔六〇〕曹植求自試表曰：「冀以塵露之微，補益山海。」

〔六一〕莊子在宥篇：「尸居而龍見。」禮記表記篇：「則尸利也。」注：「尸謂不知人事，無辭讓也。」孟子：「舜之居深山之中，與木石居，與鹿豕游。」

〔六二〕「灸」吴鈔本、四庫本及三國文誤作「炙」，嚴輯全三國文誤作「災」。○莊子盜跖篇：「孔子曰：『丘所謂無病而自灸也。』」説文：「灸，灼也。」

〔六三〕「疏」吴鈔本作「蔬」，二字通。○禮記間傳篇：「父母之喪，既虞卒哭，疏食水飲，不食菜果。」又月令篇：「取蔬食。」注：「草木之實爲蔬食。」

〔六四〕管子兵法篇：「善者之爲兵也，使敵若據虚，若搏景。」禮記中庸篇：「小人行險以徼幸。」荀子注：「徼與邀同。」漢書注：「答，應也。」

〔六五〕「以此」吴鈔本作「於以」。

〔六六〕「若」下，嚴輯全三國文衍「欲」字。○葉渭清曰：「按所引司馬相如語，出大人賦，原文爲：『吾乃今目覩西王母，皬然白首戴勝而穴處兮，亦幸有三足烏爲之使，必長生若此而不死兮，雖濟萬世不足以喜。』此非言長生不足喜，乃言長生若此不足喜。即史記司馬相如傳：『相如以爲列仙之儒，居山澤間，形容甚臞。』此非帝王之仙意也。凡相如之奏大人賦，正以反此，今删去

『此』字，與長卿之本旨異矣。」○揚案：漢書注曰：「昔之談者，咸以西王母爲仙靈之最，故相如言大人之仙，娱遊之盛，顧視王母，鄙而陋之，不足羡慕也。」向氏之意，亦謂以此養生，悖情失性，不足羡慕耳。「若」下當有「此」字，或刻本誤奪也。

〔六七〕莊子刻意篇：「冒則物必失其性。」

答難養生論一首

此篇吴鈔本原鈔與前篇相接，朱校於「曰」字下行縫中題「答難養生論一首」，又將「一首」二字滌去。○張雲璈選學膠言曰：「隋經籍志：『梁有養生論三卷，嵇康譔，亡。』言三卷，是不止一篇矣。太平御覽七百二十引嵇康養生論一百九字，即答難養生論也。」○周樹人曰：「文選江文通雜體詩，李善注引『養生有五難』云云十一句，爲康答文，而稱向秀難嵇康養生論，即爲唐時舊本，亦二篇連寫之證。」○葉渭清曰：「按晉書阮种傳，太平御覽七百二十方術部養生，八百二十五資産部蠶，均引作養生論，疑當時此篇亦或祇稱養生論。文選江文通雜體詩許徵君詢一首，善注引作向秀難嵇康養生論，則恐是誤憶。」○揚案：隋志三卷云者，不必即合向氏難文計之，疑叔夜更有重論之篇，蓋今之叔夜集，固非全本也。否則隋志「三」字當是「二」字之譌。丹波宿禰康賴醫心方卷二十七引此篇，亦稱嵇康養生論。楊守敬日本訪書志曰：「廿七卷中有嵇康養生論，多溢出今本之外。則知文選所載爲昭明刪削，康賴選録，當是叔夜集中原本。」楊氏之爲此言，仍未悟答難養生論舊亦止稱養生論也。〇篇中「難曰」之句，吴鈔本多提行，朱校連之於上，亦有未提行處，今不一一指出。

答曰：所以貴智而尚動者，以其能益生而厚身也。然欲動則悔吝生〔一〕，智行則前識立〔二〕；前識立則志開而物遂〔三〕，悔吝生則患積而身危。二者不藏之於内，而接於外，祇足以災身，非所以厚生也〔四〕。夫嗜欲雖出於人〔五〕，而非道之正〔六〕。猶木之有蝎〔七〕，雖木之所生〔八〕，而非木之宜也〔九〕。故蝎盛則木朽，欲勝則身枯。然則欲與生不並久，名與身不俱存〔一〇〕，略可知矣。而世未之悟，以順欲爲得生〔一一〕，雖有（後）〔厚〕生之情〔一二〕，而不識生生之理〔一三〕，故動之死地也〔一四〕。是以古之人知酒（肉）〔色〕爲甘鴆〔一五〕，棄之如遺〔一六〕；識名位爲香餌，逝而不顧〔一七〕。使動足資生，不濫於物〔一八〕，知（正）〔止〕其身，不營於外〔一九〕。背其所害〔二〇〕，向其所利〔二一〕。此所以用智遂生之道也〔二二〕。故智之爲美〔二三〕，美其益生而不羨〔二四〕；生之爲貴，貴其樂和而不交〔二五〕。豈可疾智而輕身〔二六〕，勤欲而賤生哉〔二七〕。

且聖人寶位，以富貴爲崇高者，蓋謂人君貴爲天子，富有四海〔二八〕。民不可無主而存〔二九〕，主不能無尊而立〔三〇〕。故爲天下而尊君位，不爲一人而重富貴也〔三一〕。又曰：富與貴是人之所欲者，蓋爲季世惡貧賤，而好富貴也〔三二〕。未能外榮華而安貧賤，且抑使由其道而不爭〔三三〕。不可令其力爭〔三四〕，故許其心競〔三五〕。中庸不可得，故與其狂狷〔三六〕。此俗談耳〔三七〕。不言至人當貪富貴也〔三八〕。聖人不得已而臨天下〔三九〕，以萬物爲心〔四〇〕，在宥羣生，由身以道〔四一〕，與天下同於自得〔四二〕。穆然以無事爲業，坦爾以天下爲公〔四三〕。雖居君位，饗萬國，恬若素士接賓客也〔四四〕。雖建龍旂，服華衮〔四五〕，忽若布衣之在身〔四六〕。故君臣相忘於上〔四七〕，蒸民家足於下〔四八〕。豈勸百姓之尊己，割天下以自私〔四九〕，以富貴爲崇高，心欲之而不已哉？且子文三顯，色不加悦；柳惠三黜，容不加戚〔五〇〕。何者？令尹之尊，不若德義之貴；三黜之賤，不傷沖粹之美〔五一〕。二子嘗得富貴於其身〔五二〕，終不以人爵嬰心〔五三〕，故視榮辱如一。由此言之，豈云欲富貴〔人〕之情哉〔五四〕？

請問錦衣繡裳，不陳於闇室者〔五五〕；何必顧衆，而動以毁譽爲歡戚也？夫然，則欲之患其得，得之懼其失，苟患失之，無所不至矣〔五六〕。在上何得不驕？持滿何得不溢？求之何得不苟？得之何得不失耶？且君子出其言，善則千里之外應之〔五七〕，豈在於多，欲以貴得哉〔五八〕？奉法循理，不絓世網〔五九〕，以無罪自尊，以不仕爲逸〔六〇〕。遊心乎道義，偃息乎卑室〔六一〕。恬愉無遌，而神氣條達〔六二〕。豈須榮華，然後乃貴哉？耕而爲食，蠶而爲衣，衣食周身，則餘天下之財。猶渴者飲河，快然以足，不羨洪流〔六三〕。豈待積斂，然後乃富哉〔六四〕？君子之用心若此。蓋將以名位爲贅瘤〔六五〕，資財爲塵垢也〔六六〕。安用富貴乎？故世之難得者，非財也，非榮也〔六七〕，患意之不足耳！意足者，雖耦耕甽畝，被褐啜菽，豈不自得〔六八〕。

不足者雖養以天下，委以萬物，猶未愜然〔六九〕。則足者不須外，不足者無外之不須也〔七〇〕。無不須，故無往而不乏。無所須，故無適而不足。不以榮華肆志〔七一〕，不以隱約趨俗〔七二〕。混乎與萬物並行，不可寵辱〔七三〕，此真有富貴也〔七四〕。故遺貴欲貴者，賤及之；故忘富欲富者〔七五〕，貧得之〔七六〕，理之然也。今居榮華而憂，雖與榮華偕老，亦所以終身長愁耳。故老子曰：樂莫大於無憂〔七七〕，富莫大於知足〔七八〕。此之謂也。

難曰：感而思室，飢而求食〔七九〕，自然之理也。誠哉是言！今不使不室不食，但欲令室食得理耳。夫不慮而欲，性之（勤）〔動〕也〔八〇〕；識而後感，智之用也。性動者，遇物而當，足則無餘。智用者，從感而求，勌而不已。故世之所患，禍之所由，常在於智用，不在於性動。今使瞽者遇室，則西施與嫫母同情〔八一〕。（聵）〔憒〕者忘味〔八二〕，則糟糠與精粺等甘〔八三〕。豈識賢、愚、好、醜，以愛憎亂心哉？君子識智以無恒傷生〔八四〕，欲以逐物害性〔八五〕。故智用則收之以恬，性動則糾之以和〔八六〕。使智（上）〔止〕於恬〔八七〕，性足於和〔八八〕，然後神以默醇，體以和成，去累除害，與彼更生〔八九〕。所謂不見可欲，使心不亂者也〔九〇〕。縱令滋味（常）〔嘗〕染於口〔九一〕，聲色已開於心〔九二〕，則可以至理遣之，多算勝之〔九三〕。何以言之也？夫欲官不識君位，思室不擬親戚〔九四〕，何者？（止）〔知〕其所不得〔九五〕，則不當生心也〔九六〕。故嗜酒者自抑於鴆醴，貪食者忍飢於漏脯〔九七〕。知吉凶之理，故背之不惑，棄之不疑也。豈恨向不得酣飲與大嚼哉〔九八〕？　且逆旅之妾，惡者以自惡爲貴，美者以自美得賤〔九九〕。　美惡之形在目，而貴賤不同，是非之情先著，故美惡不能移也〔一〇〇〕。　苟云理足於内，乘一以御外，何物之能默哉〔一〇一〕？　由此言之，性氣自和，則無所困於防閑；情志自平，則無鬱而不通。　世之多累，由見之不明耳〔一〇二〕。　又常人之情〔一〇三〕，遠，雖大莫不忽之；近，雖小莫不存之〔一〇四〕。　夫何故哉？　誠以交賒相奪〔一〇五〕，識見異情也。　三年喪不内御，禮之禁也，莫有犯者〔一〇六〕。　酒色乃身之讎也，莫能棄之。　由此言之，禮禁〔交〕雖小不犯，身讎〔賒〕雖大不棄〔一〇七〕。　然使左手據天下之圖，右手旋害其身，雖愚夫不爲。　明天下之輕於其身〔一〇八〕，酒色之輕於天下〔一〇九〕，又可知矣。　而世人以身殉之，斃而不悔，此以所重而要所輕〔一一〇〕，豈非背賒而趣交耶〔一一一〕？　智者則不然矣。　審輕重然後動，量得失以居身；交賒之理同，故備遠如近。　慎微如著〔一一二〕，獨行衆妙之門〔一一三〕，故終始無虞〔一一四〕。　此與夫躭欲而快意者，何殊間哉〔一一五〕？

難曰：聖人窮理盡性〔一一六〕，宜享遐期，而堯孔上獲百年，下者七十，豈復疏於導養乎？案論堯孔雖稟命有限，故導養以盡其壽〔一一七〕。　此則窮理之致，不爲不養生得百年也。　且仲尼窮理盡性，以至七十，田父以六弊蠢愚，有百二十者〔一一八〕。　若以仲尼之至妙，資田父之至拙〔一一九〕，則千歲之論奚所怪哉？　且凡聖人，有損己爲世，表行顯功，使天下慕之，三徙成都者〔一二〇〕。或非食勤躬，經營四方，心勞形困，趣步失節〔者〕〔一二一〕。或奇謀潛（稱）〔遘〕〔一二二〕，爰及干戈，威武殺伐〔一二三〕，功利爭奮〔者〕〔一二四〕。或修身以明汙〔一二五〕，顯智以驚愚，藉名高於一世，取准的於天下〔一二六〕；又勤誨善誘，聚徒三千〔一二七〕，口勌談議，身疲磬折〔一二八〕，形若（救）〔求〕孺子〔一二九〕，視若營四海〔一三〇〕。神馳於利害之端，心鶩於榮辱之塗〔一三一〕，俛仰之間，已再撫宇宙之外者〔一三二〕。若比之於内視反聽〔一三三〕，愛氣嗇精〔一三四〕，明白四達，而無執無爲〔一三五〕；遺世坐忘，以寶性全真〔一三六〕，吾所不能同也。今不言松柏，不殊於楡柳也。然松柏之生，各以良殖遂性。若養松於灰壤〔一三七〕，則中年枯隕〔一三八〕。樹之重崕〔一三九〕，則榮茂日新。此亦毓形之一觀也〔一四〇〕。竇公無所服御，而致百八十。豈非鼓琴和其心哉〔一四一〕？此亦養神之一（微）〔徵〕也〔一四二〕。火蠶十八日，寒蠶三十（日餘）〔餘日〕〔一四三〕，以不得踰時之命，而將養有過倍之隆〔一四四〕。溫肥者早終〔一四五〕，涼瘦者遲竭，斷可識矣〔一四六〕。圉馬養而不乘，用皆六十歲〔一四七〕。體疲者速彫，形全者難斃〔一四八〕，又可知矣。富貴多殘，伐之者衆也。野人多壽，傷之者寡也，亦可見矣。今能使目與瞽者同功，口與（聵）〔憒〕者等味，遠害生之具，御益性之物〔一四九〕，則始可與言養性命矣。

難曰：神農唱粒食之始〔一五〇〕，鳥獸以之飛走，生民以之視息。今不言五穀，非神農所唱也。既言上藥〔一五一〕，又唱五穀者：以上藥希寡，艱而難致；五穀易殖，農而可久〔一五二〕。

所以濟百姓而繼夭閼也〔一五三〕，並而存之〔一五四〕。唯賢志其大〔一五五〕，不肖者志其小耳〔一五六〕，此同出一人。至當歸止痛，用之不已〔一五七〕；耒耜墾辟〔一五八〕，從之不輟〔一五九〕；何〔至〕養命，蔑而不議〔一六〇〕。此殆玩所先習〔一六一〕，怪於所未知〔一六二〕。且平原則有棗栗之屬，池沼則有菱芡之類〔一六三〕，雖非上藥，猶□於黍稷之篤恭也〔一六四〕。豈云視息之具，唯（立）五穀哉〔一六五〕？又曰：黍稷惟馨，實降神祇。蘋蘩蘊藻〔一六六〕，非豐肴之匹；潢汙行潦，非重酎之對〔一六七〕。薦之宗廟，感靈降祉〔一六八〕。是知神饗德之與信〔一六九〕，不以所養爲生〔一七〇〕。猶九土述職，各貢方物，以効誠耳〔一七一〕。又曰：肴粮入體〔一七二〕，益不踰旬，以明宜生之驗。此所以困其體也〔一七三〕。今不言肴粮無充體之益，但謂延生非上藥之偶耳〔一七四〕。請借以爲難。夫所知麥之善於菽，稻之勝於稷，由有効而識之。假無稻稷之域，必以菽麥爲珍養，謂不可尚矣〔一七五〕。然則世人不知上藥良於稻稷，猶守菽麥之賢於蓬蒿，而必天下之無稻稷也〔一七六〕。若能杖藥以自永〔一七七〕，則稻稷之賤，居然可知〔一七八〕。君子知其若此〔一七九〕，故准性理之所宜，資妙物以養身〔一八〇〕。植玄根於初九〔一八一〕，吸朝霞以濟神〔一八二〕。今若以（肴）〔春〕酒爲壽〔一八三〕，則未聞高陽（有）〔皆〕黃髮之叟也〔一八四〕；若以充（性）〔悦〕爲賢〔一八五〕，則未聞鼎食有百年之賓也〔一八六〕。且冉生嬰疾，顔子短折〔一八七〕。穰歲多病，（飢）〔饑〕年少疾〔一八八〕。故狄食米而生癩，（瘡）〔創〕得穀而血浮〔一八九〕，馬秣粟而足重，鴈食粒而身留〔一九〇〕。從此言之，鳥獸不足報功於五穀，生民不足受德於田疇也〔一九一〕。而人竭力以營之，殺身以争之。養親獻尊，則□菊苽粱〔一九二〕；聘享嘉會，則肴饌旨酒〔一九三〕。而不知皆淖溺筋腋，易糜速腐〔一九四〕。初雖甘香，入身臭處〔一九五〕，竭辱精神〔一九六〕，染污六府〔一九七〕。〔又〕鬱穢氣蒸〔一九八〕，自生災蠹〔一九九〕。饕淫所階，百疾所附〔二〇〇〕。味之者口爽，服之者短祚〔二〇一〕。豈若流泉甘醴，瓊蘂玉英〔二〇二〕。金丹石菌〔二〇三〕，紫芝黄精〔二〇四〕。皆衆靈含英〔二〇五〕，獨發奇生〔二〇六〕。貞香難歇，和氣充盈〔二〇七〕。澡雪五臟〔二〇八〕，疏徹開明〔二〇九〕。吮之者體輕〔二一〇〕。又練骸易氣〔二一一〕，染骨柔筋〔二一二〕。滌垢澤穢，志淩青雲〔二一三〕。若此以往，何五穀之養哉？且螟蛉有子，果蠃負之〔二一四〕，性之變也〔二一五〕。橘渡江爲枳，易土而變，形之異也〔二一六〕。納所食之氣，還質易性，豈不能哉〔二一七〕？故赤斧以練丹赬髮〔二一八〕，涓子以朮精久延〔二一九〕，偓佺以松實方目〔二二〇〕，赤松以水玉乘烟〔二二一〕，務光以蒲韭長耳〔二二二〕，邛疏以石髓駐年〔二二三〕，方回以雲母變化〔二二四〕，昌容以蓬蔂易顔〔二二五〕，若此之類，不可詳載也。孰云五穀爲最，而上藥無益哉？又責千歲以來，目未之見，謂無其人。即問談者，見千歲人，何以别之？欲校之以形，則與人不異；欲驗之以年，則朝菌無以知晦朔，蜉蝣無以識靈龜〔二二六〕。然則千歲雖在市朝，固非小年之所辨矣〔二二七〕。彭祖七百〔二二八〕，安期千年〔二二九〕，則狹見者謂書籍妄記〔二三〇〕。劉根遐寢不食〔二三一〕，或謂偶能忍飢〔二三二〕。仲都冬倮而體温〔二三三〕，夏裘而身涼，桓譚謂偶耐寒暑〔二三四〕。李少君識桓公玉椀〔二三五〕，則阮生謂之逢占而知〔二三六〕。堯以天下禪許由，而揚雄謂好大爲之〔二三七〕。凡若此類，上以周孔爲關鍵，畢志一誠〔二三八〕；下以嗜欲爲鞭策，欲罷不能〔二三九〕。馳驟於世教之内，争巧於榮辱之間〔二四〇〕，以多同自減，思不出位〔二四一〕，使奇事絶於所見，妙理斷於常論；以言〔變通〕〔通變〕達微〔二四二〕，未之聞也〔二四三〕。久愠閑居，謂之無歡〔二四四〕；深恨無肴，謂之自愁。以酒色爲供養，謂長生爲無聊〔二四五〕。然則子之所以爲歡者，必結駟連騎，食方丈於前也〔二四六〕。夫俟此而後爲足，謂之天理自然者，皆役身以物，喪志於欲〔二四七〕，原性命之情〔二四八〕，有累於所論矣〔二四九〕。夫渴者唯水之是見，酌者唯酒之是求。人皆知乎生於有疾也。今若以從欲爲得性〔二五〇〕，則渴酌者非病，淫湎者非過〔二五一〕，桀跖之徒皆得自然〔二五二〕，非本論所以明至理之意也。夫至理誠微，善溺於世〔二五三〕，然或可求諸身而後悟，校外物以知之者〔二五四〕。人從少至長，〔□□□〕降殺〔二五五〕，好惡有盛衰〔二五六〕。或稚年所樂，壯而棄之〔二五七〕；始之所薄，終而重之。當其所悦，謂不可奪；值其所醜，謂不可歡；然還成易地〔二五八〕，則情變於初〔二五九〕。苟嗜欲有變〔二六〇〕，安知今之所躭，不爲臭腐〔二六一〕？曩之所賤，不爲奇美耶〔二六二〕？假令厮養暴登卿尹，則監門之類，蔑而遺之〔二六三〕。由此言之，凡所區區一域之情耳〔二六四〕，豈必不易哉？又飢飡者，於將獲所欲，則悦情注心〔二六五〕，飽滿之後，釋然疏之〔二六六〕，或有厭惡。然則榮華酒色，有可疏之時。蚺蛇珍於越土〔二六七〕，中國遇而惡之〔二六八〕；黼黻貴於華夏〔二六九〕，裸國得而棄之〔二七〇〕。當其無用，皆中國之蚺蛇，裸國之黼黻也。以大和爲至樂〔二七一〕，則榮華不足顧也〔二七二〕；以恬澹爲至味，則酒色不足欽也〔二七三〕。苟得意有地，俗之所樂，皆糞土耳，何足戀哉〔二七四〕？今談者不覩至樂之情，甘減年殘生，以從所願〔二七五〕；此則李斯背儒，以殉一朝之欲〔二七六〕，主父發憤，思調五鼎之味耳〔二七七〕。且鮑肆自玩，而賤蘭茝〔二七八〕；猶海鳥對太牢而長愁，文侯聞雅樂而塞耳〔二七九〕。故以榮華爲生具，謂濟萬世不足以喜耳。此皆無主於内，借外物以樂之〔二八〇〕；外物雖豐，哀亦備矣。有主於中，以内樂外；雖無鍾鼓〔二八一〕，樂已具矣〔二八二〕。故得志者，非軒冕也〔二八三〕；有至樂者，非充屈也〔二八四〕。得失無以累之耳。且父母有疾〔二八五〕，在困而瘳〔二八六〕，則憂喜並用矣〔二八七〕。由此言之，不若無喜可知也〔二八八〕。然則〔無〕樂豈非至樂耶〔二八九〕？故順天和以自然〔二九〇〕，以道德爲師友〔二九一〕，玩陰陽之變化，得長生之永久〔二九二〕，任自然以託身〔二九三〕，並天地而不朽者，孰享之哉〔二九四〕？

養生有五難：名利不滅〔二九五〕，此一難也〔二九六〕。喜怒不除〔二九七〕，此二難也。聲色不去，此三難也。滋味不絶〔二九八〕，此四難也。神慮（轉發）〔消散〕〔二九九〕，此五難也。五者必存〔三〇〇〕，雖心希難老，口誦至言〔三〇一〕，咀嚼英華，呼吸太陽〔三〇二〕，不能不迴其操〔三〇三〕，不夭其年也〔三〇四〕。五者無於胷中，則信順日濟〔三〇五〕，玄德日全〔三〇六〕。不祈喜而有福〔三〇七〕，不求壽而自延〔三〇八〕。此養生大理之所效也〔三〇九〕。然或有行踰曾閔，服膺仁義，動由中和，無甚大之累〔三一〇〕，便謂(仁)〔人〕理已畢〔三一一〕，以此自臧〔三一二〕。而不盪喜怒，平神氣，而欲却老延年者〔三一三〕，未之聞也〔三一四〕。或抗志希古，不榮名位，因自高於馳騖〔三一五〕。或運智御世，不嬰禍，故以此自貴〔三一六〕。此於用身甫與鄉黨(□)〔齔〕齒耆年同耳〔三一七〕。以言存生，蓋闕如也〔三一八〕。或棄世不羣，志氣和粹，不絶穀茹芝〔三一九〕，無益於短期矣。或瓊糇既儲，六氣並御〔三二〇〕，而能含光内觀〔三二一〕，凝神復璞〔三二二〕，棲心於玄冥之崖，含氣於莫大之(涘)〔族〕者〔三二三〕。則有老可却〔三二四〕，有年可延也〔三二五〕。凡此數者，合而爲用，不可相無。猶轅軸輪轄，不可一乏於輿也〔三二六〕。然人(若)〔皆〕偏見〔三二七〕，各備所患，單豹以營内(致斃)〔忘外〕〔三二八〕，張毅以趣外失中〔三二九〕。齊以誠濟西取敗，秦以備戎狄自窮〔三三〇〕，此皆不兼之禍也。積善履信，世屢聞之〔三三一〕；慎言語，節飲食，學者識之〔三三二〕。過此以往，莫之或知〔三三三〕。請以先覺，語將來之覺者〔三三四〕。

〔一〕「悔吝」見前述志詩(潛龍育神軀)注〔八〕。

〔二〕老子：「前識者，道之華而愚之始也。」韓子解老篇：「先物行先理動之謂前識。」

〔三〕「志」吴鈔本作「心」。○漢書王温舒傳：「居它惛惛不辯，至於中尉則心開。」禮記注：「遂，猶成也。」

〔四〕左氏文公七年傳：「正德利用厚生，謂之三事。」

〔五〕「欲」或作「慾」，下同。醫心方二十七引此句，「人」下有「情」字，又句首無「夫」字，當係節去。

〔六〕「道」下，吴鈔本、程本及醫心方引有「德」字。○大戴禮武王踐阼篇杖銘曰：「惡乎失道于嗜慾。」

〔七〕「蝎」程本作「蛬」，下同。案「蠹」或體爲「螙」，此「蛬」即「螙」之省寫。○爾雅：「蝎，蛣蜛。」注：「木中蠹蟲。」

〔八〕醫心方引無「之」字。

〔九〕「宜」上，吴鈔本有「所」字。此句醫心方引作「而非木所宜」，無「之」「也」二字。

〔一〇〕「朽」下，吴鈔本原鈔作「欲□身不並久，一云木與蝎不並生，勝則身枯，然則欲與身不並久，名與身不存。」「欲」下之字，墨校塗成「勝」字，原鈔似作「與」字，朱校又抹去此「勝」字之下十三字，改補下文，今同此本。○周校本曰：「『一云木與蝎不並生』八字，原是正文，今定爲注。」○葉渭清曰：「余疑『勝則身枯然則』六字本在上文『欲』字下，『木與蝎不並生』在『欲與身不並久』上。『一云』二字在下文『名與身不存』上，『名』即『欲』之誤字，『不存』當爲『不並存』或『不俱存』，無以定之。此『一云名與身不存』七字是注文非正文也。原鈔雖極顛倒奪謬，然嵇集原文轉賴以存。」○揚案：葉君之意，原鈔正文爲：「故蝎盛則木朽，欲勝則身枯，然則木與蝎不並生，欲與身不並久。」如此於文亦順，但無如此誤法也。原鈔所據之本，其正文當爲：

「故蝎盛則木朽，欲勝則身枯，然則欲與身不並久，名與身不□存。」「存」上之字，鈔者誤奪。其「一云木與蝎不並生」八字，則爲「久」下旁著或夾注之校語，蓋鈔者於上「欲」字時，誤視下「欲」字，迨鈔至「生」字時，乃又轉從「勝」字鈔起也。「欲與身不並久」句，凡經兩鈔，皆同是。吴鈔本與此本之異，惟「身」「久」與「生」「立」二字耳。又案醫心方所引，自「故蝎盛則木朽」句，至「略可知矣」句，皆與此本同。其書之撰輯，爲日本永觀二年，當中土宋雍熙元年。是此處之文，宋本亦同此本。即令別本偶有一二字之殊，亦不必有甚大之異也。

〔一一〕呂氏春秋重己篇：「凡生長也順之也，使生不順者欲也。」

〔一二〕「後」吴鈔本作「厚」，是也。

〔一三〕「生生」見前與阮德如詩注〔一八〕。

〔一四〕老子：「生之徒十有三，死之徒十有三，人之生動之死地亦十有三。」

〔一五〕「肉」吴鈔本作「色」，更合。

〔一六〕說文：「鴆，毒鳥也，一名運日。」國語注：「鴆，其羽有毒，漬之酒而飲之，立死。」詩谷風：「將安將樂，棄予如遺。」箋云：「如人行道，遺忘物，忽然不省存也。」

〔一七〕「名位」見前養生論注〔一九〕。鹽鐵論褒賢篇：「香餌非不美也，龜龍聞而深藏，鸞鳳見而高逝。」

〔一八〕易坤卦文言曰：「至哉坤元，萬物資生。」左氏哀公五年傳：「不潛不濫。」注：「濫，溢也。」

〔一九〕案「正」字當爲「止」字之誤。此謂止營其生而不及外也。

〔二〇〕「害」吴鈔本作「凶」。

〔二一〕吴鈔本作「守其所吉」。

〔二二〕「生」下，吴鈔本原鈔有「養一不蓋」四字，墨校删。周校本曰：「『示蓋』，疑當作『不盡』。」揚案：原鈔本作「不」字非「示」字也。「蓋」字當爲「盡」字之誤。「養一」於義略迂，疑刻本原係「而」字漫滅爲一，鈔者因之致誤也。○史記魏世家：「蘇代曰：『王之用智，不如用梟。』」

〔二三〕「爲」吴鈔本原鈔作「所」，墨校改。

〔二四〕「益」吴鈔本原鈔作「養」，墨校改。案「益」字更合。○莊子德充符篇：「所謂無情者，言人之不以好惡内傷其身，常因自然而不益生也。」毛詩傳：「羨，餘也。」

〔二五〕案「交」「羨」猶前云「交」「賒」。羨爲有餘，交則不足也。

〔二六〕「智」下，吴鈔本原鈔有「静」字，墨校删。案「静」字誤衍。此處兩句同義也。荀子仲尼篇：「疾力以申重之。」注：「疾力，勤力也。」此疾智猶勤智矣。

〔二七〕「勤」或作「懃」。「欲」下，吴鈔本原鈔尚有墨校塗抹，遂不可辨。周樹人曰：「案當是動字。」○揚案：無字爲合。

〔二八〕吴鈔本原鈔作「富有天下也」，墨校改。○韓詩外傳：「貴爲天子，富有四海，由此德也。」尸子：「堯舜黑，禹脛不生毛，文王至日仄不暇飲食，故富有天下，貴爲天子矣。」

〔二九〕「民」吴鈔本原鈔作「富」，墨校改。案「富」字乃涉上文而誤。

〔三〇〕「尊」吴鈔本原鈔誤作「遵」，墨校改。

〔三一〕書君奭篇：「故一人有事於四方。」僞孔傳：「一人，天子也。」慎子：「立天子以爲天下，非立天下以爲天子也。」

〔三二〕左氏昭公三年傳：「晏子曰：『此季世也。』」國語注：「季，末也。」論語：「子曰：『富與貴，是人之所欲也。貧與賤，是人之所惡也。』」

〔三三〕「而」吴鈔本原鈔作「猶」，墨校改。○説文：「抑，按也。」

〔三四〕吴鈔本原鈔無「其力争」三字，墨校補。周校本曰：「案『不争不可令』與下『中庸不可得』爲對文，無者是也。」○揚案：如此則當以上文「道」字絶句，「猶不争不可令」又爲一句，恐未必合。

〔三五〕左氏襄公二十六年傳：「師曠曰：『臣不心競而力争。』」莊子天運篇：「舜之治天下，使民心競。」

〔三六〕論語：「子曰：『不得中行而與之，必也狂狷乎？狂者進取，狷者有所不爲也。』」國語注：「與，許也。」

〔三七〕「談」上，吴鈔本有「之」字。案「之」上當奪「從」「隨」等字。

〔三八〕「當」張本及三國文作「常」，誤也。

〔三九〕「聖」吴鈔本作「至」。

〔四〇〕莊子在宥篇：「君子不得已而臨莅天下，莫若無爲。」老子：「聖人無常心，以百姓心爲心。」

〔四一〕莊子在宥篇：「聞在宥天下，不聞治天下也。」又曰：「吾欲官陰陽以遂羣生。」文選注引司馬彪曰：「在，察也。宥，寬也。」廣雅：「由，行也。」

〔四二〕淮南子原道訓：「自得，則天下亦得我矣。吾與天下相得，則常相有。」

〔四三〕揚雄甘泉賦：「蓋天子穆然。」東方朔非有先生論：「於是吴王穆然。」文選注：「穆，猶默静，思貌也。」老子：「取天下常以無事。」又曰：「爲無爲，事無事。」薛綜西京賦注：「坦，大也。」禮記禮運篇：「孔子曰：『大道之行也，天下爲公。』」

〔四四〕「饗」與「享」同。公羊僖公十年傳：「桓公之享國也長。」注：「享，食也。」「萬國」見前六言詩（唐虞世道治）注〔二〕。廣雅：「恬，静也。」易履卦象曰：「素履之往，獨行願也。」荀氏注：「素履，謂布衣之士。」

〔四五〕「衮」文津本作「文」，汪本誤作「交」。

〔四六〕吴鈔本無「之」字。又「身」下有「也」字。○荀子禮論篇：「天子龍旂九斿，所以養信也。」禮記禮器篇：「天子龍衮。」注：「畫龍於衮衣也。」續漢輿服志注補引東平王蒼議曰：「服龍衮，祭五帝。」又曰：「服以華文，象其物宜。」○張采曰：「子期作莊註，引此數語。」

〔四七〕莊子大宗師篇：「人相忘乎道術。」

〔四八〕「蒸」或作「烝」。○「蒸民」見前六言詩（惟上古堯舜）注〔三〕。漢書董仲舒傳：「對策曰：『受禄之家，食禄而已。然後利可均布，而民可家足。』」

〔四九〕賈誼新書過秦篇：「宰割天下，分裂山河。」

〔五〇〕「子文」「柳惠」見前六言詩（楚子文善仕）注〔二〕〔三〕。

〔五一〕戰國策燕策：「燕王與樂間書曰：『柳下惠不以三黜自累。』」淮南子注：「沖，虚也。粹，純也。」

〔五二〕「子」吴鈔本原鈔作「人」，墨校改。

〔五三〕「終」吴鈔本原鈔誤作「中」，墨校改。「心」下，吴鈔本原鈔有「也」字，墨校删，又於「心」上補「其」字。○孟子：「有天爵者，有人爵者，公卿大夫，此人爵也。」淮南子俶真訓：「憂患之來攖人心也。」注：「攖，迫也。」案「嬰」與「攖」通。

〔五四〕此句各本並同。案向難云：「富貴天地之情也。」本篇上文亦云：「富與貴是人之所欲。」此處當作「豈云欲富貴人之情哉？」史記貨殖列傳：「富者人之情性，不學而俱欲者也。」

〔五五〕「於」嚴輯全三國文作「乎」，當由别本作「于」而混。○詩終南：「我覯之子，錦衣狐裘。」又曰：「君子至止，黻衣繡裳。」

〔五六〕「無」上，吴鈔本有「則」字。○論語：「子曰：『鄙夫可以事君也與哉。其未得之也，患得之。既得之，患失之。苟患失之，無所不至矣。』」

〔五七〕易繫辭上：「子曰：『君子居其室，出其言，善則千里之外應之，况其邇者乎？』」

〔五八〕吴鈔本原鈔「在」作「患」。又「多」下有「犯」字，墨校改删，令同此本。案此本於義更合。○史記老莊列傳：「老子曰：『去子之驕氣與多欲。』」

〔五九〕史記循吏列傳：「公儀休爲魯相，奉法循理，無所變更。」楚辭哀時命曰：「身不挂於網羅。」漢書敘傳班嗣報桓生書曰：「不絓聖人之網。」注：「絓，讀與挂同。」曹植責躬詩：「舉絓時網。」

〔六〇〕「仕」吳鈔本原鈔誤作「任」，墨校改。○戰國策齊策：「顏斶曰：『無罪以當貴。』」

〔六一〕「遊心」見前贈秀才詩（息徒蘭圃）注〔五〕。詩北山：「或息偃在牀。」釋名：「偃，安也。」後漢書郎顗傳：「拜章曰：『夏后卑室，盡力致美。』」

〔六二〕「遻」吳鈔本原鈔誤作「還」，墨校改，程本誤作「逆」。○莊子在宥篇：「不恬不愉，非德也。」又刻意篇：「無所於忤，虛之至也。」淮南子原道訓：「恬愉無矜，而得於和。」注：「恬愉，無所好憎也。」楚辭九章：「重華不可遻兮。」注：「遻，逢。」洪興祖補注曰：「遻，當作遌，音忤，與迕同。列子『遻物而不慴』是也。」莊子至樂篇：「名止于實，義設于適，是之謂條達。」淮南子俶真訓：「通洞條達，恬漠無事。」

〔六三〕「洪流」見前贈秀才詩（浩浩洪流）注〔二〕。莊子逍遙遊篇：「偃鼠飲河，不過滿腹。」

〔六四〕莊子天道篇：「生熟不盡於前，而積斂無崖。」韓詩外傳曰：「安命養性者，不待積委而富。」

〔六五〕「蓋」吳鈔本原鈔作「恐」，朱校改。「瘤」，吳鈔本同，原鈔同，朱校改作「旒」。案「瘤」字是也。

〔六六〕莊子駢拇篇：「附贅懸疣，出乎形哉，而侈乎性。」釋文：「贅，瘤結也。」釋名曰：「贅，屬也。橫生一肉，屬著體也。」說文：「瘤，腫也。」公羊襄公十六年傳：「君若贅旒然。」注：「旒，旂旒。

贅，繫屬之辭。以斿旒喻者，爲下所執持東西。」韓子解老篇：「所謂廉者，輕恬資財也。」

〔六七〕曹植玄暢賦：「富者非財也，貴者非寶也。」

〔六八〕「豈」吴鈔本作「莫」，周校本曰：「各本譌『豈』。」○揚案：二字皆可通。○論語：「長沮桀溺耦而耕。」説文：「耒廣五寸爲伐，二伐爲耦。」荀子成相篇：「舉舜甽畝。」注：「甽，與畎同。」莊子讓王篇：「舜舉於畎畝之中。」釋文：「司馬云：『壟上曰畝，壟中曰畎。』」老子曰：「聖人被褐懷玉。」禮記檀弓下：「啜菽飲水盡其歡。」釋文：「熬豆而食曰啜菽。」

〔六九〕孟子：「以天下養，養之至也。」淮南子原道訓：「無以自得也，雖以天下爲家，萬民爲臣妾，不足以養生也。」韓詩外傳：「知足然後富從之，貪物而不知止者，雖有天下不富矣。」説文：「愜，快也。」

〔七〇〕儀禮注：「須，待也。」

〔七一〕「志」吴鈔本誤作「忘」。

〔七二〕莊子繕性篇：「不以軒冕肆志，不爲窮約趨俗。」典論曰：「不以隱約而服務，不以康樂而加思。」後漢書注：「隱，猶静也。約，儉也。」

〔七三〕禮記中庸篇：「萬物並育而相害，道並行而不相悖。」

〔七四〕莊子讓王篇：「若顔閔者，真惡富貴也。」

〔七五〕吴鈔本無此「故」字。

〔七六〕後漢書高彪傳：「作箴曰：『忘富遺貴，福禄乃存。』」

〔七七〕「莫」文瀾本作「無」。

〔七八〕案老子曰：「禍莫大於不知足，知足之足常足矣。」此處隨意引用也。

〔七九〕「飢」或作「饑」，下同。「求」嚴輯全三國文作「後」，誤也，難文原即作「求」。

〔八〇〕「勤」吴鈔本、張本作「動」，讀書續記曰：「以下文『不在於性動』相勘，則作『動』是。」○揚案：下文皆言性動，正承此句。○禮記樂記篇：「人生而静，天之性也，感於物而動，性之欲也。」莊子庚桑楚篇：「性之動謂之爲。」申鑒雜言篇：「凡情欲心志者，皆性動之别名也。」

〔八一〕「西施」「嫫母」見前篇注〔三七〕。

〔八二〕「聵」四庫本及嚴輯全三國文作「瞶」，下同。案兩「聵」字皆當爲「憒」之誤。漢書注：「憒，心亂也。」

〔八三〕班固幽通賦：「孔忘味於千載。」糠，穅俗字。韓子五蠹篇：「糟糠不飽者不務粱肉。」史記索隱曰：「糟糠，貧者之食也。」説文：「稗，禾别也。」曹植七啓曰：「芳菰精粺。」文選注：「稗與粺，古字通。」

〔八四〕「恒」字吴鈔本塗改而成。

〔八五〕晏子春秋諫下篇：「愛失則傷生，哀失則害性。」淮南子泰族訓：「不以欲傷生。」又詮言訓：「邪與正相傷，欲與性相害。」「逐物」見前贈秀才詩（流俗難悟）注〔二〕。

〔八六〕「性」吴鈔本作「情」，誤也。下文即云「性足於和」，篇中皆以性言也。周校本誤作「欲」。○周禮注：「糾，猶正也。」

〔八七〕「上」吴鈔本及三國文作「止」，是也。

〔八八〕莊子繕性篇：「古之治道者以恬養知，生而無以知爲也，謂之以知養恬。知與恬交相養，而和理出其性。」淮南子原道訓：「以恬養性。」又俶真訓：「性不動和，則德安其位。」

〔八九〕「與彼」二字吴鈔本塗改而成。○莊子山木篇：「吾願去君之累，除君之憂，而獨與道遊於大莫之國。」又達生篇：「棄世則無累，無累則正平，正平則與彼更生。」淮南子精神訓：「除穢去累，莫若未始出其宗。」

〔九〇〕老子：「不見可欲，使心不亂。」

〔九一〕「常」吴鈔本作「嘗」，讀書續記曰：「明本『嘗』作『常』，是。」○揚案：以下句律之，則「嘗」字於義爲長，嚴輯全三國文作「當」，誤也。

〔九二〕吕氏春秋適音篇：「口之情欲滋味，耳之情欲聲，目之情欲色。」

〔九三〕「算」吴鈔本作「筭」，二字同。孫子：「多算勝，少算不勝。」

〔九四〕説文：「擬，度也。」

〔九五〕「止」吴鈔本、四庫本及八代文鈔作「知」，是也。

〔九六〕「不」吴鈔本原鈔作「未」，墨校改。

〔九七〕本草：「漏沾脯，殺人。」案抱朴子微旨篇：「漏脯救飢，鴆酒解渴，非不暫飽，而死亦及之。」即用此文。

〔九八〕吴鈔本無「向」字。○桓譚新論曰：「人聞長安樂，出門向西而笑；知肉味美，對屠門而大嚼。」

〔九九〕莊子山木篇：「陽子之宋，宿於逆旅。逆旅有妾二人，其一人美，其一人惡，惡者貴而美者賤。陽子問其故。逆旅小子對曰：『其美者自美，吾不知其美也；惡者自惡，吾不知其惡也。』陽子曰：『弟子記之。行賢而去自賢之行，安往而不愛哉。』」

〔一〇〇〕「能」吴鈔本作「得」。

〔一〇一〕文選注：「乘，因也。」案難文云：「有動以接物，有智以自輔，若閉而默之，則與無智同。」故此云：「何物之能默哉？」謂理足於内者，不覺物之有無也。

〔一〇二〕「耳」吴鈔本原鈔作「也」，墨校改。

〔一〇三〕「又」吴鈔本原鈔誤作「及」，墨校改。

〔一〇四〕禮記祭義篇：「致愛則存，致慤則著。」注：「存著，謂其思念也。」

〔一〇五〕「交賒」見前養生論注〔一〇二〕。

〔一〇六〕禮記喪服大記篇：「禫而從御，吉祭而復寢，期居廬終喪不御於内者，父在爲母爲妻。」注：「從御，御婦人也。」蔡邕獨斷曰：「妃妾接於寢曰御。」

〔一〇七〕吴鈔本原鈔「禁」下有「文」字，「讎」下有「賒」字，墨校刪。周校本改「文」爲「交」。揚案：有「交賒」二字是也，此承上「交賒」而言。

〔一〇八〕淮南子精神訓：「尊勢厚利，人之所貪也。使之左據天下圖，而右手刎其喉，愚夫不爲。由此觀之，生貴於天下也。」揚案：據後漢書馬融傳注，知此語出於莊子。呂氏春秋不侵篇：「天下輕於身，而士以身爲人。」周禮地官大司徒：「掌建邦之土地之圖。」注：「土地之圖，若今司空郡國輿地圖。」

〔一〇九〕此七字吴鈔本原鈔誤奪，墨校補。

〔一一〇〕莊子讓王篇：「以隨侯之珠，彈千仞之雀，世必笑之。其所用者重，而所要者輕也。」呂氏春秋注：「要，得也。」

〔一一一〕毛詩傳：「趣，趨也。」

〔一一二〕「慎」上，吴鈔本原鈔有二「四」字，墨校刪。周校本曰：「『四』疑『而』之譌。」○淮南子人間訓：「聖人敬小慎微，動不失時。」

〔一一三〕「門」程本誤作「閑」。老子：「玄之又玄，衆妙之門。」

〔一一四〕張本無「故」字。○詩閟宮：「無貳無虞。」箋云：「虞，度也。」

〔一一五〕「殊」三國文作「如」，誤也。

〔一一六〕吴鈔本原鈔無「窮理」二字，墨校補。案有者是，原鈔偶誤也。

〔二七〕「壽」字吳鈔本塗改而成，原鈔似作「生」字。

〔二八〕論語：「子曰：『由也，汝聞六言六蔽矣乎？』」意林引周生烈子序曰：「六蔽鄙夫。」案「弊」與「蔽」通。禮記表記篇：「其民之敝惷而愚。」周禮秋官司刺：「三赦曰惷愚。」注：「惷愚，生而癡騃童昏者。」説文：「惷，愚也。」

〔二九〕曹植七啓曰：「論變化之至妙。」吕氏春秋注：「資，猶給也。」

〔三〇〕莊子徐無鬼篇：「舜有羶行，百姓悦之，故三徙成都。」史記五帝本紀：「舜耕歷山，歷山之人皆讓畔，漁雷澤，雷澤之人皆讓居，陶河濱，河濱器皆不苦窳，一年而所居成聚，二年成邑，三年成都。」

〔三一〕「節」下吳鈔本原鈔有「者」字，墨校删。案原鈔是也。上下文皆有「者」字，句法一律。○論語：「子曰：『禹吾無間然矣。菲飲食而致孝乎鬼神。』」集解：「馬融曰：『菲，薄也。』」詩江漢：「經營四方，告成於王。」吳越春秋：「禹勞心焦思以行。」吕氏春秋求人篇：「禹憂其黔首，顔色黎黑，竅藏不通，步不相過，至勞也。」淮南子原道訓：「禹之趨時也，冠挂而弗顧，履遺而弗取。」案「趣」與「趨」同。周禮注：「鄭司農云：『趨疾於步。』」

〔三二〕「稱」吳鈔本作「遘」，是也。周校本曰：「遘當作構。」○揚案：二字通。

〔三三〕吳鈔本原鈔作「威成伐煞」，墨校改。案「成」字當係偶誤。「煞」爲「殺」之俗字。

〔三四〕吳鈔本原鈔無「功」字，墨校補。又「奮」字塗改而成，原鈔似作「奪」。又原鈔「奮」下有「者」

字，墨校删。案原鈔更合。○管子輕重甲篇：「女華者，桀之所愛也，湯事之以千金；曲逆者，桀之所善也，湯事之以千金。内則有女華之陰，外則有曲逆之陽，陰陽之議合，而得成其天子，此湯之陰謀也。」淮南子説林訓：「紂醢梅伯，文王與諸侯構之。」注：「構，謀也。」論衡恢國篇：「傳書或稱武王伐紂，太公陰謀。」案吕氏春秋誠廉篇，亦載武王與膠鬲微子開陰謀之事。史記伯夷列傳：「武王東伐紂，伯夷叔齊叩馬而諫曰：『父死不葬，爰及干戈，可謂孝乎？』」孟子引太誓曰：「殺伐用張，于湯有光。」

〔三五〕「身」吴鈔本作「行」。

〔三六〕「准」或作「準」。案「准」爲「準」之俗字。○莊子山木篇：「孔子圍於陳蔡之間，七日不火食。太公任往弔之曰：『子其意者飾知以驚愚，修身以明汙，昭昭乎若揭日月而行，故不免也。』」韓子説難篇：「所説出於爲名高者。」論衡非韓篇：「養名高之人，以示能敬賢。」又知實篇：「觀色以窺心，皆有因緣以準的之。」淮南子注：「準，法也；的，射準也。」

〔三七〕論語：「子曰：『若聖與仁，則吾豈敢！抑爲之不厭，誨人不倦，則可謂云爾已矣。』」又「顔淵曰：『夫子循循然善誘人。』」集解：「誘，進也。」淮南子泰族訓：「孔子弟子七十，養徒三千。」史記孔子世家：「孔子以詩書禮樂教，弟子蓋三千焉。」

〔三八〕新書容經篇：「子路見孔子之背磬折。」莊子漁父篇：「子路問曰：『今漁父杖拏逆立，而夫子曲腰磬折，言拜而應，得無太甚乎？』」禮記曲禮下：「立則磬折垂佩。」史記正義曰：「磬折，謂曲體揖，若石磬之形曲折也。」

〔二九〕案「救」字當爲「求」字之誤。

〔三〇〕莊子天道篇：「孔子往見老聃，老聃曰：『夫子亦放德而行，循道而趨，已至矣。又何偈偈乎揭仁義，若擊鼓而求亡子焉。』」又外物篇：「老萊子之弟子出薪，遇仲尼，反以告曰：『有人於彼，修上而趨下，末僂而後耳，視若營四海，不知其誰氏之子。』老萊子曰：『是丘也。』」

〔三一〕淮南子主術訓：「神農之治天下也，神不馳於胸中。」莊子齊物論篇：「死生無變於己，而況於利害之端乎？」説文：「騖，亂馳也。」

〔三二〕莊子在宥篇：「人心排下而進上，其疾俛仰之間，而再撫四海之外。」

〔三三〕「比」上，吴鈔本、文津本有「此」字。

〔三四〕史記商君列傳：「趙良曰：『反聽之謂聰，内視之謂明。』」春秋繁露同類相動篇：「聰明聖神，内視反聽。」又循天之道篇：「養生之大者，乃在愛氣。」論衡道虚篇：「世或以老子之道爲可以度世，恬淡無欲，養精愛氣。」吕氏春秋情欲篇：「知早嗇則精不竭。」注：「嗇，愛也。」

〔三五〕老子：「明白四達，能無爲乎？」毛詩箋：「執，持也。」案阮籍達莊論亦曰：「持其無者無執。」

〔三六〕「坐忘」見卜疑注〔五三〕。淮南子俶真訓：「全性保真，不虧其身。」

〔三七〕「松柏」至「灰壤」十六字，各本皆奪，惟吴鈔本有之，今據補。

〔三八〕管子地圓篇：「其下有灰壤，不可得泉。」毛詩傳：「隕，墜也。」

〔三九〕「之」下，吳鈔本原鈔有「於」字，墨校刪。

〔四〇〕「毓」與「育」同。爾雅：「育，養也。」莊子達生篇：「養形必先之以物。」

〔四一〕「鼓」下，吳鈔本原鈔有「其內」二字，墨校刪。案二字誤衍也。

〔四二〕「神」周校本誤作「精」。吳鈔本無「之」字。各本「徵」並作「徵」。讀書續記曰：「明本『神』下有『之』字，當從之。『徵』字作『微』，譌。」○桓譚新論曰：「余爲典樂大夫，見樂家書記，言文帝時，得魏文侯時樂人竇公，百八十歲，兩目皆盲。文帝奇之，問何服食而至此？對曰：『年十三失明，父母哀其不及衆技事，教使鼓琴，日講習以爲常事。臣不能導引，無服餌也。』余以爲竇公少盲，專一內視，精不外鑒，恒逸樂，所以益性命也。」「養神」見前贈秀才詩（琴詩自樂）注〔七〕。禮記注：「徵，猶效驗也。」

〔四三〕「日餘」太平御覽八百二十五引作「餘日」。馬叙倫曰：「餘日較順。」○淮南子説林訓：「蠶食而不飲，三十二日而化。」仲長統昌言曰：「北方寒而人壽，南方暑而人夭。均之蠶也，寒而餓之則引日多，温而飽之則用日少。此寒温餓飽之爲修短驗於物者也。」○揚案：此謂養蠶室中，以火熾之，欲其早老而省食，非指炎洲之火蠶也。

〔四四〕毛詩傳：「將，養也。」禮記樂記篇：「是故樂之隆。」注：「隆，猶盛也。」

〔四五〕「温肥」吳鈔本作「肥温」。案以下文「凉瘦」例之，則「温肥」更合。

〔四六〕禮記注：「斷，猶決也。」

〔四七〕「圉」上，吴鈔本原鈔有「思」字，墨校删。○左氏哀公十四年傳：「孟孺子將圉馬於成。」注：「圉，畜養也。」桓譚新論曰：「衛后園有送葬時乘輿馬十疋，吏卒養視善飲不能乘，而馬皆六十歲乃死。」論衡無形篇：「牛壽半馬，馬壽半人。」

〔四八〕「斃」吴鈔本原鈔作「弊」，墨校改。周校本曰：「案當作『敝』。」○揚案：「斃」義亦合。○「彫」與「凋」通。廣雅：「凋，傷也。」莊子天地篇：「德全者形全。」

〔四九〕「性」張本作「生」。

〔五〇〕「唱」程本作「倡」，下同。案二字通。

〔五一〕神農曰：「上藥養命。」見前養生論注〔五九〕。

〔五二〕韓子難二篇：「六畜遂，五穀殖。」書吕刑：「稷降播種，農殖嘉穀。」管子大匡篇：「耕者農用力。」王念孫讀書雜志曰：「廣雅曰：『農，勉也。』言耕者勉用力也。」又廣雅疏證曰：「農猶努也。語之轉耳。」揚案：左氏襄公十三年傳：「小人農力以事其上。」魏了翁讀書雜抄曰：「農力乃農用八政之農，厚也。」是則訓勉訓厚，義皆可通。

〔五三〕「夭」吴鈔本原鈔似作「天」，又無「閼也」二字，墨校補。案「繼天」似更合。○周禮天官疾醫：「以五穀養其病。」管子小匡篇：「加刑無苛，以濟百姓。」莊子逍遥遊篇：「而後乃今培風，背負青天，而莫之夭閼者。」釋文：「司馬云：『夭，折也；閼，止也。』」案此處用爲短折之義。

〔五四〕「並」上，吴鈔本原鈔有「故」字，墨校删。

〔一五五〕「賢」下，吴鈔本有「者」字。

〔一五六〕論語：「子貢曰：『文武之道，未墜於地，在人。賢者識其大者，不賢者識其小者。』」

〔一五七〕博物志神農經曰：「下藥治病，謂大黄除實，當歸止痛。」案神農本草：「當歸，諸惡創瘍金創煑飲之。」

〔一五八〕「墾」吴鈔本誤作「懇」。

〔一五九〕禮記月令篇：「修耒耜。」注：「耜者，耒之金也。」司馬相如上林賦：「地可墾闢，悉爲農郊。」文選注：「蒼頡篇曰：『墾，耕也。』」案「辟」與「闢」通。

〔一六〇〕「何」下，吴鈔本有「至」字，是也。○國語注：「蔑，棄也。」

〔一六一〕「玩」吴鈔本作「翫」，下同。案二字通。

〔一六二〕「於」下，吴鈔本原鈔無「所」字，墨校補。周校本曰：「無者爲長。」○史記商君列傳：「常人安於故習，學者溺於所聞。」後漢書陳元傳：「上書曰：『論者沉溺所習，玩所舊聞。』」

〔一六三〕周禮天官籩人：「饋食之籩，其實棗栗桃乾䕩榛實；加籩之實蔆芡栗脯。」注：「蔆，芰也；芡，雞頭也。」呂氏春秋恃君篇：「夏日則食菱芡。」注：「菱，芰也。」埤雅引武陵記曰：「四角三角曰芰，兩角曰蔆。」案「蔆」與「菱」通。

〔一六四〕「猶」下空格之字三國文作「愈」，八代文鈔作「勝」，文津本作「同」，餘各本並空。吴鈔本「猶」「于」二字相連，無空格，朱校於其間作斜勒，欄外上方著校語云：「刻板上亦空一字。」「篤」吴鈔本原鈔誤作「駕」，墨校改。○禮記中庸篇：「是故君子篤恭而天下平。」

〔一六五〕此句吴鈔本原鈔作「視息之具，豈唯立五穀哉」，墨校補删，令同此本。周樹人曰：「『立』疑即因下『五』字譌衍。」

〔一六六〕「鼜」吴鈔本作「繁」，二字通。「藴」吴鈔本作「荇」，别本或作「薀」。

〔一六七〕左氏隱公三年傳：「苟有明信，澗谿沼沚之毛，蘋蘩藴藻之菜，筐筥錡釜之器，潢汙行潦之水，可薦於鬼神，可羞於王公。」注：「蘋，大蓱也；蘩，皤蒿；藴藻，聚藻也。」説文：「酎，三重釀酒也。」禮記注：「酎之言醇也，謂重釀之酒也。」

〔一六八〕説文：「祉，福也。」

〔一六九〕吴鈔本無「之」字。

〔一七〇〕左氏僖公五年傳：「宫之奇曰：『鬼神非人是親，惟德是依。非德，民不和，神不享矣。』」

〔一七一〕宋玉登徒子好色賦：「臣少曾遠遊，周覽九土。」文選注：「九土，九州之土也。」孟子：「諸侯朝於天子曰述職。述職者，述所職也。」司馬相如上林賦：「使諸侯納貢者，非爲財幣，以述職也。」書旅獒篇：「無有遠邇，畢獻方物。」僞孔傳曰：「盡貢其方土所生之物。」

〔一七二〕「粮」或作「糧」，下同。

〔一七三〕案「此」字當爲「非」字之誤。謂肴粮宜生，非困體者也。

〔一七四〕國語注：「偶，對也。」

〔一七五〕廣雅：「尚，加也。」

〔一七六〕説文：「蓬，蒿也。」漢書注：「必謂必信之。」

〔一七七〕「杖」吴鈔本同，程本、汪本、張本、四庫本及八代文鈔作「仗」，讀書續記曰：「『杖』疑當作『仗』。」○揚案：二字可通。○「永」吴鈔本原鈔作「掖」，朱校改。○漢書高帝紀：「杖義而西。」注：「杖亦倚任之意。」毛詩箋：「掖，扶持也。」

〔一七八〕易繫辭下：「亦要存亡吉凶，則居可知矣。」朱翌猗覺寮雜記曰：「居然字，晉宋間語也。后稷詩云：『居然生子。』此其本也。」揚案：鄭玄詩箋云：「居，默然。」

〔一七九〕「若」吴鈔本作「如」。

〔一八〇〕禮記注：「理，猶性也。」繁欽與魏太子書曰：「乃知天壤之所生，誠有自然之妙物也。」

〔一八一〕「植」吴鈔本作「殖」。「玄」吴鈔本原鈔作「賢」，墨校改。案「賢」字誤也。

〔一八二〕「霞」吴鈔本作「露」，誤也。○老子：「玄牝之門，是謂天地根。」張衡玄圖曰：「玄者無形之類，自然之根。」淮南子精神訓：「魂魄處其舍，而精神守其根。」案劉騊駼有玄根賦。易乾卦：「初九，潛龍勿用。」漢書注：「張晏曰：『數之元本，起於初九之一也。』」楚辭遠遊篇：「餐六氣而飲沆瀣兮，漱正陽而含朝霞。」注：「陵陽子明經言春食朝霞。朝霞者，日始欲出，赤黄氣也。」

〔一八三〕「肴」吴鈔本原鈔作「春」，朱校改。案此承難文言之，作「春」字是。

〔一八四〕周校本曰：「『有』當作『皆』。」○史記朱建列傳：「酈生叱使者曰：『走復入言沛公，吾高陽酒徒也。』」黄朝英緗素雜記曰：「案史記及漢書食其本傳，稱食其陳留高陽人也。」又云：「沛公略地陳留郡，使人召食其。食其至，入謁。則高陽在陳留明矣。襄陽習池謂之高陽池者，蓋取酈生高陽酒徒之義也。」洪頤煊讀書叢録曰：「酈食其傳：『陳留高陽人也。』案陳留此時未置郡，言陳留者是，舉其縣也。故下文云『臣知其令』。梁孝王傳：『梁北至泰山，西至高陽。』是高陽初屬梁，後屬淮，至後漢屬陳留郡。」詩閟宫：「黄髮台背。」箋云：「黄髮台背，皆壽徵也。」

〔一八五〕「性」吴鈔本作「悦」，讀書續記曰：「此承上文『肴糧充體』言之，作『性』較長。」○揚案：承上言之，則作「悦」較長。

〔一八六〕「鼎食」見前卜疑注〔五九〕。

〔一八七〕論語：「伯牛有疾，子問之，自牖執其手，曰：『亡之命也夫，斯人也而有斯疾也。』」又曰：「哀公問弟子孰爲好學。孔子對曰：『有顔回者好學，不幸短命死矣。』」集解：「馬融曰：『伯牛，弟子冉耕。』」「短折」見前秋胡行（役神者弊）注〔二〕。

〔一八八〕「飢」千金方引作「饑」，是也。○韓子五蠹篇：「穰歲之秋，疏客必食。」漢書注：「穰，豐也。」

〔一八九〕「瘡」吴鈔本作「創」，是也，「瘡」俗字。○淮南子原道訓：「鴈門之北，狄不穀食。」禮記王制篇：「北方曰狄，衣羽毛，穴居，有不粒食者矣。」説文：「癩，惡疾也。」「生癩」未詳。廣雅：「創，傷也。」「血浮」未詳。

〔一九〇〕「鴈」嚴輯全三國文誤作「鷹」。○博物志：「馬食穀則足重不能行，鴈食粟則翼垂不能飛。」漢書注：「秣，以粟米飤馬也。」

〔一九一〕左氏襄公三十年傳：「取我田疇而伍之。」注：「並畔爲疇。」

〔一九二〕此句吴鈔本作「則唯菊苽粱稻」。文津本作「則椒菊苽粱」，八代文鈔作「則杞菊苽粱」，餘各本並空一字。周校本「苽」誤作「芬」。晒宋樓鈔本有校語云：「『粱』，『粱』之誤。」揚案：二字古通。○楚辭大招篇：「五穀六仞，設菰粱只。」注：「菰粱蔣實，謂雕胡也。」案「菰」本作「苽」。説文：「苽，雕苽，一名蔣。」「粱，米名也。」齊民要術引楊泉物理論曰：「粱者，黍稷之總名。」

〔一九三〕「則」下，吴鈔本有「唯」字。○漢書食貨志：「古者皮幣諸侯以聘享。」儀禮注：「聘，問也；享，獻也。」易乾卦文言曰：「嘉會足以合禮。」「旨酒」見前贈秀才詩（閑夜肅清）注〔六〕。

〔一九四〕「筋」吴鈔本作「筯」，誤也。○管子水地篇：「夫水淖溺以清，而好灑人之惡。」注：「淖，和也。」淮南子原道訓：「淖溺流遁。」漢書注：「淖，濡甚也。」楚辭注：「糜，碎也。」

〔一九五〕「處」文津本同，各本作「腐」，吴鈔本原鈔作「處」，墨校改作「腐」。

〔一九六〕「竭」吴鈔本原鈔作「獨」，墨校改。周校本曰：「『獨』，疑『濁』之譌。」

〔一九七〕急就篇：「依溷染污貪者辱。」素問金匱真言論曰：「膽、胃、大腸、小腸、膀胱、三焦、六府，皆爲陽。」

〔一九八〕「鬱」上，吴鈔本原鈔有「又」字，墨校删。案以下文例之，有「又」字爲是。

〔一九九〕吕氏春秋達鬱篇：「樹鬱則爲蠹。」

〔二〇〇〕説文：「饕，貪也。」文選注引廣雅曰：「階，因也。」

〔二〇一〕老子：「五味令人口爽。」注：「爽，亡也。」漢書成帝紀贊曰：「哀平短祚。」爾雅：「祚，福也。」

〔二〇二〕儀禮士冠禮：「醴辭曰：『甘醴惟厚。』」太平御覽引孫氏瑞應圖曰：「醴泉味甘如醴，泉流所及，草木皆茂，飲之令人壽。」案陳藏器曰：「醴泉味甘平，時代升平則大有此水，亦以新汲者佳。」楚辭離騷：「屑瓊蘂以爲糧。」又九章曰：「登崑崙兮食玉英。」淮南子墬形訓：「龍淵有玉英。」孝經援神契曰：「神靈滋液，則有玉英。」又曰：「玉英，玉有英華之色。」

〔二〇三〕「金」吴鈔本作「留」。案當爲「溜」之省。

〔二〇四〕列仙傳：「馬明生從安期先生受金液神丹。」抱朴子金丹篇：「黄金入火，百鍊不銷，埋之畢天不朽，服此鍊人身體。」又仙藥篇：「石流丹者，石之赤精，蓋石流黄之類也。事在太一玉策。」案「溜丹」即「流丹」。郭璞遊仙詩亦云：「陵陽挹丹溜。」張衡西京賦：「浸石菌於重涯，濯靈芝以朱柯。」薛綜注：「石菌靈芝，皆海中神山所有神草，仙之所食者。」李善注：「菌，芝屬也。」抱朴子曰：「芝有石芝。」皇甫謐高士傳：「四皓入藍田山，作歌曰：『曄曄紫芝，可以療飢。』」論衡道虚篇：「爲道者服金玉之精，食紫芝之英，食精身輕，故能神仙。」案神農本草：「紫芝，利關節，保身，益精氣，堅筋骨，好顔色，久服輕身，不老延年。」「黄精」見前與山巨源絶交書注〔三六〕。

〔二〇五〕「英」四庫本作「華」。

〔二〇六〕「奇」吴鈔本原鈔作「其」，墨校改。○班固西都賦：「翡翠火齊，流耀含英。」馬融長笛賦：「惟籦籠之奇生兮。」

〔二〇七〕廣雅：「貞，正也。」禮記祭義篇：「有和氣者，必有愉色。」管子内業篇：「凡心之刑，自充自盈。」尸子：「蕃殖充盈，樂之至也。」

〔二〇八〕「雪」吴鈔本作「雲」。

〔二〇九〕説文：「澡，洒手也。」淮南子注：「雪，拭也。」莊子知北遊篇：「老聃曰：『汝齋戒，疏瀹而心，澡雪而精神。』」又應帝王篇：「物徹疏明。」素問金匱真言論曰：「肝心脾肺腎五藏皆爲陰。」淮南子精神訓：「五藏定寧，充盈而不泄。」仲長統昌言曰：「疏濯胸臆，澡雪腹心，使之芬香皓潔，白不可汙也。」揚雄太玄曰：「物出溱溱，開明而前。」

〔二一〇〕釋名：「吮，循也。不絶口稍引滋汋，循咽而下也。」論衡道虚篇：「道家或以服食藥物輕身益氣，延年度世。」

〔二一一〕「骸」張本作「體」。

〔二一二〕史記扁鵲列傳：「漱滌五藏，練精易形。」神仙傳：「仙家有太陰練形之法。」

〔二一三〕「淩」或作「凌」。○案「澤」通作「釋」。小爾雅：「釋，解也。」「淩雲」見前秀才答詩（飾車駐駟）注〔一〇〕。淮南子氾論訓：「剛强猛毅，志厲青雲。」高彪清誡曰：「上士愍其痛，抗志淩雲煙。滌蕩棄穢累，飄遥任自然。」○周嬰巵林曰：「吹景集曰：『琴操載許由曰：「吾志在青雲，何乃劣劣爲九州長乎？」嵇康答向秀難養生論云：「練骸易氣，志淩青雲。」陶貞白云：「仰青雲，覩白日。」俱祖箕山公語。』」

〔二四〕「果蠃」吴鈔本原鈔作「果螺」，墨校改作「螺蠃」。

〔二五〕詩小宛：「螟蛉有子，蜾蠃負之。」毛傳：「螟蛉，桑蟲也。蜾蠃，蒲盧也。負，持也。」箋云：「蒲盧取桑蟲之子負持而去，煦嫗養之，以成其子。」

〔二六〕考工記：「橘踰淮而北爲枳，此地氣然也。」晏子春秋内篇雜下：「嬰聞之：橘生淮南則爲橘，生於淮北則爲枳，葉徒相似，其實味不同。所以然者何？水土之異也。」淮南子原道訓：「橘樹之江北則化而爲橙。」案淮與江，枳與橙，傳説之異也。

〔二七〕「能」吴鈔本作「然」。○爾雅：「還，反也。」馮衍顯志賦：「知漸染之易性。」

〔二八〕列仙傳：「赤斧者，巴戎人也，能作水澒鍊丹，與消石服之，三十年，反如童子，毛髮生皆赤，累世傳見之，手掌中有赤斧焉。」毛詩傳：「赬，赤也。」

〔二九〕「涓子」見前與阮德如詩注〔一五〕。

〔三〇〕「松」文選郭璞遊仙詩注引作「栢」，誤也。○列仙傳：「偓佺者，槐山采藥父也。好食松實，形體生毛長數寸，兩目更方，能飛行逐走馬。時人受服者，皆至二三百歲焉。」

〔三一〕「水」吴鈔本作「飡」，誤也。文選郭璞遊仙詩注引作「水」。○列仙傳：「赤松子者，神農時雨師也。服水玉以教神農，能入火自燒。」抱朴子仙藥篇：「赤松子以玄蟲血漬玉爲水而服之，故能乘煙上下也。」郭璞山海經注：「水玉，今水精也，赤松子所服，見列仙傳。」

〔三二〕列仙傳：「務光者，夏時人也，耳長七寸，好琴，食蒲韭根，後五百餘歲，至武丁時復見。」

〔三三〕列仙傳：「邛疏者，周封史也。能行氣鍊形，煮石髓而服之，謂之石鐘乳。至數百年，往來入太室山中，有卧石牀枕焉。」文選注引倉頡篇曰：「駐，止也。」

〔三四〕列仙傳：「方回者，堯時隱人也，練食雲母，隱於五柞山中。夏啓末，爲人所刦，閉之室中，從求道。回化而得去。」

〔三五〕列仙傳：「昌容者，常山道人也，自稱殷王子，食蓬虆根，往來山下，見之者二百餘年，而顏色如三十許人。」

〔三六〕莊子逍遥遊篇：「朝菌不知晦朔，蟪蛄不知春秋，此小年也。」注：「朝菌，糞上芝，朝生暮死。晦者不及朔，朔者不及晦。」釋文：「晦，冥也。朔，旦也。」爾雅：「蜉蝣，渠略。」又曰：「一曰靈龜。」注：「蜉蝣似蛣蜣，身狹而長，有角，黄黑色，叢生糞土中，朝生暮死。」「涪陵郡出大龜，甲可以卜，俗呼爲靈龜。」劉向五行傳曰：「龜千歲而靈。」雒書靈准聽曰：「靈龜者，玄文五色，神靈之精也。能見存亡，明於吉凶。」淮南子詮言訓：「龜三千歲，蜉蝣不過三日，以蜉蝣而爲龜憂養生之具，人必笑之。」

〔三七〕周禮地官鄉師：「以木鐸徇於市朝。」史記孟嘗君列傳：「過市朝者。」索隱曰：「市朝，謂市之行位有如朝列，因言朝耳。」「小年」見上注。

〔二八〕「彭」上，吴鈔本有「若」字。

〔二九〕「彭祖」見前與阮德如詩注〔一五〕。吕氏春秋情欲篇注曰：「彭祖，殷之賢臣，治性清静，不欲於物，蓋壽七百歲。」魏文帝折楊柳行曰：「彭祖稱七百，悠悠安可原。」神仙傳：「彭祖諱鏗，帝顓頊之玄孫，至殷末，年已七百六十七歲，而不衰老。」揚案：古籍多稱彭祖壽八百歲。列仙傳：「安期先生者，瑯邪阜鄉人也，賣藥於東海邊，時人皆言千歲翁。」

〔三〇〕「妄」吴鈔本作「忘」，誤也。

〔三一〕「遐」張本作「霞」，誤也。

〔三二〕爾雅：「遐，遠也。」神仙傳：「劉根者，字君安，京兆長安人也。棄世學道，後入雞頭山仙去。」博物志引典論曰：「劉根不覺飢渴，或謂能忍盈虚。」

〔三三〕「倮」吴鈔本作「裸」，二字同。

〔三四〕桓譚新論曰：「元帝被病，廣求方士，漢中送道士王仲都，詔問何所能。對曰：『能忍寒暑。』乃以隆冬盛寒日，令袒衣，載以駟馬，於上林昆明池上環冰而馳。御者厚衣狐裘，甚寒戰，而仲都獨無變色，卧於池臺上，曛然自若。夏大暑日，使曝坐，環以十爐火，不言熱，又身不汗。」博物志引典論曰：「王仲都當盛夏之月，十爐火炙之不熱；當嚴冬之時，裸之而不寒。桓君山以爲性耐寒暑。君山以無仙道，好奇者爲之。」神仙傳：「王仲都能禦寒暑，已二百餘年，後亦仙去。

桓君山著論稱其人。」

〔三五〕「玉」原作「王」，刻板之誤也。

〔三六〕史記封禪書：「少君見上，上有故銅器，問少君。少君曰：『此器齊桓公十年陳於柏寢。』已而案其刻，果齊桓公器。一宮盡駭，以爲少君神，數百歲人也。」晉書阮种傳：「种字德猷，陳留尉氏人，弱冠有殊操，爲嵇康所重。康著養生論所稱阮生，即种也。」漢書東方朔傳：「朔之詼諧，逢占射覆。」注：「如淳曰：『逢占，逢人所問而占之也。』師古曰：『逢占，逆占事，猶云逆刺也。』」

〔三七〕莊子逍遥遊篇：「堯讓天下於許由，曰：『吾自視缺然，請致天下。』」法言問明篇：「或問：『堯將讓天下於許由，由恥，有諸？』曰：『好大者爲之也，顧由無求於世而已矣。』」典論曰：「司馬遷云：『無堯以天下讓許由事。』揚雄亦云：『誇大者爲之。』揚雄亦云無仙，與桓譚同。」

〔三八〕老子：「善閉無關鍵而不可開。」廣雅：「鍵，户牡也。」東方朔非有先生論曰：「發憤畢誠。」漢書注：「畢，盡也。」

〔三九〕禮記曲禮上：「乘路馬，必朝服，載鞭策。」説文：「策，箠也。」論語：「顔淵曰：『夫子循循然善誘人，博我以文，約我以禮，欲罷不能。』」

〔四〇〕韓子外儲説右下：「馳騾周旋，而恣欲於馬。」「世教」見前答二郭詩（昔蒙父兄祚）注〔六〕。

〔四一〕禮記祭義篇：「禮主其減。」注：「減猶倦也。」論語：「曾子曰：『君子思不出其位。』」

〔二四二〕「變通」吴鈔本作「通變」，是也。

〔二四三〕易繫辭上：「通變之謂事。」阮瑀爲曹公與孫權書曰：「通變思深，以微知著。」

〔二四四〕説文：「愠，怒也。」「閑居」見前幽憤詩注〔三〇〕。

〔二四五〕文津本無「爲」字，誤也。「無聊」吴鈔本原鈔作「聊聊」，墨校改。○廣雅：「供，養也。」「無聊」見前思親詩注〔一〕。

〔二四六〕史記貨殖列傳：「子貢結駟連騎，束帛之幣，以聘享諸侯。」孟子：「食前方丈，侍妾數百人，我得志弗爲也。」注：「極五味之饌食，列於前方一丈。」韓詩外傳：「楚莊王使使聘北郭先生。婦人曰：『結駟列騎，所安不過容膝，食方丈於前，所甘不過一肉。』」

〔二四七〕「志」吴鈔本原鈔誤作「智」，墨校改。○荀子修身篇：「君子役物，小人役於物。」淮南子原道訓：「聖人不以身役物。」國語晉語：「非鬼非食，惑以喪志。」

〔二四八〕吴鈔本原鈔無「原」字，墨校補。

〔二四九〕莊子駢拇篇：「彼至正者，不失其性命之情。」又徐無鬼篇：「君將盈嗜欲，長好惡，則性命之情病矣。」漢書注：「原謂尋其本也。」

〔二五〇〕「欲」或作「慾」。○左氏僖公二十年傳：「臧文仲曰：『以欲從人則可，以人從欲鮮濟。』」

〔二五一〕左氏成公二年傳：「蠻夷戎狄，不式王命，淫湎毁常。」説文：「湎，沈於酒也。」

〔二五二〕莊子在宥篇：「下有桀跖。」荀子性惡篇：「所賤於桀跖者，從其性，順其情。」史記正義曰：

「跖者，黃帝時大盜之名。」

〔二五三〕廣雅：「溺，没也。」

〔二五四〕吴鈔本原鈔無「者」字，墨校補。周校本曰：「無者爲長。」

〔二五五〕「降」張本及三國文作「隆」。案「隆」與「降」古通。「隆」上當奪三字，此與下句相對爲文。本集聲無哀樂論：「心有盛衰，聲亦隆殺」云云，亦以「隆殺」「盛衰」對言。

〔二五六〕淮南子泰族訓：「物有隆殺。」荀子注：「隆，豐厚；殺，減降也。」

〔二五七〕廣雅：「稚，少也。」

〔二五八〕「成」吴鈔本原鈔誤作「城」，墨校改。

〔二五九〕「初」下，吴鈔本原鈔有「也」字，墨校删。○孟子：「禹稷顔子，易地則皆然。」

〔二六〇〕「欲」吴鈔本原鈔作「願」，墨校改。

〔二六一〕「臭」吴鈔本作「敗」。○「臭腐」見前與山巨源絶交書注〔一四九〕。

〔二六二〕爾雅：「曩，曏也。」

〔二六三〕戰國策齊策：「厮養士之所竊。」史記集解：「如淳曰：『厮，賤者也。』」公羊傳曰：「厮役扈養。」韋昭曰：「析薪爲厮，炊烹爲養。」廣雅：「暴，猝也。尹，官也。」周禮地官司門：「祭祀之牛牲繫焉，監門養之。」注：「監門，門徒也。」毛詩箋：「蔑，猶輕也。」

〔二六四〕「區區」見前與山巨源絶交書注〔一九二〕。漢書注：「域，界局也。」

〔二六五〕「飡」吴鈔本及嚴輯全三國文作「飧」。「悦」吴鈔本作「説」，二字通。○曹植求通親親表曰：「至於注心皇極，結情紫闥。」文選注：「注，猶屬也。」

〔二六六〕吴鈔本原鈔奪「後」下五字，墨校補。「疏」或作「疎」，下同。○「釋然」見前與吕長悌絶交書注〔一六〕。

〔二六七〕「蛇」或作「虵」，下同。

〔二六八〕淮南子精神訓：「越人得蚺蛇以爲上肴。中國得而棄之無用。故知其無用，貪者能辭之。」注：「蚺蛇，大蛇也，其長數丈，俗以爲上肴。」

〔二六九〕「黻」吴鈔本作「紱」，下同。案二字通。「華」，此本原作「畢」，刻板之誤也。各本並作「華」。

〔二七〇〕考工記：「白與黑謂之黼，黑與青謂之黻。」書武成篇：「華夏蠻貊。」僞孔傳：「大國曰夏。」吕氏春秋貴因篇：「禹之裸國，裸入衣出，因也。」淮南子注：「裸國在南方。」

〔二七一〕「以」上，吴鈔本有「若」字。

〔二七二〕易乾卦彖曰：「保合大和，乃利貞。」莊子天地篇：「夫至樂者，調理四時，大和萬物。」

〔二七三〕老子：「恬澹爲上。」莊子天道篇：「夫虚静恬澹寂寞無爲者，天地之平，而道德之正。」爾雅：「欽，敬也。」

〔二七四〕國語吴語：「玉帛酒食，猶糞土也。」

〔二七五〕莊子駢拇篇：「伯夷盜跖二人者，所死不同，其於殘生傷性均也。」

〔二七六〕史記李斯列傳：「斯從荀卿學帝王之術，學已成，辭於荀卿曰：『詬莫大於卑賤，而悲莫甚於窮困。久處卑賤之位，困苦之地，非世而惡利，自託於無爲，此非士之情也。故斯將西説秦王矣。』二世二年七月，具斯五刑，論腰斬咸陽市。」

〔二七〕史記主父偃列傳：「偃上書闕下，拜爲郎中，一歲中四遷，大臣皆畏其口，賂遺累千金。或説偃曰：『太横矣。』主父曰：『臣結髮游學四十餘年，身不得遂，親不以爲子，昆弟不收，賓客棄我，我阨日久矣。且丈夫生不五鼎食，死即五鼎烹耳。』元朔二年拜齊相。趙王使人上書告言主父偃受諸侯金，乃徵下吏治。遂族主父偃。」「發憤」見前卜疑注〔二七〕。

〔二八〕家語六本篇：「子曰：『與善人居，如入芝蘭之室，久而不聞其香，即與之化矣。與不善人居，如入鮑魚之肆，久而不聞其臭，亦與之化矣。』」張衡東京賦：「凡人心是所學，體安所習，鮑肆不知其臭，翫其所以先入。」釋名：「鮑魚，魚腐也。」楚辭九章：「蘭茝幽而獨芳。」漢書注：「茝即今白芷。」

〔二九〕莊子達生篇：「有鳥止於魯郊，魯君悦之，爲具太牢以饗之，奏九韶以樂之。鳥乃始憂悲眩視，不敢飲食。此之謂以己養養鳥也。」淮南子注：「三牲具曰太牢。」禮記樂記篇：「魏文侯問於子夏曰：『吾端冕而聽古樂，則唯恐卧；聽鄭衛之音，則不知倦。』」

〔三〇〕「借」吴鈔本作「備」。讀書續記曰：「明本『備』作『借』，是。」○揚案：「備」字當涉下而誤。○莊子有外物篇。又天運篇曰：「中無主而不止。」又曰：「由外入者無主於中，聖人不隱。」

〔二八一〕「鍾」吴鈔本、四庫本作「鐘」，二字通。

〔二八二〕淮南子原道訓：「不以内樂外，而以外樂内，樂作而喜，曲終而悲。」

〔二八三〕莊子繕性篇：「樂全之謂得志，古之所謂得志者，非軒冕之謂也。」

〔二八四〕「屈」程本作「詘」，二字同。○禮記儒行篇：「儒有不隕穫於貧賤，不充詘於富貴。」注：「充詘，歡喜失節之貌。」楚辭九辯：「蹇充倔而無端兮。」

〔二八五〕吴鈔本原鈔無「且」字，墨校補。

〔二八六〕説文：「瘳，疾愈也。」

〔二八七〕淮南子精神訓：「病疵瘕者，噲然得卧，則親戚兄弟歡然而喜。」

〔二八八〕由「無」字以上十一字吴鈔本原鈔誤奪，墨校補。

〔二八九〕此句各本並同。周校本曰：「『則』下當有『無』字。」○揚案：有「無」字是也。「無樂」蓋承「無喜」而言。○莊子至樂篇：「至樂無樂。」

〔二九〇〕「順」吴鈔本原鈔作「被」，墨校改「然」。周校本誤作「言」。

〔二九一〕莊子天道篇：「夫明白於天地之德者，此之謂大本大宗，與天和者也。」又曰：「與天和者，謂之天樂。」揚雄羽獵賦：「建道德以爲師友。」

〔二九二〕「得」吴鈔本原鈔作「樂」，墨校改「永」，吴鈔本作「求」，誤也。○張衡思玄賦：「玩陰陽之變化兮，詠雅頌之徽音。」

〔二九三〕「任」吳鈔本作「因」。

〔二九四〕高彪清誡曰：「飄邈任自然。」「託身」見前酒會詩（婉彼鴛鴦）注〔三〕。「不朽」見前贈秀才詩（人生壽促）注〔四〕。藝文類聚八十九引莊子曰：「若用之於善，則與天地相弊。」

〔二九五〕「滅」文選集注本江文通雜體詩許徵君詢一首注引同，胡刻本引作「減」，雲笈七籤及醫心方引作「去」，當涉下而誤。又案文選郭景純遊仙詩注引「偓佺」云云，題作嵇康答難，而引此處，則題作向秀難嵇康養生論，當係偶誤。

〔二九六〕文選集注本江文通雜體詩注引無「也」字，下同。千金方及雲笈七籤引「此」字作「爲」字，又無「也」字，下同。醫心方引無「此」字，下同。案此皆隨意改引。

〔二九七〕「喜」或作「熹」，下同。

〔二九八〕「絶」醫心方引誤作「絁」。

〔二九九〕吳鈔本原鈔作「神虛精散」，朱校改「精散」爲「轉發」。宋本、安政本太平御覽七百二十及千金方、雲笈七籤、醫心方引作「神慮精散」，別本太平御覽作「神虛精散」；文選集注本江文通雜體詩許徵君詢一首注引作「神虛精散」，胡刻本作「神慮消散」。讀書續記曰：「御覽引作『神虛精散』，似此較長。」○葉渭清曰：「按選注是也。『轉發』於義迂曲，『虛精』是『慮消』之誤。」○揚案：本集釋私論曰「氣靜神虛者，心不存於矜尚」，則神虛非其所病也。當以「神慮消散」爲長。

〔三〇〇〕「必存」雲笈七籤引作「不去」。

〔三〇一〕詩閟宮：「既飲旨酒，永錫難老。」箋云：「難使老者最壽考也。」莊子知北遊篇：「至言去言。」

〔三〇二〕「太」或作「大」。○楚辭遠遊注曰：「常吞天地之英華。」又九懷注曰：「咀嚼靈草，以延年也。」淮南子俶真訓：「聖人呼吸陰陽之氣。」

〔三〇三〕「迴」吳鈔本作「回」，醫心方引作「曲」。雲笈七籤引無下「不」字，誤也。太平御覽七百二十引節去「不迴其操」四字。○楚辭注：「操，志也。」

〔三〇四〕「夭」醫心方引誤作「犮」。此句雲笈七籤引作「不免夭其年」。

〔三〇五〕「濟」千金方引作「躋」，太平御覽七百二十引作「深」。

〔三〇六〕「玄」千金方、雲笈七籤引作「道」。○易繫辭上：「子曰：『天之所助者，順也；人之所助者，信也。』」老子：「生而不有，爲而不恃，長而不宰，是謂玄德。」莊子天地篇：「執道者德全。」

〔三〇七〕「喜」醫心方引作「熹」。「有」太平御覽七百二十引作「自」。「福」雲笈七籤引誤作「神」。

〔三〇八〕「自延」雲笈七籤引作「延年」。○禮記禮器篇：「君子曰：祭祀不祈。」莊子讓王篇：「神農氏之有天下也，時祀盡敬，而不祈喜。」案「喜」與「禧」通。爾雅：「禧，福也。」戰國策齊策：「小國道此，則不祠而福矣。」方言：「延，年長也。凡施於年者謂之延。」

〔三〇九〕「所效」吳鈔本原鈔作「都所」，墨校改。此句太平御覽七百二十引作「此養生大理所歸也」。千金方引作「此養生之大旨也」。雲笈七籤、醫心方引作「此亦養生之大經也」。葉渭清曰：

「疑『都所』當爲『所都』。廣雅釋詁三：『都，聚也。』」○管子四時篇：「陰陽者，天地之大理也。」

〔三〇〕新語道基篇：「曾閔以仁成大孝。」史記仲尼弟子列傳：「曾參字子輿，閔損字子騫。」禮記中庸篇：「得一善則拳拳服膺。」又曰：「喜怒哀樂之未發謂之中，發而皆中節謂之和，致中和，天地位焉，萬物育焉。」説文：「膺，胸也。」楚辭招魂篇：「身服義而未沬。」

〔三一〕吴鈔本原鈔無「便」字，墨校補。吴鈔本、程本、張本及三國文「仁」字作「人」，是也。

〔三二〕「臧」周校本誤作「藏」。○漢書叙傳曰：「窮人理，該萬方。」詩桑柔：「自獨俾臧。」箋云：「臧，善也。」

〔三三〕「者」吴鈔本原鈔作「哉」，墨校改。○史記封禪書：「李少君以祠竈穀道。」「却老方」見上。

〔三四〕此段千金方引作「然或有服膺仁義，無甚泰之累者，抑亦其亞歟」。醫心方引同，惟「歟」字作「也」。雲笈七籤引作「然或仁義無甚泰之累者，抑亦亞乎」。○周校本曰：「醫心方似即隱括已上七句作之，非原文。」○揚案：此皆隨意節改。

〔三五〕荀子修身篇：「卑溼重遲貪利，則抗之以高志。」崔寔答譏曰：「抗志浮雲。」「名位」見前養生論注〔一〇九〕。「馳騖」見前六言詩（名與身孰親）注〔三〕。

〔三六〕「自」吴鈔本作「言」。案以上文例之，「自」字是也。

〔三七〕「齒」上空格之字，程本作「同」，張本作「鯢」，文津本作「兒」，八代文鈔作「髮」。此句吴鈔本作「此於用身甫與鄉黨不齒者同耳」。案程本、吴鈔本及八代文鈔皆誤也。「鯢」爲「齯」之誤，「兒」爲「齯」之省。○爾雅：「齯齒，壽也。」詩閟宫：「黄髮兒齒。」箋云：「兒齒，亦壽徵。」

〔二八〕莊子達生篇：「世之人以爲養形足以存生。」論語：「子曰：『君子於其所不知，蓋闕如也。』」

〔二九〕莊子達生篇：「欲免爲形者，莫如棄世。」崔駰達旨曰：「抱景特立，與士不羣。」張衡七辯曰：「飲醴茹芝。」

〔三〇〕張衡思玄賦：「屑瑶蘂以爲糇兮。」文選舊注：「糇，備也。」莊子逍遥遊篇：「若夫乘天地之正，御六氣之辯，以遊無窮者，彼且惡乎待哉。」釋文：「司馬云：『六氣，陰陽風雨晦明。』」

〔三一〕吴鈔本原鈔「而」下有「不」字，墨校删。周校本曰：「案『不』或非衍，則其下當有奪文。」○揚案：「不」字當係誤衍。

〔三二〕「璞」吴鈔本同，餘各本並作「樸」。○崔瑗座右銘：「曖曖内含光。」莊子達生篇：「用志不分，乃凝於神。」又天地篇：「明白入素，無爲復樸。」

〔三三〕「涘」吴鈔本原鈔作「族」，朱校改。案原鈔是也，此處用韻。○莊子大宗師篇：「於謳聞之玄冥。」郭象注：「玄冥者，所以名無而非無也。」白虎通義禮樂篇：「人無不含天地之氣。」論衡命義篇：「人稟氣而生，含氣而長。」莊子秋水篇：「今爾出於崖涘。」爾雅：「厓，水邊也。」毛詩傳：「涘，厓也。」案「崖」與「厓」同。

〔三四〕「老」吴鈔本原鈔誤作「生」，墨校改。「却」吴鈔本作「郄」，讀書續記曰：「『郄』當作『却』。」

〔三五〕「有」周校本誤作「可」。「年」吴鈔本原鈔誤作「存」，墨校改。

〔三六〕説文：「轅，輈也。軸，持輪。轄，鍵也。」

〔三七〕「若」張本及三國文作「皆」。案「皆」字更合。

〔三八〕「營内致斃」吴鈔本原鈔作「營忘外内」，朱校改。案原鈔是也，惟當作「營内忘外」，此與下文對言。

〔三九〕「趣」吴鈔本作「趍」，二字同。○莊子達生篇：「魯有單豹者，巖居而水飲，不與民共利，行年七十，而猶有嬰兒之色，不幸遇餓虎，餓虎殺而食之。有張毅者，高門縣薄，無不走也，行年四十，而有内熱之病，以死。豹養其内而虎食其外，毅養其外而病攻其内。此二子者，皆不鞭其後者也。」俞樾莊子平議曰：「『走』是『趣』之壞字。文選幽通賦注引此文正作『趣』。吕覽必己篇：『張毅好恭，門閭帷薄，聚居衆無不趨。』高注曰：『過之必趨。』」

〔四〇〕戰國策齊策：「蘇秦曰：『有濟西則趙之河東危。』」又燕策：「蘇代曰：『濟西不役，所以備趙也；河北不師，所以備燕也。今濟西河北盡以役矣，封内敝矣。』」鮑彪注曰：「不役者，養兵以備敵。」左傳注曰：「濟西，濟水以西。」案「誡」與「戒」通。廣雅：「戒，備也。」此謂齊不役濟西，但知備趙，終乃敗於秦也。史記始皇本紀：「三十三年，使蒙恬渡河，取高闕陶山北假中，築亭障，以逐戎人。三十四年，築長城及南越地。」淮南子人間訓：「秦失天下，禍在備胡而利越也。」張衡思玄賦：「嬴擿讖而戒胡兮，備諸外而發内。」

〔三一〕易坤卦文言曰：「積善之家，必有餘慶。」又繫辭上：「履信思乎順，又以尚賢也。」

〔三二〕易頤卦象曰：「山下有雷，頤，君子以慎言語，節飲食。」

〔三三〕易繫辭下：「過此以往，未之或知也。」

〔三四〕「語」下，吴鈔本有「夫」字。○孟子：「天之生此民也，使先知覺後知，使先覺覺後覺也。」

余元熹曰：「發古今人未有之祕義，有含道獨往，棄智遺身，朝發太華，夕宿神州之概。」漢魏名文乘。

張運泰曰：「叔夜此論絶佳，乍讀頗纏綿難曉，然微文幽旨，有裨於修真養生，正不得以常等相視也。」漢魏名文乘。

蔣超伯曰：「嵇康答難養生論云：『富貴多殘，伐之者衆也；野人多壽，傷之者寡也。』然修短有數，亦不盡然。吴季英累典大邦，行將百歲，趙郃卿晚持使節，已過九旬。魏、晉以來，更難枚舉。侍中羅結總三十六曹，蜀相長生年一百三十。叔夜所説，固不免憤時嫉俗之談耳。」南漘楛語。

中國古典文學基本叢書

嵇康集校注

下册

〔三國魏〕嵇康 著
戴明揚 校注

中華書局

嵇康集校注卷第五

聲無哀樂論

聲無哀樂論

北堂書鈔一百二十引作「嵇康哀樂論」。〇篇中吴鈔本多由「秦客難曰」、「主人答曰」句提行，朱校鉤連於上，亦有未提行處，今不一一指出。〇晉書本傳曰：「作聲無哀樂論，甚有條理。」〇世説新語文學篇曰：「舊云王丞相過江，止道聲無哀樂、養生、言盡意三理而已。」

有秦客問於東野主人曰〔一〕：「聞之前論曰：治世之音安以樂，亡國之音哀以思〔二〕。夫治亂在政，而音聲應之。故哀思之情，表於金石；安樂之象，形於管絃也〔三〕。又仲尼聞韶，識虞舜之德〔四〕；季札聽絃〔五〕，知衆國之風〔六〕。斯已然之事，先賢所不疑也。今子獨以爲聲無哀樂，其理何居〔七〕？若有嘉訊〔八〕，今請聞其説〔九〕。」

主人應之曰：「斯義久滯，莫肯拯救〔一〇〕，故（念）〔令〕歷世濫於名實〔一一〕。今蒙啓導，將言其一隅焉〔一二〕。夫天地合德，萬物貴生〔一三〕；寒暑代往，五行以成〔一四〕。（故）章爲五色〔一五〕，發爲五音〔一六〕。音聲之作，其猶臭味在於天地之間。其善與不善，雖遭遇濁亂〔一七〕，其體自若，而不變也〔一八〕。豈以愛憎易操，哀樂改度哉〔一九〕？及宮商集（化）〔比〕〔二〇〕，聲音克諧〔二一〕。此人心至願，情欲之所鍾〔二二〕。古人知情不可恣，欲不可極〔二三〕，因其所用〔二四〕，每爲之節〔二五〕。使哀不至傷，樂不至淫〔二六〕。因事與名，物有其號。哭謂之哀，歌謂之樂〔二七〕，斯其大較也〔二八〕。然樂云樂云，鍾鼓云乎哉〔二九〕？哀云哀云，哭泣云乎哉〔三〇〕？因兹而言，玉帛非禮敬之實，歌（舞）〔哭〕非（悲哀）〔哀樂〕之主也〔三一〕。何以明之？夫殊方異俗〔三二〕，歌哭不同〔三三〕；使錯而用之〔三四〕，或聞哭而歡，或聽歌而（感）〔慼〕〔三五〕。然而哀樂之情均也〔三六〕。今用均〔同〕之情〔三七〕，而發萬殊之聲〔三八〕，斯非音聲之無常哉〔三九〕？然聲音和比，感人之最深者也。勞者歌其事，樂者舞其功〔四〇〕。夫內有悲痛之心，則激切哀言〔四一〕。言比成詩，聲比成音〔四二〕。雜而詠之〔四三〕，聚而聽之。心動於和聲，情感於苦言〔四四〕。嗟歎未絕，而泣涕流漣矣〔四五〕。夫哀心藏於（苦心）內〔四六〕，遇和聲而後發；和聲無象，而哀心有主。夫以有主之哀心，因乎無象之和聲〔四七〕，其所覺悟，唯哀而已。豈復知吹萬不同，而使其自已哉〔四八〕。風俗之流，遂成其政〔四九〕。是故國史明政教之得失，審國風之盛衰，吟詠情性以諷其上〔五〇〕。故曰：亡國之音哀以思也。夫喜怒哀樂，愛憎慙懼，凡此八者，生民所以接物傳情，區別有屬，而不可溢者也〔五一〕。夫味以甘苦爲稱，今以甲賢而心愛〔五二〕，以乙愚而情憎〔五三〕。則愛憎宜屬我，而賢愚宜屬彼也。可以我愛而謂之愛人，我憎而謂之憎人〔五四〕？所喜則謂之喜味，所怒則謂之怒味哉？由此言之，則外内殊用〔五五〕，彼我異名。聲音自當以善惡爲主，則無關於哀樂〔五六〕。哀樂自當以情感〔而後發〕〔五七〕，則無係於聲音。名實俱去，則盡然可見矣。且季子在魯，採詩觀禮，以別風雅。豈徒任聲以決臧否哉〔五八〕？又仲尼聞韶，歎其一致，是以咨嗟〔五九〕，何必因聲以知虞舜之德，然後歎美耶？今麤明其一端〔六〇〕，亦可思過半矣〔六一〕。」

秦客難曰：「八方異俗〔六二〕，歌哭萬殊，然其哀樂之情，不得不見也。夫心動於中，而聲出於心〔六三〕。雖託之於他音，寄之於餘聲〔六四〕，善聽察者，要自覺之不使得過也。昔伯牙理琴，而鍾子知其所志〔六五〕；隸人擊磬，而(子產)〔子期〕識其心哀〔六六〕；魯人晨哭，而顔淵審其生離〔六七〕。夫數子者，豈復假智於常音，借驗於曲度哉〔六八〕？心戚者則形爲之動，情悲者則聲爲之哀〔六九〕。此自然相應，不可得逃，唯神明者能精之耳〔七〇〕。夫能者不以聲衆爲難〔七一〕，不能者不以聲寡爲易。今不可以未遇善聽，而謂之聲無可察之理；見方俗之多變，而謂聲音無哀樂也。又云：賢不宜言愛，愚不宜言憎。然則有賢然後愛生，有愚然後憎成〔七二〕，但不當共其名耳〔七三〕。哀樂之作，亦有由而然。此爲聲使我哀，音使我樂也。苟哀樂由聲，更爲有實，何得名實俱去耶？又云：季子採詩觀禮〔七四〕，以別風雅；仲尼歎韶音之一致，是以咨嗟。是何言歟〔七五〕？且師襄（奉）〔奏〕操〔七六〕，而仲尼覩文王之容〔七七〕；師涓進曲，而子野識亡國之音〔七八〕。寧復講詩而後下言，習禮然後立評哉？斯皆神妙獨見，不待留聞積日，而已綜其吉凶矣〔七九〕，是以前史以爲美談〔八〇〕。今子以區區之近知〔八一〕，齊所見而爲限，無乃誣前賢之識微〔八二〕，負夫子之妙察耶〔八三〕？」

主人答曰：「難云：雖歌哭萬殊，善聽察者要自覺之，不假智於常音〔八四〕，不借驗於曲度。鍾子之徒云云是也〔八五〕。此爲心悲者雖談笑鼓舞〔八六〕，情歡者雖拊膺咨嗟〔八七〕，猶不能御外形以自匿，誑察者於疑似也〔八八〕。以爲就令聲音之無常〔八九〕，猶謂當有哀樂耳。又曰：季子聽聲，以知衆國之風；師襄（奉）〔奏〕操〔九〇〕，而仲尼覩文王之容。案如所云，此爲文王之功德，與風俗之盛衰，皆可象之於聲音。聲之輕重，可移於後世，襄涓之巧，能得之於將來〔九一〕。若然者，三皇五帝，可不絶於今日〔九二〕，何獨數事哉？若此果然也，則文王之操有常度〔九三〕，韶武之音有定數〔九四〕，不可雜以他變，操以餘聲也〔九五〕。則向所謂聲音之無常，鍾子之觸類，於是乎躓矣〔九六〕。若音聲無〔常〕〔九七〕，鍾子觸類〔九八〕，其果然耶？則仲尼之識微，季札之善聽，固亦誣矣。此皆俗儒妄記〔九九〕，欲神其事而追爲耳〔一〇〇〕。欲令天下惑聲音之道〔一〇一〕，不言理自盡此〔一〇二〕。而推使神妙難知〔一〇三〕，恨不遇奇聽於當時，慕古人而自歎〔一〇四〕。斯所以大罔後生也〔一〇五〕。夫推類辨物，當先求之自然之理。理已定〔一〇六〕，然後借古義以明之耳〔一〇七〕。今未得之於心，而多恃前言以爲談證〔一〇八〕，自此以往，恐巧歷不能紀〔一〇九〕。又難云：哀樂之作，猶愛憎之由賢愚，此爲聲使我哀，而音使我樂。苟哀樂由聲，更爲有實矣。夫五色有好醜，五聲有善惡〔一一〇〕，此物之自然也。至於愛與不愛〔一一一〕，人情之變，統物之理，唯止於此。然皆無豫於內，待物而成耳。至夫哀樂自以事會，先遘於心，但因和聲，以自顯發；故前論已明其無常，今復假此談以正名號耳〔一一二〕。不謂哀樂發於聲音，如愛憎之生於賢愚也。然和聲之感人心，亦猶酒醴之發人（情）〔性〕也〔一一三〕。酒以甘苦爲主〔一一四〕，而醉者以喜怒爲用。其見歡戚爲聲發，而謂聲有哀樂，〔猶〕不可見喜怒爲酒使〔一一五〕，而謂酒有喜怒之理也。」

秦客難曰〔一一六〕：「夫觀氣採色，天下之通用也。心變於內，而色應於外，較然可見〔一一七〕，故吾子不疑。夫聲音，氣之激者也，心應感而動，聲從變而發〔一一八〕；心有盛衰，聲亦降殺〔一一九〕。同見役於一身，何獨於聲便當疑耶？夫喜怒章於色（諗）〔診〕〔一二〇〕，哀樂亦宜形於聲音。聲音自當有哀樂，但闇者不能識之。至鍾子之徒，雖遭無常之聲〔一二一〕，則（頴）〔穎〕然獨見矣〔一二二〕。今矇瞽面牆而不（悟）〔晤〕〔一二三〕，離婁照秋毫於百尋〔一二四〕，以此言之，則明闇殊能矣〔一二五〕。不可守咫尺之度，而疑離婁之察〔一二六〕；執中庸之聽，而猜鍾子之聰〔一二七〕。皆謂古人爲妄記也。」

主人答曰：「難云：心應感而動，聲從變而發，心有盛衰，聲亦降殺。哀樂之情，必形於聲音。鍾子之徒，雖遭無常之聲，則(潁)〔穎〕然獨見矣。必若所言，則濁質之飽〔一二八〕，首陽之饑〔一二九〕，卞和之寃〔一三〇〕，伯奇之悲〔一三一〕，相如之含怒〔一三二〕，不占之怖祗〔一三三〕，千變百態。使各發一詠之歌〔一三四〕，同啓數彈之微，則鍾子之徒，各審其情矣。爾爲聽聲者，不以寡衆易思〔一三五〕，察情者，不以大小爲異？同出一身者，期於識之也〔一三六〕。設使從下〔出〕〔一三七〕，則子野之徒，亦當復操律鳴管，以考其音〔一三八〕，知南風之盛衰〔一三九〕，别雅鄭之淫正也〔一四〇〕。夫食辛之與甚噱〔一四一〕，薰目之與哀泣〔一四二〕，同用出淚，使狄牙嘗之〔一四三〕，必不言樂淚甜而哀淚苦。斯可知矣。何者？肌液肉汗，踧笮便出〔一四四〕，無主於哀樂，猶簁酒之囊漉〔一四五〕，雖筐具不同，而酒味不變也〔一四六〕。聲俱一體之所出，何獨當含哀樂之理也〔一四七〕？且夫咸池六莖，大章韶夏，此先王之至樂〔一四八〕，所以動天地，感鬼神〔一四九〕。今必云聲音莫不象其體而傳其心，此必爲至樂不可託之於瞽史〔一五〇〕，必須聖人理其絃管〔一五一〕，爾乃雅音得全也。舜命夔擊石拊石，八音克諧，神人以和〔一五二〕。以此言之，至樂雖待聖人而作〔一五三〕，不必聖人自執也。何者？音聲有自然之和，而無係於人情。克諧之音，成於金石；至和之聲，得於管絃也。夫纖毫自有形可察，故離瞽以明闇異功耳。若以水濟水，孰異之哉〔一五四〕！」

秦客難曰：「雖衆喻有隱，足招攻難〔一五五〕，然其大理，當有所就。若葛盧聞牛鳴，知其三子爲犧〔一五六〕；師曠吹律，知南風不竟〔一五七〕，楚師必敗；羊舌母聽聞兒啼，而審其喪家〔一五八〕。凡此數事〔一五九〕，皆效於上世〔一六〇〕，是以咸見録載。推此而言，則盛衰吉凶，莫不存乎聲音矣。今若復謂之誣罔〔一六一〕，則前言往記，皆爲棄物〔一六二〕，無用之也。以言通論，未之或安〔一六三〕。若能明（斯）〔其〕所以〔一六四〕，顯其所由〔一六五〕，設二論俱濟〔一六六〕，願重聞之。」

主人答曰：「吾謂能反三隅者，得意而〔忘〕言〔一六七〕。是以前論略而未詳。今復煩循環之難〔一六八〕，敢不自一竭耶。夫魯牛能知（犧曆）〔歷犧〕之喪生〔一六九〕，哀三子之不存〔一七〇〕；含悲經年，訴怨葛盧。此爲心與人同，異於獸形耳。此又吾之所疑也。且牛非人類，無道相通〔一七一〕。若謂鳴獸皆能有（□）〔言〕，葛盧受性獨曉之〔一七二〕，此爲稱其語而論其事〔一七三〕，猶譯傳異言耳〔一七四〕。不爲考聲音而知其情，則非所以爲難也。若謂知者爲當觸物而達〔一七五〕，無所不知，今且先議其所易者。請問聖人卒入胡域〔一七六〕，當知其所言否乎〔一七七〕？難者必曰：知之。知之之理，何以明之〔一七八〕？願借子之難以立鑒識之域〔一七九〕。或當與關接識其言耶〔一八〇〕？將吹律鳴管〔一八一〕，校其音耶？觀氣採色，知其心耶？此爲知心自由氣色，雖自不言，猶將知之。知之之道，可不待言也。若吹律校音，以知其心。假令心志於馬，而誤言鹿，察者固當由鹿以（弘）〔知〕馬也〔一八二〕。此爲心不係於所言，言或不足以證心也。若當關接而知言，此爲孺子學言於所師，然後知之，則何貴於聰明哉。夫言非自然一定之物，五方殊俗，同事異號〔一八三〕。〔趣〕舉一名，以爲（摽）〔標〕識耳〔一八四〕。夫聖人窮理〔一八五〕，謂自然可尋，無微不照〔一八六〕。理蔽則雖近不見〔一八七〕。故異域之言，不得强通。推此以往〔一八八〕，葛盧之不知牛鳴，得不（全）〔信〕乎〔一八九〕？又難云：師曠吹律，知南風不競，楚多死聲〔一九〇〕，此又吾之所疑也。請問師曠吹律之時〔一九一〕，楚國之風耶，則相去千里，聲不足達；若正識楚（國）〔風〕來入律中耶〔一九二〕，則楚南有吴越，北有梁宋，苟不見其原，奚以識之哉？凡陰陽憤激，然後成風〔一九三〕；氣之相感，觸地而發〔一九四〕；何（得）〔必〕發楚庭來入晉乎〔一九五〕？且又律吕分四時之氣耳〔一九六〕，時至而氣動，律應而灰移〔一九七〕。皆自然相待〔一九八〕，不假人以爲用也。上生下生〔一九九〕，所以均五聲之和，叙剛柔之分也〔二〇〇〕。然律有一定之聲，雖冬吹中吕，其音自滿而無損也〔二〇一〕。今以晉人之氣，吹無（韻）〔損〕之律〔二〇二〕，楚風安得來入其中，與爲盈縮耶〔二〇三〕？風無形，聲與律不通，則校理之地，無取於風律，不其然乎？豈（獨）師曠多識博物〔二〇四〕，自有以知勝敗之形，欲固衆心，而託以神微〔二〇五〕，若伯常騫之許景公壽哉〔二〇六〕。又難云：羊舌母聽聞兒啼，而審其喪家。復請問何由知之？爲神心獨悟闇語而當耶〔二〇七〕？嘗聞兒啼若此其大而惡〔二〇八〕，今之啼聲似昔之啼聲〔二〇九〕，故知其喪家耶？若神心獨悟闇語之當，非理之所得也，雖曰聽啼〔二一〇〕，無取驗於兒聲矣。若以嘗聞之聲爲惡〔二一一〕，故知今啼當惡，此爲以甲聲爲度，以校乙之啼也。夫聲之於〈音〉〔心〕〔二一二〕，猶形之於心也。有形同而情乖，貌殊而心均者；何以明之？聖人齊心等德，而形狀不同也。苟心同而形異，則何言乎觀形而知心哉？且口之激氣爲聲，何異於籟籥納氣而鳴耶〔二一三〕？啼聲之善惡，不由兒口吉凶，猶琴瑟之清濁，不在操者之工拙也。心能辨理善談〔二一四〕，而不能令〈内〉〔籟〕籥調利〔二一五〕，猶瞽者能善其曲度，而不能令器必清和也〔二一六〕。器不假妙瞽而良，籥不因惠心而調〔二一七〕。然則心之與聲，明爲二物。二物之誠然〔二一八〕，則求情者不留觀於形貌，揆心者不借聽於聲音也〔二一九〕。察者欲因聲以知心，不亦外乎〔二二〇〕？今晉母未得之於老成〔二二一〕，而專信昨日之聲，以證今日之啼；豈不誤中於前世，好奇者從而稱之哉？」

秦客難曰：「吾聞敗者不羞走〔二二二〕，所以全也。吾心未厭〔二二三〕，而言難復〔二二四〕，更從其餘。今平和之人，聽箏笛〈琵琶〉〔批把〕〔二二五〕，則形躁而志越〔二二六〕。聞琴瑟之音〔二二七〕，則〈聽〉〔體〕静而心閑〔二二八〕。同一器之中，曲用每殊，則情隨之變〔二二九〕。奏秦聲則歎羨而慷慨〔二三〇〕，理齊楚則情一而思專，肆姣弄則歡放而欲愜〔二三一〕。心爲聲變，若此其衆。苟躁静由聲，則何爲限其哀樂？而但云至和之聲，無所不感；託大同於聲音，歸衆變於人情。得無知彼不明此哉？」

主人答曰：「難云：（琵琶）〔批把〕箏笛，令人躁越。又云：曲用每殊，而情隨之變。此誠所以使人常感也〔二三二〕。（琵琶）〔批把〕箏笛，間促而聲高〔二三三〕，變衆而節數〔二三四〕。以高聲御數節，故（更）〔使〕形躁而志越〔二三五〕。猶鈴鐸警耳，鍾鼓駭心〔二三六〕。故聞鼓鞞之音，思將帥之臣〔二三七〕；蓋以聲音有大小，故動人有猛静也。琴瑟之體，（聞）〔閑〕遼而音埤〔二三八〕，變希而聲清，以埤音御希變，不虛心静聽，則不盡清和之極〔二三九〕。是以（聽）〔體〕静而心閑也〔二四〇〕。夫曲用不同〔二四一〕，亦猶殊器之音耳。齊楚之曲多重故情一，變（妙）〔少〕故思專〔二四二〕。姣弄之音，挹衆聲之美，會五音之和〔二四三〕，其體贍而用博〔二四四〕，故心（侈）〔役〕於衆理〔二四五〕。五音會，故歡放而欲愜。然皆以單複、高埤、善惡爲體〔二四六〕，而人情以躁静專散爲應。譬猶遊觀于都肆，則目濫而情放；留察于曲度，則思静而容端〔二四七〕。此爲聲音之體，盡於舒疾；情之應聲，亦止於躁静耳〔二四八〕。夫曲用每殊〔二四九〕，而情之處變，猶滋味異美，而口輒識之也〔二五〇〕。五味萬殊，而大同於美〔二五一〕；曲變雖衆，亦大同於和。美有甘，和有樂；然隨曲之情，盡於和域〔二五二〕；應美之口，絶於甘境。安得哀樂於其間哉？然人情不同〔二五三〕，自師所解〔二五四〕，則發其所懷。若言平和哀樂正等，則無所先發，故終得躁静〔二五五〕。若有所發，則是有主於内，不爲平和也。以此言之，躁静者，聲之功也；哀樂者，情之主也；不可見聲有躁静之應，因謂哀樂皆由聲音也。且聲音雖有猛静，猛静各有一和〔二五六〕，和之所感，莫不自發。何以明之？夫會賓盈堂，酒酣奏琴[二五七]，或忻然而歡，或慘爾而泣[二五八]。非進哀於彼，導樂於此也。其音無變於昔，而歡慼並用[二五九]，斯非吹萬不同耶？夫唯無主於喜怒，〔亦應〕無主於哀樂[二六〇]，故歡慼俱見。若資偏固之音[二六一]，含一致之聲，其所發明，各當其分[二六二]，則焉能兼御羣理，總發衆情耶？由是言之：聲音以平和爲體，而感物無常[二六三]；心志以所俟爲主[二六四]，應感而發。然則聲之與心，殊塗異軌[二六五]，不相經緯[二六六]，焉得染太和於歡慼[二六七]，綴虛名於哀樂哉[二六八]？」

秦客難曰：「論云：猛静之音，各有一和。和之所感，莫不自發。是以酒酣奏琴，而歡慼並用。此言偏并之情，先積於内[二六九]，故懷歡者值哀音而發，内慼者遇樂聲而感也。夫音聲自當有一定之哀樂，但聲化遲緩，不可倉卒[二七〇]，不能對易。偏重之情，觸物而作。故令哀樂同時而應耳。雖二情俱見，則何損於聲音有定理耶？」

主人答曰：「難云：哀樂自有定聲[二七一]，但偏重之情，不可卒移。故懷慼者遇樂聲而哀耳。即如所言，聲有定分；假使鹿鳴重奏，是樂聲也[二七二]；而令慼者遇之，雖聲化遲緩，但當不能(使)〔便〕變令歡耳[二七三]，何得更以哀耶？猶一爝之火[二七四]，雖未能温一室，不宜復增其寒矣。夫火非隆寒之物，樂非增哀之具也[二七五]。理絃高堂[二七六]，而歡慼並用者，(真主)〔直至〕和之發滯導情[二七七]，故令外物所感，得自盡耳。難云：偏重之情，觸物而作，故令哀樂同時而應耳。夫言哀者，或見机杖而泣〔二七八〕，或覩輿服而悲〔二七九〕。徒以感人亡而物存，痛事顯而形潛〔二八〇〕。其所以會之，皆自有由，不爲觸地而生哀，當席而淚出也。今（見）〔無〕机杖以致感〔二八一〕，聽和聲而流涕者，斯非和之所感，莫不自發也〔二八二〕？」

秦客難曰：「論云：酒酣奏琴，而懽慼並用〔二八三〕。欲通此言，故答以偏情，感物而發耳。今且隱心而言〔二八四〕，明之以成效〔二八五〕。夫人心不懽則慼，不慼則懽，此情志之大域也〔二八六〕。然泣是慼之傷〔二八七〕，笑是懽之用〔二八八〕。蓋聞齊楚之曲者，唯覩其哀涕之容，而未曾見笑噱之貌〔二八九〕，此必齊楚之曲，以哀爲體；故其所感，皆應其度（量）〔二九〇〕。豈徒以多重而少變，則致情一而思專耶〔二九一〕？若誠能致泣，則聲音之有哀樂，斷可知矣〔二九二〕。」

主人答曰：「雖人情（慼）〔感〕於哀樂〔二九三〕，哀樂各有多少。又哀樂之極，不必同致也。夫小哀容壞〔二九四〕，甚悲而泣，哀之方也。小懽顔悦，至樂（心愉）〔而笑〕〔二九五〕，樂之理也。何以明之〔二九六〕？夫至親安豫〔二九七〕，則恬若自然〔二九八〕，所自得也〔二九九〕。及在危急，僅然後濟〔三〇〇〕，則抃不及儛〔三〇一〕。由此言之，儛之不若向之自得，豈不然哉？至夫笑噱，雖出於懽情，然〔自以理成，又非〕自然應聲之具也〔三〇二〕。此爲樂之應聲，以自得爲主；哀之應感，以垂涕爲故。垂涕則形動而可覺〔三〇三〕，自得則神合而無（憂）〔變〕〔三〇四〕。是以觀其異，而不識其同〔三〇五〕；別其外，而未察其內耳。然笑噱之不顯於聲音，豈獨齊楚之曲耶？今不求樂於自得之域，而以無笑噱謂齊楚體哀，豈不知哀而不識樂乎？」

秦客問曰：「仲尼有言：移風易俗，莫善於樂〔三〇六〕。即如所論，凡百哀樂，皆不在聲，即移風易俗，果以何物耶〔三〇七〕？又古人慎靡靡之風，抑慆耳之聲〔三〇八〕。故曰：放鄭聲，遠佞人〔三〇九〕。然則鄭衛之音〔三一〇〕，擊鳴球以協神人〔三一一〕，敢聞鄭雅之體，隆弊所極〔三一二〕，風俗移易，奚由而濟？幸重聞之〔三一三〕，以悟所疑。」

主人應之曰：「夫言移風易俗者，必承衰弊之後也〔三一四〕。古之王者，承天理物〔三一五〕，必崇簡易之教〔三一六〕，御無爲之治〔三一七〕。君静於上，臣順於下〔三一八〕；玄化潛通，天人交泰〔三一九〕。枯槁之類，浸育靈液〔三二〇〕，六合之内，沐浴鴻流，蕩滌塵垢〔三二一〕；羣生安逸，自求多福〔三二二〕；默然從道，懷忠抱義〔三二三〕，而不覺其所以然也。和心足於内，和氣見於外〔三二四〕；故歌以叙志〔三二五〕，儛以宣情〔三二六〕。然後文之以采章，照之以風雅〔三二七〕，播之以八音，感之以太和〔三二八〕；導其神氣，養而就之〔三二九〕；迎其情性〔三三〇〕，致而明之；使心與理相順，（和）〔氣〕與聲相應〔三三一〕。合乎會通，以濟其美〔三三二〕。故凱樂之情，見於金石〔三三三〕；含弘光大，顯於音聲也〔三三四〕。若〔此〕以往〔三三五〕，則萬國同風〔三三六〕，芳榮濟茂〔三三七〕，馥如秋蘭〔三三八〕，不期而信，不謀而（誠）〔成〕〔三三九〕，穆然相愛；猶舒錦綵〔三四〇〕，而粲炳可觀也〔三四一〕。大道之隆，莫盛於茲，太平之業〔三四二〕，莫顯於此。故曰：移風易俗，莫善於樂。樂之爲體〔三四三〕，以心爲主。故無聲之樂，民之父母也〔三四四〕。至八音會諧〔三四五〕，人之所悦，亦總謂之樂。然風俗移易，不在此也〔三四六〕。夫音聲和（此）〔比〕〔三四七〕，人情所不能已者也。是以古人知情之不可放〔三四八〕，故抑其所遁〔三四九〕；知欲之不可絶〔三五〇〕，故因其所自〔三五一〕。爲可奉之禮〔三五二〕，制可導之樂〔三五三〕。口不盡味，樂不極音；揆終始之宜，度賢愚之中，爲之檢則〔三五四〕，使遠近同風，用而不竭〔三五五〕，亦所以結忠信，著不遷也〔三五六〕。故鄉校庠塾亦隨之變〔三五七〕。絲竹與俎豆並存，羽毛與揖讓俱用〔三五八〕，正言與和聲同發。使將聽是聲也，必聞此言；將觀是容也，必崇此禮。禮猶賓主升降，然後酬酢行焉〔三五九〕。於是言語之節，聲音之度，揖讓之儀，動止之數〔三六〇〕，進退相須，共爲一體〔三六一〕。君臣用之於朝，庶士用之於家〔三六二〕。少而習之，長而不怠，心安志固，從善日遷〔三六三〕，然後臨之以敬，持之以久而不變〔三六四〕，然後化成。此又先王用樂之意也。故朝宴聘享，嘉樂必存〔三六五〕；是以國史采風俗之盛衰，寄之樂工，宣之管絃，使言之者無罪，聞之者足以（自）誡〔三六六〕。此又先王用樂之意也。若夫鄭聲，是音聲之至妙。妙音感人，猶美色惑志，耽槃荒酒，易以喪業〔三六七〕。自非至人，孰能（禦）〔御〕之〔三六八〕？先王恐天下流而不反〔三六九〕，故具其八音，不瀆其聲〔三七〇〕，絶其大和〔三七一〕，不窮其變。捐窈窕之聲，使樂而不淫〔三七二〕。猶大羹不和，不極勺藥之味也〔三七三〕。若流俗淺近，則聲不足悦，又非所歡也。若上失其道，國喪其紀〔三七四〕，男女奔隨，婬荒無度〔三七五〕；則風以此變〔三七六〕，俗以好成。尚其所風，雅之與正同乎心，淫之與鄭，則羣能肆之；樂其所習，則何以誅之？託於和聲，配而長之，誠動於言，心感於和，風俗一成〔三七七〕，因而名之〔三七八〕。然所名之聲，無〔□〕〔中〕於淫邪也〔三七九〕。淫之與正同乎心，雅鄭之體，亦足以觀矣。」

〔一〕「東野」見前阮德如答詩（早發温泉廬）注〔二四〕。

〔二〕毛詩序：「治世之音安以樂，其政和；亂世之音怨以怒，其政乖；亡國之音哀以思，其民困。」

〔三〕淮南子主術訓：「古之爲金石管絃者，所以宣樂也。」注：「金，鐘；石，磬；管，簫也；絃，琴瑟也。」漢書禮樂志：「和親之説難形，則發之于詩歌詠言，鐘石管絃。」

〔四〕論語：「子在齊聞韶。」又曰：「子謂韶盡美矣。」集解：「孔安國曰：『韶，舜樂名，謂以聖德受禪，故盡美。』」

〔五〕「絃」吴鈔本作「弦」，二字通。

〔六〕「知」吴鈔本同，周校本作「識」，誤也。○季札事，詳見左氏襄公二十九年傳。

〔七〕禮記檀弓上：「檀弓曰：『何居，我未之前聞也。』」注：「居讀爲姬姓之姬，齊魯之間語助也。」又郊特牲注：「何居，怪之也。」

〔八〕爾雅：「訊，告也。」

〔九〕吴鈔本原鈔無「今」字，墨校補。「聞」吴鈔本作「問」。

〔一〇〕左傳注：「拯猶救助也。」

〔一一〕「念」吴鈔本作「令」，是也。張本注云：「或作令。」○「歷世」見前琴賦注〔九〕。左傳注：「濫，失也。」

〔一二〕論語：「舉一隅不以三隅反，則不復也。」

〔一三〕「貴」吴鈔本作「資」。○易繫辭下：「陰陽合德而剛柔有體。」又坤卦文言曰：「至哉坤元，萬物資生。」荀子禮論篇：「天地合而萬物生。」論衡自然篇：「天地合氣，萬物自生。」漢書杜欽傳：「對策曰：『生，天地之所貴也。』」

〔一四〕易繫辭下：「寒往則暑來，暑往則寒來。」

〔一五〕吴鈔本原鈔無「故」字，墨校補。周校本曰：「案無者爲長。」

〔一六〕左氏昭公二十五年傳：「則天之明，因地之性，生其六氣，用其五行，氣爲五味，發爲五色，章爲五音。」考工記：「雜四時五位之色以章之。」注：「章，明也。」

〔一七〕吴鈔本無「遇」字。

〔一八〕「不」吴鈔本作「無」。○戰國策秦策：「織自若。」注：「若，如故也。」

〔一九〕「愛憎」見前養生論注〔三五〕。

〔二〇〕「化」吴鈔本作「比」，是也。

〔二一〕史記樂書：「比音而樂之。」正義曰：「比，次也。」禮記樂記篇：「聲成文謂之音。」注：「宫、商、角、徵、羽，雜比曰音，單出曰聲。」書舜典：「八音克諧。」爾雅：「諧，和也。」

〔二二〕「欲」或作「慾」，下同。○釋名：「鍾，聚也。」

〔二三〕禮記曲禮上：「欲不可從，樂不可極。」

〔二四〕「因」上，吴鈔本原鈔有「故」字，墨校删。

〔二五〕禮記樂記篇：「是故先王之制禮樂，人爲之節。」

〔二六〕論語：「子曰：『關雎樂而不淫，哀而不傷。』」

〔二七〕四句各本皆奪，惟吴鈔本原鈔有之，朱校删去。案下文兩「云」字即承此兩「謂之」而言，原鈔是也，今據補。

〔二八〕史記貨殖列傳：「此其大較也。」索隱曰：「較音角，大較，猶大略也。」

〔二九〕「鍾」或作「鐘」。○論語：「子曰：『禮云禮云，玉帛云乎哉？樂云樂云，鐘鼓云乎哉？』」

〔三〇〕莊子天道篇：「鍾鼓之音，羽毛之容，樂之末也；哭泣衰絰，隆殺之服，哀之末也。」春秋繁露玉杯篇：「樂云樂云，鍾鼓云乎哉？引而後之，亦宜曰：喪云喪云，衣服云乎哉？」

〔三一〕「舞」字吴鈔本塗改而成，周校本曰：「案當作『哭』。」又曰：「『悲哀』疑當作『哀樂』。」

〔三二〕「殊」宋本世説新語文學篇注引作「他」，别本仍作「殊」。

〔三三〕「歌哭」世説新語文學篇注引作「歌笑」，誤也。下文即云「聞哭」「聽歌」。○荀子正名篇：「曲期遠方異俗之鄉。」班固西都賦：「殊方異類，至於三萬里。」

〔三四〕毛詩傳：「錯，雜也。」

〔三五〕「感」吴鈔本及世説新語文學篇注引作「戚」。嚴輯全三國文作「感」，注云：「依世説文學篇注改。」讀書續記曰：「明本『戚』作『感』，蓋『感』之譌。」○揚案：後文皆以「歡」「感」對言。○淮南子齊俗訓：「載哀者聞歌聲而泣，載樂者見哭者而笑。」

〔三六〕「而」吴鈔本作「其」。世説新語文學篇注引無「而」字。「情」吴鈔本原鈔作「懷」，墨校改。

〔三七〕「均」下，張本及三國文有「一」字，皕宋樓鈔本同。世説新語文學篇注引有「同」字，嚴輯全三國文據補。○揚案：「一」字「同」字並通。

〔三八〕世説新語文學篇注引無「而」字。○淮南子本經訓：「隔而不通，分爲萬殊。」

〔三九〕「哉」世説新語文學篇注引作「乎」。

〔四〇〕文選謝混游西池詩注引韓詩曰：「伐木廢，朋友之道絶，勞者歌其事。」漢書景帝紀：「詔曰：『歌者所以發德也，舞者所以明功也。』」

〔四一〕此句吴鈔本原鈔作「則激哀切之言」，墨校改。○漢書賈山傳：「其言多激切。」

〔四二〕毛詩序：「詩者，志之所之也。在心爲志，發言爲詩。」「聲音」見上文注〔三〕。

〔四三〕「詠」或作「咏」，下同。

〔四四〕左氏昭公二十一年傳：「和聲入於耳而藏於心。」馬融長笛賦：「心樂五聲之和。」戰國策秦策：「苦言樂也。」

〔四五〕毛詩序：「言之不足，故嗟歎之。」詩氓：「不見復關，泣涕漣漣。」釋文：「漣，泣貌。」

〔四六〕吴鈔本原鈔無「苦心」二字，墨校補。「心」下，張本及三國文有「之」字。周校本曰：「俱不當有。」○禮記樂記篇：「其哀心感者，其聲噍以殺。」

〔四七〕「聲」下，吴鈔本原鈔有「而後發」三字，墨校删。周校本曰：「而上當奪一字，删之甚非。」○揚案：就上下文觀之，當奪「感」字也。雖然，此句文義亦足，有之反爲宂贅。「而後發」三字似鈔者涉上文而誤衍。

〔四八〕莊子齊物論篇：「夫吹萬不同，而使其自已也。咸其自取，怒者其誰邪？」郭象注：「自已而然，則謂之天然，天然耳，非爲也。」文選注引司馬彪曰：「吹萬，言天氣吹煦，生養萬物，形氣不同。已，止也，使各得其性而止。」

〔四九〕淮南子本經訓：「晚世風流俗敗。」又泰族訓：「因其喜音，而正雅頌之聲，故風俗不流。」

〔五〇〕毛詩序：「國史明乎得失之迹，傷人倫之廢，哀刑政之苛，吟詠情性，以風其上。」

〔五一〕禮記禮運篇：「何謂人情？喜怒哀樂愛惡欲，七者弗學而能。」案太平御覽四百六十七引顧子曰：「哀樂喜怒愛憎欲懼，人之情也。」亦以八情爲説。

〔五二〕「甲」吴鈔本原鈔誤作「用」，朱校改。

〔五三〕「乙」吴鈔本原鈔誤作「人」，朱校改。○史記萬石君列傳：「長子建，次子甲，次子乙。」正義曰：「顔師古云：『史失其名，故云甲乙。』」顧炎武日知録曰：「先秦以上即有以甲乙爲彼此之辭者。韓非子：『罪生甲，禍歸乙，伏怨乃結。』」

〔五四〕「而」吴鈔本原鈔作「則」，墨校改。

〔五五〕「外内」張本及三國文作「内外」。

〔五六〕「樂」下，吴鈔本原鈔有「也」字，墨校删。

〔五七〕吴鈔本原鈔奪「哀樂」二字，墨校補。又原鈔「感」下有「而後發」三字，墨校删。案有此三字爲合。「情感」周校本誤作「感情」。○漢書藝文志：「哀樂之情感，歌詠之聲發。」

〔五八〕「臧否」見前幽憤詩注〔三〕。

〔五九〕論語：「子在齊聞韶，三月不知肉味。曰：『不圖爲樂之至於斯也。』」易繫辭下：「天下同歸而殊途，一致而百慮。」案此謂韶音之美，與德一致也。

〔六〇〕「麤」吴鈔本作「粗」。

〔六一〕易繫辭下：「知者觀其彖辭，則思過半矣。」

〔六二〕曹植泰山梁父行：「八方各異氣。」漢書注：「四方四維，謂之八方。」

〔六三〕禮記樂記篇：「凡音者生於人心者也，情動於中，故形於聲。」

〔六四〕「餘」吴鈔本原鈔作「爲」，墨校改。

〔六五〕「志」吴鈔本原鈔作「至」，墨校改。○「伯牙」「鍾子」見前酒會詩（□□蘭池）注〔六〕。

〔六六〕案「産」當爲「期」字之誤。○儀禮既夕禮：「隸人涅廁。」注：「隸人，罪人，今之徒役作者也。」呂氏春秋精通篇：「鍾子期夜聞擊磬者而悲，使人召而問之曰：『子何擊磬之悲也？』答曰：

『臣之父不幸而殺人，不得生；臣之母得生，而爲公家爲酒；臣之身得生，而爲公家擊磬。臣不覩臣之母三年矣。昔爲舍氏覩臣之母，量所以贖之則無有。而身固公家之財也，是故悲也。』鍾子期歎嗟曰：『悲夫，悲夫！心非臂也，臂非椎非石也，悲存乎心，而木石應之。故君子誠乎此而諭乎彼，感乎己而發乎人，豈必彊説乎哉！』」案新序雜事第四篇載此事，亦屬鍾子期。

〔六七〕「審」吴鈔本作「察」。○家語顔回篇：「孔子在衛，昧旦晨興，顔回侍側，聞哭者之聲甚哀。子曰：『回，汝知此何所哭乎？』對曰：『回以此哭聲非但爲死者而已，又有生離别者也。』子曰：『何以知之？』對曰：『回聞桓山之鳥生四子焉，羽翼既成，將分于四海，其母悲鳴而送之，哀聲有似于此，謂其往而不返也。回竊以音類知之。』孔子使人問哭者，果曰父死家貧，賣子以葬，與之長決。子曰：『回也善於識音矣。』」案説苑辨物篇載此略同。

〔六八〕王褒洞簫賦：「徐聽其曲度兮。」後漢書注：「曲度，謂曲之節度也。」

〔六九〕禮記問喪篇：「悲哀在中，故形變於外也。」

〔七〇〕易繫辭上：「神而明之，存乎其人。」

〔七一〕「聲衆」經濟類編引作「衆聲」，誤也。

〔七二〕「成」吴鈔本原鈔作「起」，墨校改。

〔七三〕「共其」吴鈔本作「其共」，誤也。

〔七四〕「子」吴鈔本原鈔作「體」，墨校改。周校本改作「札」，注云：「因『札』譌『礼』，『礼』又爲『禮』而譌也。」

〔七五〕「歟」或作「與」。

〔七六〕「奉」吴鈔本、程本作「奏」，是也。

〔七七〕韓詩外傳：「孔子學鼓琴於師襄子而不進。師襄子曰：『夫子可以進矣。』孔子曰：『丘已得其曲矣，未得其數也。』有間，曰：『夫子可以進矣。』曰：『丘已得其數矣，未得其意也。』有間，復曰：『夫子可以進矣。』曰：『丘已得其意矣，未得其人也。』有間，復曰：『夫子可以進矣。』曰：『丘已得其人矣，未得其類也。』有間，邈然遠望曰：『洋洋乎，翼翼乎，必作此樂也。黯然黑，幾然而長，以王天下，以朝諸侯者，其惟文王乎？』師襄子避席再拜曰：『善，師以爲文王之操也。』故孔子持文王之聲，知文王之爲人。」

〔七八〕韓子十過篇：「衛靈公之晉，至濮水之上，夜分而聞鼓新聲者，乃召師涓曰：『有鼓新聲者，其狀似鬼神，子爲聽而寫之。』師涓曰：『諾。』因静坐撫琴而寫之。遂去之晉。晉平公觴之。酒酣，靈公曰：『有新聲，願請以示。』平公曰：『善。』乃召師涓，令坐師曠之旁，援琴撫之。未終，師曠撫止之曰：『此亡國之音，不可遂也。』平公曰：『此道奚出？』師曠曰：『此師延之所作，與紂爲靡靡之樂也。及武王伐紂，師延東走，至於濮水而自投。故聞此聲者，必於濮水之上。先聞者其國必削。』」左氏襄公十四年傳：「師曠侍於晉侯。」注：「師曠，晉樂太師子野。」

〔七九〕「綜」吴鈔本原鈔誤作「終」，墨校改。○易繫辭上：「錯綜其數。」虞氏注：「綜，理也。」

〔八〇〕公羊閔公二年傳：「桓公使高子將南陽之甲，立僖公而城魯，魯人至今以爲美談。」

〔八一〕廣雅：「區區，小也。」

〔八二〕「微」下，吴鈔本原鈔有「旨」字，墨校删。案「旨」字誤衍。

〔八三〕韓子説林上：「聖人見微以知明。」淮南子主術訓：「孔子學鼓琴於師襄，而諭文王之志，見微以知明矣。」

〔八四〕「音」吴鈔本作「韻」，誤也，上文即云「常音」。

〔八五〕經濟類編引無「之」字，誤也。

〔八六〕「悲」吴鈔本作「哀」。○易繫辭上：「鼓之舞之以盡神。」

〔八七〕「拊膺」見前答二郭詩（昔蒙父兄祚）注〔八〕。

〔八八〕吕氏春秋疑似篇：「疑似之際，不可不察。」

〔八九〕此句吴鈔本原鈔作「爾爲已就聲音之無常」，朱校改補。

〔九〇〕「奉」吴鈔本、程本作「奏」，是也。

〔九一〕「能」上，吴鈔本原鈔有「又」字，朱校删。

〔九二〕吕氏春秋用衆篇：「此三皇五帝之所以大立功名也。」注：「三皇：伏羲、神農、女媧也。五帝：黄帝、顓頊、帝嚳、帝堯、帝舜也。」

〔九三〕楚辭九章：「刓方以爲圜兮，常度未替。」注：「度，法也。」

〔九四〕論語：「樂則韶武。」周禮注：「大韶，舜樂也。言其德能紹堯之德也。大武，武王樂也。武王伐紂以除其害，言其德能成大武功。」

〔九五〕漢書禮樂志：「雜變並會，雅聲遠姚。」

〔九六〕易繫辭上：「引而伸之，觸類而長之。」列子注：「躓，礙也。」

〔九七〕吳鈔本同。程本作「若音聲之無常」。張本及三國文作「若聲音之無常」。嚴輯全三國文作「若音聲無常」，未加「之」字。案有「常」字是也，此承上文而言。

〔九八〕「子」下，吳鈔本、程本、張本及三國文有「之」字，嚴輯全三國文無。案此句有「之」字，則上句亦應有。

〔九九〕荀子儒效篇：「億然若終身之虜而不敢有他志，是俗儒者也。」

〔一〇〇〕「追」經濟類編四十四引作「造」。

〔一〇一〕「欲令天下」四字，吳鈔本塗改而成。

〔一〇二〕「理」嚴輯全三國文誤作「目」。

〔一〇三〕「而」吳鈔本作「爲」。「推」張本及三國文作「惟」。

〔一〇四〕「自歎」吳鈔本作「歎息」。

〔一〇五〕張本及三國文無「斯」字。○文選注：「罔，誣也。」

〔一〇六〕「定」吳鈔本原鈔作「足」，墨校改。

〔一〇七〕史記酷吏傳：「張湯決大獄，欲傳古義。」

〔一〇八〕易大畜卦象曰：「君子以多識前言往行，以畜其德。」

〔一〇九〕「紀」下，吳鈔本有「耳」字。○莊子齊物論篇：「一與言爲二，二與一爲三，自此以往，巧歷不能得，而況其凡乎？」淮南子覽冥訓：「天地之間，巧歷不能舉其數。」注：「巧，工也。雖工爲歷術者不能悉舉其數也。」

〔一一〇〕淮南子墬形訓：「音有五聲。」注：「宫、商、角、徵、羽也。」

〔一一一〕吳鈔本原鈔此「愛」字下有「喜理」二字，又下文「物」字之下，有「與不喜」三字，墨校删。周校本移三字於此處，而成「喜與不喜」一句。

〔一一二〕「正」下，吳鈔本有「其」字。○春秋繁露深察名號篇：「是正名號者于天地。」

〔一一三〕「酒醴」吳鈔本作「醞酒」。「情」吳鈔本原鈔作「性」，朱校改。案「性」字是也。杜甫大雲寺贊公房詩：「醍醐長發性。」當即本此。○説文：「醞，釀也。」

〔一一四〕「苦」文瀾本作「辛」，誤也。○論衡幸偶篇：「酒之成也，甘苦異味。」

〔一一五〕「不」上，吳鈔本原鈔有「猶」字，墨校删。案有「猶」字爲合。

〔一一六〕由此句至下文「莫不自發也」句，吳鈔本原鈔在篇末「亦足以觀矣」句後，朱校改移之。案原鈔所據之本，每節提行，故有此誤。

〔二七〕史記刺客列傳：「其立意較然。」索隱曰：「較，明也。」

〔二八〕漢書禮樂志：「應感而動，然後心術形焉。」又藝文志：「哀樂之心感，而歌詠之聲發。」

〔二九〕「降」張本及三國文作「隆」，下同。○「隆殺」見前答難養生論注〔三六〕。

〔三〇〕「色」字吴鈔本塗改而成。「診」吴鈔本作「袊」。讀書續記曰：「明本『袊』作『診』，疑當作『診』，然義難通。」○揚案：「診」字是也。古書「診」字多寫作「袊」。吕氏春秋注：「章，著明也。」素問五藏生成篇：「五色微診，可以目察。」史記倉公列傳：「五色診病，知人生死。」周禮天官疾醫：「以五氣五聲五色眡其死生。」注：「五色，面貌青赤黄白黑也。」説文：「診，視也。」一切經音義引三蒼曰：「診，候也。」又引通俗文曰：「診，驗也。」案此處「色診」，即謂面色之候驗。劉子新論命相篇：「賢愚貴賤，修短吉凶，皆有表診。」又曰：「爰及衆庶，皆有診相。」亦即此義。

〔三一〕「常」程本作「當」，誤也。

〔三二〕「穎」嚴輯全三國文及周校本作「潁」，是也。「潁」字俗書。廣文選及經濟類編引誤作「穎」，下同。○漢書注：「葉末曰穎。」案此處「穎」與「熲」通。説文：「熲，火光也。」人物志材理篇：「指機理則穎灼而徹盡。」亦即此義。

〔三三〕「悟」各本同。讀書續記曰：「『悟』當作『晤』。」○周禮注：「鄭司農云：『無目眹謂之瞽，有目眹而無見謂之矇。』」論語：「人而不爲周南召南，其猶正牆面而立也與？」

〔二四〕「離婁」見前琴賦注〔七六〕。慎子：「離朱之明，察毫末於百步之外。」商君書弱民篇：「離婁見秋毫之末。」孟子注：「離朱即離婁。」案「婁」「朱」音近。毛詩傳：「八尺曰尋。」

〔二五〕魏文帝月重輪行：「明闇相絶，何可勝言。」

〔二六〕淮南子道應訓：「終日行不離咫尺。」注：「八寸曰咫。」

〔二七〕禮記中庸篇：「子曰：『君子中庸。』」注：「庸，常也。」廣雅：「猜，疑也。」莊子外物篇：「耳徹爲聰。」説文：「聰，察也。」

〔二八〕史記貨殖列傳：「洒削薄技也，而郅氏鼎食；胃脯簡微耳，而濁氏連騎。」漢書食貨志「郅氏」作「質氏」。

〔二九〕「饑」或作「飢」。○論語：「伯夷叔齊餓於首陽之下。」集解：「馬融曰：『首陽山在河東蒲坂縣華山之北，河曲之東。』」

〔三〇〕韓子和氏篇：「楚人和氏得玉璞楚山中，奉而獻之厲王。厲王使玉人相之。玉人曰：『石也。』王以和爲誑，而刖其左足。及厲王薨，武王即位，和又奉其璞而獻之武王。武王使玉人相之，又曰：『石也。』王又以和爲誑，而刖其右足。武王薨，文王即位，和乃抱其璞而哭於楚山之下，三日三夜，淚盡而繼之以血。王聞之，使人問其故。乃使玉人理其璞，而得寶焉。」

〔三一〕「奇」吴鈔本作「寄」。皕宋樓鈔本改作「奇」，有校語云：「或作『寄』，『奇』之誤。」據各本改。」○水經江水注引揚雄琴清英曰：「伯奇至孝，後母譖之，自投江中。衣苔帶藻，忽夢見水仙，賜其美藥，思惟養親，揚聲悲歌。船人聞而學之。吉甫聞船人之聲，疑似伯奇，援琴作子安之操。」

〔二二〕「相如」事見前卜疑注〔七五〕。戰國策秦策：「寡人忿然含怒日久。」注：「含，懷也。」

〔二三〕「占」吴鈔本作「瞻」。○文選長笛賦注引韓詩外傳：「不占，陳不占也，齊人。崔杼弒莊公，陳不占聞君有難，將往赴之。食則失哺，上車失軾。其僕曰：『敵在數百里外，而懼怖如是，雖往其益乎？』占曰：『死君之難，義也；無勇，私也。』乃驅車而奔之。至公門之外，聞戰鼓之聲，遂駭而死。君子謂不占無勇而能行義，可謂志士矣。」案此文又見藝文類聚二十二、太平御覽九十九及四百十八，今本韓詩外傳無此條，惟新序義勇篇有之，後漢書桓譚傳亦引新序。説文：「祇，敬也。」

〔二四〕吴鈔本無「之」字，誤也。「使各」吴鈔本原鈔作「各使」，墨校改。

〔二五〕「寡衆」吴鈔本作「衆寡」。

〔二六〕「期」吴鈔本、汪本、四庫本作「斯」，周校本曰：「『斯』各本譌。」讀書續記曰：「明本『斯』作『期』，較長。」○揚案：「期」字是也。

〔二七〕吴鈔本原鈔作「設使從下出」，墨校删「出」字，程本亦有「出」字。案有者是也。從下出，即從地出，故下文云「操律鳴管，以考其音」。

〔二八〕大戴禮曾子天圓篇：「截十二管以索八音之上下清濁，謂之律也。」禮記月令注：「律，候氣之管，以銅爲之。」太平御覽十六引京房傳曰：「銅爲物也精，是以用銅也。用竹爲引者，事之宜也。」

〔三九〕左氏襄公十八年傳：「晉人聞有楚師，師曠曰：『不害，吾驟歌北風，又歌南風，南風不競，多死聲，楚必無功。』」注：「歌者吹律以詠八風，南風音微，故曰不競。唯歌南北風者，聽晉楚之强弱也。」

〔一四〇〕毛詩序：「雅者，正也。」論語：「鄭聲淫。」

〔一四一〕素問宣明五氣論：「辛，走氣，勿多食。」意林引公孫尼子曰：「多食辛者，有益於筋，而氣不利。」楚辭注：「辛，謂椒薑也。」說文：「噱，大笑也。」

〔一四二〕說文：「熏，火煙上出也。」案「薰」與「熏」同。

〔一四三〕「狄牙」見前琴賦注〔三八〕。

〔一四四〕廣雅：「蹙，迫也。」案「踧」與「蹙」通。文選長笛賦注：「蹜踧，迫蹙貌。」說文：「笮，迫也。」

〔一四五〕說文：「簁箄，竹器也。」集韻：「簁，下物，竹器，可以除麤取細。」廣雅：「漉，滲也。」

〔一四六〕楊慎升庵外集曰：「古書中笮酒字，僅見於此。踧瀝出酒曰笮，字或作醡，惟集韻有之，亦俗字也。」○揚案：廣雅：「笮，湿也。」「湿」與「漉」同。蓋漉汁者必壓之，故云湿也，非必酒矣。後漢書耿恭傳：「笮馬糞汁而飲之。」注：「謂壓笮也。」此亦謂壓而漉之也。笮字但有迫義。故漢書王莽傳曰：「迫笮青徐盜賊。」魏志和洽傳曰：「高祖每在屈笮。」抱朴子審舉篇：「懷正居貞者，殞笮乎泥濘之中。」

〔一四七〕「也」吴鈔本作「耶」。「獨當」各本同。周校本曰：「各本二字作『當讀』。」揚案：此誤也。

〔一四八〕漢書禮樂志：「昔黄帝作咸池，顓頊作六莖，堯作大章，舜作招，禹作夏。」注：「招讀曰韶。」白虎通義禮樂篇：「黄帝曰咸池者，言大施天下之道而行之，天之所生，地之所載，咸蒙德施也。顓頊曰六莖者，言和律曆以調陰陽，莖者，著萬物也。堯曰大章者，大明天地人之道也。舜曰簫韶者，舜能紹堯之道也。禹曰大夏者，言禹能順二聖之道而行之，故曰大夏也。」周禮春官大司樂注：「大夏，禹樂也。禹治水傅土，言其德能大中國也。」大戴禮王言篇：「至樂無聲，而天下之民和。」

〔一四九〕「神」下，吴鈔本有「者也」二字。○毛詩序：「故正得失，動天地，感鬼神，莫近於詩。」

〔一五〇〕國語楚語：「臨事有瞽史之導。」注：「瞽，樂太師；史，太史也。」

〔一五一〕漢書張禹傳：「後堂理絲竹管絃。」

〔一五二〕書舜典：「帝曰：『夔，命汝典樂，教胄子，八音克諧，無相奪倫，神人以和。』夔曰：『於，予擊石拊石，百獸率舞。』」僞孔傳：「石，磬也；拊，亦擊也。」

〔一五三〕「而」吴鈔本原鈔作「之」，墨校改。

〔一五四〕此句文津本作「孰能異之」。○左氏昭公二十年傳：「齊侯至自田。晏子侍於遄臺，子猶馳而造焉。公曰：『唯據與我和乎？』晏子對曰：『據亦同也，焉得爲和。君所謂可，據亦曰可，君所謂否，據亦曰否。若以水濟水，誰能食之？若琴瑟之專一，誰能聽之？』」

〔一五五〕「攻」文津本誤作「致」，文瀾本誤作「故」。

〔一五六〕「子」吴鈔本原鈔作「生」，墨校改。○左氏僖公二十九年傳：「介葛盧聞牛鳴，曰：『是生三犧，皆用之矣。其音云。』問之而信。」說文：「犧，宗廟之牲也。」

〔一五七〕「竟」字吴鈔本原鈔不明，墨校塗改作「競」。周校本曰：「各本作『竟』，疑原鈔亦同。」○揚案：張燮本、文瀾本作「競」。

〔一五八〕國語晉語：「楊食我生，叔向之母聞之，往。及堂，聞其號也，乃還，曰：『其聲豺狼之聲，終滅羊舌氏之宗者，必是子也。』」注：「楊，叔向邑。食我，叔向子伯石也。」案此又見左氏昭公二十八年傳。

〔一五九〕嚴輯全三國文奪「此」字。

〔一六〇〕廣雅：「效，驗也。」吕氏春秋長見篇：「使文王爲善於上世也。」注：「上，猶前也。」

〔一六一〕「若」嚴輯全三國文誤作「苔」。

〔一六二〕易大畜卦象曰：「君子以多識前言往行，以畜其德。」廣雅：「記，書也。」老子：「聖人常善救人，故無棄物。」

〔一六三〕馮衍顯志賦：「講聖哲之通論兮。」

〔一六四〕「斯」張本作「其」，是也。

〔一六五〕論語：「子曰：『視其所以，觀其所由。』」集解：「以，用也；由，經也。」

〔一六六〕「二」文津本作「通」，涉上文而誤也。

〔一六七〕「反」吴鈔本作「返」，二字通。「言」上，吴鈔本有「忘」字，是也。○「三隅」見前「將言其一隅焉」句注〔三〕。莊子則陽篇：「言者所以在意，得意而忘言。」

〔一六八〕史記高祖本紀：「三王之道若循環，終而復始。」馮衍與任武達書曰：「舉宗達人解説，詞如循環。」

〔一六九〕「牛」吴鈔本原鈔作「史」，墨校改。案「牛」字是也。「曆」吴鈔本、四庫本作「歷」，案「曆」「歷」義均難明，「犧歷」當爲「歷犧」之誤。前云「歷世」，此云「歷犧」，用法正同。此謂魯牛能記歷次小牲之死也。

〔一七〇〕此句吴鈔本原鈔作「哀三生之不好」，墨校改。

〔一七一〕論衡指瑞篇：「鳥獸之知，不與人通。」

〔一七二〕「鳴」吴鈔本作「鳥」。「有」下，空格之字，程本作「知」，張本作「言」，文津本作「聞」，八代文鈔作「靈」，吴鈔本此字塗滅。原鈔「獨」上有「禍」字，朱校删，又點去「能有」二字，改作「有禍」。案此處作「知」作「言」均通。嚴輯全三國文亦從張本作「言」。

〔一七三〕「稱」吴鈔本作「解」。

〔一七四〕此句吴鈔本原鈔作「從傳異言耳」，墨校改同此本。○説文：「譯，傳譯四夷之言者。」

〔一七五〕吴鈔本「謂」作「爲」，又「知」下有「譯」字。嚴輯全三國文「爲當」誤作「能當」。

〔一七六〕「請問」吴鈔本原鈔作「謂聞」，朱校改。○「卒」與「猝」通。史記索隱引廣雅曰：「卒，暴也。」

〔一七七〕「否」吴鈔本原鈔作「不」，墨校改。

〔一七八〕吴鈔本原鈔作「知之理何理明之」，朱校改補。

〔一七九〕漢書注：「域，界局也。」

〔一八〇〕「或」吴鈔本原鈔作「焉」，朱校改。周校本「焉」下更有「或」字，誤也。葉渭清曰：「余疑嵇文蓋本作『爲』，屬下讀。『爲』『焉』形近，故訛作『焉』。」○揚案：「焉」「或」「爲」三字均可通，如作「焉」，則屬上句。○廣雅：「闗，通也。」

〔一八一〕「吹」原作「次」，刻板之誤。此句吴鈔本原鈔作「將吹管鳴律」，朱校改。案原鈔誤也。上文即云「操律鳴管」。

〔一八二〕「固」吴鈔本作「故」，二字通。「弘」吴鈔本作「知」，是也。

〔一八三〕禮記王制篇：「五方之民，言語不通。」新書過秦篇：「始皇既没，餘威震於殊俗。」

〔一八四〕「舉」上，吴鈔本原鈔有「趣」字，墨校删。「摽」吴鈔本、文津本作「標」。案有「趣」字是也，「摽」爲「標」之誤。○莊子大宗師篇：「有不任其聲而趣舉其詩焉。」成玄英疏：「趨，卒急也。」案「趣」與「趨」同，讀曰促。文選注：「標，猶表識也。」

〔一八五〕「窮理」見前難養生論注〔五〇〕。

〔一八六〕後漢書班固傳：「奏記東平王曰：『願將軍隆照微之明。』」説文：「照，明也。」

〔一八七〕「理」上，吴鈔本原鈔有「苟無微不照」五字，墨校删。「蔽」吴鈔本原鈔作「數」，墨校改。案「苟」字連下爲句，「無微不照」四字則鈔者涉上文而誤衍也。「數」與「蔽」形近，故亦致誤。○廣雅：「蔽，障也。」

〔一八八〕「推」張燮本作「信」。

〔一八九〕「全」張本及三國文作「信」，是也。

〔一九〇〕北堂書鈔一百二十引節此四字。

〔一九一〕「師曠」北堂書鈔一百二十引作「子野」。

〔一九二〕文瀾本奪「正」字。「國」吴鈔本作「風」，是也。

〔一九三〕大戴禮曾子天圓篇：「陰陽之氣偏則風。」春秋元命苞曰：「陰陽怒爲風。」

〔一九四〕春秋繁露五行對篇曰：「地起氣爲風。」漢書律曆志：「角，觸也。物觸地而出戴芒角也。」

〔一九五〕「得」吴鈔本作「必」，是也。

〔一九六〕漢書律曆志：「律有十二，陽律爲律，陰律爲吕，律以統氣類物。」爾雅：「律謂之分。」注：「律管可以分氣。」

〔一九七〕太平御覽十六引京房易傳曰：「陰陽和則影至，律氣應則灰除。候氣之法，爲室三重，户閉，塗釁必周，密布緹幔，室中以木爲案，内庳外高，從其方位，加律其上，以葭莩灰抑其内端，案曆而候之，氣至者灰去。其爲氣所動者，其灰散，風所動者，其灰聚。」

〔一九八〕「待」字吴鈔本塗改而成。

〔一九九〕吕氏春秋音律篇：「三分所生，益之一分以上生。三分所生，去其一分以下生。黄鐘、大吕、太簇、夾鐘、姑洗、仲吕、蕤賓爲上，林鐘、夷則、南吕、無射、應鐘爲下。」注：「上者上生，下者下生。」

〔二〇〇〕左氏襄公二十九年傳：「五聲和，八風平。」注：「宫、商、角、徵、羽，謂之五聲。」易噬嗑卦彖曰：「剛柔分，動而明。」白虎通義禮樂篇：「聲音者，謂宫、商、角、徵、羽也。音，飲也，剛柔清濁和而相飲也。」

〔二〇一〕禮記月令篇：「孟夏之月，律中中吕。」

〔二〇二〕「無韻」吴鈔本原鈔作「而損」，墨校改。案此承上文言之，當以「無損」爲合。原鈔惟「而」字偶誤。

〔二〇三〕國語越語：「贏縮轉化。」注：「贏縮，進退也。」淮南子俶真訓：「盈縮卷舒，與時變化。」案「盈」與「贏」通。後漢書注：「盈縮，猶進退。」

〔二〇四〕「多識博物」吴鈔本作「博物多識」。周校本曰：「案『獨』字當衍。」○漢書叙傳曰：「多識博物，有可觀采。」

〔二〇五〕此處北堂書鈔一百二十引作「子野博物多識，自有以知勝敗之形，託以神徵者也」。無「豈獨」

及「欲固衆心而」七字。案：「者也」二字書鈔隨意加之，「徵」字亦誤。本集難宅無吉凶攝生論云：「縱欲辨明神微。」阮籍大人先生傳云：「不知其變化神微也。」皆以「神微」連用。

〔二〇六〕晏子春秋内篇雜下：「景公爲路寢之臺，栢常騫曰：『君爲臺甚急，臺成，君何爲而不踊焉？』公曰：『有梟。』栢常騫曰：『臣請禳而去之。』明日，鴞當陛布翼伏地而死。公曰：『子之道若此其能，亦能益寡人之壽乎？』對曰：『能。』公曰：『能益幾何？』對曰：『天子九，諸侯七，大夫五。』公曰：『子亦有徵兆之見乎？』對曰：『得壽地且動。』栢常騫出，遭晏子于塗，騫辭曰：『爲君禳梟而殺之，今且大祭爲君請壽。』晏子曰：『然則福兆有見乎？』對曰：『得壽地將動。』晏子曰：『昔吾見維星絶，樞星散，地其動，汝以是乎？』栢常騫俯首有間，仰而曰：『然。』晏子曰：『爲之無益，不爲無損也。汝其薄斂無費民，且無令君知之。』」案此又見説苑辨物篇。

〔二〇七〕後漢書趙壹傳作疾邪賦曰：「賢者雖獨悟，所困在羣愚。」「闇」與「暗」通。

〔二〇八〕「嘗」吴鈔本作「常」。讀書續記曰：「明本常作嘗，是。下文『若以嘗聞之聲爲惡』可證。」

〔二〇九〕「聲」下，吴鈔本有「也」字。

〔二一〇〕「曰」吴鈔本原鈔誤作「日」，墨校改。

〔二一一〕此句「嘗」字吴鈔本亦作「嘗」。

〔二一二〕案由下文觀之，「音」當爲「心」之誤。

〔二一三〕説文：「籟，三孔龠也。」孟子：「管籥之音。」注：「籥，簫；或曰籥如笛，三孔。」

〔二四〕「談」吳鈔本作「譚」，二字通。

〔二五〕「内」張本及三國文作「籟」，是也。

〔二六〕禮記注：「瞽，樂人也。」毛詩箋：「凡聲使瞽人爲之。」「清和」見前琴賦注〔一五八〕。

〔二七〕「惠」吳鈔本、張爕本作「慧」，二字通。

〔二八〕吳鈔本無「之」字。

〔二九〕爾雅：「揆，度也。」

〔三〇〕説文：「外，遠也。」

〔三一〕「老成」吳鈔本原鈔作「考誠」，朱校改。周校本「誠」字作「試」。案「誠」作信解，似亦可通。○詩蕩：「雖無老成人，尚有典型。」案此處謂但聞兒時之啼，而未驗之於成年也。

〔三二〕曹植請招降江東表曰：「善論者不恥謝，善戰者不羞走。」

〔三三〕「吾」上，吳鈔本有「今」字。○後漢書注：「厭，服也。」

〔三四〕「難」上，吳鈔本原鈔有「於」字，墨校删。案原鈔「於」字當在「難」字下。

〔三五〕「琵琶」吳鈔本原鈔作「批把」，墨校改。案原鈔是也。風俗通義曰：「以手批把，因以爲名。」

〔三六〕淮南子俶真訓：「神越者其言華。」注：「越，散也。」

〔三七〕北堂書鈔一百十引無「之音」二字。

〔三八〕「閑」或作「閒」，下同。此句北堂書鈔一百十引作「則體静而心閑」，初學記十六引作「則體静而心開」，嚴輯全三國文亦改「聽」爲「體」。案「體」字是也。「體静心閑」與上「形躁志越」正相對。太音大全引此亦作「體」。「開」爲「閑」字之誤。

〔二九〕案「曲用」，猶聲用也。周禮春官鼓人：「教爲鼓，而辨其聲用。」

〔三〇〕史記李斯列傳：「上書曰：『擊甕叩缶，彈箏搏髀，而歌嗚嗚快耳者，真秦之聲也。』」又藺相如列傳：「聞秦王善爲秦聲。」漢書趙充國辛慶忌傳贊曰：「今之歌謡慷慨，風流猶存。」曹植箜篌引：「秦箏何慷慨！」

〔三一〕「欲」或作「慾」，下同。○王襃洞簫賦：「時肆姣弄，則彷徨翱翔。」文選注：「弄，小曲也。」説文：「姣，好也；愜，快也。」

〔三二〕「誠」張本及三國文作「情」。

〔三三〕北堂書鈔一百七、初學記十六引「琵」上有「夫」字，又「間」字作「聞」，初學記引無「而」字。案「聞」字誤也。又案文選琴賦注及謝靈運道路憶山中詩注引此句，並題阮籍樂論，謝詩注引句末又有「也」字。皆誤。

〔三四〕爾雅：「數，疾也。」

〔三五〕「更」吴鈔本作「使」，是也。北堂書鈔一百十、初學記十六引並作「使」。又「使」下並有「人」字。嚴輯全三國文亦同。

〔三六〕「鍾」或作「鐘」，吴鈔本「鍾鼓」作「鼓鍾」，又「鼓」上有「而」字。○廣雅：「鐸，鈴也。」周禮注：

「文事奮木鐸，武事奮金鐸。」韓詩外傳：「子路曰：『得白羽如月，赤羽如朱，擊鍾鼓者上聞於天，下槊於地，使將而攻之，惟由爲能。』」論衡順鼓篇：「事大而急者用鐘鼓，小而緩者用鈴䇲。」呂氏春秋侈樂篇：「以此駭心氣，動耳目。」案陳不占聞鍾鼓之聲遂駭而死，見上文注〔三三〕。

〔二三七〕「思」上，吴鈔本有「則」字。○禮記樂記篇：「君子聽鼓鼙之聲，則思將帥之臣。」儀禮注：「鼙，小鼓也。」案「鞞」與「鼙」通。

〔二三八〕「閒」吴鈔本作「閑」，是也。本集琴賦云：「閒遼故音庳。」文選注引阮籍樂論曰：「琵琶箏笛，閒促而聲高，琴瑟之體，閒遼而音埤。」義與此同。揚案：文選注引此題阮籍樂論，誤也，嚴輯全三國文據此以附於阮籍樂論後，亦誤。○「閒遼音庳」見前琴賦注〔三三〕。漢書注：「埤，卑也。」案「埤」與「庳」通。

〔二三九〕「清和」見前琴賦注〔一五八〕。

〔二四〇〕案此「聽」字當亦「體」字之誤。

〔二四一〕「用」吴鈔本作「度」。

〔二四二〕案「妙」當爲「少」字之誤，下文秦客難云：「豈徒以多重而少變，則致情一而思專耶？」正承此處而言。

〔二四三〕説文：「挹，抒也。」楚辭九歌：「五音紛兮繁會。」長笛賦：「心樂五聲之和。」

〔二四四〕呂氏春秋注：「贍，猶足也。」

〔二四五〕「侈」程本作「侈」，吴鈔本作「役」。案「役」字是也。

〔二四六〕「體」文津本作「情」，誤也。

〔二四七〕「專散」至「思静」二十五字，各本皆奪，惟吴鈔本有之，今據補。○戰國策秦策：「范子獻書昭王曰：『願少賜遊觀之閒。』」文選注：「肆，市廛也。」左傳注：「濫謂濫佚。」曹植七啟曰：「情放志蕩。」禮記玉藻篇：「目容端。」吕氏春秋盡數篇：「和精端容。」注：「端，正也。」

〔二四八〕「於」張本及三國文作「以」。

〔二四九〕由「情」至「殊」十五字，吴鈔本原鈔奪，墨校補。

〔二五〇〕「輙」或作「輒」。

〔二五一〕「五味」見前難養生論注〔三三〕。

〔二五二〕「於」吴鈔本作「乎」。

〔二五三〕周校本「同」上有「自」字，注云：「各本字無。」揚案：各本「自」在「同」下，連下爲句。吴鈔本原鈔亦無「自」字。○左氏襄公三十一年傳：「子産曰：『人心不同，如其面焉。』」

〔二五四〕「自」吴鈔本作「各」。

〔二五五〕「故」字吴鈔本塗改而成。

〔二五六〕程本不重「猛静」二字，吴鈔本原鈔同，墨校補。

〔二五七〕吕氏春秋長攻篇：「代君至酒酣。」注：「酣，飲酒合樂之時。」尚書傳：「樂酒曰酣。」

〔二五八〕「爾」文瀾本作「然」。

〔二五九〕「慼」或作「戚」，下同。

〔二六〇〕此句「無」字上吴鈔本原鈔有「未應」二字，墨校删。周校本改「未」爲「亦」。案「亦」字更合。

〔二六一〕「偏」吴鈔本原鈔作「不」，墨校改。案「偏」字更合。

〔二六二〕宋玉風賦曰：「發其耳目。」淮南子本經訓：「各守其分。」注：「分猶界也。」

〔二六三〕「常」四庫本誤作「當」。

〔二六四〕「以」三國文誤作「之」。

〔二六五〕「殊塗」見前與山巨源絶交書注〔三八〕。

〔二六六〕淮南子墬形訓：「凡地形東西爲緯，南北爲經。」

〔二六七〕「太和」見前答難養生論注〔三七二〕。

〔二六八〕説文：「綴，合箸也。」

〔二六九〕周校本曰：「『并』當作『重』。」○揚案：下文即云「偏重」，但「并」字自亦可通。「偏并」「偏重」互用，猶上文「曲用」「曲度」互用也。○考工記：「輿人大與小無并。」注：「并，偏邪相就也。」

〔二七〇〕案「倉卒」字本作「猝」。玉篇：「猝，犬從草中暴出也，言倉猝暴疾也。今作卒。」

〔二七一〕吴鈔本無「哀」字，誤也。

〔二七二〕毛詩序：「鹿鳴，燕羣臣嘉賓也。」

〔二七三〕「使」吴鈔本作「便」。馬叙倫曰：「明本『便』作『使』，似作『便』長。」

〔二七四〕莊子逍遥遊篇：「日月出矣，而爝火不息。」釋文：「字林云：『爝，炬火也。』」

〔二七五〕「具」吴鈔本作「俱」，誤也。

〔二七六〕「絃」吴鈔本作「弦」。○古樂府：「挾瑟上高堂。」

〔二七七〕「真主」吴鈔本作「直至」，是也。

〔二七八〕「机」或作「几」，程本、汪本、四庫本誤作「機」，下同。○「机杖」見前思親詩注〔三〕。

〔二七九〕史記平準書：「室廬輿服僭於上。」案此處謂亡親之輿服也。

〔二八〇〕荀子哀公篇：「孔子曰：『君入廟門而右登自阼階，仰視榱棟，俛見几筵，其器存，其人亡，君以此思哀，則哀將焉而不至矣。』」後漢書東平王蒼傳：「章帝賜王書曰：『聞之於師曰：其物存，其人亡，不言哀而哀自至。』」

〔二八一〕「見」吴鈔本作「無」。讀書續記曰：「明本『無』作『見』，是。」周校本曰：「各本作『見』，案因『无』而譌。」○揚案：「無」字是也。

〔二八二〕「之」文津本作「聲」。案「也」「耶」通用，此謂非有所見，但聽聲而致哀，豈非慼於和聲而發耶？

〔二八三〕「慼」文津本作「悲」。

〔二八四〕「心」文津本作「約」，誤也。

〔二八五〕崔瑗座右銘：「隱心而後動。」文選注引劉熙孟子注曰：「隱，度也。」國語晉語：「民無成君。」注：「成，定也。」

〔二八六〕家語入官篇：「大域之中，而公治之。」注：「大域，猶宰較也。」

〔二八七〕「傷」字吴鈔本塗改而成。

〔二八八〕「用」下，吴鈔本原鈔有「也」字，墨校删。

〔二八九〕漢書叙傳上：「談笑大噱。」説文：「噱，大笑也。」

〔二九〇〕吴鈔本無「量」字，更合。

〔二九一〕「情一」吴鈔本作「精壹」。案「精」字誤也。上文即云「齊楚之曲多重，故情一」，「壹」與「一」同。

〔二九二〕禮記注：「斷，猶決也。」

〔二九三〕「感」吴鈔本、張本作「感」，是也。○漢書藝文志：「代趙之謳，秦楚之風，皆感於哀樂，緣事而發。」

〔二九四〕「容」程本誤作「密」。

〔二九五〕「心愉」吴鈔本作「而笑」，是也。此與上文「而泣」相對。

〔二九六〕「明」吴鈔本作「言」。

〔二九七〕爾雅：「豫，樂也。」

〔二九八〕「恬」程本作「佸」，誤也。此句吴鈔本作「則怡然自若」。○説文：「恬，安也；怡，和也。」漢書注：「自若，言自如故也。」

〔二九九〕「自得」吴鈔本原鈔作「猖狂」，墨校改。案下文正言「自得」。

〔三〇〇〕戰國策秦策：「僅以救亡者。」注：「僅，猶裁也。」案「裁」與「纔」同。

〔三〇一〕「儛」與「舞」同。「抃舞」見前琴賦注〔三三〕。

〔三〇二〕此處吴鈔本原鈔作「然自以理成，又非自然應之聲具也」，墨校删改，令同此本。葉渭清曰：「按所云自以理成，又非自然應聲之具者，正與上『小歡顔悦，至樂而笑，樂之理也』，下『笑噱之不顯於聲音，豈獨齊楚之曲耶』語合。墨校改爲『自然應聲之具』，幾於反矣。」○揚案：吴鈔本原鈔是也，惟「之聲」二字誤倒。

〔三〇三〕此處吴鈔本原鈔作「哀之應感以垂涕，故刑動而可覺」，墨校於「故」上補「爲」字，改「刑」爲「形」，朱校於「故」下補「垂涕則」三字。葉渭清曰：「『哀之應感以垂涕』句絶，下疑挩『垂涕』二字，『垂涕故形動而可覺』，句義自通。若如朱墨校所補，則於『故』字句絶，『爲故』不詞。」○揚案：此處「垂涕」二字重出，「故」吴鈔本原鈔偶誤，又挩「則」字也。「以自得爲主」，「以垂涕爲故」，句法一律，「爲故」二字不容省。吕氏春秋察今篇：「以勝爲故。」注：「故，事也。」此處謂見其垂涕，因知爲應感而悲也。

〔三〇四〕「憂」吳鈔本原鈔作「變」，墨校改。葉渭清曰：「『無變』視『無憂』義勝。」○揚案：「變」字是也，無變故不覺。

〔三〇五〕吳鈔本原鈔奪「不識其同」四字，墨校補。

〔三〇六〕二句見孝經。

〔三〇七〕「即」吳鈔本作「則」。

〔三〇八〕「慆」吳鈔本作「滔」，誤也。○王褒洞簫賦：「被淋灑其靡靡兮。」文選注：「靡靡，聲之細好也。」左氏昭公元年傳：「於是有煩手淫聲，慆堙心耳。」説文：「慆，悦也。」

〔三〇九〕論語：「子曰：『放鄭聲，遠佞人。鄭聲淫，佞人殆。』」

〔三一〇〕案此下有奪文，各本並同。○荀子樂論篇：「鄭衛之音，使人之心淫。」

〔三一一〕書益稷篇：「戛擊鳴球，搏拊琴瑟以詠，祖考來格。」僞孔傳：「此舜廟堂之樂，民悦其化，神歆其祀。」

〔三一二〕魏志陳思王傳：「詔報曰：『蓋教化所由，各有隆弊。』」

〔三一三〕「幸」吳鈔本原鈔作「願」，墨校改。

〔三一四〕「衰」張本誤作「哀」。○後漢書陳忠傳：「上疏曰：『大漢之興，雖承衰敝。』」典論曰：「孝昭承衰敝之世。」

〔三一五〕漢書五行志：「王者自下承天理物。」白虎通義誅伐篇：「王者承天理物，故率天下静。」

〔二六〕淮南子泰族訓：「寬裕簡易者，樂之化也。」王褒四子講德論曰：「大漢之爲政也，崇簡易，尚寬柔。」桓麟太尉劉寬碑曰：「壹行質省簡易之教。」

〔二七〕論語：「子曰：『無爲而治者，其舜也與？』」老子：「爲無爲則無不治。」

〔二八〕吳鈔本原鈔奪「於上臣順」四字，墨校補。

〔二九〕蔡邕陳留太守行小黄縣頌曰：「玄化洽矣，黔首用寧。」風俗通義曰：「三皇指天畫地，神化潛通。」易泰卦象曰：「天地交，泰。后以財成天地之道。」又序卦傳：「泰者，通也。」

〔三〇〕莊子徐無鬼篇：「枯槁之士宿名。」曹植升天行：「靈液飛素波。」

〔三一〕司馬相如難蜀父老曰：「六合之内，八方之外。」漢書注：「天地四方謂之六合。」史記樂書曰：「沐浴膏澤而歌詠勤苦。」又曰：「萬民咸蕩滌邪穢，以飾厥性。」班固答賓戲曰：「是以六合之内，莫不同源共流，沐浴玄德。」案「鴻」與「洪」通。

〔三二〕詩文王：「永言配命，自求多福。」

〔三三〕易復卦象曰：「中行獨復，以從道也。」禮記儒行篇：「戴仁而行，抱義而處。」

〔三四〕吳鈔本原鈔奪「於内和氣見」五字，墨校補。文瀾本「見」誤作「足」。○春秋元命苞曰：「樂者和盈於内，動發於外。」

〔三五〕此下六句北堂書鈔一百五引作阮籍，一百七引作阮籍樂論，誤也。

〔三六〕鄭玄豳詩譜曰：「周公作七月之詩叙己志。」魏武帝碣石篇：「幸甚至哉，歌以詠志。」吕氏春秋古樂篇：「陶唐氏之始，民氣鬱閼而滯著，筋骨瑟縮不達，故作爲舞以宣導之。」傅毅舞賦：「臣聞歌以詠言，舞以盡意。」

〔二七〕「照」張本及三國文、北堂書鈔引作「昭」。○左氏宣公十四年傳：「朝而獻功，於是有容貌采章。」毛詩序：「詩有六義焉，一曰風，二曰雅。」

〔二八〕莊子天運篇：「夫至樂者，先之以人事，順之以天理。然後調理四時，太和萬物。」

〔二九〕「神氣」見前幽憤詩注〔三〕。爾雅：「就，成也。」

〔三〇〕「情性」張本作「性情」。

〔三一〕「和」吴鈔本作「氣」，是也。上文即以「和心」「和氣」對言。

〔三二〕易繫辭上：「聖人有以見天下之動，而觀其會通。」左氏文公十八年傳：「此十六族也，世濟其美。」

〔三三〕禮記注：「凱，樂也。」

〔三四〕「音聲」文津本作「聲音」。○易坤卦彖曰：「含弘光大，品物咸亨。」

〔三五〕各本並向。案「若」下當奪「此」字。本集養生論云：「若此以往，庶可與羨門比壽，王喬争年。」句法正同。

〔三六〕「風」下，吴鈔本原鈔有「也」字，墨校删。○「萬國」見前六言詩（唐虞世道治）注〔二〕。漢書終軍傳上：「對曰：『及臻六合同風，九州共貫。』」曹植帝堯畫讚曰：「克流共工，萬國同塵。」

〔三七〕「濟」張本及三國文作「齊」。

〔三八〕荀子王制篇：「其民之親我，歡若父母；好我，芳若芝蘭。」張衡怨詩曰：「猗猗秋蘭，有馥其芳。」繆襲青龍賦曰：「似紅蘭之芳榮。」

〔三九〕「誠」吳鈔本作「成」。葉渭清曰：「『成』借爲『誠』。」○揚案：「成」字是也。作「誠」則與「謀」字無涉。○易繫辭上：「默而成之，不言而信，存乎德行。」禮記注：「期，猶要也。」荀子天論篇：「不爲而成，不求而得，夫是之謂天職。」

〔四〇〕「綵」上，吳鈔本原鈔有「布」字，墨校删。

〔四一〕吳鈔本原鈔無「而」字，墨校補。「粲」吳鈔本作「燦」，二字通。○劉騊駼玄根賦：「菱芡吐榮，若舒錦而布繡。」鹽鐵論錢幣篇：「庠序之教，恭讓之禮，粲然可觀也。」尚書琁璣鈐曰：「帝堯焕炳，隆興可觀。」漢書注：「粲，明貌。」説文：「炳，明也。」

〔四二〕「太」吳鈔本作「大」，二字通。

〔四三〕此句「樂」字上，吳鈔本有「然」字。

〔四四〕禮記孔子閒居篇：「孔子曰：『民之父母，必達於禮樂之原，以致五至，行三無。無聲之樂，無體之禮，無服之喪，此之謂三無。』」家語論禮篇：「孔子曰：『無聲之樂，氣志不違。』」

〔四五〕書舜典：「八音克諧，無相奪倫，神人以和。」

〔四六〕「不」上，吳鈔本有「本」字。

〔二四七〕「此」吴鈔本、張本及三國文作「比」，是也。

〔二四八〕吴鈔本無「之」字。

〔二四九〕説文：「遁，逃也。」

〔二五〇〕吴鈔本無「之」字。

〔二五一〕吴鈔本原鈔作「故自以爲致」，墨校改。

〔二五二〕「爲」上，吴鈔本原鈔有「故」字，墨校删。

〔二五三〕禮記檀弓上：「夫禮爲可傳也，爲可繼也。」荀子樂論篇：「先王制雅頌之聲以道之。」

〔二五四〕荀子儒效篇：「禮者，人主之所以爲羣臣尺寸尋丈檢式也。」文選注引倉頡篇曰：「檢，法度也。」

〔二五五〕「而」文津本作「之」。

〔二五六〕左氏隱公三年傳：「風有采蘩采蘋，雅有行葦泂酌，昭忠信也。」國語晉語：「平公既作新聲，師曠曰：『公室其將卑乎！夫德廣遠而有節，是以遠服而邇不遷。』」

〔二五七〕「變」吴鈔本原鈔作「使」，墨校改。案作「使」，則連下爲句。○左氏襄公三十一年傳：「鄭人遊於鄉校。」禮記學記篇：「古之學者，家有塾，黨有庠。」

〔二五八〕「毛」吴鈔本作「旄」，二字通。○禮記樂記篇：「金石絲竹，樂之器也」；簠簋俎豆，制度文章，禮之器也。」又曰：「比音而樂之，及干戚羽旄謂之樂。」荀子樂論篇：「動以干戚，飾以羽旄，從以磬管。」又曰：「樂者，出所以征誅也，入所以揖讓也。」

〔三五九〕禮記樂記篇：「升降上下，周還裼襲，禮之文也。」易繫辭上：「是故可以酬酢。」國語周語：「獻酬交酢也。」注：「酬，勸也；酢，報也。」

〔三六〇〕荀子修身篇：「齊給便利，則節之以動止。」

〔三六一〕儀禮注：「須，待也。」吕氏春秋情欲篇：「其情一體也。」注：「體，性也。」

〔三六二〕「庶士」吴鈔本作「士庶」。

〔三六三〕春秋説題辭曰：「恬淡爲心，思慮爲志。」孟子：「民日遷善而不知爲之者。」

〔三六四〕周校本曰：「『以』下當奪一字。」

〔三六五〕「聘享」見前答難養生論注〔一九三〕。左氏定公十年傳曰：「嘉樂不野合。」注：「嘉樂，鍾磬也。」

〔三六六〕吴鈔本無「自」字，更合。○毛詩序：「國史明乎得失之迹，傷人倫之廢，哀刑政之苛，吟詠情性，以風其上。」又曰：「上以風化下，下以風刺上，主文而譎諫，言之者無罪，聞之者足以戒。故曰風。」

〔三六七〕毛詩傳：「槃，樂也。」書酒誥：「惟荒腆于酒。」

〔三六八〕「禦」吴鈔本作「御」，是也。○説文：「御，使馬也。」周禮注：「凡言御者，所以敺之納之於善。」

〔三六九〕蔡邕琴操曰：「昔伏羲氏作琴，所以禦邪僻，防心淫，以修身理性，反其天真也。及其衰也，流而不反，淫而好色，至於亡國。」禮記樂記篇：「樂勝則流。」注：「流，猶淫放也。」管子宙合篇：「君失音，則風律必流。」注：「流，謂蕩散。」

〔三七〇〕禮記注：「瀆之言褻也。」

〔三七一〕「大」張本及三國文作「太」，二字通。

〔三七二〕詩關雎：「窈窕淑女。」毛傳：「窈窕，幽閒也。」論語：「子曰：『關雎樂而不淫。』」案廣雅：「窈窕，好也。」此處亦謂美好之聲。

〔三七三〕「勺藥」吴鈔本作「多樂」，誤也。○禮記樂記篇：「大饗之禮，尚玄酒而俎腥魚，大羹不和。」注：「大羹，肉湇不調以鹽菜。」「勺藥」見前難養生論注〔三六〕。

〔三七四〕論語：「曾子曰：『上失其道，民散久矣。』」國語注：「紀，法也。」

〔三七五〕「婬」吴鈔本作「淫」，二字通。○毛詩序：「東方之日，刺時也。君臣失道，男女淫奔。」又曰：「氓，刺時也。男女無別，遂相奔誘。」又曰：「宛丘，刺幽公也。淫荒昏亂，游蕩無度焉。」

〔三七六〕「變」周校本誤作「度」。

〔三七七〕「一」吴鈔本作「壹」，二字同。

〔三七八〕吴鈔本原鈔奪「名」字，墨校補。

〔三七九〕「無」下空格之字，吴鈔本、程本、汪本、四庫本及八代文鈔作「中」，張本及三國文作「甚」，案「中」字是也。○新語道基篇：「後世淫邪，增之以鄭衛之音。」

劉勰曰：「嵇康之辨聲，師心獨見，鋒穎精密，蓋人倫之英也。」文心雕龍論説篇。

黄道周曰：「聲猶臭矣。聲之有哀樂，猶臭之有甘苦。臭不無甘苦，何云聲遂無哀樂也。夫味以甘苦爲主，然而中苦者不甘。聲以哀樂爲主，然而中哀者不樂。詩詠茹荼羨猶薺之甘；易稱鼓缶繼大耋之慟。言甘苦皆中於性，而哀樂時寄乎聲。如聲不能使人哀樂，則味均不能使人甘苦也。曾子含憂，蓋七日而不食。中山聞樂，甫操絃而啜泣，非芻豢之變而膠毒，管絃之更爲縲絏也。情極於中，則物閈於外。情極而勢不移，物閈而體不變。聲臭之自然，豈爲嗜聽者改度哉？嵇生曰：夫味以甘苦爲稱，聲以善惡爲主。善惡自定於聲音，則無關於哀樂；哀樂自當以情感，則無係於聲音。此猶言人以妍媸爲主，心以愛憎爲用。妍媸自定於形骸，則無係於愛憎；愛憎自分於所觸，則無關於形貌。要以當世之喜愠無當於中耳，未可謂名實之俱存，情形之互察也。夫聲有哀樂，色有慘舒，貌有榮瘁，此三者皆不及情，而名存焉。聞聲有哀樂，受色有慘舒，觸貌有榮瘁，此三者皆不在形，而實著焉。揆景以表形，緣名以測質，故萬物之情見也。味有甘，嗜而甘之亦曰甘；味有苦，毒而寘之亦曰苦。甘苦亦有出於嗜性，哀樂何必絶於聲境乎？且善惡比之甘苦，哀樂比之喜怒，喜怒之不可以爲味，猶哀樂之不可以爲聲。然則但云聲無哀樂之情，味無喜怒之性。何以云味有甘苦之味，聲無哀樂之聲也？夫謂聲之無哀樂者，向謂聲之不能使人哀樂，非謂聲之自無哀樂也。如使聲必能使人哀樂，則孕婦號泣，不動色於受辛；秦青善嘔，不破涕於齊婦，遂謂孕婦無酸楚之情，秦青無飛揚之旨也？如謂聲音必自爲哀樂，則洞庭之竹皆含湘君之悲；嶧山之桐皆習虞帝之怨，然後可拔以徵羽之音，表以疏越之韻耳。夫鼈靈之鳥，不必多悲，而其聲切者，近於哀也。飛駁之噪，不必多喜，而其聲解者，近於樂也。聲不與情涉，則但稽其聲，不當離聲以責情。情既與聲通，則竝吹其情，不必隨情以徵聲。故謂聲之有哀樂者，非謂器之有哀樂。猶味之有甘苦者，非謂釜之有甘苦。琴瑟不必垂涕而含淒切之聲，錡釜不必流涎而調濃悦之味。味入口而輒嘗，聲入耳而自覺。既所使之無權，又每出於異體。要皆以無情自動，俱有舒慘之施。何得云一體所出，不當獨含哀樂之理也。必以飲泣爲哀之旨，自得爲樂之故，則笙簧之不能啓齒，絲絃之不能掩涕，蓋可知矣。胡笳羌管，氣寒而聲幽，操危而韻永。譬之於物，若駿馬之嘶邊，罔象之泣海，故以爲離家之聲。齊瑟秦筝，抗警而墜微，徽繁而指激。譬之於物，若珠人之入淵，淒風之發澗，故以爲憂生之韻。是以素女鳴絃，黄帝減其半聲；雍門奏瑟，孟嘗潸而下淚。皆深感於哀樂，非徒取乎善惡。且以善惡爲聲之主者，聲之感人惟當在善；甘苦爲味之稱者，味之感人惟當在甘。至善之音無别於哀樂，則至甘之味無分於辛酸也。夫聲有清切平緩，而同宣之哀樂；味有甘苦辛酸，而同劑之美惡。聲色臭味皆以善惡爲主，視聽飲食同以愛憎爲用。善惡之爲衆主，豈獨聲哉？且善惡之非哀樂，猶啾鵶之於啼鳥；嗥狗之於鳴騶，在聲氣之自分，非一類所能槩也。夔搏石而舞百獸，曠動角而翔玄鶴，同之善而有哀。師延之寫濮上，褒姒之喜裂繒，同之樂而有惡。哀有善哀，樂有善樂。哀樂有互聲，善惡不竝載。故哀樂不以善惡爲代也。聲去惡而主善，故易淫，淫而後悲懽遞用。酒去惡而嗜美，故易醉，醉而後喜怒雜施。是以聲有三歎之樂，味有百拜之酒。詳哀樂於始聽，辨甘苦於一啜。安在酒無喜怒之味，而謂聲無悲懽之理乎？若云五味萬殊，大同於美；曲變雖衆，大同於和。隨曲之情，盡於和域；應美之口，絶於甘境。則辛酸鹹淡，同盡於美；激揚淒切，同憩於和。此商人所致頌於清酌，尼父所慨羨於關雎也。若夫昌歜獨奏，文王不知其辛；芩芪互嘗，炎山不知其苦。曾參歌長楚，而有鹿鳴之聲；少婦頌由房，而作有蓷之聽。此亦小遠於人情，大乖乎物類矣。使乎隨曲之情罔盡，應美之口不絶，此必有濃情蓄於域先，餘悃綢於境後。所以夫子觀韶，三月而不食；大舜聞鳩，十日而下涕。皆所得之既殷，不與物而俱徂，故聲往而情猶宿也。是知音有雜緯，不可槩經以太和；聲有實音，不可遂刊其虚謚。苟復强以致功，故難明其獨體。如知體之有常，當入耳而輒覺。雖復聞哀而笑噱，聽樂而悲零，但不入於此情，曾何爽於彼聲哉。聲動於無情，性移於所習。各以樂而興哀，隨指哀以爲樂。倚房長思，興羨於鳴琴；樊衢聞悲，共讚爲絲竹。淫者善思，思者善愴，禍亂之生所自來也。向謂聲音之體，盡於舒疾，情之應聲，止於静躁。將謂酒醴之性止於甘苦，量之應酒盡於欣厭，何以遂至於亂哉？夫舜、夔異德，操樂不同而同之正；鄭、衛異風，操樂不同而同之淫。黜彼則醜此，崇前則戮後。所以平公屢歎於新聲，魏斯恐卧於古樂。如使襄、涓之巧，能移唐、虞之音。易簡足以平其君心，静重足以正其下志。汰哇奢以歸和，蕩穢吹而發籟。百姓共聞，内外則之。三皇五帝，不絶於今，又何怪焉。阮公曰：夏后之末，興女萬人，衣以文繡，食以粱肉，端噪晨歌，聞之者憂戚，天下苦其殃，百姓傷其毒。殷之季君，亦奏斯樂，酒池肉林，夜以繼日，然咨嗟之音未絶，而敵國已收其琴瑟矣。滿堂而飲酒，樂奏而流涕，此皆非有憂者也，則此樂非樂也。夫音以善感爲至妙，感以垂涕爲妙音。低回激楚，擅郢中之歌；慷慨流連，發愍主之歎。由斯而談，則聲但有哀樂，而更無善惡也。先王知哀樂之中人甚於善惡，故中以制器，平以調聲。器取其不越，聲取其不過。女懽盡於芣苢，男憂極於蟋蟀，咸以調哀樂之音，籥悲愉之簡也。又何云聲之無哀樂哉？」聲無哀樂辨。

余元熹曰：「以無礙辨才，發聲律妙理，迴旋開合，層折不窮。如游武夷三十六峰，愈轉愈妙，使人樂而忘倦。」漢魏名文乘。

曹宗璠曰：「嵇氏著聲無哀樂論，其言甚辨，能逆折難者之喙。而義有未全，終未厭余心也。請循其本：『吹萬不同，使其自已，咸其自取，怒者其誰耶？』此嵇氏所宗也。夫怒其吹也，怒者則其吹者也。方在橐籥，天未鼓於籟，孰哀耶？孰樂耶？至吹萬則籟與天并，調調刁刁，哀樂分矣。物咸自取。此物與天接，不得全歸之天也。從物而溯之，若有真宰，而不得其朕。故曰，怒者其誰耶？理峻於天，情感俱絶，天附於物，慘舒以繁。不得無聲之前冥其朕，遂謂有聲之後杜其機也。嵇氏云：曲變雖衆，大同於和。夫聲豈能和哉？噍殺近哀，嘽緩近樂，動指撥絃，已見分際，風有飄厲，其証焉矣。且聲之有哀樂，猶形之有吉凶，味之有補洩也。犀庭日角，與從理入口殊模；鹽生薪勞，與和羹養志異鼎。豈發籥黄鍾，變調商徵，獨殊爻繫，有乏玄解。今以味無喜怒，徵之酒醴，蠲忿忘憂，夫豈虚説。中藥養性，遽忘功一溉乎？酒醴發情，要主於喜，喜之極必怒；情之自旋者也。雖謂酒有喜怒可也。樂淚哀淚，借難狄牙。淚出於肝，甜苦皆酸，哀樂循環，猶之酒義矣。自昔聖賢，聆音察理，皆具精微。如葛盧聞犧牲，解異言，不繇傳譯。雀噪馬罵，實有其字，何必以胡、越爲難耶？如師曠吹律，風從地起，主敵咸兆，豈謂楚風遠來自晉？吴越梁宋，以非事應，故不入占，此風角習解耳。子野多識博物，舍形聲亦曷從識之乎？如羊母審呱，亦以兒啼有異常兒，甯必較度甲乙。器曲或有歧操，心聲必非二物。此理易明，不煩多破。又如師襄捧琴而識文王之容，季札審懸而詳歷國之政。鍾期、師涓、子産、顔淵，所誌不一，理具於聲。聲非無主，悟起於心，心又非無因，則聲之有哀樂全矣。亦安得載籍盡好奇者爲之哉？若夫心有偏注，流而不返，悲者觀舞涕零，歡者聆啼踊忭，此自心不赴節，非音之無常，在和平之人，則感召見矣。笛笙形躁而志越，琴瑟聽静而心閑。以至齊、楚姣弄，種種聲變，推而求之，躁静之音，即具哀樂之理，猶之甘苦之物，即動喜怒之情，味以行氣，氣以食志，誰謂五味竟無感於人心耶？在心精者自遇之耳。樂以導和，禮以著敬。不極哀樂之致，不足以節和也；不酌奢儉之中，不足以將敬也。嵇氏云：若言和平，哀樂正等，設無哀樂，正等何劑？内無伏陰，外無散陽，陰陽者，哀樂之象也。聖王制爲律度，澹欲防淫，風俗移易，其疇能尚之？蒙莊獨標和理於衆音繁變之會，示之以籥始。嵇氏得其喪偶，而没其研微，非立言之旨矣。莊周之喪我也，非冥然無我也，辭物之刃劚而我自喪也。莊周之言齊物也，非倪然無物也，得我之環中而物自齊也。則莊周之言聲無哀樂也，非混然無哀樂也。萬竅出於機，入於機，而怒者其誰也？此之謂物化而不與物化者也。」駁聲無哀樂論。〇國朝文匯甲集。〇案宗璠字汝珍，金壇人，明崇禎辛未進士，入清官上林院監丞。

嵇康集校注卷第六

釋私論一首

管蔡論一首

明膽論一首

吴鈔本每卷無總目。此卷原鈔但有釋私論一題，餘二題爲後補，共在一行。其左行尚有二題，一自然好學論，下注「張叔遼作」；一難自然好學論，皆爲墨校抹去。○吴鈔本原鈔以此五篇爲第六卷，宅無吉凶攝生論及難文爲第七卷，釋難爲第八卷，答釋難爲第九卷，墨校改同此本。案原鈔是也。惟答釋難、宅無吉凶攝生論當與釋難、宅無吉凶攝生論同屬第八卷，其第九卷則已佚也。説詳後。○又吴鈔本集首總目管蔡論下有「季氏論」三字，皕宋樓鈔本有校語云：「『季氏論』三字係後人所妄增，非原書筆迹。」揚案：三字字體不同，墨亦微淡，當係後人誤入，而非校者所加。故此處亦無其目。

釋私論一首

吴鈔本原鈔無此行，朱校補「釋私論」三字於此，亦低四格。○張溥本題「無私論」，其集尾所附本傳云：「又以爲君子無私，作無私論。」○案晉書本傳元作「又以爲君子無私，其論曰」云云。張溥本所題誤也。經濟類編四十九載此篇，乃逕題「晉嵇康君子無私論」，更誤。○又案魏曹羲有至公論，見藝文類聚二十二。此篇句法，頗復相同，或因而推言之與？

夫稱君子者〔一〕，心無措乎是非〔二〕，而行不違乎道者也〔三〕。何以言之？夫氣静神虚者〔四〕，心不存於矜尚〔五〕；體亮心達者，情不繫於所欲。矜尚不存乎心，故能越名教而任自然〔六〕；情不繫於所欲〔七〕，故能審貴賤而通物情〔八〕。物情順通，故大道無違〔九〕；越名任心，故是非無措也。是故言君子，則以無措爲主〔一〇〕，以通物爲美。言小人，則以匿情爲非〔一一〕，以違道爲闕。何者？匿情矜𠫤，小人之至惡；虚心無措，君子之篤行也〔一二〕。是以大道言及吾無身，吾又何患〔一三〕。無以生爲貴者〔一四〕，是賢於貴生也〔一五〕。由斯而言：夫至人之用心，固不存有措矣〔一六〕。是故伊尹不（借）〔惜〕賢於殷湯〔一七〕，故世濟而名顯〔一八〕；周旦不顧（賢）〔嫌〕而隱行〔一九〕，故假攝而化隆〔二〇〕；夷吾不匿情於齊桓〔二一〕，故國霸而主尊〔二二〕。其用心，豈爲身而繫乎私哉？故管子曰〔二三〕：君子行道〔二四〕，忘其爲身。斯言是矣。君子之行賢也，不察於有度而後行也〔二五〕。（仁）〔任〕心無邪〔二六〕，不議於善而後正也〔二七〕。顯情無措，不論於是而後爲也。是故傲然忘賢，而賢與度會〔二八〕；忽然任心，而心與善遇；儻然無措〔二九〕，而事與是俱也。

故論公私者，雖云志道存善〔三〇〕，□無凶邪〔三一〕，無所懷而不匿者，不可謂無私。雖欲之伐善，情之違道，無所抱而不顯者，不可謂不公。今執必公之理，以繩不公之情〔三二〕，使夫雖爲善者，不離於有私〔三三〕；雖欲之伐善，不陷於不公。重其名而貴其心，則是非之情，不得不顯矣〔三四〕。是非必顯〔三五〕，有善者無匿情之不是，有非者不加不公之大非。無不是則善莫不得，無大非則莫過其非，乃所以救其非也。非徒盡善，亦所以厲不善也〔三六〕。夫善以盡善，非以救非，而況乎以是非之至者。故善之與不善，物之至者也〔三七〕。若處二物之間，所往者，必以公成而私敗。同用一器，而有成有敗。夫公私者，成敗之途〔三八〕，而吉凶之門乎〔三九〕。

故物至而不移者寡，不至而在用者衆〔四〇〕。若（質）〔資〕乎中人之（性）〔體〕〔四一〕，運乎在用之質，而栖心古烈，擬足公塗〔四二〕，值心而言，則言無不是；觸情而行，則事無不吉。於是乎（同）〔向〕之所措者〔四三〕，乃非所措也；（俗）〔欲〕之所私者〔四四〕，乃非所私也。言不計乎得失而遇善〔四五〕，行不準乎是非而遇吉，豈〔非〕公成私敗之數乎〔四六〕？夫如是也，又何措之有哉？故里凫顯盜，晉文愷悌〔四七〕；勃鞮號罪〔四八〕，忠立身存〔四九〕；繆賢吐釁，言納名稱〔五〇〕；漸離告誠，一堂流涕〔五一〕。然數子皆以投命之禍〔五二〕，臨不測之機〔五三〕，表露心識，（獨）〔猶〕以安全〔五四〕；況乎君子無彼人之罪，而有其善乎？措善之情，其所病也〔五五〕。唯病病，是以不病〔五六〕；病而能療，亦賢於（療）〔病〕矣〔五七〕。

然事亦有似非而非非，類是而非是者。不可不察也。故變通之機〔五八〕，或有矜以至讓，貪以致廉〔五九〕，愚以成智，忍以濟仁。然矜吝之時，不可謂無廉；（情）〔猜〕忍之形〔六〇〕，不可謂無仁〔六一〕，此似非而非非者也。或讒言似信〔六二〕，不可謂有誠；激盜似忠，不可謂無私〔六三〕，此類是而非是也。故乃論其用心，定其所趣〔六四〕，執其辭（而）〔以〕準其（禮）〔理〕〔六五〕，察其情以尋其變，肆乎所始〔六六〕，（名）〔明〕其所終〔六七〕，則夫行私之情〔六八〕，不得因乎似非而容其非；淑亮之心〔六九〕，不得蹈乎似是而負其是。故實是以暫非而後顯〔七〇〕，實非以暫是而後明。公私交顯，則行私者無所冀，而淑亮者無所負矣〔七一〕。行私者無所冀，則思改其非；立（功）〔公〕者無所忌〔七二〕，則行之無疑，此大治之道也。故主妾覆醴，以罪受戮〔七三〕；王陵庭争，而陳平順旨〔七四〕。於是觀之，非似非〔而非〕非者乎〔七五〕？

明君子之篤行〔七六〕，顯公私之所在，闔堂盈階，莫不寓目而曰：善人也〔七七〕。然背顔退議而含私者〔七八〕，不復同耳〔七九〕。抱□而匿情不改者〔八〇〕，誠神以喪於所惑〔八一〕，而體以溺於常名，心以制於所慴〔八二〕，而情有繫於所欲〔八三〕，咸自以爲有是而莫賢乎己〔八四〕。未有(功肴)〔攻肌〕之慘〔八五〕，駭心之禍〔八六〕，遂莫能收情以自反，棄名以任實〔八七〕。乃心有是焉，匿之以私；志有善焉，措之爲惡。不措所措，而措所不措。不求所以不措之理，而求所以爲措之道。故(時)〔明〕爲措，而闇於措〔八八〕，是以不措爲拙〔八九〕，措爲工〔九〇〕。唯懼隱之不微，唯患匿之不密〔九一〕。故有矜(忤)〔許〕之容，以觀常人〔九二〕；矯飾之言，以要俗譽〔九三〕。謂永年良規，莫盛於兹〔九四〕；終日馳思，莫闕其外〔九五〕，故能成其私之體，而喪其自然之質也〔九六〕。於是隱匿之情，必存乎心；僞怠之機，必形乎事。若是，則是非之議既明，賞罰之實又篤。不知冒廕之可以無景〔九七〕，而患景之不匿〔九八〕；不知無措之可以無患〔九九〕，而患措之不(以)〔巧〕〔一〇〇〕，豈不哀哉！是以申侯苟順，取棄(楚泰)〔楚恭〕〔一〇一〕；宰嚭躭私，卒享其禍〔一〇二〕。由是言之，未有抱隱顧私，而身立清世〔一〇三〕；匿非藏情，而信著明(名)〔君〕者也〔一〇四〕。

君子既有其質〔一〇五〕，又覩其鑒〔一〇六〕，貴夫亮達〔一〇七〕，(布)〔希〕而存之〔一〇八〕，惡夫矜吝〔一〇九〕，棄而遠之〔一一〇〕。所措一非，而內愧乎神；(賤)〔所〕隱一闕〔一一一〕，而外慙其形〔一一二〕。言無苟諱，而行無苟隱〔一一三〕。不以愛之而苟善〔一一四〕，不以惡之而苟非。心無所矜，而情無所繫〔一一五〕，體清神正〔一一六〕，而是非允當。忠感明天子〔一一七〕，而信篤乎萬民。寄胷懷於八荒〔一一八〕，垂坦蕩以永日〔一一九〕。斯非賢人君子，高行之美(冀)〔異〕者乎〔一二〇〕？

或問曰：第五倫有私乎哉？曰：昔吾兄子有疾，吾一夕十往省，而反寐自安〔二一〕。吾子有疾，終朝不往視，而通夜不得眠〔二二〕。若是可謂私乎？非（私）也〔二三〕？答曰：是非也〔二四〕，非私也。夫私以不言爲名，公以盡言爲稱，善以無（名）〔吝〕爲體〔二五〕，非以有措爲（負）〔質〕〔二六〕。今第五倫顯情〔二七〕，是（非）無私也〔二八〕；矜往不眠，是有非也。無私而有非者，無措之志也〔二九〕。夫言無措者，不齊於必盡也〔三〇〕；言多吝者，不具於不言而已〔也〕〔三一〕。故多吝有非，無措有是。然無措之所以有是，以志無所尚，心無所欲，達乎大道之情，動以自然，則無道以至非也。抱一而無措〔三二〕，則無私無非。兼有二義〔三三〕，乃爲絶美耳。若非而能言者，是賢於不言之私，〔有〕非無（情）〔措〕〔三四〕，（以非之大者也）〔亦非之小者也〕〔三五〕。今第五倫有非而能顯，不可謂不公也；所顯是非，不可謂有措也〔三六〕。有非而謂私，不可謂不惑公私之理也。

〔一〕吴鈔本原鈔無「夫」字，朱校補。

〔二〕晉書本傳引作「心不措乎是非」，吴鈔本原鈔作「心無惜是非」，朱校補「乎」字。讀書續記曰：「明本『惜』作『措』，是。下文『越名任心，故是非無措也』，可證。後凡『惜是非』字，皆當作『措』。」○揚案：篇中「措」字，吴鈔本時或作「惜」，校者亦未盡改，今不一一指出。○廣雅：「措，置也。」

〔三〕吳鈔本原鈔無「乎」字，朱校補。

〔四〕「虚」吳鈔本誤作「靈」。

〔五〕「於」吳鈔本、文瀾本作「乎」。葉渭清曰：「下言『矜尚不存乎心』，各本並作『乎』，則此亦以作『乎』爲是。」○「矜尚」見前卜疑注〔五二〕。

〔六〕「任」上，殿本晉書本傳有「自」字，誤也。宋本晉書無之。

〔七〕以上三句嚴輯全三國文誤奪。

〔八〕易乾卦文言曰：「六爻發揮，旁通情也。」吕氏春秋察傳篇：「緣物之情，及人之情，以爲所聞。」

〔九〕大戴禮哀公問五義篇：「所謂聖人者，知通乎大道，應變而不窮，能測萬物之情性者也。」

〔一〇〕「主」張本及三國文作「衷」。

〔一一〕左氏襄公十八年傳：「范宣子告析文子曰：『吾知子，敢匿情乎？』」

〔一二〕東方朔非有先生論曰：「虚心定志，欲聞流議。」史記萬石張叔列傳：「斯可謂篤行君子矣。」

〔一三〕「又」吳鈔本作「有」。○老子：「吾所以有大患者，爲吾有身，及吾無身，吾有何患。」

〔一四〕周樹人曰：「『無以』當作『以無』。」○揚案：原句更合，「無」即「不」字之義。

〔一五〕「生」吳鈔本原鈔作「者」，墨校改。周樹人曰：「『者』各本譌『生』。」○揚案：「生」字更合。

〔一六〕「存」下，吳鈔本、文津本有「于」字。

〔一七〕「借」吳鈔本原鈔作「惜」，朱校改。讀書續記曰：「嚴輯全三國文『借』作『惜』，較是。」

〔一八〕史記殷本紀：「伊尹名阿衡，從湯言素王及九主之事，湯舉任以國政。」

〔一九〕「賢」吴鈔本作「嫌」，是也。

〔二〇〕史記魯周公世家：「周公旦者，周武王弟也。武王既崩，成王少，在强葆之中，周公恐天下聞武王崩而畔，乃踐阼代成王攝行政當國。」史記項羽本紀：「爲假上將軍。」正義曰：「假，攝也。」史記禮書曰：「化隆者閎博。」

〔二一〕「情」吴鈔本作「善」。

〔二二〕史記管晏列傳：「管仲夷吾者，潁上人也。鮑叔事齊公子小白，管仲事公子糾。及小白立爲桓公，公子糾死，管仲囚焉。鮑叔遂進管仲。管仲既用，任政於齊，齊桓公以霸。九合諸侯，一匡天下，管仲之謀也。」戰國策韓策：「得以其道爲之，則主尊而身安。」

〔二三〕晉書本傳無「管子」二字。案今管子無下二語。

〔二四〕「行」下，吴鈔本有「其」字。

〔二五〕「度」吴鈔本原鈔作「慶」，墨校改。○左氏哀公十一年傳：「仲尼曰：『君子之行也度於禮。』」吕氏春秋去宥篇：「不可激者，其唯先有度。」注：「度，法也。」

〔二六〕「仁」吴鈔本及本傳作「任」，是也。下文即云「忽然任心」。「邪」吴鈔本原鈔作「窮」，墨校改。○詩駉：「思無邪。」管子水地篇：「民心易則行無邪。」

〔二七〕「議」吴鈔本原鈔作「識」，墨校改。案「議」字更合。

〔二八〕「度」吳鈔本原鈔作「慶」，墨校改。

〔二九〕莊子天運篇：「儻然至於四虛之道。」成玄英疏：「儻然，無心貌也。」

〔三〇〕「云」下原有「一作終於事與是俱而已」十字，各本並同。惟吳鈔本無之。案此十字顯係舊校之語，當在上文「而事與是俱也」句下，各本誤入此處正文，今删之。

〔三一〕「無」上空格之字，吳鈔本作「心」，程本作「而」，文津本作「行」，八代文鈔作「事」，經濟堂刻百三名家集作「内」，别本並空。

〔三二〕「不」張本作「必」，誤也。○禮記注：「繩，猶度也。」

〔三三〕吳鈔本「爲」字作「性」。又原鈔無「不」字，墨校補。案有「不」字爲是。

〔三四〕春秋繁露深察名號篇：「詰其名實，觀其離合，則是非之情不可以相讕也。」

〔三五〕「是」上，吳鈔本有「夫」字。

〔三六〕漢書注：「厲，勸勉之也。」

〔三七〕毛詩傳：「物，事也。」漢書東方朔傳：「非至數也。」注：「至，實也。」

〔三八〕「途」或作「塗」。

〔三九〕「乎」吳鈔本作「也」。

〔四〇〕「在」上，吳鈔本原鈔有「非」字，墨校删。案「非」字誤衍，此謂事物多非善非不善，而在所爲用也。

〔四一〕「質」字各本並同，當係「資」字之誤。此涉下句而誤也。「性」吳鈔本原鈔作「體」，墨校改。案原鈔是也。集中多以「體」「質」互言。○論語：「子曰：『中人以上，可以語上也。』」漢書古今人表：「可以爲善，可以爲惡，是謂中人。」論衡本性篇：「中人之性在所習。」

〔四二〕羊勝屏風賦：「畫以古烈，顒顒昂昂。」潛夫論交際篇：「唯有古烈之風，志義之士，爲不然爾。」揚雄解嘲曰：「欲談者擬足而投迹。」説文：「擬，度也。」

〔四三〕「同」字各本並同，周校本曰：「疑當作『情』。」○揚案：「情」字自通，或又爲「向」字之譌。本集難自然好學論亦有「向之不學」云云。

〔四四〕「俗」吳鈔本原鈔作「欲」，墨校改。案原鈔是也。

〔四五〕「不」文瀾本作「無」。

〔四六〕案「豈」下當奪「非」字。

〔四七〕左氏僖公二十四年傳：「晉侯之豎頭須，守藏者也。其出也，竊藏以逃，盡用以求納之。及入，求見，公辭焉以沐。謂僕人曰：『居者爲社稷之守，行者爲羈紲之僕，其亦可也。何必罪居者？國君而讎匹夫，懼者甚衆矣。』僕人以告，公遽見之。」注：「頭須一曰里鳧須。」國語注：「顯，猶公露也。」詩青蠅：「豈弟君子。」箋云：「豈弟，樂易也。」案「愷悌」「豈弟」通。

〔四八〕「勃」程本誤作「功」。

〔四九〕左氏僖公二十四年傳：「呂郤畏偪，將焚公宮，而弒晉侯。寺人披請見，公使讓之，且辭焉，曰：『蒲城之役，君命一宿，女即至。其後余從狄君以田渭濱，女爲惠公來求殺余。命女三宿，女中宿至。雖有君命，何其速也？夫袪猶在，女其行乎！』對曰：『君命無二，古之制也。除君之惡，唯力是視。蒲人狄人，余何有焉？今君即位，其無蒲狄乎？』公見之，以難告。」又二十五年傳：「晉侯問原守於寺人勃鞮。」注：「勃鞮，披也。」漢書注：「號，謂哭而且言也。」

〔五〇〕史記廉頗藺相如列傳：「趙惠文王得楚和氏璧，秦昭王使人遺趙王書，願以十五城易璧。趙王求人可使報秦者，未得。宦者令繆賢曰：『臣舍人藺相如可使。』趙王問何以知之。對曰：『臣嘗有罪，竊計欲亡走燕，相如止臣曰：「夫趙彊而燕弱，而君幸於趙王，故燕王欲結於君。今君乃亡趙走燕，燕畏趙，必不敢留君，而束君歸趙矣。君不如肉袒伏斧質請罪，則幸得脱矣。」臣從其計，大王亦幸赦臣。臣竊以爲其人勇士，有智謀，宜可使。』趙王遂遣相如奉璧西使秦。」左傳注：「釁，罪也。」

〔五一〕史記刺客列傳：「秦逐太子丹、荆軻之客，皆亡。高漸離變名姓爲人庸保，匿作於宋子。久之，作苦，聞其家堂上客擊筑，傍徨不能去。每出言曰：『彼有善，有不善。』從者以告其主。召使前擊筑，一坐稱善。漸離念久隱畏約無窮時，乃退，更容貌而前。舉坐客皆驚，下與抗禮，以爲上客。使擊筑而歌，客無不流涕而去者。」張衡設難曰：「敢告誠於知己。」

〔五二〕「數」上，吴鈔本有「夫」字。

〔五三〕仲長統昌言曰：「刺客死士，爲之投命。」廣雅：「投，棄也。」新書過秦篇：「臨不測之谿。」吕氏春秋下賢篇：「昏乎其深而不測也。」注：「測，盡也。」

〔五四〕「獨」吴鈔本作「猶」，是也。○禮記注：「表，明也。」

〔五五〕吴鈔本原鈔作「亦甚其所病也」，墨校乙「甚」字於「所」字下。周校本曰：「舊校非。」○揚案：乙之與否，於義無殊，而乙之似更順也，當係原鈔偶誤。

〔五六〕老子：「夫唯病病，是以不病。」

〔五七〕吴鈔本作「亦賢於病矣」，是也。

〔五八〕「通」吴鈔本作「遇」，誤也。○「變通」見前秀才答詩（君子體變通）注〔二〕。

〔五九〕「致」張本作「至」。

〔六〇〕「情」吴鈔本作「猜」，「情」下此本原有注云：「『情』一作『猜』。」張本同。案「猜」字是也。

〔六一〕「謂」吴鈔本作「爲」，誤也。○史記吴起傳：「起之爲人，猜忍人也。」説文：「猜，恨賊也。」

〔六二〕「或」下，吴鈔本原鈔爲「暫忠信以成暫遇之際」九字，墨校點去，改作「譏言似信」四字。案原鈔誤也。

〔六三〕漢書王莽傳：「敢爲激發之行。」注：「激，急動也。」案此謂奸人故作激急，有時似忠也。

〔六四〕司馬遷報任安書曰：「用之所趣異也。」漢書注：「趣，嚮也。」

〔六五〕吴鈔本「而」作「以」，「禮」作「理」，是也。又「辭」上，吴鈔本原鈔有「異」字，墨校删。案就下文觀之，無「異」字爲合。

〔六六〕案「肆」與「肄」通。説文：「肄，習也。」周禮小宗伯「肄儀爲位」注：「杜子春讀『肄』當爲『肆』。」

〔六七〕「名」張本作「明」，是也。

〔六八〕「情」吴鈔本原鈔作「人」，墨校改。

〔六九〕爾雅：「淑，善也；亮，信也。」

〔七〇〕此句「故」字上吴鈔本有「是」字，與上句「是」字相連。

〔七一〕此句「無」字吴鈔本誤奪。

〔七二〕「功」吴鈔本原鈔作「公」，墨校改。周校本作「公」，注云：「原鈔譌『功』。」○揚案：周校誤記也。○葉渭清曰：「按此承上文言之。上云『淑亮者無所負』，此云『立功者無所忌』，指意有别，所未喻也。」○揚案：「功」當作「公」，兩句指意正同。

〔七三〕戰國策燕策：「武安君謂燕王曰：『臣鄰家有遠爲吏者，其妻私人。其夫且歸，其私之者憂之。其妻曰：『公勿憂也，吾已爲藥酒以待之矣。』後二日，夫至，妻使妾奉卮酒進之。妾知其藥酒也，進之則殺主父，言之則逐主母，乃陽僵棄酒，主父大怒而笞之。」楚辭注：「醴，酒也。」廣雅：「戮，辱也。」

〔七四〕史記吕后本紀：「太后議欲立諸吕爲王，問右丞相王陵。陵曰：『高帝刑白馬盟曰：「非劉氏而王，天下共擊之！」今王吕氏，非約也。』太后不悦。問左丞相陳平、絳侯周勃。勃等對曰：

『高帝定天下，王子弟；今太后稱制，王昆弟諸吕，無所不可。』太后悦。罷朝，王陵讓陳平、絳侯。陳平、絳侯曰：『於今面折廷争，臣不如君；全社稷，定劉氏之後，君亦不如臣。』」又陳丞相世家：「吕太后立諸吕爲王，陳平僞聽之。及太后崩，平與太尉勃合謀，卒誅諸吕，立孝文皇帝，陳平本謀也。」

〔七五〕「似」張溥本作「是」，誤也。此句各本並同。周樹人曰：「『非』下當更有一『非』字。」○揚案：上文云「似非而非非」，此承上文言之，句中當奪「而非」二字。

〔七六〕「明」下，吴鈔本原鈔有「稱」字，墨校删。○禮記中庸篇：「篤行之。」

〔七七〕蔡邕青衣賦：「充庭盈階。」左氏僖公二十八年傳：「得臣與寓目焉。」注：「寓，寄也。」

〔七八〕「議」上，吴鈔本原鈔有「譏」字，墨校删。「含」吴鈔本誤作「舍」。

〔七九〕吴鈔本奪「同」字。

〔八〇〕「抱」吴鈔本誤作「飽」。「抱」下空格之字，吴鈔本作「至」，程本作「怨」，文津本作「璞」，八代文鈔作「志」，經濟堂刻百三名家集作「隱」，乾坤正氣集作「私」，别本並空。「者」上，吴鈔本有「也」字。

〔八一〕「誠」吴鈔本原鈔作「議」，墨校改。「惑」吴鈔本作「感」。

〔八二〕此句「以」字吴鈔本作「已」。據此則上二句「以」字亦當作「已」。「以」「已」二字通。○爾雅：「慴，懼也。」

〔八三〕吴鈔本原鈔作「而情有所繫」，墨校改同此本。周校本曰：「疑當作『情有□□所繫』，原鈔於『有』下奪二字。」

〔八四〕「咸」上，吴鈔本原鈔有「容管顒纘」四字，墨校删。周校本曰：「四字當衍，各本俱無。」

〔八五〕「功背」吴鈔本作「攻肌」。讀書續記曰：「明本『攻肌』作『功背』，以下句『駭心之禍』參之，似明本是。」○揚案：以文義言，自以吴鈔本爲是，「攻肌」與「駭心」對言也。文選曹植上責躬應詔詩表注引孝經鉤命決曰：「削肌刻骨。」李陵答蘇武詩：「嚴霜切我肌。」劉子新論韜光篇：「丹伏光於春山之底，則磨肌之患永絶。」「削肌」、「切肌」、「磨肌」，與此「攻肌」略同矣。

〔八六〕「駭心」見前聲無哀樂論注〔三六〕。

〔八七〕孟子：「君子必自反也。」禮記注：「自反，求諸己也。」

〔八八〕「時」吴鈔本原鈔作「明」，墨校改。案「明」字更合。

〔八九〕吴鈔本重「以」字。

〔九〇〕「措」上，吴鈔本有「以致」二字，嚴輯全三國文亦加。

〔九一〕「密」吴鈔本原鈔作「察」，墨校改。

〔九二〕「忤」吴鈔本原鈔作「訐」，墨校改。案「訐」字更合。○説文：「訐，面相斥辠，相告訐也。」

〔九三〕漢書注：「要，求之也。」

〔九四〕「永年」見前郭遐周贈詩（吾無佐世才）注〔三〕。

〔九五〕傅毅舞賦：「獨馳思乎杳冥。」吕氏春秋注：「闚，見也。」

〔九六〕「質」三國文作「實」。

〔九七〕「廕」吴鈔本原鈔作「陰」，墨校改。藝文類聚二十三，太平御覽四百二十九引作「陰」，嚴輯全三國文作「蔭」。讀書續記曰：「『廕』御覽引作『陰』，當據改。」○揚案：「陰」與「蔭」通，「廕」即「蔭」也。「景」或作「影」，下同。

〔九八〕説文：「冒，蒙而前也。」莊子漁父篇：「有畏影惡迹而去之走者，疾走不休，絶力而死。不知處陰以休影，處静以息迹，愚亦甚矣。」

〔九九〕此句及下句「措」字，藝文類聚引作「惜」，張本及三國文及太平御覽引作「情」，皆誤也。

〔一〇〇〕「患」吴鈔本及藝文類聚、太平御覽引作「恨」，皕宋樓鈔本有校語云：「各本作『患』，爲長。」讀書續記曰：「作『恨』長。」○揚案：二字均通。吴鈔本原鈔既爲「恨」字，從之可也。○「以」張本及藝文類聚、太平御覽引作「巧」，讀書續記曰：「『以』御覽作『巧』，當據改。」

〔一〇一〕「泰」吴鈔本作「恭」，是也。○吕氏春秋長見篇：「荆文王曰：『申侯伯善持養吾意，吾所欲則先我爲之，與處則安，曠之而不穀喪焉。不以吾身遠之，後世有聖人，將以非不穀。』於是送而行之。」又音初篇注：「荆，楚也。秦莊王諱楚，避之曰荆。」案申侯有寵於楚文王，見左氏僖公七年傳，惟新序雜事第一篇載此事，作楚共王。「共」與「恭」同。

〔一〇二〕史記越王勾踐世家：「勾踐令大夫種行成於吴。以美女寶器令種間獻吴太宰嚭。嚭受。乃數與子胥爭越議，因讒子胥。吴王賜子胥屬鏤劍以自殺。於是吴任嚭政。吴師敗，吴王自殺。越王乃葬吴王而誅太宰嚭。」吴越春秋：「子貢曰：『太宰嚭爲人智而愚，强而弱，順君之過，以安其私。』」

〔一〇三〕吴鈔本「未有」作「有未」，誤也。又原鈔無「顧私」二字，墨校補。「抱隱顧私」張本及三國文作「抱隱懷姦」，藝文類聚引作「抱僞懷姦」，太平御覽引亦作「抱僞」，無下二字。讀書續記曰：「當從御覽改『隱』爲『僞』。」○揚案：上文云「隱匿之情」「僞怠之機」，則此處或「隱」或「僞」均可。○曹植白馬篇：「不得中顧私。」毛詩箋：「顧，念也。」

〔一〇四〕太平御覽引無「匿非」二字。「名」張本及三國文、藝文類聚、太平御覽引作「君」，是也。○新語道基篇：「不藏其情，不匿其詐。」

〔一〇五〕「君」上，吴鈔本及藝文類聚、太平御覽引有「是以」二字。

〔一〇六〕「覩」藝文類聚及張刻本太平御覽引作「觀」，别本御覽仍作「覩」。

〔一〇七〕「達」文津本作「遠」，誤也。

〔一〇八〕「布」藝文類聚、太平御覽引作「希」，是也。嚴輯全三國文亦改作「希」。

〔一〇九〕「矜」藝文類聚引誤作「務」。

〔一一〇〕「遠」宋本、安政本太平御覽引同，别本作「違」。

〔一一一〕「賤」各本並同，當爲「所」字之誤。

〔一二〕左傳注：「闕，過也。」

〔一三〕「行」下「無」字太平御覽引作「不」。「隱」藝文類聚引誤作「德」。

〔一四〕「以」宋本太平御覽引誤作「也」。

〔一五〕「繫」宋本、安政本太平御覽引誤作「擊」。

〔一六〕「正」太平御覽引作「立」，誤也。

〔一七〕「明」下，張本及藝文類聚引有「於」字，嚴輯全三國文亦加「于」字。周樹人曰：「『明』即『於』之譌衍。」○揚案：上文云「信著明君」，則此處「忠感明天子」亦可通。

〔一八〕新書過秦篇：「有并吞八荒之心。」吕氏春秋注：「荒，裔遠也。」

〔一九〕「以」太平御覽引作「於」。○論語「子曰：『君子坦蕩蕩。』」集解：「鄭曰：『坦蕩蕩，寬廣貌。』」詩山有樞：「且以永日。」毛傳：「永，引也。」

〔二〇〕「冀」吳鈔本、張本及三國文、藝文類聚引作「異」，是也。太平御覽引但有「美」字，無「異」字。

〔二一〕吳鈔本原鈔「寐」上有「必」字，又無「安」字，墨校删補。案如原鈔，則「自」字連下爲句。

〔二二〕第五倫事又見後漢書本傳。

〔二三〕「非」下「私」字吳鈔本原鈔無，墨校補。案原鈔是也。「非」字「私」字相對而言。

〔二四〕「非」程本作「公」，誤也。

〔二五〕「名」吳鈔本作「厶」。讀書續記曰：「以上文『匿情矜厶，小人之至惡；虚心無措，君子之篤行』參之，作『忝』是。『無忝』與下句『有措』亦對文也。」

〔二六〕「負」字各本並同。案當爲「質」字之誤。集中多以「體」「質」互言。

〔二七〕吴鈔本無「倫」字，下同。

〔二八〕吴鈔本同。周校本曰：「非字當衍。」○揚案：是也。下云「無私而有非」，即承此而言。

〔二九〕「措」吴鈔本作「惜」，誤也。

〔三〇〕「必」吴鈔本作「不」，涉下而誤也。○家語注：「齊，限也。」案此謂第五倫顯情盡言，即非有措，此事能爾，故以無措名之，不限以餘事盡爾也。

〔三一〕「已」下，吴鈔本有「也」字，更合。○案此謂「多吝」云者，非全指匿情不言者也，雖顯言之，仍或矜吝。

〔三二〕老子：「聖人抱一以爲天下式。」

〔三三〕「二」程本誤作「三」。

〔三四〕案「非」上當奪「有」字，又「情」字當爲「措」字之譌。上文即云「第五倫有非無措」。

〔三五〕案就上文觀之，此句當爲「亦非之小者也」。

〔三六〕案此謂倫所顯者，乃矜往不眠，此可謂爲有非，不可謂爲有措，即不可謂爲私也。

鍾惺曰：「旨議清通。」漢魏名文乘引。

余元熹曰：「幽致沖妙，難本以情，其叔夜諸篇之謂歟？」同右。

管蔡論一首

史記管蔡世家：「文王長子曰伯邑考，次子曰武王發，次曰管叔鮮，次曰周公旦，次曰蔡叔度。武王平天下，封叔鮮於管，封叔度於蔡，相紂子武庚禄父，治殷遺民。封叔旦於魯而相周，爲周公。武王崩，成王少，周公旦專王室。管叔蔡叔疑周公爲之不利於成王，乃挾武庚以作亂。周公承成王命，伐誅武庚，殺管叔，而放蔡叔。」○案書金縢篇正義曰：「鄭玄以爲武王崩，周公爲冢宰，三年服終，將欲攝政，管蔡流言，即避居東都。成王多殺公之屬黨，及遭風雷之異，啓金縢之書，迎公來反。反乃居攝。後方始東征管蔡」云云。與史記殊。

或問曰：「案記，管蔡流言，叛戾東都〔一〕。周公征討，誅以凶逆〔二〕。頑惡顯著，流名千(里)〔載〕〔三〕。且明父聖兄，曾不鑒凶愚於幼稚〔四〕，覺無良之子弟〔五〕；而乃使理亂殷之弊民，顯榮爵於藩國〔六〕；使惡積罪成，終遇禍害。於理不通，心(無所)〔所未〕安〔七〕。願聞其説。」

答曰〔八〕：善哉，子之問也。昔文武之用管蔡以實〔九〕，周公之誅管蔡以權〔一〇〕。權事顯，實理(沉)〔沈〕〔一一〕，故令時人全謂管蔡爲頑凶〔一二〕，方爲吾子論之。

夫管蔡皆服教殉義，忠誠自然，是以文王列而顯之〔一三〕，發旦二聖舉而任之。非以情親而相私也，乃所以崇德禮賢，濟殷弊民〔一四〕，綏輔武庚，以（與）〔興〕頑俗〔一五〕。功業有績，故曠世不廢〔一六〕，名冠當時，列爲藩臣。

逮至武卒，嗣誦幼沖〔一七〕，周公踐政，率朝諸侯〔一八〕，思光前載，以隆王業〔一九〕。而管蔡服教，不達聖權〔二〇〕，卒遇大變，不能自通。忠疑乃心〔二一〕，思在王室〔二二〕。遂乃抗言率衆，欲除國患。翼存天子〔二三〕，甘心毀旦〔二四〕。斯乃愚誠憤發，所以徼（福）〔禍〕也〔二五〕。

成王大悟〔二六〕，周公顯復〔二七〕，一化齊俗〔二八〕，義以斷恩〔二九〕；雖内信（如心）〔恕〕〔三〇〕，外體不立〔三一〕，稱兵叛亂，所惑者廣。是以隱忍授刑，流涕行誅〔三二〕，示以賞罰，不避親戚〔三三〕。榮爵所顯，必鍾盛德〔三四〕；戮撻所施，必加有罪〔三五〕〔三六〕。斯乃爲教之正〔體〕〔三七〕，（今之朝議）〔古今之明義也〕〔三八〕。管蔡雖懷忠抱誠〔三九〕，要爲罪誅。罪誅已顯，不得復理。内（必）〔心〕幽伏〔四〇〕，罪惡遂章。幽章之路大殊，故令奕世未蒙發起〔四一〕。

然論者（誠）〔承〕名信行〔四二〕，便以管蔡爲惡〔四三〕；不知管蔡之惡，乃所以令三聖爲不明也。若三聖未爲不明，則聖不祐惡而任頑凶〔四四〕。（不容於時世）〔頑凶不容於明世〕〔四五〕，則管蔡無取私於父兄，而見任必以忠良，則二叔故爲淑善矣〔四六〕。今若本三聖之用明，思顯授之實理，推忠賢之闇權，論爲國之大紀〔四七〕，則二叔之良乃顯，三聖之用（也）〔有〕以〔四八〕，流言之故有緣〔四九〕，周公之誅是矣。

且周公居攝〔五〇〕，邵公不悦〔五一〕。（惟）〔推〕此言〔之〕〔五二〕，則管蔡懷疑，未爲不賢。而忠賢可不達權，三聖未爲用惡，而周公不得不誅。若此，三聖所用信良，周公之誅得宜，管蔡之心見理。爾乃大義得通，外内兼叙〔五三〕，無相伐負者〔五四〕，則時論亦得釋然而大解也〔五五〕。

〔一〕廣雅：「記，書也。」書金縢篇：「武王既喪，管叔及其弟乃流言於國曰：『公將不利於孺子。』」淮南子注：「戾，反也。」史記周本紀：「武王爲初定未集，乃使其弟管叔鮮、蔡叔度相禄父，治殷。」正義曰：「地理志云：『河内，殷之舊都。周既滅殷，分其畿内爲三國。詩邶鄘衛是。邶以封紂子武庚，鄘管叔尹之，衛蔡叔尹之，以監殷民，號爲三監。』案河内在東，爲殷舊都，武王以封武庚，故曰東都。此泛指自陜以東，非指周之王城也。」

〔二〕詩破斧：「周公東征，四國是皇。」白虎通義誅伐篇：「尚書曰：『肆朕誕以爾東征。』誅弟也。」

〔三〕「里」吴鈔本作「載」，是也。○淮南子繆稱訓：「桀紂之惡，千載之積毁也。」李康運命論曰：「毁譽流於千載。」

〔四〕吴鈔本「不」下有「能」字。又「愚」字作「惡」。

〔五〕桓範世要論曰：「授任凶愚，破亡相屬。」漢書許皇后傳：「上疏曰：『幼稚愚惑，不明義理。』」詩生民：「無縱詭隨，以謹無良。」

〔六〕戰國策楚策：「張儀説楚王曰：『民弊者怨於上。』」淮南子氾論訓：「欲以樸重之法，治既弊之民。」史記平津侯傳：「寵備榮爵。」

〔七〕吴鈔本作「心所未安」，讀書續記曰：「此較長。」

〔八〕吴鈔本原鈔由「答」字提行，朱校連上。

〔九〕「武」吴鈔本作「王」。讀書續記曰：「以下『是以文父列而顯之，發旦二聖舉而任之』參之，作『武』是。」

〔一〇〕吴鈔本原鈔無「管蔡」二字，墨校補。○公羊桓公十一年傳：「權者，反於經然後有善者也。」

〔一一〕「沇」下原有注云：「一作『沈』。」此句吴鈔本及八代文鈔作「實理沈」，張本作「實事沇」，注云：「一作『沈』。」案「沈」字是也。嚴輯全三國文亦改作「沈」。

〔一二〕史記五帝本紀：「堯曰：『吁，頑凶不用。』」袁宏後漢紀：「章帝詔曰：『陰興子博，賈復孫敏，頑凶失道，自陷刑，以喪爵土。』」

〔一三〕「王」吴鈔本作「父」。

〔一四〕禮記王制篇上：「賢以崇德。」又月令篇：「聘名士，禮賢者。」國語晉語：「君國可以濟百姓而釋之。」注：「濟，成也。」

〔一五〕「與」吴鈔本、張本作「興」，是也。○毛詩傳：「綏，安也。」説文：「興，起也。」

〔一六〕左氏昭公十五年傳：「有勳而不廢，有績而載。」爾雅：「績，成也。」廣雅：「曠，久也。」

〔一七〕史記周本紀：「武王崩，太子誦代立，是爲成王。」書大誥：「洪惟我幼沖人，嗣無疆大歷服。」僞孔傳：「沖，童也。」

〔一八〕史記魯周公世家：「武王既崩，成王少，在强葆之中。周公恐天下聞武王崩而畔，乃踐阼代成王攝行政當國。」論衡讕告篇：「文武之卒，成王幼少，周道未成，周公居攝。」

〔一九〕張衡西京賦：「是以多識前代之載。」書舜典：「帝曰：『有能奮庸，熙帝之載。』」僞孔傳：「載，事也。」

〔二〇〕淮南子氾論訓：「權者聖人之所獨見也。」

〔二一〕「疑」字吴鈔本塗改而成，原鈔不明。周校本作「于」。

〔二二〕書康王之誥：「雖爾身在外，乃心罔不在王室。」

〔二三〕「天」程本誤作「夫」。

〔二四〕左氏昭公九年傳：「翼戴天子。」注：「翼，佐也。」詩伯兮：「甘心首疾。」毛傳：「甘，厭也。」

〔二五〕「福」吴鈔本作「禍」。讀書續記曰：「以上文參之，作『禍』爲長。」〇漢書王尊傳：「東平王太后上書曰：『王血氣未定，不能忍愚誠。』」楚辭九章：「發憤以抒情。」注：「憤，懣也。」漢書翟方進傳：「班彪曰：『翟義不量力，懷忠憤發，以隕其宗。』」國語晉語：「以徼天禍。」注：「徼，要也。」

〔二六〕「悟」吴鈔本作「寤」。

〔二七〕曹植怨歌行：「素服開金縢，感悟求其端。公旦事既顯，成王乃哀歎。」

〔二八〕「一」吴鈔本作「壹」。

〔二九〕淮南子有齊俗訓，注：「齊，一也。」禮記喪服篇：「門内之治恩揜義，門外之治義斷恩。」後漢書宋意傳：「上疏曰：『宜割情不忍，以義斷恩。』」又申屠剛傳：「對策曰：『昔周公先遣伯禽守封於魯，以義割恩。』」

〔三〇〕吴鈔本原鈔作「雖内信恕」，墨校改「恕」爲「如心」二字，案原鈔是也。

〔三一〕淮南子主術訓：「内恕反情。」漢書高惠高后孝文功臣表曰：「内恕之君，樂繼絶世。」王褒四子講德論曰：「君者中心，臣者外體。」

〔三二〕司馬遷報任安書曰：「所以隱忍苟活。」國語晉語：「以忍去過。」注：「忍，以義斷恩也。」

〔三三〕後漢書梁統傳：「對策曰：『春秋之誅，不避親戚。』」

〔三四〕文選注：「鍾，當也。」

〔三五〕「撻」程本誤作「捷」。

〔三六〕禮記注：「撻，擊也。」

〔三七〕「正」下，吴鈔本有「體」字，是也。

〔三八〕此句吴鈔本作「古今之明義也」。案吴鈔本是。

〔三九〕「懷忠抱誠」各本同。文津本作「抱忠懷誠」，當係鈔者偶誤。

〔四〇〕周校本曰：「『必』當作『心』。」讀書續記曰：「『内心』即上文所謂『愚誠』也。又上文云：『雖内信如心，外體不立』，與此二句正相翼。」○揚案：作「心」是也。但上文「如心」二字，乃「恕」字之誤，又「外體不立」，謂臣道不立也，義與此處二句殊。

〔四一〕「起」下，吳鈔本有「耳」字。○國語周語：「奕世載德。」注：「奕，亦前人也。」

〔四二〕「誠」吳鈔本原鈔作「承」，墨校改。案原鈔是也。○毛詩箋：「承，猶奉也。」

〔四三〕「以」吳鈔本作「謂」。

〔四四〕「祐」或作「佑」，吳鈔本無「而」字，又「凶」下有「也」字。○說文：「祐，助也。」

〔四五〕此句吳鈔本作「頑凶不容於明世」。案吳鈔本是也。各本奪「頑凶」二字，即不成句。

〔四六〕詩常棣傳：「周公弔二叔之不咸。」釋名：「叔，少也。」荀子注：「故，猶本也。」爾雅：「淑，善也。」

〔四七〕漢書律曆志：「曆者，天地之大紀。」吕氏春秋注：「紀，道也。」

〔四八〕「以」上，吳鈔本有「有」字，是也。此段用韻，「以」字絶句。「用」謂用管蔡也。又案此段大體六字爲句，「也」字似衍。○詩旄丘：「何其久也，必有以也。」老子：「衆人皆有以。」注：「以有爲也。」

〔四九〕吳鈔本原鈔同。朱校删「有」字，改「緣」爲「原」，蓋由誤以「以」字「緣」字各連下讀，遂妄爲删改也。此處周校本亦誤以「良」字「也」字「故」字絶句。○文選注：「緣，因緣也。」

〔五〇〕「居」周校本誤作「活」。

〔五一〕「邵公」吴鈔本作「邵奭」，墨校改「邵」爲「召」，案二字通。○史記燕召公世家：「召公奭與周同姓，姓姬氏。成王既幼，周公攝政，當國踐阼。召公疑之，作君奭，於是召公乃説。」集解：「馬融曰：『召公以周公既攝政致太平，功配文武，不宜復列在臣位，故不説。以爲周公苟貪寵也。』」

〔五二〕「惟」吴鈔本、張本作「推」，是也。「言」下，吴鈔本有「之」字，更合。

〔五三〕「外内」吴鈔本作「内外」。○案「外内」承上文而言，謂外體内心也。釋名：「叙，抒也，抒泄其實也。」

〔五四〕論衡物勢篇：「論必有是非，非而曲者爲負。」揚案：負、非義同。史記商君列傳：「有高人之行者，固見非於世。」索隱曰：「商君書『非』作『負』。」

〔五五〕「得」吴鈔本作「將」。○「釋然」見前與吕長悌絶交書注〔一六〕。

張采曰：「周公攝政，管、蔡流言；司馬執權，淮南三叛，其事正對。叔夜盛稱管、蔡，所以譏切司馬也，安得不被禍耶？」

沈吉曰：「寬治管、蔡，不合古聖賢之論。然善善長而惡惡短，是亦一説爾。」漢魏别解引。

張運泰曰：「創論有裨於世。論世知人，此爲不愧。」漢魏名文乘。

余元熹曰：「後來歐、蘇諸論，實此公爲之開先。」同右。

明膽論一首

案文選任昉上蕭太傅固辭奪禮啓注云：「吕安答嵇康論曰：『易了之理，不在多喻。』」是此篇本兩人論難之文，而合於一篇者也。

有吕子者[一]，精義味道，研覈是非[二]。以爲人有膽〔不〕可（樂）〔無〕明[三]，有明便有膽矣。嵇先生以爲明膽殊用，不能相生。

論曰：「夫元氣陶鑠，衆生稟焉[四]。賦受有多少，故才性有昏明[五]。唯至人特鍾純美[六]，兼周外内，無不畢備[七]。降此已往，蓋闕如也[八]。或明於見物，或勇於決斷[九]。人情貪廉，各有所止。譬諸草木，區以別矣[一〇]。兼之者博於物，偏受者守其分。故吾謂明膽異氣，不能相生。明以見物[一一]，膽以決斷[一二]，專明無膽，則雖見不斷，專膽無明，（達）〔違〕理失機[一三]。故子家軟弱，陷於弑君[一四]；左師不斷，見逼華臣[一五]，皆智及之而決不行也[一六]。此理坦然，（非無）〔無所〕疑滯[一七]。故略舉一隅，想不重疑[一八]。」

「敬覽來論[一九]，可謂（海）〔論〕亦不加者矣[二〇]。折理貴約而盡情[二一]，何尚浮穢而迂誕哉[二二]？今子之論，乃引渾元以爲喻[二三]，何遼遼而坦謾也[二四]，故直答以人事之切要焉〔二五〕。漢之賈生，陳切直之策，奮危言之至〔二六〕。行之無疑，明所察也。忌鵩作賦，暗所惑也〔二七〕。一人之膽〔二八〕，豈有盈縮乎〔二九〕？蓋見與不見，故行之有果否也。子家左師，皆愚惑淺弊，明不徹達〔三〇〕，故惑於曖昧，終丁禍害〔三一〕。豈明見照察而膽不斷乎？故霍光懷沈勇之氣，履上將之任，戰乎王賀之事。延年文生，夙無武稱〔三二〕，陳義奮辭，膽氣淩雲〔三三〕，斯其驗歟〔三四〕。及於期授首，陵母伏劍〔三五〕，明果之疇〔三六〕，若此萬端，欲詳而載之，不可勝言也。況有覩夷塗而無敢投足〔三七〕，階雲路而疑於迄泰清者乎〔三八〕？若〔思〕〔愚〕弊之倫〔三九〕，爲能自託幽昧之中，棄身陷穽之間〔四〇〕，如盜跖竄身於虎吻〔四一〕，穿窬先首於溝瀆〔四二〕，而暴虎憑河，愚敢之類，則能有之〔四三〕。是以余謂明無膽無，膽能偏守。易了之理〔四四〕，不在多喻，故不遠引繁言〔四五〕。若未反三隅〔四六〕，猶復有疑，思承後誨，得一騁辭〔四七〕。」

「夫論理性情〔四八〕，折引異同〔四九〕，固〔當〕尋所受之終始〔五〇〕，推氣分之所由〔五一〕。順端極末，乃不悖耳〔五二〕。今子欲棄置渾元〔五三〕，捃摭所見〔五四〕，此爲好理（綱）〔網〕目，而惡持綱領也〔五五〕。本論二氣不同，明不生膽〔五六〕。欲極論之，當令一人播無刺諷之膽〔五七〕，而有見事之明，故當有不果之害〔五八〕。非〔謂〕中人血氣無之〔五九〕，而復資之以明〔六〇〕。二氣存一體，則明能運膽，賈誼是也。賈誼明膽，自足相經〔六一〕，故能濟事。誰言殊無膽，獨任明以行事者乎？子獨自作此言，以合其論也。忌鵩闇惑，明所不周，何害於膽乎〔六二〕？明既以見物〔六三〕，膽能行之耳。明所不見，膽當何斷？進退相扶，（可）〔何〕謂盈縮〔六四〕？就如此言，賈生陳策，明所見也；忌鵩作賦，闇所惑也。爾爲明徹於前，而闇惑於後，〔明〕有盈縮也〔六五〕。苟明有進退，膽亦何爲不可偏乎〔六六〕？子然霍光有沈勇，而戰於廢王〔六七〕，〔此勇〕有所撓也〔六八〕。而子言一人膽，豈有盈縮，此則〔非〕是也〔六九〕。賈生闇鵩，明有所塞也。光懼廢立，勇有所撓也。夫唯至明能無所惑，至膽能無所虧耳〔七〇〕。（苟）自非若此〔七一〕，誰無弊損乎？但當總有無之大略，而致論之耳。夫物以實見爲主，延年奮發，勇義淩雲，此則膽也〔七二〕。而云夙無武稱，此爲信宿稱而疑成事也〔七三〕。延年處議，明所見也。壯氣騰厲，勇之決也〔七四〕。此足以觀矣〔七五〕。子又（曰）言明無膽無，膽能偏守〔七六〕。案子之言，此則有專膽之人，亦爲膽特自一氣矣〔七七〕。五才存體〔七八〕，各有所生〔七九〕。明以陽曜，膽以陰凝〔八〇〕。豈可（爲）〔謂〕有陽（而生陰）〔可無陰，有陰〕可無陽耶〔八一〕？雖相須以合德〔八二〕，要自異氣也。凡餘雜說，於期陵母暴虎云云，萬言致一〔八三〕，欲以何明耶？幸更詳思，不爲辭費而已矣〔八四〕。」

〔一〕「子」下，藝文類聚十七引有「春」字。周校本曰：「即因下『者』字譌衍。」

〔二〕「覈」吴鈔本作「核」，二字通。○易繫辭下：「精義入神，以致用也。」班固答賓戲曰：「委命共己，味道之腴。」張衡東京賦：「如之何其以温故知新，研覈是非，近於此惑。」薛綜注：「研，審也；覈，實也。」

〔三〕篇中「膽」字，吴鈔本或誤作「贍」，今不一一指出。「樂」吴鈔本、張本及三國文、藝文類聚引作「無」，是也。又案就下文觀之，此句「可」字上當奪一「不」字。

〔四〕楚辭守志篇：「食元氣兮常存。」注：「元氣，天氣也。」論衡無形篇：「人稟元氣於天。」吕氏春秋注：「陶作瓦器。」説文：「鑠，銷金也。」案「陶鑠」猶「陶冶」，謂作瓦器，作金器也。

〔五〕論衡率性篇：「人之善惡，共一元氣，氣有多少，故性有賢愚。」

〔六〕左氏昭公二十八年傳：「天鍾美於是。」注：「鍾，聚也。」陳琳應譏曰：「主君鍾陰陽之美。」又曰：「無乃非至德之純美。」

〔七〕「畢」吴鈔本作「必」，誤也。

〔八〕論語：「子曰：『君子於其所不知，蓋闕如也。』」集解：「包曰：『君子於其所不知，當闕而勿攄。』」揚案：「蓋」「闕」二字疊韻，乃不言所不知之意，此處以闕爲乏缺之意，謂無純美者也。用論語而義微殊。

〔九〕史記淮陰侯傳：「成敗在於決斷。」

〔一〇〕論語：「子夏曰：『君子之道，孰先傳焉？孰後倦焉？譬諸草木，區以别矣。』」集解：「馬融曰：『譬如草木，異類區别。』」

〔一一〕「物」藝文類聚引作「事」。上文「或明於見物」句，仍引作「物」。

〔一二〕素問靈蘭祕典論：「膽者中心之官，斷決出焉。」

〔一三〕「達」吴鈔本作「違」，是也。張燮本及三國文及藝文類聚引亦作「違」，又「違」上並有「則」字。皕宋樓鈔本校者亦加「則」字。

〔一四〕左氏宣公四年傳：「鄭靈公食大夫黿，召子公而弗與。子公怒，染指於鼎，嘗之而出。公怒，欲殺子公。子公與子家謀先。子家曰：『畜老猶憚殺之，而況君乎？』反譖子家。子家懼而從之。君子曰：『仁而不武，無能達也。』」戰國策楚策：「春申君曰：『李園軟弱人也。』」

〔一五〕左氏襄公十七年傳：「宋華閱卒。華臣弱皐比之室，使賊殺其宰華吴。賊六人以鈹殺諸盧門合左師之後。左師懼曰：『老夫無罪。』宋公聞之曰：『臣也，不唯其宗室是暴，大亂宋國之政。必逐之。』左師曰：『臣也，亦卿也。大臣不順，國之恥也，不如蓋之。』乃舍之。」

〔一六〕論語：「子曰：『知及之，仁不能守之，雖得之必失之。』」案此謂有明無膽。

〔一七〕吴鈔本作「非所宜滯」。讀書續記曰：「明本『所宜』作『無疑』，譌。」○揚案：吴鈔本自可通。如從此本，則「疑」字不譌，「非無」當作「無所」。○禮記注：「坦，明貌也。」楚辭九章：「淹回水而疑滯。」注：「疑，惑也；滯，留也。」淮南子俶真訓：「無所疑滯，虚寂以待。」

〔一八〕「一隅」見前聲無哀樂論注〔三〕。

〔一九〕「敬」上，張本及三國文有「吕子曰」三字，並提行。嚴輯全三國文亦從之。吴鈔本適於上句「疑」字滿格。

〔二〇〕吴鈔本「謂」作「論」，「海」作「誨」。案「論」字涉上文而誤也。「誨」「海」二字疑皆「論」字之誤。蓋「論」右側之「侖」，易誤爲「每」，而行書之字，左側之「言」易誤爲「水」也。○吕氏春秋長利篇：「不可以加矣。」注：「加，上也。」案此謂來論至高，餘論無以上之也。

〔二一〕句上吴鈔本有「夫」字。「折」張本、文津本及八代文鈔作「析」。案二字皆通。

〔二二〕史記武帝本紀：「事如迂誕。」正義曰：「誕，大也。」

〔二三〕班固幽通賦：「渾元運物，流不處兮。」曹大家注：「渾，大也；元，氣也。」顔師古注：「渾元，天地之氣也。」論衡談天篇：「説易者曰：『元氣未分，渾沌爲一。』」案此指叔夜「元氣陶鑠」云云。

〔二四〕楚辭九歎：「山修遠其遼遼兮。」注：「遼遼，遠貌。」廣雅：「坦坦，平也；謾，緩也。」莊子馬蹄篇：「澶漫爲樂。」釋文：「『澶漫』向崔本作『但曼』。崔云：『但曼，淫衍也。』一云：『澶漫，牽引也。』」新書勸學篇：「我儃僈而弗省。」案「坦謾」與「澶漫」、「儃僈」並同。

〔二五〕「答」吴鈔本作「合」。○左傳注：「合，猶答也。」

〔二六〕漢書賈誼傳：「爲梁懷王太傅。是時匈奴彊侵邊，天下初定，制度疏闊，諸侯王僭儗，地過古制。淮南濟北王皆爲逆，誅。誼數上疏陳政事，多所欲匡建。」又師丹傳：「丹書數十上，多切直之言。」論語：「子曰：『邦有道，危言危行。』」

〔二七〕漢書賈誼傳：「誼爲長沙傅，三年，有服飛入誼舍，止於坐隅。服似鴞，不祥鳥也。誼既以適居長沙，長沙卑溼，誼自傷悼，以爲壽不長，乃爲賦以自廣。」孔臧鴞賦曰：「昔在賈生，有識之士，忌兹鵩鳥，卒用喪己。」案「服」與「鵩」通。

〔二八〕吴鈔本無「之」字。馬叙倫曰：「明本『膽』上有『之』字，當從之。」

〔二九〕「盈縮」見前聲無哀樂論注〔一〇三〕。

〔三〇〕國語注：「徹，達也。」

〔三一〕「丁」嚴輯全三國文誤作「于」。○蔡邕釋誨曰：「若公子，所謂覩曖昧之利，而忘昭晰之患。」文選注：「曖昧，謂幽深不明也。」爾雅：「丁，當也。」

〔三二〕「夙」吴鈔本作「宿」，下同。

〔三三〕「淩」或作「凌」，下同。

〔三四〕「歟」或作「與」。○漢書霍光傳：「光字子孟，爲大司馬大將軍，威震海内。昭帝崩，光承皇太后詔，迎昌邑王賀。既至，即位，行淫亂。光憂懣，遂召會議未央宫，羣臣皆驚鄂失色。田延年前離席按劍曰：『今羣下鼎沸，社稷將傾，如今漢家絶祀，將軍雖死，何面目見先帝於地下乎？今日之議，不得旋踵，羣臣後應者，臣請劍斬之。』光即與羣臣俱見白太后，具陳昌邑王不可以奉宗廟狀。解脱其璽組，奉上太后，扶王下殿。」又田延年傳：「延年字子賓，以選入爲大司農。丞相議延年主守盜三千萬，不道。御史大夫田廣明謂太僕杜延年：『當廢昌邑王時，非田子賓之言，大事不成。』延年言之大將軍。大將軍曰：『誠然，實勇士也。當發大議時，震動朝廷。』

光因舉手自撫心曰：『使我至今病悸。』」戰國策燕策：「鞠武曰：『燕有田光先生者，其智深，其勇沈。』」漢書趙充國傳：「爲人沈勇有大略。」漢書注：「沈，深也。」禮記注：「履，猶行也。」漢書注：「戰者，懼之甚也。」後漢書注：「夙，猶舊也。」管子注：「宿，猶先也。」莊子讓王篇：「屠羊説居處卑賤，而陳義甚高。」戰國策魏策：「張儀曰：『從人多奮辭而寡可信。』」「淩雲」見前秀才答詩（飾車駐駟）注〔一〇〕。

〔三五〕史記刺客列傳：「荆軻見樊於期曰：『秦之遇將軍，可謂深矣。父母宗族皆爲戮没，今聞購將軍首，金千斤，邑萬家。願得將軍之首以獻秦王，秦王必喜而見臣。臣左手把其袖，右手揕其胸，然則將軍之仇報，而燕見陵之愧除矣。』樊於期曰：『此臣之日夜切齒腐心也。』遂自剄。」説文：「授，予也。」漢書王陵傳：「王陵，沛人也。高祖微時，兄事陵。高祖起兵入咸陽，陵亦聚黨數千人。及漢王還擊項籍，陵迺以兵屬漢。項羽取陵母置軍中，陵使者至，則東鄉坐陵母，欲以招陵。陵母私送使者，泣曰：『願爲老妾語陵，善事漢王，漢王長者，毋以老妾故，持二心，妾以死送使者。』遂伏劍而死。陵卒從漢王定天下。」

〔三六〕「疇」吴鈔本作「儔」，二字通。○國語注：「果，勇決也；儔，匹也。」

〔三七〕「無」周校本誤作「不」。

〔三八〕「階」嚴輯全三國文誤作「偕」。○張衡西京賦：「襄岸夷塗。」薛綜注：「夷，平也。」漢書揚雄傳：「不階浮雲，翼疾風。」釋名：「階，梯也。」曹植遊觀賦：「陟雲路之飛除。」爾雅：「迄，至也。」文選注：「泰清，天也。」○案以上言明無膽無。

〔三九〕周校本曰：「『思弊』當作『愚蔽』。」○揚案：「思」字爲「愚」字之缺誤，「弊」與「蔽」通。

〔四〇〕論語：「子曰：『好仁不好學，其蔽也愚。』」廣雅：「倫，輩也。」離騷曰：「時幽昧以昡曜兮。」禮記中庸篇：「子曰：『人皆曰余知，驅而納諸罟擭陷穽之中，而莫之知辟也。』」釋文：「穽，穿地陷獸也。」

〔四一〕「身」吴鈔本作「軀」。○史記伯夷列傳：「盜跖日殺不辜。」正義曰：「蹠者黄帝時大盜之名。以柳下惠弟爲天下大盜，故世放古號之盜蹠。」案「跖」與「蹠」同。説文：「竄，匿也；吻，口邊也。」

〔四二〕論語：「其猶穿窬之盜也。」集解孔安國曰：「穿，穿壁。窬，窬牆。」説文：「窬，穿木户也，一曰空中也。」周禮夏官：「雍氏掌溝瀆澮池之禁。」注：「溝、瀆、澮，田間通水者也。」

〔四三〕「愚」張本及三國文作「果」。案「愚」字是也。「愚敢」與上文「明果」對言。○詩小旻曰：「不敢暴虎，不敢馮河。」毛傳：「馮，陵也。徒涉曰馮河，徒搏曰暴虎。」案「馮」與「憑」同。○案以上言膽能偏守。

〔四四〕爾雅序：「其所易了。」釋文：「了，照察也。」

〔四五〕「繁」吴鈔本作「煩」。○左氏定公四年傳：「嘖有煩言，莫之治也。」

〔四六〕論語：「舉一隅不以三隅反，則不復也。」

〔四七〕後漢書趙壹傳：「皇甫規書謝曰：『冀承清誨，以釋遥悚。』」史記十二諸侯年表：「馳説者騁其辭。」説文：「誨，曉教也；騁，直馳也。」

〔四八〕「性情」吴鈔本作「情性」。張本及三國文於此句提行，吴鈔本未提。

〔四九〕「折」程本作「析」，吴鈔本原鈔亦作「折」，墨校塗改作「析」。

〔五〇〕「固」下，吴鈔本有「當」字，是也。「尋」八代文鈔誤作「情」。

〔五一〕家語執轡篇：「子夏問于孔子曰：『商聞易云，生人萬物，鳥獸昆蟲，各有奇偶，氣分不同。』」注：「言受氣各有分，數不齊同。」

〔五二〕禮記注：「端，本也。」淮南子原道訓：「疏達而不悖。」注：「悖，謬也。」

〔五三〕「欲」文津本作「乃」。

〔五四〕史記十二諸侯年表：「荀卿、孟子、韓非之徒，各往往捃摭春秋之文以著書。」漢書注：「捃摭，謂拾取也。」

〔五五〕上「綱」字張本作「綱」，乾坤正氣集作「細」，吴鈔本原鈔亦作「綱」，朱校改作「節」。周校本曰：「案當作『網』。」讀書續記曰：「此字當作『網』，形與『綱』近，致譌。匏庵以下有『綱領』字，故改爲『節』耳。」〇論衡程材篇：「舉綱持領，事無不定。」

〔五六〕易咸卦彖曰：「二氣感應以相與。」

〔五七〕吴鈔本「播刺諷」三字左旁均有塗改，原鈔不明。

〔五八〕周禮注：「播之言被也。」案此謂當設有其人，所稟氣分，有陰無陽，雖刺諷他人之膽，而亦無之，無膽而惟有明，故當有不能決斷之害。

〔五九〕「非」下，吴鈔本有「爲」字，周校本誤奪。案「爲」字當即「謂」字之譌。

〔六〇〕案「血氣」即下文所謂膽氣之勇也。中人賦受既偏，率無血氣，而非絶無諷刺之膽者也。欲極論明不生膽，當予明於彼人而試知之，不當取中人爲證。

〔六一〕國語楚語：「吾子經楚國。」注：「經，經緯也。」

〔六二〕案吕氏言賈誼忌鵩，以無明，故無膽也。叔夜謂此但無明而已，與膽無關。

〔六三〕吴鈔本原鈔無「明」字，墨校補。「以」吴鈔本作「已」，二字通。

〔六四〕「可」吴鈔本作「何」，是也。

〔六五〕「有」上，吴鈔本原鈔有「明」字，墨校删。案原鈔是也。

〔六六〕案此謂一人之膽何不可有盈縮也。

〔六七〕「子」字此本原作「孑」，刻板之誤也。「然」字各本並同。案「然」字可通，或又爲「言」字之誤，下文即云「子言」。○毛詩傳：「然，是也。」

〔六八〕「有」上，吴鈔本有「此勇」二字，是也。○國語注：「撓，屈也。」

〔六九〕案「是」上當奪一字，如「非」「未」等。

〔七〇〕自「膽」以上七字各本並奪，惟吴鈔本有之，今據補。「耳」吴鈔本作「爾」，二字通。

〔七一〕吴鈔本無「苟」字，是也。

〔七二〕後漢書李固傳：「與梁冀書曰：『昌邑之立，昏亂日滋，自非博陸忠勇，延年奮發，大漢之祀，幾將傾矣。』」

〔七三〕「宿稱」吴鈔本原鈔誤作「稱宿」，墨校但删「稱」字，亦未移補。○論語：「成事不説。」

〔七四〕司馬遷報任安書曰：「恥辱者，勇之決也。」

〔七五〕案此言延年之舉有明有膽，非專恃明也。

〔七六〕此處吴鈔本作「又子言明無膽能偏守」，周校本曰：「各本重有『無膽』二字。」○揚案：此本及别本誤衍「曰」字，吴鈔本則誤奪「無膽」二字。此文當以「明無膽無」爲句也。

〔七七〕「矣」上，吴鈔本有「明」字。

〔七八〕「五」上，吴鈔本有「夫」字。

〔七九〕左氏襄公二十七年傳：「天生五材，民並用之。」注：「金、木、水、火、土也。」案「才」與「材」通。論衡物勢篇：「一人之身，含五行之氣。」

〔八〇〕西京賦：「仰福帝居，陽曜陰藏。」易坤卦象曰：「履霜堅冰，陰始凝也。」

〔八一〕文津本無上「可」字。吴鈔本「爲」字作「謂」。案此處有奪誤，疑當作「豈可謂有陽可無陰，有陰可無陽耶」。○春秋繁露深察名號篇：「言人之質而無其情，猶言天之陽而無其陰也。」

〔八二〕儀禮注：「須，待也。」易繫辭下：「陰陽合德。」

〔八三〕「致一」吴鈔本作「一致」。○易繫辭下：「天下同歸而殊途，一致而百慮。」

〔八四〕吴鈔本無「矣」字。○禮記曲禮上：「禮不妄説，人不辭費。」注：「費，多也。」

陸彦龍曰：「儒者察理殊辨，然臨事張皇，能斷者少。膽固殊有異賦，然見事明者究能生勇，亦未始不相爲功也。」漢魏別解引。

嵇康集校注卷第七

張（遼叔）〔叔遼〕自然好學論一首附

難自然好學論一首

吴鈔本原鈔但有「自然好學論」一題，首空四格，題下原有「張叔遼作」四字，夾注更有「張叔遼」三字，行中直書，墨校皆抹去之，又補入「難自然好學論」一題。

張（遼叔）〔叔遼〕自然好學論一首附

吴鈔本原鈔無此行，朱校補題「自然好學論張叔遼作」，亦低四格。案叔遼是也。○魏志邴原傳注引荀綽冀州記曰：「鉅鹿張貔，父邈，字叔遼，遼東太守，著有自然好學論，在嵇康集。爲人弘深有遠識，恢恢然使求之者莫之能測也。官歷二宫，元康初，爲陽城太守，未行而卒。」○姚振宗隋書經籍志考證曰：「案今本集中有『難張遼叔自然好學論』，而張之本論亡矣。」揚案：此篇即張之本論，姚氏誤也。

夫喜怒哀樂、愛惡欲懼，人〔情〕之有也〔一〕。得意則喜，見犯則怒，乖離則哀，聽和則樂〔二〕，生育則愛，違好則惡，饑則欲食〔三〕，逼則（欲）〔恐〕懼〔四〕。凡此八者，不教而能，若論所云，即自然也。

腥臊未化，飲血茹毛，以充其虛，食之始也〔五〕。（茹）〔加〕之火齊〔六〕，糝以蘭橘〔七〕，雖所未嘗，嘗必美之，適於口也。蕢桴土鼓〔八〕，撫腹而吟〔九〕，足之蹈之，以娱其喜〔一〇〕，樂之質也〔一一〕。加之管絃〔一二〕，雜以羽毛〔一三〕，雖所未聽，察之必樂，當其心也。民生也直〔一四〕，聚而勿教，肆心觸意，八情必發〔一五〕。喜必欲與，怒必欲罰，無爪牙以奮其威〔一六〕，無爵賞以稱其惠，愛無以奉，惡不能去，有言之曰〔一七〕：苴竹菅蒯，所以表哀〔一八〕；溝池嶮岨，所以寬懼〔一九〕；弦木剡金，所以解憤〔二〇〕；豐財殖貨，所以施與〔二一〕。苟有肺腸〔二二〕，誰不忻然貌悦心釋哉〔二三〕？尚何假於食膽蜚而嗜菖蒲葅也〔二四〕！

且晝坐夜寢，明作闇息〔二五〕，天道之常，人所服習〔二六〕，在於幽室之中，覩烝燭之光〔二七〕，雖不教告，亦皎然喜於所見也〔二八〕；不以（向）〔尚〕有白日，與比朱門〔二九〕，旦則復曉，不揭此明而減其歡也〔三〇〕。況以長夜之冥，得照太陽，情變鬱陶，而發其蒙也〔三一〕。故以爲（難）〔雖〕事以末來，而情以本應〔三二〕，即使六藝紛華，名利雜詭，計而（復）〔後〕學〔三三〕，亦無損於有自然之好也。

〔一〕「人」下，吴鈔本有「情」字，是也。○禮記禮運篇：「何謂人情？喜、怒、哀、懼、愛、惡、欲，七者，弗學而能。」

〔二〕國語周語：「聽和則聰。」

〔三〕「饑」吴鈔本作「飢」。

〔四〕「欲」吴鈔本作「恐」，是也。

〔五〕韓子五蠹篇：「民食果蓏蚌蛤，腥臊惡臭，而傷害腹胃，民多疾病。有聖人作，鑽燧取火，以化腥臊，而民説之，使王天下。」揚雄蜀都賦：「五肉七菜，朦厭腥臊。」説文：「臊，豕膏臭也。」禮記禮運篇：「昔者，先王未有火化，食草木之實，鳥獸之肉，飲其血，茹其毛。」墨子辭過篇：「其爲食也，足以增氣充虚，彊體適腹而已。」

〔六〕「茹」吴鈔本作「加」，是也。

〔七〕禮記禮運篇：「火齊必得。」注：「火齊，腥孰之謂也。」説文：「糂，以米和羹也。古文糂从參。」列子楊朱篇：「薦以粱肉蘭橘。」

〔八〕「蕢」吴鈔本原鈔作「凶」，朱校改。案「凶」字當即「甴」字之誤。

〔九〕禮記禮運篇：「汙尊而抔飲，蕢桴而土鼓。」注：「蕢讀甴，聲之誤也。甴，堛也，謂摶土爲桴也。土鼓，築土爲鼓也。」莊子馬蹄篇：「赫胥氏之時，民含哺而熙，鼓腹而遊。」

〔一〇〕「娱」字吴鈔本塗改而成。○毛詩序：「永歌之不足，不知手之舞之，足之蹈之也。」

〔一一〕史記樂書：「中正無邪，禮之質也。」集解：「鄭玄曰：『質，猶本。』」

〔一二〕「絃」吴鈔本作「弦」。

〔一三〕「管絃」見前聲無哀樂論注〔三〕。禮記樂記篇：「比音而樂之，及干戚羽旄謂之樂。」又曰：「動以干戚，飾以羽旄。」注：「羽，翟羽也；旄，旄牛尾也。文舞所執。」案「毛」與「旄」通。

〔一四〕論語：「子曰：『人之生也直。』」

〔一五〕左氏昭公十二年傳：「昔穆王欲肆其心。」漢書淮南王傳：「不好學問大道，觸情妄行。」

〔一六〕淮南子兵略訓：「人無筋骨之强，爪牙之利。」

〔一七〕「曰」吴鈔本原鈔作「且」，墨校改。周校本曰：「四字疑當爲『古言云』三字，『且』即下『苴』之壞字，舊校及各本作『曰』，非。」○揚案：如此，則原鈔重一「苴」字也，但「古言云」，與下文語氣不能吻合。

〔一八〕「菅」吴鈔本誤作「管」。○儀禮喪服傳：「苴，杖竹也。」又曰：「菅屨者，菅菲也。」釋文：「菅，艸也。」疏：「屨者，藨蒯之菲也。」荀子禮論篇：「齊衰苴杖。」注：「苴杖，謂以苴惡竹爲之杖。」又哀公篇注：「苴，謂蒼白色自死之竹也。」左氏成公九年傳：「雖有絲麻，無棄菅蒯。」説文：「蒯，艸也。」

〔一九〕「嶮岨」吴鈔本作「岨嶮」。○周禮夏官：「掌固，掌修城郭溝池樹渠之固。」管子九變篇：「地形險阻，易守而難攻。」案「嶮岨」與「險阻」同。

〔二〇〕易繫辭下：「弦木爲弧，剡木爲矢，弧矢之利，以威天下。」爾雅：「剡，利也。」

〔二一〕「豐」吴鈔本誤作「豊」。○論語：「賜不受命，而貨殖焉。」尚書仲虺之誥：「不殖貨利。」僞孔傳：「殖，生也。」

〔二二〕詩雲漢：「自有肺腸。」

〔二三〕「忻」吴鈔本作「欣」，二字同。

〔二四〕韓非子難四：「文王嗜昌蒲葅。」吕氏春秋遇合篇：「文王嗜昌蒲葅，孔子聞而服之，縮頞而食之，三年，然後勝之。」周禮注：「昌本，昌蒲根，切之四寸爲葅。」説文：「葅，酢菜也。」神農本草：「菖蒲，開心孔，補五藏，通五竅，明耳目，出音聲。」孝經援神契曰：「菖蒲益聰。」「膽蜚」未詳。神農本草：「龍膽，久服，益智不忘。蜚寅，通利血脈及九竅。」未知即此藥否。

〔二五〕禮記注：「闇，昏時也。」

〔二六〕漢書賈誼傳：「上疏曰：『若其服習積貫，則左右而已矣。』」

〔二七〕「烝」吴鈔本作「蒸」，二字通。○禮記仲尼燕居篇：「譬如終夜有求於幽室之中，非燭何見？」説文：「蒸，折麻中榦也。」周禮注：「給炊及燎，麤者曰薪，細者曰蒸。」

〔二八〕「皎」吴鈔本作「皦」，三國文作「皓」，案「皎」與「皦」通。○詩大車：「有如皦日。」毛傳：「皦，白也。」淮南子泰族訓：「從冥冥，見炤炤，猶尚肆然而喜，又況出室坐堂，見日月光乎。」

〔二九〕「向」吴鈔本作「尚」，是也。「比」字，吴鈔本塗改而成，原鈔似作「此」字。案「此」字似涉下而衍。

〔三〇〕「揭」字，吴鈔本塗改而成。○案「朱門」對「幽室」而言，此明謂朱門旦曉之明也。廣雅：「揭，舉也。」

〔三一〕荀子正名篇：「詩曰：『長夜漫兮，永思騫兮。』」楚辭九章：「終長夜之曼曼。」又九辯曰：「襲長夜之悠悠。」注：「永處冥冥而覆蔽也。」爾雅：「鬱陶，喜也。」「發蒙」見前遊仙詩注〔七〕。

〔三二〕「難」續古文苑作「雖」，是也。後難文中引此即作「雖」。

〔三三〕「復」吴鈔本原鈔作「雜」，墨校改，續古文苑作「後」，案「後」字是也。難文即云「今之學者，豈不先計而後學。」○漢書儒林傳：「古之儒者，博學乎六藝之文。」注：「六藝，謂易、禮、樂、詩、書、春秋。」史記禮書：「自子夏，門人之高弟也，猶云出見紛華盛麗而説。」

難自然好學論一首

嚴輯全三國文題作「難張遼叔自然好學論」。

夫民之性，好安而惡危，好逸而惡勞，故不擾則其願得，不逼則其志從〔一〕。洪荒之世〔二〕，大朴未虧〔三〕，君無文於上，民無競於下〔四〕，物全理順，莫不自得。飽則安寢，饑則求食〔一五〕，怡然鼓腹〔一六〕，不知爲至德之世也。若此，則安知仁義之端〔一七〕，禮律之文〔一八〕？及至人不存，大道陵遲〔一九〕，乃始作文墨，以傳其意〔二〇〕，區別羣物，使有類族〔二一〕，造立仁義，以嬰其心〔二二〕，制（其）〔爲〕名分，以檢其外〔二三〕，勸學講文，以神其教〔二四〕。故六經紛錯，百家繁熾〔二五〕，開榮利之塗〔二六〕，故奔騖而不覺〔二七〕。是以貪生之禽，食園池之粱菽；求安之士，乃詭志以從俗〔二八〕。操筆執觚，足容蘇息〔二九〕，積學明經，以代稼穡〔三〇〕。是以困而後學，學以致榮〔三一〕；計而後習，好而習成〔三二〕。有似自然〔三三〕，故令吾子謂之自然耳。推其原也，六經以抑引爲主，人性以從欲爲歡〔三四〕。抑引則違其願，從欲則得自然。然則自然之得，不由抑引之六經；全性之本，不須犯情之禮律〔三五〕。故仁義務於理僞〔三六〕，非養真之要術；廉讓生於争奪，非自然之所出也。由是言之：則鳥不毁以求馴〔三七〕，獸不羣而求畜〔三八〕，則人之真性，無爲正當自然躭此禮學矣〔三九〕。

論又云：嘉肴珍膳，雖所未嘗，嘗必美之，適於口也。處在闇室，覩烝燭之光〔四〇〕，不教而悦得於心。況以長夜之冥，得照太陽，情變鬱陶，而發其蒙〔四一〕。雖事以末來〔四二〕，情以本應，則無損於自然好學。

難曰：夫口之於甘苦，身之於痛癢，感物而動，應事而作〔四三〕，不須學而後能，不待借而後有，此必然之理，吾所不易也〔四四〕。今子以必然之理，喻未必然之好學，則恐似是而非之議，學如（一）〔米〕粟之論〔三五〕，於是乎在也〔三六〕。今子立六經以爲準〔三七〕，仰仁義以爲主，以規矩爲軒駕〔三八〕，以講誨爲哺乳〔三九〕。由其塗則通，乖其路則滯〔四〇〕，遊心極視，不覩其外，終年馳騁，思不出位〔四一〕，聚族獻議〔四二〕，唯學爲貴。執書擿句〔四三〕，俛仰咨嗟〔四四〕，（使服）〔伏〕膺其言〔四五〕，以爲榮華〔四六〕。故吾子謂六經爲太陽，不學爲長夜耳。今若以（□）〔明〕堂爲丙舍〔四七〕，以誦諷爲鬼語〔四八〕，以六經爲蕪穢〔四九〕，以仁義爲（臯）〔臭〕腐〔五〇〕，覩文籍則目瞧〔五一〕，脩揖讓則變傴〔五二〕，襲章服則轉筋〔五三〕，譚禮典則齒齲〔五四〕。於是兼而棄之〔五五〕，與萬物爲更始〔五六〕，則吾子雖好學不倦，猶將闕焉〔五七〕。則向之不學，未必爲長夜，六經未必爲太陽也。俗語曰〔五八〕：乞兒不辱馬醫〔五九〕。若遇上（有）〔古〕無文之（始）〔治〕〔六〇〕，可不學而獲安，不勤而得志〔六一〕，則何求於六經，何欲於仁義哉？以此言之，則今之學者，豈不先計而後學〔六二〕？苟計而後動，則非自然之應也。子之云云，恐故得菖蒲葅耳〔六三〕。

〔一〕管子形勢解：「明主之治天下也，靜其民而不擾。」禮記孔子閒居篇：「氣志既從。」注：「從，順也。」

〔二〕「洪」吴鈔本作「鴻」，又「鴻」上有「昔」字，案「洪」與「鴻」通。

〔三〕「大」或作「太」。「朴」吴鈔本作「樸」，二字通。○法言問道篇：「洪荒之世，聖人惡之，不足以法。」王延壽魯靈光殿賦：「鴻荒朴略。」張載注：「鴻，大也。朴，質也。上古之世，爲鴻荒之世。」

〔四〕孝經援神契曰：「三皇無文。」詩桑柔曰：「君子實維，秉心無競。」

〔五〕「饑」吴鈔本作「飢」。

〔六〕「鼓腹」見前篇注〔九〕。

〔七〕「知」吴鈔本誤作「和」。

〔八〕莊子齊物論：「仁義之端，是非之塗，樊然殽亂。」毛詩序：「桑扈，刺幽王也，君臣上下，動無禮文焉。」管子正世篇：「民不心服體從，則不可以禮義之文教也。」爾雅：「律，法也。」

〔九〕「至人」見前贈秀才詩（流俗難悟）注〔三〕。漢書成帝紀：「詔曰：『帝王之道，日以陵夷。』」又王嘉傳：「奏封事曰：『縱心恣欲，法度陵遲。』」注：「陵遲，即陵夷也，言漸頹替也。」白虎通義五經篇：「孔子居周之末世，王道陵遲。」

〔一〇〕鶡冠子：「倉頡不道，然非倉頡，文墨不起。」

〔一一〕「族」古文奇賞誤作「俗」。○易同人卦象曰：「君子以類族辨物。」

〔一二〕淮南子要略訓：「以與天和相嬰薄。」注：「嬰，繞抱也。」

〔一三〕「檢」或作「撿」。「制其」吴鈔本作「制爲」。讀書續記曰：「以上文『造立仁義，以嬰其心』例之，此是。」○莊子天下篇：「春秋以道名分。」韓子有制分篇。

〔一四〕左氏閔公二年傳：「衛文公敬教勸學。」荀子有勸學篇。漢書景帝紀：「詔曰：『選豪俊，講文學。』」注：「講，謂和習之。」

〔一五〕法言吾子篇：「萬物紛錯，則懸諸天，衆言淆亂，則折諸聖。」後漢書徐防傳：「上疏曰：『太學試博士弟子，論議紛錯，互相是非。』」莊子天下篇：「百家往而不反，必不合矣。」爾雅：「熾，盛也。」

〔一六〕「之」吴鈔本作「一」。讀書續記曰：「明本『一』作『之』，較是。」

〔一七〕「鶩」吴鈔本誤作「鶩」。○漢書儒林傳贊曰：「一經説至百餘萬言，大師衆至千餘人，蓋禄利之路然也。」楚辭九歎：「背玉門而奔鶩兮。」説文：「鶩，亂馳也。」

〔一八〕淮南子主術訓：「詭自然之性。」注：「詭，違也。」

〔一九〕揚雄少府箴：「府臣司共，敢告執觚。」文選文賦注：「觚，木之方者，古人用之以書，猶今之簡也。」後漢書朱浮傳：「上疏曰：『陛下保宥生人，使得蘇息。』」禮記注：「更息曰蘇。」

〔二〇〕漢書夏侯勝傳：「謂諸生曰：『經術苟明，其取青紫，如俛拾地芥耳。學經不明，不如歸耕。』」又平當傳：「以明經爲博士。」顧炎武菰中隨筆曰：「召信臣以明經甲科爲郎，則明經亦有試。」書洪範篇：「土爰稼穡。」僞孔傳：「種曰稼，斂曰穡。」東方朔戒子曰：「飽食安步，以仕代農。」

〔二一〕論語：「困而學之，又其次也。」漢書雋不疑傳贊曰：「雋不疑學以從政。」

〔二二〕吴鈔本作「好以習成」。

〔二三〕漢書賈誼傳：「上疏曰：『孔子曰：少成若天性，習慣如自然。』」

〔二四〕「欲」嚴輯全三國文誤作「容」。○説文：「抑，按也。」「從欲」見前答難養生論注〔三〇〕。

〔二五〕讀書續記曰：「『犯』疑當作『笵』，古書多假用。」○漢書嚴安傳：「上書曰：『非所以範民之道也。』」注：「範，法也。」易繫辭：「範圍天地之化。」釋文：「『範』馬、張、王肅本作『犯』。」集韻：「『笵』通作『範』。」

〔二六〕「故」吴鈔本作「固」，又「固」下有「知」字。「理」文瀾本誤作「禮」。○廣雅：「僞，爲也。」

〔二七〕吴鈔本原鈔同，墨校於「毁」下補「類」字。周校本曰：「『毁』疑『聚』字之譌，舊校於下加『類』字，甚非。」

〔二八〕吴鈔本原鈔同，墨校於「羣」上補「棄」字。周校本曰：「舊校於上加『棄』字，使與意改之『毁類』爲對文，甚非。」○揚案：「毁」下「羣」上，當有奪文，此謂不棄羣而求馴畜於人，乃鳥獸之性之自然也，作「聚」字不合。蓋如此則但云「鳥不求馴」「獸不求畜」可矣，文義元不在聚羣與否也。上文「貪生之禽，食園池之粱粟」，即指爲人所馴畜者言。

〔二九〕周校本曰：「『正』當作『不』。」○揚案：此處應於「性」字絶句，應作「正」字，方合文意。「學」古文奇賞作「樂」，誤也，上文皆言學。○周禮注：「正猶定也。」

〔三〇〕「烝」吴鈔本作「蒸」。

〔三一〕「蒙」吴鈔本作「朦」，當爲「矇」字之誤，「矇」與「蒙」通。

〔三二〕「末」嚴輯全三國文誤作「未」。

〔三三〕禮記樂記篇：「感於物而動，性之欲也。」列子説符篇：「投隙抵時，應事無方屬乎智。」

〔三四〕國語注：「易，猶異也。」

〔三五〕「一」字各本並同，當爲「米」字之譌缺。

〔三六〕吕氏春秋察傳篇：「辭多類非而是，類是而非。」後漢書章帝紀：「詔曰：『俗吏矯飾外貌，似是而非。』」春秋繁露實性篇：「善如米，性如禾，禾雖出米，而禾未可謂米也；性雖出善，而性未可謂善也。米與善，人之繼天而成於外也。」又曰：「善所自有，則教訓已非性也，是以米出於粟，而粟不可謂米，粟之性未能爲米也。」論衡量知篇：「人之不學，猶穀未成粟，米未爲飯也。」案此處即指董王之論，上文云：「全性之本，不須犯情之禮律。」「禮律」亦即董子所云教訓也。

〔三七〕莊子天運篇：「孔子謂老聃曰：『丘治詩、書、禮、樂、易、春秋六經。』」

〔三八〕「駕」吴鈔本作「乘」，張本作「冕」。○禮記禮解篇：「禮之於正國也，猶規矩之於方圓也。」説文：「規，有法度也。」爾雅：「矩，法也。」文選注：「軒，車通稱也。」

〔三九〕「誨」張溥本作「論」。○班固西都賦：「講論乎六藝。」潛夫論貴志篇：「哺乳太多，則必掣縱而生癇。」

〔四〇〕説文：「乖，戾也。」

〔四一〕蔡邕鼎銘曰：「尋綜六藝，契闊馳思。」史記禮書：「君子上致其隆，下盡其殺，而中處其中，步驟馳騁，廣鶩不外。」論語：「曾子曰：『君子思不出其位。』」

〔四二〕禮記注：「族，猶類也。」

〔四三〕「擿」或作「摘」。

〔四四〕廣雅：「摘，取也。」毛詩傳：「咨，嗟也。」廣雅：「嗟，吟也。」

〔四五〕此句，吴鈔本原鈔作「伏膺其言」，墨校改「伏」爲「使」，皕宋樓鈔本，校者以藍筆於「使」下加「服」字，周校本仍作「使服膺其言」。○揚案：吴鈔本原鈔是也，「伏」與「服」古字通，「使」爲「伏」之誤。此處本四字爲句，且加一「使」字，義反不順矣。

〔四六〕「服膺」見前答難養生論注〔三〇〕。班固奏記東平王蒼曰：「博貫庶事，服膺六藝。」中論曰：「德義令聞者，精魄之榮華也。」説苑政理篇：「出則乘車馬，衣美裘，以爲榮華。」

〔四七〕「堂」上空格之字，吴鈔本作「明」，程本作「塾」，張本作「講」，汪本、四庫本及八代文鈔等作「虚」，嚴輯全三國文亦作「講」，皕宋樓鈔本校改爲「講」，欄外有校語云：「張本『講堂』，義優。」○考工記：「周人明堂。」注：「明堂者，明政教之堂。」王粲儒林論曰：「起於講堂之上，遊於鄉校之中。」黄生義府曰：「嵇康難自然好學論云：『以虚堂爲丙舍。』鍾繇帖有『墓田丙舍』語，丙居甲乙之次，疑爲小舍之稱。」徐昂發畏壘筆記曰：「丙舍者，當是宫中第三等舍宇，魏都賦云：『次舍甲乙。』景福殿賦云：『辛壬癸甲，爲之名秩。』注：『言以甲乙爲名次也。』今人類以墓堂爲丙舍，據晉人墓田丙舍而言。然此乃别指其方所言之，如謂明堂爲在國之陽，丙巳之地，非古之所謂丙舍也。班史胡建傳云：『蓋主使人上書告建傷辱長公主，射甲舍門。』案有甲舍，益證知丙舍爲第三等舍字明矣。」○揚案：此處以下句「鬼語」例之，則丙舍仍當指墓堂小舍。

〔四八〕「誦諷」吴鈔本作「諷誦」。○吕氏春秋尊師篇：「凡學必務進業，疾諷誦。」又博志篇：「孔丘墨翟，晝日諷誦習業。」説文：「諷，誦也。」周禮注：「背文曰諷，以聲節之曰誦。」

〔四九〕離騷：「哀衆芳之蕪穢。」説文：「蕪，薉也。」

〔五〇〕「皃」各本作「臭」，是也，「皃」俗字。○「臭腐」見前與山巨源絶交書注〔一四九〕。

〔五一〕案郭璞鵃鶅黄鳥贊曰：「鵃鶅之鳥，食之不瞧。婦人是服，矯情易操。」古書「瞧」字，惟此兩見，亦俗字也。字彙訓瞧爲偷視貌，即本於郭璞之文矣。「瞧」從「焦」聲，「焦」字又作「燋」，吕氏春秋注：「焦，燥也。」淮南子注：「燋，悴也。」楚辭九辯注曰：「身體燋枯，被病久也。」又焦聲爵聲古通，玉篇：「瞬，目冥也。」此處謂久視傷目，遂病於枯燥瞑眩耳。瞧爲病狀，下三句亦就體病而言。

〔五二〕禮記樂記篇：「揖讓而天下治者，禮樂之謂也。」説文：「傴，僂也。」

〔五三〕禮記注：「襲謂重衣。」「章服」見前與山巨源絶交書注〔八九〕。韓子外儲説左上：「叔向御坐平公請事，公腓痛足痺轉筋，而不敢壞坐。」

〔五四〕「譚」或作「談」。○周禮天官太宰：「三曰禮典，以和邦國。」説文：「齲，齒蠹也。」

〔五五〕「棄」程本誤作「衰」。

〔五六〕莊子讓王篇：「尊將軍爲諸侯，與天下更始。」

〔五七〕廣雅：「闕，去也。」

〔五八〕「曰」三國文作「云」。

〔五九〕列子説符篇：「齊有貧者，適田氏之廄，從馬醫作役而假食，郭中人戲之曰：『從馬醫而食，不以辱乎？』乞兒曰：『天下之辱，莫過於乞，乞猶不辱，豈辱馬醫哉。』」張湛注：「不以從馬醫爲恥辱也。」

〔六〇〕「有」吴鈔本作「古」，是也。「始」吴鈔本作「治」，案「治」字更合。

〔六一〕「勤」吴鈔本作「懃」。

〔六二〕「學」下，吴鈔本有「耶」字。

〔六三〕左傳注：「故，猶舊也。」案張氏謂人之於學，自然好之，貌悦心釋，不假昌歜。叔夜譏其先已開通心竅，服膺六經仁義，以至如此云云也。

陸彦龍曰：「擷莊、荀之遺旨，而引契獨深，亦復曠然幽滯之外。」漢魏別解引（漢魏名文乘作陳明卿）。

嵇康集校注卷第八

吴鈔本原鈔題「嵇康文集卷第七」，墨校改。

宅無吉凶攝生論一首附

難宅無吉凶攝生論一首

宅無吉凶攝生論一首附

吴鈔本原鈔題作「宅無吉凶攝生論難上」；墨校删「難上」二字。案原鈔是也，王楙野客叢書即云所見嵇康集，有宅無吉凶攝生論難上、中、下三篇。吴鈔本原鈔，此篇及難文爲宅無吉凶攝生論難上，釋難及答釋難爲中，則當尚有下卷，爲三論及三答，或止叔夜三答之文也。是知原鈔所據之本，已缺一卷，鈔者遂割答釋難之文爲第九卷，以足宋本十卷之數矣。○太平御覽一百八十及九百十八引此篇，亦題「嵇康宅無吉凶論」，誤也。○此篇及次卷釋難宅無吉凶攝生論，續古文苑題無名氏，嚴輯全晉文則屬張邈，篇末仍注「嵇中散集」四字。姚振宗隋書經籍志考證於嵇中散集下云：「案今本集中有難張遼叔自然好學論、難張遼叔宅無吉凶攝生論、答張遼叔釋難宅無吉凶攝生論，凡三篇，而張之本論俱亡矣。」又於阮侃集下云：「康集載宅無吉凶攝生論與張遼叔相反覆者，意侃集其論，爲二卷，七録列之道家，或亦編入本集五卷中也。」○揚案：隋志道家類注云：「梁有攝生論二卷，晉河内太守阮侃撰。」當即此及釋難宅無吉凶攝生論二篇，蓋阮氏與叔夜至交，故往復論難，亦如向秀與叔夜論養生耳。隋志云二卷，則阮氏無三論之文。如或有之，則隋志二卷「二」當爲「三」字之誤也。張邈但有自然好學論，叔夜難之。至此二篇，則固阮侃之文，非張邈所論，而侃集之者，姚氏亦以歸之張邈，蓋承嚴氏之誤。其於叔夜二篇題名，冠以「難張遼叔」「答張遼叔」等字，亦本於全三國文，而未一檢本集，且云：「張之本論俱亡。」亦未檢及全晉文矣。

隋志五行家類有宅吉凶論三卷，不著撰人。姚振宗考證云：「案論衡四諱篇曰：『俗有大諱四，一曰諱西益宅，西益宅謂之不祥，不祥必有死亡。相懼以此，故世莫敢西益宅，防禁所從來者遠矣。』又曰：『諸工伎之家，説吉凶之占，皆有事狀，宅家言治宅犯凶神，人不避忌，有病死之禍。』是當西漢之時，已有言宅舍之吉凶者。此三卷大抵所論不一其人，故不著姓名。」○揚案：此三卷當即叔夜之文，其不著姓名，當係偶失，亦如阮侃之攝生論耳。叔夜養生之論，隋志固已著録矣。阮論主於攝生，故列道家，叔夜則主宅有吉凶，故列五行家也。又案淮南子人間訓：「魯哀公欲西益宅，史争之，以爲西益宅不祥。」論衡即引此事，是宅舍吉凶之説，由來已遠，不待西漢之時矣。惟新序雜事篇、家語正論解則云：「東益宅不祥」，而藝文類聚、太平御覽引風俗通義仍云：「西益宅不祥」，則或西或東，固隨時而異説也。

論衡偶合篇：「世謂宅有吉凶，徙有歲月。」潛夫論卜列篇：「吉凶興衰不在宅。」老子：「善攝生者，陸行不避兕虎，入軍不被甲兵。」河上公注：「攝，養也。」案此論謂宅無吉凶，欲求壽强，惟在攝生也。

夫善求壽强者〔一〕，必先知（災）〔夭〕疾之所自來〔二〕，然後其至可防也。禍起於此，爲防於彼，則禍無自瘳矣〔三〕。世有安宅葬埋陰陽度數刑德之忌〔四〕，是何所生乎？不見性命，不知禍福也。不見故妄求〔五〕，不知故干幸〔六〕。是以善執生者，見性命之所宜〔七〕，知禍福之所來，故求之實而防之信。夫多飲而走，則爲（澹）〔痛〕支〔八〕；數行而風，則爲癰毒〔九〕。久居於濕，則要疾偏枯〔一〇〕；好內不怠，則昏喪（文房）〔女疾〕〔一一〕。若此之類，災之所以來，壽之所以去也。而掘基築宅〔一二〕，費日苦身以求之〔一三〕，疾生於形，而治加於土木〔一四〕，是疾無〔道〕瘳矣〔一五〕。詩曰〔一六〕：「愷悌君子，求福不回」者〔一七〕，匪避誹謗而爲義然也〔一八〕，蓋知回匪所求福也。故〔善求〕壽强〔者〕〔一九〕，專氣致柔〔二〇〕，少私寡欲，直行情性之所宜，而合於養生之正度〔二一〕，求之於懷抱之內而得之矣〔二二〕。

嘗有不知蠶者，出口動手，皆爲忌祟〔二三〕，不得蠶絲滋甚〔二四〕，爲忌祟滋多，猶自以犯之也；有教之知蠶者，其顯於桑火寒暑燥濕也〔二五〕，於是百忌自息，而利十倍〔二六〕。何者，先不知所以然，故忌祟之情繁，後知所以然〔二七〕，故求之之術正〔二八〕。故忌祟生於不知〔二九〕，使知性猶（如）〔知〕蠶〔三〇〕，則忌祟無所立矣。多食不消，（含）〔舍〕黄丸而筮祝譴祟〔三一〕，或從乞胡求福者〔三二〕，凡人皆所笑之〔三三〕，何者，以智能達其無禍也〔三四〕。故忌祟舉生於不知，由知者言之〔三五〕，皆乞胡也。

設爲三公之宅，而令愚民居之〔三六〕，必不爲三公可知也。夫壽夭之不可求，甚於貴賤〔三七〕，然則擇百年之宮，而望殤子之壽〔三八〕，（孤）〔弧〕逆魁罡，以速彭祖之夭〔三九〕，必不幾矣〔四〇〕。或曰愚民必不得久居公侯宅〔四一〕，然則果無宅也〔四二〕，是性命自然，不可求矣。

有賊方至，不疾逃獨安，須臾遂爲所虜〔四三〕。然則避禍趣福〔四四〕，無過緣理〔四五〕。避賊之理，莫如速逃，則斯善矣。養生之道，莫如先（知）〔和〕，則爲盡矣〔四六〕。夫避賊宜速，章章然，故中人不難覩〔四七〕，避禍之理，冥冥然，故明者不易見〔四八〕。其於理動，不可（要）〔欲〕求，一也〔四九〕。孔子有疾，醫曰〔五〇〕：「子居處適也，飲食（藥）〔樂〕也〔五一〕，有疾天也，醫焉能事〔五二〕？」是以知命不憂，原始反終〔五三〕，遂知死生之説〔五四〕。

夫時日譴祟〔五五〕，古之盛王無之，而季王之所好聽也〔五六〕。制壽宫而得夭短〔五七〕，求百男而無立嗣〔五八〕。必占不啓之陵，而陵不宿草〔五九〕。何者，高臺深宫，以隔寒暑，靡色厚味，以毒其精〔六〇〕，亡之於實，而求之於虛，故性命不遂也。或曰：所問之師不工〔六一〕，則天下無工師矣〔六二〕。夫一棲之雞〔六三〕，一欄之羊〔六四〕，賓至而有死者，豈居異哉〔六五〕？故命有制也，知命者則不滯於俗矣。若許負之相條侯，英布之黥而後王〔六六〕，彭祖七百〔六七〕，殤子之夭，是皆性命也[六八]。若相宅質居，自東徂西而得[六九]，反此是滅性命之宜。孔子登東山而小魯，登泰山而小天下[七〇]。立高丘而觀（居民）〔民居〕[七一]，則知（曰）東西非禍福矣[七二]。若乃忘地道之爽塏[七三]，而（立）〔心〕制於帷牆[七四]，則所見滋褊[七五]。從達者觀之，則夫乾確然示人易矣[七六]，夫坤隤然示人簡矣[七七]。天地易簡，而懼以細苛，是更所以爲逆也[七八]。是以君子奉天明而事地察[七九]。

世之工師，占成居則驗，使造新則無徵[八〇]。世人多其占舊，因求其造新[八一]，是見舟之行於水[八二]，而欲推之於陸，是不明數也[八三]。夫舊（斷）〔新〕之理[八四]，猶卜筮也[八五]，夫鑿龜數筴，可以知吉凶，然不能爲吉凶[八六]。何者，吉凶可知，而不可爲也。夫先筮吉卦，而後（名）〔居〕之無福[八七]，猶先築利宅，而後居之無報也。占舊居（以）〔之〕譴祟則可[八八]，安新居以求福則不可，則猶卜筮之説耳[八九]。

俗有裁衣種穀皆擇日[九〇]，衣者傷寒[九一]，種者失澤[九二]。凡火流寒至，則〔當〕授衣[九三]；時雨既降，則當下種[九四]；賊方至，則當疾走。今舍實趣虚[九五]，故三患隨至。凡以忌祟治家者，求（福）〔富〕而其極皆貧[九六]，故有「知星宿，衣不覆」之諺[九七]。古言無虚，不可不察也。

〔一〕「强」或作「彊」，下同。

〔二〕「災」吳鈔本原鈔作「夭」，墨校改。周校本曰：「『夭疾』與『壽强』爲對文，原鈔於義爲長。」○揚案：難文亦引此語，吳鈔本仍作「夭疾」，墨校未改。

〔三〕「無」吳鈔本作「无」，二字同。○毛詩傳：「瘳，愈也。」

〔四〕「度」吳鈔本原鈔作「步」，墨校改。案「步數」「度數」均可通，續古文苑「之忌」作「刑志」，誤也。○莊子天運篇：「吾求之於度數。」成玄英疏：「數，算數也。」管子四時篇：「刑德者，四時之合也，刑德合於時則生福，詭則生禍。」漢書董仲舒傳：「對策曰：『天道之大者在陰陽，陽爲德，陰爲刑，刑主殺，而德主生。』」淮南子天文訓：「陰陽刑德有七合，何謂七合？室堂庭門巷術野。」案漢書藝文志五行家有陰陽五行時令十九卷，堪輿金匱書十四卷，刑德七卷，形法家有宫宅地形二十卷，論衡亦引圖宅術、圖墓書、葬曆、堪輿曆等。

〔五〕「求」續古文苑誤作「故」。

〔六〕「干」程本及續古文苑誤作「于」。

〔七〕「所」文津本作「相」。

〔八〕「支」吳鈔本作「攴」，汪本、文津本作「文」，案古書「支」字多誤作「攴」，此處「攴」字無義，「文」則不成字，皆鈔刻之誤。「支」即「肢」字，古書「肢」字多通作「支」。又案「瘡」字義亦難通，當係「痛」字之誤，韓詩外傳：「無使羣臣縱恣，則支不作。」謂四肢之病不作也。此處「痛支」，即痛其四肢矣。○金匱要略中風歷節篇曰：「飲酒汗出當風，諸肢節疼痛。」史記倉公列傳曰：

「臣意嘗診安陽武都里成開方，謂之病苦沓風，病得之數飲酒，以見大風氣。」案走者必受風，飲走而痛肢，即此類風病也。

〔九〕「癢」吴鈔本原鈔作「養」，墨校改。○爾雅：「疾，數也。」「癢」一作「痒」，靈樞經刺節真邪篇曰：「虚邪之中人也，搏於皮膚之間，其氣外發，腠理開，毫毛摇，氣往來行則爲痒。」金匱要略中風歷節篇曰：「邪氣中經，則身痒而癮疹。」荀子榮辱篇：「辨寒暑疾養。」注：「『養』與『癢』同。」

〔一〇〕「要」與「腰」通。莊子齊物論篇：「民溼寢則腰疾偏死。」列子楊朱篇：「禹纂業事讎，惟荒土功，身體偏枯，手足胼胝。」靈樞經刺節真邪篇曰：「虚邪偏容於身半，其入深，内居營衛，營衛稍衰，真氣去，邪氣獨留，發爲偏枯。」

〔一一〕「文房」吴鈔本作「女疾」，是也。○左氏僖公十七年傳：「齊侯好内。」又昭公元年傳：「女陽物而晦時，淫則生内熱蠱惑之疾。」案此處謂以女疾而昏惑喪亡也。

〔一二〕吴鈔本「基」作「墓」，「宅」作「室」。案「墓」字鈔者之誤，此泛言宅無吉凶，不必掘墓而築者也。

〔一三〕淮南子墬形訓：「掘昆侖墟以下。」注：「掘，猶平也。」説文：「基，牆始也。」

〔一四〕國語晉語：「智襄子爲室美，士茁曰：『今土木不勝，臣懼其不安人也。』」

〔一五〕「無」下，吴鈔本有「道」字，是也。上文云：「則禍無自瘳矣」，句法一律。

〔一六〕「曰」吴鈔本作「云」。

〔一七〕詩旱麓：「莫莫葛藟，施於條枚；豈弟君子，求福不回。」箋云：「不回者，不違先祖之道。」廣雅：「回，邪也。」

〔一八〕説文：「誹，謗也。」

〔一九〕案依篇首觀之，此處當作「故善求壽强者」。

〔二〇〕「專」程本誤作「傳」。

〔二一〕老子：「專氣致柔，能嬰兒乎。」又曰：「見素抱璞，少私寡欲。」淮南子泰族訓：「直行性命之情。」

〔二二〕説文：「抱，懷也。」

〔二三〕説文：「祟，神禍也。」

〔二四〕「不」張燮本作「既」，誤也。吴鈔本有「絲」字，無「滋」字。周校本改「絲」爲「滋」。○左氏昭公元年傳：「其虐滋甚。」注：「滋，益也。」

〔二五〕漢書注：「『顓』與『專』同。」

〔二六〕吴鈔本同。周校本於「利」上加「爲」字。

〔二七〕「然」下，吴鈔本有「者」字。

〔二八〕吴鈔本不重「之」字。案此鈔者偶誤也。

〔二九〕「生」上，吴鈔本有「常」字。

〔三〇〕「性」下，吴鈔本有「命」字。「如」吴鈔本原鈔作「知」，墨校改，續古文苑亦作「知」。案「知」字是也。

〔三一〕「含」吴鈔本原鈔作「舍」，墨校改，張燮本亦作「舍」。案「舍」字是也。「祝」程本誤作「記」。○博物志：「神農經曰：『下藥治病，謂大黄除實，當歸止痛。』」神農本草：「大黄破癥瘕積聚，留飲宿食，滌腸胃，推陳致新，通利水穀。」急就篇：「卜問譴祟父母恐。」

〔三二〕案「乞胡」似謂游乞之胡，以禍福惑人者，非謂胡神也。古樂府：「行胡從何方，列國持何來。」此云「乞胡」亦如「行胡」之云也。

〔三三〕吴鈔本無「皆」字。

〔三四〕「達」吴鈔本原鈔作「遷」，朱校改。案「遷」字誤也。

〔三五〕「由」或作「繇」，下同。

〔三六〕「令」太平御覽一百八十引作「命」。

〔三七〕曹大家東征賦：「貴賤貧富，不可求兮。」

〔三八〕説文：「宫，室也。」吕氏春秋察今篇：「今爲殤子矣。」注：「未成人夭折曰殤。」

〔三九〕「孤」各本同，案韓子飾邪篇：「非天缺弧逆」云云，此處「孤」字，當爲「弧」字之誤。「岡」吴鈔本作「罡」，後篇同，太平御覽引作「忌」。案「岡」爲「剛」之省，「罡」爲「剛」之俗體，「忌」字誤也。○史記天官書：「狼下有四星曰弧。」晉書天文志：「弧矢動移不如常者，多盜賊，胡兵大起。」案韓子「弧逆」，謂其地當弧星之逆，致破敗也。此處則泛言方向之凶耳。意林引楊泉物理論曰：「豈有魁岡之神，存於匹婦之室。」唐書李泌傳：「德宗嗣位，除巫祝，宣政廊壞，太卜言孟冬魁岡，不可營繕。帝曰：『春秋啓塞從時，何魁岡爲？』亟治葺之。」儲泳祛疑説曰：「魁岡，乃天之惡神。」案此處泛言築宅非時，犯惡神也。又案魁岡居北，故雲笈七籤禁忌篇云：「勿北向唾罵，犯魁岡神。」「彭祖」見前與阮德如詩注〔一五〕。

〔四〇〕此句，鮑刻本太平御覽引作「必誣矣」，安政本及汪本作「必幾矣」，奪「不」字。

〔四一〕御覽引無此二句。案既有上下文，又節此二句，則文意不全矣。

〔四二〕吴鈔本原鈔無「然則果無宅」五字，墨校補「然則果無」四字。

〔四三〕文選注：「須臾，少時也。」説文：「虜，獲也。」

〔四四〕「趣」吴鈔本原鈔同，朱校改作「趍」。程本、張燮本作「趨」。案「趍」字誤也。

〔四五〕毛詩傳：「趣，趨也。」管子心術上篇：「緣理而動，非所取也。」廣雅：「緣，循也。」

〔四六〕此處，吴鈔本原鈔作「養生之道，莫如利，則和爲盡矣」，墨校改「利」爲「先知」，删「和」字。周校本從之。案原鈔奪「先」字，又「利」字與「知」字均爲「和」字之誤，難文引此即云「善養生者和爲盡」，釋難文亦有「謹於邪者慢於正，詳於宅者略於和，走以爲先」云云，此謂養生能以和爲先，則盡養生之道也。

〔四七〕荀子法行篇：「雖有珉之雕雕，不若玉之章章。」注：「章章，素質明著也。」「中人」見前釋私論注〔四二〕。

〔四八〕莊子在宥篇：「至道之精，窈窈冥冥。」素問注：「冥冥，言玄遠也。」

〔四九〕「要」周校本作「妄」，並注云：「原鈔作『妖』，各本作『要』，今以意正。」○揚案：「要」字吴鈔本塗改而成，原鈔似作「欲」字，本集家誡亦云：「終無求欲。」

〔五〇〕「醫」下，吴鈔本原鈔有「監」字，墨校改「監」爲「者」。周樹人曰：「案即因『醫』字譌衍也，今除去，各本亦無。」

〔五一〕「藥」張本及續古文苑作「樂」。案以「適」字例之，「樂」字是也。

〔五二〕吕氏春秋開春篇：「飲食居處適，則九竅百節千脈皆通利矣。」禮記注：「事，猶爲也。」案太平御覽七百二十四引公孫尼子曰：「孔子有疾，哀公使醫視之，醫曰：『居處飲食何如？』子曰：『某春居葛籠，夏居密陽，秋不風，冬不煬，飲食不饋，飲酒不勸。』醫曰：『是良藥也。』」此處醫者之言，或即公孫尼子所載。

〔五三〕「反」吴鈔本作「要」。

〔五四〕易繫辭上：「樂天知命故不憂。」又曰：「原始反終，遂知死生之説。」又繫辭下：「易之爲書也，原始要終，以爲質也。」

〔五五〕吴鈔本無「日」字，誤也，難文引此即有「日」字。

〔五六〕韓子亡徵篇：「用時日，事鬼神，信卜筮而好祭祀者，可亡也。」論衡譏日篇：「時日之書，衆多非一。」國語晉語：「雖當三季之王。」注：「季，末也。」

〔五七〕吕氏春秋知接篇：「桓公蒙衣袂而絶乎壽宫。」注：「壽宫，寢堂也。」案此處謂欲以獲壽之居耳，其義微殊。

〔五八〕詩思齊：「太姒嗣徽音，則百斯男。」

〔五九〕廣雅：「陵，冢也。」禮記檀弓上：「曾子曰：『朋友之墓，有宿草，而不哭焉。』」注：「宿草，謂陳根也。」

〔六〇〕淮南子原道訓：「齊靡曼之色。」注：「靡曼，美色也。」「厚味」見前六言詩（名行顯患滋）注〔四〕。

〔六一〕廣雅：「工，巧也。」

〔六二〕「則」文瀾本作「而」，誤也。

〔六三〕「一」太平御覽九百十八引作「同」。「棲」或作「栖」。

〔六四〕「欄」吴鈔本作「蘭」，二字通。○文選注：「棲，雞宿處也。」漢書王莽傳：「與牛馬同蘭。」注：「蘭謂遮蘭之。」廣雅：「欄，牢也。」

〔六五〕「居異」太平御覽九百十八引作「異之」，誤也。

〔六六〕吴鈔本原鈔無「之」字，墨校補。

〔六七〕「七」吴鈔本原鈔誤爲「三」，墨校改，後篇同。

〔六八〕史記絳侯世家：「周亞夫爲河内守時，許負相之曰：『君後三歲爲侯，侯八歲爲將相，其後九歲而君餓死。』指其口，曰：『有從理入口，此餓死法也。』居三歲，其兄絳侯勝之有罪，文帝擇絳侯子賢者，乃封亞夫爲條侯。孝景三年，吴楚反，亞夫以中尉爲太尉，東擊吴楚，凡相攻守三月，而吴楚破平。五歲遷爲丞相。景帝中三年以病免相。無何，條侯子爲父買工官上方甲楯五百被可以葬者，連汙條侯，召詣廷尉，因不食，五日，嘔血而死。」漢書注：「應劭曰：『許負，河内温人，老嫗也。』」又黥布列傳：「布姓英氏，秦時爲布衣，少年，有客相之，曰：『當刑而王。』及壯，坐法黥，布欣然笑曰：『人相我當刑而王，幾是乎？』陳勝之起也，布迺見番君，與其衆叛秦。項王封諸將，立布爲九江王，歸漢，立爲淮南王。」「彭祖七百」見前答難養生論注〔三九〕。

〔六九〕書召誥：「惟太保先周公相宅。」周禮地官大司徒：「以相民宅而知其利害。」注：「相，占視也。」廣雅：「質，定也。」詩桑柔曰：「自西徂東，靡所定處。」爾雅：「徂，往也。」

〔七〇〕二句見孟子。王鎏四書地理考曰：「曲阜東二十里有防山，絶不高大也。或云：『費縣西北蒙山，正居魯四境之東，一名東山，孔子登東山，指此。』」

〔七一〕吴鈔本原鈔無「高」、「民」二字，墨校補。案「居民」二字當乙。

〔七二〕「曰」字吴鈔本塗改而成，原鈔似作「伯」。周校本曰：「『伯』疑『徂』之譌。」○揚案：此謂地之東西，不關禍福也。「曰」字或誤或衍。

〔七三〕「爽塏」吴鈔本原鈔作「博豈」，朱校改。案「豈」與「塏」通。

〔七四〕「立」吳鈔本原鈔作「心」，朱校改。案「心」字更合。

〔七五〕左氏昭公三年傳：「齊景公欲更晏子之宅，曰：『子之宅近市，湫隘囂塵，不可以居，請更諸爽塏者。』」注：「爽，明；塏，燥。」呂氏春秋任數篇：「帷牆之外，目不能見。」楚辭注：「褊，狹也。」

〔七六〕程本、汪本、張溥本，無「則」字。

〔七七〕二句見易繫辭下，韓康伯注：「確，剛貌也；隤，柔貌也；乾坤皆恒一其德，物由以成，故簡易也。」

〔七八〕法言寡見篇：「天地簡易，而聖人法之。」漢書欒布傳：「以苛細誅之。」又高帝紀注：「苛，細也。」國語注：「逆，反也。」

〔七九〕淮南子注：「察，明也。」

〔八〇〕孟子：「爲巨室，則必使工師求大木。」注：「工師，主工匠之吏。」案此處謂占宅者也。儀禮注：「凡執技藝者稱工。」論衡四諱篇：「諸工技之家，説吉凶之占，皆有事狀。」禮記注：「徵，猶效驗也。」

〔八一〕「因」吳鈔本原鈔作「思」，朱校改。○漢書灌夫傳：「士亦以此多之。」注：「多，猶重之也。」

〔八二〕吳鈔本無「行」字，周校本誤「多」。

〔八三〕莊子天運篇：「水行莫如用舟，而陸行莫如用車，以舟之可行於水也，而求推之於陸，則没世不行尋常。」後漢書注：「數，猶理也。」

〔八四〕「斷」吴鈔本作「新」，是也。

〔八五〕吴鈔本原鈔「卜」作「一」，又無「也」字，朱校改補。○案此謂占説居宅之吉凶，其理猶卜筮也。難文引此，即云「宅猶卜筮」。

〔八六〕韓子飾邪篇：「鑿龜數筴兆曰：『大吉，而以攻燕者，趙也。』」周禮春官太卜：「眡高作龜。」注：「鄭司農云：『作龜，謂鑿龜令可爇也。』」孔疏：「鑿，即灼也。」戰國策秦策：「錯龜數策。」注：「策，蓍也。」案「筴」與「策」同。禮記曲禮上：「龜爲卜，筴爲筮。」

〔八七〕案「名」字當爲「居」字之誤，此句謂舊宅，下句謂新宅也。

〔八八〕「以」吴鈔本原鈔作「之」，墨校改。案原鈔是也。

〔八九〕吴鈔本「則」作「即」。又原鈔無「猶」字，墨校補。

〔九〇〕論衡譏日篇：「裁衣有書，書有吉凶，凶日製衣則有禍，吉日則有福。」漢志雜占家：「武禁相衣器十四卷。」隋志五行家注曰：「梁有裁衣書一卷。」案種穀擇日，亦謂擇吉凶之日也。漢志雜占家有神農教田相土耕種十四卷，其中或亦有時日吉凶之占。

〔九一〕「寒」三國文作「陽」。

〔九二〕孟子注：「澤，水也。」

〔九三〕「則」下，吴鈔本有「當」字，是也。○詩七月篇：「七月流火，九月授衣。」毛傳：「火，大火也。

流，下也。九月霜始降，婦功成，可以授冬衣。」箋云：「大火者，寒暑之候也。火星中而寒暑退，故將言寒，先著火所在。」

〔九四〕禮記月令篇：「季春之月，命司空曰：『時雨將降，下水上騰。』」

〔九五〕「趣」吳鈔本原鈔同，朱校改作「趍」。

〔九六〕「福」吳鈔本作「富」，是也。

〔九七〕國語注：「諺，俗之善謠也。」

難宅無吉凶攝生論一首

吳鈔本原鈔題曰「難攝生中散作」，墨校改同此本。周校本誤奪「散」字。○篇中「論曰」之處，吳鈔本多提行，今不一一指出。

夫神祇遐遠，吉凶難明〔一〕，雖中人自竭，莫得其端，而易以惑道〔二〕。故夫子寢答於(來)問終〔三〕，慎神恠而不言〔四〕。是以古人顯仁於物〔五〕，藏用於身〔六〕，知(其)不可衆(所)共，非故隱之〔七〕，彼非所明也〔八〕。吾無意於庶幾〔九〕，而足下師心陋見，斷然不疑〔一〇〕，繫決如此，足以獨斷〔一一〕。思省來論，旨多不通〔一二〕，謹因來言，以生此難。

方推金木，未知所在，莫有（食治）〔良法〕〔一三〕。世無自理之道，法無獨善之術，苟非其人，道不虚行〔一四〕。禮樂政刑，經常外事，猶有所疏〔一五〕，況乎幽微者耶〔一六〕？縱欲辨明神微〔一七〕，祛惑起滯〔一八〕，立端以明所由〔一九〕，□斷以檢其要〔二〇〕，乃爲（□微）〔有徵〕〔二一〕。若但撮提羣愚，□□蠶種〔二二〕，忿而棄之，因謂無陰陽吉凶之理，得無似噎而怨粒稼〔二三〕，溺而責舟檝者耶〔二四〕？

論曰：百年之宫，不能令殤子壽；（孤）〔弧〕逆魁罡，不能令彭祖夭。又曰：許負之相條侯，英布之黥而後王，皆性命也。應曰：此爲命有所定，壽有所在，禍不可以智逃〔二五〕，福不可以力致。英布畏痛，卒罹刀鋸〔二六〕；亞夫忌餒，終有餓患〔二七〕。萬物萬事，凡所遭遇，無非相命也。然唐虞之世，命何同延〔二八〕？長平之卒，命何同短〔二九〕？此吾之所疑也。即如所論，雖慎若曾顔，不得免禍〔三〇〕；惡若桀跖，故當昌熾〔三一〕。吉凶素定，不可推移，則古人何言：「積善之家，必有餘慶〔三二〕？」「履信思順，自天祐之〔三三〕？」必積善而後福應〔三四〕，信著而後祐來；猶罪之招罰，功之致賞也。苟先積而後受報，事理所得，不爲闇自遇之也。若皆謂之是相，此爲決相命於行事〔三五〕，定吉凶於知力〔三六〕，恐非本論之意，此又吾之所疑也。又云：「多食不消，必須黄丸。」苟命自當生，多食何畏，而服良藥〔三七〕？若謂服藥是相之所一，宅豈非是一耶〔三八〕？若謂雖命猶當須藥〔以〕自濟〔三九〕，何知相不須宅以自輔乎？若謂藥可論而宅不可説，恐天下或有説之者矣。既曰壽夭不可求，甚於貧賤；而復曰善求壽强者，必先知(災)〔夭〕疾之所自來，然後可防也。然則壽夭果可求耶？不可求也？既曰彭祖七百[四〇]，殤子之夭，皆性命自然；而復曰不知防疾，致壽去夭；求實於虛，故性命不遂。此爲壽夭之來，生於用身；性命之遂，得於善求。然則夭短者，何得不謂之愚？壽延者，何得不謂之智？苟壽夭成於愚智，則自然之命，不可求之論，奚所措之？凡此數者[四一]：亦雅論之矛楯矣[四二]。

論曰：專氣致柔，少私寡欲，直行情性之所宜，而合養生之正度，求之於懷抱之内，而得之矣。又曰[四三]：善養生者，和爲盡矣。誠哉斯言！匪謂不然？但謂全生不盡此耳。夫危邦不入，所以避亂政之害[四四]；重門擊柝，所以(避)〔備〕狂暴之災[四五]；居必爽塏，所以遠風毒之患[四六]。凡事之在外能爲害者，此未足以盡其數也，安在守一(利)〔和〕而可以爲盡乎[四七]？夫專静寡欲，莫若單豹[四八]，行年七十，而有童孺之色，可謂柔和之用矣。而一旦爲虎所食，豈非恃内而忽外耶[四九]？若謂豹相正當給(廚)〔虎〕[五〇]，雖智不免，則寡欲何益[五一]？而云養生可得？若單豹以未盡善而致災，則輔生之道，不止於一和。苟和未足保生[五二]，則外物之爲患者，吾未知其所齊矣[五三]。

論曰：〔工〕師占成居則有驗[五四]，使造新則無徵。請問占成居而有驗者，爲但占牆屋耶？占居者之吉凶也？若占居者而知盛衰，此自占人，非占成居也。占成居而知吉凶，此爲宅自有善惡，而居者從之。故占者觀表而得內也。苟宅能制人使從之[五五]，則當吉之人，受災於凶宅；妖逆無道，獲福於吉居。爾爲吉凶之致，唯宅而已？更(令)〔全〕由(人)〔故〕也，新便無徵耶[五六]？若吉凶故當由人[五七]，則雖成居，何得而云有驗耶[五八]？若此，果可占耶？不可占耶[五九]？果有宅耶？其無宅也？

論曰：宅猶卜筮，可以知吉凶，而不能爲吉凶也。應曰[六〇]：此相似而不同。卜者吉凶無豫[六一]，待物而應，將來之(地)〔兆〕也[六二]。相宅不問居者之賢愚[六三]，唯觀已然[六四]，〔無〕有(傳)〔轉〕者[六五]，已成之形也[六六]。猶覩龍顏，而知當貴[六七]；見縱理，而知〔當〕餓(死)[六八]。然各有由，不爲闇中也。今見其同於得吉凶，因謂相宅與卜不異，此猶見(琴)〔瑟〕而謂之箜篌，非但不知(琴)〔瑟〕也[六九]。縱如〔來〕論宅與卜同[七〇]，但能知而不能爲[七一]，則吉凶已成，雖知何益？卜與不卜，了無所在[七二]。而古人將有爲[七三]，必曰問之龜筮(吉)〔告〕，以定所由差[七四]，此豈徒也哉[七五]？此復吾之所疑也。武王營周，則曰考卜惟王，宅是鎬京[七六]。周公遷邑，乃卜澗瀍，終惟洛食[七七]。又曰：卜其宅兆，而安厝之[七八]。古人修之於昔如彼，足下非之於今如此，不知誰定可從？

論曰：爲三公宅，而〔令〕愚民〔居之〕[七九]，必不爲三公，可知也。或曰愚民必不得久居公侯宅，然則果無宅也。應曰：不謂吉宅能獨成福，但謂君子既有賢才，又卜其居，（復順）〔順履〕積德〔八〇〕，乃享元吉〔八一〕。猶夫良農，既懷善藝，又擇沃土，復加耘耔，乃有盈倉之報耳〔八二〕。今見愚民不能得福於吉居，便謂宅無善惡，何異覩種田之無十千〔八三〕，而謂田無壤墒耶〔八四〕？良田雖美，而稼不獨茂〔八五〕；卜宅雖吉，而功不獨成。相須之理誠然，則宅之吉凶，未可惑也。今信徵祥，則棄人理之所宜〔八六〕；守卜相，則絶陰陽之吉凶〔八七〕；持知力，則忘天道之所存〔八八〕。此何異識時雨之生物，因垂拱而望嘉穀乎〔八九〕？是故疑怪之論生，偏是之議興，所託不一，烏能相通？若夫兼而善之者〔九〇〕，得無半非冢宅耶〔九一〕？

論曰：時日譴祟，古盛王無之，季王之所好聽。此言善矣，顧其不盡然。湯禱桑林，周公秉圭，不知是譴祟非也〔九二〕？吉日惟戊，既伯既禱，不知是時日非也〔九三〕？此皆足下家事，先師所立〔九四〕，而一朝背之，必若湯周未爲盛王，幸更詳之〔九五〕。又當〔校〕知（二）〔三〕賢，何如足下耶〔九六〕？

論曰：賊方至，以疾走爲務；食不消，以黄丸爲先。子徒知此爲賢於安須臾，與求乞胡；而不知制賊病於無形，事功幽而無跌也〔九七〕。夫救火以水，雖自多於抱薪，而不知曲突之先物矣〔九八〕。況乎天下微事，言所不能及，數所不能分，是以古人存而不論〔九九〕。

神而明之，遂知來物〔一〇〇〕，故能獨觀於萬化之前，收功於大順之後〔一〇一〕。百姓謂之自然，而不知所以然。若此，豈常理之所逮耶〔一〇二〕？今形象著明，有數者猶尚滯之〔一〇三〕；天地廣遠，品物多方〔一〇四〕，智之所知，未若所不知者衆也〔一〇五〕。今執〔夫〕辟〔賊消〕穀之術〔一〇六〕，謂養生已備，至理已盡；馳心極觀〔一〇七〕，齊此而還，意所不及，皆謂無之。欲據所見，以定古人之所難言〔一〇八〕，得無似蟪蛄之議冰耶〔一〇九〕？欲以所識，而（□□□）〔決古人〕之所棄〔一一〇〕，得無似戎人問布於中國〔一一一〕，覩麻種而不事耶〔一一二〕？吾怯於專斷〔一一三〕，進不敢定禍福於卜相，退不敢謂家無吉凶也。

〔一〕國語注：「天曰神，地曰祇。」
〔二〕「中人」見前釋私論注〔四二〕。荀子修身篇：「以情自竭。」禮記注：「端，本也。」
〔三〕吴鈔本無「來」字，是也。周校本誤衍「來」字。
〔四〕論語：「季路問事鬼神，子曰：『未能事人，焉能事鬼。』『敢問死。』曰：『未知生，焉知死。』」又曰：「子不語怪、力、亂、神。」文選注：「寢，猶息也。」國語注：「終，死也。」
〔五〕「古」吴鈔本原鈔作「吉」，朱校改。
〔六〕易繫辭上：「顯諸仁，藏諸用。」
〔七〕吴鈔本原鈔作「知不可衆共，非故隱之」，墨校補入「其」、「所」二字，令同此本。周校本從之。案原鈔是也。此處於「共」字絶句，謂藏用於身，不與衆共，恐易以惑道也。

〔八〕莊子齊物論篇：「彼非所明而明之，故以堅白之昧終。」

〔九〕「庶幾」見前養生論注〔九二〕。

〔一〇〕莊子人間世篇：「夫胡可以及化，猶師心者也。」禮記注：「斷，猶決也。」後漢書袁安傳：「上封事曰：『事有易見，較然不疑。』」

〔一一〕案「繫」與「毄」「擊」通。説文：「毄，相擊中也。」漢書刑法志：「酷吏擊斷，姦軌不勝。」中論考僞篇：「時有距絶，擊斷嚴厲。」此處「繫決」，猶「擊斷」矣。戰國策趙策：「乘獨斷之車，御獨斷之勢。」

〔一二〕「多」文津本作「所」，誤也。

〔一三〕「食治」二字，各本並同，當爲「良法」之誤，下文即云「法無獨善之術」。○案此泛言五行方向之無準則也。論衡詰術篇：「圖宅術曰：『商家門不宜南向，徵家門不宜北向。』則商金，南方火也；徵火，北方水也。水勝火，火賊金，五行之氣不相得，故五姓之宅，門有宜嚮也。」潛夫論卜列篇：「俗工又曰：『商家之宅，宜西出門。』此復虚矣。五行當出乘其勝，入居其隩，乃安吉。商家向東入，東入反以爲金伐木，則家中精神日戰鬥也。五行皆然。」揚案：西方爲金，東方爲木，商家屬金，而門嚮之，宜各執一説矣。叔夜即指此而言，謂推五行五勝克伐之方，而未知所在也。後釋難文云：「不得以西東有異，背向不同，宫姓無害，商則爲災。」

亦説此義。

〔一四〕易繫辭下：「易之爲書也不可遠，其爲道也屢遷。苟非其人，道不虚行。」

〔一五〕禮記樂記篇：「禮樂刑政，其極一也。」漢書五行志：「禮，王天下之大經也。」注：「經，謂常法也。」

〔一六〕爾雅：「幽，微也。」

〔一七〕「辨」吴鈔本作「辯」。

〔一八〕「惑」程本誤作「感」。○廣雅：「祛，去也。」

〔一九〕「由」或作「繇」。

〔二〇〕「斷」上空格之字，程本作「立」，文津本作「審」，八代文鈔作「決」，吴鈔本無空格，皕宋樓鈔本有校語云：「各本『斷』上空一字，是也。」「檢」或作「撿」。周校本誤奪「其」字。○廣雅：「檢，論也。」

〔二一〕「微」上空格之字，程本作「闡」，文津本作「辨」，八代文鈔作「精」。此句，吴鈔本作「乃爲有徵」，更合。○左氏昭公八年傳：「君子之言，信而有徵。」

〔二二〕「蠶」上空格之字，程本作「不察」，文津本作「煎沃」，吴鈔本無空格，朱校於「愚」下作斜勒，欄外上方著校語云：「刻板上空二字。」○廣雅：「攝，持也。」

〔二三〕「似」吴鈔本原鈔同，墨校改作「以」。「粒」吴鈔本原鈔作「立」，墨校改；案二字通。

〔二四〕「檝」吴鈔本原鈔作「楫」，墨校改。案「檝」與「楫」同。○吕氏春秋蕩兵篇：「有以饐死，而禁天下之食，悖；有以乘舟死者，欲禁天下之船，悖。」案「饐」與「噎」通。説文：「噎，飯窒也。」

〔二五〕「禍」上，吴鈔本原鈔有「其」字，墨校删。

〔二六〕漢書注：「罹，亦遭也。」國語魯語：「中刑用刀鋸。」注：「割劓用刀，斷截用鋸。」

〔二七〕廣雅：「餒，飢也。」

〔二八〕大戴禮千乘篇：「子曰：『太古之民，秀長以壽者也。』」漢書董仲舒傳：「對策曰：『堯舜行德，則民仁壽。』」爾雅：「延，長也。」

〔二九〕史記白起列傳：「秦昭王四十七年，秦攻韓，取上黨，上黨民走趙，趙軍長平。趙王聞秦反間之言，因使趙括代廉頗，秦乃陰使武安君白起爲上將軍。括軍敗，卒四十萬人降武安君，武安君盡阬殺之，遺其小者二百四十人。」論衡命義篇：「言無命者，歷陽之都，一夕沈而爲湖；秦將白起，阬趙降卒於長平之下，四十萬衆，同時皆死。如必有命，何其秦齊同也？」

〔三〇〕論衡齊世篇：「立行崇於曾顔。」史記仲尼弟子列傳：「曾參字子輿，顔回字子淵。」

〔三一〕「桀跖」見前答難養生論注〔三三〕。潛夫論交際篇：「官人雖兼桀跖之惡。」詩閟宫：「俾爾昌爾熾。」爾雅：「熾，盛也。」

〔三二〕易坤卦文言曰：「積善之家，必有餘慶；積不善之家，必有餘殃。」

〔三三〕易大有卦：「上九，自天祐之，吉無不利。」又繫辭上：「子曰：『祐者，助也。天之所助者順也，人之所助者信也，履信思乎順，又以尚賢也。是以自天祐之，吉無不利也。』」

〔三四〕「必」上，吴鈔本有「若」字。

〔三五〕「行事」吴鈔本原鈔作「事行」，墨校改。

〔三六〕「知」或作「智」。

〔三七〕説苑正諫篇：「孔子曰：『良藥苦口利於病。』」

〔三八〕淮南子注：「一，同也。」案服藥是相之所一，一謂有相命者，必知服藥，故亦可謂之是相也，宅亦相之所一，即後答釋難文中所云：「卜筮當與相命通，相成爲一也。」

〔三九〕「自」上，吴鈔本有「以」字。周校本誤奪。案有「以」字是也，下句即有「以」字。

〔四〇〕「祖」吴鈔本作「子」，涉下而誤也。

〔四一〕「者」吴鈔本作「事」。

〔四二〕「楯」吴鈔本、程本作「戟」，皕宋樓鈔本校改爲「楯」。周校本曰：「各本作『楯』，非。」○揚案：自當作「楯」，答釋難文亦云：「恐似矛楯，無俱立之勢。」○尸子：「楚人有鬻矛與盾者，譽之曰：『吾盾之堅，莫能陷也。』又譽其矛曰：『吾矛之利，於物無不陷也。』或曰：『以子之矛，陷子之盾，何如？』其人弗能應也。」案此又見韓子難一及難勢篇，穀梁哀公二年傳疏引莊子，亦有此説。「楯」與「盾」通。説文：「盾，瞂也，所以捍身蔽目。」釋名：「盾，遯也，跪其後，避刃以隱遯也。」

〔四三〕「又」周校本誤作「文」。

〔四四〕論語：「子曰：『危邦不入，亂邦不居。』」

〔四五〕「避」吴鈔本作「備」，是也。作「避」者，蓋涉上文而誤。○易繫辭下：「重門擊柝，以待暴客。」説文：「柝，夜行所擊者。」

〔四六〕「風」吴鈔本作「氣」。「爽塏」見前篇注〔七五〕。

〔四七〕「利」吴鈔本、張本作「和」。讀書續記曰：「以上文『善養生者和爲盡矣』參之，此是。」○揚案：下文亦云：「輔生之道，不止於一和。」

〔四八〕「若」吴鈔本作「過」。

〔四九〕「單豹」見前答難養生論注〔三九〕。

〔五〇〕「廚」張本作「虎」，是也。硃宋樓鈔本亦校改爲「虎」。

〔五一〕「則」吴鈔本原鈔作「也」，連上爲句，墨校改作「則」。

〔五二〕吴鈔本原鈔無「苟和」二字，墨校補。嚴輯全三國文亦奪此二字。「足」下，吴鈔本有「以」字，周校本誤奪。

〔五三〕「齊」吴鈔本作「濟」。○家語注：「齊，限也。」

〔五四〕案「師」上當奪「工」字。

〔五五〕由「故」以下十七字，各本皆無，惟吴鈔本原鈔有之，朱校删去。案釋難及答釋難二文中皆有

「非宅制人」之語，故知原鈔是也，今據補。

〔五六〕「令」吴鈔本作「全」，皕宋樓鈔本及周校本均改爲「令」。此處文津本作「更令由故，而新便無徵耶」。揚案：「全」字「故」字是也。「人」字涉下文而誤耳。此處故指成居，乃承上文而言，若曰吉凶全由舊宅，而新宅之吉凶，便無徵耶。

〔五七〕左氏僖公十六年傳：「周内史叔興曰：『吉凶由人。』」

〔五八〕「云」吴鈔本原鈔作「後」，墨校改。案「後」字誤也。

〔五九〕吴鈔本原鈔作「不可占也」。案「也」與「耶」通，集中各篇多「耶」「也」迭用。

〔六〇〕吴鈔本由「應」字提行，朱校連上。案篇中各「應曰」句，皆未提行，此處偶誤。

〔六一〕禮記儒行篇：「來者不豫。」玉篇：「豫，早也，逆備也。」

〔六二〕「地」吴鈔本作「兆」，是也。

〔六三〕「宅」吴鈔本原鈔作「者」，朱校改。案「宅」字是也。

〔六四〕「觀」吴鈔本同，周校本誤作「覩」。

〔六五〕「傳」三國文作「轉」，是也。「有」上當奪「無」字。

〔六六〕漢書賈誼傳：「上書曰：『凡人之智，能見已然。』」廣雅：「然，成也。」毛詩箋：「轉，移也。」案此謂已成之宅，無有轉移。

〔六七〕史記高祖本紀：「高祖爲人，隆準而龍顔。呂公者好相人，見高祖狀貌，因重敬之，曰：『臣相人多矣，無如季相。』」

〔六八〕「餓死」吴鈔本原鈔作「當餓」，墨校於「餓」下加「死」字。案原鈔是也，「當貴」「當餓」，相對爲文。「死」字誤加。

〔六九〕案兩「琴」字當爲「瑟」之誤，「瑟」與「箜篌」略似也。○桓譚新論曰：「鄙人謂狐爲狸，以瑟爲箜篌，此非徒不知狐與瑟，又不知狸與箜篌也。」

〔七〇〕案「論」上必有奪誤，疑奪「來」字，篇首亦云「思省來論」。

〔七一〕吴鈔本原鈔奪「知而不能」四字，墨校補。案此乃鈔者由上「能」字而誤也。

〔七二〕廣雅：「了，訖也。」

〔七三〕「古」吴鈔本原鈔作「吉」，朱校改。案就下文觀之，「古」字是也。

〔七四〕「吉」吴鈔本原鈔作「告」，墨校填改作「吉」，案「告」字是也，下云「定所由差」，則不必即爲吉矣。○爾雅：「差，擇也。」

〔七五〕列子黄帝篇：「以此勝一身若徒。」注：「徒，空默之謂也。」

〔七六〕詩文王有聲：「考卜惟王，宅是鎬京。維龜正之，武王成之。」箋曰：「考，猶稽也；宅，居也。稽疑之法，必契灼龜而卜之。武王卜居是鎬京之地，龜則正之。」

〔七七〕書洛誥：「周公曰：『予惟乙卯，朝，至于洛師，我卜河朔黎水，我乃卜澗水東、瀍水西，惟洛食。我又卜瀍水東，亦惟洛食。』」僞孔傳：「卜必先墨畫龜，然後灼之，兆順食墨。」

〔七八〕二句見孝經，注云：「宅，墓穴也；兆，塋域也。葬事大，故卜之。」案「厝」與「措」同，説文：「措，置也。」

〔七九〕案此引前論也，當作「而令愚民居之」。

〔八〇〕「復順」吴鈔本作「順履」，是也。

〔八一〕易坤卦：「六五，黄裳元吉。」曹植告咎文曰：「享兹元吉，釐福日新。」

〔八二〕吕氏春秋長攻篇：「譬之若良農，辨土地之宜，謹耕耨之事。」管子地圓篇：「乾而不斥，湛而不澤，無高下葆澤以處，是謂沃土。」淮南子墬形訓：「正南次州曰沃土。」注：「沃，盛也。稼穡盛張，故曰沃土。」詩甫田：「今適南畝，或耘或耔。」毛傳：「耘，除草也；耔，雝本也。」又楚茨曰：「我倉既盈。」

〔八三〕「田」吴鈔本作「者」。

〔八四〕詩甫田：「倬彼甫田，歲取十千。」毛傳：「十千，言多也。」釋名：「壤，瀼也，肥瀼意也。」集韻：「塉，薄土也。」案「塉」俗字，當作「瘠」。國語魯語：「擇瘠土而處之。」注：「墝确爲瘠。」

〔八五〕毛詩箋：「稼，禾也。」

〔八六〕太玄注：「徵，祥也。」左傳注：「祥，吉凶之先見者。」

〔八七〕「吉凶」吴鈔本作「凶吉」。

〔八八〕「知」或作「智」。吴鈔本原鈔奪「持智」二字，墨校補。

〔八九〕「拱」程本誤作「持」。○賈誼旱雲賦：「農夫垂拱而無爲。」説文：「拱，斂手也。」後漢書注：「垂拱，無爲也。」書吕刑篇：「稷降播種，農殖嘉穀。」

〔九〇〕「善」文津本作「有」。

〔九一〕「冢」吴鈔本原鈔同，墨校改作「塚」。案「塚」俗字。○説文：「冢，高墳也。」案此謂卜宅雖吉，仍須賢才積德，必吉人吉宅，乃爲兼善，故才德亦居半功。即後答釋難文所云「宅與性命，雖各一物，猶農夫良田，合而成功也」。

〔九二〕吕氏春秋順民篇：「昔者，湯克夏而正天下，天大旱，五年不收。湯乃以身禱於桑林。」注：「禱，求也。桑林，桑山之林，能興雲作雨。」曹植湯禱桑林贊曰：「惟殷之世，炎旱七年，湯禱桑林，祈福於天。」書金縢篇：「既克商二年，王有疾，弗豫。周公乃爲三壇同墠。爲壇於南方，北面，周公立焉。植璧秉圭，乃告太王、王季、文王。史乃册，祝曰：『惟爾元孫某，遘厲虐疾。若爾三王，是有丕子之責于天，以旦代某之身。』」僞孔傳：「璧以禮神。周公秉桓圭以爲贄。」

〔九三〕詩吉日：「吉日維戊，既伯既禱。」毛詩序：「吉日，美宣王田也。」毛傳：「伯，馬祖也，用馬力必先爲之禱。」箋云：「戊，剛日也。」

〔九四〕禮記文王世子篇：「凡學，春，官釋奠於其先師，秋冬亦如之。」案此謂上述三事，皆家學所傳，而經中所載者也。

〔九五〕「詳」吴鈔本作「思」。

〔九六〕「知」上，吴鈔本原鈔有「校」字，墨校删。案原鈔是也。又案「二」爲「三」字之誤，謂湯與周公、宣王也。後釋難文中亦云：「以三賢校君，愈見其合。」

〔九七〕淮南子説山訓：「良醫者常治無病之病，故無病。」史記自序曰：「運籌帷幄之中，制勝於無形。」説文：「幽，隱也。」文選注引廣雅曰：「跌，差也。」

〔九八〕「矣」吴鈔本作「也」。○漢書周勃傳：「攻開封，先至城下爲多。」注：「多，謂功多也。」又董仲舒傳：「對策曰：『以湯止沸，抱薪救火，愈甚無益也。』」又霍光傳：「人爲徐生上書曰：『臣聞客有過主人者，見其竈直突，傍有積薪，客謂主人，更爲曲突，遠徙其薪，不者，且有火患。主人嘿然不應，俄而家果失火。』」後漢書光武帝紀：「沈幾先物。」注：「物，事也。」案桓譚新論以勸曲突徙薪爲淳于髡事。

〔九九〕莊子齊物論篇：「六合之外，聖人存而不論。」

〔一〇〇〕易繫辭上：「神而明之，存乎其人。」又曰：「无有遠近幽深，遂知來物。」

〔一〇一〕莊子田子方篇：「萬化而未始有極也。」史記主父偃傳：「徐樂上書曰：『賢主獨觀萬化之原。』」「大順」見前養生論注〔一二五〕。

〔一〇二〕老子：「功成事遂，百姓皆謂我自然。」淮南子泰族訓：「民化上遷善，而不知其所以然，此治之上也。」爾雅：「逮，及也。」

〔一〇三〕易繫辭上：「在天成象，在地成形。」又曰：「縣象著明，莫大乎日月。」左氏僖公十五年傳：「物生而後有象，象而後有滋，滋而後有數。」國語注：「滯，廢也。」

〔一〇四〕易乾卦象曰：「品物流行。」楚辭招魂篇：「食多方些。」注：「方，道也。」

〔一〇五〕莊子秋水篇：「計人之所知，不若其所不知。」

〔一〇六〕吴鈔本原鈔作「今執夫辟賊消穀之術」，朱校删「夫」字。案原鈔是也。「辟賊消穀」乃承上文「賊方至，食不消」而言。

〔一〇七〕揚雄長楊賦：「此天下之窮覽極觀也。」

〔一〇八〕「欲」吴鈔本同，周校本誤作「故」。

〔一〇九〕「冰」下，吴鈔本有「雪」字。○莊子逍遥遊篇：「蟪蛄不知春秋。」釋文：「司馬云：『蟪蛄，寒蟬也，一名蝭蟧，春生夏死，夏生秋死。』」又秋水篇：「夏蟲不可語於冰者，篤於時也。」吕氏春秋任數篇：「無骨者，不可令知冰。」注：「無骨者，春生秋死，不知冬寒之有冰雪。」説文：「議，語也。」

〔一一〇〕「之」上空格之字，程本作「求今人」，汪本、四庫本作「決古人」，八代文鈔作「謂今人」。吴鈔本原鈔無「而」字，又無空格，墨校於行中擠寫「而」字，於「棄」字右側補「之所」兩字，朱校於「之」字右側之上作一斜勒，旁加三點於欄外，上方著校語云：「刻本上空三字。」其左又書「決古人」三字，當即以實三點者。皕宋樓鈔本「而所」兩字相連，校者以朱筆補「決古人」三字。揚案：

「決古人」是也。古人所棄，即所難言，亦即上文所云「古人存而不論」者也。

〔二一〕「戎」吳鈔本原鈔誤作「終」，墨校改。

〔二二〕呂氏春秋知接篇：「戎人見暴布者，問之曰：『何以爲之莽莽也？』指麻而示之。怒曰：『孰之壤壤也，可以爲之莽莽也？』」淮南子齊俗訓：「胡人見黂，不知其可以爲布也。」注：「黂，麻子也。」漢書注：「種，謂穀子也。」呂氏春秋尊師篇：「事五穀。」注：「事，治也。」

〔二三〕史記儒林傳：「于諸侯擅專斷不報，皆以春秋之義正之。」

嵇康集校注卷第九

[吴鈔本原鈔題「嵇康文集卷第八」，墨校改。]

釋難宅無吉凶攝生論一首附

答釋難宅無吉凶攝生論一首

釋難宅無吉凶攝生論一首附

[吴鈔本原鈔題作「宅無吉凶攝生論難中」，上空四格，墨校删「難中」二字，又於「宅」上補「釋難」二字。案原鈔是也。]

易曰：「河出圖，洛出書，聖人則之〔一〕。」孝經曰〔二〕：「爲之宗廟，以鬼享之〔三〕。」其立本有如此者。子貢稱：「性與天道，不可得聞〔四〕。」仲由問神，而夫子不答〔五〕。其（抑）〔飭〕末有如彼者〔六〕。是何也？兹所謂明有禮樂，幽有鬼神〔七〕，人謀鬼謀，以成天下之亹亹也〔八〕。是以墨翟著明鬼之篇〔九〕，董無心設難墨之説〔一〇〕。二賢之言，俱不免於殊途而兩惑。是何也？夫甚有之則愚，甚無之則誕〔一一〕，故（三）〔二〕子者，皆偏辭也〔一二〕。子之言神，將爲彼耶？唯吾亦不敢明也。夫私神立，則公神廢；邪忌設，則正忌喪；宅墓占，則家道苦；背向繁，則妖心興〔一三〕。子之言神，其爲此乎？則唯吾之所疾爭也。（苟大）〔夫苟〕獲其類〔一四〕，不患微細〔一五〕。是以見鉼（水）〔冰〕而知天下之寒〔一六〕，察旋機而得日月之動〔一七〕。足下（細）〔紬〕蠶種之説〔一八〕，因忽而不察；是噎溺未知所在，亦莫辨有舟稼也〔一九〕。

夫命者，所稟之分也〔二〇〕；信順者，成命之理也。故曰：「君子修身以俟命」，「知命者不立於巖牆之下〔二一〕」。何者？是夭遂之（寶）〔實〕也〔二二〕。猶食非命，而命必胥食，〔是〕故然矣〔二三〕。若吾論曰〔二四〕：居怠行逆，不能令彭祖夭〔二五〕，則足下舉信順之難是也。論之所説，信順既修，則宅葬無貴〔二六〕，故譬之壽宫無益殤子耳〔二七〕。足下不（云）〔立〕殤子以宅延、彭祖亦以宅（壽壽）夭之説〔二八〕，使之灼然，若信順之遂期，怠逆之夭性，而徒曰天下或有能説之者。子而不言，誰與能之〔二九〕？夫多食傷性，良藥已病〔三〇〕，〔是〕相之所一也〔三一〕。誣彼實此，非所以相證也〔三二〕。夫壽夭不可求之宅，而〔可〕得之和〔三三〕，故論有〔可〕不知（之）〔三四〕。（□）〔是〕足下忘於意，而責於文〔三五〕，抑不本矣〔三六〕。（雖）〔難〕曰〔三七〕：唐虞之世，命何同延？長平之卒，命何同短？今論命者，當辨有無，無疑衆寡也。苟一人有命，千萬皆一也〔三八〕。若使此不得係命，將係宅耶〔三九〕？則唐虞之世，宅何同吉〔四〇〕？長平之卒，居何同凶？亦復吾之所疑也。難曰：事之在外，而能爲害者，不以數盡。單豹恃内而有虎〔四一〕。按足下之言，是豹忘所宜懼，與懼所宜忘。故張毅修表，亦有內熱之禍〔四二〕。雖內外不同，鈞其非和〔四三〕，一曙失之〔四四〕，終身弗復，是亦虎隨其後矣〔四五〕。夫謹於邪者慢於正，詳於宅者略於和。（□）〔走〕以爲先〔四六〕，亦非齊於所稱也。今足下廣之，望之久矣〔四七〕。

元亨利貞，卜之吉繇〔四八〕，隆準龍顔，公侯之相者〔四九〕，以其數所遇，而形自然，不可爲也。使準顔可假，則無相；繇吉可爲，則無卜矣。今設爲吉宅而幸福報〔五〇〕，譬之無以異假顔準而望公侯也。是以子陽鏤掌，巨君運魁，咸無益於敗亡〔五一〕。故吾以無故而居者可占，何惑象數之理也〔五二〕。設吉而後居者不可，則（何）假爲之説也〔五三〕。然則非宅制人，人實徵宅〔也，果有宅〕耶？其無宅也〔五四〕？似未思其本耳〔五五〕。獵夫從林，其所遇者，或禽或虎，遇禽所吉，遇虎所凶〔五六〕。而虎也，善卜可以知之耳。是故知吉凶，非〔能〕爲吉凶也〔五七〕。故其稱曰，無遠近幽深〔五八〕，遂知來物〔五九〕，不曰遂爲來物矣。然亦卜之，（盡蓋）〔蓋盡〕理所以成相命者也〔六〇〕。至乎卜世與年，則無益於周録矣〔六一〕。若地之吉凶，有虎禽之類，然此地苟惡〔六二〕，則當所往皆凶。不得以西東有異，背向不同，宫姓無害，商則爲災〔六三〕。福德則吉至，刑禍則凶來也〔六四〕。故詩云：「築室百堵，西南其户〔六五〕。」古之營居，宗廟爲先，廄庫次之，居室爲後，緣人理以從事〔六六〕。以此議之〔六七〕，即知無太歲刑德也〔六八〕。若修古無違，亦宜吾論〔六九〕，如無所（□）〔咎〕，不知誰從〔七〇〕？難曰：不謂吉宅能獨成福，猶夫良農，既懷善藝，又擇沃土，復加耘耔，乃有盈倉之報。此言當哉！誠三者能修，則農事畢矣。若或盡以邪用〔七一〕，求之於虚〔七二〕，則宋人所謂予助苗長，敗農之道也〔七三〕。今以冢宅喻此，宜何比耶？爲樹藝乎？爲耘耔也？若三者有比，則請事後説；若其無徵，則愈見其誣矣〔七四〕。今卜相有徵如彼，冢宅無驗如此，非所以相半也〔七五〕。

按書〔七六〕，周公有請命之事〔七七〕，仲尼非子路之禱〔七八〕。今鈞聖而鈞疾，何（是非）〔事〕不同也〔七九〕？故知臣子之（心）〔情〕〔八〇〕，盡斯心而已。所謂禮爲情皃者〔八一〕。故於臣弟，則周公請命；親其身，則尼父不禱〔八二〕。足下〔是〕圖宅〔八三〕，將爲禮（也）〔耶〕〔八四〕？其爲實也〔八五〕？爲禮則事異於古，爲實則未聞顯理。如是未得，吾所以爲遺〔八六〕，而足下失所願矣。至於時日〔八七〕，先王所以誡不怠，而勸（徒）〔從〕事耳〔八八〕。俗之時日，順妖忌而逆事理〔八九〕。時名雖同，其用適反。以三賢校（君）〔之〕，愈見其合〔九〇〕，未知所異也。

難曰〔九一〕：智之所知，未若所不知者衆。此較通世之常滯也〔九二〕。然智所不知，不可以妄求；智所能知，惡其以學哉？故古之君子，修□擇術〔九三〕，成性存存，自盡焉而已矣〔九四〕。今據足下所言〔九五〕，在所知耶？則可辨也。所不知耶？則妄求也。二者宜有一於此矣。夫小知不及大知，故乃反於有〔九六〕。〔以〕無爲有者〔九七〕，亦蟪蛄矣〔九八〕。子尤吾之驗於所齊〔九九〕，吾亦懼子遊非其域，儻有忘歸之累也〔一〇〇〕。

〔一〕三句見易繫辭上。

〔二〕吴鈔本無「孝」字。

〔三〕二句見孝經喪親章。

〔四〕論語：「子貢曰：『夫子之文章，可得而聞也；夫子之言性與天道，不可得而聞也。』」

〔五〕見前篇注〔四〕。

〔六〕「抑」吴鈔本原鈔作「飭」，朱校改。案以下文證之，原鈔是也。夫子答仲由曰：「未能事人，焉能事鬼。」此以鬼神爲幽遠，所謂飭末矣。答釋難文引此云：「以救其末」，救之亦非抑之也。○管子幼官篇：「計凡付終，務本飭末則富。」漢書注：「『飭』讀與『敕』字同，謂整也。」

〔七〕禮記樂記篇：「明則有禮樂，幽則有鬼神。」

〔八〕易繫辭下：「定天下之吉凶，成天下之亹亹。」又曰：「天地設位，聖人成能。人謀鬼謀，百姓與能。」爾雅：「亹亹，勉也。」

〔九〕案墨子有明鬼三篇，今存一篇。

〔一〇〕漢書藝文志儒家：「董子一卷。」注：「名無心，難墨子。」論衡福虚篇：「儒家之徒董子，墨家之徒纏子，相見講道。纏子稱墨家，右鬼，是引秦穆公有明德，上帝賜之九十年。董無心難以堯舜不賜年，桀紂不夭死。」意林引纏子曰：「董子曰：『子信鬼神，何異以踵解結，終無益也。』纏子不能應。」

〔一一〕「誕」吴鈔本作「延」，誤也，答文引此即作「誕」。○荀子修身篇：「易言曰誕。」

〔一二〕「三」吴鈔本、張燮本及續古文苑作「二」。讀書續記曰：「上文言『二賢』，謂墨翟董無心也，則作『二』是。」○易益卦象曰：「莫益之偏辭也。」韓子難二篇：「叔向、師曠之對，皆偏辭也。」

〔一三〕易家人卦彖曰：「父父子子，兄兄弟弟，夫夫婦婦，而家道正。」淮南子兵略訓：「背向左右之便。」案此處謂宅墓之背向也。

〔一四〕「苟大」吴鈔本作「夫苟」，是也。「大獲其類」，與下「不患微細」之意相違矣。刻本蓋由「苟夫」而再誤改爲「苟大」也。

〔一五〕淮南子説林訓：「以類而取之。」注：「類猶事也。」春秋繁露二端篇：「覽求微細於無端之處。」

〔一六〕「見缾」吴鈔本原鈔誤作「面邊」，墨校改。「水」續古文苑作「氷」，是也。

〔一七〕吕氏春秋察今篇：「見缾水之氷，而知天下之寒，魚鼈之藏也。」書舜典：「在璿璣玉衡，以齊七政。」僞孔傳：「在，察也；璿，美玉；璣衡，王者正天文之器，可運轉者。七政，日月五星各異政。」孔疏：「璣爲轉運，衡爲横簫，運璣使動於下，以衡望之，是王者正天文之器。漢世以來，謂之渾天儀者是也。馬融云：『渾天儀可旋轉，故曰璣，衡其横簫，所以視星宿也。』」楚辭九思：「上察兮璇璣。」案「旋」「璇」與「璿」通，「機」與「璣」通。

〔一八〕案「細」字當爲「紬」字之誤。○史記太史公自叙：「紬史記石室金匱之書。」索隱：「如淳曰：

『抽徹舊書故事而次述之。』小顔曰：『紬謂綴集之也。』」

〔一九〕「辨」吴鈔本作「便」。周校本曰：「各本作『辨』，非。」讀書續記曰：「以義言作『辨』是，然古書二字多通假。」○揚案：禮記注：「辨謂考問得其定也。」此謂理當推類而得，既不知夭疾之所自來，則無從推其宅墓，猶未知噎溺，即無從問及舟稼，而加以怨責也。

〔二〇〕吴鈔本由「夫」字提行，朱校連上。○禮記注引孝經説曰：「命，人所稟受度也。」大戴禮本命篇：「分於道謂之命。」

〔二一〕「於」吴鈔本作「乎」。論語：「子曰：『君子居易以俟命。』」孟子：「夭壽不貳，修身以俟之，所以立命也。』」又曰：「莫非命也，順受其正；是故知命者，不立乎巖牆之下。」

〔二二〕「寶」上，吴鈔本有「實」字。周校本曰：「各本無『實』字，案有者是也，『寶』即『實』之譌衍，當刪。」○揚案：續古文苑即但有「實」字，無「寶」字，各本作「寶」，以形近而誤。○曹植王仲宣誄曰：「存亡分流，夭遂同期。」吕氏春秋注：「遂，成也。」案此謂成命也。

〔二三〕「故」上，吴鈔本原鈔有「是」字，墨校刪。案原鈔是也。○史記倉公列傳：「胥與公往見之。」集解：「徐廣曰：『胥猶須也。』」荀子注：「故猶本也。」

〔二四〕吴鈔本原鈔無「若」字，墨校補。

〔二五〕「怠」吴鈔本原鈔同，周校本誤作「殆」。○賈子道術篇：「反慎爲怠。」

〔二六〕「貴」續古文苑作「實」。

〔二七〕「譬」或作「辟」。

〔二八〕吴鈔本無兩「壽」字，又原鈔「云」字作「立」，墨校改。案原鈔是也。此處由「足下」至「説」字爲一句，周校本漏校。〇□□：「灼，明也。」

〔二九〕禮記檀弓上：「誰與哭者？」釋文：「與，音餘。」

〔三〇〕韓子外儲説左上：「良藥苦於口，而智者勸而飲之，知其入而已己疾也。」吕氏春秋至忠篇：「王之疾必可已也。」注：「已，猶愈。」

〔三一〕「相」上，吴鈔本有「是」字，是也。

〔三二〕案難文云：「若謂服藥是相之所一，宅豈非是一耶？」實此者，謂服藥是相之所一也；誣彼者，謂叔夜云天下有能説宅之吉凶者也。宅與相命相通，不能使之灼然，而但據藥與相命相通爲論，故曰「非所以相證也」。後答釋難文中即引此，云：「藥之已病爲一也實，而宅之吉凶爲一也誣。」

〔三三〕「和」汪本、文津本作「利」。此句，吴鈔本原鈔作「而得可之和」，墨校删「可」字，改「和」爲「利」。案原鈔是也，惟「得可」二字誤倒。

〔三四〕「之」下空格之字，文津本作「惑」，吴鈔本作「是」。此處，吴鈔本原鈔爲「故論有可不知是」七字，墨校改。案原鈔是也，「是」字連下爲句，難文責以「既曰皆性命自然，而復曰不知防疾致壽去夭」云云，此答以壽得於和，世自有失和而夭者，故吾論謂有不知防疾者也。

〔三五〕「忘」續古文苑作「忽」。

〔三六〕「矣」吴鈔本原鈔作「也」，墨校改。

〔三七〕「雖」吴鈔本及續古文苑作「難」。讀書續記曰：「尋此，是難宅無吉凶攝生論文，復以下『難曰：事之在外，而能爲害者，不以數盡』參之，作『難』字是。」

〔三八〕吴鈔本「千萬」作「萬千」，又「萬」上有「則」字。

〔三九〕續古文苑無「得」字，文津本「得」誤作「行」。

〔四〇〕「唐」吴鈔本作「周」，誤也。

〔四一〕吴鈔本作「單豹恃内有虎害」。

〔四二〕「張毅」見前答難生論注〔三九〕。班固幽通賦：「張修襮而内逼。」曹大家注：「襮，表也。」

〔四三〕國語注：「鈞，等也。」

〔四四〕「曙」吴鈔本作「睹」，誤也。

〔四五〕吕氏春秋重己篇：「吾生之爲我有，而利我亦大矣。論其安危，一曙失之，終身不復得。」注：「曙，明日也。有一日失其所以安，終身不能復得之也。」揚案：曙爲日義，管子形勢篇：「曙戒勿怠。」曙戒，即日戒也。韓子揚搉篇：「主失其神，虎隨其後。」

〔四六〕「以」上空格之字，吴鈔本及續古文苑作「走」，程本作「卜」，文津本作「子」。案「走」字是也。○文選注：「走，猶僕也。」

〔四七〕案難文云：「輔生之道，不止於一和。」此答云：養生以先和爲盡善，亦非限於守一和也，故望其廣之。

〔四八〕吴鈔本由「元」字提行。○易乾卦：「乾，元亨利貞。」儀禮特牲饋食禮：「吉凶之占繇。」釋文：「繇，卦兆辭。」

〔四九〕見前篇注〔六七〕。史記集解：「應劭曰：『隆，高也。』文穎曰：『準，鼻也。』」

〔五〇〕漢書注：「幸，冀也。」史記張儀傳：「造禍而求其福報。」

〔五一〕後漢書公孫述傳：「述字子陽，自立爲蜀王。會有龍出其府殿中，夜有光，述以爲符瑞，因刻其掌文曰：『公孫帝。』建武元年四月，遂自立爲天子，號曰成家。十二年九月，吴漢兵遂守成都。十二月，臧宫軍至咸門，述兵大亂，被刺，洞胸墮馬，其夜死。」左傳注：「鏤，刻也。」漢書王莽傳：「莽字巨君，初始元年，即真天子位。天鳳四年，天下愈愁，盜賊起。莽鑄作威斗，以五石銅爲之，長二尺五寸，欲以厭勝衆兵。地皇四年，長安旁兵四會城下。十月朔，兵從宣平城門入。二日，莽避火宣室前殿，天文郎按栻於前，日時加某，莽旋席隨斗柄而坐，曰：『天生德於予，漢兵其如予何。』三日晨，莽就車，之漸臺，欲阻池水，猶抱持符命威斗。下晡時，衆兵上臺，商人杜吴殺莽。」淮南子天文訓：「運之以斗。」注：「運，旋也。」禮記注：「天文，北斗魁爲首，杓爲末。」案：運魁，即謂旋運斗柄，隨之而坐也。

〔五二〕左氏僖公十五年傳：「龜，象也；筮，數也。」案無故而居者可占，則原論所謂占舊居之譴祟則可也。又難文云：「形象著明者，猶尚滯之。」故此云非惑象數之理也。

〔五三〕吴鈔本原鈔無「何」字，墨校補。周校本亦加「何」字。揚案：「何」字涉上文而誤衍。此謂設爲三公之宅云云，不過假設之説，以明不可妄求耳。

〔五四〕案「耶」上有奪誤，答釋難文引此即云：「然則人實徵宅，非宅制人也。」此處當作「然則非宅制人，人實徵宅也，果有宅耶？其無宅也？」後二句乃承用難文語。

〔五五〕吴鈔本原鈔無「耳」字，墨校補。

〔五六〕「遇虎」吴鈔本作「逢虎」。

〔五七〕案「爲」上當奪「能」字，前論云：「鑿龜數筴，可以知吉凶，然不能爲吉凶」，答釋難文引此亦云：「卜者筮而知之，非能爲吉凶也。」

〔五八〕「近」吴鈔本作「邇」。

〔五九〕易繫辭上：「君子將有爲也，將有行也，問焉而以言，其受命也如嚮，無有遠近幽深，遂知來物。」

〔六〇〕吴鈔本原鈔無「蓋」字，墨校補於「盡」字下。周校本曰：「案即因下『盡』字譌衍也，舊校亦加，非。」○揚案：續古文苑「盡」字在「蓋」字下，是也。此處當於「之」字絶句，謂古人用卜之意，在盡性以成相命也。答釋難文引此即云：「卜之盡理，所以成相命也。」

〔六一〕「録」或作「禄」。○左氏宣公三年傳：「成王定鼎於郟鄏，卜世三十，卜年七百。」案「録」與

「禄」通，周禮天官職幣注云：「故書『録』爲『禄』。」

〔六二〕「然」下，吴鈔本原鈔有「則」字，墨校删。周校本亦加「則」字。案「則」字涉下而誤衍也。

〔六三〕春秋演孔圖曰：「宫商爲姓。」白虎通義姓名篇：「古者，聖人吹律定姓，以記其族。人含五常而生，正聲有五，宫商角徵羽，轉而相雜，五五二十五，轉生四時異氣，殊音悉備，故姓有百也。」論衡詰術篇：「五音之家，用口調姓名及字，用姓定其名，用名正其字。口有張歙，聲有内外，以定五音宫商之實也。」又曰：「圖宅術曰：『宅有八數，以六甲之名數而第之，第定名立，宫商殊别。宅有五音，姓有五聲。宅不宜其姓，姓與宅相賊，則疾病死亡，犯罪遇禍。』」又曰：「商家門不宜南向，徵家門不宜北向。則商金，南方火也；徵火，北方水也。水勝火，火賊金，五行之氣不相得，故五姓之宅，門有宜向。向得其宜，富貴吉昌，向失其宜，貧賤衰耗。」潛夫論卜列篇：「俗工商家之宅，宜西出門。」王應麟漢書藝文志考證曰：「左傳：『史龜曰：是謂沈陽，可以興兵，利以伐姜，不利於商。』姓之有五音，蓋已見於此。」揚案：唐志有五姓宅經。

〔六四〕五行大義論德篇引五行書曰：「若有一德，能禳百災。凡陰陽用事，遇德爲善，謂之福德，爲有救助，萬事皆吉，災害消亡。」協記辨方書引總要曆曰：「福德者，月中福德之神也。」曆例曰：「福德常居月建前二辰。」

〔六五〕二句，詩斯干文，毛傳：「西鄉户、南鄉户也。」説文：「堵，垣也，五版爲一堵。」

〔六六〕禮記曲禮下：「君子將營宫室，宗廟爲先，廄庫爲次，居室爲後。」案謂先卜宗廟，而不先居室，故曰緣人理，即上文所云「盡理以成相命」也。

〔六七〕此句，吴鈔本原鈔作「如此之著」，墨校改。案「之著」，疑「云者」之譌。

〔六八〕「即」文瀾本作「則」。「刑」上，吴鈔本原鈔有「與」字，墨校删。○史記天官書：「月所離列宿，日風雲，占其國，然必察太歲所在。」論衡難歲篇：「移徙法曰：『徙抵太歲凶，負太歲亦凶。假令太歲在甲子，天下之人皆不得南北徙，起宅嫁娶，亦皆避之。』」隋志五行家注曰：「梁有太歲所在占善惡書一卷。」

〔六九〕禮記禮器篇：「禮也者，反本修古，不忘其初者也。」東觀漢記：「朱浮上疏曰：『陛下率禮無違。』」淮南子注：「宜，適也。」

〔七〇〕吴鈔本無「如」字。「所」下空格之字，文津本作「咎」，餘本并空。吴鈔本無空格，朱校於「所」下作斜勒，欄外上方著校語云：「刻板上空一字。」○揚案：若謂從事於禮，亦宜言宅無吉凶，如守禮而無咎，則此説當從矣。「不知誰從」，承難文「不知誰定可從」而言。

〔七一〕吴鈔本原鈔作「若盛以邪用」，墨校改「盛」爲「或盡」。案刻本「盡」字上半漫滅，故鈔者誤「或盡」二字爲一「盛」字也。「邪用」即上文所謂設邪忌也。

〔七二〕「虚」吴鈔本原鈔誤作「靈」，墨校改。

〔七三〕孟子：「宋人有閔其苗之不長而揠之者，芒芒然歸，謂其人曰：『今日病矣，予助苗長矣。』」

〔七四〕案難文以君子之賢才，卜居積德，比良農之善藝，沃土耘耔。此云即使三者有比，則冢宅亦不過如耘耔，況卜居乃求之於虛，非緣人理以從事，故云「無徵」也。

〔七五〕案難文云：「若夫兼而善之者，得無半非冢宅耶」，謂卜宅與才德各居半功。此云非宅制人，人實成宅，卜筮不過修禮，即所以成相命，而冢宅之吉則無驗，故云「非所以相半也」。

〔七六〕吴鈔本於「按」字提行。

〔七七〕見前篇注〔九二〕。

〔七八〕論語：「子疾病，子路請禱，子曰：『丘之禱久矣。』」淮南子注：「非者，不善之詞。」

〔七九〕吴鈔本原鈔作「何事不同也」，墨校改「事」爲「是非」。案原鈔是也。答釋難文引此，即云：「聖人鈞疾，而禱不同。」

〔八〇〕「心」吴鈔本作「情」，是也，下文乃爲「心」字。

〔八一〕「皃」吴鈔本、文瀾本作「貌」，後篇同。案「皃」，古「貌」字。「者」下，吴鈔本有「耳」字，墨校删。○韓子解老篇：「禮爲情貌者也，文爲質飾者也。」

〔八二〕禮記檀弓上：「魯哀公誄孔丘曰：『嗚呼哀哉尼父。』」注：「尼父，因其字以爲之謚。」史記孔子世家集解：「王肅曰：『父，丈夫之顯稱也。』」揚案：「父」讀曰「甫」。

〔八三〕「圖」上，吴鈔本原鈔有「是」字，墨校删。案原鈔是也，此謂以圖宅爲是。

〔八四〕「也」吴鈔本作「耶」，更合。

〔八五〕「也」吴鈔本原鈔作「矣」，墨校改。

〔八六〕吴鈔本原鈔無「以」字，墨校補。○呂氏春秋論人篇：「言無遺者。」注：「遺，失也。」

〔八七〕吴鈔本原鈔無「於」字，墨校補。

〔八八〕「徒」吴鈔本、張燮本及續古文苑作「從」，是也。○禮記曲禮上：「卜筮者，先王之所以使民信時日、敬鬼神、畏法令也。」詩北山：「偕偕士子，朝夕從事。」

〔八九〕漢書藝文志：「惑者不稽諸躬，而忌妖之見。」

〔九〇〕「三」各本同，周校本曰：「當作『二』，各本俱誤。」○揚案：此仍承難文言之，則仍當作「三」。○又案「君」字似指叔夜，但於文義不合，且篇中皆稱「足下」，亦不稱君，「君」字當爲「之」字之譌。叔夜舉湯與周公、宣王之禱以爲難，故此答云，以三賢之禱，持校吾説，愈見其合而非異也。

〔九一〕吴鈔本原鈔於「難」字提行，朱校連上。

〔九二〕案此指難文所云：「今形象著明，有數者猶尚滯之」，謂世人常多疑滯也。

〔九三〕「修」下，吴鈔本原鈔無空格，墨校補「身」字，張燮本、文瀾本及續古文苑亦作「身」。

〔九四〕易繫辭上：「成性存存，道義之門。」禮記祭統篇：「君子之祭也，必身自盡也。」

〔九五〕「據」吴鈔本原鈔誤作「處」，墨校改。

〔九六〕「故」下，吴鈔本原鈔有「常」字，墨校删。○莊子逍遥遊篇：「小知不及大知，小年不及大年。」案「反於有」，謂有吉凶也。

〔九七〕案「無」上當奪「以」字。

〔九八〕莊子齊物論篇：「以無有爲有，雖有神禹，且不能知。」「蟪蛄」見前篇注〔一〇九〕。

〔九九〕左傳注：「尤，責過也。」

〔一〇〇〕「忘歸」見前琴賦注〔六六〕。

答釋難宅無吉凶攝生論

吴鈔本前篇之末，尚餘五行，又一行題「嵇康文集第八」。此篇則别鈔一葉，不隨前篇接鈔，其第一行題「嵇康文集第九」，次行題「答釋難曰」，亦低四格，墨校改同此本。案叔夜難文，吴鈔本原鈔但題「難攝生中散作」，與阮氏初論，同屬宅無吉凶攝生論難上，合爲第七卷，今此前篇題「宅無吉凶攝生論難中」，而此篇但題「答釋難曰」，是此篇當亦在難中之内，與前篇合爲第八卷。至第九卷，固當爲難下之文也。惟難下之文已佚，故鈔者割釋難之文以爲第九卷，而不隨前篇接鈔矣。○篇中「論曰」之處，吴鈔本多提行，今不一一指出。

夫先王垂訓，開（端）〔制〕中人〔一〕，言之所樹，賢愚不違，事之所由，古今不忒〔二〕，所以致教也。若〔夫〕（玄）機神〔玄〕妙〔三〕，不言之化〔四〕，自非至精，孰能與之〔五〕？故善求者，觀物於微，觸類而長〔六〕，不以己爲度也。案如所論，甚有則愚，甚無則誕，今使小有，便得不愚耶？了無乃得離之也〔七〕？若小有則不愚，吾未知小有其限所止也？若了無乃得離之，則甚無者，無爲謂之誕也。又曰：私神立則公神廢。然則〔唯〕惡夫私之害公〔八〕，邪之傷正，不爲無神也。向墨子立公神之情〔九〕，狀不甚有之説，使董生託正忌之塗，執不甚無之言，二賢雅趣〔一〇〕，可得合而一，兩無不失耶？今之所辨，欲求實有實無，以明自然不詭〔一一〕，持論有工拙，議教有精麤也〔一二〕。尋雅論之指，謂河洛不誠〔一三〕，借助鬼神〔一四〕。故爲之宗廟，以神其本〔一五〕；不答(子貢)〔子路〕，以(求)〔救〕其〔末〕〔一六〕。然則足下得不爲託心無(鬼□)〔神鬼〕〔一七〕，齊契於董生耶〔一八〕？而復(顯)〔顧〕古人之言〔一九〕，懼無鬼之弊〔二〇〕，皃與情乖〔二一〕，立從公廢私之論，欲彌縫兩端，使不愚不誕〔二二〕，兩(機)〔譏〕董墨〔二三〕，謂其中央可得而居〔二四〕。恐辭辨雖巧，難可俱通，又非所望於覈論也〔二五〕。故吾謂古人合德天地，動應自然〔二六〕，經世所立，莫不有徵〔二七〕。豈匿設宗廟以(期)〔欺〕後嗣〔二八〕，空借鬼神以調將來耶〔二九〕？足下將謂吾與墨不殊，今不辭同有鬼〔神〕〔三〇〕，但不偏守一區，明所當然，使人鬼同謀，幽明並濟〔三一〕，亦所以求衷〔三二〕，所以爲異耳〔三三〕。

論曰：〔聖人〕鈞疾而禱不同〔三四〕，故於臣弟則周公請命，親其身則尼父不禱，所謂「禮爲情皃」者也。難曰：若於臣子則宜修情皃，未聞舜禹有請〔於〕君父也〔三五〕；若於身則否，未聞武王閼禱之命也〔三六〕。湯禱桑林，復爲君父耶？推此而言，宜以禱爲益，則湯周用之；禱無所行，則孔子不請〔三七〕。此其殊塗同歸，隨時之義也〔三八〕。又曰：時日，先王所以誠不怠而勸從事。足下前論云，時日非盛王所有〔三九〕，故吾問惟戊之事。今不答惟戊果是非，而曰所〔以〕誠勸〔四〇〕，此復兩許之言也。縱令惟戊盡於誠勸，尋論按名〔四一〕，當言有日耶？無日耶〔四二〕？又曰：俗之時日，順妖忌而逆事理。按此言以惡夫妖逆〔四三〕，故去之〔四四〕，未爲盛王了無日也。夫時日用於盛世，而來代襲以妖惑〔四五〕，猶先王制雅樂，而季世繼以淫哇也〔四六〕。今憤妖忌〔四七〕，因欲去日，何異惡鄭衛而滅韶武耶〔四八〕？不思其本，見其所弊，輒疾而欲除〔四九〕，得不爲遇噎溺而遷怒耶〔五〇〕？足下既已善卜矣，乾坤有六子〔五一〕，支幹有剛柔〔五二〕，統以陰陽，錯以五行〔五三〕，故吉凶可得，而時日是其所由，故古人順之。焉有善其流而惡其源者，吾未知其可也。至於河洛宗廟，則謂匿而不信〔五四〕；類禡祈禱，則謂僞而無實〔五五〕；時日剛柔，則謂假以爲勸。此聖人專造虛詐，以欺天下！匹夫之諒〔五六〕，且猶恥之〔五七〕，今議古人，得無不可乃爾也！凡此數事，猶陷於誣妄，冢宅之見伐，不亦宜乎〔五八〕？前論曰：若許負之相條侯，英布之黥而後王，一欄之羊〔五九〕，賓至而有死者，〔皆〕性命之自然也〔六〇〕。今論曰：隆準龍顔，公侯之相，不可假求，此爲相命自有一定。相所當成，人不能壞；相所當敗，智不能救。陷（常）〔當〕生於衆險〔六一〕，雖可懼而無患；抑當貴於厮養[六二]，雖辱賤而必貴[六三]。〔若〕薄姬之困而後昌[六四]，皆不可爲、不可求，而闇自遇之[六五]。全相之論，必當若此，乃一途得通[六六]，本論不滯耳。吾適以信順爲難，則便曰信順者，成命之理。必若所言，命以信順成，亦以不信順敗矣。若命之成敗，取足於信順，故是吾前難壽夭成於愚智耳，安得(有)〔云〕性命自然也[六七]？若信順果成相命，請問亞夫由幾惡而得餓[六八]，英布修何德以致王，生羊積幾善以獲存[六九]，死者負何罪以逢災耶？既持相命，復(惜)〔借〕信順[七〇]，欲飾二論，使得並通[七一]，恐似矛楯，無俱立之勢[七二]，非辯言所能兩濟也。

論曰：論相命當辨有無，無疑衆寡，苟一人有命，則長平皆一矣。又曰：知命者不立巖牆之下。吾謂知命者，當無所不順[七三]，乃畏巖牆，知命有在，立之何懼？若巖牆果能爲害[七四]，不擇命之長短，則知與不知，立之有禍，避之無患也[七五]。則何知白起非長平之巖牆[七六]，而云千萬皆命，無疑衆寡耶？若謂長平雖同於巖牆，故是相命宜値之，則命所當至，期於必然，不立之誡，何所施耶？若此果有相也？〔無相也〕[七七]？此復吾之所疑也。又曰：長平不得係於命，將係宅耶？則唐虞之世，宅何同吉？〔吾〕本疑前論，無非相命[七八]，故借長平之異同[七九]，以難相命之必然[八〇]。廣求異端，以明事理，豈必吉宅以質之耶？又前論已明吉宅之不獨行，今空抑此言，欲以誰難？又曰：長平之卒，宅何同凶？（苟大同足嫌足下愚於吾也）〔苟泰同足以致，則足下嫌多，不愚於吾也〕〔八一〕？ 適至守相，便言千萬皆一，校以至理〔八二〕，負情之對，於是乎見〔八三〕。 既虛立吉宅，（□）〔冀〕而無獲〔八四〕，欲救相命，而情以難顯，故（□）〔云〕如此〔八五〕，可謂善戰矣〔八六〕。

論曰：卜之盡（盇）理，所以成相命者也〔八七〕。 此復吾所疑矣。 前論以相命爲主〔八八〕，而尋益以信順〔八九〕，此一離婁也〔九〇〕。 今復以卜成之，成命之具三，而猶不知相命竟須幾箇爲足也！ 若唯信順於理尚少〔九一〕，何以謂成命之理耶？ 若是相濟，則卜何所補於（卜）〔命〕〔九二〕？復曰成命耶〔九三〕？ 請問卜之成命〔九四〕，使單豹行卜，知將有虎災〔九五〕，則隱居深宮〔九六〕，嚴備自衛〔九七〕。 若虎猶及之，爲卜無所益也。 若得無恙，爲相敗於卜〔九八〕，何云成相耶？ 若謂豹卜而得脱，本無厄虎相也〔九九〕，卜爲妄語（矣）〔急在蠲除〕〔一〇〇〕。 若謂凡有命，皆當由卜乃成〔一〇一〕，則世有終身不卜者，皆失相夭命耶？ 若謂卜亦相也，然則卜是相中一物也，安得云以成相耶？ 若此，不知卜筮故當與相命通，相成爲一〔一〇二〕，不當各自行也。

論曰：無故而居可占，猶（龍）〔準〕顏可相也〔一〇三〕。 設爲吉宅而後居，以幸福報〔一〇四〕，無異假顏準而望公侯也。 然則人實徵宅，非宅制人也。 按如所言，無故而居可占者〔一〇五〕，必謂當吉（人之）〔之人〕瞑目而前〔一〇六〕，推遇任命，以闇營宅，自然遇吉也。 然則豈獨（古）〔吉〕人〔一〇七〕，凡有命者，皆可以闇動而自得正，是前論命〔有〕自然〔一〇八〕，不可增減者也。

驟以可爲之信順卜筮，成不可增減之命矣〔一〇九〕，奚獨禁可爲之宅，不盡相命〔一一〇〕，唯有闇作〔一一一〕，乃是（真）〔貞〕宅耶〔一一二〕？ 若瞑目可以得相，開目亦無所加也〔一一三〕。 智者愈當（軄）〔識〕之〔一一四〕。 周公營居，何故躊躇於澗瀍，問龜筮而食洛耶〔一一五〕？ 若龜筮果有助於爲宅，則知闇作可有不盡善之理矣。 苟闇作有不盡，則不闇豈非求之術耶？ 若必謂龜筮不能（盡）〔善〕相於闇（往）〔作〕〔一一六〕，想亦不失相於考卜也〔一一七〕。 則卜與不卜，爲與不爲〔一一八〕，皆期於自得。 自得苟全，則善占者所遇當識〔一一九〕，何得無故則能知，有故則不知也？ 今疾夫設爲，比之假顔；貴夫毋故，謂之貞宅〔一二〇〕。 然（貞宅之異假顔貴夫無故識之）〔一二一〕貞宅之與設爲，其形不異〔一二二〕，同以功成，俱是吉宅也。 但無故爲貞宅，〔有故爲設爲，貞宅〕授吉於闇遇，設爲減福於用知爾〔一二三〕。 然則吉凶之形，果自有理〔一二四〕，可以（爲）〔有〕故而得〔一二五〕，故前論有占成之驗也。 然則占成之形，何以言之？ 必（遂）遠近得宜〔一二六〕，堂廉有制〔一二七〕，坦然殊觀，可得而別〔一二八〕。 利人以福，故謂之吉；害人以禍，故謂之凶。 但公侯之相，闇與吉會爾〔一二九〕。 然則宅與性命，雖各一物，猶農夫良田，合而成功也。 設公侯遷後，方樂其吉，而往居之吉宅，豈選（能）〔賢〕而後納〔一三〇〕，擇善而後福哉？ 苟宅無情於擇賢，不惜吉於設爲，則屋不辭人，田不讓耕〔一三一〕，其所以爲吉凶薄厚，何得不均〔一三二〕？ 前吉者不求而遇，後聞吉而往，同於居吉宅，而有求與不求矣，何言誕而不可爲也〔一三三〕？ 由是言之〔一三四〕： 非從人而徵宅，〔宅〕亦成人明矣〔一三五〕。若挾顔狀，則英布黥相，不減其貴；隆準見劓〔一三六〕，不(減)〔滅〕公侯(之標)〔一三七〕。是知顔準是公侯之(摽)〔標〕識〔一三八〕，非所以爲公侯(質)也〔一三九〕。故標識者，非公侯質也〔一四〇〕；(吉名宅字與吉者)〔吉宅字與吉名者〕，宅實也〔一四一〕。無吉徵而(自)〔字吉〕宅〔一四二〕，以徵假見難可也〔一四三〕。若以非質之標識，難有徵之吉宅，此吾所不敢許也。子陽無質而鏤其掌，即知當字長耳〔一四四〕；巨君篡(宅)〔國〕而運其魁〔一四五〕，即偏恃之禍〔一四六〕，非所以爲難也。至公侯之命，禀之自然，不可陶易〔一四七〕。宅是外物，方圓由人，有可(□)〔爲〕之理〔一四八〕，猶西施之潔不可爲，而西施之服可爲也〔一四九〕。黼黻芳華，所以助(□)〔儀〕〔一五〇〕，吉宅□家〔一五一〕，所以成相。故世無〔作〕人方，而有卜宅〔説〕〔一五二〕。是以知人宅不可相喻也，安得以不可作之人，絶可作之宅耶？至刑德皆同，此〔自〕(一)〔善〕家〔一五三〕，非本論占成居而得吉凶者也〔一五四〕。且先了此，乃議其餘。

論曰：獵夫從林，所遇或禽或虎，虎凶禽吉。卜者筮而知之，非能爲〔吉凶也〕〔一五五〕。(安知)〔案如〕所言〔一五六〕，地之善惡，猶禽吉虎凶。獵夫先筮，故擇而從禽；如擇居，故避凶而從吉。吉地雖不〔可〕爲，而可擇處〔一五七〕；猶禽虎雖不可變，而可擇從。苟卜筮所以成相，虎可卜而地可擇，何爲半信而半不信耶？又云：地之吉凶，有若禽虎，不得宫姓則無害，商則爲災也。案此爲怪所不解，而以爲難〔一五八〕，似未察宫商之理也。雖此(理)〔地〕之吉〔一五九〕，而或長於養宫，短於毓商〔一六〇〕。猶良田雖美，而稼有所宜。何以言之？人姓有五音〔一六一〕，五行有相生〔一六二〕，故同姓不昏〔一六三〕，惡不殖也〔一六四〕。人誠有之，地亦宜然〔一六五〕。故古人仰準陰陽，俯協剛柔〔一六六〕，中識性理，使三才相善，同會於大通〔一六七〕，所以窮理而盡物宜也〔一六八〕。夫同聲相應，同氣相求，自然之分也〔一六九〕。音不和，則比絃不動〔一七〇〕，聲同則雖遠相應。此事雖著，而猶莫或識〔一七一〕。苟(有)五音各有宜〔一七二〕，(土)〔五〕氣有相生〔一七三〕，則人宅猶禽虎之類，豈可見宫商之不同，而謂之地無吉凶也〔一七四〕？

論曰：〔徒曰〕天下或有能説之者〔一七五〕，子而不言，誰與能之？難曰：足下前論以云，有能占成居者〔一七六〕，此即能説之矣。故吾曰：天下當有能者。今不求之於前論，而復責吾難之於能言，亦當知冢宅有吉凶也。又曰：藥之已病爲一也實，而宅之(吉凶)爲一也誣〔一七七〕。既曰：成居可占，而復曰(□)〔誣〕耶〔一七八〕？藥之已病，其驗(又)〔交〕見〔一七九〕，故君子信之；宅之吉凶，其報賒遥，故君子疑之〔一八〇〕。今若以交賒爲虛〔實〕〔一八一〕，則恐所以求物之地鮮矣。吾見溝澮不疑江海之大〔一八二〕，覩丘陵則知有泰山之高也。若守藥則棄宅，見交則非賒；是海人所以終身無山〔木〕〔一八三〕，山客(曰)〔白首〕無大魚也〔一八四〕。

論曰：智之所知，未若所不知者衆，此較通世之常滯。然智所不知〔一八五〕，不可〔以〕妄(論)〔求〕也〔一八六〕。難曰：智所不知，相必亦未知也〔一八七〕。今暗許便多於所知者，何耶〔一八八〕？必生於本謂之無，而强以驗有也〔一八九〕。强有之驗，將不盈於數矣，而并所成驗者，謂之多於所知耳〔一九〇〕。〔然〕苟知（然）果有未（還）〔達〕之理〔一九一〕，〔何〕不因見求隱〔一九二〕，尋（論）〔端〕究緒〔一九三〕，由（□□）〔子午〕而得（卯）〔丑〕未〔一九四〕。夫尋端之理〔一九五〕，猶獵師〔尋迹〕以得禽也〔一九六〕。縱使尋迹，時有無獲，然得禽，曷嘗不由之哉？今吉凶不先定，則謂不可求；何異（□）獸不期〔一九七〕，則不敢（訊）舉（氣□）足〔一九八〕，坐守無根也？由此而言，探（頤）〔賾〕索隱〔一九九〕，何謂爲妄〔二〇〇〕？

〔一〕「端」吴鈔本作「制」。讀書續記曰：「『開制中人』，謂導制服中人也。『制』字左方與『端』字右方篆形相似，致譌。」○「中人」見前釋私論注〔四一〕。

〔二〕廣雅：「忒，差也。」

〔三〕吴鈔本作「若夫機神玄妙」，是也。機神之語，六朝習用。抱朴子重言篇：「以機神爲干戈。」又任命篇：「識機神者，瞻無兆而弗惑。」

〔四〕易説卦傳：「神也者，妙萬物而爲言者也。」淮南子要略訓：「説符玄妙之中。」易繫辭上：「默而成之，不言而信，存乎德行。」老子：「不言之教，無爲之益，天下希及之。」

〔五〕易繫辭上：「非天下之至精，其孰能與於此。」

〔六〕見前琴賦注〔三三〕。

〔七〕廣雅：「了，訖也。」

〔八〕「惡」上，吴鈔本有「唯」字，是也。

〔九〕「情」字，吴鈔本塗改而成，原鈔似作「誠」，周校本誤作「城」。

〔一〇〕「雅趣」二字，吴鈔本塗改而成。

〔一一〕淮南子主術訓：「詭自然之性。」注：「詭，違也。」

〔一二〕漢書董仲舒傳：「通五經，能持論。」

〔一三〕「誠」吴鈔本作「神」，蓋涉下句而誤也。後文即云：「河洛宗廟，則謂匿而不信。」

〔一四〕易繫辭上：「河出圖，洛出書，聖人則之。」

〔一五〕孝經曰：「爲之宗廟，以鬼享之。」

〔一六〕「求」吴鈔本原鈔作「救」，墨校改。「其」下，各本皆無空格，周校本曰：「案難中云：『子貢稱性與天道，不可得聞，仲由問神，而夫子不答，其餝末有如彼者』云云，則『救』當作『敉』，下有『末』字。」○揚案：「其」下當有「末」字，「子貢」當作「子路」。「餝」與「敇」同，「敇」或作「勑」、「敕」。史記集解：「徐廣曰：『餝，古勑字。』」此處本作「敕」，與「救」近似，故鈔者致誤也。

〔一七〕「鬼」下空格之字，程本作「而」，文津本作「狐」；吴鈔本「鬼」上有「神」字，下無空格。案釋難文中亦以鬼神互言，此處當作「無神鬼」，或「無鬼神」。如程本，則「而」字屬下句。

〔一八〕「契」吴鈔本原鈔作「絜」，朱校改。○管子注：「合之曰契。」

〔一九〕「顯」吴鈔本作「顧」，是也。

〔二〇〕「鬼」下，吴鈔本有「神」字。

〔二一〕廣雅：「乖，偕也。」

〔二二〕左氏昭公二年傳：「敢拜子之彌縫敝邑。」注：「彌縫，猶補合也。」論語：「我叩其兩端而竭焉。」史記信陵君傳：「名雖救趙，實持兩端。」

〔二三〕「機」吴鈔本、張本作「譏」，是也。

〔二四〕莊子達生篇：「柴立其中央。」

〔二五〕説文：「覈，實也。考事襾笮邀遮其辭得實曰覈。」

〔二六〕應瑒文質論曰：「聖人合德天地，禀氣淳靈。」

〔二七〕莊子齊物論篇：「春秋經世，先王之志。」

〔二八〕「嗣」上，吴鈔本又有「世」字，皕宋樓鈔本校删。讀書續記曰：「明本無『世』字，『期』是『欺』之譌，『欺後嗣』與下文『罔將來』對文。」

〔二九〕吴鈔本原鈔奪「借」字，墨校補。「誷」吴鈔本作「罔」，二字同。○漢書注：「罔，謂誣蔽也。」

〔三〇〕案此句當奪「神」字，篇中多鬼神連言。

〔三一〕易繫辭下：「人謀鬼謀，百姓與能。」又繫辭上：「是故知幽明之故。」

〔三二〕「求」三國文作「折」。

〔三三〕左傳注：「衷，中也。」案「所以爲異」，謂此乃所以異於墨也。

〔三四〕「鈞」上，吳鈔本有「聖人」二字，是也。釋難云：「今鈞聖而鈞疾。」

〔三五〕案「請」下當奪「於」字。

〔三六〕呂氏春秋注：「閼，讀曰遏止之遏。」

〔三七〕「孔子」吳鈔本作「堯孔」，誤也。

〔三八〕易繫辭下：「子曰：『天下同歸而殊途，百慮而一致。』」又隨卦彖曰：「隨時之義大矣哉。」

〔三九〕「盛」吳鈔本作「武」，誤也。

〔四〇〕「所」下，吳鈔本有「以」字，是也。

〔四一〕「按」吳鈔本作「案」，二字通。

〔四二〕吳鈔本作「無日也」。

〔四三〕「以」吳鈔本作「爲」。「夫」程本誤作「天」。

〔四四〕「去」汪本、四庫本誤作「云」。

〔四五〕陳琳爲曹洪與魏太子書曰：「陳彼妖惑之罪。」

〔四六〕論語：「惡鄭聲之亂雅樂也。」「季世」見前答難養生論注〔三二〕。「淫哇」見前養生論注〔六三〕。

〔四七〕「憒」吳鈔本作「忿」。

〔四八〕「巽」程本、汪本、文津本誤作「二」。○「鄭衛」「韶武」，見前聲無哀樂論注〔三〇〕〔九四〕。

〔四九〕「輙」或作「輒」。

〔五〇〕論語：「不遷怒，不貳過。」

〔五一〕「乾」上，吴鈔本有「夫」字。○漢書郊祀志：「易有八卦，乾坤六子。」注：「乾爲父，坤爲母，震爲長男，巽爲長女，坎爲中男，離爲中女，艮爲少男，兑爲少女，故云六子也。」論衡難歲篇：「乾坤六子，天下正道，伏羲文王，象以治世。」

〔五二〕淮南子天文訓：「凡日，甲剛乙柔，丙剛丁柔，以至於癸。」五行大義論配支干篇曰：「總而言之，從甲至癸，爲陽爲干爲日，從寅至丑，爲陰爲支爲辰。別而言之，干則甲丙戊庚壬爲陽，乙丁己辛癸爲陰，支則寅辰午申戌子爲陽，卯巳未酉亥丑爲陰。陽則爲剛，陰則爲柔。」

〔五三〕毛詩傳：「錯，雜也。」案漢書藝文志有陰陽五行時令十九卷。

〔五四〕「謂」嚴輯全三國文誤作「爲」。

〔五五〕爾雅：「是類是禡，師祭也。」注：「師出征伐，類于上帝，禡于所征之地。」毛詩傳：「於野曰禡。」周禮注：「祈謂有災變，號呼告于鬼神以求福。」又曰：「求福曰禱。」

〔五六〕「匹」吴鈔本作「疋」，案「疋」俗字。

〔五七〕論語：「豈若匹夫匹婦之爲諒也。」説文：「諒，信也。」

〔五八〕「家」吴鈔本原鈔作「冢」，墨校改。

〔五九〕「欗」吴鈔本原鈔作「闌」，墨校改。

〔六〇〕「性」上，吴鈔本有「皆」字，是也。

〔六一〕「常」吴鈔本塗改而成，原鈔似作「當」。案「當」字是也，下文即云「當貴」。

〔六二〕「當」字，吴鈔本原鈔同，墨校改作「富」，誤也。○「厮養」見前答難養生論注〔三〇三〕。

〔六三〕「貴」吴鈔本作「尊」。○論衡命禄篇：「命當富貴，雖貧賤之，猶逢福善。」

〔六四〕「薄」上，吴鈔本有「若」字，更合。○漢書外戚傳：「高祖薄姬，父吴人，秦時與故魏王宗室女魏媪通，生薄姬。魏豹立爲王，魏媪内其女於魏宫。漢虜魏王豹，以其國爲郡，而薄姬輸織室。豹已死，漢王入織室，見薄姬，詔内後宫，歲餘不得幸。漢王四年，召幸之，歲中生文帝。」

〔六五〕案「皆」字統指上文，明非一事，「皆」上當有奪句。

〔六六〕「途」或作「塗」。

〔六七〕案「有」字當爲「云」字之誤，後文云：「安得云以成相耶？」句正一律。

〔六八〕「而」吴鈔本同，周校本誤作「以」。

〔六九〕「羊」吴鈔本作「年」，誤也，朱校於「年」旁作小畫，未改字。「以」吴鈔本同，周校本誤作「而」。

〔七〇〕「惜」吴鈔本原鈔同，墨校改作「借」。讀書續記曰：「以往復文義求之，作『借』字是，謂既持相命之説，復借信順之論也，故下文云：『前論既以相命爲主，而尋益以信順。』」

〔七一〕「通」程本誤作「遇」。

〔七二〕「矛楯」見前難文注〔四三〕。潛夫論釋難篇：「韓非之取矛盾以喻者，將假其不可兩立，以詰堯舜之不得並之勢。」

〔七三〕吴鈔本原鈔作「吾謂知命者偏，當毋不順」，墨校於「知」上加「不」字，「毋」下加「所」字。周校本亦加「不」字，又於「順」下注云：「疑當作『懼』。」○揚案：作「懼」於義不合，加「不」字亦大誤也。「偏」字疑涉下句「無」字而衍。

〔七四〕「果」文津本作「不」，誤也。

〔七五〕「無」吴鈔本作「毋」，下同。

〔七六〕「之」程本誤作「曰」。

〔七七〕吴鈔本作「若此果有相耶？　毋相也？」案以下文及前篇證之，吴鈔本爲是。

〔七八〕「本」上，吴鈔本有「吾」字，是也。

〔七九〕吴鈔本「平」下有「卒」字，又「異」字塗改而成，原鈔不明。案此處或作「異」，或作「不」，均可。

〔八〇〕吴鈔本「之」下有「其」字，誤也。又「必」字，墨校改寫於旁，原鈔已塗盡。○案此謂長平之卒，其命同短，與唐虞同延有殊，而均之不合情理，故知相命有不必然也。

〔八一〕此處，吴鈔本原鈔作「苟泰同足以致，則足下嫌多，不愚於吾也」，墨校删改，令同此本。案原鈔更合，「泰」與「大」通，「也」與「耶」通，或本係「耶」字。

〔八二〕吴鈔本原鈔作「校之以禮」，墨校删「之」字，又於「禮」上補「至」字。案「禮」字，鈔者偶誤也。

〔八三〕吴鈔本奪「於」字，周校本有。○國策注：「負，背也。」案此謂養生多方，不獨在宅，故唐虞之世，可以同延，而長平居凶，遂同歸於短也。既云「一人有命，萬千皆一」，則亦一人有宅，萬千皆一矣。故云「負情之對，於是乎見」。

〔八四〕「而」上空格之字，文津本作「卜」，别本皆空。此處，吴鈔本原鈔作「既虚立吉凶宅，冀而毋獲」，周校本「宅」誤作「字」。揚案：「凶」字誤衍，「冀」字是也，釋難文云：「設爲吉宅而幸福報，譬之無以異假顔凖而望公侯也」，此處即指言之，故云「冀而無獲」。

〔八五〕「故」下空格之字，張本及三國文作「云」，文津本作「將」，嚴輯全三國文作「曰」，吴鈔本無空格。案「云」字是也。

〔八六〕「善」字，吴鈔本塗改而成，原鈔不明。周樹人曰：「『善戰』疑當作『矛戟』，舊校及刻本均誤。」○揚案：「善戰」謂善論戰如此，即指上文「立宅無獲」而言也。相命之説，情已難顯，遂云設爲吉宅以冀福，必仍無獲，此則别爲枝梧，故謂之善戰。

〔八七〕吴鈔本原鈔無「蓋」字，墨校補於「盡」字下，與此本同。周校本曰：「不當有也，説見上。」○揚案：此處「理」字絶句，與釋難篇句法不同，自以無「蓋」字爲是，校者誤加。

〔八八〕「以」上，吴鈔本、程本有「既」字。

〔八九〕左傳注：「尋，重也。」

〔九〇〕古詩：「雕文各異類，離婁自相連。」司馬相如長門賦：「離樓梧而相撑。」文選注：「離樓，攢聚朶木貌。」案離婁與連遱、謰謱等詞，聲義相通。説文：「遱，連遱也。謱，謰謱也。」玉篇：「嗹嘍，多言也。謰謱，縶拏也。」淮南子注：「連嘍，猶離婁也，委曲之貌。」此處「一離婁也」，謂其別益信順，乃一種支離也。

〔九二〕「信順」吴鈔本作「順信」，誤也，前此皆言「信順」。

〔九三〕案下「卜」字當爲「命」字之誤。

〔九三〕此下，吴鈔本原鈔有「且冒一諸錯」五字，墨校删。案此五字不可解，當係誤衍，皕宋樓本亦未逐鈔。

〔九四〕「問」三國文誤作「命」。

〔九五〕「有」上，吴鈔本原鈔有「命」字，墨校删。

〔九六〕「居」吴鈔本作「于」。○戰國策秦策：「范雎曰：『足下居深宫之中。』」説文：「宫，室也。」

〔九七〕廣雅：「備，具也。」

〔九八〕「若」下九字，各本皆奪，惟吴鈔本有之，今據補。○「無恙」見前與吕長悌絶交書注〔三〕。

〔九九〕「本」下，吴鈔本原鈔有「自」字，墨校删。「厄」三國文作「危」，誤也。

〔一〇〇〕吴鈔本原鈔「語」下無「矣」字，有「急在蠲除」四字，墨校補删。案原鈔是也。謂既爲妄語，當急除之。○漢書元帝紀：「詔曰：『有可蠲除減省，以便萬姓者，條奏無有所諱。』」廣雅：「蠲，除也。」

〔一〇一〕「命」上，吴鈔本原鈔有「所」字，墨校删。

〔一〇二〕「一」字，各本皆奪，吴鈔本原鈔擠寫於行中「爲」字下，今據補。

〔一〇三〕「龍」文瀾本作「準」，更合。

〔一〇四〕「以幸」吴鈔本作「而望」，似涉下句而誤，前釋難文云：「今設爲吉宅而幸福報。」

〔一〇五〕「者」下，吴鈔本原鈔有「何」字，墨校删。

〔一〇六〕「人之」吴鈔本作「之人」。讀書續記曰：「依義，作『之人』是。」○素問氣厥論：「傳爲衄衊瞑目。」注：「瞑，暗也。」

〔一〇七〕「古」張本作「吉」，吴鈔本原鈔亦作「吉」，墨校改。讀書續記曰：「依義當作『吉』。」

〔一〇八〕「命」下，吴鈔本有「有」字，是也。

〔一〇九〕「減」程本、汪本誤作「堿」。

〔一一〇〕吴鈔本原鈔作「奚獨居可爲之宅，今不善相」，墨校改同此本。案原鈔似奪「禁」字，又「居」字當在「宅」字上下，或本無之，而「令」字則顯係「令」字之誤也。善相謂善相其居宅，非相命之相，前文亦有「相宅質居」之語。

〔一一一〕「闇」汪本、四庫本作「開」，吴鈔本原鈔作「闇」，墨校塗改成「開」。案「闇」字是也，前聲無哀樂論亦有「闇語」之詞，此處「開」字，涉下句而誤。

〔一一二〕「是」文津本作「有」，誤也。案就下文觀之，「真」字當作「貞」，釋難文云：「邪忌設則正忌喪」，

「貞宅」者，即合於正忌之宅也。○案此謂既以可爲之卜筮成命矣，何獨禁此可爲之居宅，不善相之，而唯當闇作，乃云貞宅耶？

〔二三〕「所」吴鈔本原鈔作「以」，墨校改。

〔二四〕「識」吴鈔本作「識」，是也。

〔二五〕見前難文篇注〔七七〕。廣雅：「躊躇，猶豫也。」

〔二六〕「盡」字，吴鈔本原鈔作「善」，墨校改。案原鈔是也。又「往」字當爲「作」字之誤，上文亦云：「令不善相，唯有闇作。」

〔二七〕「考卜」見前難文篇注〔七六〕。

〔二八〕吴鈔本原鈔無此四字，墨校補。

〔二九〕「占」吴鈔本作「卜」。

〔三〇〕上十七字，吴鈔本原鈔有之，墨校誤删，今據補。

〔三一〕此處，吴鈔本原鈔作「然貞宅之典設顔貴夫毋故謂之貞宅」，刻本少「貞宅」二字。案原鈔「典」乃「與」字之譌，「顔」乃「爲」字之譌，「貞宅之典設顔」六字，涉下文而衍，「貴夫毋故謂之貞宅」八字，涉上文而衍也。刻本「異」乃「與」字之譌，「識」乃「謂」字之譌，又少「貞宅」二字，因下文更有「貞宅」二字而誤也。原鈔自「貞」以下十四字，刻本自「貞」以下十二字，皆涉上下文而衍，當删。

〔二二〕「形」吳鈔本原鈔作「刑」，墨校改。案此鈔者偶誤也。「異」字各本皆奪，惟吳鈔本有之，今據補。

〔二三〕「爾」吳鈔本作「耳」，二字通。○此處，吳鈔本原鈔作「但毋故爲設真，有故爲設宅，授吉於闇遇，設爲滅福於用知耳」。墨校删改，令同此本，惟「毋」「耳」二字未改。周校本作「但無故爲設貞，有故爲設宅，貞宅授吉於闇遇，設爲滅福於用知耳」。揚案：改「真」爲「貞」，又補「貞宅」二字，是也。惟「設貞」、「設宅」，乃「貞宅」、「設爲」之譌，「有故」「無故」，亦承上文而言。此謂無故則係自然之貞宅，有故則係設爲之吉宅也。

〔二四〕「果」吳鈔本原鈔同，周校本誤作「故」。「自」三國文誤作「是」。

〔二五〕「爲」吳鈔本作「有」，是也。此承上文「有故」而言。

〔二六〕吳鈔本無「遂」字，更合。

〔二七〕儀禮鄉飲酒禮：「設席于堂廉東上。」注：「側邊曰廉。」

〔二八〕阮瑀爲曹公與孫權書曰：「高位重爵，坦然可觀。」

〔二九〕「公」程本誤作「分」。「與」汪本誤作「於」。「爾」吳鈔本作「耳」。

〔三〇〕「能」吳鈔本作「賢」，是也。

〔三一〕楚辭注：「讓，辭也。」

〔三二〕「薄厚」吳鈔本作「厚薄」，墨校删此二字。「均」吳鈔本作「鈞」，二字通。

〔三三〕「也」吳鈔本作「耶」。

〔一三四〕「是」吴鈔本作「此」。

〔一三五〕周校本曰：「當重有『宅』字。」○揚案：此承釋難文「非宅制人，人實徵宅」而言，自當有兩「宅」字，分屬兩句。

〔一三六〕「劓」吴鈔本原鈔作「劉」，墨改。案「劓」字是也。○尚書傳：「劓，截鼻也。」

〔一三七〕吴鈔本原鈔「滅」作「滅」，又無「之標」二字，墨校改補。案原鈔是也，「之標」二字，涉下句而衍。

〔一三八〕吴鈔本原鈔無「是知顔準」四字，墨校補，又删「公」上「是」字。案無此四字亦通。「摽」吴鈔本作「標」，是也。

〔一三九〕吴鈔本原鈔無「質」字，墨校補。案原鈔是也，「質」字涉下句而衍。

〔一四〇〕「故」嚴輯全三國文誤作「夫」。吴鈔本原鈔無「非」字，墨校補。案有「非」字爲合。

〔一四一〕吴鈔本原鈔無「名」字，墨校補。周校本改「宇」作「字」。揚案：此句當作「吉宅字與吉名者，宅實也」。此處無「名」字，自亦可通；惟「名」字各本皆有之，或係鈔者誤奪。此句凡兩「吉」字三「宅」字，故鈔者易誤耳。此謂吉宅本係實物，坦然殊觀，可得而別者也。顔準乃貴之標，居宅爲吉之實，見居宅可以指其吉凶，見顔準不能必其貴賤，二者非可相比也。○廣雅：「字，飾也。」潛夫論貴忠篇：「貴戚懼家之不吉，而制諸令名。」

〔一四二〕吴鈔本原鈔作「善宅無吉徵而字吉宅」，墨校删改，令同此本。案「自」當作「字」，「字」下當有「吉」字。「善宅」二字或鈔者誤衍，或本在上句「也」字之上，而鈔者誤倒。

〔一四三〕案謂若見此宅，本無吉徵，而徒制爲令名，則可舉其徵假以難之。

〔一四四〕「即」嚴輯全三國文誤作「既」。「知當」二字，吴鈔本塗改而成，原鈔不明。案此句有誤，各本並同。

〔一四五〕「纂」字吴鈔本原鈔似誤作「纂」，墨校塗改。「宅」字各本並同，案當爲「國」字之誤。

〔一四六〕「即」周校本誤作「既」。

〔一四七〕一切經音義引詩注：「陶，變也。」

〔一四八〕「可」下空格之字，程本作「陶」，張溥本及三國文作「爲」，文津本作「表」，吴鈔本無空格。案「爲」字是也，下文即云「可爲」。

〔一四九〕吴越春秋：「越王使相者國中得苧蘿山鬻薪之女，曰西施、鄭旦，飾以羅縠，教以容步，三年學服，而獻於吴。」

〔一五〇〕「助」下空格之字，程本作「美」，文津本作「儀」，吴鈔本無空格，皕宋樓鈔本同，校者以藍筆補「儀」字。案「儀」字更合。○「黼黻」見前答難養生論注〔三七〕。史記禮書曰：「目好五色，爲之黼黻文章以表其能。」賈子道術篇：「容服有義謂之儀。」

〔一五一〕「吉」上，吴鈔本原鈔有「則」字，墨校删。「家」上空格之字，程本作「善」，文津本作「巨」，吴鈔本無空格，皕宋樓鈔本同，校者以藍筆補「巨」字。

〔一五二〕吴鈔本「人」上有「作」字，「宅」下有「説」字，是也。

〔一五三〕「一」上，吴鈔本有「自」字，是也。「一」字，各本並同，疑「善」字之譌缺。

〔一五四〕「占」此本原作「古」，刻板之誤也，各本皆作「占」。

〔一五五〕「爲」下，吴鈔本原鈔尚有一字，墨塗，不甚可辨，疑係「也」字。案此謂非能爲吉凶也，「爲」下當奪「吉凶也」三字，前釋難文即云：「是故知吉凶，非能爲吉凶也。」

〔一五六〕吴鈔本原鈔作「知何所言」，「知」字塗改而成，墨校於「知」上補「安」字，又删去「何」字。案「知何」二字，當係「如向」之誤。各本「安知」二字，則係「案如」之誤。集中「案如」二字連用處多。

〔一五七〕「爲」上，張本有「可」字，是也。皕宋樓鈔本，校者亦以藍筆補「可」字。

〔一五八〕吴鈔本原鈔無「以」字，墨校補。

〔一五九〕「理」吴鈔本作「地」，是也。

〔一六〇〕「毓」與「育」同，爾雅：「育，養也。」

〔一六一〕「姓」吴鈔本誤作「性」。

〔一六二〕論衡詰術篇：「宅有五音，姓有五聲。」又曰：「姓有五音，人之質性，亦有五行。」潛夫論卜列篇：「凡姓之有音也，必隨其本生祖所出也。太皡木精，其子孫咸當爲角。神農火精，其子孫咸當爲徵。黄帝土精，其子孫咸當爲宫，少昊金精，其子孫咸當爲商。顓頊水精，其子孫咸當爲羽。雖號百變，音形不易。」○白孔六帖曰：「近世乃有五姓，謂宫商角徵羽也，以爲天下萬物悉配屬之，以處吉凶，然言皆不類。如張王爲商，武庚爲羽，是以音相諧附。至柳官宫，趙爲角，則又不然。其間一姓而兩屬，複姓數字不得所歸，是直野人巫師説爾。」○顧炎武日知録曰：「姓之所從來，本於五帝，五帝之得姓，本於五行，則有相配相生之理。故傳言：『有嬀之後，將育於姜。』又曰：『姬姞耦，其生必蕃。』而後世五音族姓之説，自此始矣。嵇康論曰：『五行有相生，故同姓不昏。』」○揚案：春秋繁露有五行相生篇。白虎通義五行篇：「五行者，謂金木水火土也。五行所以更王何？以其轉相生，故有終始也。」

〔一六三〕「昏」或作「婚」。

〔一六四〕左氏昭公元年傳：「子産曰：『内官不及同姓，其生不殖。』」注：「殖，長也。」國語晉語：「同姓不昏，懼不殖也。」

〔一六五〕司馬相如上書諫獵曰：「人誠有之，獸亦宜然。」

〔一六六〕「協」或作「恊」。

〔一六七〕「才」吴鈔本作「材」，二字通。○易繫辭下：「兼三才而兩之。」後漢書注：「三才，天、地、人。」莊子大宗師篇：「離形去知，同於大通。」

〔一六八〕易説卦傳：「窮理盡性，以至於命。」又繫辭下：「象其物宜，是故謂之象。」

〔一六九〕易乾卦文言曰：「同聲相應，同氣相求。」淮南子注：「分猶界也。」

〔一七〇〕廣雅：「比，近也。」

〔一七一〕廣雅：「著，明也。」

〔一七二〕案上「有」字當衍。

〔一七三〕「土」字各本同，周校本曰：「當作『五』。」○揚案：「五」字是也，此承上五行而言。○史記五帝本紀：「軒轅修德振兵，治五氣。」集解：「王肅曰：『五行之氣。』」索隱：「謂春甲乙木氣，夏丙丁火氣之屬，是五氣也。」

〔一七四〕吴鈔本無「謂」下「之」字。

〔一七五〕「天」上，吴鈔本原鈔有「徒曰」二字，墨校删。案此引釋難之文，有「徒曰」二字爲是。

〔一七六〕「以」吴鈔本作「已」，二字通。

〔一七七〕吴鈔本原鈔無「吉凶」二字，墨校補。案原鈔是也，宅指吉宅，與良藥比言，不兼凶宅。此謂藥之已病，宅之成人，乃相之所一也。難云，若謂服藥是相之所一，宅豈非是一也。釋難云，多食傷性，良藥已病，相之所一也，誣彼實此，非所以相證。此處渾括兩文而言之。

〔一七八〕「曰」下空格之字，吴鈔本、張本作「誣」，程本作「妄」，文津本作「兆」。案此承上句而言，「誣」字是也。

〔一七九〕「又」字各本同，當爲「交」之譌，「交」「賒」二字對言。

〔一八〇〕「交賒」見前養生論注〔一〇二〕。

〔一八一〕「以」三國文誤作「有」。「虚」下，吴鈔本有「實」字，是也。

〔一八二〕釋名：「水注谷曰溝，田間之水亦曰溝；注溝曰澮。」

〔一八三〕案「山」下當奪「木」字。

〔一八四〕吴鈔本作「山客白首毋大魚也」，無「曰」字。案吴鈔本是也，「終身」與「白首」同義。○顔氏家訓歸心篇：「山中人不信有魚大如木，海上人不信有木大如魚。」案法苑珠林三十七亦載此語。又太平御覽八百三十七及九百五十二引孫綽子亦有「海人與山客辯其方物」云云，孫氏晉人，世代尤近，當皆不本叔夜，而係更有出處也，今未詳。

〔一八五〕自「者」以下十四字，各本皆奪，惟吴鈔本有之。案此引釋難之文，有者爲是，今據補。

〔一八六〕吴鈔本作「不可以妄求也」。案此引釋難之文，吴鈔本爲是也。

〔一八七〕吴鈔本作「想亦未知也」，案此乃相命之相，鈔者誤合「相必」二字爲「想」字。

〔一八八〕「暗」吴鈔本作「闇」。

〔一八九〕「强」或作「彊」，下同。「也」字文津本誤作「之」。

〔一九〇〕「耳」吴鈔本作「爾」。

〔一九一〕案「然」字當在「苟」字上，「還」字當爲「達」字之譌。

〔一九二〕案「不」上當奪「何」字。○淮南子説山訓：「聖人由外知内，因見求隱。」

〔一九三〕「論」吴鈔本作「端」。讀書續記曰：「『論』『端』形近致譌。『尋端』『究緒』對文，似作『端』長。」○蔡邕釋誨曰：「君子推微達著，尋端見緒。」廣雅：「緒，末也。」

〔一九四〕嚴輯全三國文無「得」字。「由」下空格之字，程本、文津本作「子午」。此句，吴鈔本作「系申而得卯未」，無空格。周校本作「系申而得非未」，注云：「『系』或『求』之譌，各本皆非是。」馬叙倫曰：「『申』字依義不當無，『由』字殆即『申』之譌也。」○揚案：「卯」字周校本誤作「非」。吴鈔本「系」字當因「緒」字而誤衍。「申」字則因「由」字而譌。以文義求之，「由」下當有「子午」等兩字爲是。又案「卯」疑「丑」字之誤，此篇上文云：「乾坤有六子」，似言納甲之法也。納甲之法，乾坤爲父母。乾之初爻交於坤，生震，故震之初爻納子午；坤之初爻交於乾，生巽，故巽之初爻納丑未。此處上云「子午」，則下當作「丑未」矣。

〔一九五〕「夫」吴鈔本作「失」。周校本曰：「各本譌『夫』。」讀書續記曰：「『夫』字譌。」揚案：如作「失」字，則此句連上爲義也。但以文義求之，此句自當連下，則作「夫」字爲是。

〔一九六〕案依下文觀之，「師」下當奪「尋迹」二字。

〔一九七〕「獸」上空格之字，程本作「獵」，文津本作「禽」，吴鈔本無空格。案吴鈔本是也。

〔一九八〕「足」上空格之字，程本作「頓」，文津本作「矯」。此處，吴鈔本原鈔作「則不敢舉足」，無空格，墨校於「敢」下補「訊」字，「舉」下補「氣」字，朱校於「氣」下作一小圍，欄外上方著校語云：「刻本『氣』下空一字。」揚案：吴鈔本原鈔是也。左傳注：「期，必也。」此謂尋迹不能必獲，則不敢往也。

〔一九九〕「頤」吴鈔本、張本作「賾」，是也。

〔二〇〇〕「謂」吴鈔本原鈔作「爲」，墨校改。○易繫辭上：「探賾索隱，鉤深致遠。」漢書注：「賾亦深也。」

嵇康集校注卷第十

太師箴

家誡

太師箴

北堂書鈔引五經異義曰：「古周禮説：天子立三公，曰太師、太傅、太保，無官屬，與王同職。」○宋書百官志曰：「周武王時，太公爲太師。成王時，周公爲太師。漢西京初不置，平帝時始復置太師官，東京又廢。獻帝初，董卓爲太師，卓誅，又廢。魏世不置。」○大戴禮保傅篇：「天子不論先聖王之德，不知君國畜民之道，不見禮義之正，不察應事之理，不博古之典傳，不閑於威儀之數，詩書禮樂無經，學業不法。凡是其屬，太師之任也。」○晉書本傳曰：「作太師箴，亦足以明帝王之道焉。」○案箴太師，即以箴天子也，猶後世之大寶箴矣。

浩浩太素，陽曜陰凝〔一〕。二儀陶化，人倫肇興〔二〕。厥初冥昧，不慮不營〔三〕。欲以物開〔四〕，患以事成。犯機觸害，智不救生。宗長歸仁，自然之情〔五〕。故君道自然〔六〕，必託賢明。茫茫在昔〔七〕，罔或不寧〔八〕。赫胥既往〔九〕，紹以皇羲〔一〇〕。默靜無文，大朴未虧〔一一〕。萬物熙熙，不夭不離〔一二〕。爰及唐虞〔一三〕，猶篤其緒〔一四〕。體資易簡〔一五〕，應天順矩〔一六〕。絺褐其裳，土木其宇〔一七〕。物或失性，懼若在予〔一八〕。疇咨熙載，終禪舜禹〔一九〕。夫統之者勞，仰之者逸。至人重身，棄而不恤〔二〇〕。故子州稱疾〔二一〕，石户乘桴。許由鞠躬，辭長九州〔二二〕。先王仁愛，愍世憂時〔二三〕。哀萬物之將頹，然後莅之〔二四〕。

下逮德衰，大道沉淪〔二五〕。智惠日用〔二六〕，漸私其親〔二七〕。懼物乖離，擘(□□)〔義畫〕仁〔二八〕。利巧愈競〔二九〕，繁禮屢陳〔三〇〕。刑教争施〔三一〕，夭性喪真〔三二〕。季世陵遲，繼體承資〔三三〕。憑尊恃勢，不友不師〔三四〕。宰割天下，以奉其私〔三五〕。故君位益侈，臣路生心。竭智謀國，不吝灰沉〔三六〕。賞罰雖存，莫勸莫禁〔三七〕。若乃驕盈肆志，阻兵擅權〔三八〕。矜威縱虐，禍(蒙)〔崇〕丘山〔三九〕。刑本懲暴，今以脅賢〔四〇〕。昔爲天下，今爲一身。下疾其上，君猜其臣〔四一〕。喪亂弘多，國乃隕顛〔四二〕。故殷辛不道，首綴素旗〔四三〕。周朝敗度，彘人是謀〔四四〕。楚靈極暴，乾溪潰叛〔四五〕，晉厲殘虐，欒書作難〔四六〕。主父棄禮，鷇胎不宰〔四七〕。秦皇荼毒，禍流四海〔四八〕。是以亡國繼踵，古今相承〔四九〕。醜彼(權)〔摧〕滅〔五〇〕，而襲其亡徵〔五一〕。初安若山，後敗如崩〔五二〕。臨刃振鋒，悔何所增〔五三〕。

故居帝王者，無曰我尊，慢爾德音〔五四〕；無曰我强〔五五〕，肆于驕淫〔五六〕。棄彼佞倖，納此遲顔〔五七〕。諛言順耳，染德生患〔五八〕。悠悠庶類，我控我告〔五九〕。唯賢是授，何必親戚。順乃浩好，民實胥效〔六〇〕。治亂之原，豈無昌教〔六一〕？穆穆天子，思（問）〔聞〕其傲〔六二〕。虚心導人，允求讜言〔六三〕。師臣司訓，敢告在前〔六四〕。

〔一〕列子天瑞篇：「太素者，質之始也。」白虎通：「始起之天，先有太初，後有太始，形兆既成，名曰太素。」「陽曜陰凝」見前明膽論注〔八〇〕。

〔二〕易繫辭上：「是故易有太極，是生兩儀。」虞氏注：「兩儀，謂乾坤也。」淮南子本經訓：「天地之合和，陰陽之陶化萬物，皆乘人氣者也。」太玄注：「陶，化也。」曹植魏文帝誄：「皓皓太素，兩儀始分。沖和產物，肇有人倫。」案「浩」與「皓」通，廣雅：「皓皓，明也。」爾雅：「肇，始也。」

〔三〕「厥」吴鈔本作「爰」。○後漢書隗囂傳：「移檄告郡國曰：『莽冥昧觸冒，不顧大忌。』」説文：「冥，幽也。」小爾雅：「昧，冥也。」管子禁藏篇：「氣情不營，則耳目穀。」大戴禮文王官人篇：「煩亂之而志不營。」注：「營，猶亂也。」

〔四〕「欲」或作「慾」。

〔五〕毛詩傳：「宗，尊也。」論語：「一日克己復禮，天下歸仁焉。」

〔六〕「自」吴鈔本原鈔作「因」，朱校改。

〔七〕「茫茫」吴鈔本作「芒芒」，字通。

〔八〕荀悦漢紀曰：「茫茫上古，結繩而治。」文選注：「茫茫，遠貌也。」詩那：「自古在昔，先民有作。」

〔九〕「赫」吴鈔本作「華」。讀書續記曰：「『華』『赫』古音同類通假。」

〔一〇〕莊子馬蹄篇：「赫胥氏之時，民居不知所爲，行不知所之，含哺而熙，鼓腹而遊。」釋文：「司馬云：『赫胥，上古帝王也。』」爾雅：「紹，繼也。」「皇羲」見前述志詩（潛龍育神軀）注〔二〕。

〔一一〕「大」或作「太」，「朴」或作「樸」。○管子宙合篇：「静默以審慮，依賢可用也。」「無文」「大朴」見前難自然好學論注〔三〕〔四〕。

〔一二〕周書太子晉解：「分均天財，萬物熙熙。」注：「熙熙，和盛。」説苑建本篇：「萬物熙熙，各樂其終。」莊子繕性篇：「古之人在混芒之中，萬物不傷，羣生不夭。」

〔一三〕「爰」吴鈔本作「降」。

〔一四〕詩皇矣：「則篤其慶。」又閟宫：「纘禹之緒。」箋云：「篤，厚也。緒，事也。」

〔一五〕「資」吴鈔本作「兹」。

〔一六〕易繫辭上：「易簡而天下之理得矣。」尸子：「堯聞舜賢，舉之草茅之中，與之語政，至簡而易行。」漢書叙傳曰：「應天順民，五星同晷。」曹植矯志詩：「覆之幬之，順天之矩。」

〔一七〕説文：「絺，粗葛也。褐，編枲韤，一曰粗衣。」

〔一八〕「失性」見前難養生論注〔六七〕。

〔一九〕書堯典：「帝曰：『疇咨若時登庸。』」又舜典：「舜曰：『有能奮庸，熙帝之載。』」僞孔傳：「熙，廣也；疇，誰；庸，用也；載，事也。」漢書叙傳曰：「疇咨熙載，髦俊並作。」

〔二〇〕國策注：「恤，顧也。」

〔二一〕「疢」吴鈔本作「疾」。

〔二二〕莊子讓王篇：「堯以天下讓許由，許由不受。又讓於子州支父，子州支父曰：『我適有幽憂之病，方且治之，未暇治天下也。』舜以天下讓石户之農，石户之農以舜之德爲未至也，於是夫負妻戴，攜子以入海，終身不反。」論語：「子曰：『道不行，乘桴浮於海。』」又曰：「入公門，鞠躬如也。」集解：「馬融曰：『桴，編竹木，大者曰筏，小者曰桴。』」漢書注：「鞠躬，謹敬貌。」蔡邕琴操：「許由曰：『堯聘吾爲天子，吾志在青雲，何乃劣劣爲九州伍長乎？』」爾雅：「疢，病也。」

〔二三〕廣雅：「愍，憂也。」

〔二四〕馬融長笛賦：「感迴飈而將頹。」文選注：「頹，落也。」儀禮士冠禮：「吾子將莅之。」注：「莅，臨也。」

〔二五〕莊子繕性篇：「逮德下衰，及燧人伏羲，始爲天下，是故順而不一。」吕氏春秋恃君篇：「德衰世亂，然後天子利天下。」楚辭九歎：「或沉淪其將没兮。」注：「淪，没也。」

〔二六〕「惠」張溥本作「慧」，二字通。

〔二七〕「漸」上，吴鈔本原鈔有「而」字，墨校删。○「智惠」見前六言詩（智慧用有爲）注〔一〕。韓詩外傳：「五帝官天下，三王家天下，家以傳子，官以傳賢。」

〔二八〕此句，吴鈔本作「攘臂立仁」，程本作「擘義去仁」，文津本作「擘撇懷仁」，八代文鈔作「擘義畫仁」，張溥本惟「擘仁」二字，「擘」上空兩格，張燮本及古詩類苑惟「立仁」二字，無空格。讀書續記曰：「攘臂立仁，此用莊子在宥篇文義，本文無譌。」○揚案：懼物乖離，故立仁義，作「擘去」甚非，「擘撇」亦不成詞，「擘畫」之意略近之。○廣雅：「乖，離也。」老子：「上禮爲之而莫應，則攘臂而仍之。」莊子在宥篇：「今世殊死者相枕也，桁楊者相推也，刑戮者相望也，而儒墨乃始離跂攘臂乎桎梏之間。」案「攘」借作「纕」，説文：「纕，援臂也。」淮南子要略訓：「擘畫人事之始終者也。」注：「擘，分也。」

〔二九〕「利巧」，吴鈔本作「名利」。

〔三〇〕韓子解老篇：「禮繁者，實必衰也。」又難一篇：「舅犯曰：『臣聞繁禮君子，不厭忠信。』」

〔三一〕「施」吴鈔本作「馳」。讀書續記曰：「明本『馳』作『施』，是，『施』與上句『陳』字對。」○揚案：「馳」字亦通。

〔三二〕「天」原作「天」，刻板之誤也。吴鈔本亦誤作「天」，餘本皆作「夭」。讀書續記曰：「『夭』與『喪』對。」○「真」古詩類苑及廣文選誤作「貞」。○廣雅：「夭，折也。」

〔三三〕「季世」見前答難養生論注〔三二〕。「陵遲」見前難自然好學論注〔九〕。胡廣邊都尉箴曰：「季末陵遲，王澤壅隔。」公羊文公九年傳：「繼文王之體。」史記外戚世家：「自古受命帝王及繼體守文之君。」儀禮注：「體，嫡嫡相承也。」漢書平當傳：「上書曰：『今聖漢受命而王，繼體承業。』」管子法法篇：「資有天下，利在一人。」注：「資，用也。」

〔三四〕戰國策燕策：「郭隗曰：『帝者與師處，王者與友處。』」韓子外儲說左下：「文王曰：『君與處，上皆其師，中皆其友，下盡其使也。』」新書官人篇：「王者官人有六等，一曰師，二曰友。」

〔三五〕新書過秦篇：「宰割天下，分裂河山。」

〔三六〕「吝」字，吳鈔本塗改而成。○案此謂臣下生心，而謀奪國也。灰沉，灰身沈身也。說文：「吝，恨惜也。」後漢書陳龜傳：「上疏曰：『或舉國掩户，盡種灰滅。』」蔡邕戍邊上章曰：「湮滅土灰，呼吸無期。」

〔三七〕莊子天地篇：「子高曰：『今子賞罰而民且不仁。』」韓子飾邪篇：「有賞不足以勸，有刑不足以禁，則國雖大必危。」

〔三八〕漢書叙傳曰：「膠東不亮，常山驕盈。」「肆志」見前贈秀才詩（流俗難悟）注〔二〕。左氏隱公四年傳：「夫州吁阻兵而安忍。」正義曰：「阻，恃也。」

〔三九〕「蒙」吳鈔本作「崇」，是也。○毛詩序：「衛國並爲威虐，百姓不親。」戰國策楚策：「或謂楚王曰：『國權輕於鴻毛，而積禍重於丘山。』」揚雄徐州箴：「禍如丘山，本在萌芽。」爾雅：「崇，高也。」

〔四〇〕漢書注：「脅謂以威迫之也。」

〔四一〕管子小問篇：「牧民不知其疾，則民疾。」注：「疾謂憎嫌之也。」説文：「猜，恨賊也。」

〔四二〕詩節南山：「天方薦瘥，喪亂弘多。」毛傳：「弘，大也。」吴越春秋：「齊王曰：『賴上帝哀存，國猶不至顛隕。』」曹植王仲宣誄：「皇家不造，京室隕顛。」楚辭注：「自上下曰顛。隕，墜也。」

〔四三〕史記殷本紀：「帝乙崩，子辛立，是爲帝辛，天下謂之紂。紂淫亂不止，周武王率諸侯伐紂，紂兵敗。紂走入，登鹿臺，衣其寶玉衣，自火而死。周武王遂斬紂頭，縣之白旗。」戰國策趙策：「希寫曰：『卒斬紂之頭，而縣於太白者，是武王之功也。』」注：「太白，旗名。」左氏僖公二年傳：「今虢爲不道，保於逆族。」楚辭注：「綴，繫也。」毛詩傳：「素，白也。」

〔四四〕書太甲篇：「欲敗度，縱敗禮。」毛詩傳：「敗，壞也。」國語周語：「厲王虐，國人謗王。王怒，得衛巫，使監謗者，以告則殺之。於是國莫敢出言。三年，乃流王於彘。」注：「彘，晉地。」

〔四五〕「溪」吴鈔本原鈔作「磎」，墨校改。張本作「谿」。○左氏昭公十二年傳：「楚子使帥師圍徐，以懼吴，楚子次於乾谿，以爲之援。」昭公十三年傳：「楚公子比，因四族之徒以入楚。公子比爲王，先除王宫，使觀從從師於乾谿，而遂告之，師及訾梁而潰。夏五月癸亥，王縊于芋尹申亥氏。」韓子説疑篇：「荆靈公死於乾谿之上。」國語吴語：「申胥曰：『昔楚靈王不君，其民不忍饑勞之殃，三軍叛王於乾谿。』」揚案：靈王還至訾梁，其衆乃散，惟潰叛之謀，實始於乾谿耳。

〔四六〕左氏成公十二年傳：「晉厲公侈，多外嬖，欲盡去羣大夫而立其左右。公遊于匠麗氏，欒書中行偃遂執公焉。」成公十八年傳：「春正月庚申，欒書中行偃使程滑弑厲公，葬之翼東門之外。」崔瑗珮銘曰：「晉厲好虐，欒書作亂。」

〔四七〕史記趙世家：「武靈王胡服騎射，立王子何以爲王，武靈王自號爲主父。封長子章爲代安陽君。四年，欲分趙而王章於代，計未決而輟。主父遊沙丘異宫，公子章即以其徒與田不禮作亂。公子成與李兑入距難，殺公子章及田不禮。公子章之敗，往走主父，主父開之。成兑因圍主父宫，主父欲出不得，又不得食，探爵鷇而食之，三月餘而餓死沙丘宫。」集解：「綦毋邃曰：『鷇，爵子也。』」案不宰，謂不烹治也。周禮疏：「宰者，調和膳羞之名。」

〔四八〕詳史記秦始皇本紀。國語周語：「寧爲荼毒。」注：「荼，苦也。」

〔四九〕「古今」張本作「今古」。○潛夫論實貢篇：「衰國危君，繼踵不絶。」廣雅：「踵，迹也。」

〔五〇〕「權」張本作「摧」，吴鈔本作「催」。馬叙倫曰：「『催』當作『摧』，與『權』形近，故譌爲『權』也。」

〔五一〕魏武帝令曰：「摧滅羣逆，克定天下。」廣雅：「襲，因也。」韓子有亡徵篇。

〔五二〕春秋保乾圖曰：「安於泰山，與日合符。」史記主父偃傳：「徐樂上書曰：『何謂土崩，秦之末世是也。』」揚雄冀州牧箴：「初安如山，後崩如崖。」

〔五三〕廣雅：「振，動也。」案此謂當誅時，雖悔無益也。

〔五四〕詩皇矣：「維此王季，帝度其心，貊其德音。」

〔五五〕「强」或作「彊」，張本誤作「疆」。

〔五六〕崔駰太尉箴：「無曰我强，莫敢予喪。」史記秦本紀：「由余曰：『後世日以驕淫，阻法度之威，以責督於下。』」

〔五七〕「遻」吴鈔本作「遌」，嚴輯全三國文作「逆」，蓋由「遻」字而誤。○史記佞幸列傳曰：「籍孺以佞幸。」小爾雅：「迕，犯也。」案「迕」、「遻」、「遌」、「遻」，並同。

〔五八〕東方朔非有先生論曰：「夫談有悦於目，順於耳，快於心，而毁於行者。」墨子所染篇：「國亦有染，所染不當，故國殘身死。」廣雅：「染，汙也。」管子樞言篇：「人衆兵强，而不以其國造難生患。」

〔五九〕「悠悠」見前述志詩（潛龍育神軀）注〔六〕。楚辭遠遊篇：「庶類以成兮。」注：「庶類，萬物也。」左氏襄公八年傳：「無所控告。」注：「控，引也。」傅毅迪志詩：「先人有訓，我訊我誥。」

〔六〇〕「胥」吴鈔本作「胥」，誤也。○書洪範：「無有作好，遵王之道。」詩角弓：「爾之教矣，民胥效矣。」箋云：「胥，皆也。」

〔六一〕管子立政篇：「君之所審者三，一曰德不當其位，二曰功不當其禄，三曰能不當其官。此三本者，治亂之原也。」説文：「昌，美言也。」大戴禮保傅篇：「太師，導之教順。」

〔六二〕「問」吴鈔本作「聞」，是也。○詩雝：「相維辟公，天子穆穆。」漢書韋賢傳：「韋孟作諫詩曰：『穆穆天子，臨爾下土。』」注：「穆穆，天子之容也。」

〔六三〕非有先生論曰：「虛心定志，欲聞流議。」荀子解蔽篇：「不以所已藏害所將受謂之虛。」爾雅：「允，誠也。」漢書叙傳曰：「今日復聞讜言。」注：「讜言，善言也。」

〔六四〕「告」吴鈔本原鈔作「獻」，墨校改。案此仿古之箴，作「告」爲合。後漢書陳元傳：「上疏曰：『師臣者帝，故文王以太公爲師。』」禮記文王世子篇：「太傅在前，少傅在後。」漢書王吉傳：「上疏曰：『廣夏之下，細旃之上，明師居前，勸誦在後。』」左氏襄公四年傳：「虞人之箴曰：『獸臣司原，敢告僕夫。』」崔駰司空箴：「空臣司土，敢告在側。」

李兆洛曰：「此爲司馬氏言也，若諷若惜，詞多紆回。」譚獻曰：「前半故爲高論，亦當時習尚然與？嗣宗勸進牋，用意亦同。」又曰：「襲用漢人句法有痕。」

家誡

説文：「誡，敕也。」案「誡」與「戒」通，文心雕龍詔策篇：「戒者，慎也；馬援以下，各貽家戒。」

人無志，非人也。但君子用心，所欲準行〔一〕，自當量其善者〔二〕，必擬議而後動〔三〕。若志之所之〔四〕，則口與心誓，守死無二〔五〕，恥躬不逮，期於必濟〔六〕。若心疲體解〔七〕，或牽於外物，或累於内欲，不堪近患，不忍小情，則議於去就。議於去就，則二心交爭〔八〕，二心交爭，則向所見役之情勝矣〔九〕。或有中道而廢，或有不成一匱而敗之〔一〇〕。以之守則不固〔一一〕，以之攻則怯弱，與之誓則多違，與之謀則善泄。臨樂則肆情，處逸則極意〔一二〕。故雖繁華熠燿〔一三〕，無結秀之勳〔一四〕；終年之勤，無一旦之功〔一五〕，斯君子所以歎息也〔一六〕。若夫申胥之長吟〔一七〕，夷齊之全潔〔一八〕，展季之執信〔一九〕，蘇武之守節〔二〇〕，可謂固矣。故以無心守之，安而體之，若自然也〔二一〕，乃是守志之盛者(可)耳〔二二〕。

所居長吏〔二三〕，但宜敬之而已矣。不當極親密〔二四〕，不宜數往，往當有時〔二五〕。(其衆人又不當宿留)〔其有衆人，又不當獨在後，又不當前〕〔二六〕。所以然者，長吏喜問外事，或時發舉〔二七〕，則(怨或者謂)〔恐爲〕人所説〔二八〕，無以自免也。(若)〔宏〕行寡言〔二九〕，慎備自守〔三〇〕，則怨責之路解矣。其立身當清遠〔三一〕，若有煩辱〔三二〕，欲人之盡命〔三三〕，託人之請求，(當)謙〔言〕辭(□)謝，(其)〔某〕素不預此輩事〔三四〕，當相亮耳〔三五〕。若有怨急，心所不忍，可外違拒，密爲濟之。所以然者，上遠宜適之幾〔三六〕，中絶常人淫輩之求，下全束脩無玷之稱〔三七〕，此又秉志之一隅也〔三八〕。凡行事先自審其可，(不差)〔若〕於宜，宜行此事〔三九〕，而人欲易之，當説宜易之理。若使彼語殊佳者，勿羞折遂非也〔四〇〕。若其理不足，而更以情求來守人〔四一〕，雖復云云，當堅執所守，此又秉志之一隅也。不須行小小束脩之意氣〔四二〕，若見窮乏而有可以賑濟者，便見義而作〔四三〕。若人從我（欲）有所求〔欲者〕〔四四〕，先自思省，若有所損廢多，於今日所濟之義少，則當權其輕重而拒之〔四五〕。雖復守辱不已，猶當絶之。然大率人之告求，皆彼無我有，故來求我，此爲與之多也。自不如此，而爲輕竭〔四六〕，不忍面言，强副小情〔四七〕，未爲有志也。

夫言語，君子之機〔四八〕，機動物應，則是非之形著矣，故不可不慎。若於意不善了〔四九〕，而本意欲言，則當懼有不了之失，且權忍之〔五〇〕。後視向不言此事，無他不可〔五一〕，則向言或有不可，然則能不言全得其可矣。且俗人傳吉遲〔五二〕，傳凶疾，又好議人之過闕〔五三〕，此常人之議也。坐（言）〔中〕所言〔五四〕，自非高議，但是動静消息，小小異同，但當高視，不足和答也〔五五〕。非義不言，詳静敬道，豈非寡悔之謂〔五六〕？人有相與變争〔五七〕，未知得失所在，慎勿預也〔五八〕。且默以觀之，其〔是〕非行自可見〔五九〕。或有小是不足是，小非不足非，至竟可不言以待之，就有人問者，猶當辭以不解，近論議亦然〔六〇〕。若會酒坐，見人争語，其形勢似欲轉盛，便當（亟）〔無何〕舍去之〔六一〕，此將鬬之兆也〔六二〕。坐視必見曲直，黨不能不有言〔六三〕，有言必是在一人，其不是者方自謂爲直，則謂曲我者有私於彼，便怨惡之情生矣。或便獲悖辱之言，正坐視之，大見是非，而争不了〔六四〕，則仁而無武，於義無可〔六五〕，〔故〕當遠之也〔六六〕。然（都大）〔大都〕争訟者小人耳〔六七〕，正復有是非，共濟汗漫〔六八〕，雖勝〔六九〕，可足稱哉〔七〇〕？就不得遠，取醉爲佳。若意中偶有所諱，而彼必欲知者〔七一〕，若守（大）〔人〕不已〔七二〕，或刼以鄙情〔七三〕，不可憚此小輩，而爲所挽引〔七四〕，以盡其言。今正堅語，不知不識，方爲有志耳。自非知舊鄰比，庶幾已下〔七五〕，欲請呼者，當辭以他故勿往也。外榮華則少欲。自非至急，終無求欲，上美也。不須作小小卑恭，當大謙裕〔七六〕。不須作小小廉耻，當全大讓。若臨朝讓官，臨義讓生〔七七〕，若孔文舉求代兄死，此忠臣烈士之節〔七八〕。

凡人自有公私，慎勿强知人知〔七九〕。彼知我知之，則有忌於我，今知而不言，則便是不知矣。若見竊語私議，便舍起，勿使忌人也〔八〇〕。或時逼迫，强與我共説，若其言邪險，則當正色以道義正之〔八一〕。何者？君子不容僞薄之言故也〔八二〕。一旦事敗〔八三〕，便言某甲昔知吾事，〔是〕以宜備之深也〔八四〕。凡人私語，無所不有，宜預以爲意，見之而走者，何哉〔八五〕？或偶知其私事，與同則可，不同則彼恐事泄〔八六〕，思害人以滅迹也。非意所欽者〔八七〕，而來戲調蚩笑人之闕者〔八八〕，但莫應從小共轉至於不共〔八九〕，（而）〔亦〕勿大氷矜〔九〇〕，趨以不言答之〔九一〕，勢不得久〔九二〕，行自止也。自非所監臨〔九三〕，相與無他宜適〔九四〕，有壺榼之意〔九五〕，束脩之好〔九六〕，此人道所通〔九七〕，不須逆也。過此以往，自非通穆〔九八〕，匹帛之饋〔九九〕，車服之贈〔一〇〇〕，當深絶之。何者？常人皆薄義而重利，今以自竭者〔一〇一〕，必有爲而作，鬻貨徼歡〔一〇二〕，施而求報，其俗人之所甘願〔一〇三〕，而君子之所大惡也〔一〇四〕。（□□□□□□□）〔被酒必大傷，志慮〕又憒〔一〇五〕，不須離摟，强勸人酒〔一〇六〕，不飲自已。若人來勸己，輒當（爲）持之〔一〇七〕，勿（誚勿）〔稍〕逆也〔一〇八〕，見醉薰薰便止〔一〇九〕，愼不當至困醉，不能自裁也〔一一〇〕。

〔一〕「所欲」藝文類聚二十三引作「有所」，嚴輯全三國文從之。○吕氏春秋注：「準，法也。」

〔二〕藝文類聚引無「自」字。此處，戒子通録引作「但君子用心，量其善者」，節去六字。

〔三〕藝文類聚引無「必」字。○易繫辭上：「擬議以成其變化。」大戴禮曾子立事篇：「君子慮勝氣，思而後動，論而後行。」

〔四〕「志」藝文類聚引作「心」。○毛詩序：「詩者，志之所之也。」

〔五〕「二」吴鈔本作「貳」，字同。○左氏僖公十五年傳：「必報德，有死無二。」

〔六〕論語：「子曰：『古者，言之不出，恥躬之不逮也。』」集解：「包咸曰：『古人之言，不妄出口，爲身行之將不及。』」易序卦傳：「有過物者必濟。」爾雅：「濟，成也。」

〔七〕「解」張本及藝文類聚、戒子通録引作「懈」，案二字通。

〔八〕荀悦漢紀論曰：「二心交争，公私並行。」

〔九〕「所」下，吴鈔本原鈔有「已」字，墨校删，藝文類聚引有「以」字，周校本亦作「以」，案「已」

「以」通。

〔一〇〕「有」文津本作「以」。「匱」張本作「簣」，二字通。張燮本無「之」字。此句，藝文類聚、戒子通録引作「或有未成而敗」。○論語：「子曰：『力不足者，中道而廢。』又曰：『譬如爲山，未成一簣，止，吾止也。』」集解：「包咸曰：『簣，土籠也。』」

〔一一〕張溥本無「之」字，藝文類聚「守」誤作「中」。

〔一二〕楚辭天問篇：「何繁鳥萃棘，負子肆情？」史記樂書：「李斯曰：『放棄詩書，極意聲色，祖伊所以懼也。』」

〔一三〕「繁」吴鈔本及藝文類聚引作「榮」。「燿」吴鈔本作「耀」，張本及類聚引作「熠」。案「燿」與「耀」通。

〔一四〕「勳」藝文類聚引作「勤」，戒子通録引作「效」。案「勤」字蓋涉下而誤。○詩東山：「熠燿其羽。」箋云：「羽鮮明也。」説文：「熠，盛光也；燿，照也。」應瑒迷迭賦：「夕結秀而垂華。」爾雅：「不榮而實者謂之秀。」大戴禮曾子疾病篇：「華繁而實寡者，天也；言多而行寡者，人也。」

〔一五〕「旦」藝文類聚引作「日」。○戰國策魏策：「蘇子曰：『人臣偷取一旦之功，而不顧其後。』」

〔一六〕「以」字，吴鈔本原鈔無，墨校補。

〔一七〕左氏定公四年傳：「初，伍員與申包胥友，其亡也，謂申包胥曰：『我必覆楚國。』申包胥曰：

『子能覆之，我必能興之。』及昭王在隨，申包胥入秦乞師，立依於庭牆而哭，日夜不絶聲，勺飲不入口，七日，秦師乃出。五年六月，申包胥以秦師至，秦子蒲子虎帥車五百乘以救楚。十月，楚子入于郢。」楚辭九歎曰：「長吟永欷，涕究究兮。」説文：「吟，呻也。」

〔一八〕「齊」吴鈔本原鈔作「叔」，墨校改，藝文類聚引亦作「叔」。○吕氏春秋誠廉篇：「周之將興也，有士二人，處於孤竹，曰伯夷叔齊，西行如周，至於岐陽，則文王已没，武王即位。觀周德，相視而笑，曰：『以此紹殷，是以亂易暴也。今天下闇，周德衰矣。不若避之，以潔吾行。』二子北行，至首陽之下，而餓焉。」案莊子讓王篇與此略同。

〔一九〕吕氏春秋審己篇：「齊攻魯，求岑鼎，魯君載他鼎以往。齊侯使人告魯侯曰：『柳下季以爲是，請因受之。』魯君請於柳下季，答曰：『君之賂，以欲岑鼎也？以免國也？臣亦有國於此，破臣之國，以全君之國，此臣之所難也。』於是魯君乃以真岑鼎往也。」新序節士篇：「柳下惠可謂守信矣。」案柳下惠，氏展字季，詳前卜疑篇注〔七八〕。又案韓子説林下，以此事屬樂正子春。

〔二〇〕漢書蘇武傳：「武字子卿，天漢元年，武帝遣武以中郎將使持節送匈奴使留在漢者。單于欲降之，幽武，置大窖中，絶不飲食。天雨雪，武卧齧雪，與旃毛并咽之，數日不死。匈奴以爲神，乃徙武北海上無人處，使牧羝。留匈奴十九歲，始以彊壯出，及還，須髪盡白。」新序節士篇：「武留十餘歲，竟不降下，可謂守節臣矣。」

〔二一〕禮記緇衣篇：「心好之，身必安之。」

〔二二〕吴鈔本無「可」字，是也。此句，藝文類聚引作「乃是守志盛者也」。嚴輯全三國文作「乃是守志之盛者也」。○左氏昭公十三年傳：「亡十九年，守志彌篤。」

〔二三〕漢書百官公卿表：「縣令長，是爲長吏。」

〔二四〕戒子通録引無「親」字。

〔二五〕「當」上「往」字，吴鈔本原鈔同，墨校改作「來」。案此「往」字屬下句，作「來」誤也。

〔二六〕此處，吴鈔本原鈔作「其有衆，又不當獨在後，又不當宿」，墨校删改，令同此本。案原鈔是也。戒子通録引作「其有衆人，又不當獨在後，又不當前」，較吴鈔本原鈔多一「人」字，又「宿」作「前」，似於義爲長。

〔二七〕廣雅：「發，舉也。」

〔二八〕吴鈔本原鈔無「或」字，墨校補。案原鈔是也，「或」字涉上文而衍。此處戒子通録引作「則恐爲人所説」，似於義爲長。

〔二九〕「若」字，吴鈔本塗改而成，原鈔不明，戒子通録引作「宏」。案「宏」字是也，「宏」與「寡」對文。

〔三〇〕毛詩箋：「宏猶廣也。」禮記内則篇：「必求慎而寡言者以爲子師。」漢書揚雄傳：「雄方草創太玄，有以自守。」

〔三一〕「當」字上戒子通録有「自」字。

〔三二〕荀子議兵篇："「勞苦煩辱則必奔。」"

〔三三〕由此以上十五字，吴鈔本原鈔誤奪，墨校補。

〔三四〕「謝」上空格之字，程本作「揖」，文津本及八代文鈔、漢魏名文乘作「以」，文瀾本作「陳」，經濟堂刻百三家集作「遜」。吴鈔本「辭」上有「言」字，無空格，又「預」字作「豫」。此處，戒子通録引作「謙言辭謝，某素不預此輩事」，無「當」字，又「其」字作「某」，似較吴鈔本爲長。周校本「當」上誤衍「則」字。

〔三五〕「亮」上，戒子通録引有「安」字。○禮記曲禮下："「使者自稱曰某。」"注："「某，名也。」"漢書注："「預，干也。」"案「預」「豫」二字通。爾雅："「亮，信也。」"

〔三六〕吕氏春秋離俗篇："「魚有大小，餌有宜適。」"案莊子至樂篇："「義設於適。」"「宜」與「義」通，「宜適」一詞，六朝以上之書用之者多。

〔三七〕「玷」吴鈔本原鈔作「累」，墨校改。此句，戒子通録引作「下全束脩無誨之文」，四庫本注云："「案本集作『下全束脩無玷之稱』。」"○論語："「子曰：『自行束脩以上，吾未嘗無誨焉。』」"泰誓正義曰："「孔注論語，以束脩爲束帶脩飾。」"孫奕履齋示兒編曰："「延篤傳注云：『束脩謂束帶脩飾。』此説稍通。然以脩爲脩飾則是，以束爲束帶則非，不若以檢束脩飾爲正。」"黄生義府曰："「行檢束脩飾之禮，蓋十五入大學之年也。歷觀兩漢，束脩二字，並如此用。」"洪亮吉與盧文弨論束脩書曰："「凡經傳束脩束脯及束牲束矢等，皆須束縛，此本訓也。因束縛又通爲檢束之束，故史傳又言束身束心，此通借也。説文肉部：『脩，脯也；修，飾也。』皆本訓，取修正之義以訓脩則可。後漢書言束脩者，不一而足，蓋亦如古人所云束髮立名節等耳。」揚案：後漢書卓茂傳：「光武帝下詔曰：『前密令卓茂，束身自脩。』」阮籍大人先生傳曰：「束身脩行，日慎一日。」皆用檢束脩飾之義也。毛詩傳：「玷，缺也。」

〔三八〕司馬相如美人賦：「信誓旦旦，秉志不回。」「一隅」見前聲無哀樂論注〔三〕。

〔三九〕「於」上，吴鈔本原鈔有「若」字，又無「不差」二字，墨校改。案原鈔更合。

〔四〇〕「折」漢魏別解等書作「於」，誤也。○後漢書注：「折，難也。」廣雅：「遂，竟也。」

〔四一〕此句各本同，案有「來」字，自亦可通，但「求」「來」二字相似，「來」字或誤衍。○管子明法篇：「下情求不上通謂之塞。」案守人謂守候於己也。

〔四二〕司馬相如上林賦：「臣之所見，特其小小者耳。」

〔四三〕孟子：「今爲所識窮乏者得我而爲之。」説文：「振，舉救也。」案「賑」與「振」通。論語：「子曰：『見義不爲，無勇也。』」易繫辭下：「君子見機而作，不俟終日。」

〔四四〕吴鈔本原鈔作「若人從我有所求欲者」，墨校改。案原鈔是也，後文云：「自非至急，終無求欲。」亦以「求欲」連言。

〔四五〕「拒」吴鈔本作「距」，二字通。○孟子：「權然後知輕重。」注：「權，銓衡也。」

〔四六〕國語晉語：「竭力以從事。」注：「竭，盡也。」

〔四七〕漢書注：「副，稱也。」

〔四八〕易繫辭上：「言行，君子之樞機。」

〔四九〕廣雅：「了，訖也。」

〔五〇〕文選注：「權猶苟且也。」

〔五一〕「後」上，吴鈔本原鈔有「已」字，墨校删。

〔五二〕吴鈔本原鈔奪此三字，墨校補。

〔五三〕漢書注：「闕，謂過失也。」

〔五四〕吴鈔本作「坐中所言」，是也。

〔五五〕曹植與楊德祖書：「足下高視於上京。」

〔五六〕論語：「非禮勿言，非禮勿動。」禮記學記篇：「皮弁祭菜，示敬道也。」論語：「言寡尤，行寡悔，禄在其中矣。」

〔五七〕案「變」借爲「辯」。廣雅：「辯，變也。」

〔五八〕吴鈔本「預」作「豫」，又原鈔「豫」下有「之」字，墨校删。

〔五九〕「非」上，吴鈔本原鈔有「是」字，墨校删。案原鈔是也，「是非」承上「得失」而言，下文亦以「是非」對舉。○文選注：「行，猶且也。」

〔六〇〕案論議謂言他人是非也。後漢書馬援傳：「書誡兄子嚴敦曰：『好議論人長短，妄是非正法，此吾所大惡也。』」

〔六一〕「舍」或作「捨」。此句，吴鈔本原鈔作「便當無何舍去之」，墨校删「無何」二字，又於旁改寫「亟」字，太平御覽四百九十六引無「亟」字「之」字。案吴鈔本原鈔是也。○漢書爰盎傳：「絲能日飲毋何，説王毋反而已。」注：「無何，言更無餘事。」吴仁傑兩漢刊誤補遺曰：「史記作『日飲無苛』，古『苛』『何』通。吴王驕日久，又南方卑溼，宜日飲酒而已。其他一切，勿有所問。」洪邁容齋隨筆曰：「蓋言南方不宜多飲耳，今人多用『無何』字。」

〔六二〕太平御覽引無「將」字，誤也。御覽引由「若會酒坐」句起，至此句止，題作「嵇康太師箴」，亦誤也。嚴輯全三國文據此，附於太師箴後，並注云：「此疑是序，未敢定。」又承御覽之誤。

〔六三〕「黨」吴鈔本作「儻」，漢魏別解作「倘」。案「黨」與「儻」通，「倘」俗字。○史記正義曰：「儻，未定之詞也。」

〔六四〕「大」字各本同，周校本曰：「疑當作『失』。」○揚案：「大」字是也，謂是非甚著，而我不能裁制也，故下云「仁而無武」。

〔六五〕「於」吴鈔本原鈔作「二」，墨校改，案「二」當爲「于」字之誤。○左氏宣公四年傳：「君子曰：仁而不武，無能達也。」廣雅：「武，勇也。」

〔六六〕「當」上，吴鈔本原鈔有「故」字，墨校删。案有「故」字更合。

〔六七〕「都大」吴鈔本、張本作「大都」，是也。

〔六八〕「共」吴鈔本原鈔作「其」，墨校改。案「其」字誤也。○淮南子道應訓：「吾與汗漫期于九垓之外。」注：「汗漫，不可知之也。」

〔六九〕「雖」張本誤作「難」。

〔七〇〕「可」吴鈔本作「何」。

〔七一〕吴鈔本原鈔無「者」字，墨校補。○楚辭注：「所隱爲諱。」

〔七二〕「若」嚴輯全三國文誤作「共」，吴鈔本無「大」字。案「大」當爲「人」字之誤，上文即云「以情求來守人」。

〔七三〕「刼」嚴輯全三國文誤作「卻」。○淮南子注：「刼，迫也。」

〔七四〕「挽」各本並作「攙」。讀書續記曰：「明本『攙』作『挽』，是。」○集韻：「攙，旁掣也。」

〔七五〕周禮地官族師：「五家爲比。」又地官遂人：「五家爲鄰。」「庶幾」見前養生論注〔九二〕。論衡超奇篇：「非庶幾之才，不能成也。」案六朝常語，亦以庶幾爲賢才之稱。

〔七六〕廣雅：「裕，寬也。」

〔七七〕「讓」吴鈔本作「議」，皕宋樓鈔本有校語云：「各本『讓』，是也。」

〔七八〕後漢書孔融傳：「融，字文舉，魯國人。山陽張儉與融兄襃有舊，亡抵於襃，不遇。時融年十六，見其有窘色，謂曰：『兄雖不在，吾獨不能爲君主耶？』因留舍之。後事泄，國相以下密就掩捕，儉得脱走，遂并收襃、融送獄。二人未知所坐。融曰：『保納舍藏者，融也，當坐之。』襃曰：『彼來求我，非弟之過，請甘其罪。』詔書竟坐褒焉。融由是顯名。」

〔七九〕案謂强知人之所知者也。

〔八〇〕案「忌人」即謂忌我也，下文「害人」亦同。

〔八一〕公羊桓公二年傳：「孔父正色而立於朝。」

〔八二〕漢書貢禹傳：「退僞薄之物。」

〔八三〕「一」上，吴鈔本有「及」字。

〔八四〕「以」上，吴鈔本有「是」字，是也。

〔八五〕吴鈔本原鈔無「者何哉」三字，墨校補。案無此三字自通。

〔八六〕「泄」吴鈔本作「洩」，二字同。

〔八七〕「者」上，吴鈔本有「重」字。

〔八八〕「人」上，吴鈔本有「友」字。○廣雅：「蚩，輕也。」

〔八九〕説文：「共，同也。」

〔九〇〕「而」字，三續古文奇賞誤作「夭」。吴鈔本「而」作「亦」，「氷」作「求」。讀書續記曰：「明本『亦』作『而』，『求』作『冰』，均譌。」○揚案：就文義言，「亦」字爲長，「求」字則鈔者之譌也。「冰矜」乃六朝常語也。世説新語規箴篇：「郗太尉臨還鎮，故命駕詣王丞相，便言方當乖别，必欲言其所見。意滿口重，辭殊不流。王公攝其次曰：『後面未期，亦欲盡所懷，願公勿復談。』郗遂大瞋冰矜而出，不得一言。」今本世說「矜」譌作「衿」。「冰」即古「凝」字。莊子在宥篇：「其寒凝冰。」蔡邕蟬賦曰：「體枯燥以冰凝。」此以二字連用者。張衡思玄賦：「魚矜鱗而并凌兮。」文選李善注：「矜，寒貌。」冰矜即凝寒也。或作「冰凌」，袁山松後漢書：「太學謡曰：『天下冰凌朱季陵。』」爾雅：「凌，冰凛也。」説文：「凌，冰出也。」文選思玄賦舊注：「凌，冰也。」或作「冰棱」，北齊書盧文偉傳：「邢子廣目二盧云：『詢祖有規檢禰衡，思道無冰棱文舉。』」文選注：「棱棱，霜氣嚴冬之貌。」後漢書注：「棱，威也。」棱爲威嚴，亦凌之引申義。或作「凌兢」，揚雄甘泉賦：「馳閶闔而入凌兢。」文選注：「服虔曰：『凌兢，恐懼貌也。』」漢書注：「師古曰：『入凌兢者，亦寒涼戰栗之處也。』」「兢」與「矜」同音通用。詩小旻曰：「戰戰兢兢，如履薄冰。」左氏宣公十六年傳引作「矜矜」。後漢書光武帝紀注引太公金匱曰：「舜居人上，矜矜如履薄冰。」「冰凝」「冰凌」「冰棱」「冰矜」「凌兢」，皆由寒涼之義，而有凛然之義。故吕氏春秋重己篇：「䩕然充盈，手足矜者，兵革之色也。」注：「矜，嚴也。」叔夜此語，謂勿大作凛嚴，但由小和而至不言也。

〔九一〕案「趨」與「趣」同，漢書注：「趣謂意所嚮。趨，嚮也。」此處謂歸於不言也。周校本誤以「趨」字連上讀。

〔九二〕「久」原作「人」，刻板之誤也。汪本亦誤作「人」，餘本並作「久」。

〔九三〕吴鈔本無「所」字。案此謂非己所監臨者也，有「所」字更合。○漢書刑法志：「張湯趙禹之屬，條定法令，作見知故縱、監臨部主之法。」

〔九四〕莊子大宗師篇：「孰能相與於無相與？」釋文：「與，猶親也。」「宜適」見前注〔三六〕。案此謂我非彼之長官，又彼此交誼如恒，無何種嫌疑須引避也。

〔九五〕淮南子氾論訓：「霤水足以溢壺榼。」説文：「榼，酒器也。」

〔九六〕焦竑筆乘曰：「古自有指脯贄爲束脩者，檀弓：『束脩之問不出境。』穀梁：『束脩之肉，不行境中。』是也。」揚案：禮記少儀篇：「其以乘壺酒、束脩、一犬賜人。」正義曰：「束脩，十脡脯也。」

〔九七〕「人道」見前與山巨源絶交書注〔九六〕。國策注：「逆，拒也。」

〔九八〕案「穆」與「睦」同。左氏定公四年傳：「昔周公相王室，以尹天下，于周爲睦。」注：「睦，親厚也。」此處謂通家親厚者也。

〔九九〕「匹」吴鈔本作「疋」。案「疋」字俗借爲「匹」也。「饋」三續古文奇賞誤作「需」。

〔一〇〇〕漢書食貨志：「布帛廣二尺二寸爲幅，長四丈爲匹。」周禮注：「致物於人，通行曰饋。」毛詩箋：「服謂冠弁衣裳也。」

〔一〇一〕案謂以饋贈自竭也。

〔一〇二〕「鬻」吴鈔本原鈔作「損」，墨校改。○漢書注：「鬻，賣也。」左氏文公二年傳：「寡君願徼福於周公魯公。」注：「徼，要也。」

〔一〇三〕「甘」四庫本作「共」。

〔一〇四〕文津本無「大」字。

〔一〇五〕「又」上，吴鈔本無空格，文津本注闕字，餘本并空，惟漢魏别解及漢魏名文乘有「被酒必大傷志慮」七字。「憒」吴鈔本作「慎」，三續古文奇賞作「憒」。周校本曰：「各本譌『憒』。」讀書續記曰：「明本『慎』作『憒』，譌。」○揚案：如漢魏别解，則於「傷」字「憒」字絶句，謂大傷其體，而志慮又憒，惟其如此，故不須勸酒也。「憒」字即「憒」字之譌。「慎」字亦涉下而譌。如作「慎」字，則連下爲讀，然如漢魏别解，則「志慮」可云「憒」，不可云「傷」，「慮」字既不能絶句，且「又」字亦無所承，此處必别爲七字方可。○説文：「憒，亂也。」

〔一〇六〕「又」下六字，程本、汪本並空。「摟」吴鈔本作「樓」。周樹人曰：「各本譌『摟』。」○揚案：二字自通。○「離摟」見前答釋難宅無吉凶攝生論注〔九〇〕。

〔一〇七〕「輙」或作「輒」。案「爲」字當衍。

〔一〇八〕「誚」嚴輯全三國文作「請」。此句，吴鈔本作「勿稍逆也」，墨校改補，令同此本。馬叙倫曰：「作『請』亦通。」○揚案：「稍」字更合，「誚」「請」義皆迂曲。

〔一〇九〕「薰薰」吴鈔本作「熏熏」，案二字通。○詩鳧鷖：「公尸來止熏熏。」毛傳：「熏熏，和説也。」張衡東京賦：「具醉熏熏。」薛綜注：「熏熏，和悦貌。」

〔一一〇〕「裁」吴鈔本原鈔作「財」，墨校改。案「財」與「裁」通。○廣雅：「裁，制也。」

鍾惺曰：「趙母嫁女，敕之曰：『慎勿爲好。』女曰：『不爲好，將爲惡耶？』母曰：『好尚不可爲，況惡乎？』以此知歷世之難矣。薛道衡之造語精微，嵇中散之行己峭潔，此則何罪而見殺，特非以爲妙耶？觀此揣摩絶工，又不徒矜肆凌物者，讀之能不爽然？」漢魏別解引（漢魏名文乘作陳明卿）。

張溥曰：「嵇中散任誕魏朝，獨家戒恭謹，教子以禮。」百三家集顏光禄集序。

附録

佚文 各書所引，句有多寡，字亦或殊，今分別録之。

游仙詩

翩翩鳳轄，逢此網羅。韋絢劉賓客嘉話録。○太平廣記四百引續齊諧記。

琴讚

昔在黄、農，神物以臻。穆穆重華，五絃始興。閑邪納正，感物悟靈。宣和養氣，介乃遐齡。陳本北堂書鈔一百九樂部「琴神物以臻」條，又「閑邪納正」條。○百三家集漏輯此條。

昔在黄、農，神物以臻。穆穆重華，大唐類要作「穆仲重華」，「仲」字誤也。記以五絃。「記」大唐類要後條作「紀」。閑邪納正，大唐類要此條及後條均作「閑雅約正」，誤也。亹亹其僊。「僊」大唐類要後條作「遷」，誤也。宣和養氣，大唐類要後條止有「相養氣」三字。介乃遐年。「介」後條誤作「分」。

此句，大唐類要兩條均作「分乃延年」。○孔廣陶校刻本北堂書鈔。

閑邪納正，宣和養素。初學記十六樂部下「琴納正禁邪」條。○白帖十八但引「閑邪納正」句。

穆穆重華，託心五絃。宣和養氣，介乃遐年。初學記十六下樂部「琴養氣怡心」條。○原引誤作嵇康琴賦。

惟彼雅器，孔本作「懿吾雅氣」，大唐類要「懿」作「彭」，均誤也。**載璞靈山。**「璞」嚴輯全三國文作「樸」。**體其德真，**「其」嚴輯全三國文作「具」，周樹人嵇康集逸文同。**清和自然。**「清」大唐類要作「情」，嚴輯全三國文同，誤也。**澡以春雪，**大唐類要脱「雪」字。**澹若洞泉。温乎其仁，玉潤外鮮。**陳本北堂書鈔一百九樂部「載靈山」條。

酒　賦

重酎至清，「酎」大唐類要作「酒」，誤也。**淵凝冰潔。**「冰」大唐類要作「水」。孔本此條標目作「潔」，引文作「結」。**滋液兼備，**「兼」嚴輯全三國文改作「全」。**芬菲澂澈。**「澂澈」二字，孔本止作空格，大唐類要亦闕。○北堂書鈔一百四十八酒食部「酒淵凝冰潔」條。○案書鈔下文「浮蟻萍連醪華鱗設」條注云：「嵇含酒賦。」與此條之文，似即同篇。晉書嵇含傳云：「好學，能屬文。」此賦，或爲含作也。叔夜謂阮嗣宗飲酒過差，又家誡云：「見醉薰薰便止，慎不當困醉不能自裁。」叔夜未必即不賦酒，然叔夜之不嗜酒，則可知耳。

白首賦

文選謝惠連秋懷詩，李善注云：「嵇康有白首賦」。未引原文。○案藝文類聚十七引晉嵇含白首賦序，審其辭致，與晉書含傳所載莊周圖讚爲近，梅鼎祚西晉文紀亦收入嵇含文中。

言不盡意論

見玉海。○案西晉歐陽建又作言盡意論，世説新語文學篇注及藝文類聚十九引其文。

北堂書鈔卷一百引嵇康集云：「康著遊山九吟，魏明帝異其文詞，問左右曰：『斯人安在？吾欲擢之。』遂起家爲潯陽長。」吴士鑑晉書斠注曰：「案本傳不言爲潯陽長，當在拜中散之前，傳從略。」揚案：此條藝海樓鈔本大唐類要作李康集，是也。文選運命論注引集林曰：「李康字蕭遠，著遊山九吟」云云。類聚十九、御覽三百九十二引文士傳同，類聚六、御覽三十七及三百九十二並引遊山吟序。

嚴可均輯全三國文於嵇康文中，據太平御覽八百十四收蠶賦二句，云：「食桑而吐絲，前亂而後治。」周先生嵇康集逸文亦從收之。案此乃荀卿賦篇之文，御覽此條亦明題荀卿，次條乃引嵇康琴賦二句云：「紘以園客之絲，徽以鍾山之玉。」嚴氏當因次條而誤。

宋本藝文類聚八十一引嵇含懷香賦序，太平御覽九百八十三亦引之，惟「懷」字作「槐」，别本類聚誤題嵇康，張采三國文因以次於琴賦序後，張燮、張溥亦收懷香賦於中散集，且誤脱「序」字。嚴可均據類聚收懷香賦序於嵇康文中，又據御覽收槐香賦并序於嵇含文中，其實一也。含措心草木，有宜男花、長生樹、朝生暮落樹等賦，此懷香賦，當爲含作無疑。

初學記二十七引嵇含菊花銘六句，藝文類聚八十一引四句略同，古詩類苑載此銘亦題嵇含，太平御覽九百九十六引四句，首二句與初學記同，而誤題嵇康，嚴可均收入嵇含文中，不誤，惟合兩條爲一，則仍以意爲之也。

藝文類聚三十六引晉盧播「盧」字原誤作「慮」。阮籍銘二十句，劉節廣文選、陳仁錫古文奇賞、李賓八代文鈔等，皆載叔夜撰魏散騎常侍步兵校尉東平太守碑，微有異同，篇末韻語，即類聚所引阮籍銘，楊慎丹鉛雜録「廣文選」條云：「阮步兵碑，乃東平太守嵇叔良撰，而妄作叔夜，不知叔夜之死，先於阮也。」鄧伯羔藝彀、田藝蘅留青日札亦同此言，而皆不云所據。張采三國文即改題嵇叔良，嚴可均全三國文據楊氏之説，收此碑於嵇叔良文中，且改碑名爲魏散騎常侍步兵校尉東平相阮嗣宗碑，又據類聚收阮籍銘於盧播文中，叔良與播，不知孰爲是也。此碑楊慎金石古文亦收之，函海本仍題嵇叔夜。

慧琳一切經音義八十引嵇康琴賦云：「不諠譁而流漫。」案初學記十六、御覽五百七十九引風俗通云：「大聲不諠譁而流漫，小聲不湮滅而不聞。」文選嘯賦注引琴道同，惟「諠」字作「震」，今本風俗通義「諠譁」作「譁人」。

嚴輯全三國文有叔夜燈銘云：「肅肅宵征，造我友廬。光燈吐耀，華幔長舒。」不著出處。案此叔夜雜詩也，嚴氏誤。

太平御覽四百九十六引嵇康太師箴云：「若會酒坐，見人争語，其形勢似欲轉盛，便當捨去，此鬭之兆也。」案此乃叔夜家誡之文，御覽誤題，嚴輯全三國文據以附於太師箴後，且注云：「此疑是序，未敢定。」又承御覽之誤矣。

明劉士璘古今文致有剔牙松歌，題名嵇康，其詞鄙陋，不知何人之作。後更附王陽明評語，當亦僞託也。

目録

三國魏志王粲傳注及太平御覽六百九十六引題作「目録」，世說新語注及御覽別卷引又題作「序」，各書引文亦略殊，今並録之。舊注亦隨附焉。

康集目録曰：「登字公和，不知何許人，無家屬，於汲縣北山土窟中得之，夏則編草爲裳，冬則被髮自覆，好讀易鼓琴，見者皆親樂之。每所止家，輒給其衣服飲食，得無辭讓。」魏志王粲傳注。○案雍正河南通志古蹟門彰德府下云：「晉孫登石室，在府城西南四十八里，仙人澗南。」

康集叙曰：「嵇康字叔夜，譙國銍人。」世說新語德行注。

康集序曰：「孫登者，不知何許人，無家，於汲郡北山土窟住，夏則編草爲裳，冬則被髮自覆，好讀易，鼓一弦琴，見者皆親樂之。」世說新語棲逸注。

晉嵇康集序曰：「孫登於汲郡北山土窟中住，夏則編草爲裳，冬則被髮自覆。」太平御覽二十七。

嵇康集目録曰：「孫登字公和，於汲郡北山中爲土窟，夏則編草爲裳，冬則以髮自覆。」太平御覽百九十六。

嵇康集序曰：「孫登夏嘗編蒲爲裳，冬披髮自覆。」太平御覽九百九十九。

嵇康文集録注曰：「河内山嶔守潁川，山公族父。」文選與山巨源絶交書注。

嵇康文集録注曰：「阿都、吕仲悌，東平人也。」同上。

著録考

隋書經籍志

魏中散大夫嵇康集十三卷。梁十五卷，録一卷。

唐書經籍志

嵇康集十五卷。

新唐書藝文志

嵇康集十五卷。

宋史藝文志

嵇康集十卷。

崇文總目

稽康集十卷。

鄭樵通志藝文略

魏中散大夫稽康集十五卷。

晁公武郡齋讀書志

稽康集十卷。

右魏稽康叔夜也，譙國人。康美詞氣，有風儀，不事藻飾，學不師受，衢州本作「受」，袁本作「授」。博覽該通。長好老、莊，屬文玄遠。以魏宗室婚，拜中散大夫。景元初，鍾會譖於晉文帝，遇害。

尤袤遂初堂書目

稽康集。

陳振孫直齋書録解題

嵇中散集十卷。魏中散大夫譙嵇康叔夜撰。本姓奚，自會稽徙譙之銍縣稽山，家其側，遂氏焉。取稽字之上，志其本也。揚案：陳氏原注云：「案晉書本傳：『銍縣有嵇山，家於其側，因而命氏。』此云『取稽字之上』，蓋以『嵇』與『稽』字體相近，爲不忘會稽之意，文獻通考作『取嵇』，誤也。」所著文論六七萬言，今存於世者僅如此。唐志猶有十五卷。

馬端臨文獻通考經籍考

嵇康集十卷。揚案：此下全引晁氏讀書志、陳氏解題，並已見上。

楊士奇文淵閣書目

嵇康文集。一部一册，闕。

葉盛菉竹堂書目

嵇康文集一册。

焦竑國史經籍志

嵇康集十五卷。

趙琦美脈望館書目

揚案：琦美號清常道人，錢曾讀書敏求記云：「清常没，其書盡歸牧翁。」

嵇中散集二本。

祁承㸁澹生堂書目

嵇中散集三册。十卷。嵇康。嵇中散集一册。一卷。

高儒百川書志

嵇中散集十卷。

魏中散大夫譙人嵇康叔夜撰。詩四十七，賦三，文十五，附四。

錢謙益絳雲樓書目

揚案：此即趙琦美脈望館藏書。

嵇中散集二册。

錢曾述古堂藏書目

嵇中散集十卷。

四庫全書總目提要

嵇中散集十卷。兩江總督採進本。

舊本題晉嵇康撰。案康爲司馬昭所害時，「當塗」之祚未終，則康當爲魏人，不當爲晉人，晉書立傳，實房喬等之舛誤；本集因而題之，非也。隋書經籍志載康文集十五卷，新舊唐書並同，鄭樵通志略所載卷數尚合，至陳振孫書録解題，則已作十卷，且稱：「康所作文論六七萬言，其存於世者僅如此。」則宋時已無全本矣。疑鄭樵所載，亦因仍舊史之文，未必真見十五卷之本也。王楙野客叢書云：「嵇康傳曰：『康喜談名理，能屬文，撰高士傳贊，作太師箴，揚案：「師」字刻本誤作「史」。聲無哀樂論。』余揚案：「余」字野客叢書作「僕」。得毘陵賀方回家所藏繕寫嵇康集十卷，有詩六十八首，今文選所載才三數首，揚案：「載」下，野客叢書有「康詩」二字。選惟載康與山巨源絶交書一首，不知又有與吕長悌絶交一首，選惟載養生論一篇，不知又有與向子期論養生難答一篇，四千餘言，辨論甚悉。集又有宅無吉凶攝生論難上中下三篇，難張遼自然好學論一首，揚案：「張」下，野客叢書有「叔」字。管蔡論、釋私論、明膽論等文。揚案：此下，野客叢書有「其詞旨玄遠，率根於理，讀之可想見當時之風致」十九字。崇文總目謂嵇康集十卷，正此本爾。唐藝文志謂嵇康集十五卷，不知五卷謂何。」觀楙所言，則樵之妄載確矣。此本凡詩四十七篇，賦一篇，雜著二篇，論九篇，箴一篇，家誡一篇，而雜著中嵇荀録一篇，有録無書，實共詩文六十二篇，又非宋本之舊，蓋明嘉靖乙酉吴縣黄省曾重輯也。楊慎丹鉛總録嘗辨阮籍卒於康後，而世傳籍碑爲康作。此本不載此碑，則其考核，猶爲精審矣。

四庫全書簡明目録

嵇中散集十卷。

魏嵇康撰。晉書爲康立傳，舊本因題曰晉者，繆也。其集散佚，至宋僅存十卷。此本爲明黄省曾所編，雖卷數與宋本同，然王楙野客叢書稱康詩六十八首，此本僅詩四十二首，合雜文僅六十二首，則又多所散佚矣。

孫星衍平津館鑒藏記

嵇中散集十卷。

每卷目録在前，前有嘉靖乙酉黄省曾序，稱「校次瑶編，彙爲十卷」，疑此本爲黄氏所定。然考王楙野客叢書，已稱得毗陵賀方回家所藏繕寫十卷本，又詩六十六首，與王楙所見本同，此本即從宋本翻雕，黄氏序文，特誇言之耳。每葉廿二行，行廿字，板心下方有「南星精舍」四字，收藏有「世業堂印」白文方印，「繡翰齋」朱文長圓印。

洪頤煊讀書叢録

嵇中散集十卷。

每卷目録在前。前有嘉靖乙酉黄省曾序。三國志邴原傳裴松之注：「張貔，父邈，字叔遼，自然好學論在嵇康集。」今本亦有此篇。又詩六十六首，與王楙野客叢書本同，是從宋本翻雕。每葉廿二行，行廿字。

錢泰吉曝書雜記

平湖家夢廬翁天樹，篤嗜古籍，嘗於張氏愛日精廬藏書志眉間，記其所見，猶隨齋批注書録解題也。余曾手鈔。翁下世已有年，平生所見，當不止此，録之以見梗概。嵇中散集，余昔有明初鈔本，即解題所載本。多詩文數首，此或即明黄省曾所集之本歟？

莫友芝郘亭知見傳本書目

嵇中散集十卷。

魏嵇康撰。明嘉靖乙酉黄省曾仿宋本。每葉二十二行，行二十字，板心有「南星精舍」四字。程榮校刻本。汪士賢本。百三名家集本一卷。静持室有顧沅以吴匏庵鈔本校於汪本上。

朱學勤結一廬書目

嵇中散集十卷。計一本。魏嵇康撰。明嘉靖四年黄氏仿宋刊本。

陸心源皕宋樓藏書志

嵇康集十卷。舊鈔本。

晉嵇康撰。揚案：原書此下全録叢書堂鈔本顧氏一跋，黄氏三跋，及妙道人跋，詳見後。

案魏中散大夫嵇康集，隋志十三卷，注云：「梁有十五卷，録一卷。」新舊唐志並作十五卷，疑非其實。宋志及晁陳兩家並十卷，則所佚又多矣。今世所通行者，惟明刻二本：一爲黄省曾校刊本，一爲張溥百三家集本。張本增多懷香賦一首，及原憲等贊六首，而不附贈答論難諸原作，其餘大略相同，然脱誤並甚，幾不可讀。昔年曾互勘一過，而稍以文選、類聚諸書參校之，終未盡善。此本從明吴匏庵叢書堂鈔宋本過録，其傳鈔之誤，吴君志忠已據鈔宋原本校正，今硃筆改者是也。余以明刊本校之，知明本脱落甚多，答難養生論「不殊於榆柳也」下脱「然松柏之生，各以良殖遂性，若養松於灰壤」三句，聲無哀樂論「人情以躁静」下脱「專散爲應，譬猶遊觀於都肆，則目濫而情放，留察於曲度，則思静」二十五字，明膽論「夫惟至」下脱「明能無所惑至膽」七字，答釋難宅無吉凶攝生論「爲卜無所益也」下脱「若得無恙爲相敗於卜，何云成相耶」二句，「未若所不知」下脱「者衆，此較通世之常滯，然智所不知」十四字，「及不可以妄求也」脱「以」字，誤「求」爲「論」，遂至不成文義。其餘單辭隻句，足以校補誤字缺文者，不可條舉。書貴舊鈔，良有以也。

江標豐順丁氏持静齋書目

嵇中散集十卷。

明汪士賢刊本。康熙間前輩以吴匏庵手鈔本詳校，後經藏汪伯子、張燕昌、鮑淥飲、黄蕘圃、顧湘舟諸家。

繆荃孫學部圖書館善本書目

嵇中散集十卷。

魏嵇康撰。明吴匏庵叢書堂鈔本，格心有「叢書堂」三字。有「陳貞蓮書畫記」朱方格界格方印。

姚振宗隋書經籍志考證

魏中散大夫嵇康集十三卷，梁十五卷，録一卷。

稽康有左氏傳音，見經部春秋家。

魏志王粲附傳注：「魏氏春秋曰……」揚案：此下引文，已别見，今略。

晉書本傳。下略。

鍾嶸詩品曰。下略。

文心雕龍明詩篇曰。下略。

唐書經籍、藝文志：「嵇康集十五卷。」案此十五卷，或並左傳音、聖賢高士傳、嵇荀録及他家贈答詩文，合爲一編者。

崇文總目：「嵇康集十卷。」宋史志同。

晁氏讀書志：「嵇康集十卷。」下略。

陳氏書録曰：「嵇中散集十卷。」下略。

馮氏詩紀曰：「山濤爲吏部，舉康自代，康答書，言不堪流俗，非薄湯武，大將軍司馬昭聞之而怒，景元三年，以鍾會譖殺之。今存秋胡行七首，幽憤詩一首，贈秀才入軍十九首，酒會詩七首，雜詩一首，答二郭三首，與阮德如一首，遊仙詩一首，述志詩二首，六言十首，思親詩一首，以上凡五十三首，百三家集作五十四首。又嵇喜答嵇康四首，郭遐周贈嵇康三首，郭遐叔贈五首，阮德如答二首。」合前，正符宋本六十八首之數，其相傳本集所有如此也。

張氏百三家集，嵇中散集一卷，凡賦、書、設難、論、贊、箴、誡二十二篇，樂府、詩五十四篇。

四庫提要曰。下略。

汪氏文選撰人篇目：「晉嵇叔夜康，有琴賦、幽憤詩、贈秀才入軍詩、雜詩一首、與山巨源書、養生論。」又文選注引書目有嵇康文集録。

嚴氏全三國文編曰：「康字叔夜，譙國銍人，尚魏宗室長樂亭主，除郎中，拜中散大夫。景元二年以答山濤書忤司馬昭，尋坐吕安事誅。有集十五卷。」

序跋

黄省曾嵇中散集序

鄭賢輯古今人物論，亦載此篇，今並取校。

嵇子叔夜，生焉無辰。挺倪、缺之天逸，而遊於穢氛之季；抱卷、（册）〔州〕之夸節，「册」張燮本、四庫本及古今人物論作「州」，是也。卷謂善卷，州謂子州支父。而遘夫酷網之朝。龍章孔姿，意氣薄日月之表；璚言瑋撰，思靈邁區合之涯。形㢘寰間，「形」古今人物論作「數」。神棲皇古。以塗匱寡歡，故澤和於琴綺；以都井喧鄙，故綴宅於山陽。以産務不足綜，故尋煉乎九鼎；以俗子不足侶，故開襟於七賢。恥爵組之競馳，故表傳乎高士；卑天位之竊履，故託箴乎太（史）〔師〕。「史」程本、汪本、張燮本、四庫本及古今人物論作「師」，是也。揆厥玉度，蓋欲獵華纓於伏、軒之署而調管籥，乘緑車於堯、虞之庭而覽鳳皇者也。「皇」或作「凰」。觀其緒辭，若曰：聖人不得已而臨天下，以萬物爲心，穆然以無事爲業，坦爾以天下爲公，饗萬國如素士，服綉衮若布衣。故君臣相忘於上，蒸民家足於下，豈勸百姓之尊己，割天下以自私，以富貴爲崇高，心欲之而不已哉？可謂曲盡南面宰宥之方矣！嗚呼！鳥圖之感，昔緬想於仲尼；「仲」程本、汪本、張燮本、四庫本及古今人物論作「宣」。矸爛之歌，嘗綿哀於寧戚，「寧」或作「甯」。

淳源莫返，良匪一朝。叔夜志既高獨，而復遭魏、晉奸雄彌宇，豺虺盈途，無怪其潔躬於紫壑，而遠害於青冥也。惜哉！非薄湯、武，中馬昭之禍心；散髮倨鍛，致鍾會之貝譖。由是無罪無辜，殲此哲士，雖請師救贖，三千子衿，痛惜士紳，接於海□，張燮本及古今人物論作「接於海内」，無空格。而廣陵妙響，終絶於東市矣。忍哉司柄，張燮本及古今人物論作「忍哉相國」。垂惡無窮。嗚呼！此蓬蒿之間，固非神鵬之可集；汙常之瀆，夫豈大鯤之所旋。徙必重霄，避宜瀛嶠。「避」古今人物論作「遜」，「嶠」各本作「嶠」。户農所以席海而不返，「户」古今人物論作「石」。老萊所以投畚而不顧也。無道則隱，洙訓（末）〔未〕圖，「末」張燮本、四庫本及古今人物論作「未」，是也。危行言遜，時機罔覺，性烈才雋，登戒勿思，「勿」程本、汪本、張燮本、四庫本及古今人物論作「弗」。意遠防疏，古今人物論作「意遠功疏」。秀規莫省，學炳名光，賁跡不遠，叔夜不能免其尤矣。觚興超峻，文擅理辨，「文」原作「之」，刻板之誤，各本並作「文」。緯體綿密，片言小屬，無非素衷玄致生抱遺文於駒谷，珍覽靡厭；結遐悲於異代，嘆息彌深。故每三復其糟粕，詩長託諭，播奥膈之所存也。苟欲考竹林之秀矩，「矩」原作「短」，刻板之誤，各本並作「矩」。攀柳阿之清蹈者，不有斯述，何以披遡？故迺校次瑶編，彙爲十卷，刻之齋中，俾高士芳規，得流耀於來嗣耳。

嘉靖乙酉冬十月三日五嶽山人汝南黄省曾撰。

陳德文嵇中散集序 文載古今人物論中。

康與山濤書，不願爲吏部郎。夫中散大夫非仕耶？危邦不入，哲士炳幾；無道而潛，威鳳儉德。危行遜言，至人之遺矩；訐惡爲直，賢達之流箴。康龍章鳳姿，高標峻格，究其所由立己，殆難免於衰時矣。矧淵然文藻，焕矣範型，昧薄禄而不藏，履畏途而多遂，假令無證吕安，弗逆鍾會，而青蠅不集，貝錦絶張，有兹理乎？是故君子有明哲之智，而後能周身；有曲裁之仁，而後能澤物；有負憑之勇，而後能無名。嗚呼！巢父長揖于軒、堯，而子陵抗顔于世祖，有以也。或曰：康詆晉將以忠魏，拒濤特以秉貞爾。夫景元之間，芳廢而髦殞，誕死而儉亡，「當塗」之爲司馬，事亦皎然。管幼安處若冥鴻，孫公和棲如翥鳳，人固難以拘束，誰復得而繳矰哉！惡垢而立蒙塵，去溼而居污下，才多識寡，不免何疑。雖然，峻潔絶俗之懷，清醇大雅之器，太上三次，永存琬琰之音；東市七絃，未絶軫徽之奏，展其刻集，尚可羹牆。王祥、何曾，一時名勝，崇階膴仕，萬古悽其，康也視之，殆大鵬羞尺鷃，黄鵠悲腐鼠也夫！

張溥嵇中散集題辭

嵇辭清峻，阮旨遥深，兩家詩文定論也。叔夜著文論六七萬言，唐志猶有十五卷，今存者僅若此，殆百一耳。然視建安諸子，篇章凋落，斯又巋然大部矣。家誡小心篤誨，酒坐語言，兢兢集木，獨以柳下踞鍛，傲睨鍾會，竟遭譖死。東漢馬文淵誡其兄子效龍伯高，毋效杜季良，足稱至慎，善保家門。而薏苡一車，妻孥草索，怨謗之來，非人所意。凡性不近物者，勉爲抑損，終與物乖，中散絶交巨源，非惡山公，於當世人士，誠不耐也。書中自叙蓬首垢面，嬾癖入真，阮嗣宗口不臧否，亦心知師之，卒不能學。人實不宜仕宦，强衣被之，適速死耳。集中大文，諸論爲高，諷養生而達莊、老之旨，辯管、蔡而知周公之心，其時役役司馬門下者，非惟不能作，亦不能讀也。范升繫獄，楊政肉袒道旁，哀泣請命，明主立釋。叔夜將刑東市，太學生三千人求爲師不許，抱卧龍之姿，纓僭臣之忌，其死也，正以此耳。贈兄詩云：「雖曰幽深，豈無顛沛。」幽憤詩云：「纍此幽阻，實恥訟寃。」夫人身隱矣，而禍猶隨之，禍至而復不欲與直也，不死安歸乎！廣陵散絶，弊在用光，鍾士季、吕長悌獸睡耳，豈能殺叔夜者哉。

吴寬叢書堂鈔本跋

中散集十卷，吴匏庵先生家鈔本。卷中譌誤之字，皆先生親手改定。自板本盛而人始不復寫書，即有書不知校讎，與無書等，祇供蠹損浥爛耳。觀前賢於書籍用心不苟如此，又可憑以證他本之失也。庚子六月入伏日，記於顧南原之味道軒。

乾隆戊子冬日，得於吴門汪伯子家。張燕昌。

六朝人集，存者寥寥，苟非善本，雖有如無。此嵇康集十卷，爲叢書堂鈔本，且匏庵手自讎校，尤足寶貴。歷覽諸家書目，無此集宋刻，則舊鈔爲尚矣。余得此於知不足齋，渌飲年老患病，思以去書爲買參之資。去冬曾作札往詢其舊藏殘本元朝祕史，今果寄余，并以此集及元刻契丹國志、活字本范石湖集爲副，余贈之番餅四十枚。閒窗展翫，因記數語於此。觀張芑塘徵君跋，知此書舊出吴門，而時隔卅九年，又歸故土，物之聚散，可懼可喜。特未知汪伯子爲誰何耳。嘉慶丙寅寒食日，晨雨小潤，夜風息狂。蕘翁書。

四月望後一日，香嚴周丈借此校黄省曾本，云是本勝於黄刻多矣。余家亦有黄刻，暇日當取校也。前不知汪伯子爲誰何，今從他處記載，知其人乃浙籍而寄居吴門者，家饒富，喜收藏骨董。郡先輩如李克山、惠松崖皆嘗館其家，則又好文墨者也。是書之出於其家固宜。後人式微，物多散佚，可慨已。然使後人得其物而思其人，俾知愛素好古，昔有其人，猶勝於良田美産，轉徙他室，數十百年後，名字翳如，不更轉悲爲喜乎！伯子號念貽云。余友朱秋崖，乃其内姪也，故稔知之。蕘翁又記。

是書余用别本手校，副本備閲，於丁卯歲爲舊時西賓顧某借去，久假不歸，遂致案頭無副，殊爲可惜。頃因啓廚見此，復跋數語，俾知此本外，尚有余校本留於他所也。癸酉五月廿有六日，復翁記。其去得書之日，已八閲歲矣。

陸心源皕宋樓鈔本跋

余向年知王雨樓表兄家藏嵇中散集，乃叢書堂校宋鈔本，爲藏書家所珍祕，從士禮居轉歸雨樓。今乙未冬，向雨樓索觀，并出録副本見示，互校，稍有訛脱，悉爲更正，硃改原字上者，抄人所誤，標於上方者，已意所隨正也。還書之日，坿誌於此。道光十五年十一月初九日，妙道人書。揚案：吴縣吴志忠，字有堂，别號妙道人。

魏中散大夫嵇康集，隋志十三卷，注云：「梁有十五卷，録一卷。」新舊唐志並作十五卷，疑非其實。宋志及晁陳兩家並十卷，則所佚又多矣。今世所通行者，惟明刻二本：一爲黄省曾校刊本，一爲張溥百三家集本。張本增多懷香賦一首，及原憲等贊六首，而不附贈答論難諸原作，其餘大略相同。然脱誤並甚，幾不可讀。昔年曾互勘一過，而稍以文選、類聚諸書參校之，終未盡善。今郡學王雨樓先生出示此本，屬爲諟正。案此本從明吴匏庵叢書堂鈔宋本過録，其傳鈔之誤，吴君志忠已據鈔宋原本校正，今硃筆改者是也。余讀之，見今本所脱漏者，如「然松柏之生，各以良殖遂性，若養松於灰壤」，答難養生論。今本脱此三句。「而人情以躁静專散爲應，譬猶遊觀於都肆，則目濫而情放，留察於曲度，則思静而容端」，聲無哀樂論。今本脱「專散」至「思静」二十五字。「夫惟至明能無所惑，至膽能無所虧」，明膽論。今本脱「明能無所惑至膽」七字。「若得無恙爲相敗於卜，何云成相耶」，答釋難宅無吉凶攝生論。今本脱上二句。「未若所不知者衆，此較通世之常滯，然智所不知，不可以妄求也」，同上。今本脱「者衆」至「不知」十四字，及「以」字，又誤「求」爲「論」之類，遂至不成文義。其餘單辭隻句，足以校補誤字缺文者，不可條舉，爰爲之考校如右，而别載其詳於羣書校補中。張本有賦一首，贊六首，此本及黄本無之，今據以補録。然賦亦僅存其序矣。道光丁未壯月，烏程程慶餘校畢，記於六九齋。揚案：皕宋樓藏書志載此跋，頗有删易，别見著録考。

周樹人校本嵇康集序

魏中散大夫嵇康集，在梁有十五卷，録一卷。至隋佚二卷。唐世復出，而失其録。宋以來，乃僅存十卷。鄭樵通志所載卷數，與唐不異者，蓋轉録舊記，非由目見。王楙已嘗辨之矣。至于槧刻，宋、元者未嘗聞，明則有嘉靖乙酉黄省曾本、汪士賢二十一名家集本，皆十卷。在張溥漢魏六朝百三名家集中者，合爲一卷，張燮所刻者，又改爲六卷，蓋皆從黄本出，而略正其誤，并增逸文。張燮本更變亂次第，彌失其舊。惟程榮刻十卷本，較多異文，所據似别一本，然大略仍與他本不甚遠。清諸家藏書簿所記，又有明吴寬叢書堂鈔本，謂源出宋槧，又經匏庵手校，故雖迻録，校文者亦爲珍祕。予幸其書今在京師圖書館，乃亟寫得之，更取黄本讐對，知二本根源實同，而互有譌奪。惟此所闕失，得由彼書補正，兼具二長，乃成較勝。舊校亦不知是否真出匏庵手，要之蓋不止一人。先爲墨校，增删最多，且常滅盡原文，至不可辨；所據又僅刻本，並取彼之譌奪，以改舊鈔。後又有朱校二次，亦據刻本，凡先所幸免之字，輒復塗改，使悉從同。蓋經朱墨三校，而舊鈔之長，且泯絶矣。今此校定，則排擯舊校，力存原文。其爲濃墨所滅，不得已而從改本者，則曰：字從舊校，以著可疑。義得兩通，而舊校輒改從刻本者，則曰：各本作某，以存其異。既以黄省曾、汪士賢、程榮、張溥、張燮五家刻本比勘訖，復取三國志注，晉書，世説新語注，野客叢書，胡克家翻宋尤袤本文選李善注，及所著考異，宋本文選六臣注，相傳唐鈔文選集注殘本，樂府詩集，古詩紀，及陳禹謨刻本北堂書鈔，胡纘宗本藝文類聚，錫山安國刻本初學記，鮑崇城刻本太平御覽等所引，著其同異。姚瑩所編乾坤正氣集中，亦有中散文九卷，無所正定，亦不復道。而嚴可均全三國文，孫星衍續古文苑所收，則間有勘正之字，因並録存，以備省覽。若其集外如此，而刻本已改者，如「僁」爲「愆」，「寤」爲「悟」；或刻本較此爲長，如「遊」爲「游」，「泰」爲「太」，「慾」爲「欲」，「樽」爲「尊」，「殉」爲「徇」，「飭」爲「飾」，「閑」爲「閒」，「蹔」爲「暫」，「脩」爲「修」，「壹」爲「一」，「途」爲「塗」，「返」爲「反」，「捨」爲「舍」，「弦」爲「絃」；或此較刻本爲長，如「饑」爲「飢」，「陵」爲「淩」，「熟」爲「孰」，「玩」爲「翫」，「災」爲「灾」；或雖異文而俱得通，如「迺」與「乃」，「𠫤」與「吝」，「强」與「彊」，「于」與「於」，「无」「毋」與「無」，其數甚衆，皆不復著，以省煩累。又審舊鈔原亦不足十卷，其第一卷有闕葉，第二卷佚前，有人以琴賦足之。第三卷佚後，有人以養生論足之。第九卷當爲難宅無吉凶攝生論下，而全佚，則分第六卷中之自然好學論第二篇爲第七卷，改第七、第八卷爲八、九兩卷，以爲完書。黄、汪、程三家本皆如此，今亦不改。蓋較王楙所見之繕寫十卷本卷數無異，而實佚其一卷及兩半卷矣。原又有目録在前，然是校者續加，與黄本者相似。今據本文别造一卷代之，並作逸文考、著録考各一卷，附于末。恨學識荒陋，疏失蓋多，亦第欲存留舊文，得稍流布焉爾。中華民國十有三年六月十一日。

周樹人校本嵇康集跋

右嵇康集十卷，從明吴寬叢書堂鈔本寫出。原鈔頗多譌敚，經二三舊校，已可籀讀。校者一用墨筆，補闕及改字最多，然删易任心，每每塗去佳字。舊跋謂出吴匏庵手，殆不然矣。二以朱校一校新，頗謹慎不苟，第所是正，反據俗本。今于原字校佳及義得兩通者，仍依原鈔，用存其舊。其漫滅不可辨認者，則從校人，可惋惜也。細審此本，似與黄省曾所刻同出一祖，惟黄刻帥意妄改，此本遂得稍稍勝之。然經朱墨校後，則又漸近黄刻。所幸校不甚密，故留遺佳字尚復不少。中散遺文，世間已無更善于此者矣。癸丑十月二十日，周樹人鐙下記。

葉渭清嵇康集校記序

語云：「有德者必有言，有言者不必有德。」信矣。夫魏之嵇生，蓋才有餘而學不至者也。其情固不忘於用世，而動多悔吝，志不得施，故興辟世之思，從方外之侶，以養營魄，遠網羅耳。終違孫登用光之誡，遂啓鍾會卧龍之誣。下獄自訟，始慕嚴鄭，懲難思復，庶勗將來，而已晚矣。鄉令嵇生早能去其驕志，養其道心，寧復寄遊跡於竹林，侈簡牘於山、吕，招人所指目，予人以口實耶？惟不聞道，故至於死。此可以爲戒，而不可以爲訓者也。世徒以生好老、莊，論養生，躋生於道家，乃有神仙怪異之説，而不知生劣能尚之而已，老子、莊周，固不如是。吾讀生之文，求其爲人，近古所謂狂狷，亶恨生不得如琴張、曾皙、牧皮，遇孔子，受裁正耳。阮嗣宗亦生流亞，而特善韜晦，口不論人過，又與司馬氏有連，幸免於禍，蓋亦危矣。士生亂世，自非至人，含和葆真，固無日而不罹於刑戮，可不懼耶！予端居多暇，愛生文采，嘗録有明吴匏庵家鈔校本，詩文咸具。又以是集宋刻無存，爰自明刻别本，訖於類書傳記所徵引，凡是生文，悉加讐校，記其同異，積久遂多。次比之餘，兼述鄙意，因著簡首，用代叙篇。非敢云爲古人攻錯，倘庶幾資吾黨借鏡云爾。中華民國十九年五月二十二日，蘭谿葉渭清。

蘇軾跋嵇叔夜養生論後

東坡居士以桑榆之末景，憂患之餘生，而後學道，雖爲達者所笑，然猶賢乎已也。以嵇叔夜養生論頗中余病，故手寫數本，其一贈羅浮鄧鍊師。

事迹

家世儒學，少有儁才，曠邁不羣，高亮任性，不修名譽，寬簡有大量；學不師授，博洽多聞；長而好老、莊之業，恬静無欲。性好服食，常採御上藥。善屬文論，彈琴詠詩，自足於懷抱之中。以爲神仙者，禀之自然，非積學所致。至於導養得理，以盡性命，若安期、彭祖之倫，可以善求而得也，著養生篇。知自厚者，所以喪其所生，其求益者，必失其性。超然獨達，遂放世事，縱意於塵埃之表。撰録上古以來聖賢隱逸，遁心遺名者，集爲傳贊，自混沌至於管寧，凡百一十有九人，蓋求之于宇宙之内，而發之乎千載之外者矣。故世人莫得而名焉。嵇喜爲嵇康傳。○魏志王粲傳注、文選養生論注引。○太平御覽四百五引王隱晉書曰：「兄喜爲太僕廐騶，馮陵知其英俊，待以賓友之禮，以狀表上。」

趙至年十四，入太學觀。時先君在學，寫石經古文，事訖去，遂隨車問先君姓名。先君曰：「年少何以問我？」至曰：「觀君風器非常，故問耳。」先君具告之。至年十五，佯病，數數狂走五里三里，爲家追得，又灸身體十數處。年十六，遂亡命，逕至洛陽求索先君，不得。至鄴，先君到鄴，至具道太學中事，便逐先君歸山陽經年。先君嘗謂之曰：「卿頭小而鋭，瞳子黑白分明，視瞻停諦，有白起風。」嵇紹趙至叙。○世説新語言語篇注引。○案御覽三百六十六引嵇康謂至數語，而題作「趙至自叙」，誤也。嚴可均全晉文因此兩收於嵇紹、趙至文中，亦誤。○又案嚴尤三將叙曰：「平原君曰：『澠池之會，臣察武安君，小頭而鋭，瞳子白黑分明，視瞻不轉。』」北堂書鈔一百十五引曹植相人論，亦略同。

康長七尺八寸，偉容色，土木形骸，不加飾厲，而龍章鳳姿，天質自然，正爾在羣形之中，便自知非常之器。嵇康別傳。○世説新語容止篇注、文選顔延年五君詠注、初學記十九引。

康性含垢藏瑕，愛惡不争於懷，喜怒不寄於顔。所知王濬沖在襄城，面數百，未嘗見其疾聲朱顔。此亦方中之美範，人倫之勝業也。同上。○世説新語德行篇注引。

甚矣，史之文勝質也，方其揚槌不顧之時，目中無鍾久矣，其愛惡喜怒，爲何如者？此雖中散之累，而不足以損中散之高，胡爲乎蓋之哉？李贄初潭集。

山巨源爲吏部郎，遷散騎常侍，舉康自代。康辭之，並與山絶。豈不識山之不以一官遇己情邪？亦欲標不屈之節，以杜舉者之口耳。乃答濤書，自説不堪流俗而非薄湯、武，大將軍聞而惡之。同上。○世説新語棲逸篇注引。

孫登謂康曰：「君性烈而才儁，其能免乎？」同上。○魏志王粲傳注引。

臨終曰：「袁孝尼嘗從吾學廣陵散，吾每靳固之不與，廣陵散于今絶矣！就死，命也。」同上。○文選向子期思舊賦注、魏志王粲傳注引。

嵇康作養生論，入洛，京師謂之神人。向子期難之，不得屈。孫綽嵇中散傳。○文選顔延年五君詠注引。○案隋志：「至人高士傳贊二卷，晉廷尉卿孫綽撰。」

嵇叔夜嘗採藥山澤，遇孫登于共北山，冬以被髮自覆，夏則編艸爲裳，彈一弦琴而五聲和。袁宏竹林名士傳。○水經清水注引。○案世説新語文學篇注曰：「宏以阮嗣宗、嵇叔夜、山巨源、向子期、劉伯倫、阮仲容、王濬沖爲竹林名士。」晉書文苑傳曰：「宏撰竹林名士傳三卷。」唐書經籍志：「竹林名士傳二卷，袁宏撰。」○又案諸書所引，又有竹林七賢傳，或係題名之異。

王烈服食養性，嵇康甚敬信之，隨入山，嘗得石髓，柔滑如飴，即自服半，餘半，取以與康，皆凝而爲石。同上。○文選沈休文遊沈道士館詩注。

王烈入山，得石髓，懷之以餉嵇叔夜，叔夜視之，則堅爲石矣。當時若杵碎或磨錯食之，豈不賢於雲母鐘乳輩哉？然神仙要有定分，不可力求。退之有言：「我寧詰曲自世間，安能從汝巢神仙？」如退之性氣，雖世間人亦不能容；況叔夜婞直，又甚於退之者耶？蘇軾志林。

晉人虛無，類多欺誕。予觀王烈入山得石髓，懷以餉嵇叔夜，視之，則已爲石矣。然抱朴子云：「石中黄子，所在有之，近水之山尤多。在大石中，其石常温潤不燥，打石見之，赤黄溶溶，如雞子之在彀者。便飲之，不爾，則堅凝成石也。」據此，與王烈所謂石髓何異，恐所得者，只是此耳。按仙經：「神山五百年一開，石髓出，飲之者壽，與天地齊。」故東坡因謂：「康使當時杵碎或錯磨食之，豈不賢於雲母鐘乳輩？然神仙要有定分，不可力求也。」晉人固好奇無實，而坡復以仙經爲信，無乃一逕庭耶？

嵇康字叔夜，與東平呂安，少相知友，每一相思，輒千里命駕。竹林七賢論。○太平御覽四百九引。○案隋志：「竹林七賢論二卷，晉太子中庶子戴逵撰。」御覽卷百三十七亦引有竹林七賢論一條，此卷則共引二條，次條所引，與卷四百四十四及藝文類聚卷二十一所引略同，而類聚題作竹林七賢傳，似當從之。聖賢羣輔録曰：「竹林七賢，袁宏、戴逵爲傳。」則知戴氏本以傳名也。

山濤與阮籍、嵇康皆一面，而契若金蘭。濤妻韓氏嘗以問濤，濤曰：「當年可爲友者，唯此二人耳。」妻曰：「負羈之妻，亦觀狐、趙，意欲一窺之，可乎？」濤曰：「可也。」二人至，妻勸濤留之宿，夜穿牖而窺之。濤入，曰：「所見何如？」妻曰：「君才殊不如也，正當以識度相友。」濤曰：「然，伊輩亦嘗謂我識度勝。」同上。○太平御覽四百四十四引，又略見御覽四百九及藝文類聚二十一。○此條御覽亦作竹林七賢論，唯類聚作竹林七賢傳。

步兵校尉阮籍字嗣宗，中散大夫嵇康字叔夜，並能琴好酒。竹林七賢傳。○燉煌出唐寫本古類書殘卷引。

嵇康臨死，顧視日影，索琴彈之，曰：「袁孝尼嘗從吾學廣陵散，吾每惜固不與，廣陵散於是絶矣。」同上。○太平御覽五百七十九引。

陳留阮籍、譙國嵇康，並高才遠識，少有悟其契者。濤初不識，一與相遇，便爲神交。袁宏山濤別傳。○初學記十八、太平御覽四百九引。○案此或即竹林七賢傳文。

向秀字子期，少爲同郡山濤所知，又與譙國嵇康、東平吕安友善，其趍舍進止，無不畢同，造事營生，業亦不異。常與康偶鍛於洛邑，與吕安灌園於山陽，收其餘利，以供酒食之費。或率爾相攜，觀原野，極遊浪之勢，亦不計遠近，或經日乃歸，復修常業。向秀別傳。○太平御覽四百九、又四百九十七、又八百二十四、世説新語言語篇注、文選顏延年五君詠注引。○案庶齋老學叢談曰：「東坡響簧鋏杖，長七尺，重三十兩，四十五節，嵇康造。」

秀與嵇康、吕安爲友，趣舍不同，嵇康傲世不羈，安放逸邁俗，而秀雅好讀書。二子頗以此嗤之。後秀將注莊子，先以告康、安，康、安咸曰：「書詎復須注，徒棄人作樂事耳。」及成，以示二子，康曰：「爾故復勝不？」安乃驚曰：「莊周不死矣。」同上。○世説新語文學篇注引。

嵇康與吕安爲友，每一相思，千里命駕。先賢傳。○燉煌出唐寫本古類書殘卷引。○案隋志著録有先賢傳多種。

康性絶巧，能鍛鐵，家有盛柳樹，乃激水以圜之，夏天甚清涼，恒居其下傲戲，乃身自鍛。家雖貧，有人就鍛者，康不受直。唯親舊以雞酒往，與共飲噉清言而已。文士傳。○世説新語簡傲篇注、藝文類聚八十九、太平御覽三百八十九、又八百三十三引。○案唐書經籍志：「文士傳五十卷，張騭撰。」

嘉平中，汲縣民共入山中，見一人所居，懸巖百仞，叢林鬱茂，而神明甚察。自云：「孫姓登名，字公和。」康聞，乃從遊，三年，問其所圖，終不答，然神謀所存良妙，康每薾然歎息。將別，謂曰：「先生竟無言乎？」登乃曰：「子識火乎？生而有光，而不用其光，果然在於用光；人生而有才，而不用其才，果然在於用才。故用光在乎得薪，所以保其曜；用才在乎識物，所以全其年。今子才多識寡，難乎免於今之世矣。子無多求。」康不能用。及遭呂安事，在獄爲詩自責云：「昔慚下惠，今愧孫登。」同上。○世説新語棲逸篇注引。

山巨源爲吏部郎，欲舉嵇康自代，康聞，與之書曰：「譬猶禽鹿，少見馴育，則服教從長而見羈，雖飾以金鑣，饗以嘉肴，愈思長林而志在豐草。」同上。○太平御覽三百五十八引。

呂安罹事，康詣獄以明之。鍾會庭論康曰：「今皇道開明，四海風靡，邊鄙無詭隨之民，街巷無異口之議。而康上不臣天子，下不事王侯，輕時傲世，不爲物用，無益於今，有敗於俗。昔太公誅華士，孔子誅少正卯，以其負才亂羣惑衆也。今不誅康，無以清潔王道。」於是録康，閉獄，臨死而兄弟親戚咸與共別，康顔色不變，問其兄曰：「向以琴來不邪？」兄曰：「已來。」康取調之，爲太平引，曲成，歎曰：「太平引於今絶也。」同上。○世説新語雅量篇注、文選向子期思舊賦注、太平御覽五百七十七引。

時又有譙郡嵇康，文辭壯麗，好言老莊，而尚奇任俠，景元中坐事誅。魏志王粲傳。

嵇本姓奚，其先避怨，徙上虞，移譙國銍縣，以出自會稽，取國一支，音同本奚焉。王隱晉書。○世説新語德行篇注引。○晉書王隱傳：「太興初，召隱及郭璞俱爲著作郎，令撰晉史。」隋志：「晉書八十六卷，本九十三卷，今殘缺，晉著作郎王隱撰。」○案方以智通雅曰：「呂覽：『秦賢者稽黄。』漢書食貨志：『稽發，黄帝臣泰山稽之後。』嵇康之姓，則音奚，奚本夏車正奚仲之後。康爲上虞人，徙亳州嵇山之下，遂爲姓。嵇紹在晉爲銍縣人，即今之宿州也。宿州有嵇山。説文嵇字，乃因嵇氏而新附者。」○文選筆記許嘉德案語曰：「古無嵇字，玉篇云：嵇，山名。廣韻：嵇，亦姓，出譙郡，音奚。皆因叔夜上世改姓，獨製此字，因以名山也。今説文新附徐氏增嵇字，云：山名，從山，稽省聲。又云：奚氏避難，特造此字，非古。」

嵇康妻，魏武帝孫穆王林女也。同上。○文選恨賦注引。

晉文王收嵇康，學生三千人上書，請嵇康爲博士。同上。○藝海樓鈔本大唐類要六十七引。○原鈔「收」誤作「教」，又脱「上」字。○案陳禹謨本北堂書鈔此條誤作晉文王上書請嵇康爲博士。

嵇、阮脱略禮法，縱洒跌蕩，當時名教之士，疾之如讎，此其與太學風氣相去遠矣。嵇康臨刑，何得太學三千人上疏請以爲師乎？太學求師，必不求第一等放達人，此易知也。時鍾會譖康於司馬公曰：「嵇康，卧龍也，公勿憂天下，當憂嵇康。」此疏必會所僞作，使司馬忌康得人心，而必殺之耳。夏侯太初以一坐皆起，遂至不免，情事亦頗相同。鍾嘗截鄧艾表文，改其詞句，以構成其罪。又嘗僞爲荀氏書，以竊其寶劍，生平慣作此等狡獪。太學一疏，必出其手，可以理測也。吴騏讀書偶見。○揚案：吴氏此説，亦不爲無見。然觀叔夜與山巨源書謂：「阮嗣宗飲酒過差。」又家誡云：「慎不當困醉，不能自裁。」知其非縱酒者。又疾惡直言，情意傲散自有之，而跌蕩之迹，固不同乎嗣宗也。意者叔夜嘗於太學寫經，且動趙至之聳異，則太學生求以爲師，或由平日之仰止耶。

康之下獄，太學生數千人請之。于時豪俊皆隨康入獄，悉解喻，一時散遣；康竟與安同誅。同上。○世説新語雅量篇注引。

孫登即阮籍所見者也。嵇康執弟子禮而師焉。魏、晉去就，易生嫌疑，貴賤並没，故登或嘿也。同上。○世説新語棲逸篇注引。

紹字延祖，譙國銍人，父康，有奇才儁辨。同上。○世説新語德行篇注引。

銍有嵇山，家於其側，因氏焉。虞預晉書。○世説新語德行篇注引。○晉書虞預傳：「預著晉書四十餘卷。」隋志：「晉書二十六卷，本四十四卷，訖明帝，今殘缺。晉散騎常侍虞預撰。」

康家本姓奚，會稽人，先自會稽遷於譙之銍縣，改爲嵇氏，取稽字之上，山以爲姓，蓋以志其本也。一曰銍有嵇山，家於其側，因氏焉。同上。○魏志王粲傳注、世説新語德行篇注引。

山濤字巨源，河内懷人，好莊老，與嵇康善。同上。○世説新語政事篇注引。

嵇康字叔夜，譙國人。幼有奇才，博覽無所不見，拜中散大夫，以吕安事誅。臧榮緒晉書。○文選琴賦注引。○南齊書高逸傳：「榮緒括東、西晉爲一書，紀録志傳一百一十卷。」隋志：「晉書一百一十卷，齊徐州主簿臧榮緒撰。」○案漢書百官公卿表曰：「中大夫無員，多至數十人。」續漢書百官志曰：「中散大夫六百石。」宋書百官志曰：「中散大夫，王莽所置，後漢因之。前後大夫皆無員，掌論議。」

嵇康爲竹林之遊，預其流者向秀、劉靈之徒。同上。○文選思舊賦注引。

嵇康遇邯鄲人王烈，烈自言二百餘歲，共入山，得石髓，如飴，即自服半，餘半與康，皆凝而爲石。石室中見一卷素書，呼吸間康取輒不見。同上。○大唐類要一百六十引。○北堂書鈔一百六十引文更簡。又但題晉書，無臧榮緒三字。

嵇康拜中散大夫，東平呂安家事繫獄，亹閱之始，安嘗以語康，辭相證引，遂復收康。同上。○文選江文通恨賦注引。

安妻甚美，兄巽報之。巽内慚，誣安不孝，啓太祖，徙安遠郡，即路與康書。太祖見而惡之，收安付廷尉，與康俱死。同上。○文選六臣本思舊賦李善注引。○案文選李善注本無此文。

向秀爲散騎侍郎，公使乘軺車，經昔與嵇、阮共遊酒鑪前過，乃嘆曰：「吾昔與嵇康、阮籍屢遊此鑪，自嵇生及阮公没，吾便爲時所羈紲，今日視此雖近，邈若山河也。」同上。○職官分紀卷六引。○案蕭統詠王戎詩曰：「留連追宴緒，鑪下獨徘徊。」以此事屬王戎。世説新語傷逝篇載此，亦以爲王戎之語。劉孝標注引竹林七賢論以駁之。竊謂向秀與嵇阮爲密，其應舉入京，亦在嵇阮死後，此語似當屬秀爲是。晉書襲世説，以此語入王戎傳。

嵇康字叔夜，早孤，有奇才，遠邁不羣。身長七尺八寸，美詞氣，有風儀，而土木形骸，不自藻飾，人以爲龍章鳳姿，天質自然，恬静寡慾，含垢匿瑕，寬簡有大量。學不師受，博覽無不該通，長好老莊。與魏宗室婚，拜中散大夫。晉書。○北堂書鈔五十六、太平御覽三百七十九引。○案大唐類要五十六載此，亦但題晉書，未著某家。又引文更簡云：「嵇康，字叔夜，風姿清秀，高爽任真，與魏宗室婚，拜中散大夫。」

嵇康性絶巧，而好鍛。宅中有一柳樹，甚茂，乃激水環之，夏月居其下以鍛。東平吕安，服康高致，每一相思，輒千里命駕。同上。○太平御覽七百五十二、又九百五十六引。

西晉趙至，字景真，年十四，隨人入太學觀書，時嵇康於學寫石經古文異事，訖，遂逐車問康，異而語之，爲諸生。此條見太平御覽六百一十四，未引書名。上條爲魏書，下條爲宋書，則此條當係晉書也。

嵇康譙人，吕安東平人，與阮籍山濤及兄巽友善。康有潛遯之志，不能被褐懷寶，矜才而上人。安，巽庶弟，俊才，妻美，巽使婦人醉而幸之，醜惡發露，巽病之，反告安謗己。巽於鍾會有寵，太祖遂徙安邊郡，在路遺書與康：「昔李叟入秦，及關而歎」云云。太祖惡之，追收下獄，康理之，俱死。干寶晉紀。○文選李善注本思舊賦注。又唐寫集注本趙景真與嵇茂齊書注引。○案善注原題干寶書，蓋即晉紀也。○晉書干寶傳：「寶領國史，著晉紀，自宣帝訖於愍帝，五十三年，凡二十卷。」隋志：「晉紀二十三卷，干寶撰，訖愍帝。」

初，安之交康也，其相思則率爾命駕。同上。○世説新語簡傲篇注引。○案文選陸韓卿奉答内兄希叔詩注引干寶晉紀曰：「初，吕安友嵇康，相思，則命駕千里從之。」

安嘗從康，或遇其行，康兄喜拭席而待之，弗顧，獨坐車中。康母就設酒食，求康兒共語戲，良久則去，其輕貴如此。同上。○世説新語簡傲篇注、太平御覽四百九十八引。

正元二年，司馬文王反自樂嘉，殺嵇康、吕安。同上。○魏志王粲傳注引。

廣陵散於今絶矣。同上。○文選六臣本思舊賦李善注引。○案文選李善注本引稽康别傳有此文，而未引干寶晉紀。

康刑於東市，顧日影援琴而彈。曹嘉之晉紀。○文選思舊賦注引。○隋志：「晉紀十卷，晉前軍諮議曹嘉之撰。」

嵇康曾鍛於長林之下，鍾會造焉。康坐以鹿皮，嶷然正容，不與之酬對，會恨而去。鄧粲晉紀。○太平御覽八百三十三引。○隋志：「晉紀十一卷，訖明帝，晉荆州别駕鄧粲撰。」

孫登字公和，不知何許人，散髮宛地，行吟樂天，居白鹿蘇門二山，彈一絃琴，善嘯，每感風雷。嵇康師事之，三年不言。晉紀。○太平御覽五百七十九引。○案此但作晉紀，未著何家。

嵇康字叔夜，譙國人也。爲性好酒，傲然自縱，與山濤阮籍無日不興。且康美貌，其醉也，若玉山之將崩。晉抄。○琱玉集引。

康寓居河内之山陽縣，與之遊者，未嘗見其喜愠之色。與陳留阮籍、河内山濤、河南向秀、籍兄子咸、琅邪王戎、沛人劉伶，相與友善，號爲七賢。鍾會爲大將軍所昵，聞康名而造之。會名公子，以才能貴幸，乘肥衣輕，賓從如雲。康方箕踞而鍛，會至，不爲之禮。康問會曰：「何所聞而來？何所見而去？」會曰：「有所聞而來，有所見而去。」會深銜之。大將軍嘗欲辟康，康既有絶世之言，又從子不善，避之河東，或云避世。及山濤爲選曹郎，舉康自代，康答書拒絶，因自説不堪流俗，而非薄湯武。大將軍聞而怒焉。初，康與東平吕昭子巽，及巽弟安親善，會巽淫安妻徐氏，而誣安不孝，囚之。安引康爲證，康義不負心，保明其事。安亦至烈，有濟世志力。鍾會勸大將軍因此除之，遂殺安及康。康臨刑自若，援琴而鼓，既而歎曰：「雅音於是絶矣。」時人莫不哀之。初，康採藥於汲郡共北山中，見隱者孫登，康欲與之言，登默然不對。踰時將去，康曰：「先生竟無言乎？」登乃曰：「子才多識寡，難乎免於今之世。」及遭吕安事，爲詩自責曰：「欲寡其過，謗議沸騰。性不傷物，頻致怨憎。昔慚柳下，今愧孫登。内負宿心，外赧良朋。」康所箸諸文論六七萬言，皆爲世所玩詠。魏氏春秋。○魏志王粲傳注、世説新語簡傲篇注、文選幽憤詩注、與山巨源絶交書注、思舊賦注、五君詠注、奉答内兄希叔詩注、太平御覽三百八十八引。○隋志：「魏氏春秋二十卷，孫盛撰。」

嵇康寓居河内，與之遊者，未嘗見其喜愠之色，與陳留阮籍、河内山濤、向秀、籍兄子咸、瑯琊王戎、沛人劉伶，相與友善，遊於竹林，號曰七賢。同上。○太平御覽四百七引。

嵇康性不偶俗。晋陽秋。○文選顔延年五君詠注、陶徵士誄注引。○隋志：「晋陽秋三十二卷，孫盛撰。」

濤嘗與阮籍、嵇康箸忘言之契。同上。○世説新語賢媛篇注引。

于時風譽，扇于海内，至于今詠之。同上。○世説新語任誕篇注引。

安字中悌，東平人，冀州刺史招之第二子，志量開曠，有拔俗風氣。同上。○世説新語簡傲篇注引。

安與嵇康相友，每一相思，千里命駕。同上。○水經。

初，康與東平吕安親善，安嫡兄遜，淫安妻徐氏，安欲告遜遣妻，以咨於康，康喻而抑之。遜内不自安，陰告安撾母，表求徙邊，安當徙，訴自理，辭引康。同上。○世説新語雅量篇注引。

康見孫登，登對之長嘯，踰時不言。康辭還，曰：「先生竟無言乎？」登曰：「惜哉！」同上。○魏志王粲傳注、藝文類聚十九、白帖十八、太平御覽三百九十二引。

正元二年，司馬文王反自樂嘉，殺嵇康、吕安。孫盛書。○魏志王粲傳注引。○案此當即魏氏春秋或晉陽秋。

正元二年，司馬文王反自樂嘉，殺嵇康、吕安。習鑿齒書。○魏志王粲傳注引。○案此當即漢晉春秋。隋志：「漢晉春秋四十七卷，訖愍帝。晉滎陽太守習鑿齒撰。」

吕昭長子巽，字長悌，爲相國掾，有寵於司馬文王。次子安，字仲悌，與嵇康善，與康俱被誅。世語。○魏志杜恕傳注引。○世説新語方正篇注曰：「郭頒西晉人，時世相近，爲魏晉世語。」隋志：「魏晉世語十卷，晉襄陽令郭頒撰。」

毌丘儉反，康有力，且欲起兵應之，以問山濤，濤曰：「不可。」儉亦已敗。同上。○魏志王粲傳注引。

嵇康妻，沛穆王林子之女也。嵇氏譜。○魏志沛穆王林傳注引傳曰：「林薨，子緯嗣。」○吴士鑑晉書斠注曰：「案譜與王隱晉書大異，必有一誤。」○揚案：以叔夜之年計之，當以娶林之女爲合。又案南北朝時百家譜、諸姓譜之類頗多，此嵇氏譜當即其中之一也。

康父昭，字子遠，督軍糧，治書侍御史。兄喜，字公穆，晉揚州刺史。同上。○魏志王粲傳注引。

康兄喜字公穆，歷徐、揚州刺史，太僕，宗正卿。母孫氏。同上。○文選幽憤詩注引。

譙有嵇山，家于其側，遂以爲氏。同上。○水經淮水注引。

嵇喜字公穆，歷揚州刺史，康兄也。阮籍遭喪，往弔之。籍能爲青白眼，見凡俗之士，以白眼對之。及喜往，籍不哭，見其白眼，喜不懌而退。康聞之，乃齎酒挾琴而造之，遂相與善。晉百官名。○世説新語簡傲篇注引。○隋志：「百官名三十卷。」不著撰人。

康以魏長樂亭主壻遷郎中，拜中散大夫。文章叙録。○世説新語德行篇注引。

嵇康若孤松之獨立，醉若玉山之將頹。語林。○燉煌出唐寫本古類書殘卷引。○世説新語輕詆篇注曰：「續晉陽秋曰：『晉隆和中河東裴啓撰漢、魏以來迄于今時言語應對之可稱者，謂之語林。』」隋志注：「梁有語林十卷，晉處士裴啓撰。」

嵇中散夜燈下彈琴，忽有一人，面甚小，斯須轉大，遂長丈餘，單衣革帶。嵇視之既熟，乃吹燈滅之，曰：「恥與魑魅争光。」同上。○北堂書鈔一百九、藝文類聚四十四、白帖四、太平御覽五百七十七引。○案異苑、幽明録皆載此事，當即襲語林之說。

嵇中散夜彈琴，忽有一鬼，著械來，歎其手快，曰：「君一絃不調。」中散與琴，調之，聲更清婉。問其名，不對，疑是蔡伯喈。伯喈將亡，亦被桎梏。同上。○職官分紀四十八、太平御覽六百四十四引。

南海太守鮑靚，通靈士也。東海徐寧師之。寧夜聞静室有琴聲，怪其妙而問焉。靚曰：「嵇叔夜。」寧曰：「嵇臨命東市，何得在兹？」靚曰：「叔夜迹示終而實尸解。」顧凱之嵇康讚。○文選五君詠注引。○案太平御覽六百六十三引神仙傳亦載此事。又案唐闕史載丁約曰：「道中有尸解、劍解、火解、水解，惟劍解實繁有徒，嵇康、郭璞非受戮害者，以此委蛻耳，異韓彭與龔壤並也。」

魏步兵校尉陳留阮籍，字嗣宗；中散大夫譙嵇康，字叔夜；晉司徒河内山濤，字巨源；建威參軍沛劉伶，字伯倫；始平太守陳留阮咸，字仲容；散騎常侍河内向秀，字子期；司徒琅邪王戎，字濬仲；右魏嘉平中並居河内山陽，共爲竹林之游，世號竹林七賢。見晉書、魏書。袁宏、戴逵爲傳，孫統又爲讚。集聖賢羣輔録下。

王戎云：「與嵇康居二十年，未嘗見其喜愠之色。」世說新語德行篇。

嵇中散語趙景真："卿瞳子白黑分明，有白起之風，恨量小狹。"趙曰："尺表能審璣衡之度，寸管能測往復之氣，何必在大？但問識何如耳！"同上言語篇。

鍾會撰四本論，始畢，甚欲使嵇公一見。置懷中，既定，畏其難，懷不敢出，於户外遥擲，便回急走。同上文學篇。

嵇中散臨刑東市，神色不變，索琴彈之，奏廣陵散。曲終，曰："袁孝尼嘗請學此散，吾靳固不與，廣陵散於今絶矣！"太學生三千人上書，請以爲師，不許。文王亦尋悔焉。同上雅量篇。

嵇康身長七尺八寸，風姿特秀。見者歎曰："蕭蕭肅肅，爽朗清舉。"或云："肅肅如松下風，高而徐引。"山公曰："嵇叔夜之爲人也，巖巖若孤松之獨立；其醉也，傀俄若玉山之將崩。"同上容止篇。〇案安政本太平御覽三百七十九引世説曰："山公目嵇叔夜之爲人也，巖巖若孤松之獨立。"又曰："嵇叔夜之爲人，其醉也，隗峨如玉山之將頹。"此二條別本御覽均引作三國典略。又案梁書伏曼容傳："曼容素美風采，明帝恒以方嵇叔夜，使吴人陸探微畫叔夜像以賜之。"

有人語王戎曰："嵇延祖卓卓如野鶴之在雞羣。"答曰："君未見其父耳。"同上。

王濬沖爲尚書令，著公服，乘軺車，經黄公酒壚下，顧謂後車客："吾昔與嵇叔夜、阮嗣宗，共酣飲於此壚。竹林之遊，亦預其末。自嵇生夭，阮公亡以來，便爲時所羈紲；今日視此雖近，邈若山河。」同上傷逝篇。〇劉孝標注曰：「竹林七賢論曰：『俗傳若此，潁川庾元之嘗以問其伯文康，文康云：中朝所不聞，江左忽有此論，蓋好事者爲之耳。』」〇揚案：即有此論，亦當屬之向秀也，説已見前。

嵇康遊於汲郡山中，遇道士孫登，遂與之遊。康臨去，登曰：「君才則高矣，保身之道不足。」同上棲逸篇。

山公將去選曹，欲舉嵇康，康與書告絶。同上。

山公與嵇、阮一面，契若金蘭。山妻韓氏，覺公與二人異於常交，問公，公曰：「我當年可以爲友者，唯此二生耳。」妻曰：「負羈之妻，亦親觀狐、趙。意欲窺之，可乎？」他日，二人來，妻勸公止之宿，具酒肉，夜穿墉以視之，達旦忘反。公入曰：「二人何如？」妻曰：「君才致殊不如，正當以識度相友耳。」公曰：「伊輩亦常以我度爲勝。」同上賢媛篇。

陳留阮籍、譙國嵇康、河内山濤，三人年皆相比，康年少亞之，預此契者，沛國劉伶、陳留阮咸、河内向秀、琅邪王戎，七人常集於竹林之下，肆意酣暢，故世謂竹林七賢。同上任誕篇。

鍾士季精有才理，先不識嵇康，鍾要于時賢儁之士俱往尋康。康方大樹下鍛，向子期爲佐，鼓排，康揚槌不輟，旁若無人，移時不交一言。鍾起去。康曰：「何所聞而來？何所見而去？」鍾曰：「聞所聞而來，見所見而去。」同上簡傲篇。

嵇康與吕安善，每一相思，千里命駕。安後來，值康不在，喜出户延之，不入。題門上作「鳳」字而去。喜不覺，猶以爲欣。故作「鳳」字，「凡鳥」也。同上。

嵇康字叔夜，譙國銍人也。其先姓奚，會稽上虞人，以避怨，徙焉。銍有嵇山，家于其側，因而命氏。兄喜有當世才，歷太僕宗正。康早孤，有奇才，遠邁不羣。身長七尺八寸，美詞氣，有風儀，而土木形骸，不自藻飾，人以爲龍章鳳姿，天質自然，恬靜寡慾，含垢匿瑕，寬簡有大量；學不師受，博覽無不該通，長好老、莊。與魏宗室婚，拜中散大夫。嘗修養性服食之事，彈琴詠詩，自足于懷。以爲神仙稟之自然，非積學所得；至于導養得理，則安期、彭祖之倫可及，乃箸養生論。又以爲君子無私，其論曰：「夫稱君子者，心不措乎是非，而行不違乎道者也。何以言之？夫氣靜神虚者，心不存於矜尚；體亮心達者，情不繫於所欲。矜尚不存乎心，故能越名教而任自然；情不繫於所欲，故能審貴賤而通物情。物情順通，故大道無違；越名任心，故是非無措也。是故言君子則以无措爲主，以通物爲美。言小人，則以匿情爲非，以違道爲闕。何者？匿情矜吝，小人之至惡，虚心无措，君子之篤行也。是以大道言：『及吾无身，吾又何患。』无以生爲貴者，是賢于貴生也。由斯而言，夫至人之用心，固不存有措矣。故曰：『君子行道，忘其爲身。』斯言是矣。君子之行賢也，不察于有度，而後行也；任心无邪，不議於善，而後正也；顯情無措，不論于是，而後爲也。是故傲然忘賢，而賢與度會；忽然任心，而心與善遇；儻然无措，而事與是俱也。」其略如此。蓋其胸懷所寄，以高契難期，每思郢質。所與神交者，惟陳留阮籍、河内山濤，豫其流者，河内向秀、沛國劉伶、籍兄子咸、琅邪王戎，遂爲竹林之遊，世所謂竹林七賢也。戎自言與康居山陽二十年，未嘗見其喜愠之色。康嘗採藥，游山澤，會其得意，忽焉忘反。時有樵蘇者遇之，咸謂神。至汲郡山中，見孫登，康遂從之游。登沈默自守，無所言説。康臨去，登曰：「君性烈而才儁，其能免乎？」康又遇王烈，共入山。烈嘗得石髓如飴，即自服半，餘半與康，皆凝而爲石。又於石室中見一卷素書，遽呼康往取，輒不復見。烈乃歎曰：「叔夜趣非常，而輒不遇，命也。」其神心所感，每遇幽逸如此。山濤將去選官，舉康自代，康乃與濤書告絶。此書既行，知其不可羈屈也。性絶巧而好鍛，宅中有一柳樹甚茂，乃激水圜之，每夏月居其下以鍛。東平吕安，服康高致，每一相思，輒千里命駕，康友而善之。後安爲兄所枉訴，以事繫獄，辭相證引，遂復收康。康性慎言行，一旦縲紲，乃作幽憤詩。初，康居貧，嘗與向秀共鍛於大樹之下，以自贍給。潁川鍾會，貴公子也，精鍊有才辯，故往造焉。康不爲之禮，而鍛不輟。良久會去，康謂曰：「何所聞而來？何所見而去？」會曰：「聞所聞而來，見所見而去。」會以此憾之。及是言於文帝，曰：「嵇康，卧龍也，不可起；公無憂天下，顧以康爲慮耳。」因譖康：「欲助毌丘儉，賴山毁典謨，帝王者所不宜容，宜因釁除之，以淳風俗。」帝既昵聽信會，遂并害之。康將刑東市，太學生三千人請以爲師，弗許。康顧視日影，索琴彈之，曰：「昔袁孝尼嘗從吾學廣陵散，吾每靳固之，廣陵散於今絶矣。」時年四十。海内之士，莫不痛之。帝尋悟而恨焉。初，康嘗游乎洛西，暮宿華陽亭，引琴而彈。夜分忽有客詣之，稱是古人。與康共談音律，辭致清辯，因索琴彈之，而爲廣陵散，聲調絶倫，遂以授康，仍誓不傳人，亦不言其姓字。康善談理，又能屬文，其高情遠趣，率然玄遠，撰上古以來高士，爲之傳贊；欲友其人於千載也。又作太師箴，亦足以明帝王之道焉。復作聲無哀樂論，甚有條理。子紹別有傳。晉書嵇康傳節録。

嵇康，魏人，司馬昭惡其非湯武，而死於非辜，未嘗一日事晉也。晉史有傳，康之羞也，後有良史，宜列於魏書。王應麟困學紀聞。○全祖望注曰：「嵇康死於晉未篡之時，萬無入晉書之例，魏志已附康於七子傳，晉書複書。」

嵇康傳列於晉書，予每疑其誤。康死之日，實魏元帝景元三年，又二年，魏禪於晉，則康何有於晉哉！觀其薄湯、武一書，可知其術業。康以昭死，孔融以操死，於名教不爲無補。然禪代之際，往往以成敗論人，此難言也。使晉無江左百年之祚，則八公而下，凡所謂晉之佐命者，不云同惡，可乎？顏延年五君詠黜王戎山濤，旨哉。白珽湛淵靜語。

嵇康，魏人，鍾會憾之，譖於司馬昭，欲助毌丘儉，而殺之，實景元三年事也。未嘗一日事晉，晉史有傳，康之羞也。使以當時心晉而傳之，無是理也。傳中云：「山濤將去選官，舉康自代。」夫濤爲吏部辭官時，武帝受禪後事也，康死久矣，史可信耶？郎瑛七修類稿。

叔夜自謂不堪流俗，非薄湯、武，心存魏室，身死國讐，其不當列名晉史，宋人亦嘗談之。然魏志注曰：「臣松之案本傳曰：『康以景元中坐事誅。』而干寶、孫盛、習鑿齒諸書皆云：『正元二年，司馬文王反自樂嘉，殺嵇康、呂安。』蓋緣世語云：『康欲舉兵應毌丘儉』，故謂破儉便應殺康也，其實不然。山濤爲選官，欲舉康自代，康書告絶，事之明審者也。案濤行狀，濤始以景元二年除吏部郎耳，景元與正元相較七八年，以濤行狀檢之，如本傳爲審。又鍾會傳云：『會作司隸校尉時，誅康。』會作司隸，景元中也。干寶云：『呂安兄巽，善於鍾會，巽爲相國掾，俱有寵於司馬文王，故遂抵安罪。』尋文王以景元四年，鍾、鄧平蜀後，始授相國位。若巽爲相國掾時陷安，焉得以破毌丘儉年殺嵇呂？此又干寶之疏謬自相違伐也。」予按晉書：「景帝命司隸舉山濤秀才，除郎中，轉趙相國，遷尚書吏部郎。文帝與濤書曰：『足下在事清明，雅操邁時』云云。魏明帝賜景帝春服，帝以賜濤。」據所叙次，則司馬景王尚存，又似在正元時，但唐人晉書，必不如世期之密，要之舉康在魏代耳。若濤爲吏部尚書，會元皇后崩，則泰始末矣。除尚書僕射，領吏部再居選職，十有餘年，則在咸寧時去爲選郎，二十餘年矣。仁寶不知濤魏世曾爲選曹，而謂舉康自代，疑作僕射，領吏部日爲之，則絶交一書，將是後人僞託耶？周嬰巵林議郎。

郎瑛七修類稿云：「嵇康，魏人，未當一日事晉，晉史有傳，康之羞也。」此説本之困學紀聞，固是。至謂傳云：「山濤將去選官，舉康自代。」夫濤爲吏部辭官時，武帝受禪後事也，康死久矣，此則郎氏之誤。案魏志王粲傳云：「時又有譙郡嵇康，至景元中，坐事誅。」裴注引山濤行狀：「濤始以景元二年除吏部郎。」舉康自代，蓋在此時。至武帝受禪後，濤再爲吏部，史並不云舉康自代，何得以後事牽混景元中耶？且山公爲吏部郎中，遷散騎常侍，是以舉康自代，見世説棲逸篇注引康别傳。亦非辭官而舉康也。孫志祖讀書脞録。○揚案：濤以景元二年除吏部郎，則絶交書之作，當在此年。書云：「女年十三，男年八歲。」而嵇紹傳云：「紹十歲而孤。」則叔夜之死，當在景元四年也。干寶等誤爲二年，通鑑更以爲三年，未知何據。

鍾會言於司馬昭曰：「嵇叔夜，卧龍也。公無憂天下，但以康爲慮耳。」叔夜性烈而才儁，意遠而思疎，幽棲養性，似無足當天下之慮者。然當時「典午」之勢已成，中外在事之人，莫非其黨。獨叔夜土木形骸，不自藻飾；而人以爲龍章鳳姿，傲然有不可羈束之氣，此司馬之所大懼也。王莽先殺鮑宣，而後西漢以亡；曹操先殺孔文舉，而後東漢以亡；司馬昭先殺嵇叔夜，而後魏亡；此三人者，皆忠正豪邁瑰傑之士也，故必三人去而後天下隨之。會之誣康以通毌丘儉，則康之不附晉明矣。或謂數人雖在，其如莽、操、懿之奸何？不知數人之力，雖不足以阻奸，而有以懾奸人之魄，而折其謀者氣也。猛虎在山，藜藿爲之不採，況於國之有賢者哉？不然，張禹、孔光、楊彪、何曾之徒，彼固儼然處三公之位，非不尊顯也；而奸人者，方頤指而氣使之，不啻若奴隸然，其氣先靡耳。阮籍受司馬之保護，至爲其勸進之文，而康以疑被殺。籍敗壞名教，爲禮法之士所深嫉，而康終身無言行之失。故嵇、阮並稱，而阮不及嵇遠矣。

姜宸英書嵇叔夜傳。

晉書阮籍傳：「景元四年冬卒。」景元是魏元帝年號，籍雖浮沈於魏、晉之間，其人品遠遜嵇康，然身歿於受禪之前，實未嘗入晉也。至嵇康死於鍾會之譖，又在籍死之前。晉書立此二傳，失於限斷矣。若以魏志所載簡略，欲存二人之梗概，則或於山濤王戎傳後，述竹林之遊，因而及之；否則於阮咸傳内云叔父籍，嵇紹傳内云父康云云，亦無不可也。趙紹祖讀書偶記。

孫登字公和，汲郡共人也，無家屬，於郡北山爲土窟居之。嵇康從之遊三年，問其所圖，終不答。康每歎息，將别，謂曰：「先生竟無言乎？」登乃曰：「子識火乎？火生而有光，而不用其光，果在於用光；人生而有才，而不用其才，而果在於用才。故用光在乎得薪，所以保其耀；用才在乎識真，所以全其年。今子才多識寡，難乎免於今之世矣。子無求乎？」康不能用，果遭非命，乃作幽憤詩曰：「昔慚柳下，今愧孫登。」或謂登以魏、晉去就，易生嫌疑，故或嘿者也。竟不知所終。晉書孫登傳。○案无能子曰：「嵇康見孫登，登曰：『吾嘗得汝絶交書，二大不可，七不堪，皆矜己疵物之説。不仕則已，而又絶人之交，增以矜己疵物之説，嘵譟於塵世之中，欲探乎永生，可謂惡影而走日中者也。』」此言淺妄無據，蓋明人所僞撰。

孫登者，不知何許人也。恒止山間，穴地而坐，彈琴讀易。冬夏單衣，天大寒，人視之，輒被髮自覆身，髮長丈餘。又雅容非常，歷世見之，顔色如故。市中乞得錢物，轉與貧人，更無餘資，亦不見食。時楊駿爲太傅，使傳迎之，問訊不答。駿遺以布袍，亦受之，出門就人借刀斷袍，上下異處，置於駿門下，又復斫碎之。時人謂爲狂。後乃知駿當誅斬，故爲其象也。駿録之不放去，登乃卒死。駿給棺埋之於振橋，後數日，有人見登在董馬坡，因寄書與洛下故人。嵇叔夜有邁世之志，曾詣登，登不與語。叔夜乃叩難之，而登彈琴自若。久之叔夜退，登曰：「少年才優而識寡，劣於保身，其能免乎？」俄而叔夜竟陷大辟。叔夜善彈琴，於是登彈一絃之琴以成音曲，叔夜乃歎息絶思也。神仙傳。○太平廣記卷九引。○北堂書鈔一百九引神仙傳曰：「嵇康見孫登彈一絃琴，康歎息而服焉。」

王烈者，字長休，邯鄲人也。常服黄精及鉛，年三百三十八歲，猶有少容。登山歷險，行走如飛。少時，本太學書生，學無不覽，常與人談論五經百家之言，無不該博。中散大夫譙國嵇叔夜甚敬愛之，數數就學，共入山遊戲採藥。後烈獨之太行山中，忽聞山東崩地，殷殷如雷聲。烈不知何等，往視之，乃見山破石裂數百丈，兩畔皆是青石，石中有一穴，口徑闊尺許，中有青泥，流出如髓。烈取泥試丸之，須臾成石，如投熱蠟之狀，隨手堅凝，氣如粳米飯，嚼之亦然。烈合數丸，如桃大，用携少許歸，乃與叔夜曰：「吾得異物。」叔夜甚喜，取而視之，已成青石，擊之琿琿然如銅聲。叔夜即與烈往視之，斷山已復如故。烈入河東抱犢山中，見一石室，室中有石架，架上有素書兩卷。烈取讀，莫識其文字，不敢取去，卻著架上，暗書得數十字形體，以示康。康盡識其字，烈喜，乃與康共往讀之。至其道徑，了了分明，比至，又失其石室所在。烈私語弟子曰：「叔夜未合得道故也。」又按神仙經云：「神山五百年輒開，其中石髓出，得而服之，壽與天相畢。」烈前得者，必是也。同上。○太平廣記卷九引。○太平御覽六百六十三、又八百三十九引道學傳，略同。○藝文類聚七十八引列仙傳亦及此，而文甚簡。

嵇康字叔夜，有邁俗之志，爲中散大夫。或傳晉人，非也。嘗宿王伯通館，忽有八人云：「吾有兄弟爲樂人，不勝羈旅，今授君廣陵散甚妙，今代莫測。」大周正樂。○太平御覽五百七十九引。

嵇中散神情高邁，任心遊憩。嘗行西南出，去洛數十里，有亭名華陽，投宿，夜了無人，獨在亭中。此亭由來殺人，宿者多凶。至一更中，操琴，先作諸弄，而聞室中稱善聲。中散撫琴而呼之曰：「君何以不來？」此人便答云：「身是古人，幽没於此，數千年矣。聞君彈琴，音曲清和，故來聽耳。而就終殘毁，不宜以接侍君子。」向夜髣髴漸見，以手持其頭，遂與中散共論聲音，其辭清辯。謂中散君試過琴。於是中散以琴授之，既彈悉作衆曲，亦不出常，唯廣陵散絶倫，中散纔從受之，半夕悉得。與中散誓，不得教他人，又不得言其姓也。靈異志。○太平御覽五百七十九引。

嵇康抱琴訪山濤，濤醉，欲剖琴。曰：「吾賣東陽舊業以得琴，乞尚書令河輪珮玉，截爲徽，貨所依玉簾巾單，買縮絲爲囊。論其價，與武庫争先，汝欲剖之，吾從死矣。」雲仙散記。

叔夜性遠趣，率然玄遠。白氏六帖事類集卷七。

山濤與嵇康爲忘年之交，康臨終謂子紹曰：「山公尚在，汝不孤矣。」同上卷六、又卷七、卷十。

嵇康早有青雲之志。丹鉛雜録卷四十七引續逸民傳，廣陽雜記亦引之。○案晉張顯有逸民傳，孫盛亦有逸人傳，此條所引，不知何人作，及所續何人。

吕安謂嵇康：「我輩稍有菜色，反爲肉食輩所哂。」通雅卷七。○案：方氏記此語，亦不知所據。

何求弟點，少不仕。竟陵王子良遺點嵇叔夜酒杯、徐景山酒鎗以通意。齊書何求傳。

華陽，亭名，在密縣。嵇叔夜常采藥於山澤，學琴于古人，即此亭也。水經洧水注引司馬彪說。○案注中多引司馬彪郡國志，此當亦是志文。

冀州華陽亭，即嵇康夜學琴於此。郡國志。○太平御覽百九十四引。吴士鑑晉書斠注曰：「案本傳云：『游於洛西。』靈異志云：『西南去洛數十里。』則華陽亭不得在冀州矣。御覽所引郡國志，疑有譌文。寰宇記六十三亦以華陽亭在冀州阜城縣，恐有傳聞之誤，當從司馬彪在密縣爲是。」○揚案：此即司馬彪之郡國志也。水經注所引爲密縣，御覽、寰宇記所引，自爲譌文。

白鹿山東南二十五里，有嵇公故居，以居時有遺竹焉。郭緣生述征記。○水經清水注引。○隋志：「述征記二卷，郭緣生撰。」

山陽縣城東北二十里，魏中散大夫嵇康園宅，今悉爲田墟，而父老猶謂嵇公竹林地，以時有遺竹也。同上。○藝文類聚六十四、太平御覽百八十、又九百六十二引。

洛陽建春門外迎道北有白社，有牛馬市，即嵇公臨刑處也。戴延之西征記。○藝文類聚三十九引。○隋志：「西征記二卷，戴延之撰。」

長泉又逕七賢祠東，向子期所謂山陽舊居也，後人立廟於其處。○左右筠篁列植，冬夏不變貞萋。魏步兵校尉陳留阮籍、中散大夫譙國嵇康、晉司徒河内山濤、司徒琅邪王戎、黄門郎河内向秀、建威參軍沛國劉伶、始平太守阮咸等，同居山陽，結自得之遊，時人號之爲竹林七賢。水經清水注。

穀水又東屈，南逕建春門石橋下，水南即馬市，洛陽有三市，斯其一也。亦嵇叔夜爲司馬昭所害處也。水經穀水注。○朱謀瑋箋曰：「陸機洛陽記云：『洛陽舊有三市，一曰金市，在宫西大城内。二曰馬市，在城東。三曰羊市，在城南。』」○揚案：太平寰宇記卷三曰：「洛陽記云：大市名金市，在大城西南。羊市在大城南。馬市在大城東。」

涣水又東逕銍縣故城南，又東逕嵇山北嵇氏故居。嵇康，本姓奚，會稽人也。先人自會稽遷於譙之銍縣，改爲嵇氏，取稽字之上以爲姓，蓋志本也。水經淮水注。

出建春南門外一里餘，至東石橋，西北而行，晉太康元年造橋，南有魏朝時馬市，刑嵇康之所也。洛陽伽藍記。

臨涣縣本漢銍縣，屬沛郡，後漢屬沛國，魏屬譙郡。嵇山在縣西三十里，晉嵇康家於銍嵇山之下，因改姓嵇氏。元和郡縣志亳州臨涣縣。

修武縣本殷之甯邑，漢以爲縣，屬河内郡。天門山今謂之百家巖，在縣西北三十七里，以巖下可容百家，因名。上有精舍，又有鍛竈處所，即嵇康所居也。同上懷州修武縣。

獲嘉縣本漢縣也，七賢鄉在縣西北四十二里，嵇阮祠也。同上懷州獲嘉縣。

衛縣本漢朝歌縣，屬河内郡，魏黄初中，朝歌縣又屬朝歌郡。蘇門山在縣西北十一里，孫登所隱，阮籍嵇康所造之處。同上衛州衛縣。

共城縣本周共伯國，漢以爲縣，屬河内郡。白鹿山在縣西五十四里。天門山在縣西五十里。同上衛州共城縣。

嵇山在縣西北三十五里。晉書：「銍縣有嵇山，嵇康本姓奚，會稽人，遷於銍，家於嵇山之側，遂氏焉。」水經注云：「取嵇字以爲姓，蓋志其本也。」○嵇康墓在縣西北三十五里，嵇山東一里。太平寰宇記宿州臨涣縣。○案水經濟水注云：「濟水又北逕梁山東，山之西南有吕仲悌墓。」

嵇康即晉之七賢也，今有竹林尚存，並鍛竈之所宛在。同上懷州河内縣。

天門山今謂之百家巖，在縣西北三十七里，以巖下可容百家，因名。上有精舍，又有鍛竈處所，云即嵇康所居。圖經云：「巖有劉伶醒酒臺、孫登長嘯臺、阮氏竹林、嵇康淬劍池，並在寺之左右。」○山陽城北有秋山，即嵇康之園宅也。同上懷州修武縣。

七賢祠在縣西北四十二里，阮籍等遊處。水經注云：「七賢祠左右筠篁列植，冬夏不變，向子期所謂山陽舊居，即此祠之處也。」同上懷州獲嘉縣。

白鹿山在縣西北五十三里，西與太行連接，上有天門谷、百家巖。盧思道西征記云：「孤巖秀出，上有石，自然爲鹿形。」○天門山在縣西五十里，酈道元水經注云：「天門山石自空，狀若門焉。」又九州要記云：「山有三水，嵇康采藥，逢孫登，彈一弦琴，即此山。」同上衛州共城縣。

蘇門山在縣西八十五里，一曰蘇嶺，俗名五巖山。同上衛州衛縣。

蘇門山在輝縣西北七里，一名百門山，晉孫登隱此。○七賢泉源出輝縣山陽社，東南流經獲嘉縣，入三橋陂。○嵇山在修武縣西北五十里，晉嵇康嘗居其下。○天門山在修武縣西北四十里，諸山惟此最低，故名天門。○百家巖在天門山内，以巖下可容百家，故名。上有精舍及煅竈處。○淬劍池在修武縣北，昔晉嵇康嘗淬劍於此，石刻尚存。○王烈泉在修武縣北六真鄉。揚案：雍正志云：「在修武縣太行山中。」○七賢鄉在獲嘉縣北，晉嵇康、阮籍、山濤、向秀、阮咸、劉伶、王戎，同隱于竹林，世號竹林七賢。因以名鄉。○嘯臺在蘇

華陽亭，即嵇康學琴於此。同上冀州阜城縣。

門山上，即孫登隱居之所，其長嘯處也。揚案：雍正志云：「在輝縣西北七里蘇門山上。」○山陽鎮在輝縣西南七十里，元省山陽縣入輝州，改縣爲鎮。順治河南通志。

嵇山在宿州西南一百十里，相傳嵇康本上虞人，姓奚，後家於其側，因氏焉。大清一統志安徽鳳陽府。

白鹿山在輝縣西五十里，接修武，上有天門谷、百家巖。○蘇門山在輝縣西北七里，一名蘇嶺，即孫登隱處。○七賢祠在輝縣西南六十里，今爲竹林寺。○竹林寺在輝縣西南六十里，舊名七賢觀，後改尚賢寺，又改今名。即晉七賢所遊之地。同上河南衛輝府。

嵇山在修武縣西北三十五里，晉嵇康家居焉，亦名秋山。寰宇記：「山陽城北有秋山，即晉嵇康園宅。」○天門山在修武縣西北四十里，兩山對峙，其狀如門，山麓有百家巖，有嵇康鍛竈。○淬劍池在修武縣西北嵇山下，宋嘉祐四年，河北提刑使曹涇大書「淬劍池」三字，石刻存。○山陽故城在修武縣西北三十五里。史記：「秦始皇五年，將軍驁攻魏山陽，拔之。」注：「河南有山陽縣。」後漢書獻帝紀：「奉帝爲山陽公。」魏書地形志：「汲郡山陽，二漢晉屬河内，孝昌二年置郡治共城，後移置山陽，故城尋罷。」括地志：「山陽故城在修武縣西北。」○七賢鄉在修武縣北，晉初阮籍、嵇康、山濤、王戎、向秀、劉伶、阮咸，同居山陽，時人號爲竹林七賢。避暑録話：「七賢竹林，在今懷州修武縣。初若欲避世遠禍者，然反以此得名。」同上河南懷慶府。

七賢祠在縣北十里三橋村。案晉書不詳竹林所在。惟康傳云：「戎自言與康居山陽二十年，未嘗見喜慍色。」又云：「至汲郡山中，見孫登，遂從之遊。」而籍傳亦云：「籍嘗於蘇門山遇孫登，與商略終古，及棲神導氣術。」則籍輩竹林之遊，正在居山陽與孫登相遇時也。明一統志：「輝縣西南七十里山陽鎮，有七賢堂。」註：「謂即籍等隱處。」今是地與山陽相去甚近，豈七賢嘗遊於此而遂名之與？○七賢鄉在縣北，晉嵇康阮籍等七賢同隱於此，因以名鄉。乾隆獲嘉縣志。

蘇門山在縣西北五里許，一名蘇嶺，一名百門山；山下即百泉，晉孫登隱此，號蘇門先生。○清水泉即梅竹泉，通志名七賢泉，俗名竹林泉。在縣西南六十里山陽鎮，即晉七賢棲隱之地。○嘯臺在蘇門山巔，即晉孫登隱居長嘯處。○竹林在縣西南六十里，晉七賢遊處，舊屬河內，元以山陽縣併入輝州，今屬輝縣。○七賢堂在竹林寺內，祀晉嵇康、阮籍、阮咸、山濤、向秀、劉伶、王戎，世稱竹林七賢。乾隆輝縣志。

嵇山即解虎坪，在百家寺前。案晉書：「嵇康銍人，本姓奚，因銍有嵇山，改姓嵇，後寓居山陽。」今寺前解虎坪，土人亦呼爲嵇山，因嵇康得名也。程春海國策地名考：「嵇康山陽舊居，本名秋山，蓋即嵇山也。」○百家巖在天門谷下，元和郡縣志云：「以巖下可容百家，因名。上有精舍，又有鍛竈處所。」○天門谷在百家巖上。九州要記云：「天門山有三水，嵇康采藥，逢孫登，彈七絃琴，即此山。」○七賢鄉在縣東北，元鄉學記碑陰載有七賢鄉十邨鄉學，碑存學宫。舊志：「山陽縣東北有嵇中散園宅，後悉爲墟，父老猶稱嵇公舊林。」述征記曰：「山陽東北二十里，魏中散大夫嵇康園宅，悉爲田墟，時有遺竹。」吴志：「竹林今人皆謂在輝縣，蓋因彼有山陽鎮耳。不知輝之山陽，乃金割修武重泉邨所置，非漢晉山陽縣。」嵇康傳：「康性巧而好鍛，宅中有一柳樹甚茂，每夏月居其下以鍛。」今鍛竈在百家巖，則向秀思舊賦所云「經山陽之舊居」，正指此地而言，何疑乎竹林之不在修武乎？明李濂甯邑記亦云：「濁鹿城有漢獻帝墓，七賢竹林亦在兹地。」尋訪得寺，實七賢堂舊址，蓋後人建堂於竹林，以祀七賢者。草莽中卧一斷碑，隱隱可考。若使在輝縣，不應入甯邑記矣，可見明時尚有舊址。吴志考辨：「河南通志：『七賢鄉入獲嘉，醒酒臺入延津，竹林入輝縣。』夫七賢鄉有嵇康傳可據。前人竟不一置辨，何哉？案百巖蘇門，相距不過數十里，昔賢遊屐，兩地争傳，修武有七賢鄉，百巖有七賢祠，而輝縣山陽鎮復有七賢堂，皆爲嵇阮遊賞處也。況百家巖之嵇竈、孫臺，唐時猶有之，昔人固不我欺耳。」揚案：此所云吴志，乃謂乾隆二十二年邑令吴映田重修修武縣志。○百家巖，唐人亦作栢巖，在天門谷下，負巖爲寺，東巖上，石隙有泉流出，即所謂王烈泉也。天門瀑布自巖巔而下，有奇石爲臺，即劉伶醒酒臺也。臺下絶澗，瀑布注之，爲嵇康淬劍池，旁有鍛竈，今弗存矣。○王烈泉在僧廚東數武，自石壁中流下，俗傳王烈遇石髓處。○嵇康淬劍池，在醒酒臺下，方廣踰數丈，天門瀑布注其中，四時不涸，相傳鍛竈在其旁，今廢。太平寰宇記：「百家巖上有精舍，又有鍛竈處所，云嵇康所居。」○孫登長嘯臺，魏氏春秋曰：「阮籍見孫登長嘯，有鳳凰集登所隱之處。」案圖經云：「巖有劉伶醒酒臺、孫登長嘯臺、阮氏竹林、嵇康淬劍池，並在寺之左右。」案杜鴻漸百巖寺碑云：「奇檀修竹，嵇竈孫臺。」嵇竈孫臺，唐時猶有之，益信七賢流連於此山。孫登長嘯，固不專在蘇門也。道光修武縣志。

稽山去城百有十里，晉書：「嵇康家於其下，因氏焉，亦作嵇。」今在曹氏集。光緒宿州志。

誄評

余與嵇康、吕安，居止接近，其人並有不羈之才。然嵇志遠而疎，吕心曠而放，其後各以事見法。嵇博綜技藝，於絲竹特妙，臨當就命，顧視日影，索琴而彈之。余逝將西邁，經其舊廬。于時日薄虞淵，寒冰淒然。鄰人有吹笛者，發聲寥亮，追思曩昔遊宴之妙，感音而歎，故作賦云：「將命適於遠京兮，遂旋返而北徂。濟黄河以泛舟兮，經山陽之舊居。瞻曠野之蕭條兮，息余駕乎城隅。踐二子之遺跡兮，歷窮巷之空廬。歎黍離之愍周兮，悲麥秀於殷墟。惟古昔以懷今兮，心徘徊以躊躇。棟宇存而弗毁兮，形神逝其焉如。昔李斯之受罪兮，歎黄犬而長吟。悼嵇生之永辭兮，顧日影而彈琴。託運遇於領會兮，寄餘命於寸陰。聽鳴笛之慷慨兮，妙聲絶而復尋。停駕言其將邁兮，遂援翰而寫心。」向秀思舊賦並序。○文選李善注曰：「臧榮緒晉書曰：『向秀字子期，河内懷人也，始有不羈之志，與嵇康吕安友。康既被誅，秀應本州計入洛，太祖問曰：「聞有箕山之志，何以在此？」秀曰：「以爲巢、許，未達堯心，是以來見。」反自役，作思舊賦。』」○晉書向秀傳：「康既被誅，秀應本州計入洛，秀乃自此役，作思舊賦。」

君子儗人，必於其倫，向秀之賦嵇生，方罪於李斯，不倫甚矣。文心雕龍指瑕篇。○黄先生曰：「此言叔夜勝于李相，所謂志遠，非以嘆黄犬偶顧影彈琴，劉舍人指瑕之篇，譏其不類，殆未詳繹其旨。」

嵇、吕並言而末復單悼嵇生，以叔夜義證吕安而死，更非其罪，故尤深感耳。古今不平之事，無如嵇吕一案，「典午」刑政如此，阮公所以有廣武之歎也。張雲璈選學膠言。

肅肅中散，俊明宣哲，籠罩宇宙，高蹈玄轍。李充九賢頌嵇中散頌。○初學記十七引。

先生挺邈世之風，資高明之質；神蕭蕭以宏遠，志落落以遐逸；忘尊榮於華堂，括卑靜於蓬室；寧漆園之逍遥，安柱下之得一。寄心孤松，取樂竹林；尚想榮、莊，聊與抽簪；味孫鶴之濁醪，鳴七弦之清琴；慕至人之玄旨，詠千載之徽音；凌晨風而長嘯，託歸流而永吟；乃自足於丘壑，孰有慍乎陸沈。馬樂原而翹足，龜悦塗而曳尾；疇廟堂之是榮，豈和鈞之足視？凡先生之所期，羌玄達於遐旨；尚遺大以出生，何殉小而入死。嗟乎先生！逢時命之不丁。冀後彫於歲寒，遭繁霜而夏零；滅皎皎之玉質，絶琅琅之金聲；投明珠以彈雀，捐所重而爲輕；諒鄙心之不爽，非大雅之所營。李充弔嵇中散文。○北堂書鈔一百二、太平御覽五百九十六引。

阮公瓌傑之量，不移於俗，然獲免者，豈不以虚中舉節，動無過則乎！中散遺外之情，最爲高絶，不免世禍，將由舉體秀異，直致自高，故傷之者也。山公中懷體默，易可因任，平施不撓，在衆樂同，遊刃一世，不亦可乎！袁宏七賢序。○太平御覽四百四十七引。○嚴可均全晉文序曰：「案此當即竹林名士傳序也。」世説文學篇注：「宏以阮嗣宗、嵇叔夜、山巨源、向子期、劉伯倫、阮仲容、王濬沖爲竹林名士。」

宣尼有言曰:「惟仁者能好人,能惡人。」自非賢智之流,不可以褒貶明德,擬議英哲矣。故彼嵇中散之爲人,可謂命世之傑矣。觀其德行奇偉,風韻劭邈,有似明月之映幽夜,清風之過松林也。若夫吕安者,嵇子之良友也;鍾會者,天下之惡人也。良友不可以不明,明之而理全;惡人不可以不拒,拒之而道顯。夜光非與魚目比映,三秀難與朝華爭榮,故布鼓自嫌於雷門,礫石有忌於琳琅矣。嗟乎,道之喪也,雖智周萬物,不能遺絶糧之困;識達去留,不能違顛沛之艱。故存其心者,不以一眚累懷;檢乎迹者,必以纖芥爲事。慨達人之獲譏,悼高範之莫全,凌清風以三歎,撫兹子而悵焉。聞先覺之高唱,理極滯其必宣,候千載之大聖,期五百之明賢,聊寄憤於斯章,思慷慨而泫然。袁宏妻李氏弔嵇中散文。○太平御覽五百九十六引。○案「妻」字御覽各本或作「友」,或作「及」,皆誤也。

嵇康非湯、武,薄周、孔,所以迕世。竹林七賢論。○太平御覽一百三十七引。○案此當即竹林七賢傳之論。

邈矣先生,英標秀上。希巢洗心,擬莊託相。乃放乃逸,邁兹俗網。鍾期不存,奇音誰賞。謝萬七賢讚嵇中散讚。○初學記十七引。○嚴可均全晉文注曰:「案萬有八賢論,見世説文學篇注引萬集,載其叙四隱四顯爲八賢之論,謂漁父、屈原、季主、賈誼、楚老、龔勝、孫登、嵇康也。其旨以處者爲優,出者爲劣。案此蓋八賢頌,即繫于論也。其論今亡。」○揚案:晉孫統亦有竹林七賢讚,見聖賢羣輔録,其文亦亡。

帛祖釁起於管蕃,中散禍作於鍾會。二賢並以俊邁之氣,昧其圖身之慮,栖心事外,輕世招患，殆不異也。孫綽道賢論。○高僧傳卷一引。○案綽以天竺七僧方竹林七賢，爲道賢論。以帛法祖匹嵇叔夜。

嵇子秀達，英風朗烈，道儁薰芳，鮮不玉折。庾闡孫登贊。○藝文類聚三十六引。

夫以嵇子之抗心希古，絶羈獨放，五難之根既拔，立生之道無累，人患殆乎盡矣。徒以忽防於鍾、吕，肆言於禹、湯，禍機變於豪端，逸翮鎩於垂舉。夫貽書良友，則匹厚味於甘酖。下闕。○傅亮演慎論。○宋書亮傳引。

中散不偶世，本自餐霞人。形解驗默仙，吐論知凝神。立俗迕流議，尋山洽隱淪。鸞翮有時鎩，龍性誰能馴。顔延年五君詠嵇中散。

嵇生是上智之人，值無妄之日，神才高傑，故爲世道所莫容。風邈挺特，蔭映於天下，言理吐論，一時所莫能參。屬馬氏執國，欲以智計傾皇祚，誅鉏勝己，靡或有遺。玄伯、大初之徒並出，嵇生之流，咸已就戮。嵇審於此時，非自免之運。若登朝進仕，映邁當時，則受禍之速，過於旋踵。自非霓裳羽帶，無用自全。故始以餌求黄精，終於假塗託化。阮公才器宏廣，亦非衰世所容。但容貌風神，不及叔夜，求免世難，如爲有塗。若率其恒儀，同物俯仰，邁羣獨秀，亦不爲二馬所安。故毁行廢禮，以穢其德，崎嶇人世，僅然後全。自嵇、阮之外，山、向五人，止是風流器度，不爲世匠所駭。沈約七賢論。○藝文類聚三十七引。

曰余不師訓，潛志去世塵。遠想出宏域，高步超常倫。靈鳳振羽儀，戢景西海濱。朝食琅玕實，夕飲玉池津。處順故無累，養德乃入神。曠哉宇宙惠，雲羅更四陳。哲人貴識義，大雅明庇身。莊生慕無爲，老氏守其真。天下皆得一，名實久相賓。咸池饗爰居，鐘鼓或愁辛。柳惠善直道，孫登庶知人。寫懷良未遠，感贈以書紳。江淹擬嵇中散言志。○案此擬詩也，而廣文選、文翰類選等書於此詩作者逕標嵇叔夜，又題曰言志詩，皆明人之陋也。

中散下獄，神氣激揚。濁醪夕引，素琴晨張。秋日蕭索，浮雲無光。鬱青霞之奇意，入修夜之不暘。江淹恨賦。

山林重明滅，風月臨囂塵。著書惟隱士，談玄止谷神。雁重翻傷性，鼉寒更養身。廣陵餘故曲，山陽有舊鄰。俗儉寧妨患，才多反累身。寄言山吏部，無以助庖人。庾肩吾賦得嵇叔夜。○藝文類聚三十六引。

嵇叔夜雋傷其道。世説新語載簡文帝説。

嵇康著養生之論，而以傲物受刑。顔氏家訓養生篇。

中散作絶交之書，拒選部之舉，此名節所關，尤養生家之深者也。漢魏別録引沈士鑛語。

嵇叔夜排俗取禍，豈和光同塵之流也。顔氏家訓勉學篇。

嵇康自逸，手鍛爲娱。曲池四逵，垂楊一株。銅煙寒竈，鐵焰分爐。箕踞而坐，何其傲乎。王績嵇康坐鍛贊。

嵇康云：「頓纓狂顧，逾思長林而憶豐草。」頓纓狂顧，豈與俛受維縶有異乎？長林豐草，豈與官署門闌有異乎？異色起而正色隱，色事礙而慧用微。豈等用虚空，無所不偏，光明遍照，知見獨存之旨乎？王維與魏居士書。○李贄初潭集曰：「此亦公一偏之談也。苟知官署門闌，不異長林豐草，則終身長林豐草，固即終身官署門闌矣。」○揚案：以俛受維縶、官署門闌爲安，此維之所以甘於失身也。

彼美雲章子，翛然天外情。凝眉逐層翥，俯手散餘清。霄迥心逾遠，徽遷曲暗成。千秋想蕭散，方覺繪毫精。宋祁嵇中散畫像詩。○原注云：「顧長康畫中散爲目送飛鴻、手揮五絃像，世共貴之，謂以風韻可想見也。」○案太平御覽七百二引沈約俗説云：「顧虎頭爲人畫扇，作嵇、阮，而都不點睛。或問之，顧答曰：『那可點睛，點睛即語。』」又世説新語巧藝篇曰：「顧長康道，畫手揮五絃易，目送飛鴻難。」晉書顧愷之傳曰：「每重嵇康四言詩，因爲之圖，恒云：『手揮五絃易，目送飛鴻難。』」○又案顧長康古賢圖，宣和時尚在御府，見宣和書畫譜及鐵圍山叢談。又顧氏嘗畫叔夜輕車詩，見張彦遠歷代名畫記。

康與安實皆爲魏臣，其誅也，豈犯有司？特晉方謀篡魏，忌其賢而見圖，故康誅而魏亦自亡。若紹可謂兼父與君之仇者也，力不能報，猶且避之天下；顧臣其子孫而爲之死，豈不謬哉？王回嵇紹贊。

兩漢本繼紹，新室如贅旒。所以嵇中散，至死薄殷、周。李清照詠史。○見宋詩紀事引朱子遊藝論評及彤管遺編。

嵇叔夜、阮嗣宗，號稱曠達；至其文辭，頗務揚己衒異，以貶剥當世，有臭腐禪盈之語。夫志在於脱世紛，反激而速之，則其被禍取讐疾，非不幸也。劉才邵跋李龍眠淵明歸去來圖。

司馬氏非有大功於魏也，乘斯人望安之久，而竊其機耳。籍、康以英特之姿，心事犖犖，宜其所甚恥也。而羽翼已成，雖孔孟能動之乎？生死避就之際，固二子之所不屑也。陳亮三國紀年。

晉人貴竹林，竹林今在懷州修武縣，初若欲避世遠禍者，然反由此得名，嵇叔夜所以終不免也。七人如向秀、阮咸，亦碌碌常材無足道，但依附此數人以竊名譽。山巨源自有志於世，王戎尚愛錢，豈不愛官？故天下稍定皆復出，巨源豈戎比哉？唯嵇叔夜似真不屈於晉者，故力辭吏部，可見其意。又魏宗室壻，安得保其身？惜其不能深默，絶去圭角，如管幼安，則庶幾矣。阮籍不肯爲東平相，而爲晉文帝從事中郎，後卒爲公卿作勸進表。若論于嵇康前，自應杖死。顔延之不論此而論濤、戎，可見其陋也。葉適避暑録話。

嵇康幽憤詩云：「性不傷物，頻致怨憎。昔慚下惠，今愧孫登。」蓋志鍾會之悔也。吾嘗讀世説，知康乃魏宗室婿，審如此，雖不忤鍾會，亦安能免死邪？嘗稱阮籍口不臧否人物，以爲可師；殊不然，籍雖不臧否人物，而作青白眼，亦何以異？籍得全於晉，直是早附司馬師，陰託其庇耳。史言：「禮法之士，疾之如讎，賴司馬景王全之。」以此而言，籍非附司馬氏，未必能脱也。今文選載蔣濟勸進表一篇，乃籍所作。籍忍至此，亦何所不可爲？籍著論鄙世俗之士，以爲猶蝨處乎褌中。籍委身於司馬氏，獨非褌中乎？觀康尚不屈於鍾會，肯賣魏而附晉乎？世俗但以迹之近似者取之，槩以爲嵇阮，我每爲之太息也。葉適石林詩話。

嵇康一志陸沈，性與道會，信無求於世。不幸龍章鳳姿，驚衆衒俗，世獨求之不已，使不以正終。蓋非其罪也。昔孔子患世俗之多故，其教必以厚人薄己，遠慮近憂，立則參前，輿則倚衡，凜然若兵之加頸。而又曰：「鳥獸不可與同羣，吾非斯人之徒而誰與。」蓋人道之難，甚哉！然則康雖欲采薇散髮，以娱頤天年，而不可得也。悲夫！竹林之賢，過是無觀已。葉適習學記言。

孔子既祥，五日，彈琴而不成聲，言其哀心未忘也。夫哀戚之心存于中，則弦手犂然而不諧，此理之必然者。余觀嵇中散被譖就刑，寃痛甚矣。而叔夜乃更神色夷曠，援琴終曲，嘆廣陵之不傳。此真所謂有道之士，不以死生嬰懷者矣。若彼中無所養，則赴市之時，神魂荒擾，呼天請命之不暇，豈能愉心和氣，雍容奏技，如在暇豫時耶？惜哉！史氏不能逆彼心寄，表示後人，謂其拳拳於一曲，失實多矣。何薳春渚紀聞。

嵇中散龍章鳳姿，高情遠韻，當世第一流也。不幸當魏晉之交，危疑之際，且又魏之族壻，鍾會嗾司馬昭以卧龍比之，此豈昭弑逆之賊，所能容哉？前史稱會造公，公不爲禮，謂會「何所聞而來？何所見而去？」會以是啣之。向無此言，公亦不免。世人喜以成敗論士，遂以公爲才多識寡，難乎免於今之世，過矣。自古奸雄窺伺神器者，鮮不維縶英豪，使不得遁。如中郎死於董卓，文舉死於魏武，司空圖僅以疾免，揚子雲幾至辱身，亦時之不幸也。如公重名，安所遁哉？人孰無死，惟得死爲不没。如會勸司馬昭啄喪魏室，既滅劉禪，遂據蜀叛，竟以誅死。若等犬彘耳，死與草木共腐。而公之没，以今望之，若神人然，爲不死矣，尚何訾云，故備論之。至於書之工拙，亦何足言之與有。趙秉文題王致叔書嵇叔夜養生論後。

叔夜龍鳳姿，清修契神術。彈琴狎魚鳥，採藥游山澤。山濤徒見舉，孫登有遠適。已矣廣陵散，尸解亦何益。龔璛七賢詩嵇中散康。

尋常論養生，未得養生説。擬從林下遊，一書交盡絶。既無當世志，安用三尺鐵。頻頻石上磨，神光浸秋月。可憐贏疎甚，自謀何太拙。危絃發哀彈，幽情終莫洩。死留身後名，有愧侍中血。李俊民嵇康淬劍池。

萬槲霜葉丹，鍛竈烘熾火。有懷中散公，材大識或麼。至人戒其偏，康鋭不自挫。當時朝右姦，如會鬼見唾。吹毛不此施，淬礪安用那？徒爲論養生，竟落非命禍！王惲遊百家巖。

識短才長蓄禍機，放懷獨惜養生嵇。後人莫坐談玄罪，秋水篇中物物齊。○粉飾青黄乃木災，當年中散固奇才。高風不逐鸞音去，柳下奚爲打鍛來。王惲題竹林七賢嵇中散。

先生家何在，昔住嵇山陰。方狀日譙息，上有焦桐琴。流目視宇宙，何人知此心。奇才軼同列，幽思積盈襟。絶交書固偉，養性論亦深。誰譏卧龍質，反使禍見侵。寥寥廣陵散，百世寧知音。惜哉畫史輩，不識孫登箴。王沂題胡濟川嵇康牀琴圖。

嵇、阮齊名，皆博學有文，然二人立身行己，有相似者，有不同者。康著養生論，頗言性情，及觀絶交書，如出二人。處魏、晉之際，不能晦迹韜光，而傲慢忤物，又不能危行言遜，而非薄聖人，竟致殺身，哀哉！籍放蕩不檢，則甚於康，不罹於禍者，在勸進表也。盛如梓庶齋老學叢談。

易曰：「天地閉，賢人隱。」又曰：「否之匪人，不利君子貞。」陰長陽消，臣弑君，子弑父，無復人道。君子隱而已矣，又何必外形骸以自穢，必如楚狂、桑户，然後爲達耶？嵇康諸人，皆以逸才，不能好遯，遂爲狂人，老、莊之術誤之也。司馬氏父子方放弑攘竊，踵武操、丕，厭然自以爲舜、禹。康乃非薄湯、武，謂皆以臣弒君，揭觸所忌，其能免乎？著論養生，而卒殺身，豈知養生之道哉！太上養心，其次養生，喪心病狂，身死久矣，又奚養生爲？ 郝經續後漢書狂士傳贊。

嗣宗、叔夜並以放誕名，而阮之識遠非嵇比也。靈運、延年，並以縱傲名，而顔之識遠非謝比也。步兵、光禄，身處危地，使馬昭、劉劭信之而不傷。中散、康樂，雖有盛名，非若夏侯玄輩，爲時所急，徒以口舌獲戾，悲夫！ 胡應麟詩藪。

中散龍鳳姿，雅志薄雲漢。少無適俗韻，早有餐霞願。調高豈諧俗，才儁爲身患。纏悲幽憤詞，結恨廣陵散。 張居正七賢吟嵇中散。

漢氏桓、靈以來，海内鼎沸久矣，有能定於一者，萬姓之倒懸，不亦解乎。山公是以引中散也。而司馬氏非應天順人者也，湯武且薄之，寧比於竊鈎者？此志也，山公寧不知之？啟事中毋乃爲阱歟？七不堪之書，將何以免？若中散之論養生，豈唯識寡，乃蹈白刃者也。非智非愚，何以望蘇門哉？ 方弘静千一録。

嵇中散不喜作書，然自云：「犯教傷義，第性不能勉强耳。」陸放翁云：「四方書疏，略不復遺。」二子於養生則得矣。禮有報施，惡得以嬾爲真？人誰諒之？ 同上。

籍與嵇康，當時一流人物也，何禮法疾籍如仇，昭則每爲保護？康徒以鍾會片言，遂不免耶？至勸進之文，真情乃見。張燧千百年眼。

嵇叔夜以宗室聯姻，一拜中散，便無意章綬者，誠見主孱國危，不欲頫首司馬氏耳。故山濤欲舉以自代，輒與絶交。觀其書有非湯武之語，固有所指；而作高士傳取龔勝者，豈非以其不仕新莽耶！世語謂康欲起兵應毌丘儉，言雖近誣，要亦叔夜意中事也。吕兆禧吕錫侯筆記。

曰余厭塵網，振衣濳羽儀。卓犖驚古人，灼灼揚高姿。遠眺八紘外，陵景希清夷。靈鳳矯羽翼，飄然雲際飛。明餐若木華，夜飲蒼淵池。悠悠莊周子，方能悟無爲。爰居饗鍾鼓，徒令達者嗤。長嘯倚天表，采藥南山陲。夏完淳嵇叔夜言志。

嵇康人中龍，義不可當世。視彼盜國臣，伎倆如兒戲。吐辭薄湯、武，千載有生氣。臨命索琴彈，聊示不屑意。杜濬三君詠嵇康。

結伴竹林形自垢，逢人柳下坐長箕。養生論好醇顔發，服食緣慳石髓貽。鶴在清霄羅未遠，琴彈白日影初移。三千太學傷東市，一笛山陽悵子期。謝啓昆樹經堂詠史詩嵇康。

家近山陽古郡城，温庭筠。避時多喜葺居成。杜荀鶴。鼓琴飲酒無閒暇，布燮。命駕相思不爲名。權德輿。静對道流論藥石，劉禹錫。更無書信答公卿。方干。當時向秀聞鄰笛，薛能。谷變陵遷事可驚。釋齊己。

葛龍閒卧待時來，李咸用。中有詩篇絶世才。劉禹錫。請奏鳴琴廣陵散，李頎。且謀歡洽玉山頹。元凜。一生愛竹自未有，周賀。盡日看雲首不回。杜牧。目送征鴻飛渺渺，孫光憲詞。水邊精舍絶塵埃。釋齊己。

哭殺廚頭阮步兵，李商隱。殷勤把酒尚多情。劉禹錫。謂弔喪事。敢同俗態期青眼，唐彦謙。空向人間著養生。段成式。高士例須憐麯糵，韓愈。有田多與種黄精。張籍。静探石腦衣裾潤，皮日休。陰洞曾爲採藥行。陸龜蒙。○汪元慎詠史集嵇康。

竹林游，偕六賢。柳下鍛，神夷然。生平解著養生論，當隨孫登、王烈求神仙。吁嗟乎！吕安之交何可絶，鍾會逕來宜落寞。豈聚六州鐵，鑄成此大錯。譚瑩柳下鍛。

嵇康文辭壯麗。魏志王粲傳。○劉師培中古文學史曰：「案魏志以文辭壯麗評康，亦至當之論。」論貴於允理，不求支離。若嵇康之論，成文美矣。李充翰林論。○太平御覽五百九十五引。○劉師培曰：「案李氏以論推嵇，明論體之能成文者，魏晉之間，實以嵇氏爲最。」

正始明道，詩雜仙心，何晏之徒，率多浮淺。唯嵇志清峻，阮旨遥深，故能標焉。○四言五言，叔夜含其潤。文心雕龍明詩篇。○劉師培曰：「案嵇、阮之文，豔逸壯麗，大抵相同。若施以區别，則嵇文近漢孔融，析理綿密，阮所不逮。阮文近漢禰衡，託體高健，嵇所不及。此其相異之點也。至其爲詩，則爲體迥異，大體嵇詩清峻，而阮詩高渾。」○又曰：「魏初詩歌，漸趨清靡，嵇、阮矯以雄秀，多爲晉人所取法，故彦和評論魏詩，亦惟推重二子也。」

叔夜儁俠，故興高而采烈。 同上體性篇。○劉師培曰：「案彦和以興高采烈評康文，亦與魏志文辭壯麗説合。蓋嵇文之麗，麗而壯者也，與徒事藻采之文不同。」

正始餘風，篇體輕澹；而嵇、阮、應、繆，並馳文路。 同上時序篇。○劉師培曰：「案彦和此論，蓋兼王、何諸家之文言，故言篇體輕澹。其兼及嵇、阮者，以嵇、阮同爲當時文士，非以輕澹目嵇、阮之文也。即以詩言，嵇詩可以輕澹相目，豈可移以目阮詩哉？」

嵇康師心以遣論。 同上才略篇。○劉師培曰：「案此節以論推嵇，以詩推阮，實則嵇亦工詩，阮亦工論，特互言見意耳。」

嵇中散詩頗似魏文，過爲峻切，訐直露才，傷淵雅之致；然託諭清遠，良有鑒裁，亦未失高流矣。 鍾嶸詩品。

嵇康標舉。 唐詩紀事載李華稱蕭穎士説。

正始中，何晏、嵇、阮之儔也，嵇興高逸，阮旨閒曠。 遍照金剛文鏡祕府論。

叔夜此詩，豪壯清麗，無一點塵俗氣。凡學作詩者，不可不成誦在心，想見其人。雖沈於世故者，然而攬其餘芳，便可撲去面上三斗俗塵矣。何況探其義味者耶？故書付於榎，可與諸郎皆誦取，時時諷詠，以洗心忘倦。 黄庭堅書嵇叔夜詩與侄榎。

人品胸次高，自然流出。陳繹曾詩譜。

嵇叔夜土木形骸，不事雕飾，想於文亦爾，如養生論、絶交書，類信筆成者，或遂重犯，或不相續。然獨造之語，自是奇麗超逸，覽之躍然而醒。詩少涉矜持，更不如嗣宗。吾每想其人，兩腋習習風舉。王世貞藝苑卮言。

正始體，嵇、阮爲冠。王元美云：「嵇叔夜土木形骸，不事藻飾，想於文亦爾，如養生論、絶交書，類信筆成者。詩少涉矜持，更不如嗣宗。」愚按叔夜四言，雖稍入繁衍，而實得風人之致，以其出於性情故也。惟五言或不免於矜持耳。許學夷詩源辨體。

嵇阮多材，然嵇詩一舉殆盡。陸時雍詩鏡。

叔夜四言詩多俊語，不摹倣三百篇，允爲晉人先聲。沈德潛古詩源。

叔夜情至之人，託於老、莊忘情，此憤激之懷，非其本也。詳竹林沈冥，並尋所寄，「典午」陰鷙，摧戕何夏，惟圖事權，不惜名彦，如斯之舉，賢者歎之，非必於魏恩深，實亦醜晉事鄙。阮公淵淵，猶不宣露，叔夜婞直，所觸即形。集中諸篇，多抒感憤，召禍之故，乃亦緣兹。夫盡言刺譏，一覽易識，在平時猶不可，況猜忌如仲達父子者哉？叔夜衷懷既然，文章亦爾，徑遂直陳，有言必盡，無復含吐之致。故知詩誠關乎性情，婞直之人，必不能爲婉轉之調，審矣。○叔夜詩實開晉人之先，四言中饒雋語，以全不似三百篇，故佳。五言句法，初不矜琢，乏於秀氣，時代所限，不能爲漢音之古樸，而復少魏響之鮮妍，所緣漸淪而下也。○嵇中散詩如獨流之泉，臨高赴下，其勢一往必達，不作曲折瀠洄，然固澂澈可鑒。陳祚明采菽堂古詩選。

四言詩，叔夜、淵明，俱爲秀絶。何焯義門讀書記。

集中大文，諸論爲高，諷養生而達老、莊之旨，辨管、蔡而知周公之心。彼役役於司馬門下者，不能作也。張維屏藝談録。

叔夜之詩峻烈。○嵇叔夜郭景純皆亮節之士，雖秋胡行貴玄默之致，遊仙詩假棲遯之言，而激烈悲憤，自在言外，乃知識曲宜聽其真也。劉熙載藝概。

中散以龍性被誅，阮公爲司馬所保，其跡不同，而人品無異。以詩論之，似嵇不如阮耳。方東樹昭昧詹言。

嵇叔夜諸詩，都不過如此，其不動人處，只是一律耳。看他説來説去，總是依傍一部莊子，便非詩人本事。惟述志詩二首特矯健。成書多歲堂古詩存。

四言詩嵇、陶爲妙，詩之别派。王闓運湘綺樓論文。

嵇文長於辨難，文如剥繭，無不盡之意，亦阮氏所不及也。劉師培中古文學史。

嵇阮詩歌，飄忽峻佚，言無端涯，其旨開於莊周。及其弊也，則宅心虛闊，失其旨歸。劉師培南北文學不同論。

嵇叔夜身長七尺六寸，美音聲，偉容色，雖土木形骸，而龍章鳳姿，天質自然，加以孝友温恭，吾慕其爲人。嘗有其草寫絶交書一紙，非常寶惜，有人與吾兩紙王右軍書不易。近於李造處見全書，了然知公平生志氣，若與面焉。張懷瓘書議。○案書議以叔夜列草書第二，又張氏書估以叔夜列書家第三等。

叔夜善書，妙於草製，觀其體勢，得之自然，意不在乎筆墨。若高逸之士，雖在布衣，有傲然之色。故知臨不測之水，使人神清；登萬仞之巖，自然意遠。張懷瓘書斷。○案此見張彦遠法書要録中，别書所載，標題各異，又或不載此評。○又案書斷以叔夜列草書妙品。

嵇康書，如抱琴半醉，酣歌高眠。又若衆鳥時翔，羣烏乍散。韋續墨藪。○案陳思書苑菁華載唐人書評曰：「嵇康書如抱琴半醉，咏物緩行。又若獨鶴歸林，羣烏乍散。」陶宗儀書史會要曰：「評嵇康書者，謂如抱琴半醉，酣歌高眠；又若衆鳥時集，羣烏乍散。」句有小異。○又案墨藪九品書人篇，以叔夜草書列中上，書論篇以叔夜列草書第二。

叔夜才高，心在幽壙。允文允武，令望令聞。精光照人，氣格凌雲。力舉巨石，芳逾衆芬。竇臮述書賦。○原注：「今見帶名行書，一紙五行。」○案鮮于樞困學齋雜録曰：「郭北山御史藏嵇叔夜聽雨帖。」談遷棗林雜俎曰：「錢塘楊廷筠以御史督學南畿，有兄弟争嵇叔夜手蹟，弟請田三十頃易之，致訟，御史命立寶書堂，公貯之。」據此，知叔夜手蹟，元及明季，尚有存者，但不知果爲真蹟否也。

魏石經本屬三字，惟典論一卷乃一字爾。世傳經爲邯鄲淳所書，而晉書衛恒傳謂正始中立三字石經，轉失淳法，其非淳書明矣。趙至傳云：「年十四，詣洛陽，遊太學，遇嵇康於學寫石經，徘徊不能去。」嵇紹亦曰：「至入太學，覩先君在學寫石經古文。」然則正始石經，實康等所書也。朱彝尊經義考。○王國維魏石經書法考云：「馬氏國翰復據晉書趙至傳：『至年十二，詣洛陽，遊太學，遇嵇康於學寫石經。』以爲即嵇康輩所書。然至卒於太康中，年三十七，則其遇嵇康寫石經，當在永元甘露間，距石經之立，已十餘年。然則康寫石經，乃由碑逡寫其文，非書丹之謂也。」○揚案：太平御覽六百十四云：「嵇康於學寫石經古文異事」，則爲抄録石經異文，不必即寫石經也。○又案裴孝源貞觀公私畫史曰：「巢由洗耳圖、獅子擊象圖，右二卷，題云嵇康畫，未詳，隋收官本。」張彦遠歷代名畫記曰：「嵇康工書畫，有獅子擊象圖、巢由圖，傳於代。」李嗣真續畫品以叔夜列下品上，則知叔夜琴書之外，亦工畫也。

爰有懷琳，厥迹疏壯。假他人之姓字，作自己之形狀。高風甚少，俗態尤多。吠聲之輩，或浸餘波。竇臮述書賦。○原注：「李懷琳，洛陽人，國初時，好爲僞迹，嵇康絶交書，懷琳之僞迹也。」

劉憲御史燾無言來，予與論書。劉言：「續帖中李懷琳所書絶交書，多有古字，宜有所受，非懷琳自能作也。」予云：張彦遠言昔嵇叔夜自書絶交書數紙，人以右軍數帖來易，惜不與之。則叔夜書唐時尚有之，疑懷琳嘗見之，故放焉，決非自能作也。

蓋懷琳嘗僞作衛夫人及七賢帖，不及此遠矣。故竇臮曰：「乃有懷琳，厥蹟疎壯。假他人之姓字，作自己之形狀。」則知絶交書誠有所放也。黄伯思東觀餘論記與劉無言論書。○案不肯以叔夜書易右軍書，乃張懷瓘之言也。

續帖中嵇康絶交書，世傳七賢帖，皆懷琳僞蹟也。東觀餘論法帖刊誤。

右唐冑曹參軍李懷琳所摹絶交書，今監察御史安成張公鼇山所藏，雙鉤廓填，筆墨精絶，無毫髮滲漏，蓋唐摹之妙者。按海嶽書史及東觀餘論並言：「懷琳好作僞書，世莫能辨。今法帖中七賢、衛夫人等帖，皆出其手。」而唐竇氏述書賦亦云：「爰有懷琳，厥迹疎壯。假他人之姓字，作自己之形狀。」觀此，則懷琳在當時，已推其摹搨之工矣。此書相傳摹嵇康本，而此卷後有右軍字，不知何也。續法帖雖載此書，亦不言其臨何人。惟張彦遠云：「嘗見叔夜自書絶交書」云云。故黄長睿以爲「此書唐世尚存，懷琳見而倣之，且謂中有古字，非能自作」。愚按此帖字蹟，多類右軍，在前若劉伶、阮籍，字畫雖佳，然皆疏宕縱逸，非若此帖精神沓拖，行間茂密，卓然名家也。且其文與文選所載，微有不同，尤不可曉。而長睿云：「此書去七賢、衛夫人遠甚。」蓋亦有所疑也。豈右軍嘗書此，懷琳摹之耶？抑懷琳好右軍之蹟，倣而爲之耶？文徵明跋唐李懷琳絶交書。○案此引張彦遠言，承黄氏之誤。又黄氏謂衛夫人及七賢帖，不及此帖，文氏誤倒。

絶交書，文徵仲以尾有右軍字，疑爲逸少，此非知書者。張懷瓘言：「家有叔夜草寫此書，常寶惜，人與兩紙王書不易。」繇此言之，實嵇之手蹟，特懷琳臨仿之耳。懷瓘又言：「逸少縱逸，乏丈夫之氣。」故評草書，登品者八人，嵇亞而王殿。今以此卷並觀，良非過論。唐人雙鉤，下真跡一等。頃幸得見於京師，四明王生以廓填擅場，因命爲二本，一自隨，一遺無功。閒中時一展翫，雨散風行，頹然天放，龍章鳳姿，猶若得其髣髴者。無功其善有之。張丑清河書畫舫。○案黄庭堅跋續法帖云：「往在三館，觀懷琳臨右軍絶交真跡，大有奇特處。」此亦以爲懷琳摹右軍，非逕摹嵇叔夜。陶宗儀書史會要云：「李懷琳，洛陽人，國初時，好爲僞迹，嘗仿嵇叔夜絶交書，續帖中有其蹟。」程文榮南邨帖考云：「李懷琳書嵇康絶交書，考停雲所刻此書，乃據唐人模本入石。」汪珂玉珊瑚網法書題跋云：「孝宗淳熙間，有祕閣續帖。若李懷琳書絶交書，壽丞以爲至精無以加，而山谷老人乃謂：『三館於閣下觀懷琳臨右軍絶交真跡，大有奇特處，今觀此十未得二三，乃知懷琳之妙如此。』其所謂十未得二三者，尚足馳鶩後世也。行書皆懷琳臨筆，今又卻作嵇康書媒鬻，而辨者以懷琳僞康書，亦謬也」云云。諸説各殊，今亦難定，惟此帖之爲摹本，則可斷言耳。

聖賢高士傳贊

張燮本嵇中散集，有原憲贊、黄帝遊襄城贊二首，張溥本收原憲、襄城童、司馬相如、許由、井丹五贊，皆不云聖賢高士傳。此書，馬國翰玉函山房輯佚書嘗輯之，闕誤甚多，兹不具舉。嚴可均全三國文所輯，涓子齊子，誤題二人；安丘生傳，後漢書注引文與太平御覽全殊，乃竟漏輯；鄭仲虞傳亦漏北堂書鈔一條。此外，前京師圖書館藏有鈔本，爲清嘉慶間周世敬所輯，輯時後嚴氏四年，世罕知者，故書目答問亦未之及。書目答問高士傳下但注云：「嚴可均輯嵇康高士傳，未刊。」其書既據藝文類聚收子支伯一條，又據太平御覽收子州友父一條，不知本爲一人，即兩書引文，亦十九相同也；據後漢書逢萌傳注收王君公一條，又據御覽收逢萌、徐房、李雲、王尊一條，不知尊字君公，仍一人也；御覽引逢貞、李邵公各有叙傳，此兩人者，皆叔夜所目爲高士，而周氏但題逢貞；又襄城童贊下注水經注云云，更注嵇中散集四字，原憲傳下亦注嵇中散集四字，此自百三家集迻録者；狂接輿傳下注皇甫士安高士傳云云，司馬季主傳下注「史記又載」四字，則直録御覽之注文，此皆疏失之處也。考史通浮詞篇所言，知叔夜以絳父楚老合爲一傳，史通並引其論贊之詞。就御覽所引龔勝事觀之，則所傳者又據御覽列龔勝一傳，此皆誤矣。周氏既據史通列絳父楚老一傳，又即楚老，而非傳龔勝。馬氏、嚴氏但列龔勝一傳，周氏漏老子、河上公二人。嚴氏漏於陵仲子、孔休、臺佟三人，周氏漏老子、河上公二人。聖賢羣輔録引逢萌四人傳文更多，又有求仲、羊仲之傳，馬氏收之，嚴、周皆未收，豈疑其書歟？而未有説，何耶？至項橐之傳，玉燭寶典引文多於文選注，則諸人皆未及見也。今補輯傳文，更加校正。凡同傳而見引於數書，則録字句之多者，餘書所引，同句之中，字有互異，乃注明之，其節去者，不悉注；如同傳一人，而引文甚殊者，則兩存之。嚴氏各傳，糅合諸書所引，不可分别，又每有誤字，與周氏同，兹並略焉。據史通雜説下篇，知有漁父之傳，據品藻篇知有董仲舒、揚子雲之傳，雖佚其文，當存其目。世説新語補注引高鳳傳，後漢書補注引孔嵩傳，不知所據，姑仍録之。古書引文，但題高士傳者，不録。類聚據胡刻本，以王本校之。御覽據景宋本，以張本、鮑本、汪本、安政本校之。其誤字顯然者，不復指出。餘書所據，則皆通行本也。昔紀昀語桂未谷，嵇康高士傳，太平御覽所引，得其八九云云。見札樸。今之所弋，又不止於御覽矣。一九四一年十月重訂。

廣成子

廣成子在崆峒之上，黄帝問曰：「吾欲取天地之精，以養萬物，爲之奈何？」廣成子蹷然而起，曰：「至道之精，窈窈冥冥。無視無聽，抱神以静。「神」王本作「大」。我守其一，以處其和。故千二百歲，而形未嘗衰。得吾道者，上爲皇，下爲王；「下」字之上，王本有「而」字。失吾道者，上見光，而下爲土。吾將去汝入無窮之門，遊無極之野，與日月參光，「與」王本作「則」。與天地爲常。」藝文類聚三十六。

襄城小童

黄帝將見大隗于具茨之山，方明爲御，昌寓參乘。黄帝曰：案句上當有脱文，具見莊子徐無鬼篇。「異哉，請問天下！」小童曰：「予少遊六合之外，適有瞀病，有長者教予乘日之車，「日」字原爲空格，據王本補。遊於襄城之野。今病少損，將復六合之外。爲天下者，予奚事焉？夫爲天下亦奚異牧馬哉？去其害馬而已！」黄帝再拜稱天師而還。「還」王本作「退」。○藝文類聚三十六。○嚴可均云：「此下當有其贊曰。」○揚案：本書各傳當皆有贊，而文多佚矣。

奇哉難測，襄城小童。倦遊六合，來憩兹邦。水經汝水注引讚。

巢父

巢父，堯時隱人，年老，以樹爲巢，而寢其上，故人號爲巢父。堯之讓許由也，由以告巢父，巢父曰：「汝何不隱汝形，藏汝光？非吾友也！」乃擊其膺而下之。許由悵然不自得，乃（遇）〔過〕清泠之水，案「遇」當爲「過」字之誤。洗其耳，拭其目，曰：「嚮者聞言負吾友。」遂去，終身不相見。藝文類聚三十六。

許由

許由字武仲，堯、舜皆師之，與齧缺論堯而去，隱乎沛澤之中。堯舜乃致天下而讓焉，曰：「十日並出，而爝火不息，其光也不亦難乎！夫子爲天子，則天下治，我由尸之，吾自視缺然！」許由曰：「吾將爲名乎？名者實之賓，吾將爲賓乎？」乃去，宿於逆旅之家，旦而遺其皮冠。巢父聞由爲堯所讓，以爲汙，乃臨池水而洗其耳。池主怒曰：「何以汙我水！」由乃退而遯耕於中岳，潁水之陽、箕山之下。藝文類聚三十六。許由養神，宅於箕阿。德真體全，擇日登遐。太平御覽五十六引讚。

壤父

壤父者，堯時人，年五十而擊壤於道，觀者曰：「大哉帝之德也。」壤父曰：「吾日出而作，日入而息，鑿井而飲，耕地而食，帝何德於我哉！」藝文類聚三十六。

子州友父

子州友父者，藝文類聚三十六引無「州」字，又「友父」作「支伯」，下同。堯、舜各以天下讓友父，類聚無「堯」字「各」字。友父曰：「我適有幽勞之病，類聚「我」作「予」，「勞」作「憂」。方治之，「治」汪本作「知」，誤也。「治」上，類聚有「且」字。未暇在天下也。」「在」安政本作「任」，類聚引作「治」。遂不知所之。太平御覽五百九。

善卷

善卷者，太平御覽二十六引無「者」字。又此下有「古之賢人也」五字。舜以天下讓之，卷曰：「卷」上，御覽二十六引有「善」字。「予立宇宙之中，冬衣皮毛，宋本御覽兩引均同，別本卷二十六引「冬」下有「則」字，卷八百十九引無。夏衣絺葛，宋本御覽二十六引同，八百十九引作「夏絺葛」，別本卷二十六引作「夏則衣絺葛」，卷八百十九引作「夏服絺葛」。日出而作，日入而息，逍遥天地之間，何以天下爲哉？」遂入深山，莫知其所終。藝文類聚三十六。

石户之農

石户之農，不知何許人，與舜爲友。舜以天下讓之，石父夫負妻戴，藝文類聚三十六引奪「戴」字。攜子以入海，終身不返。太平御覽五百九。

伯成子高

伯成子高，不知何許人也。唐、虞時「時」上藝文類聚三十六引有「之」字。爲諸侯，至禹，復去而耕。禹往趨而問曰：「昔堯治天下，「堯」下汪本有「舜」字。吾子立爲諸侯。堯授舜，舜授予，吾子去而耕，敢問其故何耶？」子高曰：「昔堯治天下，至公無私，不賞而民勸，不罰而民畏，「罰」張本作「威」。今子賞而不勸，罰而不畏，「畏」類聚作「威」。德自此衰，「衰」汪本作「傷」。刑自此作。夫子盍行，「盍」汪本作「善」，誤也。「行」下類聚有「乎」字。無留吾事！」「留」類聚作「落」。「吾」汪本作「君」，誤也。佁佁然類聚作「佀佀乎」。遂復耕而不顧。太平御覽五百九。

卞隨　務光

卞隨、務光者，不知何許人。湯將伐桀，因卞隨而謀，曰：「非吾事也。」湯遂伐桀，以天下讓隨，隨曰：「后之伐桀，謀於我，必以我爲賊也；而又讓我，必以我爲貪也，吾不忍聞。」乃自投桐水。「桐」汪本作「湘」，誤也。水經潁水注云：「呂氏春秋曰：『卞隨恥受湯讓，自投此水而死。』張顯逸民傳、嵇叔夜高士傳並言投洞水而死，未知其孰是也。」朱謀㙔箋云：「呂覽作潁水，莊子作椆水，司馬注本作洞水，云：『洞水在潁陽。』」㙔按：『潁』、『洞』古字通用，『椆』、『桐』二字皆誤耳。」又讓務光，光曰：「廢上非義，殺民非仁；無道之世，「無」汪本作「吾」，誤也。不踐其土，況於尊我哉？」乃抱石而沈盧水。「盧」汪本作「盧」。○太平御覽五百九。

康市子

康市子者，「康」張本、汪本作「庚」。聖人之無欲者也。汪本無「之」字。見人爭財而訟，推千金之璧於其旁，而訟者息。太平御覽五百九。

小臣稷

小臣稷者，齊人，抗厲希古，桓公三往而不得見。公曰：「吾聞士不輕爵禄，無以易萬乘之主；萬乘之主不好仁義，無以下布衣之士。」於是五往，乃得見焉。太平御覽五百九。

涓子

涓子，齊人，汪本作「消子、齊子」，誤也。嚴輯全三國文誤作「涓子、齊子」，標題亦誤爲二名。餌朮，汪本無「餌朮」二字，有「不接賓客」四字。接食甚精。「接」各本作「服」。至三百年後，釣於河澤，得鯉魚中符。汪本「魚中」二字倒。後隱於宕石山，「宕」鮑本、張本作「岩」。能致風雨。告伯陽九仙法，淮南王少得其文，不能解其旨。太平御覽五百九。

商容

商容，不知何許人也。有疾，老子曰：「先生無遺教以告弟子乎？」汪本無「乎」字，藝文類聚三十四引云：「商容有疾，老子問之。」容曰：「容」上，汪本有「商」字。「將語子，類聚無「將語」二字，以「子」字連下爲句。過故鄉而下車，知之乎？」老子曰：「非謂不忘故耶！」「不」上，安政本有「其」字。「耶」汪本作「鄉」，誤也。容曰：「過喬木而趨，「木」汪本作「奔」，誤也。知之乎？」老子曰：「非謂其敬老耶！」容張口曰：「吾舌存乎？」曰：「存。」曰：汪本無「曰」字。「吾齒存乎？」曰：「亡。」「知之乎？」老子曰：「非爲其剛亡而弱存乎！」「爲」安政本作「謂」。汪本無「而」字「乎」字。容曰：「容」上，張本、汪本有「商」字。「嘻！天下事盡矣！」太平御覽五百九。

老子

良賈深藏，外形若虛；君子盛德，容貌若不足。史記老子傳索隱。○按廣弘明集載釋法琳辨正論曰：「老子之子名宗，仕魏文侯，蓋春秋之末，六國時人也。嵇康皇甫謐並『生殷末』。」據此，是本傳當有「生殷末」之句。

關令尹喜

關令尹喜，周大夫也。「周」鮑本、張本、汪本作「州」，誤也。善内學、星辰、服食。老子西遊，喜先見氣，物色遮之，果得老子。老子爲著書。因與老子俱之流沙西，服巨勝實，莫知所終。太平御覽五百九。

亥唐

亥唐，晉人也，高恪寡素，晉國憚之。雖蔬食菜羹，平公每爲之欣飽。公與亥唐坐，有間，亥唐出，叔向入，平公伸一足曰：「吾向時與亥子坐，腓痛足痺，「腓」汪本作「脚」，誤也。不敢伸。」叔向悖然作色不悦。「悖」張本作「勃」。公曰：鮑本、張本、汪本無「公」字。「子欲貴乎？吾爵子！子欲富乎？吾禄子！夫亥先生乃無欲也，吾非正坐，鮑本、汪本無「吾」字。無以養之，子何不悦哉？」「哉」汪本作「乎」。○太平御覽五百九。

項　橐

孔子問項橐曰：「居何在？」曰：「萬流屋是也。」注曰：「言與萬物同流匹也。」文選顔延年皇太子釋奠會詩注。○嚴可均云：「案周續之注，僅存此條。漢書董仲舒傳云：『此亡異於達巷黨人，不學而自知也。』孟康曰：『人，項橐也。』」大項橐與孔子俱學於老子，俄而大項爲童子，推蒲車而戲。孔子候之，遇而不識，問：「大項居何在？」曰：「萬流屋是。」到家而知向是項子也，交之，與之談。玉燭寶典四。

狂接輿

狂接輿，楚人也，耕而食。楚王聞其賢，使使者持金百鎰聘之，曰：「願先生治江南。」接輿笑而不應。使者去，妻從市來，「妻」上，張本、汪本有「其」字。曰：「門外車馬迹何深也？」接輿具告之。妻曰：「許之乎？」接輿曰：「富貴，人之所欲，「富貴」汪本作「貴富」。子何惡之？」妻曰：「吾聞至人樂道，「至」汪本作「聖」。不以貧易操，不爲富改行。受人爵禄，何以待之？」接輿曰：「吾不許也。」妻曰：鮑本、張本無「妻」字。「誠然，不如去之。」夫負釜甑，妻戴紝器，變姓名，安政本奪「變」字。莫知所之。嘗見仲尼，歌而過之，曰：「鳳兮鳳兮，何德之衰！往者不可諫，來者猶可追。」後更名陸通，「名」鮑本、汪本作「姓」，誤也。好養性，此三字汪本作「養生術」。在蜀峨嵋山上，世世見之。太平御覽五百九。

榮啓期

榮啓期者，不知何許人也，披裘帶索，鼓琴而歌。孔子曰：「先生何樂也？」對曰：「天生萬物，唯人爲貴，吾得爲人，是一樂也；汪本無「是」字。以男爲貴，吾得爲男，二樂也；人生有不免於襁褓，「免」汪本作「全」。吾行年九十五矣，是三樂也。貧者士之常，死者民之終，「民」安政本作「人」。居常以待終，何不樂也？」太平御覽五百九。

長沮　桀溺

長沮、桀溺者，「桀」或作「傑」，下同。不知何許人也，耦而耕。孔子（遇）〔過〕之，「遇」安政本作「過」，是也。使子路問津焉。長沮曰：「夫執輿者爲誰？」子路曰：「是孔子。」「是魯孔丘歟？」曰：「是也。」曰：鮑本、汪本無「曰」字。「是知津矣！」問於桀溺，桀溺曰：「子爲誰？」

曰：「仲由。」「孔丘之徒歟？」對曰：「然。」曰：汪本無「曰」字。「與其從避人之士，豈若從避世之士哉！」「避世」汪本作「世避」，誤也。耰而不輟。子路以告孔子，孔子憮然「憮然」汪本作「撫言」，誤也。曰：「鳥獸不可與同羣，吾非斯人之徒歟〔而誰與〕！」「歟」下，安政本有「而誰與」三字，是也。○太平御覽五百九。

荷篠丈人

荷篠丈人，不知何許人也。子路從而後，問曰：「子見夫子乎？」丈人曰：「四體不勤，五穀不分，孰爲夫子？」植其杖而耘。子路行以告，子曰：「隱者也。」使子路反見之，至，則行矣。太平御覽五百九。

太公任

太公任者，陳人。孔子圍陳，七日不火食，太公往弔之，曰：「子幾死乎？　夫直木先伐，甘井先竭。子其飾智以警愚，「警」鮑本、張本、汪本作「驚」。修身以明汙，昭昭如揭日月而行，「揭」汪本作「揚」，誤也。故汝不免於患也。孰能削迹捐勢，不爲功名者哉？　無責於人，人亦無責焉！」孔子曰：「善！　辭其交遊，巡於大澤，「巡」安政本作「遁」。入獸不亂羣，而況人也！」太平御覽五百九。

漢陰丈人

漢陰丈人者，楚人也。子貢適楚，見丈人爲圃，入井抱甕而灌，用力甚多。子貢曰：「有機於此，後重前輕，名曰桔槔，汪本無「名」字。「桔」鮑本、張本作「槔」。用力寡而見功多。」丈人作色曰：「聞之吾師，有機事者，必有機心，機心存於胸，則純白不備。」子貢憮然慙不對。有間，丈人曰：「子奚爲？」曰：「孔丘之徒也。」丈人曰：「子非博學以疑聖智，「疑」汪本同，别本作「擬」。「智」或作「知」。獨絃歌以買聲名於天下者乎？汪本無「乎」字。方且亡汝神氣，墮汝形體，何暇治天下乎！子往矣，勿妨吾事！」太平御覽五百九。

被裘公

被裘公者，吴人。延陵季子出遊，見道中有遺金，汪本作「中道見有遺金」，藝文類聚三十六引無「有」字。顧而謂公曰：「而」下類聚有「覩之」二字。「取彼金。」公投鎌，「鎌」類聚作「鐮」。瞋目拂手而言曰：「何子之高而視之卑！類聚「子」下有「居」字，又無「而」字。五月被裘而負薪，「五月」類聚作「吾」，誤也。豈取金者哉！」「金」上類聚有「遺」字。季子大驚，既謝而問姓名，「姓」上類聚有「其」

字。公曰：汪本及類聚無「公」字。「吾子皮相之士，而安足語姓名也！」「足」汪本作「與」。此句，類聚引作「何足語姓名哉」，無「而」字。○太平御覽二十二。

延陵季子

延陵季子名札，吴王之子，最少而賢。使上國還，會闔閭使專諸刺殺王僚，致國於札，札不受，去之延陵，終身不入吴國。初適魯聽樂，論衆國之風。及過徐，徐君欲其劍，札心許之。及還，徐君已死，即解劍帶樹而去。鮑本、張本、汪本作「即解帶掛樹而去」。○太平御覽五百九。

原憲

原憲味道，財寡義豐。栖遲蓽門，安賤固窮。絃歌自樂，體逸心沖。進應子貢，邈有清風。初學記十七。○案：原稱西晉嵇康原憲贊。

范蠡

范蠡者，徐人也，相越滅吴。去之齊，號鴟夷子，「鴟」汪本作「鯱」。治産數千萬。去止陶，爲朱公，張本、汪本「陶爲」二字倒。復累巨萬。一曰：蠡事周，師太公，服桂飲水。張本、汪本作「服飲桂水」。去越入海，百餘年乃見於陶。一旦棄資財，賣藥於蘭陵，世世見之。太平御覽五百九。

屠羊說

屠羊說者，楚人也，鮑本、張本、汪本無「也」字。隱於屠肆。昭王失國，說往從王。王反國，欲將賞說，「欲將」安政本作「將欲」。說曰：「大王失國，說失屠羊；大王反國，說亦屠羊。臣之爵禄已復矣，汪本無「已」字。又何賞之有？」王使司馬子綦延之以三珪之位，說曰：「願長反屠羊之肆耳。」「反」張本作「及」。遂不受。太平御覽五百九。

市南宜僚

市南宜僚，楚人也，姓熊。白公爲亂，使石乞告之，不從，承之以劍，汪本無「之」字。而僚弄丸不輟。「而」汪本作「與」，誤也。魯侯問曰：「吾學先王之道，「王」鮑本、汪本作「生」，誤也。勤而行之，然不免於憂患，何也？」僚曰：「君今能刳形洒心，而遊無人之野，則無憂矣。」太平御覽五百九。○案倭名類聚鈔卷二引梁武帝千字文注云：「宜僚者，楚人也，能弄丸，八在空中，一在手中。今人之弄鈴是也。」

周豐

周豐，魯人也，潛居自貴。「居」汪本作「民」，誤也。哀公執贄請見之，豐辭。使人問曰：「有虞氏未施信於民而民信，夏后氏未施敬於民而民敬，何施而得斯於民也？」「斯」汪本作「此」。對曰：「墟墓之間，未施哀於民而民哀；宗廟社稷之中，鮑本、張本、汪本無「之」字。未施敬於民而民敬；殷人作誓而民始叛，周人作會而民始疑。苟無禮義忠信誠慤之心以蒞之，雖固乘結之，「雖」上，鮑本有「然」字。各本均無「乘」字。民其兩不解乎！」「兩」鮑本、張本、汪本作「可」。○太平御覽五百九。

顔闔

顔闔者，魯人也。「闔」鮑本、張本作「閤」，汪本作「閣」，下同。魯君聞其賢，以幣聘焉。闔方服布衣，自飲牛，使者問曰：「此顔闔家耶？」曰：「然。」使者致幣，闔曰：「恐聽誤而遺使者羞。」「遺」汪本作「遣」，誤也。使者（至）〔反〕，「至」各本作「反」，是也。復來求之，闔乃鑿坯而遁。太平御覽五百九。

段干木

段干木者，治清節，游西河，守道不仕。魏文侯就造其門，干木踰垣而避之。文侯以客禮出，過其廬則式，其僕問之，文侯曰：「干木不趣勢，隱處窮巷，聲馳千里，敢勿式乎！」文侯所以名過齊桓公者，能尊段干木，敬卜子夏，友田子方也。藝文類聚三十六。

莊周

莊周少學老子，梁惠王時爲蒙縣漆園吏，以卑賤不肯仕。楚成王以百金聘周，周方釣於濮水之上，曰：「楚有龜，死三千歲矣，今巾笥而藏之於廟堂之上，此龜寧生而掉尾塗中耳。子往矣，吾方掉尾於塗中。」後齊宣王又以千金之幣迎周爲相，周曰：「子不見郊祭之犧牛乎？衣以文繡，食以芻菽，及其牽入太廟，欲爲孤豚，其可得乎？」遂終身不仕。藝文類聚三十六。

閭丘先生

閭丘先生，「丘」或作「邱」，下同。齊人也。宣王獵於社山，「宣」汪本作「齊」，藝文類聚三十六引

「宣」上有「齊」字。「社」張本、汪本作「杜」，下同。社山父老十三人，相與勞王；「勞」汪本作「助」。王賜父老不租，「不租」汪本作「衣服」。父老皆謝，先生獨不拜。「拜」類聚作「謝」。王曰：「少也？復賜無徭役。」先生復獨不拜。王曰：「父老幸勞之，故答以二賜；先生獨不拜，何也？」閭丘曰：「聞王之來，「來」汪本作「求」，誤也。望得壽、得富、得貴於大王也。」王曰：「死生有命，非寡人也。倉廩備災，「災」汪本作「蓄」，誤也。無以富先生；大官無闕，無以貴先生。」閭丘曰：「非所敢望。願選良吏，「願」類聚作「夫」。平法度，臣得壽矣；賑乏以時，「乏」汪本及類聚作「之」，誤也。臣得富矣；令少敬長，臣得貴矣。」三「臣」字上，類聚皆有「則」字。○太平御覽五百九。

顔歜

顔歜者，齊人也，宣王見之，王曰：「歜前！」歜曰：「王前！」王不悦。歜曰：「夫歜前爲慕勢，王前爲趨士。」王作色曰：「士貴乎？」「士」字原奪，餘各本均有。歜曰：「昔秦攻齊，令曰：『敢近柳下惠壟樵者，「樵」汪本作「橋」，誤也。罪死不赦；有能得齊王頭者，封萬户。』由是觀之，生王之頭，不如死士之壟！」齊王曰：「願先生與寡人遊，食太牢，乘安車。」歜曰：「願得蔬食以當肉，安步以當輿，無事以當貴，「事」鮑本、張本、汪本作「罪」。清浄以自娱。」

遂辭而去。太平御覽五百十。

魯連

魯連，太平御覽五百十引云：「魯連者，齊人。」好奇偉俶儻。「俶」或作「倜」。嘗遊趙，難新垣衍以秦爲帝，秦軍爲卻。御覽無此二句，有「秦圍邯鄲，連却秦軍」二句。平原君欲封連，連三辭，御覽引作「連不受」。平原君乃以千金爲連壽，御覽無「乃」字，有「又置酒」三字。連笑曰：「所貴於天下之士者，御覽張刻本作「所貴天下之有士者」，宋本脱「士」字，汪本作「所貴天下之人」。爲人排患釋難也，「也」上御覽有「而無取」三字。此句，汪本御覽作「有爲排患釋難而無取也」。即有取之，是商賈之事爾。」王本無「是」字，又「爾」字作「耳」。御覽「賈」作「販」。又此下有「不忍爲也，遂隱居海上，莫知所在」三句，無下文「燕將」云云。及燕將守聊城，「聊」原作「遼」，誤也。田單攻之不能下。連乃爲書射城中，遺燕將；燕將見書，泣三日，乃自殺。城降，田單欲爵連，連曰：「吾與於富貴而詘於人，寧貧賤輕世而肆意。」藝文類聚三十六。

於陵仲子

於陵仲子，齊人。常歸省母，「常」安政本作「嘗」。人饋其兄鵝，「鵝」下汪本有「者」字。仲子嚬蹙曰：「惡用是鶂鶂者哉！」「者」下汪本有「爲」字。○太平御覽三百九十二。

漁　父

史通雜説下引。

田　生

田生菅床茅屋，不肯仕宦。惠帝親自往，不出屋。藝文類聚三十六。

河上公

河上公，不知何許人也，謂之丈人。隱德無言，無德而稱焉。安丘先生等從之，修其黄、老業。太平御覽五百十。

安丘望之

安丘望之「丘」或作「邱」，下同。字仲都，京兆長陵人。少持老子經，恬浄不求進宦，號曰安丘丈人。成帝聞，欲見之。望之辭不肯見，爲巫醫於人間也。後漢書耿弇傳注。

長靈安丘生病篤，弟子公沙都來省之，與安共於庭樹下。「於」上各本有「至」字。聞李香，開目見雙赤李著枯枝，自墮掌中，安食之，所苦除盡。太平御覽九百六十八。

司馬季主

司馬季主者，楚人也，卜於長安。漢文帝時，宋忠、賈誼爲太中大夫，汪本「宋」作「朱」，「太」作「大」。案「朱」字誤也。誼曰：「吾聞聖人不居朝廷，必在巫醫，「必」鮑本、張本作「心」，誤也。試觀卜數中。」見季主閑坐，「坐」汪本作「中」，誤也。弟子侍而論陰陽之紀。二人曰：「觀先生之狀，聽先生之辭，世未嘗見也。尊官高位，賢者所處，何業之卑？「卑」汪本作「早」，誤也。何行之汙？」季主笑曰：「觀大夫類有道術，何言之陋！夫相引以勢，相導以利，所謂賢者，乃可爲羞耳。夫内無飢寒之累，「飢」張本、汪本作「饑」。「累」安政本作「略」，誤也。外無劫奪之憂，處上而有敬，居下而無害，君子道也。卜之爲業，所謂上德也。鳳凰不與燕雀爲羣，公等喁喁，何知長者！」二人忽忽不覺自失。後遂不知季主所在。張本、汪本無「遂」字。○太平御覽五百十。

董仲舒 史通品藻篇引。

司馬相如

司馬相如者，蜀郡成都人，字長卿。初爲郎，事景帝。梁孝王來朝，從遊説士鄒陽等，相如説之，因病免遊梁。後過臨邛，富人卓王孫女文君新寡，好音，相如以琴心挑之，文君奔之，俱歸成都。後居貧，至臨邛買酒舍，文君當壚，相如著犢鼻褌，滌器市中。爲人口吃，善屬文，仕宦不慕高爵，常託疾不與公卿大事，終於家。其贊曰：

長卿慢世，越禮自放。犢鼻居市，不恥其狀。託疾避官，「官」文選謝惠連秋懷詩注引作「患」。蔑此卿相。「此」文選注引作「比」，誤也。乃賦大人，文選注引作「乃至仕人」，誤也。超然莫尚。世説新語品藻篇注。

韓福

韓福者，以行義修潔。漢昭帝時以德行徵，病不進。元鳳元年，詔賜帛五十匹，遣長吏時以存問，常以八月賜羊酒。不幸死者，賜複衾一，祠以中牢。自是至今爲徵士之故事。福終身不仕，卒於家。藝文類聚三十六。

班嗣

班嗣，樓煩人也。世在京師，家有賜書，内足於財，好老莊之道，不屑榮宦。「宦」別本作「官」。藝文類聚三十六引無此句，有「父黨揚子雲以下莫不造門」句。桓君山從借莊子，報曰：「報」上類聚有「嗣」字。「若莊子者，絶聖棄智，修性保身，清虚淡泊，歸之自然。釣魚於一壑，「魚」安政本作「漁」。則萬物不干其志；棲遲於一丘，「丘」或作「邱」。則天下不易其樂。今吾子伏孔氏之軌跡，「子」下類聚有「聞仁義之羈絆，係聲名之韁鏁」二句，「聞」爲「關」字之誤。「跡」類聚作「躅」。馳顔、閔之極藝，既繫攣於世教矣，何用大道，爲自炫燿也？類聚「用」作「以」，「炫」作「眩」，無「燿」字。昔有學步邯鄲者，失其故步，匍匐而歸。「歸」下類聚有「耳」字。恐似此類，「似」張本作「以」，誤也。故不進也。」其行己持論如此。安政本「己」誤作「亡」，「論」誤作「諭」。遂終於家。太平御覽五百十，又略見四百十。

蔣詡

蔣詡字元卿，杜陵人，爲兗州刺史。王莽爲宰衡，詡奏事，到灞上，稱病不進。歸杜陵，荆棘塞門，舍中有三徑，終身不出。時人諺曰：「楚國三龔，不如杜陵蔣翁。」太平御覽五百十。

求仲　羊仲

求仲、羊仲二人，不知何許人，皆治車爲業，挫廉逃名。蔣元卿之去兗，還杜陵，荆棘塞門，舍中有三徑，不肯出，唯二人從之遊，時人謂之「二仲」。聖賢羣輔録。

尚　長

案：後漢書逸民傳作「向長」，文選嵇叔夜與山巨源絶交書作「尚子平」，謝靈運初去郡詩注引嵇康高士傳亦作「尚長」，兩注並云：「『尚』『向』不同，未詳孰是。」

向長字子平，此下，文選注引有「河内人」三字。禽慶字子夏，二人相善，隱避，不仕王莽。「隱」上原有「慶」字，誤也。此文主尚長而言。文選注引此句，即無「慶」字。後漢書向長傳云：「向長字子平，河内朝歌人也，隱居不仕」云云。傳末始出禽慶。嚴氏全三國文此條題「尚長禽慶」，亦因類聚而誤。長通易、老子，安貧樂道。好事者更饋遺，輒受之，自足還餘，如有不取也，舉措必於中和。司空王邑辟之連年，乃欲薦之於莽，固辭乃止，遂求退。讀易至損益卦，喟然嘆曰：「吾知富貴不如貧賤，未知存何如亡爾！」爲子嫁娶畢，敕：「家事斷之，勿復相關，當如我死矣。」是後肆意，與同好遊五岳名山，遂不知所在。藝文類聚三十六。

附後漢書向長傳

向長字子平，河内朝歌人也。隱居不仕，性尚中和，好通老、易。貧無資食，好事者更饋焉，受之，取足而反其餘。王莽大司空王邑辟之連年，乃至，欲薦之於莽，固辭乃止。潛隱於家，讀易至損益卦，喟然歎曰：「吾已知富不如貧，貴不如賤，但未知死何如生耳！」建武中，男女娶嫁既畢，敕：「斷家事勿相關，當如我死也！」於是遂肆意，與同好北海禽慶，俱遊五岳名山，竟不知所終。

王真　李邵公

王真「王」卷六百十一引作「逢」，安政本同，別本均作「逢」。「真」張本、汪本作「貞」，下同。字叔平，杜陵人。李邵公，上郡人。真世二千石，王莽辟不至，嘗爲杜陵門下掾，終身不窺長安城，汪本無「城」字，鮑本「城」作「門」。但閉門讀書，「門」別本卷六百十一引作「户」。未嘗問政，不過農田之事。案「不」上或有脱文。邵公，王莽時避地河西，建武中「建」字，原誤作「違」。竇融欲薦之，固辭，乃止。家累百金，優遊自樂。太平御覽五百十。

薛方

薛方，齊人，養德不仕。王莽安（居）〔車〕迎方，「居」鮑本、張本、安政本作「車」，是也。因謝曰：「堯、舜在上，下有巢、許；今明王方欲隆唐、虞之德，「王」安政本作「主」。亦由小臣欲守箕山之志。」「由」張本、汪本作「猶」。「臣」上汪本有「人」字。莽悦其言，遂終於家。太平御覽五百十。

絳父　楚老

龔勝，楚人，王莽時遣使徵聘，義不仕二姓，遂絶食而死。有老父來弔，「老父」張本、汪本作「父老」。甚哀，既而曰：「嗟乎，薰以香自燒，膏以明自銷。龔先生竟夭天年，非吾徒也。」趨而出，終莫知其誰也。太平御覽五百十。○案此乃楚老傳文，其絳父傳文已佚。

隱德容身，不求名利。避亂遠害，安於賤役。史通浮詞。○案史通「隱」字之上有「二叟」兩字，惟本書論贊，皆以四字成句，此兩字當爲史通之文也。

逢萌　徐房　李曇　王遵

北海（逢）〔逄〕萌，字子康，何春孟注云：「後漢書作『子慶』。」惠棟後漢書補注云：「『逢』當作『逄』，劉攽已辨之。逢，符容切。逢，薄江切，姓，出北海。洪适讀爲『鼉鼓逢逢』之逢，未詳。」又云：「東觀記作『子康』，蓋避清河孝王諱也。」揚案：作「逢」是也，但符容切爲本音。**北海徐房，字**，「徐」太平御覽四百九引作「條」。**平原李曇，字子雲，**「曇」御覽引作「雲」。**平原王遵，字君公，**「遵」御覽引作「尊」，何孟春注云：「逢萌傳：『萌與同郡徐房、平原李子雲、王君公相友善。』此言徐房字平原，而李子雲不言何郡。李蓋平原人，以平原爲房字者，殆傳聞之誤也。」揚案：此處徐房字某，當有奪文，「平原」兩字，自連下爲句，上文「北海」兩字，亦重出也。**皆懷德穢行，不仕亂世，相與爲友，時人號之四子。**聖賢羣輔録。**君公明易，爲郎。數言事不用，乃自汙與官婢通，免歸。詐狂儈牛，口無二價也。**後漢書逢萌傳注。

孔休

孔休元嘗被人斫之，至見王莽，以其面有瘡瘢，乃碎其玉劍璏與治之。「璏」字原爲空格，據各本補。○太平御覽七百四十二。**王莽徵孔休，休飲血，於使者前吐之，爲病篤，遂不行。**太平御覽七百四十三。

揚雄

史通品藻篇引。

井丹

井丹，字太春，「太」或作「大」，下同。扶風郿人。博學高論，京師爲之語曰：「京」上太平御覽四百十引有「故」字。「五經紛綸井太春。」未嘗書刺謁一人。「謁一人」御覽作「候謁人」。北宮五王更請，莫能致。新陽侯陰就使人要之，不得已而行。侯設麥飯葱菜，以觀其意。丹推卻曰：「以君侯能供美饍，故來相過，何謂如此？」乃出盛饌。侯起，左右進輦，丹笑曰：「聞桀、紂駕人車，此所謂人車者邪？」侯即去輦。越騎梁松，貴震朝廷，請交丹，二句，御覽作「梁松請友」。丹不肯見。後丹得時疾，松自將醫視之，病愈。久之，松失大男磊，丹一往弔之。時賓客滿廷，丹裘褐不完，入門，坐者皆悚，望其顏色。丹四向長揖，前與松語，客主禮畢後，長揖徑坐，莫得與語。不肯爲吏，徑出，後遂隱遁。其贊曰：

井丹高潔，不慕榮貴。抗節五王，不交非類。顯譏輦車，左右失氣。披褐長揖，義陵群萃。世説新語品藻篇注。

鄭均

鄭均不仕漢朝，章帝自往，終不肯起。帝東巡，過任城，乃幸均舍，勑賜尚書禄以終其身。時人號爲白衣尚書。北堂書鈔六十。

鄭仲虞，不知何許人也。漢章帝自往，終不肯起，曰：「願陛下何惜不爲太上君，安政本舉謁云：「『願』疑『顧』訛。」「太上」藝文類聚三十六引作「上世」。令臣得爲偃息之民？」天子以尚書禄終其身。世號之白衣尚書。太平御覽五百十。

高鳳

高鳳，字文通，南陽葉人。少爲諸生，家以農畝爲業，鳳專精誦習。妻嘗之田，曝麥於庭，令鳳護雞。時天暴雨，鳳持竿誦經，不覺潦水流麥。妻還怪問，乃省。其後遂爲名儒。世説新語補德行篇注。

臺佟

刺史執棗栗之贄往。後漢書臺佟傳注。

孔嵩

贊曰：「仲山通達，卷舒無方。屈身厮役，挺秀含芳。」水經淯水注。〇案：水經注原文但稱「故其贊曰」云云，未標作者，亦未標高士傳贊，孫綽亦有至人高士傳贊二卷也。嚴可均全東漢文以此贊入闕名中，則以爲時人贊嵩之文。惠棟後漢書補注卷十九獨行傳孔嵩條下引此文，逕題「嵇康高士傳贊」，不知更有所據否。

附録

嵇喜爲康傳

撰録上古以來聖賢隱逸遁心遺名者，集爲傳贊，自混沌至於管寧，凡百一十有九人。蓋求之於宇宙之内，而發之乎千載之外者矣，故世人莫得而名焉。魏志王粲傳注。

晉書嵇康傳

撰上古以來高士爲之傳贊，欲友其人于千載也。

宋書周續之傳南史同。

常以嵇康高士傳，得出處之美，因爲之注。

隋書經籍志

聖賢高士傳贊三卷。嵇康撰，周續之注。

唐書經籍志

高士傳三卷。嵇康撰。

上古以來聖賢高士傳讚三卷。周續之撰。

新唐書藝文志

嵇康聖賢高士傳八卷。

周續之上古以來聖賢高士傳贊三卷。

通志藝文略

聖賢高士傳贊三卷。嵇康撰。

玉海藝文

嵇康聖賢高士傳贊三卷。唐志：「傳八卷，周續之傳贊三卷。」

嚴可均全三國文聖賢高士傳序

謹案：隋志雜傳類：「聖賢高士傳贊三卷，嵇康撰，周續之注。」唐志以傳屬嵇康，以贊屬周續之。據康兄喜爲康傳云：「撰録上古以來聖賢隱逸遁心遺名者，集爲傳贊，自混沌至於管寧，凡百一十有九人。」是傳與贊皆康撰，唐志誤也。宋代不著録。今檢羣書，得五十二傳，五贊，凡六十一人，定著一卷，附康集之末。嘉慶二十年，歲在乙酉，四月朔。揚

案：姚振宗隋書經籍志考證云：「唐志所載，蓋無注本一部，注本一部也。」

周世敬鈔本聖賢高士傳贊目録書口題「嵇氏高士傳」。

卷上

廣成子　襄城童　巢父
許由二則。　善卷　子支伯
子州友父　壤父　石户之農
伯成子高　卞隨務光　被裘公
小臣稷　綘父楚老　商容
涓子　關令尹喜　庚市子
項橐　榮啓期　太公任

卷中

延陵季子　長沮傑溺　荷篠丈人
狂接輿　原憲　范蠡

亥唐　周豐　顔闔
市南宜僚　屠羊説　漢陰丈人
莊周　段干木　魯連
顔歜　閭邱先生

卷下

於陵仲子　田生　司馬季主
司馬相如　班嗣　韓福
安邱望之二則。　蔣詡　逢貞
薛方　龔勝　王君公
孔休二則。　尚長禽慶揚案：此目元寫作「向」，墨校改作「尚」字，書中同。
逢萌條房李雲王尊　井丹　鄭仲虞
臺佟

周世敬鈔本聖賢高士傳贊跋

世所傳皇甫謐高士傳，明嘉靖間黄省曾刊本，傳後有頌，即其手筆。高士傳未見宋槧者，想久經佚失，當時省曾必從太平御覽中鈔出，故叔夜作亦錯雜其間，兼取後漢書逸民傳補綴成篇，臆爲删增，遂使真贋不分，嵇與皇甫氏混而莫辨。余數年前，别有輯本，雖非元晏原書，尚可略見廬山面目。嘗檢藝文類聚人部隱逸門，見有魏隸高士傳數則，偏尋史志，並無其書。及繹其文詞，核諸御覽所載，多同叔夜語，始悟魏隸、嵇康，字形相似，因而致譌。展轉翻刻，反疑魏隸别是一人，注書家往往引作故實。昔人以校書爲難，由今思之，良非易事。是書三國志注所記一百十九人，兹據見聞所及，不得其半，即史通所引董仲舒、揚子雲，莊子、楚辭二漁父事，亦皆高士傳中語也。至劉宋周續之注，今無片言隻字流傳，若非附入隋志，竟有名氏翳如之歎。卷分上中下者，存隋、唐二志之舊也。嘉慶戊寅冬十一月既望，長州周世敬子肅氏識。揚案：類聚魏隸高士傳，「隸」字傳校宋本爲空格，章宗源隋志考證亦列魏隸高士傳，誤也。又案：周續之注，今存項橐傳中一條，見前。

南史隱逸阮孝緒傳

孝緒所著高隱傳中篇一百三十七人，劉歆、劉訏覽其書曰：「昔嵇康所贊，缺一自擬。」

世説新語品藻

王子猷、子敬兄弟，共賞高士傳人及贊。子敬賞井丹高潔，子猷云：「未若長卿慢世。」

隋書經籍志

嵇康作高士傳，以叙聖賢之風。

史通採撰

嵇康高士傳，好聚七國寓言。

史通浮詞

案左傳稱絳父論甲子，隱言於趙孟；班書述楚老哭龔生，莫識其名氏。苟舉斯一事，則觸類可知。至嵇康、皇甫謐撰高士記，各爲二叟立傳，全採左、班之録，而其傳論云：「二叟隱德容身，不求名利，避亂遠害，安於賤役。」夫探揣古意，而廣足新言，此猶子建之詠三良，延年之歌秋婦。至於臨穴涙下，閨中長歎，雖語多本傳，而事無異説。

史通品藻

嵇康高士傳，其所載者廣矣，而顔回、蘧瑗，獨不見書。蓋以二子雖樂道遺榮，安貧守志，而拘忌名教，未免流俗也。正如董仲舒、揚子雲，亦鑽研四科，馳驅六籍，漸孔門之教義，服魯國之儒風，與此何殊，而並可甄録。夫回、瑗可棄，而董、揚獲升，可謂識二五而不知十者也。

史通雜説下

嵇康撰高士傳，取莊子、楚辭二漁父事，合成一篇。夫以園吏之寓言，騷人之假説，而定爲實録，斯已謬矣。況此二漁父者，較年則前後别時，論地則南北殊壤，而輒併之爲一，豈非惑哉？苟如是，則蘇代所言雙擒蚌鷸，伍胥所遇渡水蘆中，斯並漁父善事，亦可同歸一録，何止揄袂緇帷之林，濯纓滄浪之水，若斯而已也？

莊周著書，以寓言爲主。嵇康述高士傳，多引其虚辭。至若神有混沌，編諸首録。苟以此爲實，則其流甚多。至如蝱鼈競長，蚿蛇相憐，鸒鳩笑而後言，鮒魚忿以作色，向使康撰幽明録、齊諧記，並可引爲真事矣。夫識理如此，何爲而薄周、孔哉！

春秋左氏傳音 逡録玉函山房輯佚書。

春秋左氏傳嵇氏音一卷，魏嵇康撰。康字叔夜，譙國銍人，本姓奚，自會稽徙譙之銍縣嵇山，家於側，遂氏焉。拜中散大夫，事蹟具晉書本傳。隋志有春秋左氏傳音三卷，唐志不著録，佚已久。陸德明釋文引五節，史記索隱引一節，並據採輯。如戮音留，鸛鴿鸜音權，從公羊作鸛，今雖不用，而古調獨彈，比於廣陵散云。歷城馬國翰竹吾甫。

桓公

九年

以戰而北

北音㫚背。陸德明釋文。

成公

十有三年

相好戮力同心

戮，力幽反。釋文。音留。宋庠國語補音卷二。

文公

十有四年

有星孛入於北斗

孛音渤海字。

公羊傳曰：「孛者何？彗星也。」彗，似歲反，一音雖遂反。

襄公

九年

棄位而姣

姣音效。釋文。

二十有一年

昭公

乃徇曰揚徽者公徒也

徽，幟也。幟音式。史記高祖本紀：「旗幟皆赤。」司馬貞索隱引嵇康。○考左氏傳不見「幟」字，惟「揚徽」杜預注：「徽，識也。」釋文云：「『識』，本又作『幟』，申志反，又音昌志反，一音式。」後音正與嵇合，嵇在杜前，不應爲杜注作音。案杜注稱集解，則此必用賈、服諸儒舊説，嵇自音舊注耳。

二十有五年

有鸜鵒來巢

鸜音權。釋文引嵇康音。○案釋文又云：「公羊傳作『鸛』，音權。」是嵇從公羊讀也。

附經典釋文

傳　**桓公九年　而北。**如字，一音佩。嵇康音背背。

經　**文公十四年　星孛。**音佩，徐扶憒反，嵇康音渤海字。**彗也。**嵇似歲反，一音雖遂反。

傳　**成公十三年　戮力。**相承音六，嵇康力幽反。吕静字韻與「飂」同，字林音遼。

傳　**襄公九年　而姣。**户交反，注同，徐又如字，服氏同，嵇叔夜音效。

傳　**昭公二十一年　揚徽。**許歸反，説文作「徽」，云：「識也。」**徽識。**本又作「幟」，申志反，又昌志反，一音式。

經　**昭公二十五年　鸜。**其俱反，嵇康音權。本又作「鴝」，音劬。公羊傳作「鸛」，音權。郭璞注山海經云：「鸜鵒，鴝鵒也。」

史記高祖本紀索隱

旗幟皆赤。「幟」或作「識」，或作「志」，嵇康音試，蕭該音熾。

國語補音

注戮。音六，嵇康、吕静音留，字林音遼。

揚案：春秋經：「文公十有四年，秋七月，有星孛入于北斗。」杜預注：「孛，彗也。」此處左氏傳亦不見「彗」字，叔夜當亦自音舊注，非爲公羊作音也。○又案莊子逍遥遊篇釋文：「『冥』本亦作『溟』，嵇康云：『取其溟漠無涯也。』」尋考前志，不聞叔夜有莊子音注，釋文此條，不知何所從出，姑附於此。

吕安集

隋書經籍志嵇康集下注云：「又有魏徵士吕安集二卷，録一卷，亡。」唐書經籍志：「吕安集二卷。」新唐書藝文志同。嚴可均全三國文編云：「今惟見諸書引安髑髏賦二條。」揚案：中散集明贍論中亦有吕安之文，今不重録。文選中與嵇茂齊書，當爲安作，今録之，並附俞理初説及鄙説於後。

髑髏賦

躊躇增愁，言遊舊鄉。惟遇髑髏，在彼路旁。余乃俯仰咤歎，告于昊蒼：此獨何人，命不永長？身銷原野，骨曝大荒。余將殯子時服，與子嚴裝，殮以棺槨，遷彼幽堂。於是髑髏蠢如，精靈感應，若在若無。斐然見形，温色素膚。（孫星衍續古文苑注云：「案此下有缺文，無以補之。」）昔以無良，行違皇乾。來遊此土，天奪我年。令我全膚消滅，白骨連翩。四支摧藏於草莽，孤魂悲悼乎黄泉。生則歸化，明則反昏。格於上下，何物不然。（孫氏注云：「已上四句，見初學記十四。」）余乃感其苦酸，哂其所説。念爾荼毒，形神斷絶。今宅子后土，以爲永列。相與異路，於是便别。（藝文類聚十七，初學記十四。）

上奏元神，下告皇祇。文選顏延之宋郊祀歌注。

與嵇生書

安白：昔李叟入秦，及關而歎；梁生適越，登岳長謠。夫以嘉遯之舉，猶懷戀恨，況乎不得已者哉！

惟別之後，離羣獨遊，背榮宴，辭倫好，經迴路，涉沙漠。鳴雞戒旦，則飄爾晨征；日薄西山，則馬首靡託。尋歷曲阻，則沈思紆結；乘高遠眺，則山川悠隔。或乃迴飇狂厲，白日寢光，崎嶇交錯，陵隰相望。徘徊九臯之內，慷慨重阜之巔，進無所依，退無所據，涉澤求蹊，披榛覓路，嘯詠溝渠，良不可度，斯亦行路之艱難，然非吾心之所懼也。

至若蘭茝傾頓，桂林移植，根萌未樹，牙淺絃急，常恐風波潛駭，危機密發，斯所以怵惕於長衢，按轡而歎息者也。又北土之性，難以託根，投人夜光，鮮不按劍。今將植橘柚於玄朔，蔕華藕於脩陵，表龍章於裸壤，奏韶舞於聾俗，固難以取貴矣。夫物不我貴，則莫之與；莫之與，則傷之者至矣。飄颻遠遊之士，託身無人之鄉，總轡遐路，則有前言之艱；懸鞍陋宇，則有後慮之戒。朝霞啓暉，則身疲於遄征；太陽戢曜，則情劬於夕惕。肆目平隰，則遼廓而無覩；極聽脩原，則淹寂而無聞。吁其悲矣，心傷悴矣！然後乃知步驟之士，不足爲貴也。

若迺顧影中原，憤氣雲踊，哀物悼世，激情風烈，龍睇大野，虎嘯六合，猛氣紛紜，雄心四據，思躡雲梯，横奮八極，披艱掃穢，蕩海夷岳，蹴崑崙使西倒，蹋太山令東覆，平滌九區，恢維宇宙，斯亦吾之鄙願也。時不我與，垂翼遠逝，鋒距靡加，翅翮摧屈，自非知命，能不憤悒者哉！

吾子植根芳苑，擢秀清流，布葉華崖，飛藻雲肆。俯據潛龍之淵，仰蔭棲鳳之林。榮曜眩其前，豔色餌其後，良儔交其左，聲名馳其右。翱翔倫黨之間，弄姿帷房之裏。從容顧盼，綽有餘裕，俛仰吟嘯，自以爲得志矣，豈能與吾同大丈夫之憂樂者哉？

去矣嵇生，永離隔矣！煢煢飄寄，臨沙漠矣！悠悠三千，路難涉矣！攜手之期，邈無日矣！思心彌結，誰云釋矣！無金玉爾音，而有遐心。身雖胡、越，意存斷金。各敬爾儀，敦履璞沈。繁華流蕩，君子弗欽。臨書悢然，知復何云！

文選李善注曰：「嵇紹集曰：『趙景真與從兄茂齊書，時人誤謂吕仲悌與先君書，故具列本末。趙至字景真，代郡人，州辟遼東從事。從兄太子舍人蕃，字茂齊，與至同年相親。至始詣遼東時，作此書與茂齊。』干寶晉紀，以爲吕安與嵇康書。二説不同，故題云景真，而書曰安。」

李周翰注曰：「干寶晉紀云：『吕安字仲悌，東平人也。時太祖逐安於遠郡，在路作此書與康。』康子紹集序云：『景真與茂齊書。』且晉紀國史，實有所憑，紹之家集，未足可據。何者？時紹以太祖惡安之書，又父與安同誅，懼時所疾，故移此書於景真。考其始末，是安所作，故以安爲定也。」〇揚案：六臣本文選李周翰注中「康子紹」，「康」字誤作「安」，又「父與安同誅」，「安」字誤作「康」，唐寫文選集注不誤，梁章鉅據誤字以斥翰注，非也。

文選鈔曰：「尋其至實，則干寶説吕安書爲是。何者？嵇康之死，實爲吕安事相連，吕安不爲此書言太祖，何爲至死？當死之時，人即稱爲此書而死。嵇紹晚始成人，惡其父與安爲黨，故作此説以拒之。若説是景真爲書，景真孝子，必不肯爲不忠之言也。又景真爲遼東從事，於理何苦而云『憤氣雲踊，哀物悼世』乎？實是吕安見枉，非理徙邊之言也。但爲此言與康相知，所以得使鍾會構成其罪。若真爲殺安遺妻，引康爲證，未足以加刑也。干寶見紹説之非，故於修史，陳其正義。今文選所撰，以爲親不過子，故從紹言以盡之，其實非也。」又曰：「離羣，謂去康也。沙漠，在匈奴西南。案此又不得言爲遼東從事也。」文選集注引。

陸善經曰：「詳其書意，自『吾子植根芳苑』已下，則非與康明矣。」同上。

俞正燮書文選幽憤詩後：「五君詠注引竹林七賢論云：『嵇康非湯、武，薄周、孔，所以迕世。』與山巨源書注引魏氏春秋云：『康與山濤書，自説不堪流俗，而非薄湯、武，大將軍聞而惡焉。』乍觀之，一似司馬氏以名教殺康也者，實不然也。恨賦注引王隱晉書云：『康妻，魏武帝孫沛穆王林女也』，本司馬氏所不喜。康與山濤書言：『每非湯、武而薄周、孔，在人間不止，此事會顯，世教所不容。』其時王肅、皇甫謐之徒，誣造湯、武、周、孔之言。康謂篡逆之事，以聖賢爲口實，心每非薄之。若出仕在人間，不自晦止，必身顯見此事，非毁抵突，新代所不能容。師與昭以爲康深見其隱衷，而豫知不容，是必爲難者，故惡之。恨賦注引臧榮緒晉書云：『康爲中散大夫，吕安以家事繫獄，辭相引證，遂復收康。』思舊賦注引魏氏春秋云：『吕昭之子巽，誣弟安不孝，安引康爲證，康保明其事。安亦有濟世志，鍾會勸大將軍因此除之，乃殺安及康。』文選有趙至與嵇茂齊書『李叟入關』云云，茂齊，康姪也，爲太子舍人。書稱『俯據潛龍之淵，仰蔭棲鳳之林』，實指茂齊官。思舊賦注引干寶晉書云：『吕巽淫庶弟安妻，而告安謗己。太祖徙安邊郡，安遺康書「李叟入關」云云。太祖惡之，追收下獄。康理之，俱死。』琴賦注引臧榮緒晉書云：『康以吕安事誅。』是高貴鄉公事已見。鍾會言康昔嘗欲助毌邱儉，而康死文案，以吕安與書，而身保任之。實則安書乃趙至書。趙書言『思拔艱掃穢，蹴崑崙，蹋泰山，而垂翼遠逝，翅翮摧屈』，則似安語。鍾會言『不如因此除之』，是也。書又言『足下蔭棲鳳之林，黜色餌其後，弄姿帷房之内』，似言康娶曹氏事。康幽憤詩所云：『理弊患結，卒致囹圄。對答鄙訊，縶此幽阻。實恥訟宽，歲不我與。』當日獄詞，竟以趙書傳致康死。其實康死以與山巨源書『事顯不容』之語，而假安書誣陷之。猶之岳飛死以在荆湖不禮万俟卨，而假岳雲、張憲書誣陷之，皆莫須有之案牘也。文選趙書注引嵇紹集云：『趙景真與從兄茂齊書，時人誤謂吕仲悌與先君書，故具列本末。』此亦猶岳飛孫珂之籲天辨誣録也。惜文選注於與山書『事顯不容』，幽憤詩『對答鄙訊』，未能明其情事，故類聚注所引者，以成其説。康豈能不死？要使千載下知康所非薄者，王肅、皇甫謐等所造，司馬懿、鍾會等所牽引之湯、武、周、孔也。」癸巳存稿。

與嵇茂齊書之作者

與嵇茂齊書，風格特殊，載於文選、晉書。此篇之作者，在晉即有歧説：

稽紹集云：「趙景真與從兄茂齊書，時人誤謂吕仲悌與先君書，故具列本末。趙至字景真，代郡人，州辟遼東從事。從兄太子舍人蕃，字茂齊，與至同年相親。至始詣遼東時，作此書與茂齊。」文選本篇李善注引。

此謂趙至與嵇蕃書。

干寶晉書云：「安，巽庶弟，俊才，妻美。巽使婦人醉而幸之。醜惡發露，巽病之，反告安謗己。巽於鍾會有寵，太祖遂徙安邊郡。遺書與康：『昔李叟入秦，及關而歎』云云。太祖惡之，追收下獄。康理之，俱死。」文選思舊賦李善注引。○案晉書即晉紀。

臧榮緒晉書云：「安妻甚美，兄巽報之。巽内慙，誣安不孝，啓太祖，徙安遠郡。即路，與康書。太祖見而惡之，收安付廷尉，與康俱死。」文選六臣本思舊賦李善注引。○案李善注本無此文，恨賦注引臧書，亦未及徙邊。

此謂吕安與嵇康書。

晉書趙至傳云：「及康卒，至詣魏興，見太守張嗣宗，甚被優遇。嗣宗遷江夏相，隨到涢川，欲因入吴，而嗣宗卒。乃向遼西而占户焉。初至與康兄子蕃友善，及將遠逝，乃與蕃書叙離，並陳其意。」

傳中全録此書，其所據者，自爲嵇紹集。然紹云：「至始詣遼東時，作此書與茂齊。」明係途中之作，書中所寫，亦旅途經歷之言。晉書乃云「及將遠逝」，著一「將」字，則是尚未成行，而書中所寫，亦僅事前之懸想矣。其爲不通，無可置辯者也。

後人於此篇亦無定論。

酈元水經河水注云：「趙至與嵇茂齊書曰：『李叟入秦，及關而歎。』亦言與嵇叔夜書。」

李善文選注云：「干寶晉紀，以爲吕安與嵇康書。二説不同，故題云景真，而書曰安。」

此存兩可之説者。

陸善經注云：「詳其書意，自『吾子植根芳苑』以下，則非與康明矣。」

此主趙至之説者。

李周翰注云：「晉紀國史，實有所憑，紹之家集，未足可據。何者？紹時以太祖惡安之書，又父與安同誅，懼時所疾，故移此書於景真。考其始末，是安所作，故以安爲定也。」

文選鈔云：「尋其至實，則干寶説吕安書爲是。何者？嵇康之死，實爲吕安事相連，吕安不爲此書言太祖，何爲至死？當死之時，人即稱爲此書而死。嵇紹晚始成人，惡其父與安爲黨，故作此説以拒之。若説是景真爲書，景真孝子，必不肯爲不忠之言也。又景真爲遼東從事，於理何苦，而云『憤氣雲踊，哀物悼世』乎？實是呂安見枉，非理徙邊之言也。但爲此言，與康相知，所以得使鍾會構成其罪。若真爲殺安遺妻，引康爲證，未足以加刑也。干寶見紹説之非，故於修史，陳其正義。今文選所撰，以爲親不過子，故從紹言以盡之，其實非也。」

又云：「離羣，謂去康也。沙漠，在匈奴西南。案此又不得言爲遼東從事也。」

此主呂安之説者也。

呂安之被禍，六朝紀載，如文士傳、世説新語雅量篇注引。臧榮緒晉書，文選恨賦注引。皆未明其事由。

魏氏春秋魏志王粲傳注引。雖明事由，仍未言及徙邊。晉陽秋云：「安嫡兄遜，淫安妻徐氏，安欲告遜遣妻，以告於康，康喻而抑之。遜内不自安，陰告安撾母，表求徙邊。安當徙訴自理，辭引康。」世説新語雅量篇注引。此則安當徙，而實尚未徙。明言徙邊遺書者，則干寶晉紀也。

今先就徙邊之事，一推論之。

嵇紹趙至叙云：「年十六，遂亡命，徑至洛陽，求索先君，不得。至鄴，先君到鄴，便逐先君歸山陽。經年，孟元基辟爲遼東從事。」世説新語言語篇注引。晉書趙至傳云：

「年十六，遊鄴，復與康相遇，隨康還山陽。及康卒，至詣魏興，見太守張嗣宗。嗣宗卒，乃向遼西而占户焉。」趙至求索嵇康，追隨至死，即嵇紹趙至叙中所云經年之時，紹但未道出「先君卒」三字耳。其去遼東，在康死之後，毫無疑義。康死之時，至不過十七歲也。嵇紹云：「時人誤謂吕仲悌與先君書。」夫吕安既無徙邊之事，時人何至有此誤傳，以當時書翰歸之死者？誠令如此，紹但云吕仲悌未嘗徙邊，即足辯白矣。況嵇、吕重禍，並非細故，二人爲何而死，昭昭在人耳目間，安能無端引出作書之説耶？如吕安果未徙邊，則當日之情，安被告後，即以不孝之罪而死，嵇康爲證，即以不孝之黨而死。雖曰姦人玩法，恐亦不至如此奇横。吕安縱可誅，嵇康正不必判死，此則文選鈔固已論之矣。如依干寶所載，巽告安謗己，則僅一誹謗之罪，更不至處此極刑，徙邊尚可能耳。意者，司馬姦黨，初惟誣以不孝，投諸四裔，後得見吕安此書，覺二人終爲可慮，乃追收下獄。此番訊詞，直是謀爲不軌，而非不孝之罪矣。康集中有與吕長悌絶交書云：「足下陰自阻疑，密表繫都。今都獲罪，吾爲負之。若此，無心復與足下交矣。」長悌即吕巽，阿都即吕安。就此書觀之，吕安獲罪時，嵇康並無所累，故尚能從容作書，以絶吕巽。所謂獲罪，即指被判徙邊。其後安被追收，康乃牽連下獄；而鍾會譖康，謂嘗欲助毌邱儉，亦在此時。比觀安書，此甚合於情事。鍾會之譖，即由「披艱掃穢」等詞引起。如不然者，獲罪兩字，僅指吕安被告下獄而言，並非既已判徙，是則安一下獄，康即與巽絶交，絶交之後，即被牽連下獄，以此爲解，似亦可通。然康書中云：「蓋惜足下門户，欲令彼此無恙。」康前此調停於吕氏弟兄之間者，固欲委曲求全，則安未判決之先，康必不遽與吕巽絶交也。

就情事言之，吕安曾判徙邊，更就書詞察之，亦當爲吕安之作。今試條舉原文，加以推論。

夫以嘉遯之舉，猶懷戀恨，況乎不得已者哉！

此語歸之吕安乃合，歸之趙至，則無病呻吟矣。安被判徙邊，可云不得已，至被辟爲遼東從事，不就即已，何云不得已耶？

蘭茝傾頓，桂林移植，根萌未樹，牙淺絃急，常恐風波潛駭，危機密發，斯所以怵惕於長衢，按轡而歎息者也。

此段驚心動魄，非征人泛泛之言也。「蘭茝傾頓」二句，謂賢士罹憂，被迫遠徙。「根萌未樹」，謂己力尚微。「牙」者弩牙，「絃」者琴絃，「淺」則易發，「急」則易斷，謂己之處勢，至爲險惡。故下文即云：「常恐風波潛駭，危機密發」，此則直恐吕巽遣人隨而狙擊矣。如以爲趙至之書，則此之云云，但爲長衢之間，恐遭劫掠，然「根萌未樹」，措詞未洽，「牙淺絃急」，擬於不倫，「危機密發」，亦非所以形容劫掠也。

北土之性，難以託根。

呂安，東平人，可詈北土；趙至，代郡人，正北土也，何云「難以託根」？豈北土之詞，專以指遼東耶？

總轡遐路，則有前言之艱；懸鞍陋宇，則有後慮之戒。

「前言之艱」，自指上文「經迴路」云云，「後慮之戒」，則指「蘭茝傾頓」以下，此處張銑注及文選鈔所云不誤。恐刺客乘夜而來，此仍必爲呂安之語也。李善注：「『後慮之戒』，謂『北土之性，難以託根』以下也。」此注甚誤。「懸鞍」明與「總轡」對文，仍係在途之言，如指「北土之性」一段而言，不合用「懸鞍」兩字。彼處謂恐不能安於新居，即或用「後慮」兩字。亦不合用「戒」字也。

顧影中原，憤氣雲踊，哀物悼世，激情風烈，龍睇大野，虎嘯六合，猛氣紛紜，雄心四據，思躡雲梯，橫奮八極，披艱掃穢，蕩海夷岳，蹴崑崙使西倒，蹋太山令東覆，斯亦吾之鄙願也。

驟觀此段，不知所云。「中原」可解作原中，而下文亦恍惚難測，如以指中國，則更非趙至之言矣。嵇康死於景元四年，通鑑作三年。是年蜀亡，次年魏咸熙元年。中原屬魏，又次年，晉泰始元年。中原屬晉。趙至往遼東時，即或吳尚未滅，而中原固自晏然。彼時之勢，司馬氏已坐待平吳，趙至何須抱此重憂？即令至欲平吳，奏統一之功，亦不當云「顧影中原，憤氣雲踊」，更不當著「哀物悼世」、「拔艱掃穢」之言。況依晉書所載，至亦嘗欲入吴，彼之於吴，不必如此痛恨也。臧榮緒晉書云：「吕安材器高奇。」文選褚淵碑文注引。魏氏春秋云：「安亦至烈，有濟世志力。」魏志王粲傳注引。本此以觀此段之言，明是吕安欲澄清中原，翦除司馬之惡勢，故對中原而憤氣哀悼，更有艱穢之詞。司馬本穢，翦除誠亦甚艱也。張銑注云：「崑崙、泰山，喻權臣也。」喻權臣最合，以之喻吴，則不安矣。

時不我與，垂翼遠逝，鋒距靡加，翅翮摧屈。

俞正燮云：「趙書言『思拔艱掃穢，蹴崑崙，蹋泰山，而垂翼遠逝，翅翮摧屈』，則似安語。鍾會言『不如因此除之』，是也。」揚案：康死之前，趙至方在幼年，未登仕籍，今忽得有辟命，正是騰達之機，何乃更歎摧屈耶？

吾子植根芳苑，擢秀清流，布葉華崖，飛藻雲肆。俯據潛龍之淵，仰蔭棲鳳之林。榮曜眩其前，豔色餌其後，良儔交其左，聲名馳其右。翱翔倫黨之間，弄姿帷房之裏。從容顧眄，綽有餘裕，俯仰吟嘯，自以爲得志矣，豈能與吾同大丈夫之憂樂者哉！

陸善經注云：「自『吾子植根芳苑』以下，則非與康明矣。」梅鼎祚西晉文紀於此篇題下注云：「所稱『吾子榮曜眩其前，豔色餌其後』諸語，以擬康，頗爲不倫。」何焯評云：「此書向作吕安，觀其氣概憤鬱，意或近之。」又云：「謂嵇生一段，殊不與嵇、吕平生交情相合。」陳景雲評云：「此等語與叔夜不倫，豈有友善如仲悌，而故作此語乎？」陸、梅以此境狀爲不合嵇康之身世，何、陳以此譏諷爲不合兩人之交情。前人之解此者，「潛龍」「棲鳳」，皆指太子，「俯據」「仰蔭」，皆言爲太子舍人，以此爲解，自亦順通。然嵇康連婚帝室，此等以喻嵇康，仍未嘗不似也。俞正燮云：「書又言『足下蔭棲鳳之林，豔色餌其後，弄姿帷房之内』，似言康娶曹氏事。康幽憤詩所云：『理弊患結，卒致囹圄。實恥訟寃，時不我與。』」黄季剛先生云：「惟此節不似叔夜生平，無以詳知也。然叔夜本高門，姬侍蓋亦所有，未足爲病。且其篤信導養，以安期、彭祖爲可求，然則弄姿帷房，信有之乎？更觀『酒色令人枯』之篇，是又與荒淫者異趣矣。」揚案：嵇康死在盛年，「翺翔倫黨之間」，言其戚族之歡，「弄姿帷房之裏」，言其室家之好，仍尋常比擬之詞，不必定指導養。至於疑其交情既深，不當有此譏諷，則又不然。試觀康與山濤竹林同遊，臨死且語紹曰：「山公在，汝不孤矣」，見白帖六。其交情之深可知。而絶交書中謂濤非知己，謂其嗜臭似野人，其爲譏諷，又何如哉！嵇、吕凡處逆境者，於知己友朋，轉更易抒其幽怨，此固激於意氣，一時偶發之詞耳。

二人，皆龍性難馴，原不如山濤之有養也。

俞正燮云：「實則安書乃趙至書，當日獄詞，竟以趙書傳致康死。其實康死以與山巨源書『事顯不容』之語，而假安書誣陷之。猶之岳飛死以在荆湖不禮万俟卨，而假岳雲、張憲書誣陷之，皆莫須有之案牘也。文選趙書注引嵇紹集云：『趙景真與從兄茂齊書，時人誤謂吕仲悌與先君書，故具列本末。』此亦猶岳飛孫珂之籲天辨誣録也。惜文選注於與山書『事顯不容』，幽憤詩『對答鄙訊』，未能明其情事。」揚案：魏氏春秋云：「康答書拒絶，因自説不堪流俗，而非薄湯武，大將軍聞而惡焉。」與山濤絶交書爲嵇康得禍之遠因，吕安此書，始速其死者也。俞氏以爲此書乃同時趙至與嵇蕃者，而當日獄詞以之誣傳於嵇、吕。不思既爲趙至之書，則必作於嵇、吕死後，豈有能以傳致康死之理哉？

復次，幽憤詩有「實恥訟免」之言，亦正可疑吕安既非不孝非謗兄，嵇康更屬旁證之人，於情於理，自當訟免，何乃反云恥之，豈竟默承不孝謗兄等罪乎？蓋嵇、吕原有聲討司馬之心，惟尚未見於實行，嵇康欲助毌丘儉，事當有之，不必爲鍾會之誣譖。今獄吏以此書詞相訊，彼本可置辯，而又義不出此，故云「實恥訟免，時不我與」，否則此言難於索解矣。「對答鄙訊」句，或仍指此言之，俞氏以爲指「豔色弄姿」等句，未必然也。

要之，嵇紹身爲晉臣，於呂安此書，自當諱之，彼所謂時人，實指當道而言也。他人之言，可以爲據，紹之言非但不可爲據，且因彼之一辯，乃愈覺其可疑矣。藝文類聚卷二十六載有嵇蕃答書，梅鼎祚書紀洞詮亦云：「蕃自有答至書，與前意義頗大相應。」然類聚所收篇章，頗有僞者。如揚雄連珠之類。且嵇紹能出而聲辯，以此書歸之趙至，何難更造一答書耶？考嵇、呂之身世，合之書詞，證以幽憤詩，此書出於呂安，誠無可疑。世之君子，幸更詳之。

附答趙景真書

登山遠望，覩峙嶸以成憤；策杖廣澤，瞻長波以增悲。遊眄春圃，情有秋林之悴；濯足夏流，心懷冬冰之慘。對榮宴而不樂，臨清觴而無歡。今足下琬琰之朴未剖，而求光時之價；騏驥之足未抒，而希絶景之功。心鋭而動淺，望速而應遲，故有企佇之懷爾。夫處静不悶，古人所貴；窮而不濫，君子之美。故顔生居陋，不改其樂；孔父困陳，絃歌不廢。幸吾子思弘遠理，含道自榮，將與足下交伯成於窮野，結箕山乎蓬屋，侶范生於海濱，儔黄、綺於商岳，憑輕雲以絶馳，遊曠蕩以自足。雖不齊足下之所樂，亦吾心之所願也。

廣陵散考

予少好雅琴，因頗留心其故實。昔年謁楊時百先生，見案上稿有説嵇叔夜廣陵散者，叩以此曲之情致。先生曰：「此殺伐之聲也。」時已入夜，遂未竟談，即聽漁歌一曲而別。其後先生忽歸道山，不能請益矣。迨先生書出，始獲觀其全文，與予意略有不合。乃更詳考之，作爲此篇，區以十目。首章論叔夜所作之曲，則以考廣陵散之便而附及者也。戴明揚識。

一 嵇康所作之曲
二 嵇康所習之曲
三 嵇康之受廣陵散
四 韓皋之廣陵散解
五 韓皋之謬誤
六 晉後廣陵散之流傳
七 廣陵散譜
八 臞仙譜之時代

九　廣陵散之寓意

十　慢商調之取義

一　嵇康所作之曲

叔夜所作琴曲，相傳有嵇氏四弄及風入松。

宋僧居月琴曲譜録云：「長青、短青、登高引望、長側：此四曲謂之嵇氏四弄。多貼蔡邕五絃，通爲九天弄。」明鈔本琴苑要録引琴書云：「秋聲、淥水、幽居、秋思、坐愁，以上蔡邕五弄。長青、短青、長側、短側，嵇氏四弄。通爲九弄。」宋郭茂倩樂府詩集卷五十九蔡氏五弄下引琴議云：「隋煬帝以嵇氏四弄、蔡氏五弄通謂之九弄。」宋陳暘樂書卷一百二十琴操云：「漢末太師五曲，魏初中散四弄，其間聲含清側，文質殊流。」又卷一百四十三琴曲下云：「昔人論琴弄吟引，有以嵇康爲之者，長清、短清、長側、短側之類是也。」又卷一百四十二琴調云：「嵇氏四弄，曾附正聲，可類尚書。」元袁桷題徐天民草書云：「蔡氏四弄，嵇中散補之，其聲無有雷同。」長清、短清或作長青、短青。明臞仙神奇祕譜載其曲，注云：「漢蔡邕所作也，取興於雪。」清唐彝銘天聞閣琴譜紀事云：「長沮、桀溺二隱士作大遊、小遊、長側、短側。」舊鈔本操縵指訣云：「長側、短側、大遊、小遊，以上四曲，長沮、桀溺作。」古雜操。文獻通考經籍考引崇文總目列沈氏琴書一卷，原釋云：「沈氏撰，不著名。首載嵇中散四弄，題趙師法撰。蓋諸家琴譜，沈氏集之。」元袁桷示羅道士云：「楊司農纘諱其所自譜，首於嵇康四弄。」

據此則長清、短清，或謂蔡邕作。長側、短側，或謂長沮、桀溺作。此曲久佚，故後世補撰之。楊纘，宋初人。趙師法所撰，不知與楊氏之譜孰先，及有無淵源也。

琴苑要録引琴書云：「風入松，雍門周作。」樂府詩集卷六十風入松歌下引琴集云：「風入松，晉嵇康所作也。」操縵指訣云：「風入松，晉嵇康作詞，存對音。」花木名操。明楊西峰琴譜大全載風入松一曲，商意一段，注云：「歌也，晉嵇康所作。」此謂歌詞亦叔夜作，想當然耳。

按長清、短清、長側、短側、風入松，皆見於琴歷，初學記十六、太平御覽五百七十八引。皆三十六雜曲之一，見通志樂略。而作者則説各不同。凡著名之曲，説者多隨意歸之古人。此如三峽流泉操或謂商陵穆子作，或謂伯牙作，或謂阮籍作，或謂阮咸作，實皆未必然也。

二　嵇康所習之曲

叔夜善撫廣陵散，人盡知之。此外尚有楚明光、太平引。藝文類聚四十四引蔡邕琴賦云：「飲馬長城，楚曲明光。」琴操云：「楚明光者，楚王大夫也。昭王得瑪氏璧，欲以貢於趙王，於是遣明光奉璧之趙郡中。羊由甫知趙無反意，乃讒之於王曰：『明光常背楚用趙；今使奉璧，何能述功德？』及明光還，怒之。乃作歌，曰楚明光。」太平御覽五百七十九引吴均續齊諧記云：「王彦伯，會稽餘姚人也。赴告還都，行至吴郵亭，維舟中渚，秉燭理琴。見一女子披幃而進，取琴調之，似琴而聲甚哀，雅類今之登歌。女子曰：『子識此聲否？』彦伯曰：『所未曾聞。』女曰：『此曲所謂楚明光者也。唯嵇叔夜能爲此聲，自此以外，傳習數人而已。』彦伯欲受之。女曰：『此非豔俗所宜，唯巖棲谷飲可以自娱耳。』」

樂府詩集卷六十宛轉歌下引續齊諧記，楚明光作楚明君，王彦伯作王敬伯。琴曲譜録云：「楚光明操，楚光白製。」續通志樂略楚明妃曲注云：「湯惠休作。或云：『唯嵇康能爲此曲，以後傳習數人而已。』」案琴歷所列琴曲，兼有楚妃歎、楚明光。文選琴賦注引石崇曰：「楚妃歎，莫知其所由。」琴曲譜録云：「楚妃歎，息嬀製。」續通志之楚明妃，乃誤合二名爲一也。

天聞閣琴譜引通禮纂義云：「堯使無句作琴五絃，作太平引、神人暢。」案太平御覽五百七十七引通禮纂云：「堯使無句作琴五絃。」無「作太平引」句。不知天聞閣譜何所據也。操縵指訣云：「太平引，堯作。嵇康曾神授此引。」廟堂雅頌名操。文選向子期思舊賦云：「臨當就命，顧視日影，索琴而彈之。」李善注：「文士傳曰：『嵇康臨死，顔色不變，謂兄曰：向以琴來不？兄曰：已來。康取調之，爲太平引。曲成，歎息曰：太平引絶於今日邪！』康別傳：『臨終曰：袁孝尼嘗從吾學廣陵散，吾每靳固之，不與。廣陵散於今絶矣！』」世説新語雅量篇注引文士傳略同。文選六臣本思舊賦李善注引干寶曰：「廣陵散於今絶矣！」太平御覽五百七十九引竹林七賢傳曰：「嵇康臨死，顧視日影，索琴彈之，曰：『袁孝尼嘗從吾學廣陵散，吾每惜固不與。廣陵散於是絶矣。』」晉書本傳所紀略同。魏志王粲傳注引魏氏春秋曰：「康臨刑自若，援琴而鼓。既而歎曰：『雅音於是絶矣！』」又引康別傳臨終之言，而云：「與盛所記不同。」別傳未言彈琴，魏氏春秋未言所彈何曲。除文士傳外，各書稱叔夜臨刑彈琴，皆指廣陵散而言。徐昂畏壘筆記云：「臨命而作太平引，恐無是理，當以干令升晉紀作廣陵散爲正。」洪亮吉北江詩話云：「李善注思舊賦引文士傳云：『太平引絶於今日耶！』又引嵇康別傳曰：『廣陵散於今絶矣。』據二書，則太平引、廣陵散當係二曲。康臨刑所彈者太平引，而又憶及廣陵散也。」案洪氏分二曲爲所彈所憶，固未必得之；而二曲之非一事，則似可無疑。張雲璈選學膠言據文士傳之説，因疑廣陵散别名太平引，則更屬臆度矣。

三　嵇康之受廣陵散

晉書本傳云：「康嘗遊乎洛西，暮宿華陽亭，引琴而彈。夜分，忽有客詣之，稱是古人。與康共談音律，辭致清辯。因索琴彈之，而爲廣陵散，聲調絶倫，遂以授康，仍誓不傳人，亦不言其姓字。」水經洧水注引司馬彪云：「華陽，亭名，在密縣。嵇叔夜常采藥於山澤，學琴於古人，即此亭也。」太平御覽五百七十九引靈異志云：「嵇中散嘗行西南出。去洛數十里，有亭名華陽，投宿。至一更中，操琴；聞空中稱善聲。中散撫琴而呼之曰：『君何以不來？』此人便答云：『身是古人，幽没於此，數千年矣。聞君彈琴，音曲清和，故來聽耳。而就終殘毁，不宜以接侍君子。』向夜髣髴漸見，以手持其頭。遂與中散共論聲音，其辭清辯。謂中散：『君試過琴。』於是中散以琴授之。既彈，唯廣陵散絶倫。中散從受之，半夕悉得。與中散誓，不得教他人，又不言其姓也。」太平廣記三百十七引靈鬼志與此同，而辭更繁。太平御覽又引大周正樂云：「嵇康宿王伯通館。忽有八人云：『吾有兄弟爲樂人，不勝羈旅，今授君廣陵散。』甚妙，今代莫測。」餘書紀授廣陵散者，如異苑謂爲黄帝伶人。廣博物志引真仙通鑑謂爲堯時掌樂官，兄弟八人，號曰伶倫。明郎瑛七修續稿廣陵散條，即誤用此說。皆附會鬼神之説，而益加鄙俗，兹不具録。

四　韓皋之廣陵散解

昔人以廣陵散爲叔夜所作，以刺當時，唐韓皋即有詳説。舊唐書韓滉傳云：「皋生知音律，嘗觀彈琴，至止息，嘆曰：『妙哉，嵇生之爲是曲也，其當魏晉之際乎！其音主商，商爲秋聲。秋也者，天將摇落肅殺，其歲之晏乎！又晉乘金運，商金聲，此所以知魏之季而晉將代也。慢其商絃，與宫同音，是臣奪君之義也，所以知司馬氏之將篡也。王淩都督揚州，謀立荆王彪。毌丘儉、文欽、諸葛誕相繼爲揚州都督，咸有匡復魏室之謀。皆爲懿父子所殺。叔夜以揚州故廣陵之地，彼四人者皆魏室文武大臣，咸敗散於廣陵，故名其曲曰廣陵散，言魏散亡自廣陵始也。止息者，晉雖暴興，終止息於此也。其哀憤躁蹙憯痛迫脅之意，盡在於是矣。永嘉之亂，其應乎！叔夜撰此，將貽後代之知音者；且避晉魏之禍，所以託之鬼神也。』」故名以下十五字，據新唐書韓皋傳補。此傳所稱，與盧氏雜説同。見太平廣記二百三。宋張方平廣陵散詩、俞文豹吹劍録，亦承此說。又大唐傳載稱韓皋之説，有云：「廣陵，維揚之地；散者，流亡之謂也。楊者，武帝后之姓也。言楊后與其父駿之傾覆晉祚也。」唐語林引此略同。此更以楊姓附會揚州。宋朱長文琴史云：「廣陵散之作，叔夜寓深意於其間，故其將死猶恨不傳。後之人雖粗得其音，而不知其意。更歷千載而後得韓皋，可以無憾矣。」琴曲譜録云：「廣陵散，嵇康作。」自宋以來，遂多謂叔夜作廣陵散。

五　韓皋之謬誤

韓皋自謂知音者，然其謬誤宋人即已言之。今撮舉諸家之説，益以己見如下：

（一）叔夜之前已有廣陵散　白帖十八引琴歷所列曲名有廣陵散，未注作者。琴歷成於隋前，是其時尚未以爲叔夜所作。叔夜琴賦云：「若次其曲引所宜，則廣陵、止息、東武、太山、飛龍、鹿鳴、鵾雞、遊絃。」李善注云：「廣陵等曲，今並猶存，未詳所起。應璩與劉孔才書曰：『聽廣陵之清散。』傅玄琴賦曰：『馬融覃思於止息。』引應及傅者，明古有此曲，轉以相證耳，非嵇康之言，出於此也。」應璩略前於叔夜，已引此曲矣。趙紹祖消暑録云：「應璩卒於嘉平四年，時王凌已死，而毌丘儉諸葛誕尚未發難。儉死於正元二年，後三年；誕死於甘露二年，後五年。」又潘岳笙賦云：「輟張女之哀彈，流廣陵之名散。」藝文類聚四十四引孫該琵琶賦云：「淮南、廣陵、郢中、激楚。」岳該與叔夜同時，年差幼耳，叔夜死時，岳年十七。豈於文中乃引叔夜所作之曲？且叔夜賦中所稱皆古時曲名，必不以己作之曲厠於其間，此又淺識之所知矣。琴史杜夔條云：「或云：夔妙於廣陵散，嵇康就其子猛求得此聲。」而韓滉條又云：「或云：『叔夜傳廣陵散於杜夔之子。』蓋與論樂耳，非授此曲也。」此朱氏矛盾之辭。又於韓滉條盛稱韓皋之解，而於袁準條復云：「據叔夜琴賦已有廣陵、止息。豈自古已立此名，而叔夜孝尼復潤色之耶？」則又兩可之説矣。此由所見之未明也。宋何薳春渚紀聞卷八辨廣陵散云：「劉潛琴議稱杜夔妙於廣陵散，嵇康就其子猛求得此聲。按夔在漢爲雅樂郎。魏武平荆州，得夔，喜甚，因令論製樂事。在夔已妙此曲，則慢商之聲，似不因廣陵興復之舉不成而製曲明矣。」宋鄭興裔廣陵散辨，與此説略同。案劉潛梁代人，距叔夜百餘年，其爲此言，當必有所受也。近人楊宗稷琴鏡續廣陵散譜跋云：「嵇康琴賦古曲名甚多。廣陵、止息，在變用雜起之列，可知決非康作，亦非康獨有。不然，袁孝尼雖聰明天亶，何能一聽即得三十三拍？」案孝尼聽叔夜彈廣陵散，得四十一拍，或三十三拍，其説詳後。今日流傳之譜，固未必全爲原聲。然此曲含義至豐，其爲長曲無疑，而孝尼乃一聽即得之，此操縵家所決難置信者也。蓋琴之爲道，即同曲同譜，而彈者之輕重疾徐，變化各異。叔夜於廣陵散特專工之，而孝尼固亦習此曲者，故於竊聽之際，而得其取勢之方。此則可能者矣。楊宗稷琴話云：「所彈音節，或有異於他人耳。」

（二）散爲曲名非敗散之義　宋沈括夢溪筆談卷五云：「散自是曲名，如操、弄、摻、淡、序、引之類。故潘岳笙賦：『輟張女之哀彈，流廣陵之名散。』又應璩與劉孔才書云：

曲『聽廣陵之清散。』知散爲曲名明矣。」王應麟困學紀聞卷五云：「顧況廣陵散記云：『曲有日宫散、月宫散、歸雲引、華嶽引。』然則散猶引也，敗散之説非矣。」案世説新語雅量篇云：「嵇中散臨刑東市，神氣不變，索琴彈之，奏廣陵散。曲終，曰：『袁孝尼嘗請學此散，吾靳固不與，廣陵散於今絶矣！』」既云「請學此散」，則散明爲曲名，猶應璩稱「清散」，潘岳稱「名散」也。又梁王僧孺詠擣衣詩云：「散度廣陵音，摻寫漁陽曲。別鶴悲不已，離鸞斷更續。」四句皆指古曲而言。摻爲曲奏之通名，散亦當同然也。藝文類聚四十四引劉向別録云：「趙定善鼓琴，時閒燕爲散操，多爲之涕泣者。」此則散與操並舉矣。楊慎升庵外集卷二十一廣陵散條云：「散乃琴曲名。洛神賦：『精移神駭，忽焉思散。俯則未察，仰以殊觀。』散平聲，在寒字韻。」案散字雖不必異讀，而其爲琴曲之名，則決然無疑。又案陳暘樂書卷一百十九琴瑟下云：「琴之爲樂，所以詠而歌之也。故其別有弄，若廣陵弄之類也。」然則古亦有廣陵弄之稱，則散爲曲名，更可知也。案周禮：「磬師掌教縵樂，旄人掌教舞散樂。」注：「縵謂雜聲之和樂者也。散樂，野人爲樂之善者。」禮記樂記：「不學操縵，不能安絃。」疑散爲曲名，即由散樂之義而來。散樂稱散，猶縵樂之稱縵矣。

（三）魏之揚州非故廣陵之地　宋劉攽中山詩話云：「劉道原謂漢魏時揚州刺史治壽春，儉誕皆死壽春。是時廣陵屬徐州，至隋唐始爲揚州，不可不察也。」鄭興裔廣陵散辨略同。王棶野客叢書卷十六廣陵條云：「西漢揚州治無定所；後漢治歷陽，後治壽春，後又徙曲阿；至隋唐方治今之廣陵耳。今之廣陵，自後漢至晉皆屬徐州，隋唐始爲揚州耳。然則今廣陵之爲揚州，亦未甚久也。」困學紀聞云：「魏揚州刺史治壽春，亦非廣陵。」歐陽忞輿地廣記云：「凌等爲都督時，揚州治壽春；至隋始以廣陵爲揚州治。凌等起事，與廣陵殊不相涉。」元盛如梓庶齋老學叢談云：「魏晉之際，揚州治所在壽春，與廣陵無干涉。魏史所言地，如百尺，如丘頭，如安風津，皆非揚州之地也。」案楚懷王三十年城廣陵。漢元狩三年，更江都爲廣陵國。後漢爲郡。三國時入吴，屬徐州。吴志：「五鳳二年秋，使衛尉馮朝城廣陵。」則廣陵之入吴，當更在前。毌丘儉死於是年春，諸葛誕之死在後三年。劉宋時立爲南兖州。梁末入北齊，改爲東廣州。歸陳，復舊名。入周，又爲吴州。隋開皇九年，始改爲揚州。煬帝改爲江都郡。唐武德九年，復爲揚州。韓皋之時，距此不遠。當叔夜時，魏之揚州正治壽春，吴及南朝之揚州則皆治建業也。故江左之廣陵郡易稱揚州，爲時已晚；中原之揚州則本無廣陵之稱。皋以後世之地名，牽合古時之曲名。文人議論，多失於不契勘，誠有可笑者矣。王明清揮麈後録餘話載蔡京保和殿曲宴記云：「御侍奏細樂，作蘭陵王、揚州散古調。」此所云揚州散，或即廣陵散之異名。

（四）廣陵與止息本爲二曲　韓皋云：「止息與廣陵散同出而異名。」大唐傳載引。唐寫本碣石調譜後記古曲名，以廣陵止息爲一曲，東武太山爲一曲。唐李良輔吕渭撰譜，名廣陵止息譜。蘇軾書文選後云：「中散作廣陵散，一名止息。」余蕭客文選紀聞云：「按坡語本韓皋生。果爾，本賦不當連言廣陵止息。」琴史袁準條云：「或傳孝尼乃叔夜之甥，嘗竊傳其曲，謂之止息。」琴苑要録善琴篇載止息序曰：「止息者，廣陵散也。」元耶律楚材彈廣陵散詩云：「居士閒談止息時。」張雲璈選學膠言云：「竊謂廣陵散或係總名，不止一曲。嵇叔夜傳元琴賦或雙稱廣陵止息，或單舉止息。似止息是廣陵散之一曲。」案叔夜賦稱廣陵、止息、東武、太山、飛龍、鹿鳴、鵾雞、遊絃。據李善注文知東武以下共爲六曲。琴苑要録引琴書，所列曲名，亦有東武引。注又云：「馬融覃思於止息。」則止息獨爲一曲，非合廣陵而爲名。故呂延濟注云：「八者並曲名。」玉海音樂類引琴賦，亦注云：「八者並曲名。」宋書戴顒傳云：「衡陽王義季鎮京口，顒衣野服，爲義季鼓琴，並新聲變曲。其三調遊絃、廣陵、止息之流，皆與世異。」陳暘樂書卷一百四十二琴調記此事，而云：「其遊絃、廣陵、止息三調，皆與世異。」故知宋書三調云者，即指遊絃、廣陵、止息而言，非謂外此之琴調。則廣陵與止息原爲二調也。樂書琴聲經緯云：「古人論琴聲，有經，有緯，有從。始息聲，止息聲，凡二十四聲，爲從聲也。」此止息則以聲言之，非指曲名。明朱權神奇祕譜引琴書記袁孝尼竊聽廣陵散云：「止得三十三拍。後孝尼會止息之意，續成八拍，共四十一拍。」今所傳廣陵散譜，後序八段，其第一段即題曰會止息意。案會者合也。廣陵散中，或本有止息之聲，或叔夜加有此聲而孝尼知之，或兩者均無。而止息一操，孝尼所媢，其於叔夜所彈，未得後片，因自合止息之聲，續成八拍耳。乃自唐以來，稱廣陵散者，或直以止息名之。而諸譜所載曲名，或曰廣陵散，或連止息爲一稱。唐人以東武太山爲一曲。琴曲譜録序亦云：「東武太山操，仲尼製。」其誤與此同。韓皋遂云：「晉雖暴興，終止息於此。」望文生訓，最不可通。七修續稿解爲哀傷痛惜，亦謬。至解揚爲楊，更牽及永嘉，怪誕支離，益難致詰矣。

六　晉後廣陵散之流傳

廣陵散實未嘗絶，此前人所已言。如韓皋即聽人彈廣陵散者。又琴史稱唐薛易簡能彈嵇康怨等，凡雜調三百，大弄四十。則廣陵一弄，當亦其所習者，特史未明著之耳。宋趙希鵠洞天清禄集云：「婺州浦江一士大夫家發地，得琴，長大，有斷紋。紹興間獻之，爲巨璫所阻，曰：『此墟墓中物，豈宜進御府！』遂給還。其家至今寶之。聲雖帶濁，而以作廣陵等大曲，彈愈久而聲方出。」據此，知廣陵一曲，宋代士大夫尚多彈習。今考由晉至清琴家之涉此曲者，雖神怪亦録之。

晉　袁準　世説新語文學篇注引袁氏世紀云：「準字孝尼，陳郡陽夏人。父渙，魏郎中令。」又引荀綽兗州記云：「準有儁才，太始中爲給事中。」琴史云：「或傳孝尼乃叔夜之甥，嘗竊傳其曲，謂之止息。」文獻通考引崇文總目云：「廣陵止息譜一卷。」原釋云：「唐呂渭撰。晉中散大夫嵇康作琴調廣陵散。河東司户參軍李良輔云：『袁孝尼竊聽而寫其聲，後絶其傳。』良輔傳洛陽僧思古，思古傳長安張老，遂著此譜。總三十三拍，渭又增爲三十六拍。」神奇祕譜引琴書曰：「嵇康廣陵散本四十一拍，不傳於世。惟康之甥袁孝己好琴，每從康學，靳惜不與。後康静夜鼓琴，彈廣陵散，孝己竊從户外聽之。至亂聲，小息。康疑其有人，推琴而止。出户，果見孝己。止得三十三拍。後孝己會止息意，續成八拍，共四十一拍。序引在外，世亦罕知焉。」琴苑要録善琴篇引止息序曰：「止息者，廣陵散也。嵇叔夜思及幽冥，神授其弄。當時神約，不得人聞，若違此言，必將及禍。數年間，每於幽静山林無人之處，即鼓其曲。友生袁孝尼亦善鼓琴，願一聞見，無由得之，遂詐卒。其母言曰：『念渠平生欲聞廣陵散，竟不獲而卒，及其死也，彈之可乎？』嵇感其言，卻去諸人，取琴而彈。袁孝尼聰明特異，一聞而得。嵇果受戮，豈不神之神乎？傳之於今，乃孝尼也。計四十一拍：五拍是序其事，亦詩之序也。十八拍，是其正也。又十八拍。契者，合也，言合鬼神也。八拍會止息意，絶也。尋其譜，彈其聲，頗得大道之旨趣。其怨恨悽感，即如幽冥鬼神之聲。邕邕容容，言語清泠。及其怫鬱慨慷，又隱隱轟轟，風雨亭亭，紛披燦爛，戈矛縱横。粗略言之，不能盡其美也。」

宋　戴顒　見前。

梁　賀思令　太平御覽五百七十九及八百十四引世說云：「會稽賀思令善彈琴。嘗夜在月中坐，臨風鳴絃。忽有一人形貌甚偉，著械，有慘色，在中庭稱善，便與共語。自云是嵇中散。謂賀云：『卿手下極快，但於古法未備。』因授與廣陵散，遂傳之於今不絕。」太平廣記三百二十四引幽冥録與此同。

唐　王績　績有古意詩云：「幽人在何所？紫巖有仙躅。月下横寶琴，此外將安欲？材抽嶧山幹，徽點崑丘玉。漆抱蛟龍脣，絲纏鳳凰足。前彈廣陵罷，後以明光續。百金買一聲，千金傳一曲。世無鍾子期，誰知心所屬。」

李良輔　撰廣陵止息譜一卷，見新唐志。

僧思古　見前。

張老　見前。

吕渭　撰廣陵止息譜一卷，見新唐志。渭字君載，河中人，兩唐書有傳。宋志注云：「渭一作濱。」

李約　撰琴調廣陵譜一卷，見宋志。約，唐代人，勉之子。

陳康　琴史云：「陳康字安道，篤好雅琴，名聞上國。所製調弄，綴成編集。嘗自叙云：余學琴雖因師啓聲，後乃自悟。徧尋正聲，九弄，廣陵散，二胡笳，可謂古風不泯之聲也。」

孫希裕　琴史云：「孫希裕字偉卿。博精雜弄，以授陳拙。唯不傳廣陵散。拙以譜求誨，希裕焚之，曰：『廣陵散乃嵇叔夜憤歎之辭。吾不欲傳者，爲傷國體也。』」

梅復元　見後。

陳拙　琴史云：「陳拙字大巧，長安人也。受南風、遊春、文王操、鳳歸林於孫希裕；傳秋思於張繼；學止息於梅復元。」

王氏女　顧況王氏廣陵散記云：「琅邪王淹兄女未笄，忽彈此曲。不從地出，不從天降，如有宗師存焉。意者，虚寂之中，有宰察之神司其妙，有以授王女。」

李老　燈下閒談云：「青社李老善鼓琴，自言得嵇康之妙。咸通十五年，秋七月十八日，早自城北别業宿，行草莽間，誤墮大枯井中。見一石竅，可通身而入。遂傴僂而前，來百步，竅廣身舒。約二十餘里，出洞門。洞外有石橋實閣。瞻視閣内，見一道士凭几揞頤，旁又有捧琴執簿者。李君乃稽首拜折而坐。因顧侍者度琴而彈之，李君乃奏廣陵散曲。道士曰：『爾之製也？』李曰：『晉嵇叔夜感鬼神所傳。』道士曰：『感鬼神非也，此自構神思也。爾以業障，不暇憶故事，叔夜即爾亡來之身。』」

王敬傲　太平廣記二百三引耳目記云：「唐乾符之際，有前翰林待詔王敬傲，長安人。時李山甫文筆雄健，名著一方。適於道觀中與敬傲相遇。又有李處士，亦善撫琴。山甫謂二客曰：『幽蘭、緑水，可得聞乎？』敬傲即應命而奏之。聲清韻古，感動神爽。别彈一曲，坐客彌加悚敬，非尋常之品調。山甫問曰：『向來所操者何曲？他處未之有也。』王生曰：『嵇中散所受伶倫之曲，人皆謂絶於洛陽東市，而不知有傳者。余得自先人，名之曰廣陵散也。』山甫早疑其音韻殆似神工，又見王生之説，即知古之廣陵散或傳於世矣。由是李公常目待詔爲王中散也。」耶律楚材彈廣陵散詩序云：「唐乾符間，待詔王遨爲李山甫鼓之。」案樓鑰云：「韓文公聽潁師彈琴詩爲廣陵散作。」見後附録。

宋　真上人　范仲淹聽真上人琴歌：「爲予再奏南風詩，神人和暢舜無爲。爲我試彈廣陵散，鬼物悲哀晉方亂。」

昭曠　春渚紀聞辨廣陵散云：「政和五年二月十五日，烏戍小隱，聽昭曠道人彈此曲，音節殊妙，有以感動坐人者。」宋張邦基墨莊漫録卷四云：「錢塘僧淨暉字昭曠，學琴於僧則完全仲，遂造精妙，得古人之意。宣和間，久居中都，出入貴人之門。」

黄仲玄　徐照有夜聽黄仲玄彈廣陵散詩，見後。

盧子嘉　王明之　樓鑰　樓鑰彈廣陵散書贈王明之云：「少而好琴，得廣陵散于盧子嘉，鼓之不厭。然此曲小序爲一曲權輿，聲乃發於五六絃間，疑若不稱。屢以叩人，無能知者。王明之精於琴，爲余作此小序，獨起以潑攭，雍容數聲，然後如舊譜。聞而欣然，遂亟傳之。」

金　張研　張器之　苗秀實　苗蘭　耶律楚材彈廣陵散詩序云：「近代大定間，汴梁留後完顏光禄者，命士人張研一彈之。泰和間，待詔張器之亦彈此曲。每至沈思、峻迹二篇緩彈之；節奏支離，未盡其善。獨棲巖老人混而爲一，士大夫服其精妙。其子蘭亦得棲巖之遺意焉。」案苗秀實號棲巖老人，楚材之師。

元　耶律楚材　湛然居士集有廣陵散之詩二首，見後。

明　朱權　即寧獻王，太祖第十七子。晚年自號臞仙。撰神奇祕譜三卷，中有廣陵散譜。又嘗體廣陵散及鳳凰來儀二曲之意而作秋鴻操，見楊西峰琴譜大全。

王世相　字季隣，蒲州人。官延川知縣。撰廣陵祕譜一卷，見明焦竑國史經籍志。

張鯤　撰風宣玄品十卷，中有廣陵散譜。詳後。

清　孔興誘　字起正，號秀子，曲阜人。官即墨訓導。撰琴苑心傳全編二十卷，中有廣陵散譜。詳後。

蔡瓆　梅里志云：「蔡瓆字玉賓，海鹽人。幼學琴於師，不一二操，輒盡其妙。餘皆其所自得，而廣陵散爲最著。」

先機老人　見後。

問樵　見後。

秦維瀚　字延青，廣陵人。撰蕉庵琴譜四卷，中有廣陵散譜。詳後。其自序云：「余師問樵先生，方外之有道者也。嘗受琴於先機老人，盡得其傳。玆譜之輯，不過追述師承。」

張孔山　號半髯道人，青城山道士。嘗譯琴苑廣陵散譜。詳後。

唐彝銘　字松仙，邠州人。官瀘州日，嘗延張孔山道士於署，共搜諸家琴譜，爲天聞閣琴譜十六卷，中有廣陵散譜序及跋。詳後。

七　廣陵散譜

通志樂略琴操五十七曲廣陵散注云：「嵇康死後，此曲遂絶。往往後人本舊名而別出新聲也。」案叔夜所彈，孝尼尚未得其全，從實論之，即謂爲絶可矣。雖然，此惟叔夜之家法絶耳。至廣陵散譜，則仍歷代相傳。雖多別出新聲，不能一致，然未必全違原意也。今就載籍考之如下：

新唐書藝文志有吕渭廣陵止息譜一卷，李良輔廣陵止息譜一卷。通志藝文略同。玉海音樂類云：「吕渭、李良輔廣陵止息譜各一卷。宋史藝文志惟吕渭譜。文獻通考引崇文總目惟吕渭譜。四庫館輯本崇文總目於吕渭譜下引永樂大典云：『李良輔廣陵止息譜一卷，崇文總目闕。』案觀通考所引原釋，見前。知吕譜固由李譜而來，似後人合二書爲一矣。」樂府詩集卷五十六胡笳十八拍又有契聲一拍共十九拍，下引李良輔廣陵止息譜序曰：「契者，明會合之至，理殷勤之餘也。」又見能改齋漫録。琴苑要録善琴篇引止息序。見前。疑即李良輔譜序。

宋史藝文志有李約琴調廣陵譜一卷。

宋尤袤遂初堂書目有止息譜。無撰人，無卷數。

宋樓鑰謝文思許尚之石函廣陵散譜云：「比見周待制清真序石函中譜，歎味不已。文思許尚之中行云：『家有此本。』後自武昌録寄。正聲第一拍名取韓相，第十三拍名别姊。又一本，序五拍亦有名，第一拍名井里。」此石函廣陵散譜，據樓氏言，知爲三十六拍，而序五拍無名。至所稱又一本，則與今傳臞仙之譜似同。

明朱睦㮮萬卷堂書目有臞仙神奇祕譜三卷。黄虞稷千頃堂書目及明史藝文志題寧獻王。此書成於洪熙二年，今尚存。上卷太古神品中有慢商調廣陵散譜。今節録其注文併拍名如下：

廣陵散小序三段　大序五段　正聲十八段　亂聲十段　後序八段

臞仙曰：「廣陵散曲世有二譜。今予所取者，隋宫中所收之譜。隋亡而入於唐。唐亡，流落於民間者有年。至宋高宗建炎間復入斂御府。僅九百三十七年矣。予以此譜爲正，故取之。」

開指

小序

止息

㈠　㈡　㈢

大序

井里　第一　申誠　第二　順物　第三

因時　第四　干時　第五

正聲

取韓　第一　呼幽　第二　亡身　第三

作氣　第四　含志　第五　沉思　第六
返魂　第七　徇物一名移燈就坐。第八　衝冠　第九
長虹　第十　寒風　第十一　發怒　第十二
烈婦　第十三　收義　第十四　揚名　第十五
含光　第十六　沉名　第十七　投劍　第十八

亂聲

峻迹　第一　守質　第二　歸政　第三
誓畢　第四　終思　第五　同志　第六
用事　第七　辭鄉　第八　氣衝　第九
微行　第十

後序

會止息意　第一　意絶　第二　悲志　第三
嘆息　第四　長吁　第五　傷感　第六
恨憤　第七　亡計　第八

郎瑛七修續稿云：「嘉靖己巳，宿尚書顧東橋書室，見有神奇祕譜三卷，乃臞仙所纂。首列廣陵散，共該四十四拍。」案譜共四十五拍，而郎氏云四十四拍者，當除開指一段計之。清程允基誠一堂琴談亦云：「廣陵散小序三段，大序五段，正聲十八段，亂聲十段，又袁孝尼續後八段。」又七修續稿所引拍名作收人、讐畢、辭卿、氣衝，當爲刻本之誤。

國史經籍志有王世相廣陵祕譜一卷。萬卷堂書目同。此書今不存。

千頃堂書目有張鯤風宣玄品十卷。天聞閣琴譜名録作風雪玄品，誤。

此書爲徽藩刻，今存，中有廣陵散譜。其題名及拍數，皆與神奇祕譜全同。惟行式微殊，所用減字較簡，如「末」作「木」，「引」作「弓」，「童」作「立」，「今」作「ㇷ」，「却」作「卩」等甚多。又指法徽分頗有誤處。此書成於嘉靖十八年，當必採自神奇祕譜者也。民國十六年，桐鄉馮水輯出重刊，今通行。楊宗稷琴鏡續亦轉載之，並解其指法。

孔興誘琴苑心傳，康熙九年刻成。此書今當有存者。孫寶琴學祕譜云：「武林王氏、浦城祝氏收藏。」書中有廣陵散譜。唐彝銘嘗爲作序跋，又引列拍名目録，載入天聞閣琴譜中。今節録如下：

廣陵散拍名目録凡四十三段。慢二絃一徽與一絃同聲。

開指小序。　止息大序。　井里第一。
申誠第二。　順物第三。　因時第四。
干時第五。　取韓一拍。以下正聲。　呼幽二拍。
亡身三拍。　作氣四拍。　含志五拍。
沈思六拍。　返魂七拍。　狥物八拍。一名移燈就坐。
衝冠九拍。　長虹十拍。　寒風十一拍。
發怒十二拍。　烈婦十三拍。　收義十四拍。
揚名十五拍。　含光十六拍。　沈名十七拍。
投劍十八拍。　峻迹一拍。以下亂聲。　守質二拍。
歸政三拍。　誓畢四拍。　終思五拍。
同志六拍。　用事七拍。　辭鄉八拍。
氣衝九拍。　微行十拍。　會止息意一拍。以下爲袁孝尼所續。
意絶二拍。　悲志三拍。　嘆息四拍。
長吁五拍。　傷感六拍。　憤恨七拍。

亡計八拍。

觀操之命名，必有詞焉。中散祕而不傳，其意概可見矣。譜出琴苑，指法甚古，令人難以操摹。半髯道人譯以今譜，據云彈之不吉，旋即棄去，故未收入。書曰：「神人以和。」廣陵散之見絶於世，良有以夫。

操見孔氏琴苑，他譜無傳，指法甚古。第原刻似非善本，不無魯魚之歎。而入手數段，變音悖謬，吟猱支離，且節奏嫌於太急，知爲傳者之誤。并按譜中題目命義，及先後次序，疑有文詞，故不敢輕易一字。適友人從舊書坊中得抄本樂章一卷，卷末附琴操九拍，未得何名。囑予撫之，乃廣陵散也。噫，殆神授歟，抑物聚於所好耶？因澄心追摹，較之琴苑，指法節奏詳明，而音韻亦復條暢。遂將通譜參閲，校正詳釋，使學者易於辨識，不至以訛傳訛，庶足以慰前賢作述之苦心，釋千古不傳之餘憾矣。未知中散大夫許我否耶？元耶律楚材廣陵散詩，曲盡神致。後之覽者，不獨知此操之出處神奇，叔夜忠憤之懷，亦毅然可想。學者須三復此詩，則指法節奏之妙，雖不能得其真傳，而悲慨浩歎之情，亦當會其神於萬一。

案琴苑之譜，以開指爲小序，止息爲大序。井里以下五段，僅標第一第二，於義無所承。當必止息爲小序，井里以下五段爲大序，如風宣玄品之譜。又彼譜止息三段，此譜僅一段，故總四十三段也。唐氏謂其入手數段變音悖謬，吟猱支離，且節奏嫌於太急。則知拍名及譜，皆傳者之誤矣。唐氏校正琴苑之廣陵散譜，因惑於吉凶之説，故未收入天聞閣琴譜中，僅存其拍名目録，及自作序跋二篇。又其序之前片嘗引臞仙之言，見前。而其所據之譜，乃出於琴苑，亦不引風宣玄品，想由未嘗見耶。至半髯道人所譯之譜，則不知尚有傳本否也。

秦維瀚蕉庵琴譜，同治七年刻成。中有廣陵散譜，慢商調，凡十段。秦氏受琴於問樵。此譜雖節奏清剛，然無拍名，亦不著其來源，當爲後世所擬。

此外臞仙注中所稱之另一譜，唐彝銘跋中所稱九拍之譜，其内容及來源均無從知。又清周顯祖跋塞上鴻云：「余所獲舊本祕鈔廣陵散，小序止息至後序，凡四十六段。調長未及細繹。」見琴譜諧聲。比較神奇祕譜之譜多一段。鈔本操縵指訣古雜操類廣陵散下注云「六十段」，此不知所據何譜。

八　臞仙譜之時代

神奇祕譜中之廣陵散譜，據臞仙言，傳自隋宫，歷唐至宋。宋樓鑰詩引取韓相、别姊、井里之拍名。徐照詩亦引投劍、銜冠之拍名。元耶律楚材彈廣陵散詩引亡身、別姊、銜冠、投劍、呼幽、長虹、發怒、寒風、峻迹之拍名。又云：「三引入五序，始作意如翕。」三引五序，當指小序三段、大序五段。觀其題名及組織，與神奇祕譜之譜略同，惟次序有異。案樓氏所見之本與耶律氏所用之本，其次序均異。樓氏云：「小序爲一曲權輿，聲乃發於五六絃間。」神奇祕譜小序之聲正同。譜中正聲末段爲投劍，入手泛音止後，有三按聲：即名指跪按六絃四徽五分，取一勾聲；大指罨四徽；即刻剔出。共三聲。楊宗稷廣陵散古減字指法解云：「用力剔出，恰與耶律晉卿詩『投劍聲如擲』擲字相合。」夢溪筆談卷十七云：「或云，嘗有人觀畫彈琴圖，曰：『此彈廣陵散也。』此或可信。廣陵散中有數聲，他曲皆無，如撥攦聲之類是也。」按米芾畫史云：「張𬣞處見唐畫嵇康廣陵散。」沈氏所紀，不知即此畫否。撥攦之聲，神奇祕譜亦然。

然則廣陵散之譜，在隋、唐、宋、元、明間，其組織聲調，大略如此矣。雖然，此特言其內容之大略耳。至於此譜之構成，則未必能早也。

馮水重刻廣陵散譜序云：「臞仙譜作於永樂。既云傳自隋宮，當必有據。更證以晉卿之詩，至近亦唐宋譜也。」楊宗稷廣陵散古減字指法解云：「琴曲減字譜，相傳爲曹柔作。曹柔譜不可見。此外宋人譜僅有姜白石一小曲。明人琴譜，則皆減字。自臞仙神奇祕譜以後，愈出愈精，至於自遠堂而寫法完備。廣陵散減字尚不如神奇祕譜之精，當爲宋元人作。」案廣陵散雖爲減字譜，而在神奇祕譜中，廣陵散與流水、白雪等曲，其字均較餘曲爲繁。固知必爲明代以前之譜，而臞仙録之者也。然吕渭譜爲三十六拍，樓鑰所稱石函廣陵散譜亦三十六拍。今譜則四十五拍，與唐及北宋所傳固殊矣。琴苑要録善琴篇引止息序云：「計四十一拍：五拍是序其事，亦詩之序也。十八拍，是其正也。又十拍。案原鈔作「又十八拍」，不符四十一拍之數。八字當必誤多者。契者，合也，案契字上必有脱句。言合鬼神也。八拍會止息意，絶也。」全文見前。神奇祕譜引琴書云：「孝尼止得三十三拍，後孝尼會止息意，續成八拍，共四十一拍。序引在外，世亦罕知焉。」全文見前。天聞閣琴譜廣陵散序引琴記亦同。據止息序所言，四十一拍而外，未有小序。據琴書所言，四十一拍而外，其序引世亦罕聞。亦未明大序之外，更有小序也。今譜大序、正聲、亂聲，併後八拍，已足四十一拍矣。又有小序三段，俱名止息。此必後人加名，欲使與後序會止息意相應耳。案吕渭嘗加三拍。但其時所加必非小序，更不當即名止息。原譜縱應有序，亦未必有大小與後之分也。又所謂會止息意者，謂廣陵散曲後八拍之聲，皆由止息一曲推來。詳前。此八拍當總於一名，故止息序云：「八拍會止息意，絶也。」今譜於後八段中，以第一段題爲會止息意，次段題爲意絶。餘段又各有其名，嘆吁傷憤，淆然雜陳，誤矣。又據止息序所言，則五拍爲序，十八拍爲正聲，十拍爲契聲，八拍爲亂聲。會止息意而成。樂府詩集胡笳十八拍下云：「小胡笳又有契聲一拍。李良輔廣陵止息譜序曰：『契者，明會合之至，理殷勤之餘也。』」吴曾能改齋漫録胡笳十八拍條亦引此。亦有契聲之證。今譜則十拍爲亂聲，八拍爲後序，亦誤也。琴書不知是否即琴苑要録中所引者。琴苑要録所引，多北宋以前之書，故止息序即非李良輔原序，亦必唐或五代之譜序，而今譜又與之殊矣。樓鑰贈王明之云：「此曲多潑攊聲，蓋他曲所無者。二序正聲亂聲，或以此始，皆以此終。」今譜各段，則不必皆以此終也。樓氏謝許尚之石函廣陵散譜後跋云：「正聲第一拍名取韓相，第十三拍名別姊。」耶律楚材彈廣陵散詩序稱琴譜有井里、別姊、辭鄉、報義、取韓、投劍之類。今譜取韓相作取韓；有烈婦、收義之題，而無別姊、報義之題；辭鄉亦遠在取韓之後。案譜中各段皆以兩字爲題，則作取韓自合；取韓即取韓相也。惟烈婦、收義當作別姊、報義，更合於事序；又辭鄉亦當在取韓之前。蓋此曲固託於聶政之事者也。序又謂棲巖老人混沈思、峻迹二篇爲一。今譜則二段相去甚遠也。至其餘拍名次序，今譜皆不如耶律詩序所稱之合。然則今譜之構成，當在元代無疑矣。原譜當如唐代張老所傳，總三十三拍。序五拍，正聲十八拍，契聲十拍。至會止息意之八拍，爲袁孝尼所加。而唐譜未用小序之三拍，則呂渭所加。此三十六拍，即北宋所傳之石函廣陵散譜，爲較近於真。故樓鑰詩云：「按拍三十六，大同小有異。此即名止息，八拍信爲贅。」

九　廣陵散之寓意

古操之名，不得其解者甚多，非獨廣陵散也。而廣陵散之寓意，則尚有可明者。此譜既傳自隋宫，當必略存魏晉之舊。觀其每段題名，即知所指爲聶政之事矣。樓鑰謝許尚之石函廣陵散譜詩云：「完顔光禄請張崇爲譜序，崇備序此事。渠云：『驗於琴譜，皆刺客聶政爲嚴仲子刺殺韓相俠累之事，特無與揚州事相近者。意者，叔夜以廣陵名曲，微見其意，而終畏晉禍，其序其聲，假聶政之事爲名耳。韓皋徒知託於鬼神以避難，而不知其序其聲皆有所託也。』崇之論似是而非。余以爲叔夜作此曲也，晉尚未受禪。慢商與宫同聲，臣行君道，指司馬懿父子權侔人主，以悟時君也。又序聶政之事，以譏權臣之罪不啻俠累，安得仗義之士以誅君側之惡，有所激也。不然，則遠引聶政之事，甚無謂也。」清姚配中一經廬琴學云：「嵇叔夜遊洛西，遇古人，授以廣陵散。此文士之寓言，搜神誌怪之談耳。謂人不足知，則託之仙；謂世無或傳，則屬之古，而要非實録也。」楊宗稷琴鏡續廣陵散譜跋云：「廣陵、太山皆以地名曲。左思齊都賦注曰：『東武、太山，齊之土風歌謡謳吟曲名。』安知廣陵散非揚州土風古歌曲？蔡邕琴操聶政刺韓王曲云：『聶政作。政父爲韓王所殺。政學塗，入宫，刺王不得。去太山，遇仙人，學鼓琴，七年而琴成。鼓琴闕下，觀者成行，馬牛止聽。以聞韓王，王召見，使彈琴。政援琴而歌，琴中出刀刺王。』崇知有聶政刺韓王事，何以不知有聶政刺韓王曲？耶律晉卿謂指司馬懿父子權侔人主，以悟時君。然又何以託於鬼神，雖其甥求之亦不得耶？曲中各段命名，皆與聶政刺韓王爲父報仇之旨相合。其爲聶政刺韓王曲，毫無疑義。即非聶政自作，亦必爲彼時曾聽聶政彈琴者摹擬之作。但何以改名廣陵散，惜其説不傳耳。」案解廣陵散者，自韓皐、張崇、耶律楚材至楊氏而愈明，然猶有未達也。叔夜之於此曲，但託其憂憤之懷，雖孝尼亦不令聞，更何從以悟時君耶？又考戰國策載聶政刺韓相韓傀，兼中烈侯。韓子内儲説下作哀侯。與史記世家哀侯非一人。史記韓世家於烈侯三年書「聶政殺韓相俠累」，即韓傀之字。均未言報父仇而學琴。又政之所刺爲韓相而非韓王。論衡書虚篇云：「傳書言聶政爲嚴翁仲刺殺韓王，此虚也。夫聶政之時，韓列侯也。列侯之三年，聶政刺韓相俠累。十二年，列侯卒。與聶政殺俠累，相去十七年。而言聶政刺殺韓王，短書小傳，竟虚不可信也。」琴苑要録引琴書所列曲名有刺韓相，注云：「聶政作。」樓鑰謝許尚之石函廣陵散譜後跋亦云：「正聲第一拍名取韓相。」叔夜之意，以俠累比司馬昭。如謂刺韓王，則叔夜豈欲死其君耶？必不然矣。唐吴兢樂府古題要解云：「琴操紀事，好與本傳相違。」通志樂略云：「琴操所言者，何嘗有是事？琴之始也，有聲無辭。但善音之人，欲寫其幽懷隱思，故取古人悲憂不遇之事而以命操。或有其人而無其事；或有其事，又非其人；或得古人之影響，又從而滋蔓之。君子之所取者，但取其聲而已。取其聲之義，而非取其事之義。琴工之爲是説者，亦不敢鑿空以誣古人，但借古人姓名而引其所寓耳。」鄭氏此論，雖不盡然；然琴操一書，多出臆度，則固彰彰者也。當時有聶政刺韓王之曲，琴操乃從而爲之辭。政學琴之事不可據；謂政刺韓王以報父仇，則尤不可據也。自唐以來，琴有易水之曲。如其傅會，不將謂此爲荆軻之所作耶？廣陵散之所寓者，自爲聶政刺韓相，不必定由聶政刺韓王曲而改名。此兩者作曲之人，流傳之地，或皆不同也。至叔夜之於此曲，則正取其事之義耳。又此曲固非政作，更非彼時曾聽政彈者摹擬之作；乃後人所作，以寫政刺韓相之事也。叔夜痛魏之將傾，其憤恨司馬氏之心，無所於泄，乃一寓於廣陵散，蓋冀刺殺韓相之事復見於其時。其答二郭詩云：「豫子匿梁側，聶政變其形。顧此懷怛惕，慮在苟自寧。」可知此志固久蓄於中者。但恐久與世接，人將識其誅伐之心，故託之鬼神，而不輕以示人也。不然，磊落如叔夜，何至吝於一曲哉？至由聶政刺韓相之事而製爲琴曲，冠名廣陵，其義未可以强求。夢溪筆談卷五云：「或者康借此以諫諷時事。散爲曲名，廣陵乃其所命，相附爲義。」此説則必不然。叔夜之前，已有廣陵散；魏之揚州非故廣陵之地。説已詳前。沈氏知散爲曲名，駮韓且聶政非廣陵之人，韓亦非廣陵之地，叔夜以此命名，亦無謂矣。沈氏知散爲曲名，駮韓皋散亡之説，本已得之。而仍有取於韓皋所説王凌毌丘儉之事，謂命名廣陵，借以諫諷，此其誤與皋同也。趙紹祖消暑録云：「沈氏謂散爲曲名者是也。而仍欲附會韓皋之言，則考之不審。沈氏能引應書，而尚作此疑，何耶？」清朱翊埋憂集載康熙間勾曲道士忘筌彈水仙操，謂人曰：「此調自伯牙傳至嵇康，名廣陵散，所謂『觀濤廣陵』也。康死，此調遂絶。余特以意譜之耳。」案伯牙以水仙操名，叔夜以廣陵散名，此遂借「廣陵觀濤」混而一之。覽者或謂其得廣陵之確解，而不知實小説家之妄言也。今所傳水仙操，亦與廣陵散大殊其趣矣。余以爲後世方士樂曲，寓故事者亦多。此名廣陵散者，當爲廣陵流傳之曲，如東武、太山之類。此本方士之曲，故樂書入之俗部爾。

十　慢商調之取義

廣陵散爲慢商調，此蓋古譜所同。韓皋云：「緩其商絃，與宫同音，是知臣奪君之義也。」樓鑰云：「晉史稱廣陵散於今絶矣，而韓皋論之甚詳。且其所謂哀憤躁蹙慘痛迫脅之音，始末具見；而尤致意於宫商二絃，至亂聲而愈覺痛快，必非後人能作。」宋徐理琴統云：「世傳廣陵散爲慢商調。所緩之絃乃第二絃，所同之音乃第一絃。則是以黄鍾之律推其調也。但第三絃合改仲吕爲黄鍾角，則慢二始得爲慢商；不然，則成仲吕慢羽矣。

猶喜三絃散聲用之絶少，所以於廣陵之曲無乖也。」元袁桷題徐天民草書云：「瓢翁一日言：中散廣陵散漫商，君臣道喪，深致意焉。至毛敏仲作塗山，專指徵調，而雙絃不復轉調，與嵇意合，非深知音者不能。」清吴灴自遠堂琴譜云：「慢商慢羽二十餘調，雖存其名，實無其曲。良以律吕失度，宫徵乖謬，有彈而不成聲，和而不能和者，是以終不獲傳也。」馮水琴韻調絃云：「慢商，慢二絃一徽。以一絃三絃爲宫考之，皆不合律。但似就一絃爲宫者。慢二，故名爲慢商。」楊宗稷琴鏡蕉庵琴譜本廣陵散跋云：「原註：『慢商調，慢二絃一徽。』即相傳臣奪君之説。以一絃爲宫爲君，二絃爲商爲臣。惟必由三絃爲宫之宫調，即常用之正調。先轉慢三絃一徽之角調，以一絃爲宫，二絃爲商；然後再慢二絃一徽，方能謂之慢商。如謂用正調不慢三絃，則二絃當爲羽。此曲一六絃皆用十一徽，足證實爲角調所轉。但不宜又用三絃九徽，自相矛盾。慢二絃一徽，是慢羽，而非慢商。且用正調三絃散音，則全曲音節不和，無怪乎問津者難其人也。」又琴鏡續風宣玄品本廣陵散注云：「慢商調。借宫調，不慢三絃。以一絃爲宫；慢二絃一徽，與一絃同音。」又跋云：「至於一二絃同聲之理，因段句之末，多用潑刺滚拂指法，收一絃宫音；非慢二絃同聲，常有異音犯指，無所謂君臣也。」於此可論者有二：即是否慢商，及是否奪君也。案此曲收一六絃，曲中用三絃散聲處極少。乃借宫調之絃，彈徵調之曲，所謂借徵調者也。琴中徵調，應慢三絃一律爲角。今一概不慢，而借宮調之絃，避三絃散聲清角鼓之。今所傳夢蝶、白雪、羽化登仙等曲，在在皆是。廣陵散慢二絃同宮。二絃即徵調之商絃，故曰慢商調。此乃先改調，後取音；欲如此彈，故如此慢也。諸家俱未明此，遂覺慢商不成爲調，而作疑似之談，蓋由被宮調以一絃爲宮之説所惑。不知一六絃爲宮者，乃以宮調徵聲爲宮之徵調。三絃爲宮者，方爲宮調也。明宋濂跋太古遺音云：「士大夫以琴鳴者，恒法楊守齋纘，以合於晉嵇康氏故也。」又云：「纘以仲呂爲宮。」案以仲呂爲宮，即以三絃爲宮也。又案古以五絃配君臣民事物而言。漢書律曆志云：「以君臣民事物言之，則宮爲君，商爲臣。」揚雄琴清英云：「舜彈五絃之琴而天下化。堯加二絃，以合君臣之恩。」桓譚新論云：「文武各加一絃。五絃第一爲宮，次商、角、徵、羽。餘二絃爲少宮、少商。」此曲一二兩絃，要在宮商之位，不論以一絃爲宮，三絃爲宮也。宮商君臣之牽合，本無足言。但今人雖以爲腐，而古人實有此心。叔夜之彈此調，當有「以臣奪君」之見存焉。韓皋此説，獨未可非也。

附録

張方平：廣陵散

廣陵散，妙哉嵇公其旨深，誰知此是亡國音。商聲慢大宮聲微，强臣專命王室卑。我聞仲達窺天禄，人見飛烏在晉屋。子元廢芳昭殺髦，高貴鄉公終蕩覆。義師三自廣陵起，功皆不成竟夷戮。廣陵散，宣誅淩，景誅儉，文誅誕。廣陵散，晉室昌，魏室亡。

李處權：聽彈廣陵散

時風正薫彈廣陵，亂世掩抑咿嗄聲。孰謂嵇康敢不臣，此心炯炯難自明。荒湫古墓鬼神嘯，大澤深山龍鳳驚。我來聽此可無語，天乎孰謂得其平。

樓鑰：謝文思許尚之石函廣陵散譜

余好彈廣陵散，比見周待制清真集序石函中譜，歎味不已，念無從可得。文思許尚之中行云：「家有此本。」後自武昌録寄。深歎雅尚，又以知然諾之不輕也。因作是詩以謝之。

叔夜千載人，生也當晉魏。君卑臣寖强，駸駸司馬氏。幽憤無所洩，舒寫向桐梓。慢商與宫同，慘痛聲足備。規模既弘闊，音節分巨細。撥刺洎全扶，他曲安有是。昌黎贈穎師，必爲此曲製。昵昵變軒昂，悲壯見英氣。形容泛絲聲，雲絮無根蒂。孤鳳出喧啾，或失千丈勢。謂此琵琶詩，歐蘇俱過矣。余生無他好，嗜此如嗜芰。清彈五十年，良夜或無寐。向時幾似之，激烈至流涕。素考韓皋言，神授託奇詭。别姊取韓相，多用聶政事。近讀清真序，始知石函祕。賢哉許阿訥，自言家有此。文君昔寶藏，人亡琴亦廢。荷君重然諾，寫譜遠相寄。按拍三十六，大同小有異。此即名止息，八拍信爲贅。君遠未能來，我老從此逝。何當爲君彈，更窮不盡意。

韓文公聽潁師彈琴詩，幾爲古今絶唱。前十句形容曲盡，是必爲廣陵散而作，他曲不足以當此。

歐公以爲琵琶詩，而蘇公遂隱括爲琵琶詞，二公皆天人，何敢輕議，然俱非深於琴者也。丁卯夏秋間，嘗有一詞，漫録呈，所謂激烈至流涕者也。

正聲第一拍名取韓相，第十三拍名別姊。又一本序五拍亦有名，第一拍名井里。史記刺客傳，聶政，軹深井里人也，刺殺韓相俠累，有姊曰嫈。韓皋知叔夜之託于神授以避禍，而不知名拍以聶政事，又以見古有此曲也。鮮有知者，故及之。

樓鑰：彈廣陵散書贈王明之

唐李琬聞樂工羯鼓，謂雖精能而無尾。工異而問之，自以爲求之久矣。琬曰：「曲下意盡乎？」工曰：「盡。」琬曰：「意盡則曲盡，又何索焉？」工曰：「奈聲不盡。」琬曰：「可言矣。」使以他曲解之，果相諧協。余嘗愛其説。少而好琴，得廣陵散于盧子嘉，鼓之不厭。然此曲多潑攦聲，蓋他曲所無者。二序正聲亂聲，或以此始，皆以此終。小序爲一曲權輿，聲乃發于五六絃間，疑若不稱，屢以叩人，無能知者。王明之精于琴，爲余作此小序，獨起以潑攦，雍容敷聲，然後如舊譜。聞而欣然，遂亟傳之。邪婆娑雞得屈柘急遍而得其尾，今廣陵不假他曲而得其首，聲意俱盡，古語真不虚也。晉史稱廣陵散于今絶矣，而韓皋論之甚詳，且其所謂哀憤躁蹙慘痛迫脅之音，始末具見，而尤致意于宫商二絃，至亂聲而愈覺痛快，必非後人能作。余所得數聲，未必真出於古也。以其深愜素懷，故書以贈明之。

徐照：夜聽黄仲玄彈廣陵散

月色照君琴，移牀出木陰。數聲廣陵水，一片古人心。投劍功無補，衝冠怒亦深。縱能清客耳，還是亂時音。

耶律楚材：彈廣陵散終日而成因賦詩五十韻并序

嵇叔夜能作廣陵散，史氏謂叔夜宿華陽亭，夜中有鬼神授之。韓皋以爲揚州者，廣陵故地，魏氏之季，毌丘儉輩皆都督揚州，爲司馬懿父子所殺。叔夜痛憤之懷，寫之於琴，以名其曲，言魏之忠臣，散殄於廣陵也。蓋避當時之禍，乃託於鬼神耳。叔夜自云靳固其曲，不以傳袁孝尼。唐乾符間待詔王邀爲李山甫鼓之。近代大定間，汴梁留後完顏光禄者，命士人張研一彈之，因請中議大夫張崇爲譜，崇備序此事。渠云：「驗於琴譜，有井里、别姊、辭鄉、報義、取韓相、投劍之類，皆刺客聶政爲嚴仲子刺殺韓相俠累之事，特無與揚州事相近者。意者叔夜以廣陵名曲，微見其意，而終畏晉禍，其序其聲，假聶政之事爲名耳。韓皋徒知託於鬼物以避難，而不知其序其聲，皆有所託也。」崇之論似是而非。余以爲叔夜作此曲也，晉尚未受禪，慢商與宫同聲，臣行君道，指司馬懿父子權侔人主，以悟時君也。又序聶政之事，以譏權臣之罪，不啻俠累，安得仗義之士，以誅君側之惡，有所激也。不然，則遠引聶政之事，甚無謂也。泰和間，待詔張器之亦彈此曲，每至沉思、峻迹二篇緩彈之，節奏支離，未盡其善。獨棲嵓老人混而爲一，士大夫服其精妙。其子蘭，亦得棲嵓之遺意焉。

湛然數從軍，十稔若行役。而今近衰老，足疾困卑溼。歲暮懶出門，不欲爲無益。穹廬何所有，祇有琴三尺。時復一絃歌，不猶賢博弈。信能禁邪念，閑愁破堆積。清旦炷幽香，澄心彈止息。薄暮已得意，焚膏達中夕。古譜成巨軸，無慮聲千百。大意分五節，四十有四拍。品絃欲終調，六絃一時劃。初訝似破竹，不止如裂帛。亡身志慷慨，别姊情慘戚。衝冠氣何壯，投劍聲如擲。呼幽達穹蒼，長虹如玉立。將彈發怒篇，寒風自瑟瑟。瓊珠落玉器，雹墜漁人笠。别鶴唳蒼松，哀猿啼怪栢。數聲如怨訴，寒泉古澗澁。幾折變軒昂，奔流禹門急。大絃忽一捻，應絃如破的。雲煙速變滅，風雷恣呼吸。數作撥刺聲，指邊轟霹靂。一鼓息萬動，再弄鬼神泣。叔夜志豪邁，聲名動蠻貊。洪爐煅神劍，自覺乾坤窄。鍾會來相過，箕踞方袒裼。一旦誅殺之，始知襟度阨。新聲東市絶，孝尼無所獲。密傳迨王邀，會爲山甫客。近代有張研，妙指莫能及。琴道震汴洛，屢陪光禄席。器之雖有聲，鍊此頭垂白。中間另起意，沉思至峻迹。節奏似支離，美玉成破璧。爲山功一簣，未精誠可惜。我愛棲嵓翁，黐聲從舊格。始終成一貫，雅趣超今昔。三引入五序，始作意如翕。縱之果純如，將終皦而繹。嵇生能作此，史臣書簡策。又謂神所授，傳自華陽驛。韓皋破是説，以爲避晉隙。張崇作譜序，似是未爲得。我今通此論，是非自懸隔。商與宫同聲，斷知臣道逆。權臣侔人主，不啻韓相賊。安得聶政徒，元惡誅君側。上欲悟天子，下則有所激。惜哉中散意，千古無人識。

耶律楚材：彈廣陵散

居士閒彈止息時，胸中鬱結了無遺。樂天若得嵇生意，未肯獨吟秋思詩。

楊宗稷：廣陵散譜跋

廣陵散非嵇康作也，聶政刺韓王曲也。一二絃宫商同音，亦非君臣同位之説也。嵇康琴賦云：「廣陵、止息，東武、太山。」李善注云：「古有此曲，今並猶存，未詳所起。應璩與劉孔才書曰：『聽廣陵之清散。』傅玄琴賦曰：『馬融覃思於止息。』」又云：「引此以證明古有此曲，非謂康之言出於此也。」可知以廣陵散爲嵇康作者，皆無稽之談也。廣陵、太山，皆以地名。左思齊都賦注曰：「東武、太山，齊之土風歌謠謳吟曲名。」安知廣陵非揚州土風古歌曲？韓皋乃謂：「叔夜因魏之忠臣，散殄於廣陵，痛憤寫之於琴，以廣陵名其曲。」失之遠矣。蔡邕琴操聶政刺韓王曲云：「聶政作。政父爲韓王所殺，政學塗，入宫，刺王不得。去太山，遇仙人，學鼓琴，七年而琴成。鼓琴闕下，觀者成行，馬牛止聽，以聞韓王。召見，使彈琴，政援琴而歌，琴中出刀刺王。」張崇序廣陵散云：「琴譜中有井里、别姊、辭鄉、報義、取韓相、投劍之類，皆刺客聶政事。意叔夜微示其意，而終畏晉禍，假聶之事爲名。」崇知有聶政刺韓王事，何以不知有聶政刺韓王曲，仍以爲嵇康作，甚無謂也。耶律晉卿廣陵散詩序更謂：「叔夜作此曲，晉尚未受禪，慢商與宫同聲，臣行君道，指司馬父子權侔人主，以悟時君。」然又何以託於鬼神所授，祕不與人，雖其甥求之亦不得耶？余前刻琴學隨筆，録近人雜著，前明京師李近樓，幼瞽能琴，作八尼僧修佛事，經咒鼓鈸笙簫之屬，酷似其聲。並有清光宣間，瞽者王玉鋒，以三絃作戲曲，洋鼓洋號操兵步伐聲。余因論聶政刺韓王，學七年而琴成，其技必類乎此。時余未見此廣陵散譜，今按譜彈之，覺指下一片金革殺伐激刺之聲，令人驚心動魄，忘其爲琴曲。是以當日鼓琴闕下，觀者成行，馬牛止聽，足徵余前説不謬。更以知曲中各段名曰取韓、呼幽、亡身、返魂、衝冠，皆與聶政刺韓王爲父報仇之旨相合，其爲聶政刺韓王曲，毫無疑義。即非聶政自作，必爲彼時曾聽聶政彈琴者摹擬之作。不然，何能咄咄逼人如此？但何以改名廣陵散，惜其説不傳耳。至於一二絃同聲之理，因段句之末，多用潑刺滚拂指法，收一絃宫音，非慢二絃同聲，常有異音犯指，無所謂君臣也。韓、張諸人，穿鑿傅會，造成千古疑案，可怪甚矣。嵇康琴賦，古曲名甚多，廣陵、止息，在變用雜起之列，可知決非康作，亦非康獨有。不然，袁孝尼雖聰明天亶，何能一聽即得三十三拍？特康專精此曲，不欲示人，是以假託鬼神。如果鬼神既令誓不傳人，何以臨終自居於靳，且若有悔不與孝尼意耶？予所見大略如此。李君伯仁，因廣陵散古譜，減字指法，徽分節奏，疑誤過多，屬予以琴鏡譜例，注明唱絃拍板及聲字，付之剞劂，俾此後人人可彈，不致有譜與無譜等。譜成，並書所見於此，不知其是且非也。丁卯六月望日，九疑山人識。

馮水：重刻廣陵散譜序

廣陵散琴操，見晉書嵇叔夜傳，叔夜東市臨刑云：「悔不將此曲傳袁孝尼。」元耶律晉卿云此曲傳自唐王邀。是此曲之傳，皆在叔夜已死之後，是否果爲原作，不可考。然後世言琴家，恒思見此曲而不得，他譜有載者，不過數段，蓋僞託也。惟臞仙神奇祕譜列於首卷者，據云傳自隋宫。明郎仁寶瑛七修續稿，曾叙其事，而列其詞名。晉卿亦有彈廣陵散詩序，其詞名略有不同處，或臞仙時傳抄之誤。晉卿稱棲巖老人於此曲最擅長，棲巖苗姓，名秀實，金泰和時供奉也。據此二端，雖不敢斷爲原作，要亦隋、唐間之譜矣。頃見嘉靖本明藩徽邸風宣玄品，爲選刻琴譜，列是曲於卷五中，其詞名及拍，皆與七修續稿相同，是必徽邸採諸臞仙者也。風宣譜世亦不易覯，爰照原本重梓，以廣其傳。予非矜廣陵散之奇，實欲存隋、唐間之聲調耳。今世所傳琴譜，至古爲明刊，宋譜且不數見，更遑論隋、唐。臞仙譜作於永樂，既云傳自隋宫，當必有據，更證以晉卿之詩，至近亦唐、宋譜也。處今之世，能得唐、宋之聲，不亦大可寶貴哉！

參校書目

明吴寬叢書堂藏鈔校本　題嵇康集，書口有「叢書堂」三字，書中有墨筆朱筆兩校，末有顧千里、張燕昌、黄丕烈等跋，舊藏北京圖書館，解放前已被美、蔣匪幫劫往美國。顧氏跋曰：「中散集十卷，吴匏菴先生家鈔本，卷中譌誤之字，皆先生親手改定。」葉渭清嵇康集校記曰：「是本元鈔不言所自，余疑鈔者别是一本。觀其分卷序篇，間與所校參差。又文義字句，特多歧異，固有鈔不誤而校反誤者，有義可通而校不取者，有鈔合他書徵引而校不合者，甚且有全首爲他本所無者。此爲出於異本，已可推知。」揚案：此書審其字句，及其移易删補之處，知其已非全本。又鈔者非一手，鈔校不同時，且墨校朱校，亦皆非一次。又校者所據，亦即當時刻本，而非原鈔所據之本，故原鈔多是，而校改每非。初校之餘，或再删補，必遷就刻本而後止，其全首爲他本所無之詩，則未嘗校改一字也。至匏菴改定之字，藉曰有之，恐亦少數，否則其謬當不至此。又案贈秀才詩「浩浩洪流」一首中，「夕」字原鈔作「久」，校者以墨筆塗成「夕」字，皕宋樓鈔本仍爲「久」，校者以朱筆改爲「夕」字。據此，知吴鈔本之墨校，且有出於清代者矣。

清陸心源皕宋樓藏鈔校本　據叢書堂校録，有朱筆藍筆兩校，書末有妙道人及程慶餘等跋，有「壽經閣校本」五字圖記，欄外時有校語，據跋知朱筆者出於吴志忠。此書今藏日本静嘉堂文庫。

明程榮本　據黄省曾本校刻，明刻本。

明汪士賢本　據黄省曾本校刻，在漢魏六朝二十名家集中，明刻本。

清四庫全書本　據黄省曾本校録，文津閣本，文瀾閣本。

明張燮本　題嵇中散集，凡六卷，在七十二家集中，前有燮序，末有遺事、集評、糾謬。予所校者，序已不全，遺事以下盡闕。明刻本。

明張溥本　題嵇中散集，不分卷，在漢魏六朝一百三家集中，前有溥題辭。明刻本。清光緒十八年，善化章經濟堂重刻本。光緒五年，滇南唐氏重刻本。

清潘錫恩本　題嵇康集，凡九卷，姚瑩所編，在乾坤正氣集中。清道光二十八年，涇縣潘錫恩刻本。

周樹人校本　題嵇康集，凡十卷，在魯迅全集中，據叢書堂鈔本原鈔校印，有序跋及逸文考、著録考。

梁蕭統文選

清嘉慶十四年，胡克家重刻宋淳熙本李善注文選。今稱胡刻本。

明嘉靖二十八年，吴郡袁氏嘉趣堂重雕宋刻廣都縣本六家文選。今稱袁本。

明茶陵陳氏古迂書院刻增補六臣注文選。今稱茶陵本。

宋刻本六臣注文選，涵芬樓景印，在四部叢刊中。今稱四部本。

日本京都帝國大學文學部景印舊鈔本文選集注殘卷。今稱集注本。

明劉節廣文選　明嘉靖刻本。

宋郭茂倩樂府詩集　明毛晉刻本。

明無名氏六朝詩集　明嘉靖刻本。

明許少華選詩　明嘉靖刻本。

明楊慎選詩拾遺　明嘉靖刻本。

明李攀龍古今詩删　文瀾閣四庫全書本。

明馮惟訥詩紀　明嘉靖刻本，萬曆刻本。

明劉一相詩宿　明萬曆刻本。

明梅鼎祚漢魏詩乘　明萬曆刻本。

明梅鼎祚古樂苑　明萬曆刻本。

明臧晉叔詩所　明萬曆刻本。

明黄廷鵠詩治　明刻本。

明張之象古詩類苑　明刻本。

明高氏詩苑源流　明刻本。

明俞安期詩雋類函　明萬曆刻本。

明曹學佺歷代詩選　明崇禎刻本。

明吴訥文章辨體　明天順刻本。

明徐師曾文體明辨　明萬曆刻本。

明汪廷訥文壇列俎　明萬曆刻本。

明陳仁錫古文奇賞　明萬曆刻本。

明陳仁錫三續古文奇賞　明天啟刻本。

明梅鼎祚書記洞詮　明萬曆刻本。

明梅鼎祚歷代文苑　明崇禎刻本。

明李賓八代文鈔　明刻本。

明沈延嘉列朝五十名家集　明刻本。

明黃澍、葉紹泰漢魏別解　明崇禎刻本。

明張采三國文　明崇禎刻本。

明張運泰、余元熹漢魏六十名家文乘　明崇禎刻本。

清嚴可均全三國文　清光緒二十年，黃岡王毓藻刻本。

清孫星衍續古文苑　清光緒九年，江蘇書局刻本。

宋裴松之三國志注　涵芬樓景印百衲本。

梁劉孝標世説新語注　日本東京育德財團景印宋刻本。

唐房喬等晉書　涵芬樓景印百衲本。

唐李善文選注　清嘉慶十四年，胡克家重刻宋本。

宋尤袤文選考異　常州先哲遺書本。

清胡克家文選考異　附重刻宋本文選後。

唐歐陽詢藝文類聚　明嘉靖胡纘宗仿宋刻小字本。明萬曆十五年，王元貞刻本。清譚獻用明陸采本傳校宋本。

唐虞世南北堂書鈔　明陳禹謨增改本。清孔廣陶校注本。清長洲顧氏藝海樓傳鈔大唐類要本。

唐徐堅初學記　明嘉靖十年，錫山安國刻本。

唐白居易白氏六帖事類集　吴興張氏景印江安傅氏藏宋刻本。

唐白居易、宋孔傳白孔六帖　明嘉靖刻本。

宋李昉等太平御覽　涵芬樓景印宋刻本。清嘉慶九年，常熟張氏仿宋刻本。嘉慶十一年，揚州汪氏活字本。嘉慶十二年，歙縣鮑氏刻本。日本安政二年，喜多村直寬仿宋刻本。

宋葉廷珪海録碎事　明嘉靖劉鳳校刻本。

宋祝穆古今事文類聚　明萬曆刻本。

明彭好古類編雜説　明萬曆刻本。

明馮琦經濟類稿　明萬曆刻本。

宋劉清之戒子通録　節引本集家誡。商務印書館景印四庫全書文淵閣本。

唐張君房雲笈七籤　涵芬樓景印白雲觀藏正統道藏本。

宋朱長文琴史　清康熙四十五年，曹楝亭揚州使署刻本。

明楊表正太音大全　明刻本。

明林有麟青蓮舫琴雅　明刻本。
唐顔師古匡謬正俗　小學彙函本。
宋吴曾能改齋漫録　聚珍板叢書本。
宋高似孫緯略　守山閣叢書本。
宋王楙野客叢書　稗海本。
唐孫思邈備急千金要方　涵芬樓景印道藏本。
明高濂遵生八牋　清嘉慶十五年重刻本。
日本丹波宿稱康賴醫心方　日本安政元年摹刻本。
宋葉夢得石林詩話　津逮祕書本。
宋劉克莊後村詩話　適園叢書本。
明胡應麟詩藪　明刻本。
馬叙倫讀書續記　載北京大學日刊一九二三年六月四日、六日、八日、十一日，又商務印書館排印本。
葉渭清嵇康集校記　載國立北平圖書館館刊第四卷第二號、五號，第五卷第二號、三號、四號。未完。